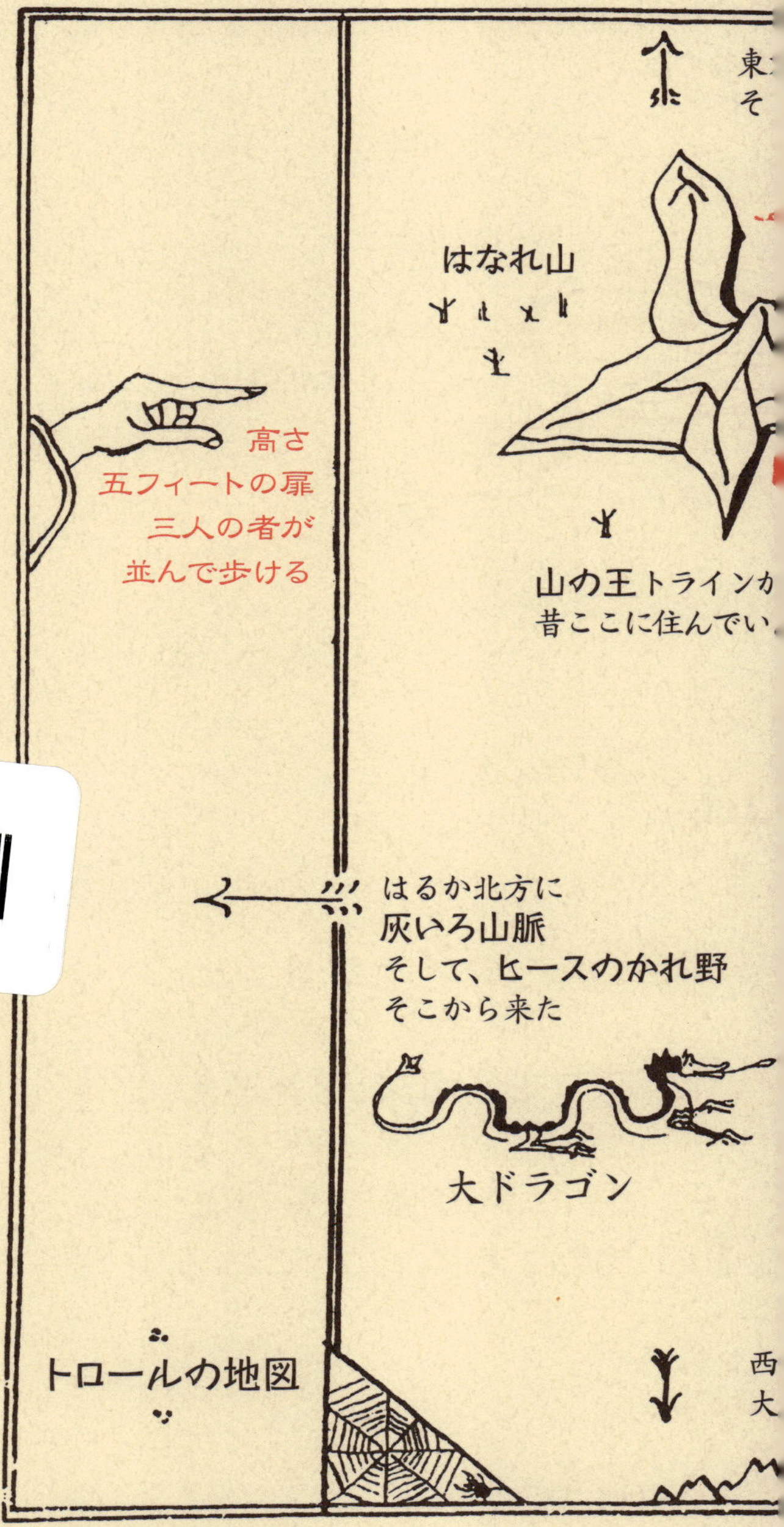

東
そ
はなれ山
高さ
五フィートの扉
三人の者が
並んで歩ける
山の王トラインか
昔ここに住んでい
はるか北方に
灰いろ山脈
そして、ヒースのかれ野
そこから来た
大ドラゴン
トロールの地図
西
大

THE HOBBIT
OR THERE AND BACK AGAIN

新版 ホビット 第四版・注釈版

ゆきてかえりし物語

J・R・R・トールキン
J.R.R. TOLKIEN

ダグラス・A・アンダーソン＝注
山本史郎 訳
Shiro Yamamoto

原書房

新版ホビット——ゆきてかえりし物語◆もくじ

ᚦᛖ·ᚻᚩᛒᛒᛁᛏ ᚩᚱ ᚦᛖᚱᛖ·ᚪᚾᛞ·ᛒᚪᚳᚳ·ᚪᚷᚪᛁᚾ

ルーン文字について

『ホビット』は大昔の物語です。当時は、言語も文字も今日のものとは全くことなっていました。この物語では、その当時の様々な言語をあらわすのに英語で代用していますが、二つの点に注意していただく必要があります。(1)英語ではドワーフ（dwarf）の唯一正しい複数形はdwarfs, 形容詞形はdwarfishですが、この物語ではそれぞれdwarvesおよびdwarvishが用いられています。[*]ただし、この形を用いるのは、トリン・オウクンシルドとその仲間の者たちが属する古代の部族にかぎられます。[1](2)「オーク」（orc）は英語ではありません。この呼び名は一、二か所に登場しますが、通常はこれの英語に翻訳された形「ゴブリン」（goblin）——大型の種の場合は「ホブゴブリン」（hobgoblin）[2]——が用いられます。つまり、オークというのは当時のホビットたちがゴブリンのことをさして用いる表現だったのであり、シャチなどの海洋生物をさす英語のorc, orkなどとはまったく別の語です。

ルーン文字は古代の文字で、もともと木や石や金属のうえに刻まれたので、線的で、角ばっています。この物語の時代にあっては、この文字を普通に用いたのはドワーフたちだけで、とくに個人的な記録、秘密の文書などを記すのに用いました。本書では彼らのルーン文字の代用として、英語のルーン文字を用いています。今日ではルーン文字が読める人はほとんどいませんが、トロールの地図のルーン文字を、それを現代の文字に移したものと比較すれば、そのアルファベットが現代英語とどう対応するかが分かるでしょう。また、先のルーン文字で書かれた、この文章の表題も読めるはずです。地図上には通常用いられるルーン文字はすべて出ていますが、Xを表すᛉのみは例外です。また、Jのかわりに I、Vのかわりに Uが用いられています。Qにあたる文字はなく、CWが代用です。また、Zもありませんが、もし必要ならドワーフのルーン文字のᛦを用いてもよいでしょう。これに対して、現代語では二文字で表されるth、ng、eeなどが、ルーン文字では一つの文字となります。また、これと同じように、eaのかわりにᛠ、stのかわりにᛞが用いられることもときどきありました。秘密の扉はDᛞと記されています。横の方に、この扉を指さしている手が描かれていますが、その下には次のように書かれています。

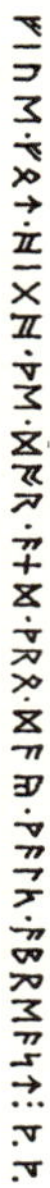

(Five feet hight the door and three may walk abreast.)

最後の二文字はトロールとトラインのイニシャルです。

エルロンドが読んだムーン［月］文字は次のようなものです。

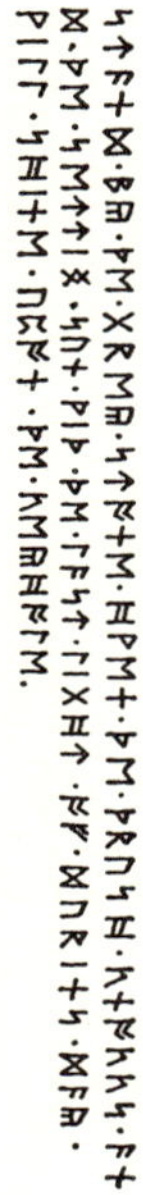

(Stand by the grey stone when the thrush knocks an
d the setting sun with the late light of Durin's Day
will shine upon the key-hole.) ［改行位置はルーン文字に合わせた］

地図には、ルーン文字で東西南北が記されていますが、東が上というドワーフの地図の約束事にしたがっています。したがって、時計まわりに、東（E）、南（S）、西（W）、北（N）ということになります。[3]

＊その理由は『指輪物語』第三巻、四一五ページに述べられている。

第*1*章　思いがけないお客たち

地面の穴に一人のホビットがすんでいました。[1] しめっぽくて不潔な穴、壁からミミズの尻尾《しっぽ》がやたら突きだしたどぶ臭い穴ではありません。また、およそ座るところもなければ食べ物もない、ひからびてじゃりじゃりの穴でもありません。ここはれっきとしたホビットの穴。ということはすなわち、快適な穴なのです。

緑のペンキをぬった扉は船の窓のようにまん丸。そしてそのまんまん中に、キラキラと金色に光る真鍮《しんちゅう》の取っ手がついています。扉をあけると、そこは丸い土管のような玄関ホール。ちょうど汽車のトンネルのような形です。でも、このトンネルは煙モクモクじゃないので、しごく快適。壁は美しい木のパネル、タイルの床にはカーペット、その上にはピッカピカに磨いた椅子がいくつも。そうして帽子やコートをかけるためのフックときたら、これはもういっぱい！　そう、ホビットはお客を迎えるのが大すきなのです。さて、このトンネルは長々《ながなが》とつづき、ほぼまっすぐに丘（この辺《へん》一帯の人々は、そのものずばり〈丘〉と呼んでいます）の斜面の内側をもぐってゆき、その途中には、右へ、左へと小さな丸扉がたくさんついています。このホビットの家に二階はありません。寝室、風呂、酒倉、食料貯蔵室（これは多数）、衣装部屋（いくつかの、まるごと洋服だんすになった部屋）、台所、食堂などなど、これらすべてが一階にある――というか、同じ一本の通路につながっています。上等の部屋はすべて（奥にむかって）左手。それというのもそちら側だけに窓があるからです。奥まった丸い窓は庭に面し、庭のむこうには草はらがなだらかにくだり、川にたっしています。[2]

このお屋敷のホビットはとても裕福なホビットです。姓はバギンズ。[3]バギンズの一族は〈丘〉の地方に大昔から住んでおり、とても格式《かくしき》のたかい家柄《いえがら》と思われていました。というのも、お金持ちぞろいであるばかりではありません。この一族の者ときたら冒険なんぞしたことがないし、そもそも思いがけない行動に出るなどということが、いっさいないからです。いかなることにせよ、わざわざバギンズの人に意見を聞く必要などありません。どんな答えが返ってくるか決まりきっているからです。この物語では、そんなバギンズ家出身の一人があれよあれよというまに冒険に巻きこまれ、気がついてみると、われながら、思いもよらぬことを言ったり行ったりしたものだなあ、というようなことになります。そんなことでは、もはや格式《かくしき》もなにもあったものではありませんが、それはそれとして、得るところのものも…。さあ、何か得るものがあったのかどうか、それは最後のお楽しみです。

このわれらがホビットの母親は…、そうだ、その前に、そもそもホビットとは何者でしょう？　いまでは、ホビットがどのような者であるのか、いくらか説明しておく必要があるでしょう。現在、かれらの姿を見かけることはごく希《まれ》で、しかも〝大男ども〟（われら人間のことです）からは、ことさらに姿を隠そうとするものですから。さて、ホビットといわれる（いわれた）この種族、背は低くて人間の半分くらい、鬚《ひげ》のゆたかなドワーフ［小人］たちよりもなお小柄です。[4]鬚《ひげ》はなく、とくにかわった魔法がつかえるというわけでもありません。せいぜいが、すばやくめだたずに姿を消すことができるというくらいですが、こんなありふれた術でも、けっこう役にはたちます。図体がでかいばかりで知恵の浅い人間、そう、あなたやわたしのような人間が、ずしんずしんとまるで象のような足音をたてながら近づいてくると、[5]ホビットは一マイル［一六〇〇メートル］も先から気がついて、姿を消してしまうのです。ホビットの腹は、たいていつき出ています。洋服ははでな色（たいてい緑か黄色）のものを着ていますが、靴をはくことはありません。なぜなら、成長とともに自然に足の裏がなめし皮のように固くなり、（巻き毛の）髪の毛とおなじような、暖かいくり色の毛がみっしりと生えるからです。手の指もくり色をしていて、長くて器用に動きます。とても人のよさそうな顔だちで、まろやかな声をろうろうと響かせて笑います（朝食、おやつ、お茶、夜食などにくわえて、それができる時には日に二度食べることにしている正餐《ごちそう》の後には、とくにそうです）[6]。とりあえず、今のところはこれくらいのことを知っておけばじゅうぶんでしょう。

　さて、さきほど言いさしたところに戻りますが、われらがホビット——すなわち、ビルボ・バギンズ——[7]の母親は、かの有名なベラドンナ・トゥックです。つまり、〈川〉（〈丘〉のふもとを流れる小川のことです）のむこう岸一帯に住むホビットたちの上にたつ長老トゥックの娘たち、美人ぞろいの三姉妹のひとりだったというわけです。[8]いつか大昔、トゥック家のご先祖さまのだれかがエルフ［妖精］をめとったにきまってる、などという噂《うわさ》が（トゥック一族の外で）よくささやかれます。[9]こんな噂《うわさ》はむろん論外《ろんがい》ですが、さりとて、この一族の者には、どこかしらホビットらしからぬところがあることも否定できません。ときたま、冒険をもとめて飛びだしていくような輩《やから》が出るからです。このような連中はさらりと去って消えてくれるし、一族は一族でそんなことには口をつぐみ、恥を闇に塗りこめます。とはいえ、バギンズとならべてみた場合に、トゥックのほうが裕福であることはゆるがないにしても、格式《かくしき》という点でややおとるということは、事実として動かせないのです。

　でも、めっそうもない。ベラドンナ・トゥックがバンゴ・バギンズ氏の夫人となってから、冒険の「ぼ」の字にだって手を染めたことはありません。ビルボの父バンゴは、妻のために（ただし妻のお金も使って）家を建てました。これがまた、〈丘〉の下、〈丘〉の上、〈川〉のむこうを見わたしてもまたとないほど豪壮《ごうそう》なホビット穴で、二人は死ぬまでそこですごしました。でも、ひょっとしてどうでしょう。一人息子のビルボの顔だちなり、ふるまいなりが、どっしりとして満ち足りていた父親と、まるで複写製本《ふくしゃせいほん》でもしたみたいにそっくりそのままだったとしても、じつはトゥックの血をうけついでいてどこかしら突飛《とっぴ》なところがあり、ほんのちょっとしたきっかけでそれが表に現われてくる…かもしれないのです。今までは、ただその機会がおとずれなかっただけのはなし。ビルボ・バギンズが齢《よわい》をかさねて五十《いそじ》の坂をこし、[10]さっきご紹介した父親の建てた美しいお屋敷にくらし、一見したところそこに永久に根を生やしてしまった——かのようだったのですが…。

これは世界が静寂《せいじゃく》の中にあった昔々のおはなし。そのころは今よりも騒音が少なく、緑ゆたかで、ホビットの数も多く、繁栄しておりました。そんなある朝のこと、朝食をすませたビルボ・バギンズが戸口のところにたたずみ、毛におおわれ（ブラシをかけて整え）た足の指にまでとどこうかという、とてつもなく長い木製パイプをふかせていると、どういう風の吹きまわしか、ガンダルフがふらりとやってきました。ガンダルフ！[11] この人物についてわたしが耳にしているうわさのせめて四分の一でも、あなたがお聞きになったことがおありなら――このわたし自身も、残念ながらほんのちょっぴりしか聞きおよんではいないのですが――もうあなたは心わくわく、どんな面白い話がはじまるのだろうと、期待に胸をふくらませているはずです。なにしろガンダルフの行くところ、冒険の芽が萌《も》えいで、物語の花の咲かざる場所はなく、しかも、それは想像もおよばぬような冒険であり物語なのですから。でもガンダルフは、〈丘〉の下のこの方面には、このところもう長らく姿を見せていませんでした。考えてみれば、友人だったトゥック老が亡くなって以来ずうっとということになり、[12] ガンダルフがどんな顔をしているのか、憶《おぼ》えているホビットもほとんどいないほどです。みんながホビット少年、ホビット少女だったころ、ガンダルフは、さあ何をするためやら、丘をこえ、川を渡って行ってしまい、その後はずっと姿を消していたのです。

そんなわけで、その朝、なにも疑わないビルボの目にうつったのは、ただの、杖をついた老人でした。[13] 老人はつんと高い青のとんがり帽をかぶり、長いグレーのマントをはおり、首には銀色のスカーフを巻き、長い白鬚《しろひげ》を腰の下までたらし、おまけに足には巨大な黒ブーツをはいておりました。[14]

「やあ、グッドモーニング！」。ビルボは声をかけました。まさにこの〝グッド〟という言葉のとおり、気持ちのよい、とてもすてきな朝でした。お日さまがきらきらと輝き、草の緑が目にしみます。ところが、ガンダルフときたら、日よけ帽のひさしより、なおもつき出たもじゃもじゃの眉毛《まゆげ》の下から、ビルボのことをぎろりとにらみました。

「なんだね」とガンダルフが訊《き》きました。「わしのためにすてきな朝であるようにと祈っておるのか？ それとも、わしがどう思おうとすてきな朝に変わりがないと言いたいのか？ それとも、今朝《けさ》はすてきな気分だと言いたいのか？　それとも、こんな朝にはすてきな気分にならねばならぬと言いたいのか？　さあいったいどれじゃ」

「そのぜーんぶです」とビルボが答えます。「それにくわえて、外でパイプをふかすのに絶好の、すばらしい朝でもありますね。パイプをお持ちでしたら、さあ、そこに腰をおろして、このボクの葉をつめてお吸いなさい。なにも急ぐことはない。一日はまだはじまったばかりです」。こう言うと、ビルボは玄関わきの椅子に腰をおろして足をくみ、美しい灰色の煙の環《わ》を、口からぷかりぷかりと吐き出しました。環《わ》はこわれもせずに空中をただよってゆき、〈丘〉のかなたに消えました。

「お見事」とガンダルフ。「じゃが、けさは煙の環《わ》を楽しんでいる暇はない。いまくわだてている冒険に、くわってくれる者をさがしておるが、あいにく、なかなか見つからんのじゃよ」

「そうでしょうとも、この辺《へん》じゃあねえ。地味《じみ》で、おとなしい人ばかりなんですよ。冒険なんて、用がないですねえ。不潔で、はらはらどきどき、不愉快きわまりないじゃないですか。だいいち夕飯《ゆうはん》にだっておくれちまう。冒険が楽しいなんていう人の気が知れませんね」と、われらがバギンズ君は言ってのけ、片手の親指をズボン吊《つり》の下に差しこみ、ふたたび、さっきよりもっと大きな煙の環《わ》を、ぷかりと吹き出します。そうして、おもむろに今朝《けさ》とどいた手紙を取り出し[15]、もう老人のことなんぞすっかり忘れてしまったという顔で、熱心に読みはじめるのでした。こんな爺《じい》さんは、ボクとはまったく別世界の人間だ、とっとと立ち去ってもらいたい、と考えたしだいです。でも、老人はぴくりとも動きません。杖に寄りかかって、無言のままじいっとこちらを見つめるばかり。しまいに、ビルボはお尻のへんがむずむずしてきて、あまつさえ腹も立ってきました。

「じゃあ、グッドモーニング！」とビルボはついに言いました。「この辺《へん》には冒険をほしがる人はいないんですよ。せっかくですけど。〈丘〉の上か、〈川〉むこうをあたってみたらいかがでしょう」。もうこれ以上、話すことはないという意味です。

「〝グッドモーニング〟がまた別の意味になってしもうたわい[16]」とガンダルフ。「こんどは、この老いぼれを追っぱらいたい、消えてうせるまではちっともすてきな朝ではない、という意味じゃね」

「い、いえ、とんでもない、ご老体《ろうたい》。ええと…、まだお名前をうかがってなかったですね」

「い、いや、そうじゃとも、ご主人よ。わしのほうではそなたの名を知っておるぞ、ビルボ・バギンズ君よ。それどころか、そなたもわしの名前を知っておる。その名の持ち主が、このわしじゃとは、思いもよらんだろうがね。わしゃ、ガンダルフじゃよ。ガンダルフと言やあ、このわしのことを指す！　いやはや、長生きはしとうないものじゃなあ。ベラドンナ・トゥックの倅《せがれ》に〝じゃあグッドモーニング〟で追っぱらわれようとはね。これじゃ、まるで、ボタンを売る行商人じゃないか」

「ふうん、ガンダルフ…、ええっ、ガンダルフだって！　こいつはたまげた。まさか、あの、さすらいの魔法使いじゃあないでしょうね！　魔法のボタンをトゥック爺《じい》さんにプレゼントしてくれた、あのガンダルフですか？　あのダイヤのボタンは、自然にかかって、命令しないことにはぜったいにはずれなかったなあ。あなた、パーティの席で、すばらしい物語を聞かせてくれましたよね。ドラゴンやゴブリンや巨人、それにお姫さまの救出や、後家の息子の思いがけない好運の物語！　それに、すてきな特製花火をこさえてくれましたよね。忘れますかって！　トゥックのお爺《じい》ちゃんが、夏至《げし》の前夜祭に打ち上げてくれました。すっごかった！　空に上がった姿は、大百合《オオユリ》みたいなのも、金魚草《キンギョソウ》みたいなのも、金鎖《キングサリ》みたいなのもあった。うっすらと暮れのこった空に、いつまでも浮かんでいたなあ…」。　もうお気づきですか？　バギンズ君は自分のことを、ごくごく平凡な人だと思いたがっています。でも、じつは決してそんなことはありません。それに、とても花好きで、詩的なところだってあるでしょう？　「ほんとにまあ」と、ビルボは言葉をつづけます。「あなたのせいで、おとなしい若者たちが、ぽいと遠くの空へと消えちまった。[17]とんでもない冒険をもとめてね。木登りからエルフの家の訪問まで…何でもあり！　それに船にのって、海をこえて、よその国へ行ったりして、うーん、かつて人生はホントにおもしろ…。えっへん！　いえ、そう、あなたのせいで、かつてこの辺《へん》は大混乱となったのです。ぶれいな物言いはお許し願うとして…　あなた、いまだに現役でいらっしゃったとは！」

「では、あんた、いったいわしをどこにいさせたいのだね？」と魔法使いが返します。「ともあれ、少しは憶《おぼ》えていてくれてうれしいよ。すくなくとも、花火のことが楽しい思い出になっているようじゃな。そいつは大いに脈がある。そなたの祖父トゥックと亡きベラドンナのよしみじゃ。願いをかなえてさしあげよう」

「ぶれいな物言いはお許し願いますが…、願いなんぞ、これっぽっちも言ってやしませんよ」

「いいや。〝ぶれいな物言いを許してほしい〟と願ったではないか。二度もな。よろしい、許すぞ。そればかりか、冒険にも出してあげよう。わしも愉快だし、そなたのためにもなろう。きっと大儲《おおもう》けできるぞ。たぶんな。ただし、帰ってこられるかどうか、それは保証のかぎりではありゃせんが」

「ごめんなさい！　せっかくですけど冒険なんてけっこうです。きょうはまにあってます！　じゃあグッドモーニング！　でも、いつかお茶にでもどうぞ。いつでもいい。あすはどうです？　ぜひぜひ。じゃあ失礼！」。こう言いつつ、ビルボはくるりと背をむけて、緑の丸扉のうしろにそそくさとひっこむと、ぶれいにならぬよう気をつけながら、でも、すばやく閉めました。いくらガンダルフだって、魔法使いは魔法使い。くわばらくわばら。

「いったいなんでまたお茶になんか招待してしまったんだろう」。食料貯蔵室に向かいながら、ビルボは思いました。たったいま朝食をとったばかりですが、こんなにびっくりさせられたのだから、何かで喉《のど》をうるおしながら、ケーキを一《ひと》つ、二《ふた》つつまんでも、なにも文句はないでしょう。

いっぽうのガンダルフはすぐには立ち去らず、しばらくくつくつと忍び笑いをしながら、扉の外に立っていました。やがて、戸口のステップを上がったかと思うと、杖の先についた釘でビルボご自慢のきれいな玄関扉をひっかいて、奇妙なしるしをつけました。こうしておいてようやく立ち去ったのですが、そのころビルボはちょうど二個めのケーキを食べおわったところで、うまい具合に冒険をのがれることができたわい、などと思いはじめていました。

翌日になると、ビルボはガンダルフのことを、ほとんど忘れてしまっておりました。だいたい、ビルボはあまり物憶《ものおぼ》えのよいほうではありません。大事なことは石盤《せきばん》の〈予定表〉に書きとめておく必要があります。〝ガンダルフ　お茶　水曜日〟といった具合にです。ところがきのうときたら、あまりに気が動転《どうてん》していたので、それどころではありませんでした。

そろそろお茶の時間[18]になろうかというころのことです。玄関の呼《よ》び鈴《りん》がものすごい音で鳴りました。あっ、そうだ！　ビルボは思い出しました。あわててやかんを火にかけ、紅茶カップとソーサーをもう一組、それから余分なケーキを一、二個用意してから、ドアまで駆けてゆきました。

「お待たせしてほんとうにごめんなさい」という言葉を口の中に用意して、はたと見ると、そこにいるのはガンダルフではありません。なんと、ドワーフではありませんか！　青い鬚《ひげ》を金色のベルトにおしこめ、深緑のフードの下で眼がとてもきらきらと輝いています。ドワーフはあたり前のような顔をして、ずかずかと入ってきました。

ドワーフは、いちばん端のフックにフードつきマントをひっかけると、「わたしはドワリン。あなたの下部《しもべ》です」とりちぎな挨拶《あいさつ》をして、頭を低くたれました。

「ビルボ・バギンズです。こちらこそあなたの下部《しもべ》です」とビルボ。あっけにとられて、しばらくはポカンとしています。が、こうして無言《むごん》の行《ぎょう》がつづくと、さすがにばつが悪くなったので、こうつけくわえました。「ちょうどお茶にしようと思っていたところです。ご一緒にいかがですか」。決して邪慳《じゃけん》な気持ちなどではありませんが、ほんのちょっぴりこわばった口調だったかもしれません。だって、とつぜん招きもしないドワーフが入ってきて、ひと言の説明もなしにフードやマントやらを玄関ホールの壁に掛けはじめたりしたら、あなたならどうします？

テーブルについてほどなく――そう、三個めのケーキに手を伸ばしかけたころでしたが――さきほどより、もっと大きな呼《よ》び鈴《りん》の音が玄関で鳴りました。

「ちょっと失礼」。ビルボは言って、ドアのところに飛んでゆきました。

「ずいぶんお待ちしましたよ！」。こんどはこのように言おうと思っていました。でも、こんどもガンダルフではありません。そこにいたのはずいぶんと年老いてみえるドワーフです。鬚《ひげ》は白く、フードは赤でした。ドアが開くと、ぴょこんとひと跳ね、中へ入ります。いかにも招待されたお客という顔をしながら。

J・R・R・トールキン「丘――川むこうのホビット村」

「なるほど、もうみなが集まりはじめたな」と、ドワリンの緑のフードを目にとめてつぶやきます。そうして、そのとなりに自分の赤いフードを掛け、「わたしはバリン。あなたの下部《しもべ》です」と胸に手をあてて言いました。

「それはどうもありがとう」。ビルボは息をのんで言いました。この返事はどうみてもトンチンカンですが、〝もうみなが集まりはじめたな〟というひと言ですっかり焦《あせ》ってしまったのです。お客を迎えるのは大すきですが、どんなお客が来るのかくらいあらかじめ知っておきたいし、できれば自分で招待したいものです。そのとき、ふと、一つの恐ろしい考えが胸をよぎりました。これじゃあケーキが足りなくなるかもしれないぞ！　そうなると、ビルボ自身は——お客をむかえる主人としての礼儀には強いこだわりをもっているので——ケーキなしでがまんしなければならないのです。それがどんなにつらくとも！

「さあ中へどうぞ。お茶でもいかがです」。深呼吸をすると、ようやくのことに言葉が出てきました。

「ビールが少々あれば、そのほうがありがたいですね。もし、お手数でなければね」と白い鬚《ひげ》のバリンが言います。

「でも、ケーキはうれしいな。もしあれば、シード［種入り］ケーキ[19]がいいですね」

「山のようにありますよ」。驚いたことに、舌が勝手にまわります。それから足が勝手に動いて、酒倉からはジョッキ一杯のビール、食料貯蔵室からはみごとにまん丸なシードケーキを二個、ビルボはいそいそと持ってくるのでした。これは夕食のお食後に食べようと、昼すぎに焼いておいたものです。

客間に戻ると、バリンとドワリンがテーブルについて、古なじみのような口ぶりで話しています（じつのところ、二人は兄弟でした）。さてビルボがビールとケーキを二人の前にどすんと置いた、そのときのことです。またもや、大きな呼《よ》び鈴《りん》の音がキンコン…、そして、さらにもう一度カンコンコンと鳴りました。

「こんどこそ、ぜったいにガンダルフだ」。息せききって廊下を走りながら、ビルボは思いました。だけどこんども違います。ドワーフがさらに二人。二人とも、青のフード、銀色のベルトで、黄色い鬚《ひげ》を生やしています。また、それぞれが道具袋をさげ、鋤《すき》をもっています。ドアが開きはじめると、二人はさっと入りました。でも、ビルボはもう驚きません。

ドワーフさんたち、どんな御用ですか？」

「わたしはキリ。あなたの下部《しもべ》です」と一方が言い、「わたしはフィリ。あなたの下部《しもべ》です」ともう一方も言います。二人は青のフードをさっと払いのけておじぎをしました。

「わたしこそ、あなたがたご一家の下部《しもべ》です」と、こんどこそは礼儀作法のことを思い出したビルボです。

「なるほど、ドワリンとバリンはもう来ていますね」とキリが言います。「では群れにくわわりましょうか」

「群れだって！」とバギンズ君は思います。「そんな言い方は気に入らないな。でもまあ、ほんの一瞬でも腰をおろして、頭を冷やさないことには。お茶でも飲みながらね」。ビルボは部屋の片隅《かたすみ》に腰をおろしました。四人のドワーフたちはテーブルを囲んで、鉱山や、金や、ゴブリンとのいざこざや、ドラゴンの災禍《わざわい》や、その他もろもろのことを話しています。ビルボにはよく理解できないし、理解したくもありません。あまりに冒険臭《ぼうけんしゅう》がつよすぎる…と思いながらお茶をひと口すすったところ、キーン、コーン、リーン、ガーンと呼《よ》び鈴《りん》の音がふたたび響きました。まるで、ホビットのいたずらっ子が呼《よ》び鈴《りん》の紐《ひも》を引きちぎろうとでもしているかのようです。

「また一人、お見えになった」と、ビルボが目をぱちくりしながら言うと、

「また四人、ですよ。あの音からするとね」とフィリが言います。「それに、はるかうしろに、四人歩いてくるのが見えましたよ」

かわいそうに、ビルボは頭をかかえて、玄関ホールに座りこんでしまいました。いったい何がおきているのだろう？　いまから何がおきるのだろう？　みんな夕食までいるのだろうか？　そんなことを思っていると、またもや呼《よ》び鈴《りん》が、さらに大きな音を響かせたので、仕方なく、ビルボはドアのところまで駆けていきます。あけてみると、四人——ではない、なんと五人でした。玄関ホールでビルボがぐずぐず思案しているあいだに、ドワーフがまた一人到着したものとみえます。五人は、主人がドアの取っ手を回すのを待ちかねたかのように、中になだれこみ、次々とおじぎをしながら「あなたの下部《しもべ》です」と言いました。それぞれドリ、ノリ、オリ、オイン、グロイン[20]と名のり、たちまちのうちに玄関の衣服かけのフックには色とりどり——むらさきが二つ、灰色、こげ茶色、そして白——の

フードがならびます。そうして五人は大きな手を金色、銀色のベルトにつっこんでどやどやと出発、他のドワーフたちに合流しました。なるほどこうなると、もうほとんど〝群れ〟です。エール酒を飲みたがる者、黒ビールをほし 21 がる者、一人だけは珈琲《コーヒー》——そして全員にケーキです。それやこれやで、ビルボはしばらくてんてこまいとなりました。

そして、ちょうど大きな珈琲《コーヒー》ポットが暖炉の火にかけられ、シードケーキがすっかり消えてなくなり、ドワーフたちがバターをぬったスコーンに取りかかったときのことです。またまたドアのところで——こんどは、ノックをする音が響きわたりました。いいえ、呼《よ》び鈴《りん》ではなく、ゴツンゴツンと何かをはげしくぶつけるような音。だれかが無遠慮《ぶえんりょ》にステッキで叩《たた》いているではありませんか——ビルボご自慢の美しい緑の丸扉を！

もうれつに怒ったビルボが廊下をすっとんでゆきます。頭くるくる目はぐるぐる、わけ分からないったらありゃしない！　こんなにめちゃくちゃな水曜日は生まれてはじめてだ！　ビルボがいきなりドアを引くと、ドワーフたちが折り重なるようにして、倒れこみました。またドワーフだ、四人もいるぞ！　そしてドワーフたちのうしろで、ガンダルフが杖に寄りかかって笑っています。ガンダルフのおかげで、ビルボの美しい玄関扉には大きなへこみができました。そしてついでに言っておきましょう。ゴツゴツ叩《たた》いたために、ガンダルフがきのうの朝そこにつけておいた秘密の目印は、きれいさっぱり消えてしまいました。

「もっとそろっと開けんかな」とガンダルフ。「ビルボよ、そなたらしくないぞ。友人をさんざん玄関マットで待たせておいて、あげくのはて、コルク鉄砲よろしく、ドアをいきなりポンと開けるなんぞ、そんなマナーがどこにある。紹介させていただこう。ビファー、ボファー、ボンバー。それにこちらは別格《べっかく》じゃが、トリン」

「あなたの下部《しもべ》です」と、ビファー、ボファー、ボンバーの三人が一列にならんで挨拶します。そして玄関ホールのフックには、さらに黄色のフードが二つ、浅緑のフードが一つならびます。そして、そのおとなりには長い銀色の房《ふさ》がついた、空色のフードが一つ。これをかけたのはトリン、おそろしく勿体《もったい》ぶったドワーフです。それもそのはず、この人こそ、あの偉大なトリン・オウクンシルドにほかならないのです。威厳《いげん》の権化《ごんげ》のようなトリンにとって、ビルボの玄関マットにぺたりと倒れ、しかもビファー、ボファー、ボンバーにのしかかられては、面白かろうはずがありません。ましてや、ぶくぶくふとったボンバーときたら並の体重ではないのです。さて、見かけにたがわず、トリンはいかにも偉ぶった態度です。どうころんでも、「あなたの下部《しもべ》です」などとは挨拶《あいさつ》しません。でも、恐縮《きょうしゅく》したビルボが、ぺこぺこして何度もあやまるものですから、さすがのトリンも最後には「どうぞお気になさらぬよう」と不機嫌そうに言って、しかめ面《つら》をひっこめました。

「さてこれでみんな揃《そろ》った」とガンダルフが、ずらりと並んだ十三のフード——取りはずし自由の、最高級のパーティ用フード！——それに自分自身の帽子を見わたして言いました。「とても楽しい集まりだ。あとで来た者にも、食べものや飲みものが残っているだろうな。それは何じゃ？　お茶？　いや、そいつはご遠慮申し上げる。それより、赤ワインをほんの少しいただきたいな」

「おなじくわたしにも」とトリン。

「それにラズベリージャムとアップル・タルト」とビファー。

「それにミンスパイとチーズ」とボファー。

「それにポークパイとサラダ」とボンバー。

「それによろしければ、ケーキをもっと。それにエール酒も。それに珈琲《コーヒー》も」と、その他のドワーフたちも扉のむこうから叫びました。

「卵を二、三個ゆでてくれ。頼んだよ」とガンダルフは、食料貯蔵室にどたどたと駆けてゆくビルボの背に、注文を投げつけました。「それに冷たい蒸しチキンと、漬物《ピクルス》があったろう[22]」

貯蔵室の中身まで、主人のこのボクと同じくらい知ってるじゃないか！　と、ビルボは思います。もう、完全に面くらってしまいました。ひょっとして、いけすかない冒険のやろうが、このボクの家に早くも陣どってしまったのかしら、などという不吉な思いが頭に浮かんできます。いくつもの大きな盆のうえに、ありったけの瓶《びん》、盛り皿、ナイフ、フォーク、グラス、銀の皿、スプーンのたぐいをかき集め、載《の》せおわったころには、ビルボはすっかり汗まみれ、顔はまっ赤で、おまけに気分がイライラしていました。

「ドワーフなんて、サーラバイバイ！[23] さっさとおサラバ、去っちまえ！」。イライラが、つい言葉となりました。「気をきかして手伝ったらどうなんだい」。すると——見よ、奇跡じゃ！——キッチンの扉のところにバリンとドワリン、そのうしろにはフィリとキリが立っているではありませんか。四人はあっというまに、いくつかの盆と小テーブルを客間にはこびこんで、いっさいがっさいを並べおえました。

ガンダルフが主人の席につき、十三人のドワーフが丸くテーブルをかこみます。ビルボはというと、暖炉わきの腰かけにすわり、（おかげで食欲などすっかりどこかにすっ飛んでしまったので）ビスケット[24]をポリポリかじっています。が、うわべだけは、こんなことは日常茶飯事《にちじょうさはんじ》、冒険でもなんでもないのだと、つとめて平気な顔をよそおっています。ドワーフたちは延々《えんえん》と食べつづけ、延々《えんえん》と話しつづけました。ようやく一同が椅子をずらせてテーブルから離れたので、ビルボは皿とグラスを集めようと立ち上がりました。

「みなさん、もちろん夕食も食べていってくださるのでしょうね」とビルボは言いました。ていねいしごくな口ぶりですが、強くすすめているとは取られぬよう、絶妙の口調です。

「むろんだとも」とトリンが返します。「そのあともずっとな。きょうの仕事は夜おそくまでかかるぞ。まずはひとつ音楽といこうではないか。さあ、かたづけはじめ！」

号令とともに——トリンは偉いドワーフなので、そのまま座ってガンダルフと話しつづけますが——十二人のドワーフたちはさっと立ち上がり、食器をすべて積み重ねにかかります。皿の山が高くそびえると、てっぺんにボトルをちょこんと立てて準備完了。ドワーフたちにゃ盆などいらぬ、皿の山を片手にのせて、ゆらーりゆらゆら、うまくバランスをとりながら、出発進行！　肝《きも》をひやしたビルボは悲鳴をあげながらあとを追います。「気をつけてぇ！　おねがいー。おかまいなく。ボクがやるぅ！」。だけど、ドワーフたちは唄でこたえます。

グラスはガシャン、お皿はパリーン。

ナイフはボロボロ、フォークはグニョーン。
そんなことビルボ・バギンズは大きらい。
ボトルはグシャン、コルクは燃やしてメーラメラ。
テーブルクロスはビーリビリ、脂は踏んづけネーロネロ。
ミルクは床にぶちまけゴーボゴボ。
骨はベッドにゴーロゴロ。
ワインはバシャーン、これで扉はまっかっ赤。

食器は投げこめ、洗濯おけ。
こねろグネグネ、洗い棒。
これでも皿が丸ければ、
玄関《ホール》にゴロゴロ転《ころ》がしちゃえ。

こんなことビルボ・バギンズは大きらい――だーからだから、
ようくようっく気をつけて。そっとそうっと落とさぬように。

もちろんこんな恐ろしいこと、実際にするわけがありません。ドワーフたちは次々と食器を洗い、きちんとしまってゆくのですが、そのすばやいことといったらまるで稲妻《いなづま》のようで、ちゃんと見張らねばと思っているビルボは、台所の中央をきりきり回るばかりです。すっかりかたづいて客間にもどると、トリンが足を暖炉の火よけにのせて、パイプをくゆらせているところでした。トリンの口から巨大な煙の環《わ》がぷっと出て、命令しだいで、どこにだって浮かんでいきます。煙突のなか、暖炉の上の時計のうしろ、テーブルの下などはいうにおよばず、天井のへんをぐるぐる回れといえば、そのとおりにします。でも、どこに行こうと、ガンダルフの追跡を逃れることはできません。プカリ！　ガンダルフの短い陶《とう》パイプから、小ぶりの環《わ》がとびだすと、かならずトリンの環《わ》をくぐります。そうすると環《わ》の色は緑にかわり、[25]ふたたび戻ってきてガンダルフの頭上にふわふわとただようのでした。こうして、ガンダルフの頭のまわりにはすでにもくもくと雲ができており、うす暗がりもあいまって、これぞいかにも魔法使いといったふぜいです。煙の環《わ》のすきなビルボは凝然《ぎょうぜん》としてみとれました。そして、きのう煙の環《わ》をはなって鼻高々、〈丘〉の上まで風にはこばせて喜んでいた自分のことを思い出すと、恥ずかしくてたまらなくなりました。

「さあ音楽だ。楽器を出せ」とトリンが言いました。

キリとフィリが荷袋のところへ飛んでいって、小さなヴァイオリンを取ってきました。ドリ、ノリ、オリはどこにどうしまってあったのか、上着の中からフルートを出します。ボンバーはドラムを玄関ホールから。それからビファーとボファーも部屋から出ていって、杖のところに置いてあったクラリネットを抱えてもどってきました。ドワリンとバリンは「ちょっと失礼。わたしのは玄関ポーチに残してきたので」と言いました。[26]すると、「わたしのも一緒にたのむ」とトリンが言います。二人は自分のからだほどもある大きなヴィオル［六弦琴］と、緑の布につつんだトリンのたて琴をはこんできました。みごとな金色のたて琴ですが、トリンがこれをつまびくのを待ちかねていたかのように、いっせいに音楽がはじまります。こうしていきなり甘美な音楽が流れてきたものですから、ビルボは何もかも忘れ、うっとりと聞きほれました。そうして、ビルボの心は〈丘〉の下のわが家を去り、〈川〉をこえ、妖《あや》しい月に照らされた、暗い異境《いきょう》の地をさまようのでした。

〈丘〉の横腹にあいた小さな窓から、闇が部屋のなかに忍びこんできました。まだ肌寒い四月のこと、ともされた暖炉の火がちらちらとまばたくなかで、ドワーフたちは演奏をつづけます。壁にうつったガンダルフの鬚《ひげ》の影がゆさゆさと揺れています。

闇が部屋いっぱいに広がり、暖炉の火が消え、影すらなくなってしまいましたが、ドワーフたちはなおも演奏をつづけます。と、とつぜん一人が唄をうたいはじめました。すると、つぎにまた一人という具合に、楽器をひきながら、みなつぎつぎと合唱にくわわります。喉《のど》の奥から響いてくるような朗々《ろうろう》たる歌声です。ドワーフたちは大地の下のふる里で、大昔からこのように歌っていたのです。唄の一節をご紹介いたしましょう。音楽がなければ興ざめもよいところですが。

蒼《あお》き魔法の黄金《きん》もとめ。
行かん、谷間の深き穴。
霧にかすめる山を越え、
朝《あした》まだきにいでたちて、

小人は呪文《いのり》こめにけり。
鎚音《ハンマー》ひびく、鐘のごと。
暗きもの眠るふかき穴。
谷のもとなるくらき穴、

剣の柄《つか》なる宝石《いし》のなか。
燦《さん》たる光を籠《こ》めにけり、
小人は捧《ささ》ぐ、妖精王《エルフ》に。
たんせいこめし金と銀、

星をつらねし首かざり、

竜火《りゅうか》を垂らす金かむり。
月の光輝《ひかり》に、日の光輝《ひかり》、
あやに織りなす飾《かざ》り帯。

朝《あした》まだきにいでたちて、
霧にかすめる山を越え、
行かん、谷間の深き穴。
はるか昔の黄金《きん》もとめ。

自らのために作りしは
玉《ぎょく》の酒《さか》づき、金の竪琴《こと》。
長く埋《うも》れて掘る人なく、
奏《かな》でる唄聞く妖精《エルフ》なく。

マツが枝《え》に風の泣く夜、
猛《たけ》くも赤きほのお立ち、
野原を掃《は》いて広《ひろ》ごれり。
篝火《かがりび》のごと木々は燃ゆ。

はやがねの音《おと》谷に満ち、
人々見上《みあ》ぐ、色かえて。

怒れる竜に猛火《もうか》のごと、
もろき家々、なぎ倒す。
煙《けぶ》る山はら、月あかり。
定《さだ》めの尽きし小人らは、
墜《お》ちゆけにけり竜の下、
ま白き月に照らされて。

朝《あした》まだきにいでたちて、
霧にかすめる山を越え、
行かん、谷間の深き穴。
いざ取返《とりかえ》さん、琴と金。

ドワーフたちのこのような唄を聞いていると、器用な手、たくみな技や魔法がこしらえた美しい細工品へのあこがれが自分のからだを刺しつらぬくのを、ビルボは感じました。それは激しいあこがれ——ドワーフの心にこそ湧《わ》きおこるような、痛切きわまりない希求《ねがい》でした。ついに、ビルボの心のなかのトゥック魂《だましい》が目をさましたのです。そびえ立つ山々をこの目で見、松風《まつかぜ》や飛瀑《たき》の音《ね》を聞いてみたい、ほら穴を探検したい、ステッキなんかじゃなく、剣を腰におびてみたいという希求《ねがい》が心を刺しました。ビルボは窓の外に目をやります。木立の上に暗々《くらぐら》とひろがる空には、星が輝いています。ビルボは、洞窟《どうくつ》の闇のなかでらんらんと輝く、ドワーフの宝石のことに思いをはせました。ふいに、だれかがたきぎに火をともしたものとみえ、〈川〉のむこうの森の中で、炎がぽっとはね上がります。そのとたん、ビルボはこの静かな〈丘〉がドラゴンに襲《おそ》われ、一面火の海となるすがたを想像してしまうのでした。

しかし、ぶるっと身ぶるいをすると、一瞬にしてビルボは〈丘の下〉の〈ふくろの小路屋敷[27]〉に住むバギンズ氏――なんのへんてつもない中年男にもどりました。

ビルボは震《ふる》えながら立ち上がります。心の中では、明かりを取ってこようという気持ちが半分、そして、そのふりをしながら部屋を出て、あわよくば酒倉のビール樽のうしろにでも身をひそめ、ドワーフたちがすっかりいなくなるまで隠れていようという気持ちがあとの半分――いや半分以上を占めていたことは否《いな》めません。そのときビルボは、とつぜん楽器の音と歌声がやみ、暗闇《くらやみ》のなかで炯々《けいけい》と輝くドワーフたちの眼が、いっせいに自分に向けられているのに気づきました。

「どこに行くのだ」。トリンが訊《き》きます。心の中は――どちらの半分も――すっかりお見通しだよ、とでもいわんばかりの口調です。

「ちょっと明かりはいかがです」と、ビルボは弁解するような調子です。

「ボクらは闇のほうがよい」と、ドワーフたちがみなで声をそろえます。「闇の仕事には闇でなくっちゃ。まだまだ夜明けはこないぞ」

「もちろんですとも」とビルボは答え、急いで腰を下げました。が、腰かけにかけそこね、炉格子《ろごうし》のなかに尻をつっこんでしまったので、火掻《ひか》き棒《ぼう》とシャベルがガラガラガッシャンと倒れました。

「シー」とガンダルフ。「トリンの話を聞こうじゃないか」。これがきっかけとなって、トリンの話がはじまりました。

「ガンダルフ、ドワーフたち、そしてバギンズどの。われらは、今夜、こうして一堂に会することができたわけですが、それもひとえにわれらが同志にして、陰謀家《いんぼうか》――この卓越《たくえつ》せる大胆不敵《だいたんふてき》なるホビット、バギンズ氏のおかげであります。同氏の足指の毛のとわに墜《お》ちざらんことを！　同氏のワインとエール酒に誉《ほま》れあれ！」。トリンはここでひと呼吸おきました。息をつぎながら、ビルボの口から謙遜《けんそん》のひと言が出てくるのを待ったわけですが、トリンの賛辞《さんじ》はあわれなビルボには豚に真珠だったようです。ビルボは口をわなわなとふるわせるばかり…。〝大胆《だいたん》不敵《ふてき》〟などと言われ、そのうえ、あろうことか〝陰謀家《いんぼうか》〟呼ばわりされたことに、抗議しているつもりなのでしょうが、あまりに動転して声もでません。トリンは先を続けます。

「今日ここにお集まりいただいたのは、われらが行動の計画、われらが手段、方法、方針、戦略を論議するためであります。まもなく、夜の明けぬまえに、われらは長い旅に出ます。ひとたびこの旅に出てしまえば、帰らぬ者が何人出るかしれず、ひょっとすれば全員が帰還《きかん》を果たせぬ――やもしれませぬ（ただし、われらが同志にして先達《せんだつ》、天才魔法使いガンダルフだけは別であります）。いまは厳粛《げんしゅく》なる瞬間であります。われらが目的は、皆さん、すでに重々ご承知のことと思います。ではありますが、現在の正確な状況について、いささかの説明を要すべき方々もいらっしゃるのではないかと思われます。というのも、敬愛《けいあい》すべきバギンズ氏および年少のドワーフたち、一例をあげますれば、キリとフィリの名を挙げて、あながちあやまりとは申せぬと信じるものでありますが、これらの方々は…」

　これが、トリン一流のスタイルなのです。トリンはお偉いドワーフなのです。もしも許されるなら、息がきれるまで、こんな調子で延々《えんえん》と話しつづけ、あげくのはてが、なにも新しいことは言わなかった、というようなことになっていたはずです。けれども、ここでぶれいにも邪魔がはいりました。あわれ、ビルボが、もうこれ以上しんぼうできなくなったのです。「帰還《きかん》を果たせぬ」というあたりで、悲鳴が喉《のど》をかけあがってくるのを感じ、それがまもなく、トンネルから出てくる機関車の汽笛《きてき》さながらに炸裂《さくれつ》しました。[28] ドワーフたちはいっせいに立ち上がり、テーブルがひっくり返ります。ガンダルフが魔法の杖の先に青い光をともすと、その花火のような閃光《せんこう》によって、気のどくなビルボがじゅうたんにひざをつき、融《と》けかけのゼリーのようにぶるぶると震《ふる》えているのが見えます。そして、つぎの瞬間には床の上にばったりとひれ伏し、「稲妻《いなづま》にうたれた！　稲妻《いなづま》にうたれた！」と、いく度も、いく度もくり返すのでした。こうして、しばらくは、何をきいてもこんなことをわめくばかりなので、ドワーフたちはじゃまにならぬようビルボを居間のソファーに寝かせ、肘《ひじ》もとに飲物をあてがっておいてから、自分たちの暗黒のたくらみに戻りました。

「興奮しやすい性格《たち》でな[29]」。一同が席につくと、ガンダルフが言いました。「ときに妙ちくりんな発作をおこすこともあるが、ビルボは最強の仲間じゃよ。そのどう猛さは、窮地《きゅうち》に立ったドラゴンにも劣らん」

もしも読者の皆さんが〝窮地《きゅうち》に立ったドラゴン〟なるものを一度でもごらんになったことがおありなら、この言葉をホビットにあてはめることが、いかに詩的に誇張した表現であるかということが、たちどころにお分かりになるでしょう。そう、かのブルローラ――トゥック老の大大叔父《おおおおおじ》にあたり[30]、（ホビットにしては）巨漢で、小馬《こうま》［小型種の馬、ポニー］でなくふつうの馬にも乗れたという伝説上のホビットでさえ、とうていこのように言いなすことなどできないのです。ブルローラは〈グリーンフィールドの戦い〉でグラム山にたてこもっていたゴブリンの軍勢を撃破し、ゴルフィンブル王の首を木の棍棒《クラブ》で打ち落としました。首は数百ヤードすっ飛んで、ごろごろとうさぎ穴に転《ころ》がりこみました。こうして戦争に勝つのと同時に、ゴルフというゲームが誕生したというわけでした。

いっぽう、居間では、こんなブルローラの血をひいているとはとても思われない、優しいビルボが、ようやく息を吹き返しつつありました。ビルボはしばらく休んでから喉《のど》をうるおすと、客間のドアのところまで、恐るおそる這《は》ってゆきます。ドアのむこうから、ドワーフたちの声が聞こえてきました。グロインが話しています。「ふん！」（と、馬鹿にしたような声のあとで）「ホントにあんなのでだいじょうぶかなあ。どう猛だなんてガンダルフが言うのはご自由だけど、興奮してあんな雄叫《おたけ》びをあげられた日には、ドラゴンだってなんだって、みんな目をさましちまって、こっちは全滅さ。それに、あれはどうみても興奮というより恐怖の悲鳴だよ。じつをいって、扉の目印さえなかったら、きっと、家をまちがえたと思ったところさ。そもそも、あのホビットが玄関であたふたぺこぺこしているのを見たその瞬間に、あれれっと思ったんだ。まるで八百屋《やおや》のオヤジじゃないか。どう見ても、扉をこじあける押入強盗《おしいりごうとう》の面《つら》がまえじゃないぜ」

ビルボはおもむろにドアの取っ手をまわし、部屋に入りました。ビルボのなかでトゥックの血が勝利をおさめたのです。宿屋のふとんや朝食なんかなくていい、ただ世の人に自分のことをどう猛と言わせたい！　こんな思いが、とつぜんビルボの心を占めました。〝玄関であたふたぺこぺこしている〟などと言われて、それこそ、どう猛な気分になってしまったのです。その後、いく度となく、バギンズの血がこのときの行動を後悔して、言ったものです。
「ビルボよ。おまえはなんてドジなんだ。あのとき部屋に足をつっこんだばっかりに、すっかり泥に足をつっこんじまったんだぜ」と。

「お話を、はからずもお聞きしてしまったことをお許しください。正直いって、お話の内容はよく分からないし、〝押入《おしいり》〟だの〝強盗《ごうとう》〟だのというのも何のことだかかいもく見当もつきませんが、わたくしのよろしく理解いたしますところでは」——というのがビルボの威儀《いぎ》をただしたときの口調なのです——「わたしではちから不足だとおっしゃるのですね。では目にものを見せてさしあげましょう。ドアは一週間前にペンキを塗りかえたばかり、目印などついてはおりませんから、家をおまちがえになったのはたしかです。わたしのほうでも、あなたがたの面白いお顔を玄関で拝見したときに、あれれっと思ったのです。だけど、いまからは、この家でまちがいないのだとお考えください。わたしに何をお望みなのでしょう？　何なりと、おまかせください。必要とあらば、〈東のはての国〉まで歩いていって、〈さいはての砂漠〉に棲《す》む、どんなどう猛なドラゴンとでも戦いますよ。これでもブルローラ・トゥックの兄の孫の孫の孫なんですからね[31]」

「ええ、ええ。でもそんなの大昔の話じゃないですか」とグロイン。「問題はあなた自身なのです。それに、例の目印はたしかにこの家の扉についていますよ。この業界ではごくふつうの——いや、かつてはふつうだった目印がね。〝当方は押入《おしいり》、職求む。スリルたっぷりならば報酬は格安にて可〟という意味なんだ。〈押入《おしいり》〉がいやなら、〈宝物探索エキスパート〉とお呼びしてもいい。実際そのように名のる連中もいます。われわれにとっては、どっちだって同じことだ。われわれとしては、その筋の人がこの辺《へん》におり、急いで仕事をさがしているという話をガンダルフから聞かされ、しかも、すでにもう水曜日のお茶の時間に会う約束をしてしまったというから、来てみたまでの話です」

「むろん目印はついておるぞ」とガンダルフ。「このわしがつけたのじゃ。それもじゅうぶんな理由《わけ》があってのことじゃ。冒険の旅に出るのに、十四人目のメンバーを見つけてほしいとあんたらから頼まれたので、このバギンズ君を選んだのじゃよ。人選もしくは家の選択に難ありと言いたければ、言うがよい。不吉な十三人のままで出発して、好きなだけ不運に出会えばよいだけの話じゃ。それとも、あんたら、また石炭掘りの仕事にもどりたいかな?」

こう言いながら、ガンダルフは怒りをふくんだ目でグロインのことをぎろりとにらみつけたので、グロインは椅子の中にすくみこみました。ビルボが質問をしようとふたたび口を開きかけると、こんどはこちらに向きなおって眉《まゆ》をしかめ、長い眉毛《まゆげ》をびゅうんとそばだたせたので、ビルボはあいた口をぱっくんと閉じてしまいました。「そう、それでよし。もうこれ以上の問答は無用じゃ。わしがバギンズ君を選んだ。諸君にはそれでじゅうぶんのはずじゃ。バギンズ君は〈押入《おしいり》〉じゃとわしが言えば、その言葉にまちがいなし。時がいたれば、本領を発揮してくれることじゃろう。こちらのビルボ君は諸君がお考えになっている以上の人物であり、本人すら思ってみたことがないほどの才能を秘めておるのじゃ。わしに感謝する日が、みなの諸君に――たぶん――おとずれることになろう。生きて帰れればな。さあビルボや、ランプを取ってきておくれ。ちょいとこいつを照らそうじゃないか」

赤い笠《シェード》のついた、大きなランプに照らし出されたテーブルの上に、ガンダルフは羊皮紙をひろげました。どうやら地図のようです。

「トリンよ、これをこしらえたのはトロール、そなたの祖父じゃよ」と、興奮したドワーフたちの質問に、ガンダルフがこたえます。「〈山〉の見取図《みとりず》じゃ」

「あまり役にたちそうな気がしませんなあ」。ちらりと目をやったトリンの、失望した声。「〈山〉はよく憶《おぼ》えている。そのまわりの土地のこともね。〈闇の森〉がどこか、それに大ドラゴンが繁殖《はんしょく》している〈ヒースのかれ野〉がどこかも、すでに知っている」

「〈山〉のうえに赤いドラゴンが記されていますが」とバリンも言います。「そんな印などなくったって、ドラゴンを見つけるのは造作もないことです。もしも、あそこまでたどり着けばね」

「諸君は重大な点を見落としておるぞ」。ガンダルフが切り返しました。「秘密の入口のことじゃよ。山の西側にルーン文字が一つ見えるじゃろう。また、それとは別のところにもルーン文字の文章が書かれておって、そこから手の印が最初のルーン文字を指しているのが分かるか？　それが〈地底の広間〉にいたる秘密通路の印じゃ」（この本の前見返しの「トロールの地図」をご覧ください。赤い字と薄い字で記されているのがルーン文字です[32]［ただし文章のほうは日本語に訳されています］。）

「かつては秘密だったのだろうが」とトリンが返します。「いまだに秘密だなんて、どうして言えるのだ？　スマウグのやつ、もうずいぶんとあそこで暮らしているから、いろんなほら穴のことなんか、すっかり分かっているのではないかね？」

「かもしれぬ。が、もう何年も何年も使ってはいないはずじゃ」

「どうして？」

「小さすぎるのじゃよ。〝高さ五フィート［一五〇センチ］の扉、三人の者がならんで歩ける〟とルーン文字で記されておる。スマウグは、そんなちっぽけな穴にもぐりこむことなど、できやせん。若いころでさえムリじゃった。ましてや、ドワーフや〈谷〉の人間をたらふく食ってしまったいま、[33]そんなことできるわけないわい」

「わたしにはとても大きな穴に思えますが」。ビルボがうわずった声で叫びました（ビルボはドラゴンなど見たこともなく、穴といえばホビットの住処《すみか》しか知らなかったのです）。ビルボはふたたび興奮し、興味をかきたてられてきたので、黙っていろと言われたのをすっかり忘れてしまいました。そもそも、ビルボは地図が大すきです。玄関ホールの壁には〈周辺地域〉の大きな地図がかかっており、お気に入りの散歩道が、赤インクで記してあるほどです。「ドラゴンはともかくとして、そんなに大きな入口を、外部の人からどうやって秘密にしておけるというのです？」とビルボは尋ねました。幼稚な質問だと思われるかもしれませんが、ビルボはしょせんホビット。大目に見てやらねば。

「それにはさまざまな方法がある」とガンダルフ。「じゃが、この扉がどういう方法で隠されておるかは、行ってみないことには分からん。地図に書いてあるところからすると、〈山〉の腹と見分けのつかぬ扉でふさいでいるようじゃ。それがいつものドワーフのやり方——だと思うが、いかがかな？」

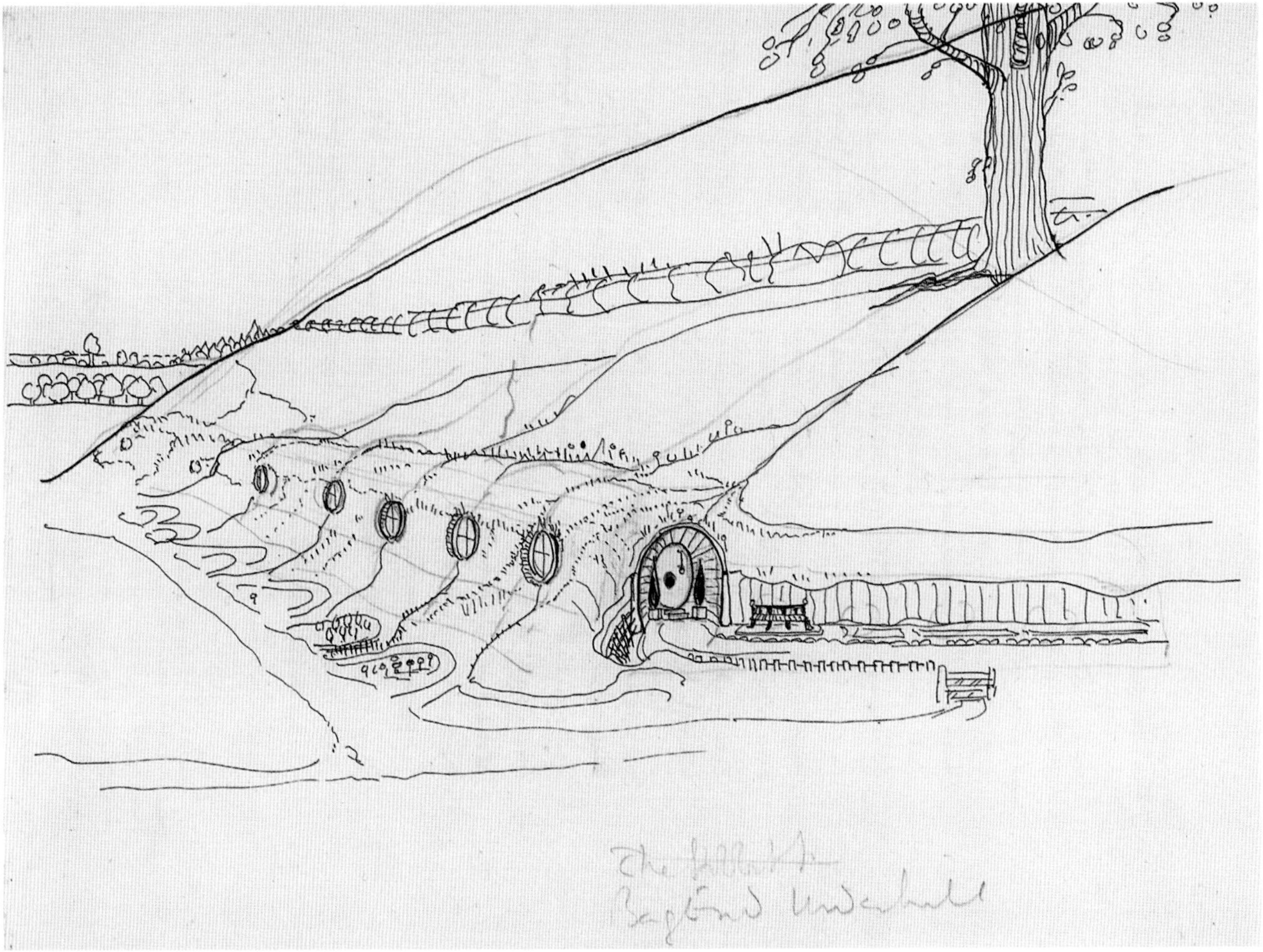

J・R・R・トールキン「丘の下のふくろの小路屋敷」

「まさにそのとおり」とトリンが答えます。

「そうそう」と、ガンダルフが続けます。「言い忘れていたが、地図には鍵が添えられておった。小さな、おもしろい形の鍵じゃ。ほれ、こいつじゃよ」と、トリンに鍵をわたします。軸の部分が長く、複雑な歯の形をした、銀製の鍵でした。「大事にしまっておくのじゃぞ」

「むろんだとも」。トリンは、首にかけた細い鎖にその鍵をつるし、上着の下にしまいます。「これで、すこしは見通しが明るくなってきた。この鍵があるとないでは大ちがいだ。今までは、これからどうすべきか確《しか》とした考えがなかった。われわれが頭にえがいていたのは、ともかくも東にむかって出発し、息をひそめ、万全の注意をはらいながら、まずは〈ほそなが湖〉まで行こうということだった。そこを過ぎると、厄介《やっかい》な事態が生じはじめて…」

「いやいや、そのはるか以前から難儀《なんぎ》な目にあうことじゃろうて。東の道を行ったわしの経験からするとな」とガンダルフが口をはさみます。が、

「そこからは〈ながれ川〉にそって上《のぼ》ってゆき」と、トリンは横やりを意に介することなく続けます。「こうして、〈谷〉の廃虚《はいきょ》にいたる。ここは、〈山〉の姿を頭上にいだく渓谷《けいこく》で、かつて人間の町のあったところだ。だが、〈おもて門〉から入るという案には、みなが反対だった。〈ながれ川〉は〈山〉の南面の大きな絶壁《ぜっぺき》をぬけて、まさにこの〈おもて門〉から流れ出しているのだが、ここは川だけじゃなく、ドラゴンの出入口にもなっている。しょっちゅう出はいりするので、あいまを盗んで侵入するなどというのは、どだいムリなはなしだ――ドラゴンの習慣が最近かわったというのなら、話は別だが」

「そいつはムリというものじゃな」とガンダルフが言います。「強い〈武人〉か、いっそのこと〈英雄〉でもいれば、なんとかなるかもしれんが。そういう連中も探すには探してみたが、〈武人〉らは遠い国でおたがい同士のちゃんちゃんばらばらに忙しいし、〈英雄〉のほうはというと、この近辺では数がきわめて少ないか、まったく存在《そんざい》しないかのいずれかじゃな。このあたりでは、剣の刃《やいば》はすっかりなまり、斧《おの》といえば木を切るもの、盾《たて》はゆりかごか大皿のふたになりはててしもうた。なにしろドラゴンなんぞ遠い遠いどこかの、伝説上の存在《そんざい》じゃからのう。だ

からこそ、わしは押入《おしいり》を使うことに決めたのじゃ。それは、山腹の秘密扉のことを思い出したからでもある。というしだいで、われらがビルボ・バギンズ君という、押入《おしいり》のなかの押入《おしいり》――選りすぐりの押入《おしいり》にご登場をねごうたというわけさ。さあ、話を先に進めて、計画を練ろうではないか」

「あなたがそうおっしゃるなら、それでけっこうです」と、トリンが答えます。「ただし、まず押入《おしいり》エキスパートの大先生の、貴重なご意見をうかがわないことにはなりませんな」。トリンはわざと馬鹿ていねいな態度で、ビルボのほうに顔をむけました。

「でも、その前に、どういう状況なのか、もう少しくわしい事情をお聞きしたいものですね」。急にお鉢《はち》をむけられたビルボは上がってしまい、内心びくびくではありましたが、とことんつきあってやろうじゃないかと、トゥック魂《だましい》はいまのところ健在《けんざい》です。「つまり、黄金やドラゴンやなんかのことです。どうしてそこに黄金があるのです？誰のものなのです？　それに…」

「まったくもう」とトリンが声をあらげます。「そこに地図があるじゃないか。さっきの唄を聴かなかったのかね？　いままで何時間も、何を聞いていたのだ？」

「おっしゃるとおりですが、きっちりと、明確にお聞きしておきたいのです」と、ビルボのほうも譲りません。（ふだんはお金を借りにきた人のためにとっておく）そっけなくも事務的な表情を顔にうかべ、賢明で思慮にとむプロフェッショナルといった態度をみせようと、一生懸命です。推薦《すいせん》してくれたガンダルフの期待に、何としてもこたえようというわけです。「それに危険率、もちだし分の費用、必要とされる時間、報酬などについてもお訊《き》きしておきたいものですね」――ようするに、「何かもうけはあるのか？　生きて帰れるのか？」ということです。

「よかろう」とトリン。[34]「はるか昔、わたしの祖父トロールの時代に、わが一族は〈北〉のさい果ての地をおわれ、財宝と道具類をたずさえながら、この地図にのっている〈山〉に戻ってきた。〈山〉はいく世代も前の〈父祖トライン〉[35]によって発見されていたが、この時期になって、わが一族の者たちは坑道を掘り、トンネルをうがって、以前にもまして壮大な広間や、大がかりな作業場を次々とこしらえたのだ。そればかりでなく、黄金や宝石のたぐいを大量に発見したのだろうと思う。ともあれ、一族はとてつもない富と名声をえた。わたしの祖父はふたたび〈山の王〉となり、人間どもからも大いに尊敬されるようになった。この人間の連中というのは、かつて南のほうに住んでいたが、しだいに〈ながれ川〉の上流へと勢力をのばし、〈山〉のふもとの谷間にまでやってきていたのだ。あのころ、かれらは〈谷〉という名の楽しい町をつくった。〈谷〉の王たちは、われらドワーフの工匠《たくみ》を呼んで、ちょっとした細工にも多大の報酬でむくいてくれた。また、あそこの子をもつ親たちは、われわれのもとに、こぞって息子を徒弟奉公《とていぼうこう》に出したがったものだ。しかも礼はごっそりと払ってくれる。とくに食料というかたちでな。そんなわけで、われわれには食べ物を栽培するとか、さがすとかの必要がまったくなかった。よい時代だったなあ。もっとも貧しい者でさえ、使う金、人に貸す金がぞんぶんにあった。きれいな細工物を、純粋に楽しみのために作ることができた。こうして、目を奪うような魔法の玩具《おもちゃ》が、どんどん生み出されたことはいうまでもない。あんなにすばらしい玩具《おもちゃ》は、いまの世界で見つけることなどできやしない。こうして祖父の館《やかた》は、よろいや宝石や彫刻や酒盃《しゅはい》で、あふれんばかりになっていった。[36]〈谷〉の玩具市《がんぐいち》は、〈北〉の地方の一大名物だった。

　きっとこの評判がドラゴンをおびきよせたのだろうな。やつらは人間、エルフ、ドワーフから黄金と宝石を手あたりしだいに盗んでいく。そして奪った宝物を生涯（というのは永遠にということだ。ドラゴンは殺されないかぎり、死ぬことがないのだ）守りつづけるが、これっぽっちも、それを楽しむということがない。たいてい品物の市場価値にはくわしいが、細工の善し悪しを見分ける目はないのだ。また、自分では何ひとつ作ることができない。よろいからはずれかけたちっぽけな鱗《うろこ》一まい修繕《しゅうぜん》することすらできない。あの当時、〈北〉の地方にはドラゴンが多数おり、しかもドワーフがどんどん〈南〉に逃げたり、殺されたりしたので、黄金が枯渇《こかつ》してきたのだろう。また、ドラゴンどものせいでこの地方全体の疲弊《ひへい》、荒廃《こうはい》がいよいよひどくなってきていた。そのようなかで、ここに、特別に性悪《しょうわる》で、強欲《ごうよく》、しかもめっぽう強い、スマウグという名のドラゴンがいた。ある日スマウグは空に舞いあがり、〈南〉に飛来《ひらい》してきた。[37]そのとき、われわれの耳にはまず北のほうからハリケーンのような轟音《ごうおん》と、〈山〉のマツの木が風によってギーギーバリバリと裂ける音が聞こえてきたが、それがスマウグだったというわけだ。たまたま外にいたドワーフたち――わたしもそんな好運な一人だった。当時は冒険好きの少年で、いつもどこかをうろつきまわっていたが、それがこの日、わたしの命をすくったのだ…。さて、われわれは外にいたので、かなり離れた場所から見ることができた。ドラゴンは劫火《ごうか》につつまれながら、われらの山に降り立ってきた。そして斜面をおりてきて、森のところにまでたっすると、木々がいっせいに炎上した。このころになると〈谷〉の鐘という鐘が打ち鳴らされ、戦士たちはいくさ支度《じたく》をはじめている。ドワーフらは次々と宮殿の大門からとび出したが、そこにドラゴンが待ちうけていたので、こちらからは一人として遁《のが》れることができなかった。川が一気に蒸発し、たちどころに〈谷〉が濃霧《のうむ》につつまれる。するとそれに乗じてドラゴンがおそいかかり、戦士たちはほぼ全滅。よくある悲劇さ。くやしいが、当時はこんなことも日常茶飯事《にちじょうさはんじ》だったな。ついでドラゴンはとってかえして、〈おもて門〉から侵入し、ありとあらゆる広間、通り、トンネル、小径《こみち》、酒倉、邸宅、通路を荒らしまわった。これにてドワーフは全滅、ドラゴンが財宝をすべて自分のものにしてしまった。そして、おそらくはそれがドラゴンの習性なのだろうが、集めた財宝を巣の奥深くに高々と積み上げて、それを寝床にした。その後、やつは夜になると大門から這《は》いだし、〈谷〉をおそい、住人――とくに乙女たち――をさらって食べたので、そうなるとこんどはもう残った人たちも逃げ出すはで、無人となった〈谷〉はついに廃墟《はいきょ》と化した。いまどうなっているのか、しかとは分からないが、今日では〈ほそなが湖〉のはずれよりも〈山〉の側に住んでいる者はいないと思う。

じゅうぶんに離れていて、ぶじだったわれわれ数人は、隠《かく》れ家《が》に座りこんで、涙ながらにスマウグをのろった。するとそこに思いがけなくも、焼けこげた鬚《ひげ》もあわれな、わたしの父と祖父がやってきた。二人はむずかしい顔をして、むっつりと押し黙っている。どうやって逃げたのですか、との問いにも、黙っていなさい、おまえにもいつか分かる時がくるだろう、と言うばかりだった。その後まもなくわれわれは隠《かく》れ家《が》をあとにした。さまざまの土地を廻《めぐ》りながら、その日の糧《かて》をかせがねばならぬというみじめな生活で、鍛冶屋、石炭掘りにまで身をおとすことも、間々《まま》あった。だが盗まれた宝物のことを、かたときも忘れたことはない。そして、今ではこうしていくらか蓄えもでき、豊かになってきたとはいえ」――と、トリンは首にかけた金鎖を指でなでてみせました――「やはり、宝は取り返したいのだ。そして、なろうことなら、積年の恨《うら》みをぞんぶんに晴らしてやりたい。

父と祖父がどうやって逃げてきたのだろうという疑問が、いつも頭を離れなかった。いまにして思えば、この二人しか知らない秘密の抜け穴があったにちがいない。そして二人はそれを地図に記した、ということのようだが、ガンダルフ、あんたはそれをどうやって手に入れたのだ？　正当な相続人のわたしに、なぜわたらなかったのだ？　わたしには知る権利がある！」

「〝手に入れた〟のではない。託されたのじゃよ」とガンダルフ。「そなたの祖父のトロールが、モリアの坑道でゴブリンのアゾグに殺されたことは、[38]憶《おぼ》えているな」

「名を聞くだにおぞましい」とトリン。

「また、先週の木曜でもう百年になるが、四月二一日にそなたの父のトラインは、いずかたへともなく姿を消し、[39]それ以来ゆくえ知れずに…」

「いかにも」とトリン。

「その父上がそなたにわたしてくれと言って、これをわしに託したのじゃ。いままで、わたすべき時期と方法をうかがっていたわけじゃが、なぜ出会ってすぐにそうしなかったのかなどと、責めないでくれよ。わしにこれを託した時に、父上は自分の名前すら思い出すことができなんだし、そなたの名前も教えられる状態ではなかった。よって、そなたを見つけ出す苦労は、なみたいていのことではなかったぞ。責められるどころか、おおいに感謝されてしかるべきじゃな。ほれ、受けとるがよい」と、ガンダルフはトリンに地図をわたしました。

「よく分かりませんねえ」と、トリンが返します。ビルボは、自分もそう言いたいところだと思いました。こんな説明では、なにも説明されていないような気がします。

「そなたの祖父トロールは」とガンダルフがゆっくりと、暗い声で続けます。「モリアの坑道に行く前に、地図を息子にわたした。トロールが死ぬと、父上は一旗《ひとはた》あげようと、地図を片手に旅に出た。そうしてじつに不愉快な冒険をごっそりと経験したが、ついに、あの〈山〉に近づくことはなかった。わしが父上に出会ったのは——さあ、父上がなぜあんなところに行ってしまったのかはよく分からぬが――ネクロマンサー[40]〔黒魔術師〕の地下牢の中じゃった」

「でも、あなたこそ、一体ぜんたい、そんなところで何をしていたのです？」。トリンがふるえる声で尋ねます。ドワーフたちも全員ブルブルと身ぶるいします。

「そんなことはどうでもよい。いつものことさ。だが、あの時ばかりは危ない目にあったなあ。このわしガンダルフでさえ、やっとこさ逃げることができたのじゃ。父上を救おうとしたが、時すでに遅し。父上はうつし心がうせ、うつけのきわみ、呆《ほう》けた頭にのこれる思いは、地図と鍵のことだけじゃった」

「モリアのゴブリンにはとっくの昔にお返しをしてやった」とトリン。「ネクロマンサーにもお礼まいりをしなければ」

「愚かなことを言うでないぞ。たとえ世界の隅々《すみずみ》からドワーフをかき集めても、とうていかなう相手じゃない。父上は、息子には地図を解読し、鍵を使ってほしいと――ただそれだけを願ったのじゃ。スマウグと〈山〉だけでも大きすぎる難題じゃよ」

「いいぞ、いいぞ！」とビルボ。間《ま》のわるいことに、思ったことが声となって出てしまいました。

「何がよいというのだ？」。ドワーフらはいっせいにビルボをふり返ります。すると、どぎまぎしたビルボの舌が勝手にしゃべりました。「えーと、それは、このわたくしの意見を申しのべてもよいということでありまして…」

「聞こうじゃないか」

「ええと、皆さん、東にむかって進み、それでもってようすを見るのですな。なんだかんだ言ったって、〝隠し扉〟があるというのだし、ドラゴンだって、たまには眠ることもあるでしょう。果報《かほう》は寝て待て、敷居《しきい》の前にでも座っていれば、まあ、そのうち、なにか名案が浮かぶでしょうよ。ああと、ねえほら、もうじゅうぶんに話をしましたよね。一晩の分としてはね。ええと、つまり、こう言うともうお分かりですよね。今夜はもうやすんで、あすは朝一番の早出《はやで》――なんてね。ねえ、皆さんの出発前に、朝食をたっぷりとごちそうしますよ」

「〝皆さんの〟じゃなく、〝われわれの〟と言ってもらいたいね」とトリン。「それに、あんたが押入《おしいり》なんだから、扉の前に座るのは、あんたの仕事さ。それから、扉のむこうに押し入ることも忘れちゃいけないぜ。だが、やすむことと朝食のことは、大さんせい。ハムエッグの卵は六個だよ。それが旅立ちの朝のメニューなんだ。落とし卵じゃなく、目玉焼きでね。黄身はくれぐれもこわさぬよう」

ドワーフたちが朝食の注文をします。「お願いします」の一言もありません（これにはビルボも頭にきました）。予備の注文がすむと、みんな立ち上がりました。ビルボは一人一人全員に寝場所《ねばしょ》を見つけてやらねばなりません。予備の部屋はすべていっぱい、椅子やソファーにも寝られる支度をととのえて、全員をなんとか片づけてから、ようやくビルボも、自分の小さなベッドにもぐりこみました。ぐったりと疲れ、しかもあまりしあわせな気分とはいえません。ただし、一つだけ心に決めたことがありました。——朝はやく起き出して、クソいまいましい朝食なんて作ってやるものか！　すでにトゥックらしい意気はすっかり萎《な》えてしまい、自分はあすの朝ほんとうに旅に出るのだろうかと、ビルボは半信半疑《はんしんはんぎ》です。

ベッドに寝ていると、となりの、とっておきの客間から、トリンがまだ鼻歌をうたっているのが聞こえてきました。

朝《あした》まだきにいでたちて、
霧にかすめる山を越え、
行かん、谷間の深き穴。
はるか昔の黄金《きん》もとめ。

ビルボはこの唄を聞きながら眠りにつきました。おかげで、いやな夢をたくさん見てしまいました。そうしてようやく目がさめたときには、すでに日が高く昇っておりました。

第2章　ヒツジのあぶり肉

ビルボはぱっと跳ねおきて、化粧着《けしょうぎ》をひっかけ、食堂に入っていきました。そこには誰もいませんでしたが、大急ぎで、でもたっぷりと朝食を食べた跡が歴然《れきぜん》としています。食堂はおそろしいほどの混沌《こんとん》、キッチンにはよごれた食器が山と積み上がっています。およそ、ありとあらゆる鍋とフライパンが使われたかのようです。ああ、こんなに大量の皿を洗わねばならないのかと、ゆううつな仕事を目の前につきつけられると、昨夜の集《つど》いは悪夢の一部であったのだよと思いたくても——思うわけにはゆきません。でも、一瞬後には、「ちょっとまてよ、ボクにはかまわないで、ボクのことを起こそうともしないで——〝ありがとう〟の一言もないのは気に入らないけれど——出ていってくれたのだ」と、われらがビルボ君、ほっと安堵《あんど》の胸をなでおろしました。とはいえ、ほんのちょっぴりではありますが、ある意味でがっかりした気持ちが、心の中にわだかまっていることも事実です。そんな自分に、ビルボは驚いてしまいました。

「いい加減にしろよ、おい、ビルボ・バギンズ君よ」ビルボはそう自分に言い聞かせます。「いい年をして、ドラゴンや、愚にもつかない化けもののことを考えるなんて！」というわけで一件落着《いっけんらくちゃく》。ビルボはエプロンをつけ、火をおこし、湯をわかして皿を洗いました。そうしてひとまず、ささやかな、すてきな朝食をキッチンでとりました。

それから、ひっくりかえった食堂の整理整頓です。それが終わるころには日がさんさんと降りそそぎ、開けはなった玄関からは、暖かい春の風がふわりと流れこんできました。ビルボは、はでに口笛をふきはじめます。昨夜のことはもうほとんど頭を去ろうとしています。それが証拠に、こんどは食堂のあけた窓のそばに腰をおろして、もう一度、ささやかな、すてきな朝食を食べようとしました。が、ちょうどその時のことです。ガンダルフがぬうっと入ってきました。

「おい、ビルボや、いったい何時になったら来るんだね？　〝早出《はやで》〟などと言っておきながら、十時半にもなってこんなところでのんきに朝食を――と言えるかどうか知らんが――食べていてよいのかね？　あまりに遅いので、ドワーフらは、メッセージを残して出発したぞ」

「えっ、メッセージって何です？」とビルボはうろたえます。

「こりゃ、おどろき、ももの木、バナナの木じゃね！」とガンダルフが嘆《なげ》きます。「ビルボよ、けさの君は、ちょいとおかしいぞ。暖炉の上は掃《はら》わなかったのかね？」

「それが、何の関係があるのです？　もう、十四人分の皿洗いで手いっぱいですよ」

「暖炉の上を掃《はら》ったら、時計の下にこれがはさまっておるのに気づいたはずじゃ」と、ガンダルフはビルボに手紙をわたします（もちろん、ビルボ自身のメモ用紙がちゃっかりとつかわれています）。

紙にはこんなことが書かれてありました。

　トリンと仲間より、押入《おしいり》のビルボ殿へ。

　貴殿《きでん》の歓待《かんたい》にこころよりの感謝とお礼を申し上げます。また、プロフェッショナルとしての技能提供のお申し出、ありがたくお受けいたします。条件は以下のごとくです。報酬――（黒字のばあい）利益総額の十四分の一を限度とし、それを超えぬ額を代金引換《だいきんひきかえ》払いにて。旅費――赤字、黒字いずれの場合にも、すべて保証。葬儀費用――事態の発生に応じて、われわれもしくは当方の代理人により負担のこと。遺体の喪失など葬儀が不可能な場合には、免責《めんせき》とさせていただきます。

わが敬愛するビルボ殿のご安眠をさまたげるにおよばぬと愚考《ぐこう》いたし、必要なる諸準備のため、さきに失礼つかまつります。正《しょう》十一時、〈みぎわ丁〉の〈グリーンドラゴン亭〉[1]にて、ご来駕《らいが》をお待ち申しております。

時刻厳守のこと、重ねがさねお願い申し上げます。

永遠《とわ》に、
忠実な下部《しもべ》なる、
トリンおよび仲間より。

「ということはあと十分しかないぞ。走らなければならんぞ」とガンダルフ。

「そんな…」とビルボ。

「〝そんな〟時間はない」とガンダルフ。

「でも…」とビルボ。

「〝でも〟じゃまにあわん！　さあ出発！」

帽子もかぶらず、ステッキもたず、お金もなしで――要するに外出用具をいっさい持たずに、あのときどうやって外にとびだしたのか、その後死ぬ日がくるまで、ビルボは思い出すことができませんでした。二度目の朝食を途中で食べさして、そのまま食器を洗いもせず、鍵束《かぎたば》をガンダルフの手におしつけるが早いか、毛がふさふさの足で走れるかぎりの全速力。小径《こみち》を下り、大きな〈水車〉をすぎ、〈川〉を渡り、さらに一マイル以上も駆けてゆきました。

はあはあと息を切らせながら〈みぎわ丁〉に到着したのは、時計がちょうど十一時をうったときで、このときビルボは、ハンケチを忘れてきたことに気づきました。

「バンザーイ！」。宿屋の玄関のところで、今かいまかとビルボの到来を待ちうけていたバリンが言いました。ちょうどその時です。のこりの者たちが、うちそろって、村からの道の角を曲がってきました。一同は小馬［ポニー］に乗っているのですが、どの小馬にも荷袋やかばん、荷物やがらくたがずっしりとぶら下がっています。中にひときわ小ぶりの小馬が一頭みえますが、これがどうやら、ビルボ用ということらしい。

「さあ二人とも馬にのって。出発だ！」とトリンが言います。

「たいへん申しわけありませんが」とビルボ。「帽子もかぶらずに出てきたし、ハンケチも忘れ、お金もおいてきてしまったのです。あなたのお手紙を拝見したときには、すでにもう十時四十五分でした。きっちり言っておくならばね」

「きっちりなんぞ言っておかんでよろしい」とドワリンが宣《のたま》います。「それに心配ご無用。ハンケチなど序の口、この旅が終わるまでには、いやでもおうでも、いろいろと不自由をしのばねばなるまいよ。そう、帽子なら、余分のフードとマントが、わしのかばんに入っているぞ」

このようにして一行は出発しました。五月を目前にしたある晴れた朝、[2] 小馬にずっしりと荷物をのせ、意気揚々《いきようよう》と旅だったのです。ビルボは、ドワリンから借りた深緑の（やや染《し》みのついた）フードと、これまた深緑のマントをまとっています。だぶだぶなので、みるからに滑稽《こっけい》です。こんな姿を父親のバンゴが目にしたらどんなに嘆《なげ》くことやら。そんなこと、考えたくもありません。唯一《ゆいいつ》のなぐさめは、鬚《ひげ》がないので、ドワーフふぜいと見まちがえられることだけはなさそうだということでした。

ほどへぬうちに、後方からガンダルフがさっそうと白馬にのって追いついてきました。おびただしいほどのハンケチをもち、ビルボのパイプと煙草《たばこ》をたずさえています。そのおかげで、その後はとても愉快に道を進めることができました。おもしろい物語をかたったり唄をうたったりしながら終日前進、ほがらかな声がやむのは止まって食事をする時だけです。食事の回数はビルボにはすこしもの足りなかったけれど、なんだかんだ言っても、この冒険というやつ、そんなに悪くはないわいと感じはじめたほどでした。

最初はホビットの土地を進んでゆきました。そこは広々とした、非のうちどころのない国で、住んでいるのはまっとうな人ばかり。道もよく、宿屋も一、二軒あり、ときには仕事のために足早《あしばや》に行きすぎるドワーフや農夫とすれちがったりもしました。でも、ここを過ぎると人々の話す言葉はもはやちんぷんかんぷんで、聞こえてくる唄も、ビルボの耳にはなじみがありません。[3] さて一行は、いまやこのような土地をあとにして、〈わびしい国〉の奥へ奥へと分け入ってゆきました。ここにはもはや人影がなく、宿屋もなければ、進むにしたがって道はいよいよ悪くなるばかりです。そうして、目の前には、もの寂《さび》しい丘陵《きゅうりょう》がせまってきました。奥のほうがいやましに険《けわ》しくそびえ、うっそうと樹がしげっています。山のいくつかには、いかにも凶悪《きょうあく》そうな古城《こじょう》がそびえたっています。よこしまな人々がこしらえたかのようです。今日は、すべてがゆううつに感じられます。というのも今日になって天候が急変したのです。いままでは、がいして絵に描いたような上々の五月《さつき》晴れでしたが、とつぜんのことに、寒い雨もようのお天気となりました。〈わびしい国〉に入って以来、キャンプを張る場所については我慢《がまん》と妥協《だきょう》の連続ではありましたが、これまではともかくも、乾いたところがありました。[4]

「もうすぐ六月だというのに！」と、先を行く者たちのぬかるんだひずめの跡を踏み、泥をはでに跳ねあげながら、ビルボが嘆《なげ》きます。お茶の時間は、もうとっくにすぎています。雨はどしゃぶり。一日じゅうこのように降りしきっています。フードのしずくが眼の中にぴちぴちと垂れてくるし、マントもたっぷりと水を吸いました。馬は疲れ、さかんに石につんのめります。ドワーフたちも気がたって、むっつり黙りこんでいます。「きっと、乾いた着がえにも、食糧袋にも雨がしみこんじまったろうな」とビルボは思います。「押入《おしいり》やなんか、すべて、くそくらえさ。暖炉でヤカンがしゅうしゅう言いかけてる——そんなすてきなわがホビット穴に帰りたいなあ」。こんな願いを抱くのも、これが最後であればどんなによかったことか！

それでもドワーフたちは道を続けます。ふり返ってうしろを見ることもなければ、ビルボに注意をはらうこともありません。ぶ厚いねずみ色の雲のむこう側で太陽が沈んだらしく、あたりがまっ暗になってきました。一行はけわしい渓谷《けいこく》にさしかかり、底の谷川をめざして馬を進めました。風がたち、川沿いのヤナギの並木がおじぎをして、すすり哭《な》きます。[5] 北の山脈から流れてくる川は、雨を集めて奔流《ほんりゅう》となり、荒れ狂っています。さいわいにも、前方に見える橋は、古いがっしりとした石橋です。[6]

川を渡りおえると、もうほとんど夜でした。烈風《れっぷう》で灰色の雲が裂けると、丘の上を疾走するちぎれ雲のあいだに、月がふらふらと顔を出しました。[7] 一行は立ち止まります。そしてトリンが、そろそろ夕食の時間だと言いました。それから、「どこかに乾いた寝場所があるだろうか？」とつぶやきました。

と、そのときになってようやく、一行はガンダルフのいないことに気づきました。ガンダルフはいままでのところ、自分も冒険にくわわっているのか、それとも当座のあいだ付きそっているだけなのかは明言しないものの、ずっと一緒に馬を進めてきていたのです。一番食欲おうせいだったのがガンダルフなら、一番よくしゃべったのも、一番よく笑ったのもガンダルフだったのですが、いまふと見まわせば、姿がないではありませんか！

「よりによって、魔法使いの術《わざ》が役にたちそうな、こんな時にいなくなるなんて」とドリとノリがうめきました（二人はホビット同様、食事は規則正しく、たっぷりと頻繁《ひんぱん》にとるべきだという主義だったのです）。

ついに一行は、ここでキャンプを張るしかないと覚悟を決め、[8] 木立の下へと移動しました。樹木の下は、ほかとくらべれば濡《ぬ》れかたはそうひどくありませんが、風のために、葉や枝にたまった水滴が振りおとされて、ぽたぽたとくる不快さはそうとうなものでした。そのうえ、泣きっ面《つら》に蜂《はち》というべきか、どうやらたき火がへそを曲げてしまったらしい。いったいに、ドワーフというのは風があろうがなかろうが、どこにいても、どんなものからでも、火を起こせるものです。ところが、今夜ばかりはどうにもうまくゆきません。火起こし名人のオインとグロインでさえだめでした。

やがて一頭の小馬が、ものの影におびえて、駆けだしました。ようやくのことに捕まえたのが川の中のこと、フィリとキリが溺《おぼ》れそうになりながら、ふたたび岸までひっぱり上げましたが、その前に、積んでいた荷物はすべて流されてしまいました。しかも、その大半が食糧だったというご念のいったはなしで、こうなるともはや夕食に食べるものすらほとんどなく、あすの朝食にいたってはこころもとないかぎりです。

ドブネズミのようにずぶ濡れの一同はむっつりと腰をおろし、ぶつぶつ不平を言いかわします。オインとグロインはなおも火を起こそうとつとめながら、なにやら言い争っています。ビルボはというと、冒険というやつ、五月《さつき》晴れの空の下を小馬でさっそうと行くだけではすまないんだなあ、と悲しい感慨《かんがい》にふけっています。その時です。いつも見張り役をひきうけるバリンが「あっちに明かりが見えるぞ！」[9]と叫びました。すこし前方に、樹々におおわれた丘が見えます。ところどころ、かなりぶ厚い茂みとなっており、そのようなこんもりとした樹木の黒いかたまりのあいだから明かりがもれています。赤っぽい、いかにも心地よさそうな光です。たき火か、タイマツの火がまたたいているのでしょう。

ドワーフたちはしばらくそれを眺めていましたが、やがて議論がはじまりました。甲論乙駁《こうろんおつばく》——意見はさまざまです。ある者たちは、ちょっと行ってみるくらいだったらいいじゃないか、とぼしい夕食、あるかないかのあすの朝食、それに一晩中ぬれた服ですごすよりは、何だってましだ、と述べました。

これに対して、すかさず反論が出ます。「この辺《へん》のことはあまりよく知られていないし、だいいち山に近すぎる。こっちのほうに来る旅人は、今ではほとんどいない。古い地図も当てにならない。以前とくらべて、治安がずいぶん悪くなっているうえに、旅人をまもるべき兵士もいない。[10]この辺《へん》はだれが治めているのかさえ、耳にすることがないではないか。[11]だから、いまからは余計な好奇心を燃やさぬほうが、面倒にかかわりあわずにすむだろうよ」。ところが、「痩《や》せても枯れてもこちらは十四人もいるのだから…」と一方が言い返すと、「いったいガンダルフはどこに行ったのだろう？」ともう一方が言いました。するとみなが口々に「ガンダルフはどこに行ったのだろう？」をくり返します。するとこのとき、雨がにわかに激しさをまし、オインとグロインがとっくみあいの喧嘩《けんか》をはじめました。

これで決まりです。「なんのかんの言っても、ボクらには押入《おしいり》の先生がついているのだから」と一同は言って、馬を引きながら、明かりのほうにむかって——とうぜん、しかるべき用心は欠かしませんが——歩きだしました。丘のふもとにたどり着き、すぐに森に入ります。そして斜面をのぼりにかかりましたが、家や農場につながりそうな、まともな道は見つかりません。それに、どんなに努力をしても、なにしろまっ暗闇《くらやみ》の中を草木をかき分けてゆくのですから、ガサガサギーギー、バリンパリンなどという音（それと不平ブーブー、不満ダラダラの声）を抑《おさ》えることはできません。

とつぜん、前方遠からぬ樹々《きぎ》の幹《みき》のあいだから、赤い光が煌々《こうこう》と差してきました。

「さあ押入《おしいり》の出番だ！」と、ビルボを見ながらみなが言いました。「君だけで進んでいって、あの明かりが何なのか、目的はなにか、すべて絶対安全、太鼓判《たいこばん》をおせるかどうか、調べてきてほしい」と、トリンがビルボに告げました。「さあ行け。万事オーケーならすぐに戻ってこい。じゃない場合は、戻れたら戻ってこい。もし戻れなければ、〝ホッホッ〟とフクロウ鳴きを二度、〝ホーッ〟とミミズク鳴きを一度するがよい。できるだけのことはしてあげよう」

こうなれば仕方ない、フクロウ鳴きなんぞ一度だってできません、ボクはコウモリでもないので、飛べやしないのと同じことなんだ！　などとまどろっこしく説明をするまもあらばこそ、ともかくビルボは行くしかありません。でも、ホビットは森の中をほんとうに静かに――まったく音をたてずに進むことができます。これこそがホビットの自慢であり、ここまでの道すがら、ドワーフのたてる足音のことを、まるで「らんちき騒ぎもいいとこだ！」と一度ならず軽蔑に鼻をならしたビルボでした。とはいえ、わたしたち人間にとっては、風の強いあのような夜に、ドワーフの足音でさえ聞きとることはとうてい不可能だったはずです。たとえほんの目と鼻の先を、この一行が集団をなして通過していったとしても、何も聞こえなかったはずです。ビルボはというと、つんとすまして赤い光のほうに歩いていきました。イタチでさえ、それに気づいてヒゲ一本動かすこともなかったことでしょう。というわけでビルボがたき火――そう、たき火だったのです――のすぐそばまで、だれにも気づかれずに近づくことができたのは、当然といえば当然です。そんなビルボの目に飛びこんできたのは、こんな光景でした。

三人のとても大きな男が、ブナの丸太《まるた》の特大のたき火をかこんで座っています。男たちは長い木串《きぐし》にヒツジ肉をさして炙《あぶ》りながら、垂れてくる肉汁を指でなめています。あたりにはぞくりと食欲をそそる匂《にお》いがただよっており、そればかりか近くに酒樽が一つおいてあり、男たちはジョッキに注《つ》いだビールをぐびぐびとやっています。ところがです。この連中はトロルだったのです。そのことは火を見るよりも明らかでした。これまでひっそりと暮らしてきたビルボでさえ、そのことは分かりました。あのでかくてごつい顔、巨大な背丈、足のかたちと、どれをとってもトロルそのものです。客間にはぜんぜん——ええ、ぜーんぜん不似あいな、トロル特有の下品なもの言いは、耳にするまでもありません。[12]

「きのうもヒツジ、きょうもヒツジ。そいで、あしたも、ぜってえにヒツジだぜ。くそったれめが」と一人が言いました。

「もう、ずうっと、クソ人間の肉を食っちゃいねえぜ」と別のトロルが言います。「いってえウィリアムのやろう、なに考えてやんでえ。おれっちをこんなところまで連れてきゃあがってよう。それに、酒だってもうあんまりねえぜ」と言って、ジョッキを傾けているウィリアムの肘《ひじ》をつっつきました。

ウィリアムはむせかえります。「クソ黙りやがれ！」。ようやく口がきけるようになったウィリアムが言いました。「村のやつらが、てめえとバートに食われてえようって、いつまでもぐずぐずしてると思ってんのけえ。山を下りてきてから、てめえらで村を一つ半もたいらげちまったじゃねえか。ゼータクゆうんじゃねえ！　山にいたときにゃ、しけてやがったからよう、こんなにけっこうけだらけなヒツジがあったら涙ながして、〝あんがとよ、ビル〟なんて言ったところだぜ」。こう言うと、ウィリアムは、いま炙《あぶ》っているヒツジの足から大きな肉のかたまりを食いちぎり、袖《そで》で口をぬぐいました。

そう、たとえ頭が一人に一つっきりしかなくっても、[13] トロルという連中はこのように大食いなのです。すっかり立ち聞きしてしまったビルボは、なにか行動を起こすべきでした。そうっと引き返して、すぐそこに、険悪《けんあく》な気分になったかなり大ぶりのトロルが三人もいて、ヒツジに飽きあきなので、炙《あぶ》りドワーフか、炙《あぶ》り小馬の肉なら、待ってましたとばかりに飛びつくだろうと仲間たちに知らせるか、さもなくば、押入《おしいり》のとっておきの早業《はやわざ》をさっそくにひろうすべきところでした。もしこの場に真に一流で名人クラスの押入《おしいり》がいたとするなら、トロルの財布をすり取り――もしそのような能力があれば、これはぜひやるに値します――串《くし》からヒツジ肉だけをかすめとり、ビールをしっけいし、そうして気づかれることもなく立ち去るなどということができたはずです。もっと現実的で、プロとしての誇りにこだわらないタイプの者であれば、電光石火《でんこうせっか》――三人のトロルが気づくまもなく、かれらの胸に匕首《あいくち》を沈めていたことでしょう。そうすれば、みんなで愉快な夜がすごせたはずなのです。

そんなこと、ビルボは百も承知でした。自分では見たことも、やったこともないが、たっぷりと書物で読んで知っています。ビルボは胸がむかむかするばかりか、恐怖心にもかられました。ですから、どこか遠くへ逃げてしまいたいと願わないわけがありません。ところが――ところがです。どういうわけか、このまま手ぶらでトリンと仲間のもとに戻ることに抵抗をおぼえたのです。というしだいで、物影にかくれて、うじうじと迷っていたというわけです。押入業務《おしいりぎょうむ》の仕事手順《しごとてじゅん》についてはいろいろと聞きおよんでいるけれど、その中でもトロルの財布をするのがいちばん簡単そうだなあ。こう考えて、ついに決心のついたビルボは、ウィリアムのすぐうしろの樹の背後に、そっと這《は》っていきました。

バートとトムが樽のところに行きました。ウィリアムはおかわりを注《つ》いだビールを飲んでいます。このすきをついて、ビルボは勇気をふりしぼり、そのちっぽけな手のひらを、ウィリアムのとてつもなく大きなポケットにさしこみました。するとそこには、ビルボにとってはかばんくらいの、大きな財布がありました。「さあ」と、財布をそうっとひき抜きながら、このあらたな仕事に気持ちの高まりをおぼえはじめたビルボは思います。「これがすべての始まりだ」と。

そう、すべてがまさにここから始まりました。トロルの財布というやつはいたずら者で、ウィリアムの財布とてその例外ではありません。ポケットをまさに離れようとしたその瞬間、財布は「おい、てめえナニモンじゃい」と、キーキー声でわめきました。するとただちにウィリアムがふり返り、ビルボの首ねっこをつかみます。樹のうしろに首をひっこめるまもあらばこそです。

「クソったれめが。おいバートよ、これ見ろや」とウィリアム。

「なんでえ」と他の二人が近づいてきます。

「知るもんけえ。てめえは何じゃい？」

「ビルボ・バギンズ。押し…ホビットです」。全身を木の葉のようにふるわせながら、あわれなビルボが答えます。口でこう答えながらも、頭のすみでは、首をしめられる前にどうやってフクロウ鳴きをやったものだろう、などと考えています。

「オシホビットだと！」と三人は仰天《ぎょうてん》して言いました。トロルはのみこみが悪く、新しいものには、はげしい警戒心をいだくのです。[14]

「なんだか知んねえが、オシホビットがおれっちのポケットに何の用がありやがるんでえ？」とウィリアム。

「オシホビットてなあ、どう料理するんでえ？」とトムが尋ねると、

「まあ、好きにやってみねえ」と、焼《や》き串《ぐし》をひろいながらバートが答えます。

「たったの一口にもなりやがらねえぜ」と、もうすでにたっぷりの夕食をとってしまっていたウィリアムが言います。「皮をひんむいて骨を抜いちまったらな」

「そのへんに仲間がごっそりいやがんじゃねえか？　合わせてパイができるぜ」とバート。「おい、てえめ、仲間がそっちの森にこそこそ隠れてんじゃねえか？　このちびウサギのできそこないめ」。こう言いながらバートは、ビルボの毛がふさふさの足に目をやったかと思うと、足の指をつかんでさかさ吊《づ》りにし、ぐらぐらと揺さぶりました。

「ええ、おおぜぃ」と口をすべらしたビルボです。仲間のことをばらしてはいけないのだと気づいても、もう遅い。でも、「ぜーんぜん。一人もいませんよ」と大あわてで言いなおしました。

「そりゃあ何でえ？」と、こんどは髪の毛をつかんで、ビルボをまっすぐにぶらさげたバートが言いました。

「いま申し上げたとおりです」と、ビルボは苦しい息でこたえます。「お優しい皆さま、どうかわたしを料理なさいませんよう。わたくし自身、お料理は大とくい。ちょっと妙な言い方ですが、わたしの腕肉《うでにく》よりも、腕前《うでまえ》のほう

がおいしいですよ。皆さまのために、とびきりおいしい料理をこさえましょう。夕食にされなければ、超とびきりの朝食をこさえてさしあげましょう」

「みじめったらしいやろうだぜ」。もうすでに腹に入るだけの夕食をつめこんでしまい、そのうえ、たらふくビールをきこしめしたウィリアムが言いました。[15]「みじめなやつめ。にがしてやれ」

「その〝おおぜーんぜん〟てのが何のことかしゃべるまでは、放さねえぞ」とバート。「寝首をかかれちゃ、目もあてられねえぜ。こいつの足を火につっこめ。ゲロをはかすんだ」

「おい、やめねえか。おれがとっ捕まえたんだぜ」とウィリアム。

「ウィリアムよ、さっきも言ったが、てめえは大ばかやろうのこんこんちきよ」とバート。

「てめえこそ、田舎者《カッペ》のカカシやろうじゃねえか！」

「おいビル・ハギンズよ、よくも言いやがったな」とバートはいいざま、まるめた拳骨《げんこつ》で、ウィリアムの眼に一発みまいました。

こうしてはでなとっ組み合いがはじまりました。呆然自失《ぼうぜんじしつ》のビルボではありましたが、バートの手から地面に落っこちると、踏みつぶされないよう、この渦中《かちゅう》から這《は》いださねばという思いが、かろうじて頭に浮かびました。やがて犬の喧嘩《けんか》のような、大乱闘となりました。まずは口をきわめた悪口雑言《あっこうぞうごん》のたぐいを、ものすごい大声でたがいにむかって投げつけるのですが、そのひどい悪口《わるくち》のひとつひとつに、言われた相手がまさにぴたりと当てはまっているという妙な具合です。まもなく二人はがっぷり四つに組みました。張り手、蹴《け》たぐりなんでもあり、組んずほぐれつころげまわり、あやうくたき火のなかに勇み足！　わきにいるトムは、かれらの頭を冷やそうと木の枝で二人をやたらにぶったたくのですが、そんなことをすればもちろん逆効果、火に油をそそぐようなものでした。

まさにこのような状態のあいだに、ビルボは逃げるべきでした。ところが小さな足は、あわれ、バートのごつい手によってぐしゃりとつぶされた後遺症《こういしょう》で、思うにまかせませんし、息もきれ、頭はくらくらという情けないありさま。しばらくはたき火の明かりのとどかないところで、はあはあと荒い息をつきながら横たわっておりました。

この乱闘《らんとう》のまっさなかに、バリンが姿をあらわしました。ドワーフらは遠くから騒ぎの音を聞きました。しばらくは、ビルボが帰ってくるだろうか、フクロウ鳴きが聞こえないだろうか——と待っていたのですが、そのうち、ひとり、またひとりと動き出し、できるだけ音をたてぬようつとめながら、光のほうへと近づいてきたのでした。バリンが明かりの中に姿を見せたその瞬間、トムはおそろしいうめき声をあげました。トロルは（料理していない）ドワーフは見るのもいやなのです。バートとビルはただちに争いをやめ、「トム、袋だ！　いそげ」と叫びました。この大混乱のどこにビルボがいるのだろうと案じていたバリンは、わけが分からないうちに頭からずぼっと袋をかぶせられ、倒されてしまいました。

「もっと来やがるぜ」とトム。「まあ見てろよ。〝おおぜーんぜん〟てなあ、オシホビットじゃなく、ドワーフのやろうがわんさかいやがるってえことさ。まあ、ざっとそんなところよ」

「うんにゃ、そうってことよ」とバート。「陰に隠れようじゃねえか」

三人は隠れました。それぞれ、ヒツジ肉やその他の略奪品《りゃくだつひん》をはこぶための袋を手にもち、物影にひそんで待ちぶせです。ドワーフたちはつぎつぎと姿をあらわし、びっくりしながら、たき火、ビールのこぼれたジョッキ、かじりかけのヒツジ肉へと視線をうつしていったところで、ズボッ——むさくるしく垢《あか》くさい袋があたまの上からふってきて、ゴロン、はいいっちょう上がり！　まもなくバリンの横にドワリンが転《ころ》がされ、フィリとキリが一緒に、そしてドリとノリとオリが一まとめとなり、さらにオイン、グロイン、ビファー、ボファー、ボンバーらがたき火のすぐそばに積まれました。[16]まったく不愉快そのものです。

「ちっとは思い知ったか」とトム。ビファーとボファーは、追いつめられたドワーフらしく、窮鼠《きゅうそ》猫をかむの勢いで抵抗したので、ずいぶん手こずらされたのでした。

トリンは最後にやってきました。そして、不意をつかれることもありませんでした。わざわいを予想しながら進んできたので、仲間たちが足だけつき出して袋づめになっていても、万事順調ならざることがすぐに分かります。トリンはすこし離れた陰の中に立って、「このざまはなんだ？　誰がみんなを捕らえてしまったの

.The Trolls.
「トロルたち」

だ?」とつぶやきました。

「トロルです」。ビルボが樹のうしろからこたえます。トロルたちはビルボのことをすっかり忘れていました。「袋をかまえて、藪《やぶ》にひそんでる!」

「おう、そうかい」。そう言うがはやいか、トリンはトロルの虚《きょ》をついて、たき火のところに跳び出します。そうして端《はし》が赤々と燃えさかっている枝の一本を抜きとると、よけるまもあらばこそ、えいやとばかりにバートの眼に突き刺しました。このため、バートはしばらく戦線離脱《せんせんりだつ》です。ビルボも力のかぎりを尽くしました。トムの足を――若木の幹《みき》ほどもあるので手がまわりきりませんが、ともかく懸命におさえました。けれども、トムがトリンの顔をめがけてたき火の火の粉を蹴《け》り上げた際にはねとばされ、くるりくるりと空中飛行、茂みの上にばさりと軟着陸《なんちゃくりく》しました。

このおかえしに、トムは例の枝を口のあたりにしたたかにくらい、前歯を一本おりました。トムは悲鳴を上げましたが、ちょうどその瞬間、ウィリアムがうしろからせまり、トリンの頭上から足の爪先《つまさき》まで、袋をすっぽりとかぶせてしまいました。こうして戦いはおわり、ドワーフたちは大変な窮地《きゅうち》に立たされました。みんなきちんと縛った袋につめられ、その横では、気のたった三人の(しかも二人は火傷《やけど》と殴打《おうだ》の痛みも生まなましい)トロルが、じんわりと炙《あぶ》って食おうか、それとも細かくミンチにしてから煮ようか、さもなくば、てっとりばやく一匹一匹の上に座ってつぶし、ゼリーにでもしちまおうか、などと議論をしています。ビルボはといえば茂みの中にひっかかり、服も肌も切り傷だらけ。音を聞かれちゃまずいと、身を動かすことすらできないでいるのでした。

ちょうどこの時です――ガンダルフが戻ってきました。ただしそのことに気づいた者は、誰もおりません。トロルたちは、ドワーフらをいま炙《あぶ》っておいて、食べるのは後にしようと、決めたばかりでした。このアイデアを最初に言い出したのはバートでしたが、さんざん言い争った結果、三人の意見がやっとまとまったのでした。

「いま炙《あぶ》るのはよくねえ。一晩じゅうかかっちまうぜ!」と、誰かの声が言いました。ウィリアムの声だと、バートは思いました。

「おい、ビルよ、蒸《む》しかえすんじゃねえ」とバートが言いました。「話が一晩じゅうかかっちまうぜ」

「文句を言ってるのはどこのどいつでえ？」とウィリアム。こっちはこっちで、バートの声だと思っています。

「てめえじゃねえか」とバート。

「でたらめぬかすんじゃねえ」とウィリアムがやり返すと、議論はふたたびふりだしに戻りました。そしてようやくたどり着いた結論は、ドワーフたちを細かいミンチにしてから煮ようというものでした。そこで三人はまっ黒な大鍋と、ナイフを取り出してきました。

「煮るなぁ、ダメさ。水がねえし、井戸は遠いぜ」。また声がしました。バートとウィリアムは、トムの声だと思いました。

「るっせえなあ！」。二人が声をそろえます。「きりがねえじゃねえか。これ以上文句がありやがるんなら、てめえがじぶんで水汲《く》みにうせやがれ」

「てめえこそ、黙りやがれ」とトムが言い返します。トムはトムで、ウィリアムの声だと思ったのでした。「がたがたぬかすなあ、てえめじゃねえか。でなきゃ、どこのどいつだっちゅうんでえ？」

「この抜作《ぬけさく》め！」とウィリアム。

「てめえこそ、抜作《ぬけさく》じゃねえか」とトムが言い返します。

と、ふたたび議論はふりだしの第一歩にもどり、さっきよりも激《げき》した調子をおびてきました。そうしてたどり着いた結論は、一匹一匹、尻でおしつぶしておいて、後で茹《ゆ》でようというものでした。

「一番さきに、どいつの上にのっかるんでえ？」という声がきこえました。

「最後に捕まえたやろうが最初さ」と、トリンに眼をやられたバートが言います。訊《き》いたのはトムだと思っています。

「ひとりごとばっか、ぬかすんじゃねえ」とトム。「いいや、勝手にしろい。最後のやろうをつぶしたかったら、そうしねえ。どいつだい？」

「靴下が黄色いやつさ」とバート。

「ざけんじゃねえ。グレーの靴下さ」。ウィリアムらしい声が言いました。

「たしかに黄色さ。まちがいねえ」とバート。

「うんにゃ。黄色さ」とウィリアム。

「じゃあ、なんでグレーだなんてほざきやがったんでえ？」とバート。

「おれじゃねえよ。トムのやろうさ」

「ちげえよ」とトム。「てめえだろ」

「二対一でてめえの負け。黙らっしゃい！」とバートがとりもつと、

「おれを誰だと思ってんでえ？」とウィリアム。

「もう、よせ」とトムとバートが声をそろえて言いました。「夜がふけてきた。夜明けは早いから、さっさと仕事にかかろうじゃねえか」

「夜明けにつかまって、おまえらみんな石になれ！」と、ウィリアムに似た声が聞こえましたが、声の主《ぬし》はウィリアムではありません。ちょうどそのとき、丘の上に光がさしそめ、樹々《きぎ》の枝のあいだから、元気のよい鳥のさえずりが響きわたりました。ウィリアムに声が出せたはずがありません——というのも、身を屈《かが》めたそのままの姿勢で、ウィリアムは石になってしまったからです。またバートとトムも、ウィリアムのほうを見つめている姿のままで、岩となってしまいました。こうして今日《こんにち》でも、小鳥でもなければ訪れる者のないこの場所で、三人は悄然《しょうぜん》と立ちつくしているのです。読者の皆さんもきっとご存知でしょうが、トロルは夜が明けるまえに地下にもぐらなければならないのです。そうしないことには、山の石から生まれたかれらは、ふたたび山の石にもどってしまい、二度と動けなくなります。[17] これがバート、トム、ウィリアムのたどった運命なのでした。

「うまくいった」と、ガンダルフが樹の影から姿をあらわし、いばらの茂みにひっかかっていたビルボをたすけ

下ろしながら、[18] 言いました。これでようやく、ビルボにも合点《がてん》がいきました。トロルに夜明けまで喧嘩《けんか》をさせて、やっつけてくれたのはガンダルフの声だったのです。[19]

さて、おつぎは、袋のひもをほどいて、ドワーフたちを出してやらねばなりません。ドワーフたちは窒息《ちっそく》すんぜんで、しかも神経がずいぶんまいっておりました。そこに転《ころ》がされたまま、焼いて食おうか煮て食おうか、それとも切り刻んでミンチにしようかなどとトロルたちが話すのを聞かされて、楽しいわけがありません。ドワーフたちは、そもそもビルボに何がおきたのか、二度話をきいてようやく理解しました。

「よりによって、こんな時にスリの練習をやるなんて、まがぬけてるじゃないか」とボンバーが言いました。「必要なのは火と食べ物なんだぜ」

「とはいえ、いずれにせよ、その火と食べ物というやつを手に入れるには、こいつらと戦わねばならなかったのじゃぞ」とガンダルフ。「ともかく、こんなことを話してるのは時間のむだというもの。この近くに、トロルが太陽を避けるための洞窟か穴を掘っているはずだとは思わんかね？　ぜひ中を調べてみようじゃないか」

あたりを調べてみると、まもなくかれらは樹々のあいだを抜けてゆく、トロルの石のブーツの足跡を見つけることができました。これをたどって丘をのぼると、茂みにうまく隠されてはいましたが、大きな石の扉が見つかりました。うしろにほら穴がありそうです。ところがドワーフたちには、それを開けることができません。ガンダルフの唱えるさまざまの呪文にあわせて、全員で押しても引いても、ぴくりとも動いてくれないのです。

「もしかして、これはお役にたつでしょうか？」と、疲れていらだってきたドワーフたちを見ながら、ビルボが訊《き》きました。「トロルが内輪《うちわ》もめしているときに、地面からひろいあげたものです」。こう言いながらビルボは大きいめの鍵（ウィリアムにとってはとても小さくて、秘密めかしたものに思えたにちがいありません）を差し出しました。とても好運なことに、石になる前に、ウィリアムのポケットからすべり落ちたのでしょう。

「いったい全体、それをどうしてはやく言わないんだい？」。全員が声をそろえて言いました。ガンダルフが鍵をさっと奪いとり、穴にさしこみます。すると力をこめたひと押しで石の扉があいたので、一同は中に入ってゆきました。床に骨が散らばり、あたりの空気にはむかつくような悪臭がただよっています。けれども、棚の上や地べたのあちこちに、大量の食料がむぞうさに積まれていました。食料ばかりではありません。真鍮《しんちゅう》のボタンにはじまって、すみに置かれた金貨ぎっしりの壺《つぼ》にいたるまで、さまざまな略奪の品がおよそ乱雑にちらばっています。それにまた、大量の衣類も――トロルには小さすぎるところからして、犠牲となった気のどくな人々の遺品《かたみ》でしょうが――壁にかかっており、それらにまじって、さまざまの製法、形、大きさの剣がつられていました。なかでも一同は、美しい鞘《さや》におさまり、柄《つか》に宝石をはめこんだ、二本の剣に目をひかれました。

この剣は、ガンダルフとトリンが、それぞれ一本ずつ持つことにしました。ビルボは革《かわ》の鞘《さや》におさまった短剣をもらいました。トロルが持てば、ちっぽけなポケットナイフにしかなりませんが、ホビットにとっては、短めのちょっとした剣といってよいほどです。

「ずいぶん切れそうな刃《やいば》じゃなあ」。鞘から半分ほど引き出した剣をしげしげと眺めながら、ガンダルフが言います。「トロルが鍛《きた》えたものではあるまいな。最近この辺《へん》に住んでいる人間どもの刀鍛冶《かたなかじ》がこさえたものでもない。その上のルーン文字が読めれば、素性《すじょう》がもっとはっきりすることじゃろう」

「このおぞましい悪臭から脱出しましょうよ」とフィリが提案します。一行は金貨の壺《つぼ》と、まだ手つかずで食べられそうな食料、エール酒がまだいっぱいにつまっている樽を一つはこびだしました。こうして仕事が一段落すると、一同は朝食が食べたくなりました。猛烈に空腹なので、トロルの食料庫から手に入れたうさん臭《くさ》いものでも、文句は言いません。かれら自身のたくわえはほとんど底をついていましたが、今はこうして、パンとチーズ、それにエール酒がたっぷりとあり、たき火の熾《おき》でベーコンを焼くことだってできるのです。

食べおわると睡眠の時間です。なにしろ昨夜はろくに眠ることができませんでした。一行は午後になるまで休息しました。起きると、小馬を連れてきて金貨の壺《つぼ》を背にのせ、川沿いの道から遠からぬ秘密の場所に、さまざまの呪文を唱えながら埋めました。ひょっとしたら、ふたたび戻ってきて掘りあげる日がやってこないとも限りません。この作業がすむと、一同はふたたび馬上の人となり、〈東〉にむかって道を続けました。

「ちょっとお訊《き》きしてよいですか？　いったいどこに行っておられたのです？」。馬上のトリンがガンダルフに尋ねました。

「先を見るためじゃ」

「では危機一髪《ききいっぱつ》のときに、なぜ戻ってきたのです？」

「うしろをふり返ったのじゃ」

「まさしくそのとおりでしょうよ」とトリン。「でも、もう少しはっきりと説明してはいただけませんかな？」

「道の先のほうを偵察《ていさつ》すべく、先に進んだのじゃ。まもなく危険で困難な道となるじゃろう。それに、われらのとぼしい食糧の補給も気にかかっておった。ところが、行くこと遠からずして、〈さけ谷〉[20]の友人二人に出会ったのじゃ」

「それはいったいどこです」と、ビルボが訊《き》きます。

「話の腰をおるでない」と、ガンダルフは続けました。「運がよけりゃ、数日もすればそこに到着して、自分の目で見られるよ。話をもどせば、わしはエルロンドのところの、二人の者に出会ったのじゃ。トロルが怖《こわ》いので、大急ぎで帰るところだった。そして、この二人の話から、三人のトロルが山からおりて、街道から遠からぬ森の中に棲《す》みついたことを知ったのじゃよ。やつらを恐れてこの地方の者たちはみんな逃げてしまい、やつらは旅人を襲《おそ》うようになったようじゃな。

この話を聞くと、急に、うしろのほうでわしの力が必要になっているのではなかろうかという予感がした。で、ふり返って見ると、はるか遠くにたき火が見えたから、そちらへと向かったというわけさ。それだけの話じゃ。次回はもっと用心したほうがよいな。さもなきゃ、どこにも行きつけぬぞ」

「かたじけなきご忠告！」とトリンが言いました。[21]

第*3*章　つかのまの休息

天候が回復したにもかかわらず、その日の一行は、物語をかたりあうこともなければ、唄をうたうこともありませんでした。翌日も、そのまた翌日も、同じです。これは、前方、後方のどちらにも危険の近いことを、全員が感じはじめていたからです。かれらは星空のもとにキャンプを張りました。食べ物は、ドワーフたちよりも、馬のほうが豊富です。草はどこにでも生えていますが、かれらの食糧ときたら、トロルたちから手に入れたものを合わせても、もはや荷袋のなかに何ほども残っていないのです。ある朝、一行は川を渡りました。[1]川はここで急に広くなり、浅瀬《あさせ》ができています。さらさらと石をすすぐ音がしげく、水泡《みなわ》がさかんに立っては消えます。渡りきると、ぬるぬるの土手がぬっとそびえ立っています。馬を引きながら上までのぼりつめると、巨大な山々の盛り上がりが、もう、すぐそこにまで迫っていることに、一行は気がつきました。いちばん近くの山すそまでは、せいぜい一日弱の道のりでしょうか。褐色《かっしょく》の山肌は、ところどころ日が差して明るいけれど、全体として見ると、山は、暗く、荒涼《こうりょう》としています。そしてその尾根の背後にはさらに山々がつらなり、雪をいだいた峰が白く輝いているのでした。

「あれが例の〈山〉ですか?」。ビルボは目を丸くして見つめながら、緊張した声で訊《き》きました。こんなに巨大なものは、今まで見たことがありません。

「もちろん違うさ」と、バリンがこたえます。「まだ〈霧の山脈〉にさしかかったばかりだよ。ここの山の上か下かまん中か、とにかくどこかを越えるか抜けるかして、その先の〈あれ野〉[2]に突入しなければならないのだ。だけど、たとえこの山脈を越えたって、例の山まではまだまだ距離がある――われらの宝物の上に、どっかりとスマウグ君がのっかっている、あの〈東〉の〈はなれ山〉まではね」

「おやおや」とビルボは返します。この瞬間、これまで経験したことがないほどの疲労感を、どっとおぼえたビルボでした。ビルボの胸にはふたたび、わがホビット穴のお気に入りの居間の暖炉、そのまえに置いた安楽椅子、そしてしゅんしゅんと歌声をあげているヤカンのことが浮かんできました。こんなことを思うのも、これが最後であればよかったのですが！


いまはガンダルフが先頭に立っています。「道をまちがえてはいけない。まちがえたら万事休《ばんじきゅう》すじゃよ」と、ガンダルフは説明しました。「それというのも、われらは食糧を手に入れ、なおかつ、まずまず安全なところで休息をとらねばならんのじゃ。それに言っておくが、〈霧の山脈〉に挑戦しようと思うなら、正しい道をたどって行くことがぜったいに必要じゃよ。それ以外の道では必ずや迷ってしまって、もういちど戻って、出発しなおさねばならんよ。――ただし、そもそも戻れるかどうかは、怪しいかぎりじゃな」

あなたはどこをめざしているのですかと、かれらは訊《き》きました。これに対してガンダルフが答えます。「ご存じの者もおるじゃろうが、諸君はいま、〈あれ野〉のまさに縁《へり》[3]にまで来ておるのじゃ。ここからは見えぬが、前途のいずれかのところに、〈さけ谷〉という美しい渓谷《けいこく》がある。そこには〈最後のくつろぎの家〉があり、エルロンドが住んでおる。友人に伝言をたくしたから、われらの到着を待っておるはずじゃよ」

これはすてきな、喜ばしいニュースではありましたが、まだそこに着いたわけじゃなし――〈霧の山脈〉の西側にある、この〈最後のくつろぎの家〉を見つけだすのは、そう容易なことではなさそうです。[4]前方には森も谷も丘もなく、ただわずかながらに傾斜した平坦な土地が徐々に盛り上がってゆき、いちばん手前の山すそにまでたっしています。だだっ広いこの平原は、岩がぼろぼろと朽《く》ちこぼれ、そのあいまに赤むらさき色のヒースが生《お》いしげっているという、いかにも荒れはてたふぜい。ところどころ丸く、あるいは細長く、わずかに苔《こけ》や草の生えている緑の場所がみえ、湧《わ》き水《みず》のあることが分かります。

朝がすぎ去り、午後となりました。けれども、静まりかえった荒れ地には、人のすみからしきものは影もかたちもありません。一行はしだいにあせりはじめました。エルロンドの屋敷は、それこそ、山にいたる平坦な地面のどこにひそんでいても不思議ではありません[5]。時に思いもかけぬところで、深く鋭角にえぐれた渓谷《けいこく》に出くわすことがありました。足もとにぽっかりとひらいた大地の裂け目を見下ろすと、下のほうに樹々《きぎ》がしげり、底に川の流れているのが見えてびっくりしました。また、ひょいと跳び越せそうな幅なのですが、深く地の奥まで裂けていて、滝の水がとうとうと落ちているような峡谷《きょうこく》もいくつかありました。さらに、跳び越すことも、下りてゆくこともおぼつかない、暗々《くらぐら》とした深谷《しんこく》もあります。それにくわえて湿原《しつげん》もありました。ただ見ているぶんには、ひょろりと伸びた草花がきらびやかに咲く、緑の美しい場所なのですが、荷をせおった馬がそこに一歩でも足を踏み入れれば、もはや二度と出てはこられないでしょう。

川の浅瀬《あさせ》をわたった時点では〈霧の山脈〉がすぐそこに見えたのですが、こうして歩いてみると、なかなかどうして予想をうわまわる、はるか広大な土地であることが分かりました。ビルボはすっかり驚いてしまいました。たどるべき道はただ一本。目印に白い石がおかれてあるのでそれと分かりますが、ときには、この石が小さかったり、あるいは苔《こけ》やヒースの下に隠れていたりして、見つけるのが容易でないこともあります。というしだいで、道のことがよく分かっているらしいガンダルフの案内にしたがってはいるのですが、行くべき道筋をたどってゆくには、ずいぶんと時間がかかります。

右へ左へと首と鬚《ひげ》を振りながら、目印の石をさがすガンダルフ。一行はそのあとについて行くのですが、火ともしごろがせまってきても、ぜんぜん目あての場所に近づいていそうな気がしません[6]。お茶の刻限《こくげん》はとうにすぎ、まもなく夕食の時間もすぎてしまうでしょう。あたりには蛾《ガ》が舞いはじめました。月がまだ昇ってこないので、光がほんとうにとぼしくなりました。ビルボの小馬が木の根や石につまずきはじめます。と、そのとき、ふいに、かれらは渓谷《けいこく》のふちに立っていました。地面があまりに急角度でえぐれていて、ガンダルフの馬はあやうくすべり落ちるところでした。

「ようやくやってきたぞ」。ガンダルフが大きな声で言うと、みながそのまわりに集まり、下を覗《のぞ》きこみました。はるか下のほうに谷あいが見えます。谷底の、岩の川床を走る急流の歌声がきこえます。木々のかぐわしい香りが空中にただよい、川のむこう側の斜面には、明かりが見えました。

うす暗がりの中を、急なつづら折りの坂をみなで先をあらそうように谷あいにむかって、〈さけ谷〉のひっそりと身をひそめたような谷あいにむかって、急なつづら折りの坂をみなで先をあらそうように転《ころ》びつまろびつ下っていったさまを、ビルボは生涯忘れることができませんでした。下りるほどに空気が暖かくなり、マツの香りがあまく鼻孔を刺激します。そのため、ビルボは眠気をもよおし、いくども馬上で舟をこいでころげ落ちそうになったり、鼻を小馬の首にぶつけるのでした。どんどん下りてゆくにしたがって、かれらの意気は上がってきました。森の木々はブナやカシにかわり、心地よい黄昏《たそがれ》のふぜいです。草の葉がもうほとんど緑にみえないほど暗くなったころ、一行はようやく、流れの土手のすぐ上の、ひらけた場所に出ました。

「うーん。エルフの匂《にお》いがするぞ」とビルボは感じ、星空を見上げました。星は蒼《あお》く、明るく輝いています。と、そのとき森の中から、とつぜんの笑い声のように、唄がはじけました。

ねえ、何しているの？
どこ行くの？
小馬の蹄鉄《ていてつ》減ってるよ。
川は流れる
　おう、トラララララリ
　わが懐《なつ》かしのこの渓谷《たに》に

ねえ、何捜《さが》しているの？
お目あてはどこ？
まきの煙がたちのぼり、
今パン焼き上る[7]。
　おう、トリルリルロリ
　　わが愉《たの》しきこの渓谷《たに》に
　　　　ワッハッハッ

ねえ、どこに行くの、
鬚《ひげ》をゆさゆさ振りながら？
どんな風のふき回し？
バギンズ君に、
　バリンにドワリン、
　　この六月《みなづき》のよき日に、
　　ようこそわが渓谷《たに》へ。
　　　ワッハッハッ

ずっといるの？
それともすぐに旅立ち？
小馬はまどい、
日は病みおとろえる。

J・R・R・トールキン「さけ谷」

発《た》つはおろか、
のこるは愉快。
　夜明けまででも
　聞いておいでよ、
　　ボクらの唄を
　　ワッハッハッ

といったぐあいに、森のなかから、笑い、歌っている声が聞こえてきました。こんなもの愚にもつかないと、きっと読者の皆さんはお思いのことでしょう。でもこの連中ときたら、気にもかけません。そしてあなたがそんなことを口にでもしようものなら、いっそう愉快そうに笑うことでしょう。この連中というのはもちろんエルフのことです。まもなくビルボの目は、深まりゆく闇のなかに、かれらの姿をかすかにとらえました。めったにお目にかかったことがありませんが、ビルボはエルフが好きでした。ただし、エルフのことをすこしばかりおっかながっていたことも事実です。ところがドワーフときた日には、エルフとはまるでそりがあいません。トリンやその仲間たちのようにまともなドワーフでさえ、エルフのことを馬鹿な連中だと思っているか（そんなこと思うほうがよほど馬鹿なのですが）、がまんのならない連中だと感じています。というのも、エルフの中にはドワーフのことをからかっては、笑いものにする連中がいるからです。とくにドワーフの鬚《ひげ》は、絶好のからかいのタネでした。

「ほーら、ほら」と誰かの声がきこえます。「見てごらんよ。なんと、ホビットのビルボが小馬にのってるよ。すっごいじゃん！」

「すごーく、すてきに、すっぱらしい！」

こう言って、エルフたちはまた唄をはじめます。さきほど丸々記したのと大差ない、およそたわいのない唄です。[8] それがすむと、ようやくのことに、エルフの一人――すらりと背の高い若者が森から出てきて、ガンダルフとトリンにむかって頭を下げました。

「わが渓谷《たに》にようこそ！」

「やあ、どうも」とトリンはそっけなく返しますが、ガンダルフはというと、もう馬を下り、エルフたちの群れにまじって愉快に話をしています。

「やや道をはずれてますね」とエルフが言いました。「川を渡って、むこうの家に行くおつもりでしょ？　道は一本しかありません。正しい道をお教えしましょう。ただし、橋を渡りおえるまでは、馬からおりていたほうがよいですよ。ここですこしお休みになって、一緒に唄をうたいませんか？　それとも、すぐに行かれますか？　あちらでは夕食の用意が進んでいますよ」とエルフ。「料理のまきをくべる匂《にお》いがします」

ビルボは疲れてはいましたが、しばしここにとどまりたい気分です。六月の星空のもとで聞く、エルフの唄のすばらしさは格別です。もしあなたがこの手のものがおきらいでなければ、絶対にのがしてはなりません。それにまた、この連中、まだ会ったこともないというのに、むこうでは自分の名前などを知っているふうなので、一《ひと》こと二《ふた》こと親しく言葉をかわしてみたいという気持ちもあります。自分のこの冒険旅行のことをかれらがどう思うか、尋ねてみたい気がします。エルフはもの知りなばかりか耳ざとく、各地のさまざまな種族の者たちにどんなことがおきているのか、川の流れと同じくらい――いや、川の流れよりもっと早く聞きつけるのです。

けれども、この時ばかりは、ドワーフの全員が一刻も早く食事にありつきたいというほうに賛成で、とどまろうとはしませんでした。そこで一行は、馬をひきながら、道を続けます。エルフたちの案内により、正しい小径《こみち》へとみちびかれ、やがて川のふちにたっしました。流れは早く、ごうごうとうなりをたてています。昼間よく晴れた夏の夕刻には、上流の雪が融《と》けだすので、山地《さんち》の川はこのような時ならぬ洪水となるのです。川の上には、欄干《らんかん》もない細い石橋がかかっているばかりです。小馬が一頭ようやく通れるくらいの幅しかありません。したがって、かれらはゆっくりと注意しながら、一人また一人と馬の手綱《たづな》をひきながら、歩いて渡るしかありませんでした。エルフたちは川岸のところから、明るい提灯《ちょうちん》で照らしてくれます。そして、ドワーフたちが渡るのにあわせて、陽気な唄をうたいます。

「おーい、おやじさん、髭《ひげ》を波につけるなよ」。エルフたちは叫びました。トリンは腰をふかく曲げ、ほとんどよつんばいになっているのでした。「水につけたら引きずっちまわあ！」

「ビルボにケーキを全部食わせるなよ」。また、エルフたちが叫びます。「もう、いまでも太りすぎ！　鍵穴なんてぬけられないぞ」

「シーッ、シーッ、〈善き者〉たちよ。おやすみ！」と、最後に渡ったガンダルフが言いました。「谷に耳あり――谷では誰が耳をすましておるか分からん。それに、おしゃべりのすぎるエルフどももおるでのう。おやすみ！」

こうして、ついに、一行は〈最後のくつろぎの家〉に到着しました。歓迎のしるしに、扉という扉が大きくあけ放たれてありました。

さて、ここに不思議なことがあります。不愉快なこと、どきどきすること、身の毛のよだつようなことは話しても面白いし、話すこと自体、一筋なわではゆきません。しかしこれとは逆に、手に入れて嬉《うれ》しいもの、愉《たの》しくすごした日々の話はかんたんにすんでしまうし、ちょっと聞いたらそれでおしまいです。一行はかの愉《たの》しき家に長々と泊まりました。すくなくとも十四日間はいて、最後には、とても去りがたく感じたのでした。ビルボなど、もうずっとずうっとここに住んでいたいと思うほどでした――たとえわが家に帰りたいと願えば、たちどころに、手もなくその願いがかなえられる、としてもです。ところが、その間《かん》にかれらがここでどう過ごしたのか、語るべきことはほとんどありません。

ここの屋敷の主人は、〈エルフの友〉でした。この人物の父祖たちは〈歴史〉のはじまる以前の物語――すなわちよこしまなゴブリンや、エルフや、〈北〉の最初の人間たちの、諸々《もろもろ》の戦いの物語に登場します。このホビットの物語の時代になっても、こうしたエルフと〈北〉の英雄たちの両方を祖先とする人たちがまだ少しは生き残っていました。この家の主人エルロンド[9]は、そうした人々の王だったのです。

エルロンドは、エルフの貴公子もかくやと思われるほどの色白金髪の人物で、けだかい面《おも》だちをし、武人のように強く、魔法使いのように賢く、ドワーフの王のように威厳《いげん》があり、夏の太陽のようにぽかぽかな心の持ち主でした。エルロンドは多くの物語に登場しますが、このビルボの大冒険の中では、重要ではあるものの、ごくわずかな役割しか果たしておりません。が、それはあとのお楽しみ。——ただし、ぶじにそこまでたどりつくことができたとしてのお話ですが…。さてエルロンドの家はというと、あなたが食べること、寝ること、働くこと、物語りをすること、歌うこと、あるいはただ座って夢想すること、それともこうしたことといっさいがっさいの愉《たの》しいごったまぜがお好きならば、それが、心ゆくまで満たされないということはありません。この渓谷《たに》に魔物が忍びこむ余地などありません。

われらの一行がこの家で聞いた、不思議な物語のほんの一《ひと》つ二《ふた》つでもよい、あるいは耳にした唄の一《ひと》つ二《ふた》つでもよいから、読者の皆さんにごひろうしたいものですが、いかんせん時間がないので先を急ぎましょう。数日のあいだ滞在するうちに、馬をふくめて、一行はみな元気をとりもどしました。かれらは、服のつくろいだけでなく傷のつくろいもすみ、ふたたび上機嫌《じょうきげん》で希望あふれる旅人となりました。袋には食糧と、山道をぬけるための、軽いけれど丈夫な装備がぎっしりとつめこまれました。また、およそありうべき最良のアドバイスをえて、道程《どうてい》のプランに磨きがかけられました。このように準備がちゃくちゃくと進むうちに、夏至《げし》の前夜となりました。さあ、あすの朝まだきに、旅の一行は、幼《おさな》い夏至《げし》の太陽の光を浴びながら、ふたたび馬上の人となるのです。

エルロンドはあらゆる種類のルーン文字に通じていました。そこでこの日に、かれらはトロルのほら穴で手に入れた、二本の剣をエルロンドに見てもらいました。するとエルロンドの言うのに、「これはトロルがこしらえたものではありませんね。相当に古いものですよ。わたしの血縁である〈西〉の〈高貴なエルフ〉の由緒ある剣で[10]、ゴブリン戦役《せんえき》のため、ゴンドリンで作られたものなのです。もとはドラゴンの戦利品《せんりひん》か、ゴブリンの略奪品《りゃくだつひん》だったのでしょう。ゴンドリンの町は、ずっとむかし、ドラゴンとゴブリンのために滅ぼされましたからね。トリンさんのはルーン名でオークリストといいます。ゴンドリンの古代語で〝ゴブリンを裂くもの〟という意味です。名高い剣でした。ガンダルフさんのほうは〝敵を叩《たた》くもの〟という意味の、グラムドリングという名で[11]、かつてゴンドリンの王さまが帯びていたものです。どうか大切になさってください」

「いったい、トロルはどこでそれを手に入れたのだろう？」と、トリンは剣にあらたな興味をおぼえながら言いました。

「さあどうでしょう」とエルロンド。「想像するに、そのトロルたちが他人の戦利品を奪いとってきたのか、あるいは、むかし盗まれたものの一部がどこかの山中の倉にでもひっそりと眠っていたところに、そいつらがたまたま出くわした、といったところでしょうか。ドワーフとゴブリンが戦争して以来、モリア鉱山のうち捨てられた坑道に、人しれず眠っている昔の宝物があるのだという話を、いつか聞いたことがあります[12]」

トリンは、エルロンドの言葉を心の中ではんすうしてから答えました。「このような剣を帯びるのは名誉なことです。ふたたびゴブリンを引き裂く日の遠からざることを！」

「山脈に入れば、そのような願いはすぐにかなえられますよ」とエルロンド。「さて、それでは、あなたがたの地図を拝見しましょうか？」

エルロンドは地図を手にとって、じっと眺めていたかとおもうと、悲しそうに首を左右にふりました。エルロンドには、ドワーフや、かれらの黄金への執着に対して批判的な気持ちがなくもないのですが、それよりもはるかに、ドラゴンの悪魔のようなむごいしうちへの憎しみが強く、廃虚となった〈谷〉の町、楽しげだった鐘《かね》の響き、かつてきらきらと輝いていた〈ながれ川〉の、焼けこげた土手のことを思い出しては、深い悲しみにとらわれるのでした。空には、銀色の、太い三日月が輝いています。エルロンドが地図を上にかざすと、白い月の光に、紙が透けてみえました。「おや、これはいったい何だろう？」とエルロンドが言います。「ふつうのルーン文字で〝高さ五フィートの扉、三人の者がならんで歩ける〟と書いてある横に、ムーン［月］文字が見えるぞ」

「ムーン文字って何ですか？」と興奮したビルボが尋ねます。すでに述べましたが、ビルボは地図には目がありません。それに、ルーン文字やら飾り文字、謎の書付《かきつ》けなどと聞くだけで、ぞくぞくっとくるほうなのです。もっとも、ビルボ自身の書く文字は金釘流《かなくぎりゅう》でしたが。

「ムーン文字はルーン文字なのですが」と、エルロンドが説明します。「ただ上から見ただけじゃあ、見えません。見ようと思えば、月の光に透かさなきゃならないし、それに、凝《こ》ったやつとなると、書かれた日と同じ形、同じ季節の月でなきゃダメっていうのもあります。こういうのを銀のペンで書くことを発明したのは、ドワーフなのですよ。これについては、ドワーフのみなさんのほうがお詳しいでしょう。さて、このムーン文字はずいぶん以前に書かれたものですね。夏至《げし》前夜の、三日月のときに書かれたはずですね」

「何と書いてある?」。ガンダルフとトリンが声をそろえてたずねます。ムーン文字の発見を、エルロンドに先をこされたことが悔《くや》しいようです。とはいえ、今夜より以前には発見する可能性なんてなかったわけだし、今夜をのがしてしまうと、さあ次の機会はいつめぐってくるのだろうと考えると、悔《くや》しいなどとは言っていられません。

「ツグミがコツコツとノックする時、灰色の石のそばに立つべし」とエルロンドが読みます。「さすれば、ドゥーリンの日の暮れゆく最後の光が鍵穴を照らすであろう」

「ドゥーリン。うんドゥーリンか」とトリンが言いました。「ドゥーリンといえば、〈長髭《ながひげ》一族〉、すなわちドワーフのなかでもっとも古い氏族の父祖たちの祖先だ。[13] つまり、わが一族の初代の人。わたしはその正統な跡継ぎなのだ[14]」

「では、〝ドゥーリンの日〟というのはいつですか?」とエルロンドが尋ねます。

「ドワーフの暦では、新年の第一日とは」とトリン。「みんなお分かりのはずだが、晩秋の最後の月、新月がはじめて空に見える日だ。秋の最後の新月と太陽がともに空に見えれば、その日のことを今でもドゥーリンの日と呼びはするのだが、それを知っても、あまり役にはたたない。なぜかというと、そのような日が次にいつおとずれるのか、われらの術《わざ》をもってしても、予測がつかないのだ」

「それは、まあ、あとのお楽しみじゃな」とガンダルフ。「書かれてあるのは、それだけかね?」

「この月の光で読めるのは、これでぜんぶです」とエルロンドが答えて、地図をトリンに返しました。そうして一行は川べりまで下りていって、エルフたちが夏至《げし》の前夜を祝って、踊り、歌うのを見物しました。

さて、明けてつぎの日は夏至《げし》[15]。願ってもないほどの、さわやかな上天気となりました。空はあくまで青くすみわたり、朝雲一つありません。そして川面《かわも》では日の光が軽やかにおどっています。別れの唄、そして前途のぶじをいのる唄におくられて、一行は出発しました。さらなる冒険をもとめて心は意気揚々《いきようよう》、〈霧の山脈〉を抜ける道筋はしっかりと頭にはいっています。

第4章　山をこえ、山にもぐって

山の中にもぐりこんでいく登り道はいくつもあり、上を越えていく山道も数えきれません。ところがそのほとんどはまやかしで、途中で立ち消えになったり、悲惨な最期《さいご》に行きついたりします。またそうした道の大半には、よこしまな生きものや恐ろしい危険が、旅人を手ぐすねひきながら待っています。けれども、エルロンドの賢明な助言にたすけられ、またガンダルフの知識と記憶にもみちびかれて、ドワーフたちとホビットは正しい山道にいたる、正しい道をとることができました。

坂を上りつめて渓谷《たに》を出ると、〈最後のくつろぎの家〉はもう何マイルもうしろです。それから何日ものあいだ、一行は、日がな一日、坂を登りつづけました。それは峻《けわ》しく危険な山道で、羊の腸のように曲がりくねりながら、どこまでもわびしく続いてゆくかのようでした。今や、後方を見下ろせば、通りすぎてきたさまざまの土地が、はるか下に広がっているのが見えます。ああ、あの青くかすんで見えるはるか〈西〉のほうに、安全で心地よいものにあふれたふる里――わが懐《なつ》かしのホビット穴があるのだと、ビルボは思いました。ビルボはぶるっと身を震《ふる》わせます。ここまで登ってくると、とても寒気《かんき》がつよく、岩のあいだを、風がぴゅうぴゅうなりをあげて吹き抜けてゆきます。また、ときには、真昼の太陽に熱せられて万年雪がゆるんだのでしょうか、大きな石がごろごろと山腹をころがってくることもありました。人と人のあいだに降《ふ》りかかってくるならまだしも、へたをすれば頭の真上をとびこして、ひどく肝《きも》をひやします。[1] 夜は夜で、寒くて安まることがありません。一同は、大きな声で唄をうたったり、話したりすることもできませんでした。というのもここでは不気味《ぶきみ》なこだまが返ってくるからです。それに、川の音、風のすすり哭《な》き、岩の落下音は別として、どうもこの場所は静寂《せいじゃく》がやぶられることを望んでいない――そのような気配が濃厚《のうこう》に感じられたものですから。

「下のほうでは夏もたけなわか」とビルボは思います。「ほし草づくりに、ピクニックの季節なんだ。それにもうすぐ麦の収穫と、ブラックベリー摘みがはじまる。でも、そのころになっても、まだ山のむこうを下ってもいないだろうなあ。こんな調子じゃあね」。仲間のドワーフたちもまた、同じように暗い思いをいだいています。希望あふれる夏至《げし》の朝、エルロンドにむかってさよならを言った直後は、さっさと山をこえて、その先の道もすいすいと進んでゆこう、などと気楽に話していたものですが、そのときの元気もどこへやらです。また、〈はなれ山〉の秘密の扉にも、この秋最後の月[2]が空にかかる時にはたっすることができるだろう――きっとその日がドゥーリンの日なのさ、などと甘い見通しをいだきましたが、ガンダルフだけはだまって首をふるばかりです。ドワーフたちはもう何年もこちらの方面に足をのばしていませんが、ガンダルフはそうではありません。だから、ドラゴンのおかげで人間が次々と故郷を捨て去って以後、〈モリア鉱山〉の戦闘のあと、[3]ゴブリンらがこっそりと勢力を伸ばしたせいで、〈あれ野〉にどれほどの邪悪と危険が増殖《ぞうしょく》し繁茂《はんも》しているか、ガンダルフはよくわきまえていました。〈あれ野のへり〉をこえて〈あれ野〉に冒険を求めようなどという危険な旅に出たからには、ガンダルフのように聡明な魔法使い、エルロンドのような心強い味方が立ててくれた最善のプランにさえ、往々《おうおう》にして狂いの生じることがあります。ガンダルフは聡明な魔法使いだったので、そのことがよく分かっていたのです。

　ガンダルフは、なにか予想もしないことがおきるだろうと思っていました。治める者とてなく、もの寂しい峰や谷がどこまでもつらなっているこの山脈です。恐ろしい冒険にまきこまれることもなく、ぶじに通過できようなど

The Mountain-path
「山道」

という期待は虫がよすぎるというもの。こんなガンダルフの予感はぴたりと的中しました。すべてが順調だったのもつかのまのこと、ある日一行は、荒れくるう雷雨、というより嵐と嵐の一大戦闘《バトル》に出会いました。[4]大規模な雷《かみなり》あらしは、平地や谷の中で経験してもほんとうに恐ろしいものです。とくに、二つのはげしい雷《かみなり》あらしがぶつかりあうときはなおさらです。それが山の中腹で、しかも夜であった場合にはどうでしょう？　東と西から二つの雷雲が接近し、嵐と嵐が壮絶な戦いをくりひろげるなかで経験する雷鳴《らいめい》と雷光《らいこう》は、真《しん》に恐怖としかいいようがありません。峰のいただきで稲光《いなびかり》が炸裂《さくれつ》すると、岩山がふるえ、グシャーンという轟音《ごうおん》が空気をつんざきます。それとともに、無数の音の破片がまるで岩のように空中に投げだされ、ごろごろ転《ころ》がり、はね上がっては宙がえりしながら落下し、谷底のありとあらゆる窪《くぼ》みやほら穴を満たすのです。暗黒の空間は、すさまじい破裂音《はれつおん》とまばゆいばかりの光に満たされます。

　こんなすさまじい光景を、ビルボは見たことも、想像したこともありませんでした。そのとき、一行は細い山道をそうとう登ったところにいました。目の下は切りたった崖《がけ》で、深い谷底が闇に溶けこんでいます。頭上に岩が庇《ひさし》のようにつき出ているので、かれらはここで夜をあかすつもりでした。ビルボはというと、毛布の下にもぐりこみ、頭のてっぺんから足のさきまでぶるぶると震《ふる》えています。ときおりピカリとくる稲妻《いなづま》のなかで、谷のむかい側に目をやると、〈石の巨人〉[5]どもが出てきて、ともに岩なげケームにうち興じているさまが見えました。〈石の巨人〉たちは大石をたがいにむけて投げ、それをキャッチしたり、あるいは谷底の闇にむけて投げおろします。グシャッと森に落下したり、バーンと粉々《こなごな》に飛び散る音が聞こえます。やがて風が吹いてきて、雨になりました。烈風《れっぷう》によって雨や雹《ひょう》の粒が上下左右、四方八方に吹き散らされるので、岩の庇《ひさし》くらいでは、しのぐことができません。まもなく、全員がずぶぬれになりました。小馬たちは頭を低《た》れ、尾をうしろ脚《あし》のあいだにはさみこみ、おびえた何頭かがヒーンヒーンと鳴きます。そして、あたり一面から、〈石の巨人〉たちが高笑いをしたり、呼びあったりしている声が聞こえてきました。

「こんなところでぐずぐずしていると」とトリンが言いました。「風に吹き飛ばされるか、雨におぼれるか、雷にうたれるか、さもなければ、〈石の巨人〉につまみあげられて、サッカーボールみたいに空高く蹴《け》りあげられちまうのがおちさ」

「もっとよい場所をご存知なら、ご案内いただきたいものじゃ」。この上もなく不機嫌なガンダルフが言い返します。わざわざ言われなくても、〈石の巨人〉のことはさきほどから気にかかっています。

話しあいの結果、もっとよい避難場所を見つけるために、フィリとキリを斥候《せっこう》に出すこととなりました。この二人はとても目がきくし、他のドワーフたちより五十歳ほど若いので、（ビルボにまかせても絶対にむりだということが誰の目にも明らかな場合には）この種の仕事にいつも抜擢《ばってき》されるのです。トリンが若い二人に言ったように、「何かを見つけたければ、まずあちこち眺めてみるのがいちばん」なのです。たしかに、眺めてみれば何か見つかるのがふつうです。ただし、その何かが求めていた何かでは、かならずしもないかもしれません。そう、このときも最悪の結果となりました。

まもなく、フィリとキリが風に吹き飛ばされないよう岩にしがみつきながら、這《は》うようにして戻ってきました。

「乾いたほら穴を見つけました」と二人は報告します。「次の角を曲がって、ほんの少しです。小馬なんかもすべて入れます」

「すっかり調べてみたのかね」とガンダルフが尋ねます。山の上のほうにあるほら穴に何も棲《す》んでいないなどということは、まずありえないことが分かっているからです。

「ええ、むろんですとも」という二人の答え。だけど、たいして時間をかけなかったことは誰にだってわかります。こんなに早く戻ってこられるはずはないのです。「あまり大きくはないんです。それに、たいして奥もないし」

この点が、もちろん、ほら穴のいちばん危険なところです。時によっては、奥がどれくらい深いか分からないことがあるし、穴がどこまでつづくのか、中でなにが待ちうけているのか、不明なことも多いのです。けれども、いまは、フィリとキリの報告が信ずるにたるように思われたので、全員が立ち上がって、移動の準備にかかりました。風がヒューヒューとうなり、雷もあいかわらずゴロゴロと響いているので、小馬をつれて進んでいくのは大仕事でした。とはいえ、たいした距離があったわけではないので、時をへずして、一行は大岩が道にせりだしているところまでやってきました。このうしろに回りこめば、低いアーチの入口が、山腹にぽっかりと開いています。小馬は、荷物や馬具をすべてはずし、なおかつぎゅうぎゅう押しこめばようやく通れるくらいの大きさです。アーチの入口をくぐって、中に入ります。はげしい風や雨の音に全身がとりまかれるのではなく、それが外で鳴っているのを聞けるのがどんなにありがたいことか、ひしひしと実感されます。もはや〈石の巨人〉や岩石をおそれる必要もありません。でも、ガンダルフはまだまだ気をゆるめません。杖に——ほら、もうはるか昔のような気がしますが、あの例の日にビルボの屋敷の食堂でやったように——灯《ひ》をともしました。この光をたよりに、一同は隅《すみ》から隅《すみ》まではら穴の中を調べました。

中はかなりの大きさのようですが、ものすごく巨大というわけではなく、どこにも怪しいところはありません。地面は乾いており、いごこちのよい片隅《かたすみ》がいくつもあります。片側の奥には、小馬をおさめるだけの空間があり、そこで小馬たちは（状況の好転に大喜びで）鼻から白い息を出しながら、かいば袋の中でもごもごと口を動かしています。服を乾かすために入口のところで火を起こしたいと、オインとグロインが言い出しましたが、ガンダルフは頑《がん》として聞き入れません。仕方なく一同はびしょ濡れになったものを地面の上にひろげ、荷物の中から乾いたものを出しました。そうして各自が毛布にここちよくくるまり、パイプを取り出して、煙の環《わ》をつぎつぎと浮かべました。それをガンダルフが違う色に変え、天井近くでダンスさせるものですから、みんな大喜びです。はずむ話に、ついには嵐のことも忘れはて、宝の分け前を（手に入れたらのはなしですが、この瞬間にはその見こみも低からず感じられたのです）どう使おうかなどと夢を語り合いました。こうして、そのうち一人、また一人と眠りに落ちてしまいました。さて、この一行が、このたびの冒険のために準備してきた小馬、荷物、かばん、道具、その他もろもろの装備を用いたのも、この時が最後となりました。

やはりビルボを連れてきてよかった——身にしみてそう感じられる事件が、この夜おきました。どういうわけかビルボは長いあいだ、眠りにつくことができませんでした。そしてようやく眠ったかと思うと、こんどはひどい夢の連続です。夢の中で、ほら穴の奥の壁にあいた亀裂《きれつ》が長く、長くなってゆき、さらにそうしてあいた口が横へ、横へと大きく広がってゆき、怖《こわ》くてたまらないのですが、声をあげるどころか、金縛《かなしば》りにあったようで、ただ寝たまま見ていなければならないのです。つぎに見た夢では、ほら穴の地面が沈んでゆき、からだがすべり落ち――下へ下へと落ちてゆき――どこまで落ちるのかかいもく見当もつきません。

と、この瞬間、ビルボは、ひどくどきんとして目がさめました。夢のこの部分は現実だったのです。ほら穴の奥にぽっかりと穴が開き、すでに大きな入口となっています。目がさめたときは、小馬たちの尾の先がその中にまさに消えてゆこうとするところでした。当然のことながら、ビルボは大声をあげました。ホビットに出せるかぎりの大声です。からだの小さなホビットにしては、驚くほどの大声でした。

ゴブリンがとび出してきます。大ぶりのゴブリン、ぶきりょうな大ぶりゴブリン、大量のゴブリンが――えっというまに――ごぼりんごぼりんと湧いて出てきました。ドワーフ一人にすくなくとも六人のゴブリンが取りつき、ビルボにさえ二人がかりです。全員が捕まり――まばたくまに――穴のむこうにはこばれました。[6] ただし、ガンダルフだけは例外です。これこそがビルボのお手柄なのです。つまり、ビルボが叫び声をあげたおかげで、ガンダルフはその瞬間にぱっちりと目をさましました。そしてゴブリンがガンダルフにつかみかかろうとすると、ほら穴の中で稲妻《いなづま》のような閃光《せんこう》が発し、火薬のような臭《にお》いがただよい、数人のゴブリンが息たえてばたばたと倒れました。

ガシャンと裂け目が閉じ、ビルボとドワーフたちは内側に閉じこめられました。でも、ガンダルフはいったいどこでしょう？　この疑問には、ビルボたちもゴブリンたちも答えられません。ゴブリンたちは答えを見つけようなどと、ぐずぐずしてはいません。かれらはビルボとドワーフたちを引きつかむと、どんどん先を急がせました。闇の中を深く深く進んでいきますが、このような山の地下の奥に棲《す》みついたゴブリンならではとうてい見通すことのできないほどの闇黒《あんこく》です。トンネルはあらゆる方向にめぐらされ、もつれあい、複雑に交差していますが、ゴブリンどもにとっては勝手を知りつくした道、ちょっと近所の郵便局へ行ってこようかとでもいうようなあんばいです。道はどんどん下ってゆき、空気はおそろしくよどんでいます。ゴブリンのあつかいは乱暴で、捕虜《ほりょ》たちを容赦《ようしゃ》なくつねりまわし、例の気色《きしょく》のわるい冷たい声でクックツケタケタ笑います。ビルボは、トロルに足をつかまれて宙ぶらりんにされた時のほうが、これよりはまだましだったなあ、と思いました。ボクの明るくってすてきなホビット穴に戻れたらなあと、いく度もいく度も願いました。ああ、このような願いを抱くのも、これが最後であればどんなによかったことか！

前方にかすかな赤い光が見えはじめると、ゴブリンたちは歌いだしました。ぺたんこの足の裏で石の地面をペッタペッタとうち鳴らし、捕虜たちを揺さぶりながら、しわがれ声で歌います。

パチーン、ポリーン、パリーン！
つかんで、つねれ！　グイッ、グリッ！
下って下ってゴブリン街《まち》へ
　走らねえかい、野郎《やろう》ども

ガシャン、グシャン、バシャン！
火箸《ひばし》にハンマー！　ゴングにノッカー！
叩《たた》いてたたいて、地下深く
　オホホホホッ、野郎《やろう》ども

ヒュルン、シュルン、バシーン！
鞭《むち》をふるうぞ――ウギャー！　ヒエー！
働け、てめえら、怠けるな
ゴブリンさまは愉快に酒宴

ぐねぐね曲がって地下の底
　下らねえかい、野郎《やろう》ども

こんな唄をじっと聞かされることの、なんと怖《こわ》かったことか。〝ポリン、パリーン！〟や〝グシャン、バシャーン！〟、それにおぞましい〝オホホホホッ〟という笑い声のこだまが、壁や天井から返ってきます。この唄全体の意味するところは、あまりにも明らかです。ゴブリンたちは取り出した鞭《むち》で、〝ヒュルン、バシーン〟と捕虜《ほりょ》たちを打ちはじめたのです。こうして家畜よろしく尻をたたいて追いたて、全速力で走らせました。その結果「ウギャー」、「ヒエー」と声をかぎりに悲鳴をあげさせられたドワーフも一人や二人ではありません。こうしてトンネルを駆けていくうちに、一同は大きくひらけた空間にまろび出ました。

そこでは、まん中に大きな赤いたき火が焚《た》かれ、壁にそってタイマツが明々《あかあか》と燃えています。そうして、ゴブリンがうじゃうじゃ。ゴブリンの逐手《おいて》がふるう鞭《むち》のヒュルン、バシーンにおびえながら、ドワーフたち（と、鞭《むち》にいちばん近い最後尾についたビルボ）が駆けこんでくると、かれらはげらげらと笑ったり、足をドンドン手をパンパン鳴らしたりと、大喜びでむかえました。小馬たちはすでに到着していて、片隅《かたすみ》によせられています。かばんや荷物はといえば、すべて引きちぎられて、中身が露出《ろしゅつ》しています。荷物を引っかきまわしたのがゴブリンなら、臭《にお》いをかぎまわったのもゴブリン、触《さわ》りまわったのがゴブリンなら、取りあい奪いあいで引っぱりまわしたのも、すべてゴブリンのしわざです。

ドワーフたちの優秀な小馬（それにガンダルフの大きな馬は山道にはむかないといって、エルロンドが貸してくれた美しくて丈夫な白い小馬）の姿を見るのは、これが最後となりました。ゴブリンには馬、小馬、ロバ（それにもっとひどいもの）を食べる習慣があります。しかも、ゴブリンというのはいつも腹をすかせている連中なのです。とはいえ、いまのこの瞬間、ドワーフたちの頭は自分自身のことでいっぱいです。ゴブリンどもはかれらをうしろ手にしばり、全員を一本のロープにつらねて、広間の奥まで引っぱっていきました。小柄なビルボは、列のいちばんうしろです。

奥まった陰の中、平たい大石の上に、大頭の巨大ゴブリンが座っていました。そのまわりを、よろいを着たゴブリンの兵隊たちが、それぞれ戦斧《おの》と、かれら特有の三日月形の刀を持ってかこんでいます。[7] さて、ゴブリンというのは冷酷無情《れいこくむじょう》です。よこしまです。優しさのかけらもありません。美しいものをこしらえるということはしないが、小利口《こりこう》なものは作ります。ふだんはだらしなくきたないのも平気ですが、その気になりさえすれば、坑道やトンネル掘りにかけては（ドワーフの最高水準の技術者にはほんの一歩およばないものの）右に出るものがないくらいです。ハンマー、戦斧《おの》、長剣、短剣、つるはし、やっとこ、それに拷問《ごうもん》の責具《せめぐ》の製作については、みずからこしらえるのも上手ですが、ひとをつかって、思いのままにつくらせるのもお手のものです。〝ひと〟って誰ですかって？それはつまり捕虜《ほりょ》や奴隷《どれい》のことで、このような連中はさんざんこき使われたあげく、新鮮な空気と光が不足して、死んでゆくのでした。これまで世界を困らせてきた機械――とくに大量の人間を一度に抹殺《まっさつ》するような巧妙な仕組みの数々を発明したのが、じつはゴブリンであった、などという可能性は大いにあります。なにしろ、この連中ときたら、車輪やエンジンや爆発などといったものに目がなく、くわえて、必要以上にみずからの手はよごさないという主義なものですから。それはともかく、大昔のこの当時、未開のこの地方では、かれらはそこまで進歩（というのも妙ですが）してはいませんでした。ゴブリンはあらゆる人、あらゆる物を憎む心をもっています。とくに、秩序だったもの、繁栄しているものは目のかたきです。そういう点からいうと、かれらがドワーフだけをとくにはげしく憎悪していたとは言えません。ある地方に行けば、よこしまなドワーフたちと徒党《ととう》を組んでいる者たちもいるくらいです。だけど、トリンの一族だけは例外でした。かれらには特別の恨《うら》みがありました。その原因となった戦いのことについてはすでに触れておきましたが、残念ながら、この物語の埒外《らちがい》のできごとなので、くわしくは述べられません。ま、いずれにせよ、捕虜《ほりょ》の捕獲がこっそりと首尾よくおこなわれ、捕らわれた者たちが抵抗するすべを失っているかぎり、それがどこの誰なのかということは、ゴブリンにとってはどうでもよいのです。

「その、みじめったらしい連中はなんだい？」とゴブリンの首領が尋ねました。

「ドワーフと、それにこいつです」と、鞭《むち》ふりゴブリンの一人が答えながらビルボの鎖をぐいと引いたので、ビルボはつんのめって膝《ひざ》をついてしまいました。「こいつら、〈おもて玄関〉にひそんでいました」

「どういうつもりだ、ええ?」と首領がトリンのほうに向きます。「きっと、ろくでもないことをやってるんだろう。わしの子分たちの秘密をスパイしようというんだな。こそ泥? ああ、そうかもしれん。それともエルフ一味の殺し屋? うん、大いにありうるな。おい、何か弁解はあるか?」

「ドワーフのトリン、あなたの下部《しもべ》です」。こんな空虚《くうきょ》そのものの挨拶《あいさつ》ことばが、ずらずらと口から出てきます。嵐をさけようと、てごろなほら穴に避難しただけのはなし。無人かと思いました。ゴブリンの邪魔をしようなどとは、これっぽちも考えませんでした」。

「あなたが疑っていることは、どれもわれわれの思ってもみないことです。嘘《うそ》いつわりなく、まさにそのとおりでした。

「ううむ」と首領が答えます。「ま、口先ではなんとでも言えるさ。ではひとつお聞かせいただきましょうかな。山にのぼって何をしていた? どこから来た? どこへ行く? あらいざらいお話しいただきたいものですな。ただし、話を聞いたからといって、容赦《ようしゃ》はせんぞ。トリン・オウクンシルドどの。あんたらのことは、もういやというほどよく知っているぞ。痛い目にあわせられたからな。さあ言わないか、ホントのところをな。言わないと、ちょいと不愉快なものを用意させていただくことになりますぞ」

「親戚を訪ねてゆくところだったのです。甥《おい》や姪《めい》、イトコやハトコやマタマタイトコ、そのほか同じ祖父たちから出た血縁の者が、このまことに愛想のよい山々の東側に、いっぱい住んでおるのです」とトリンは答えました。とっさのことで、何を言ってよいか分かりません。ホントウにホントウのところを話してしまうなんて論外《ろんがい》です。

「ウソだ。まっかな大ウソだ!」と鞭《むち》ふりゴブリンがわめきます。「こいつらを下に誘ったとき、ほら穴の中なのに、仲間が何人か稲妻《いなづま》に打たれて、ころりと死んじまいましたぜ。それに、こいつの説明もしていません」と、ゴブリンはトリンが帯びていた剣を差し出しました。トロルのほら穴から持ってきた例の剣です。

それを見た首領の口から、なんとも恐ろしい憤怒《ふんぬ》のうめきがもれました。また兵隊たちもいちようにぎりぎりと歯がみをし、盾《たて》をバンバンならし、どすんどすんと足を踏み鳴らしました。一目見れば、どんな剣だか分かります。ゴンドリンの金髪のエルフたちが、丘陵《きゅうりょう》地帯でゴブリン狩りをおこない、かれらの棲処《すみか》のまん前で戦闘をくりひろげたとき、何百というゴブリンがこの剣のせいで命をおとしました。名づけてオークリスト――〝ゴブリンを裂くもの〟の意味ですが、ゴブリンの側では単純に〈かみつき魔〉と呼んでいました。ゴブリンは、この剣のことが憎くてたまりませんが、それ以上に、この剣をもつ者のほうがもっと憎いのは言うまでもありません。

「エルフ一味の殺し屋め」と首領は叫びました。「切りきざめ。ぶちのめせ。噛《か》みつけ。噛《か》みくだけ。まっ暗なヘビ穴に連れていって、二度と日の目をおがませるな」。怒りに目のくらんだ首領は席からぴょこんと跳ね上がり、口をあんぐりと開けながら、みずからトリンにむかって突進をはじめました。

ちょうどその時のことです。広間じゅうの明かりがいっせいに消え、まん中の大かがり火がヒュウと爆発したかとおもったら、天井までとどこうかという青びかりのする煙の柱に変わりました。そしてこの煙から、白熱した火花が四方八方に飛び散り、ゴブリンたちにつき刺さりました。

ギャー、ウギュー、アレー、ナンダナンダ、イテテテ、アチチチチ、ブギュブギュ、ヒエー、ヒョー、キャーウーン、ムーン、ムムム、クソー、チキショウ…と[8]、ひきつづいて生じた阿鼻叫喚《あびきょうかん》のさまは、とても書き記すことができないほどです。数百頭のヤマネコとオオカミが、生きたままじりじりと炙《あぶ》り肉にされたとしても、このときの騒ぎにはおよびますまい。火花はゴブリンの肌を焼きながら、身中にジリジリと食いこんでいきます。また煙が天井からおりてきて、空気をにごらせたので、さすがのゴブリンの目をもってしても、一寸の先も見通すことができません。やがてかれらは、ばたばたと折り重なるようにして倒れ、重なりあったままごろごろところげまわりました。まるで集団で気が狂ったかのように、たがいに噛《か》みつき、蹴《け》りあい、殴《なぐ》りあっています。

とつぜん、紫電一閃《しでんいっせん》――ひと振りの剣がみずから光を放ち、憤怒《ふんぬ》のあまりに口もきけず、目を白黒させるばかりの首領のからだを刺しつらぬきました。首領はばったりと倒れてこときれ、ゴブリンの兵士たちは、漆黒《しっこく》の闇にむかって悲鳴を放ちながら、剣におわれて逃げました。

剣がふたたび鞘《さや》におさまります。「ついておいで、早く！」と、すごみのある、落ち着きはらった声が聞こえます。ビルボは何がおきているのか分からないままに、ふたたび全速力で、列のいちばんうしろについてとことこと走りはじめます。暗いトンネルをどんどん下ってゆくと、ゴブリンの大広間《おおひろま》の叫び声が徐々に遠のいてゆきました。蒼白《あおじろ》い光が一同をみちびいていきます。

「もっと、もっと速く」という声が聞こえました。「やつらがタイマツをともすのは時間のもんだいだ」「ちょっと待って！」と、ビルボの直前を走っているドリが言いました。ドリは紳士なのです。縛られた手の動作がままならないなりに、ビルボをなんとか肩のうえにのぼらせました。そしてふたたび一同が走りはじめます。鎖がガチャガチャと鳴り、しょっちゅう転《ころ》んでばかりです。なにしろバランスをとるべき両の手が縛られているのですから。長いあいだ休憩もとらずに走りつづけたので、もう、山の地下のまんまん中のあたりにまで来ているころでしょう。

ここまできて、ガンダルフは、ようやく杖《つえ》の先に明かりをともしました。そう、助けてくれたのは、もちろんガンダルフです。でも、どうやって入ってきたのですかなどと、悠長《ゆうちょう》な質問をしている時間はありません。ガンダルフは剣をもう一度抜きました。するとふたたび、暗闇《くらやみ》の中で、刃《やいば》がみずから光を放ちました。この剣は近くにゴブリンの気配を感じると怒りに燃え、炯々《けいけい》と光るのです。剣はいま洞窟の総大将を屠《ほふ》った喜びに、青い炎さながらに輝いています。この剣にとってゴブリンの鎖を断ち切るなどは、何のぞうさもないこと、捕らわれの者たちはたちどころに自由の身となりました。この剣の名はグラムドリング——ほら、〝敵を叩《たた》くもの〟という意味でしたね。ゴブリンどもはこれを単に〈たたき魔〉と呼び、オークリストに勝るとも劣らぬ、強い憎しみを抱いています。さて、そのオークリストのほうも救い出されました。ガンダルフが、恐れおののく衛兵の手からそれを奪いとり、はこんできたのです。このようにガンダルフの考えることには抜け目がありません。窮地《きゅうち》に立った味方のために、何もかもというわけにはゆきませんが、ずいぶん力になってくれるのです。

「みんな揃《そろ》っておるかな？」。ガンダルフはそう言って、深々と一礼しながら剣をトリンの手に戻します。「どうれ、イーチ――とまずトリンがいて、ニー、サン、シー、ゴー、ロック、シーチ、ハーチ、キュウ、ジュウ、ジュウイチ――あれ、フィリとキリはどこじゃ？　ああ、いたいた――ジュウニ、ジュウサン――そして、バギンズ君がいて、これでジュウシと。うーむ、まずはこれでよしとせねば。とはいえ、もそっと運にめぐまれてもよかったがな。小馬もなく、食糧もなく、ここがどこかも分からない。しかも、頭にきたゴブリンが雲霞《うんか》のようにせまっているなんて、ぞっとしないな。さあ行こう！」

それっとばかりに、一同は駆けだします。まさにガンダルフの言うとおりでした。いまやってきたばかりのトンネルのはるかうしろのほうから、ゴブリンのたてる騒音や、おぞましい叫び声が響いてきます。これを聞くと、かれらは先ほどよりさらにペースをあげて駆けました。ドワーフたちは必要とあらば、ものすごいスピードで駆けることができます。あわれ、ビルボにはとうていついて行けないようなスピードです。そこでドワーフたちは、交代ごうたいでビルボを背負って走りました。

ところが、そんなドワーフよりもゴブリンのほうが輪をかけて足が速いのです。それにあの連中ときたら、道のことを（何といっても自分たちがこしらえたわけですから）知りつくしているし、おまけに怒りくるってもいます。したがって、どうあがいてみても、背後の叫び声やほえ声が刻々《こっこく》せまってくるのは、いかんともしがたいのです。まもなく、ゴブリンのぺたんこの足の裏が、ぺたぺたと地面をうつ音さえ聞きとれるようになりました。無数の足また足が、すぐそこの角のむこうにまでせまっているように聞こえます。[9]うしろをふり返れば、いま走っているのと同じトンネルの中に、赤いタイマツの光が、ちらちらと明滅するのが見えるほどになりました。しかも、ドワーフたちの疲労は、極限にたっしようとしています。

「なんで――なーんでまた、わざわざ、ホビット穴をあとにしたんだろう！」と、あわれなバギンズ君が、ボンバーの背中のうえでドスンドスン上下に揺さぶられながら言いました。

「なんで――なーんでまた、わざわざ、ちびけたホビットなんかを宝探しに連れてきたんだろう！」と、あわれなボンバーが返します。よろよろと歩をすすめる太っちょボンバーの鼻には、暑い汗とひや汗がぽたぽたと流れ落ちています。

この時、ガンダルフが速度をおとし、列からおくれました。トリンもそれに続きます。一同が鋭角の角を曲がったところで、「回れ右!」とガンダルフが叫びました。「トリン、剣を抜け」

好むと好まざるにかかわらず、こうするしかありません。ゴブリンは逆襲に怯《ひる》みました。かれらが総がかりで突進して、角を曲がってみると、なんとそこにはゴブリンを打ちすえ八つ裂きにするという、オークリストとグラムドリングの冷たいきらめきが、目のまん前に待ちかまえているではありませんか! 前列の者たちはタイマツをおとし、ギャッとひと声あげたその瞬間に斬《き》りすてられました。そのすぐうしろにいた連中は、さらにもっとギャアアアアと悲鳴をあげながら、うしろにとび跳ねたものですから、後続の者たちは将棋《しょうぎ》だおしです。「〈かみつき魔〉と〈たたき魔〉だ!」と、ゴブリンたちは裏返った声をかぎりにわめきました。まもなく全軍が潰乱《かいらん》状態となり、ほとんどの者が、いまきた道を大あわてで引き返してゆくのでした。

こんな痛い目にあってしまうと、ふたたび勇を鼓《こ》して、この角をちょっと曲がってみようかと思う者が次にあらわれるまで、しばらく時間がかかりました。こうしてかせいだ時間のあいだに、ドワーフたちは休むことなく道を続け、ゴブリン王国の暗いトンネルに深く、深くもぐってゆきました。そのことを知ったゴブリンたちは、まずタイマツを消し、底の柔らかい靴に履《は》きかえました。そうして超とびきりの韋駄天《いだてん》で、目と耳が最高にきく連中をえらび出します。この連中ときたら、闇を走るイタチのように俊足《しゅんそく》で、コウモリほどの音もたてません。

このようなしだいで、ビルボも、ドワーフたちも、そしてガンダルフでさえ、かれらが走ってくる足音を聞くことができなかったのです。また、見えもしなかったのです。けれども、うしろから音もたてずに迫ってくるゴブリンたちからは、しっかりと見られていました。それは、ガンダルフが杖にかすかな光をともして、ドワーフの行く道を照らしていたからです。

いきなり暗闇《くらやみ》から伸びた手が、ぐいっとドリの足をつかみました。ふたたびビルボを背負ったドリが最後尾を走っていたのです。ドリはアッと叫んで倒れます。そのひょうしに、ビルボは肩から振りおとされ、漆黒《しっこく》の闇のなかに転《ころ》がってゆき、かたい岩に頭をぶつけました。そして、そのあとのことは、何も憶《おぼ》えていません。

第5章　暗闇《くらやみ》の謎々合戦

ビルボは目をひらきました。でも本当にひらいたのかしら、というぶかります。あたりはまっ暗。目を閉じても開いても、なんの変化もありません。それに、まったくの一人ぼっちです。読者の皆さん、ビルボがどれほど怖《こわ》かったか、ちょっと想像してみてください。何も聞こえず、何も見えず…、ただ、触れてみると、石の地面がかたく、冷たく感じられるばかりです。

ビルボはそろりそろりと起き上がり、よつんばいのままあたりを手さぐりしてみます。そうしてようやくトンネルの壁をさぐりあてましたが、これに沿って右に行っても、左に向かっても、何も見つけることができません。まったく何もなし。ドワーフどころか、ゴブリンすら、影も形もありません。ビルボはまだ頭がくらくらしていました。落っこちたあの瞬間にどの方向に進んでいたのかさえ、くらくらする頭にはさだかではありません。それでもなんとか見当をつけて方向を見定め、はいはいで進みはじめました。しばらくすると、とつぜん、トンネルの地面をさぐりながら進むビルボの手が、何かちっぽけな冷たい金属、そう、指輪らしきものに触れました。この瞬間こそ、ビルボの遍歴《へんれき》の一大転換点となるのですが、そんなこと、いまのビルボには知るよしもありません。ビルボはほとんど何も考えずに、それをポケットに突っこみました。まあせいぜいが、今とくに何かの役にたちそうにはないな、と感じたくらいでしょうか。ほどなく、もうそれ以上先に進むのがいやになり、冷たい地面に腰をおろしました。そうして長いあいだ、時のたつのも忘れて、みじめな思いに身を委《ゆだ》ねました。ビルボの心に、わが家のキッチンで、ベーコン卵《エッグ》を焼いている自分のすがたが浮かんできます。昼食か晩餐《ばんさん》か――とにかく何か食事をとる時間だということを、お腹が教えてくれるからです。でも、そんなことを思うと、みじめさがいっそうつのるばかりです。

　さあ、これからどうすればよいのでしょう？　まったく見当もつかなければ、いったい何がおきたのかさえ、ぜんぜん分かりません。なぜ自分はおいてきぼりを食ったのだろう？　おいてきぼりを食ったら食ったで、どうしてゴブリンに捕まらなかったのだろう？　なぜこんなに頭がひりひりと痛むのだろう？　それさえ理由が分かりません。ありようは、ビルボが暗い片隅《かたすみ》で、いつまでもあまりにひっそりと寝ているので、去る者は日々に――いや刻々《こっこく》に疎《うと》しという里諺《ことわざ》そのままに、ビルボの存在《そんざい》がみなに忘れられてしまったというしだいでした。

　しばらくして、ビルボはパイプをさぐってみました。パイプはぶじでした。こいつはいいぞ！　つぎに、煙草《たばこ》の袋をさぐります。なんと、煙草《たばこ》がいくらか残っているではありませんか。ますますいいぞ！　そこでおつぎはマッチの番。[1]ところが、ああ、マッチはどこにもありません。あわれ、期待は千々《ちぢ》に打ち砕かれてしまいました。まあそれでよかったのさと、あとで冷静になったビルボは思いました。こんな恐ろしい場所なのだから、マッチをすったりパイプの煙をくゆらせたりしたら、暗い穴から何がとびだしてくるか、知れたものではありません。でも、この瞬間のビルボは、あわれなほどがっくりときてしまいました。ところが、マッチはないかとポケットというポケットの上を叩《たた》いてみて、体《からだ》じゅうをさぐっているうちに、ビルボの手は、偶然、小さな剣の柄《つか》に触れました。トロルたちのもとから奪いとってきた、小ぶりの短剣です。こいつのことは、すっかり忘れていました。運のよいことに、ズボンの内側につるしていたので、ゴブリンにも気づかれなかったものとみえます。

　ビルボは剣を抜きはらいました。目の前で、剣がかすかに蒼白《あおじろ》く光っています。「ということは、これもエルフの剣だったんだ」とビルボは思います。「ゴブリンはあまり近くにはいないが、まったく遠いというわけでもないぞ」

しかし、これでいくぶん元気が出ました。数々の唄に伝えられているゴブリン戦役《せんえき》のために、ゴンドリンで鍛《きた》えられた刃《やいば》を腰に帯びているなんて、何とすてきなことではありませんか。それにまた、このような武器には、とつぜん襲《おそ》ってきたゴブリンをどれほどびびらせる威力があるか、さきほどこの目で見たばかりです。

「戻ってみようか」とビルボは考えます。「いや、戻っても何にもならないぞ。脇道《わきみち》をさぐる？　そんなことは不可能さ。前進？　そう、それしかない。さあ、行くぞ！」。かけ声とともに、ビルボは立ち上がります。小さな剣を前方にかざし、片手で壁を触《さわ》りながら、とことこかけ足ですすみます。心臓はパックンパックンと動悸《どうき》をうっています。

さて、いまビルボが、俗にいうところの窮地《きゅうち》におちいっていることは、まちがいありません。けれども、ビルボがものすごく窮していたかというと、それほどでもありません。これがあなたやわたしであったならもっと面食《めんく》らっていたところでしょうが、ホビットという連中はふつうの人間とはそうとうに異なっているのです。なにしろ、かれらはふだんから穴に住んでいます。たしかに、かれらの穴はすてきな愉《たの》しい穴で——それに換気だってじゅうぶんにゆきとどいています。その点、ゴブリンのトンネルとは似ても似つきません。とはいっても穴は穴——穴にもぐることにかけては、ホビットは人間とくらべて一日《いちじつ》の長があるのです。地下にもぐっても、かれらの頭が方向感覚をたやすく失ってしまうなんてこともありません。ただし、その頭が何かにはげしくぶつかった衝撃から、ちゃんと回復していればの話ですが。それにまた、ホビットはほとんど音をたてずに移動できるし、身をかくすのも上手、墜落《ついらく》したり、痣《あざ》をこしらえたりしても、回復がすばらしく早いときている。さらに、人間が聞いたこともないような、あるいは聞いても大昔に忘れてしまったような知恵や箴言《しんげん》の数々が、ホビットの頭の中にはぎっしりとつまっているのです。

とはいえ、わがバギンズ君のような立場にたたされるなんて運命は、わたしなら金輪際《こんりんざい》ごめんこうむりたいところです。トンネルは果てしもなく続くようでした。分かっているのはただ、それがほぼ一貫《いっかん》して下っていくらしいということ、また、たまに曲がりくねったところもなくはないが、おおむね同じ方向に伸びているようだ、ということだけです。ときどき、脇道《わきみち》の出ているさまが、短剣の光のおかげで目に見えたり、壁に副《そ》わせている手が感じとったりして分かります。ビルボはこうした脇道《わきみち》をいっさい無視しました。ただし、ゴブリンか——たぶん想像の産物でしょうが——なにやら暗黒の生き物がとびだしてきそうに感じられて、気味がわるいので、さっと通りすぎるようにしました。どこまでも、どこまでも、深く、深く、深くビルボは下ってゆきます。それでも、ビルボの耳に聞こえるのは、ときおり顔のそばをかすめて飛ぶコウモリの翼の音ばかりです。これにも最初はびっくりしましたが、あまりにたびたびなので、すぐに慣れてしまいました。こんな具合に、先に進むのはいやだけれど、止まるのも怖《こわ》いといった心持《こころも》ちで、ビルボは——さあ、いったいどれほど進んだのでしょう？　たゆむことなく道を続けてゆくあいだに、疲れたというのを通りこして、もうわけが分からなくなってしまいました。延々《えんえん》と歩きつづけてようやく明日となったが、その明日をこえると、またまたその先に同じような日々がのっぺりと続いている——そんな感じがしました。[2]

バシャン——いきなり、足が水のなかに突っこみます。うひゃー、氷のように冷たいぞ！　ビルボはとつぜん立ちすくみました。これがただの水たまりなのか、このトンネルをよこぎっている地下の水流なのか、それとも深い暗黒の地底湖《ちていこ》なのか、かいもく見当もつきません。剣が輝いているとは、もはやほとんど言えないくらいです。ビルボは立ち止まり、耳に神経を集中させました。目に見えぬ天井から水面にむかって、水滴がぽたりぽたりと落ちているのが聞こえます。でも、その他には、どんな音も聞こえてくるようには思えません。

「ということは、これは池か湖だったのだ。地下を流れる川じゃない」とビルボは考えます。でも、そうと分かってみたところで、思いきって暗黒の水の中に入っていく気にはなれません。ビルボは泳げないのです。それに水の中には、巨大に膨《ふく》れた、見えない眼玉をもった、ぬるぬるのいけすかない動物がぐねぐねとうごめいているのではなかろうか——などとビルボは思います。山脈の地中深くにある池や湖には、ずいぶんへんてこりんな生き物が棲《す》んでいるものです。たとえば巨大な眼をした魚です。ご先祖さまが、さあ、どれくらい以前なのか知りませんが、ある日地底の湖に迷いこみ、棲《す》みついてしまって、その後二度とふたたび出ていくことがなかった。そのあいだ、暗闇《くらやみ》の中で必死にものを見ようとしたために、眼がどんどん膨張《ぼうちょう》していった、というようなことがよくあるものです。けれども、ぬるぬるの生き物といえば、魚だけではありません。ゴブリンが自分たちのためにつくったトンネルや岩室《いわむろ》でさえ、当人たちの知らぬまに何者かが外の世界からもぐりこんできて、暗闇《くらやみ》にひっそりと棲《す》みついているなどということがあります。ましてや、ここの洞窟の古い部分は、ゴブリン以前の時代から存在《そんざい》していました。ゴブリンはそれを拡張し、通路を掘ってつなぎあわせたにすぎません。ですから、思ってもみないようなところに、もともとの住人がいぜんとして棲《す》んでいて、こそこそと獲物の気配をかぎまわっていたりするのです。

地の底深く、この暗黒の水のほとりに、[3]老いたゴラムが棲《す》んでいました。ゴラムはぬるぬるの肌をした、小柄な生き物です。がんらいゴラムがどこの誰で、何をなりわいとしていたのか、わたしは知りません。[4]とにかくこの生き物はゴラムという名で呼ばれ、全身が暗闇《くらやみ》とおなじまっ黒な色をしていますが、細面《ほそおもて》についた大きな丸い眼が二つ、爛々《らんらん》と蒼白《あおじろ》い光を放っています。[5]ゴラムは小さなボートを持っています。このボートにのって、湖面を音もたてずに漕ぎまわります。そう、ここは湖なのです。広く、深く、死のように冷たい湖なのです。ゴラムはボートの両脇《りょうわき》にたらした大きな足で漕ぎますが、さざ波ひとつたてません。なにしろゴラムなんですからね！　いつも蒼白《あおじろ》いランプのような眼で、盲目の魚をうかがっており、見つけたら電光石火《でんこうせっか》——考えるよりも速く、その長い指でつかみます。けれども、動物の肉もゴラムの大好物です。ゴブリンを捕まえたら、これはうまいと舌鼓《したづつみ》をうちます。でも、ゴラムは自分の存在《そんざい》をゴブリンに知られないよう、細心の注意をはらっていました。獲物をうかがっているときに、運よくゴブリンがひとりで水際《みずぎわ》に下りてきたりすると、そうっと背後からしのびよってムギュッ——首を絞めるくらいです。とはいえ、ゴブリンがこの方面にくることはめったにありません。かれらは下のほう、すなわち山の根っこのほうには、なにかぶきみな生き物が隠れひそんでいることを感じているからです。はるか昔、トンネルを掘っていたころに、かれらは湖にぶつかり、もうそれ以上は先に行けないことを知りました。というわけで、こちら向きの道はここにてストップ——わざわざこの方面にやってこなければならない理由もとくにありません。ただし、ゴブリンの首領が湖の魚を所望《しょもう》し、その命をうけたゴブリンが姿をみせるということが、偶《たま》になくもありません。そしてそのような際には、待てど暮らせど、帰ってくるべきゴブリンも、楽しみの魚もいっこうに到着しないという事態が、ときおりおきるというしだいです。

　じつは、ゴラムは湖のまん中に浮かんでいる、ぬるぬるの岩島に棲《す》んでいました。ゴラムは、いま、望遠鏡のように突きだした蒼白《あおじろ》い眼で、遠くからビルボを観察しています。ビルボからはゴラムが見えませんが、ゴラムのほうでは、ビルボのことを大いにいぶかっています。なぜゴブリンでもないやつがこんなところにいるのだろう、と。

　ゴラムはボートに乗って、すばやく島をあとにしました。いっぽうのビルボは水ぎわにぺたりと座りこんでしまいました。道も尽きたが、知恵も尽き、ついに万策尽きはてたかの風体《ふうてい》です。そこに、するするとゴラムが近づいてきて、いきなり、まるでヘビのように〝シュー〟という音をやたら響かせながら、こう囁《ささや》きました。

「ウシャー、こりゃビッショビショにシアワセ！　愛《いと》シ子《ご》チャン、そいつ、しゅごいご馳走《チショー》だよ。少々《ショウショウ》、少《シュ》くないけど、いまが旬《シュン》の舌がシビれる食材《ショクザイ》だね」。ゴラムはそう言うと、〝ごるうむ〟と、まるで何かを呑《の》みこむような、ぞっとする音を喉《のど》のあたりでたてました。〝ゴラム〟という名前はこの音に由来しているのです。ただしこの怪物、自分では自分のことを〝愛《いと》シ子《ご》チャン〟としか呼んだことがありませんが。[6]

　ゴラムの声に、ビルボは文字どおり跳びあがりました。そしてふいに、とび出した蒼白《あおじろ》い眼が、自分のほうを見ているのに気づきました。

「誰だ！」。ビルボは短剣をからだの前につき出します。

「ねえ愛《いと》シ子《ご》チャン、そいつナニモノかしら？」。ゴラムが囁《ささや》きます（ゴラムは誰も話し相手がいないので、つねに自分にむかって話しかける習慣なのです）。これがいったい何者なのか、まさしくそれを知るために、ゴラムはやってきたのです。いまはたいしてお腹が空《す》いていないので、満たしたいのはむしろ好奇心のほうです。そうでもなければ、手を出すのが一番、しゃべるのは二番だったはずです。

「わたしはビルボ・バギンズと申す者だ。ドワーフたちとはぐれ、魔法使いともはぐれ、いま自分がどこにいるのかさえ分からない。だが、ここから出られりゃそれでいい。ここがどこかなんて、知りたくもない」

「そいつの手に光《シカ》っているモノはナニかしら?」と剣に目をやりながら、ゴラムが言います。このとがったものは、どうにも目障《めざわ》りです。

「剣だ。ゴンドリンで鍛《きた》えられた名剣だ」

「シューーーッ」。ゴラムは、とつぜん、とてもていちょうになりました。

「愛《いと》シ子《ご》チャン、あんたここに座《シュワ》って、そいつと少々《ショウショウ》おしゃべりしてみたら? そいつ、謎々好《シュ》きだよ。[7] きっと、しごく好《シュ》きだよ。どう?」[8]。ゴラムは愛想のよい顔をしようと必死です。ともあれ、いまはそうしなければと思っています。ただし、剣とホビットのことをもっとよく聞き出したうえで、ホントウに一人ぼっちなのかどうか? 食べておいしいだろうか? いま自分はホントウにお腹が空《す》いているのだろうか? その辺《へん》のところがもっとはっきりすれば、また話は別ですが…。つまりゴラムは時間かせぎをしようと思ったわけですが、そのために思いついたのは謎々くらいでした。謎を出したり、答えを考えたり――ようするに、謎々遊びは、ずっとずうっと昔、ふる里の穴で、ゴラムが奇妙きてれつな仲間たちといっしょに楽しんだ、ただ一つの遊びでした。その後ゴラムは友だちをすべてなくし、たった一人で郷里を追われ、地中深くもぐりにもぐって、この山脈の地底の暗黒世界に流れついてきたというわけです。[9]

「よかろう」とビルボは言いました。ビルボのほうでも、この生き物のことをもっとよく知って、一人きりなのか、凶暴《きょうぼう》なのか、空腹なのか、ゴブリンの仲間なのか――このような点がはっきりするまでは、さからいたくありません。

「おまえが先だ」。ビルボには、問題を考えるだけの時間のよゆうがありません。そこでゴラムが言いました。

根っ子は見えず、

樹木よりも高く、
上へ上へとあがっていくが、
ぜんぜん大きくはならない。

「かんたん！」とビルボ。「山！」

「どう？　そいつ、あっさり当てちゃうかしら？　愛《いと》シ子《ご》チャン、そいつ、アタシらと謎々合戦《ガッシェン》しなきゃね。愛《いと》シ子《ご》チャンが出して、そいつがしくじったら食事《ショクジ》にしちゃおうよ。そいつが出して、アタシらがしくじったら、そいつのしたいことさしてやるってので、どう？　出口を教《オシ》えてやるなんてね。イエス！[10]」

「いいとも」とビルボ。とてもさからうだけの勇気はありません。食べられないでもすむような謎々を考えようと、脳味噌《のうみそ》は大車輪で回転しています。

赤い丘に白馬《しろうま》が三十頭。
まずはバリバリ、
お次にギリギリ、
そこで彼らはひと休み。[11]

ビルボに思いつくのはこれくらいでした。「食べる」という想念《そうねん》が頭を去ってくれません。だいいち、これはそうとうに古い謎々です。これならゴラムばかりか、皆さんにだっておなじみですよね。

「おお陳腐《チンプ》！――しどく陳腐《チンプ》！」とゴラム。「〝歯〟。〝歯〟が正解《シェイカイ》だよね、愛《いと》シ子《ご》チャン。アタシらは、六本しかないけど」。ゴラムは次なる問題を出します。

声がないのにむせび泣き、
翼もないのにバータバタ。
歯がないのにかみついて、
口もないのにザーワザワ。[12]

「ちょっと待って！」とビルボ。まだ「食べ(られ)る」という不愉快な想念《そうねん》が頭から去りません。が、うまいことに、これと似たのを聞いたことがあったので、落ちついて考えると答えが出てきました。ビルボは「〝風〟。もちろん〝風〟さ」と叫びます。これに気をよくして、即座《そくざ》に次の問題が頭に浮かびました。「胸くその悪い地下動物め、これには頭をひねらされるぞ」と思います。

青い顔には目が一つ。
緑の顔にも目が一つ。
目が目にむかって言うことに、
あいつはわたしにそっくりだ。
でも、あっちは低い。
だけどこっちは高い。[13]

「シューッ、シューッ、シューッ」。ゴラムの口から息がもれます。地下にもぐってからもうずいぶんと歳月が流れたので、この手のものはすっかり忘れかけています。けれども、相手が答えられないのではないかと、ビルボが期待しはじめたとたん[14]、ゴラムの頭には、ずうっとずうっとずうっと昔の、川岸の土手の穴で祖母と住んでいたときの記憶がふっとよみがえってきました。「シューッ、シューッ…。ねえ愛シ子《いとご》チャン」とゴラムは言います。「お日《シ》さまとデイジーだよね。うん、イエシュ！」

でも、このようにごく日常的、地上的、ありきたり的な謎々につきあうのは、ゴラムにとってはつらいものがあります。それに、こうした謎々を聞いていると、今のように孤独で陰湿《いんしつ》で悪辣《あくらつ》でなかった昔の日々のことが思い出されて、むしょうに腹が立ってきました。そこでゴラムはもうすこしむずかしくて不愉快な問題を出してみることにしました。

見ることも触れることもできず、
聞くことも嗅《か》ぐこともできない。
星のむこうに、丘の下にひそみ、
　うつろな穴を一杯《いっぱい》に満たす。
最初に、また最後にやってきて、
　人をころし、笑いをころす。[15]

ゴラムにとってあいにくなことに、ビルボはこの手のものを以前に耳にしたことがありました。それに答えは、いまも現に、四方八方ビルボをとりまいています。ビルボは髪を掻《か》きむしることも、頭を抱えこむこともなく、さらりと「暗闇《くらやみ》」と言ってのけます。

ちょうつがいも、鍵も、ふたもない箱。
でも、中には黄金の宝が隠されている。[16]

ビルボはこの問題を、ほんとうにむずかしいのが思いつくまでの、時間かせぎのつもりで出しました。たしかに言い方を変えてはいますが、これぞ陳腐《ちんぷ》のきわみ、超かんたん問題かと思いました。ところが案に相違《そうい》して、これがゴラムにとって、超難度のいじわる問題となりました。ゴラムはなにやらひとりごちますが、答えは出てきません。シュー、シュー、シュー…。なおもひとり言《ごと》が続きます。

しばらくして、ビルボは痺《しび》れがきれてきました。「さあ、答えは？」と急《せ》かします。「さっきからシューシューばかり言ってるけど、答えはヤカンの吹きこぼれじゃないぞ」

「もう少々《ショウショウ》、考える暇《シマ》を！　愛《いと》シ子《ご》チャン、あんたからもたのんでよ！　もっと暇《シマ》を――シュー、シュー…」

「さあて」。たっぷりと猶予《ゆうよ》をあたえてから、ビルボはゴラムをうながします。「さあ、答えは？」[17]

ところがです。とつぜん、ゴラムは、はるか昔、鳥の巣狙いをしたことを思い出したのです。そうだ、川の土手の下にすわって、お祖母《ばあ》ちゃんに教えてあげた…。そう、お祖母《ばあ》ちゃんに教えてあげた…。こうやって吸うんだよと…。「卵[18]！」とゴラムは答えます。「そう、卵だよね」。次はゴラムが問題を出す番です。

息もせずに生きていて、
死体のように冷たくて、
のどもかわかないのに
いつも水を飲んでいて、
よろいを着ているのに
ガチャガチャ鳴らない。[19]

こんどは、ゴラムのほうで超かんたん問題と思いながら出したのが、この謎々です。なぜならこれの答えのことを、ゴラムはいつも頭に思いえがいているのですから。卵の謎々のせいであまりに心が動転し、もっとよい問題をとっさに思いだすことができませんでした。ところが、あわれビルボにはこれが超難問となりました。というのも、いままで、ビルボはできるかぎり、水とは関わりあいをもたないで生きてきたのです。読者の皆さんは、とうぜん答えをご存知ですよね？　まだご存知でなくても、皆さんはご自宅でリラックスして座っていらっしゃるでしょうし、いまにも食べられやしまいかと心配で、ろくに考えが集中できないというわけでもないのですから、何のぞうさもなく、答えがお分かりになるだろうと思います。ビルボはそこに座り、一度か二度咳払《せきばら》いをしましたが、答えが出てきません。

　しばらくすると、ゴラムがひとり嬉しそうにシューシューとつぶやきはじめました。「ねえ愛《いと》シ子《ご》チャン、そいつ食指《ショクシ》そそるかな？　ジューシーかな？　食感《ショッカン》サイコーの舌鼓《シタヅツミ》モノかしら？」。ゴラムは目を細くして、闇の中からビルボを見つめます。

「ちょ、ちょっと待ってよ！」。こう叫んだビルボは、ぶるぶると震《ふる》えています。「さっきはずいぶん待ってやったじゃないか？」

「そいつ、急《イショ》がないと…、急《イショ》がないといけまシェンね」。そう言いながら、ゴラムは岸に上がってビルボに手をかけるため、ボートから下りようと足をあげました。ところが、水掻《みずか》きのついた大きな足が水につかると、魚が驚いてとびはね、ビルボの足の上に落ちました。

「ひゃあ」。ビルボは悲鳴をあげます。「冷たくてぬるぬるだあ」――と、そのとたんに答えが分かりました。「魚、魚」と、ビルボが叫びます。「魚だ！」

　ゴラムはひどく落胆しました。けれどもビルボが大急ぎで次の謎々を出したので、またボートに戻って考えなければなりません。

　足なしが一本足にのり、その近くに二本足が三本足にすわり、四本足がすこしもらう。[20]

　この謎々を出すタイミングとしては最悪でしたが、ビルボは大あわてなのです。ほかの時であれば、ゴラムも答えを当てるのに、多少は手こずったかもしれません。ところが、いまのいま魚の話をしていたのですから、「足なし」はすぐに見当がつくし、これが出れば、あとはもう簡単そのものです。とうぜん「小テーブルに魚がのっていて、スツールに腰をかけた人間が魚を食べ、猫が骨をもらう」というのがその答えで、ゴラムはなんの苦もなく言い当てました。さてゴラムは、そろそろホントウにむずかしくて、聞くも恐ろしい問題を出してみる潮時《しおどき》かと思いました。そこで出したのが、これです。

こいつは万物をむさぼる。
鳥獣《ちょうじゅう》草木すべて例外なく、
鉄をむしばみ、鋼《はがね》をかむ。
石をもこなごなにくだき、
王を殺し、町をほろぼす。
高い山ですら敵ではない。[21]

あわれビルボは暗闇《くらやみ》のなかに座って、いままで物語で聞いた、ありとあらゆる巨人や人食いの恐ろしい名前を思い浮かべましたが、そのうちの一人として、この謎々のすべての部分に当てはまる者はいません。答えはこういうのとは全然ちがっていて、ほんとうは知っているはずなのだという気がするものの、もどかしいけれど、どうしても出てきてくれません。ビルボはあせりはじめました。あせると、分かるものも分かりません。ゴラムがボートから下りはじめました。パシャンと水に足をつけ、そろりそろりと岸辺まで歩いてきます。ゴラムの眼が、だんだんこちらに近づいてくるのが見えます。ビルボの舌が、口の中にはりついてしまいました。「もっと時間をくれ。時間を」と叫びたい！　でも、いきなり悲鳴とともに口から飛び出したのは、

「時間、時間！」

まったくの好運によって、ビルボは助かりました。そう。答えはまさに「時間」だったのです。

ゴラムはまたしても落胆させられました。しかも、だんだんいらだってきました。謎々はもういい加減うんざりです。ゲームのおかげで腹の虫もグーグー鳴りはじめています。したがって、こんどはもうボートへは戻らず、ビルボのわきの暗闇《くらやみ》に腰を下ろしました。気味の悪いことこのうえもなく、ビルボは気もそぞろ、頭のなかがまっ白になりました。

「ねえ愛《いと》シ子《ご》チャン、こんどはそいつが質問しなきゃね。イエス、イエシュ、イエシュ。あと一度きしね。そう、イエス、イエシュ」とゴラム。

けれども、こんなびちゃびちゃのぶきみな冷血動物に横に座られ、指でつっつかれたり触《さわ》られたりしたら、謎々なんて考えられるわけがありません。ビルボはからだをボリボリ掻《か》いたり、つねったりしてみました。でも、何も出てきません。

「さあ、さあ」とゴラム。

ビルボは自分のからだを指でつねって、ひら手でピシャリとたたきました。つぎに小さな剣をぎゅっとにぎってみました。あげくのはてに、もういっぽうの手でポケットの中をさぐってみました。そこには、トンネルで拾ったなり忘れてしまっていた、あの指輪がありました。

「ポケットに何が入ってるのだろう?」。ビルボは、おもわず声にだして言ってしまいました。これはひとり言《ごと》のつもりだったのですが、ゴラムは謎々の問題だと勘違いします。動揺《どうよう》したゴラムは、ひどくあせります。

「反則《ハンショク》!　反則《ハンショク》!」とゴラムが叫びます。「愛《いと》シ子《ご》チャン、そいつのクショポッケに何が入ってるか?　そんな質問、反則《ハンショク》だよね」

このなりゆきを見たビルボは、ほかに何も思いつかないので、この問題で押しとおすことに決めました。「ボクのポケットに何が入っているのか?」。ビルボはもっと大きな声で、質問をくり返しました。

「シューーーッ」とゴラム。「愛《いと》シ子《ご》チャン、三回《シャンカイ》チャンスが欲しいよね。三回《シャンカイ》チャンスをね」

「よかろう。言ってみな」とビルボ。

「手！」

「はずれ」。うまい具合に、ゴラムが言う直前に、ビルボはポケットから手を出したのでした。「さあ、つぎ」

「シューーーッ」とゴラム。さきほどよりもっとうろたえています。自分自身のポケットに入っているものを心に思い浮かべてみます。魚の骨、ゴブリンの歯、ぬれた貝殻《かいがら》、コウモリの翼のかけら、牙《きば》をとぐためのとがった石…。うすきみの悪いものばかりです。つぎにゴラムは、他の人はどんなものをポケットに入れるものなのか、想像しようとつとめました。

「ナイフ！」ついにゴラムが叫びます。

「はずれ！」とビルボ。少し以前にビルボは自分のナイフを失くしていたのでした。「さあ、つぎは最後のチャンス」

いまやゴラムは、さきほど〝卵〟の謎々を出されたときよりも、もっとひどい動揺《どうよう》をおもてに出しています。シユーシューとひとり言《ごと》をいいながら、からだをゆっさゆっさと前後にゆすり、足の裏で地面をぴしゃぴしゃとたたいたかとおもうと、からだを捻《ねじ》ったり捩《よじ》ったりといったぐあいです。でも、それでも、最後のチャンスをはずしたら…と、ふんぎりがつきません。

「ほら、どうした」とビルボ。「待ちくたびれたぞ」。ビルボはつとめて強く明るい声を出してみせましたが、この勝負の結末がどうなるのか、ゴラムが正しい答えを言い当てるかどうか――ぜんぜん予想はたちません。

「時間切れ！」

「紐《シモ》、もしくは何もナシ」。ゴラムはかなきり声で言いました。これは、ほんとうは反則です。二つの答えを一度に言ったのですから。

「どちらもはずれ！」。ほっとしたビルボが叫びます。同時に、ビルボはぴょこんと立ち上がり、うしろの壁に背をつけて、小さな剣を前につき出しました。[22] 謎々合戦は古代に起源をもつ[23]神聖なものであることを、ビルボはもちろん承知しています。したがっていくらよこしまな生き物だって、このゲームではインチキなどしたがらないはずです。とはいっても、このヌルヌルやろうは、自分がピンチになりながら約束をまもるかどうか怪しいものだ、とビルボは思います。約束をやぶるためのルールの抜け穴になるなら、どんな口実だって言いかねません。それにいずれにせよ、あの最後の問題はいにしえのルールにのっとった、ホンモノの謎々にはなっていませんでした。[24]

しかし、ともあれ、ゴラムはただちに襲《おそ》いかかってはきませんでした。それというのも、ビルボの手の中に剣が見えたからで、ゴラムはじっとすわって、震《ふる》えながら、何やらつぶやいています。ついにビルボのほうが痺《しび》れをきらしました。

「さあどうだ」とビルボは言いました。「約束はどうなった？　これ以上待てないぞ。道をおしえてくれ」

「愛《いと》シ子《ご》チャン、アタシら、そんな約束《ヤクショク》したっけ？　下司《ゲシュ》やろうのちびすけバキンズに、出口を教《オシ》えてやるなんて言ったっけ？　イエス、イエシュ。でも、ポケッチュに何を秘《シ》めてるんだろう？　愛《いと》シ子《ご》チャン、紐《シモ》でナシ、何もナシでもなしだって。シュウ、そんなシャクな！　ごるむ！」

「そんなことはどうだっていいじゃないか」とビルボ。「約束は約束だ」

「愛《いと》シ子《ご》チャン、そいつ怒ってるね。知りたくてウジュウジュしてるね」。ゴラムが囁《ささや》きます。「でも待ってもらいまショ。ほんの一時《シトトキ》ね。そうそう至急《シキュウ》にはトンネルに行けまシェンてば。その前に取ってくるものがあるでショ。そう、イエシュ、あれの助《タシュ》けが必要《シツヨウ》だよね」

「よし。でも急ぐんだぞ」とビルボ。ゴラムが立ち去ってくれると思うと、ほっと一安心です。ゴラムは何かでたらめな口実をもうけただけで、ほんとうは戻ってくるつもりなどないのだと、ビルボは思いました。あいつ、何のことを話していたのだろう？　まっ暗な湖の上に、どんなけっこうなものをしまっておけるというのだろう？　でも、ビルボはまちがっていました。ゴラムはちゃんと戻ってくるつもりでした。いまやゴラムは腹が空《す》き、おまけに腹が立ってもいました。ゴラムは見下げはてた悪党で、腹の中にひとつの策略《さくりゃく》を隠していました。

ビルボは何も知りませんでしたが、岸辺から遠からぬところにゴラムの島がありました。そして、この隠《かく》れ家《が》に、子どもだましの宝物をいくつか隠しているのですが、そのなかに一つだけとても美しい、ほんとうに美しい、絶品《ぜっぴん》とでもいうべきものがありました。それは黄金の指輪――とても貴重な指輪でした。

「アタシの誕生プレジェントなんだよね」とゴラムはひとりごちました。果てしのない暗闇《くらやみ》生活のなかで、習慣となってしまったひとり言《ごと》です。「いま、アタシらに必要《シツヨウ》なのはあれだよね。イエシュ、あれが是非《ぜシ》、必要《シツヨウ》だよね」

この指輪が必要なのは、それが魔法の指輪だからです。それを指にはめると、姿が消えるのです。ただし、日光をあびるとばれてしまいます。地面に影がうつってしまうからです。あわい影がゆらゆらと見えるだけですが。

「アタシの誕生プレジェントだよね、愛《いと》シ子《ご》チャン。アタシの誕生日にやってきたんだよね」。ゴラムは自分にむかっていつもこのように言いましたが、そんな魔法の指輪が、まだいくつも世に散らばっていたのは大昔のことで、ゴラムがどのようにしてそれを手に入れたのか、さあ、それは知れたものではありません。指輪を統《す》べる者にさえ分からなかったでしょう。[25] この指輪を、最初ゴラムは四六時中《しろくじちゅう》はめていましたが、そのうち疲れはててしまいました。つぎにそれを小袋に入れて肌身はなさずもっていましたが、からだの皮がこすれて痛くなったので、いまでは、自分の島の岩穴に隠してあります。そして年中《ねんじゅう》それを取り出しては、ためつすがめつ眺めては愉《たの》しんでいるというふうでした。でも、いまだって、指輪をはめることがなくもありません。指輪がいとおしくてたまらなくなった時がそうですが、それ以外にも、ひどく腹ぺこだけど、魚にはうんざり、という気分になった時がそうです。そんなとき、ゴラムは指輪をはめてまっ暗なトンネルの坂をあがり、迷いこんできたゴブリンを狙うのです。たまには、痛む眼をしばたたかせながら、タイマツのともった場所にまで遠征することさえあります。そんなことをしても安全です。そう、ぜーんぜん安全。なにしろ、敵にはこちらの姿が見えないのですから。だれもゴラムの存在《そんざい》に気がつかないので、そっと忍びよってムギュ――首を絞めるのです。きょうも、ほんの数時間前に、この指輪をはめて、小さなゴブリンの小僧をつかまえたばかりです。ギャー――あいつ、はでに悲鳴をあげやがったな！　まだかじれる骨が一、二本残ってはいますが、今はもっと柔らかいものが食べたい気分です。

「ジェーンジェン安全《アンジェン》だよね。イエシュ」。ゴラムはひとりつぶやきます。「ね、愛《いと》シ子《ご》チャン。あいつには見えましェン。イエシュ。あのシャクにさわる剣にだって怯《シル》むことないでショ。イエス、ジェーンジェン」

ゴラムがぷいとビルボのそばを去り、ヒタヒタヒタとボートに戻り、そうして暗闇《くらやみ》の中に漕ぎだしていったとき、そのまっ黒な腹の中にひそめていた考えというのは、このようなものでした。いっぽうのビルボは、これっきりゴラムとはおさらばと思ったものの、しばらくはそのまま動きませんでした。外に出たくとも、ひとりではどう行けばよいのか分かりません。

と、だしぬけに、ウギャー！　とかんだかい悲鳴が聞こえました。ビルボの背中を、ゾゾーと冷たいものが走ります。ゴラムは暗闇《くらやみ》の中で悪態《あくたい》をたれながら、泣きわめいています。その音から判断して、そう遠くではありません。ゴラムは、島の上をあちこちひっかきまわしながら、捜《さが》しにさがしているのですが、目当てのものが見つからないのです。

「どこだ？　どこ行った？」。ゴラムの泣き声が聞こえてきます。「失《な》くした！　愛《いと》シ子《ご》チャン、失《な》くした、失《な》くした。クヤシー！　ノロワシー！　愛《いと》シ子《ご》チャンがゆくえ知《シ》れずだ！」

「どうしたんだい」。ビルボが声をかけました。「何を失《な》くしたって？」

「よけいなお世話《シェワ》だね」とゴラムがヒステリックに言い捨てます。「そいつの知《シ》ったこっちゃない。イェシュ。ごるむ、あれが迷子だ！　ごるむ。ごるむ。ごるむ」

「いいか、このボクも迷子なのだ」とビルボが叫びます。「もう迷子でなくしてほしい。謎々合戦には、ボクが勝ったんだぞ。約束はどうした？　はやく出てこい。ボクを外に出してくれ。あとでゆっくりと捜《さが》せばいいじゃないか」。ゴラムの声はみじめそのものですが、ビルボの心にはあまり同情の気持ちがわきません。ゴラムがこれほど欲しがるものが、まともなものであるわけがないのです。「はやく出てこい！」。ビルボは声を荒げます。

「まだあっちィ、行けないよね、愛《いと》シ子《ご》チャン」とゴラム。「捜《シャガ》しゃなきゃ。ゆくえ知《シ》れずだからね。ごるむ」

「だけど、ボクの最後の謎々、答えを知らなかったじゃないか。約束は約束だぞ」

「知《シ》らない？」とゴラム。と、そのとき、暗闇《くらやみ》の中からとつぜん「シュッ」――するどく息のもれる音が聞こえました。「そいつ、ポケッチュに何を秘《シ》めてるんだろう？　それをまず知《シ》らなきゃ。そいつから答えを引《シ》き出さなくっちゃ」

答えを言っていけない理由は、ビルボにはとくに思いあたりません。けれども、ビルボが言わない先に、ゴラムはそれが何であるかを推察してしまいました。でも、それも当然のはなしです。ゴラムは、長いあいだただこの指輪のことだけを心にえがきつづけ、盗まれやしないかとたえず心配ばかりしていたわけですから。ところが、ビルボのほうはさんざん待たされたおかげで、焦《じ》れにじれていました。それに謎々合戦はそこそこフェアプレーで戦い、かろうじて自分が勝ちをおさめたのだぞ、という思いが、つよく胸にせまります。そこでビルボは言いました。「答えは想像するもの。ばらすものじゃない」

「でもあれはフェアな質問じゃないよね」とゴラム。「愛《いと》シ子《ご》チャン、謎々じゃないよね。うん、イエシュ」

「そうかねえ。だけど、ふつうに、何かをきいたり、きかれたりの場合だとしても」とビルボが返します。「先にきいたのは、ボクのほうだぞ。何をなくしたんだ？　言ってみな」

「そいつ、ポケッチュに何を秘《シ》めてるんだろう？」。ゴラムの息のシューシュー音が、さきほどよりも大きく、するどくなっています。そして、ゴラムのいるほうに目を向けてみて、ビルボは仰天《ぎょうてん》しました。二つの小さな光の点が、いまやこちらを、まじまじと見つめているではありませんか。ゴラムの心のなかで疑念《ぎねん》がふくらむとともに、眼が蒼白《あおじろ》い炎を出して燃え上がりました。[26]

「何をなくしたのだ？」。ビルボはしつこくたずねます。

けれどもゴラムの眼は、いまや妬《ねた》みに狂う緑色の炎と化し、しかも、するすると近づいてきます。ゴラムはふたたびボートにのり、暗い岸辺をさして、やみくもに漕いでいるのです。指輪をなくした失望と、ビルボへの疑惑《ぎわく》がはげしく心にうずまき、剣が怖《こわ》いなどとは、もうぜんぜん感じていないのです。

この化けものを、何がこうまで狂わせたのか、ビルボにはまるで見当がつきません。けれども、これで万事休《ばんじきゅう》すかと思いました。なんにせよ、ゴラムはビルボを殺すつもりです。間一髪《かんいっぱつ》そのことに気がついたビルボは、くるりとふり返り、もときた暗いトンネルをやみくもに駆け上がりはじめました。左手でさぐりながら、壁ぎわを走ります。

「そいつ、ポケッチュに何を秘《シ》めてるんだろう?」という囁《ささや》きが背後に大きく響きます。そしてつぎに、バシャン——ゴラムがボートから飛びおりる水音が聞こえました。「さあ、ボクは何を持ってるんだろう?」。ビルボは足をもつれさせながら、喘《あえ》ぎあえぎ思います。左手をポケットに入れ、ごそごそとまさぐります。冷たい！　ひやりとした感触とともに、しらぬまに指輪が人さし指にすぽりとはまりました。

「シューシュー」が、すぐうしろに迫ります。ビルボはふり返ります。小さな緑のランプのようなゴラムの眼玉が、坂をのぼってきます。[27] ビルボは恐怖にかられ、もっとスピードをあげようとしますが、そのとたん地面のでっぱりにつまづいて、剣の上に覆いかぶさるように倒れこみました。

一瞬ののち、ゴラムがビルボに追いつきます。ところが、ビルボが息をととのえるまも、立ち上がるまも、剣をふるうまもなく、ゴラムは通りすぎてしまいました。シューシューと悪態《あくたい》をついていますが、ビルボに気がついたふうではありません。

いったいどういうことなんだ?　ゴラムは暗闇《くらやみ》でも目が見えます。うしろからでも、ゴラムの眼がほのかに輝いているのが見えます。痛みをこらえながらビルボは立ち上がり、いまやまたかすかに光りはじめた剣を鞘《さや》におさめました。そうして用心に用心をかさねながら、ゴラムのあとを追ってゆきます。それ以外にどうすることもできないでしょう。いまさらゴラムの湖に戻ったところで、どうにもなりません。逆にあとを追っていけば、むこうにそのつもりがなくても、自然にどこか脱出路まで連れていってくれるかもしれません。

「クヤシー、クヤシー、クヤシー!」。ゴラムが囁《ささや》きます。「クショバギンジュめ。消えちまった！　ポケッチュに何を秘《シ》めてんだ?　推測《シュイショク》はつく——ああ、推測《シュイショク》はつくでショ、愛《いと》シ子《ご》チャン。あいつが拾《シロ》ったんだよ。イエシュ！　うん、あいつが持ってる。アタシの誕生プレジェントなのに」

ビルボは耳をそばだてていました。ようやく事情が分かりかけてきました。ビルボはすこしペースを上げました。恐怖がゆるすかぎり、ゴラムとの距離をつめます。ゴラムはあいかわらず早足《はやあし》で駆けていきます。うしろをふり返りはしませんが、ときどき頭を右へ左へと振っているようです。壁に微光《びこう》が映《は》えるので、そのことが分かります。

「アタシの誕生プレジェント！　あの下司《ゲシュ》やろうめ！　愛シ子《いとご》チャン、アタシら、どうして失《な》くしたんだろう？　うん、イエシュ！　この前こっちィ来たときだ。あのギャーギャー小僧をシメ殺したときだ。イエシュ、イエシュ！　クソ、シャクだー！　滑《シュ》べり落ちたんだ。いままでズウっと、ズウウっと大切《タイシェツ》にしてきたのに！　ああ失《な》くした失《な》くした！　ごるむ」

ふいにゴラムは座りこんで、泣き出しました。ヒュウヒュウガラガラと喉《のど》の鳴る音は、聞くもおぞましい。ビルボは立ち止まり、壁にぴたりと張りつきました。しばらくするとゴラムは泣きやんで、話しはじめます。自分自身を相手に言い争いをしているようです。

「あそこに引《シ》き返して捜《シャガ》しても、しかたないよ。うん、しかたないない。アタシら、行った場所、じぇーんぶは思い出シェないでショ。それに、どうしぇムダでショ。バギンジュがポケッチュに潜《シソ》めてるんだよ。ネコババしたんだ、クショやろうめ。コシャクなまねしやがって！」

「愛シ子《いとご》チャン、そんなの推測《シュイショク》でショ、推測《シュイショク》！　下司《ゲシュ》やろうを引《シ》っつかまえて、絞《シ》めあげなきゃ知《シ》れたものじゃない。でも、あのプレジェントにどんな力が秘《シ》められているか、あいつ知《シ》らないよ。ポケッチュに蔵《シマ》ってるだけだよ。秘密《シミツ》知《シ》らないし、遠くまで走《ハシ》ったはずもナシ。あいつ、迷子なんだ。でしゃばりの下司《ゲシュ》やろうめ。あいつ出口知《シ》らないよ。そう言ったよね」

「イエス、イエシュ、そう言った。でも、あいつ、ズルやろうだよ。口先《クチシャキ》と腹ン中に開《シラ》きがあるよ。ポケッチュに何を秘《シ》めてるのか、死んでもシラをきりとおすよ。あいつ知《シ》ってるんだ。入口は知《シ》っているし、出口だって知《シ》っているはジュ。イエシュ。あいつ、裏門に行っちまったんだよ。イエシュ！」

「あっちィ行ったらゴブリンに引《シ》っつかまるよ。愛シ子《いとご》チャン、あっちからはムリだ」

「シューーッ、シューッ、ごるむ。ゴブリンだって！　うん、イエシュ！　アタシらのプレジェント——大切《タイシェツ》なプレジェントをあいつがクシュネたとしたら、こんどはゴブリンにクシュネられちまう。ごるむ。あいつらが見《メ》っけて、秘密《シミツ》がばれちゃうよね。そうなると、アタシら、もう二度と安全《アンジェン》じゃない。ごるむ。ゴブリンがあれをつけて姿《シュガタ》をけす。もう、しゅぐそこにいたって見えやしない。アタシらの、しゅばらしい視力《シリョク》でも見えましェン。ある日こっしょりと、忍《シノ》び足《アシ》でやってきて、アタシらを引《シ》っつかまえて…。ごるむ、ごるむ！」

「愛《いと》シ子《ご》チャン、おしゃべりしてる暇《シマ》ないよ！　急《イショ》ごう。バギンジュがあっちィ行ったとすりゃ、しゅぐにいって調《シラ》べなきゃ。さあ、一走《シトッパシリ》！　しゅぐそこだ。それ、しっぱつ！」

　ぱっと立ち上がるがはやいか、ゴラムは猛スピードで走りはじめました。なおも用心しいしい、ビルボはあとを追います。いまいちばん怖《こわ》いのは、また岩のでっぱりに足をひっかけて、ドサリと音をたてて倒れることです。ビルボの頭の中には、希望と不思議の感覚がうず巻いています。手に入れたのは魔法の指輪で、それをはめると姿が消えるらしい。[28]そのような話は、昔むかしの物語でなら、もちろんお目にかかったことがあります。でも、そのような指輪を、たまたまこの自分がほんとうに手に入れたなんて、信じろというほうがむりです。でも、事実はそのとおりなのです。げんに、爛々《らんらん》と眼を光らせたゴラムが、ほんの一ヤード［九〇センチ］横をすり抜けていったではありませんか。

　二人は道を続けます。ゴラムはピタパタピタパタと先を行きます。シューシューと息づかいもあらく、悪態をつきながら走っていきます。それを追うビルボは、ホビットにしてここまでやるかというほど、音をひそめて続きます。まもなく二人は、右へ左へと脇道《わきみち》が枝わかれしているところまでやってきました。このあたりのことを、ビルボはよく憶《おぼ》えています。ただちにゴラムは枝道の数をかぞえはじめました。

「左へ一つ、ヨシ。右へ一つ、ヨシ。右二、ヨシヨシ。左二、ヨシヨシ」といった具合です。

　数が増えるにつれて、ゴラムの走る速度がのろくなり、やがてぶるぶると震《ふる》えながら泣きはじめました。湖から離れれば離れるほど、心細くなってくるのです。ここまで来ればすぐその辺《へん》にゴブリンがいてもおかしくないし、たよりの指輪もどこへやらゆくえ知れずです。ついに、ゴラムは立ち止まりました。上りにむかって左手に、低い入口が開いています。

「右七、ヨシ、左六、ヨシ」。ゴラムはつぶやきます。「ここだね。ここが裏門へ行く道だ。そう、イエス、イエシュ。これが、そのトンネルだね」

ゴラムは中を覗《のぞ》きこみ、あとずさりしました。「愛《いと》シ子《ご》チャン、ここにはどうしても入れまシェン。イエシュ、入れまシェン。あっちはゴブリンの巣《シュ》だ。やつらごっしょり控《シ》かえてる。ゴブリン臭《シュウ》がしどいよ。シュー――ッ。どうしようか？　クショゴブリンのチキショー！　死《シ》ネー！　愛《いと》シ子《ご》チャン、ここで待ちまショ。待ってみよう、ちっとばかシ…」

というしだいで、ゴラムも、そしてビルボも、ばたりと立ち止まってしまいました。結局のところ、出口にむかう道まで、ゴラムが連れてきてはくれましした。ところが、その通路に入ることができません。入口のまんまん中に、ゴラムが背を丸めてのっそりとうずくまっているからです。膝《ひざ》のあいだにうずめた頭を、右へ左へとゆすると、ゴラムの眼玉がギラギラと冷たい光をはなちます。

ビルボはネズミよりも息をひそめて、壁から身を離しました。それだけでも、ゴラムはぴくんとからだをこわばらせ、くんくん臭《にお》いをかいだかと思うと、眼を緑色に輝かせはじめました。シューシューシュー――あまり大きな音ではないが、いかにも威嚇《いかく》するような声が、ゴラムの口からもれます。ビルボの姿は見えませんが、いまやゴラムは神経をとぎすませています。それに、目には見えなくても、暗闇《くらやみ》生活のおかげで、ゴラムの耳と鼻の感覚はいやが上にもするどくなっています。ゴラムはひらべったい手を地面にぺたりとつけて、よつんばいになっているようです。頭を前に突きだし、鼻を、ほとんど岩の地面にくっつけています。ゴラムの姿は、その眼が放つかすかな光のなかにまっ黒な影として見えているだけですが、それでも、ゴラムの神経が、いまにも獲物にとびかからんばかりに、弓の弦《つる》よろしく張りつめているのが、気配で分かります。

ビルボはほとんど息もしないで、身をこわばらせました。もう死に物ぐるいです。力がつきないうちに、このおそろしい暗闇《くらやみ》からなんとか抜け出さねば。戦うんだ。この化け物を剣で刺すのだ。眼をえぐりだすのだ。殺すのだ。

あいつはボクを殺すつもりだったんだぞ。そうさ、フェアな戦いじゃない。こっちの姿は見えないし、ゴラムには剣もない。だけど…。ゴラムはボクを殺すなんて一度も言わなかったし、まだ、そのそぶりさえ見せていない。ゴラムはみじめで、孤独で、途方にくれているじゃないか！　ビルボの心には、とつぜん、ゴラムの身のうえに同情する気持ちが——嫌悪のまじったあわれみが、わき上がってきました。この先よくなるという希望の灯もなく、きょうもあしたもあさっても変わりばえのしない日々が果てしなくつづき、かたい石の上で冷たい魚を食べ、シューシューつぶやきながらこそこそとうろつきまわる——そのような、あわれなゴラムの未来が、ビルボに見えてしまったのです。こんな考えが一瞬ぴかりとビルボの頭にひらめいたとき、ビルボはブルッとふるえました。そして次の瞬間、あらたな力と決断にふいに背中を押されたかのように、ぴょんと飛びました。

人間にしてみればたいしたジャンプではありません。が、なにしろ闇の中のジャンプです。ゴラムの頭上を、ビルボはまっすぐにとび越しました。距離七フィート［二一〇センチ］、高さ三フィート［九〇センチ］の飛行です。そのとき、ビルボは知りませんでした。じつは、低いアーチ型の天井に、あやうく脳天《のうてん》をぶつけるところだったのです。

ビルボが頭上を通過したその瞬間、ゴラムはうしろにさっと身を投げて、つかみかかろうとしましたが、一瞬おくれをとりました。ゴラムの手はパチンと空《くう》をつかみ、ビルボは頑丈《がんじょう》な足の上に軟着陸《なんちゃくりく》——次の瞬間には、この新しいトンネルをまっしぐらに駆けていました。ゴラムのようすを見ようとふり返ることもありません。最初のうちこそシューシューと悪態をつく声がすぐ踵《かかと》のところで聞こえていましたが、まもなくやんでしまいました。そして、とつぜん、憎悪と絶望のこもった、血もこおるような悲鳴が響きわたりました。ゴラムは敗北したのです。もっと先へと追いかける勇気はありません。ゴラムの負けです。獲物ばかりでなく、この世でただ一つ愛《いと》おしんだ宝物、〈愛《いと》シ子《ご》チャン〉を失ってしまったのです。悲鳴を聞くとビルボはおっ魂消《たまげ》て、心臓が口の中にとびだすのではないかと思いましたが、足のはこびは緩《ゆる》めません。もう木魂《こだま》のようにかすかですが、それでも縮み上がりそうになる叫びが、うしろから聞こえてきました。

「コショ泥！　コショ泥！　コショ泥め！　バギンジュのやろう。この恨《うら》みは一生《イッショー》、一生《イッショー》、一生忘《イッショーワシ》れないゾー！」声はやみました。でも、沈黙もまたビルボにとっては脅威《きょうい》です。「あいつ、ゴブリンの臭《にお》いがするなんて言ってたけど、そんなにゴブリンが近いとすれば」と、ビルボは思います。「きっとあいつの悪態《あくたい》やらわめき声も聞こえただろうな。注意しなくちゃ。でないと、もっとひどい目にあいかねないぞ」

　このトンネルは天井が低く、つくりも粗雑です。でもホビットにとっては、そう難儀《なんぎ》な道ではありません。ただし、どんなに注意しても、いく度もいく度もビルボは地面からつき出ている石で、足を刺してしまいました。「ゴブリンにはすこし低すぎる。少なくとも大きい連中にはね」と、ビルボは考えました。もっと大ぶりの連中、すなわち山のオーク［悪鬼］でさえ、かがんだままの姿勢で、両手をほとんど地に這《は》わすようにして相当なスピードで走れることを、ビルボは知りませんでした。

　まもなく、それまで下っていた道がふたたび上昇をはじめました。そうしてしばらく行くと、こんどは急な上り坂となりました。[29]ビルボはそろりそろりと上《のぼ》ります。しかし、ようやく苦しい坂も尽き、先に曲り角が見えました。そこを折れると、ふたたび急な下りとなりましたが、みじかい傾斜を降りきると、先にまた曲り角があり、その角のところがほんのりと明るくなっているのが見えました。たき火やランプの赤い光ではなく、白い外界の光です。ビルボは走りはじめました。

　二本の足がはこんでくれるかぎりの全速力で、最後の角を曲がります。ビルボは、だしぬけに、大きくひらけた空間にとび出しました。いままでずっと暗闇《くらやみ》の中にいたので、眩《まぶ》しくて目がくらみます。とはいえ、じつは、入口から一筋の陽光がさしているにすぎません。大きな扉が――石の扉が開けっぱなしになっているのです。

　ビルボは目をしばたたきました。するとふいにゴブリンの姿が目にとびこんできました。いるはいるは。よろいに身をかためたゴブリンが、うじゃうじゃと！　かれらは抜き身の剣を手にもって、扉のすぐ内側に座っています。かっと目を見ひらいて、入口と通路を見張っているのです。ゴブリンどもは興奮していて、何でもこいとばかりに神経がはりつめています。

ビルボが気づくよりはやく、ゴブリンのほうがさきにビルボに気づきました。ええ、そのとおり――ゴブリンにはビルボが見えたのです。それが偶然のできごとなのか、それとも新しい主人につくまえに、指輪が最後の反抗をこころみたのかどうか――指から抜けおちていたのです。歓喜の喚声《かんせい》をあげながら、ゴブリンたちがビルボにむかって突進してきました。

その瞬間、ゴラムのみじめな心境が伝染したかのように、ビルボの心は恐怖と絶望でぎゅっとしめつけられました。そして剣を抜くことすら忘れて、両手をぐいとポケットに突っこみます。左のポケットには、いぜんとして指輪がありました。指輪が指にささります。ゴブリンたちは、ぱたりと立ち止まりました。ビルボは影も形もありません。消えてしまったのです。ゴブリンたちはさきほどに負けない大きな喚声《かんせい》を二度あげましたが、こんどは喜びの色はありません。

「どこだ？」。一同が叫びます。

「引き返したんだ！」。何人かが叫びました。

「こっちだ」とわめく声、「あっちだ」とどなる声が入り乱れました。

「扉を見張れ！」と隊長がほえました。

呼子《よびこ》の音がピーピーと呼びかい、よろいと剣が、ガシャガシャガッチャンと鳴りわたります。ゴブリンたちはさかんに悪態《あくたい》をたれ、右往左往《うおうさおう》しておたがいの上に倒れかかるといったありさまで、一同の怒りは絶頂にたっしました。みなわめくは罵《ののし》るはで、大混乱の様相をていしてきました。

ビルボはすっかり怯《おび》えてしまいましたが、ここいちばんの踏ん張りで、冷静に何がおきたかを判断し、衛兵たちの飲み物を入れる大樽のうしろに身をひそめました。こうして騒ぎの渦中《かちゅう》からのがれておかないことには、いつぶつかられるか、踏み殺されるか、あてずっぽうで捕まえられるか、知れたものではありません。

「扉まで行かなきゃ！　扉まで行かなきゃ！」。ビルボは心の中で唱えつづけます。でも、しばらくのあいだはその勇気が出ません。そして、いざ行動にうつしてみると、まるで悪夢のなかで目隠し鬼ごっこをやっているようです。そこかしこゴブリンがぞろぞろと走りまわっているので、あわれ、かよわいビルボは、あっちへ逃げこっちへ避《よ》けるうちに、ゴブリンに激突！　転《ころ》がったいきおいで、（何がぶつかったのだろうと、狐につままれた顔のゴブリンをしりめに）はいはいのまま、隊長の股《また》の下をどんぴしゃでくぐりぬけ、そうして立ち上がったかと思うと、いちもくさんに扉をめざして駆けだしました。

扉にはまだすきまがあいていましたが、誰かがぐいと押したために、ほとんど閉まりかけています。けんめいに引いても、ビルボのちからではびくともしません。そこで、ビルボは、すきまをすり抜けることにしました。ところが、ギュウギュウ身を押しこんだまではよかったが、そこで動かなくなってしまいました。まずいことになったものです。服のボタンが、扉のへりと側柱にぎゅっとひっかかってしまったのが原因です。すぐ目の先に、広い風景がひろがっています。いくつか段々《だんだん》をおりると、高い山と山にはさまれた細い谷に下りてゆくことができます。そのとき、雲のうしろから太陽が顔をのぞかせ、扉のむこう側を明るく照らしました。ビルボは、いぜん、はさまったままです。

そのとき、だしぬけにゴブリンの一人が叫びました。「扉のところに影がある。外に何かいるぞ！」ビルボの心臓がドックンと打ちました。ビルボはくにゃりと身をくねらせます。そのとたん、ボタンが四方八方にはじけとびました。上着もチョッキもかぎ裂きだらけになりましたが、ともかく、くぐり抜けることができました。ゴブリンたちがわけが分からないという顔で、ビルボのすてきな真鍮《しんちゅう》ボタンを拾い上げているすきに、ビルボはヤギのようにかろやかな足どりで、段々《だんだん》をはねて下りました。

むろん、ゴブリンたちがすぐにビルボのあとを追ってきたことは言うまでもありません。木立《こだち》のなかをオーイ、ホーイと声をかけながらやってくるさまは、まるでキツネ狩りさながらの光景です。けれどもゴブリンは太陽が大の苦手です。日光を浴びると、足がふるえ、頭がクラクラしてきます。指輪をはめたビルボは、音を殺してすばやく走りながら、樹木の陰から陰へと移動し、日ざしを避けたので、そのすがたはゴブリンにはぜんぜん見えません。まもなくゴブリンたちはあきらめて、ブツブツと不満やら悪態やらをたれながら、扉の警護《けいご》へと戻ってゆきました。

ビルボはついに脱出に成功したのです。

第6章　フライパンから火の海へ

　ビルボは首尾よくゴブリンたちの追手《おって》を振りきったものの、いま自分がどこにいるのかさっぱり分かりません。フード、マント、食糧、小馬、ボタン、それに仲間のみんな——ビルボは、こうしたものすべてを失ってしまいました。ホビットはあてどもなくさまよいつづけます。やがて夕方となり、太陽が西に沈みかけました。するとどうでしょう。太陽は山々のうしろに沈んでゆくではありませんか。山々の影が背中ごしに、道の前方におちているので、ビルボはふり返って見ました。つぎに、あらためて前方を眺めわたします。目の前にはつらなった低い尾根が見えるばかり、下り坂が延々《えんえん》と続いています。そして木々のあいだから、平野や低地がときどきちらちらと見えました。

「おやまあ」とビルボは叫びます。「〈霧の山脈〉[1]をこえて、〈その先の国〉の縁《へり》にまでたどりついてしまったみたいだぞ。それにしても、おお、いったいぜんたい、ガンダルフとドワーフたちはどこに行ってしまったのだろう？　ゴブリンの手からうまく逃れてくれただろうな？」

　ビルボはなおも道を続けました。山中の小さな谷を行きつくし、そのへりを乗りこえ、むこう側の坂を下っていきます。でも、そうするうちにも、ある考えが心の中に浮かんできて、しだいに落ち着かない気分になってきました。こうして魔法の指輪もあることだから、あの胸くそのわるい洞窟にもういちど引き返して、仲間をさがすべきではなかろうか？　そう、そうするのがボクの義務なのだ、とビルボが決意し——そして、ひどくみじめな気分になった——ちょうどそのときのことです。ふいに人の話し声が聞こえてきました。

立ち止まって、耳をすまします。どうもゴブリンの声のようではありません。ビルボは用心しながら、そっと歩いていきます。今ビルボのいるところは、ぐねぐねと下っている石ころだらけの小径《こみち》で、左側は岩の絶壁です。しかし反対側はなだらかな斜面になっていて、小径《こみち》より下のほうに、潅木《かんぼく》や茂みになかば隠れるようにして、小さな谷が点在しています。このような一つの谷の茂みの下で、人々が話をしているのです。

ビルボはなおもひそやかに接近します。するとつぜん、二つの大きな岩石のあいだに、赤いフードの頭が見えました。バリンです。見張りをしています。ビルボはもろ手をうって快哉《かいさい》を叫びたいところですが、そうはしませんでした。このときのビルボは、なにか不愉快なものにふいにまた出会うのがこわいので、指輪をはめたなりでした。バリンはまっすぐこちらを見ていますが、ビルボにはぜんぜん気がついていません。

「みんなをびっくりさせてやろう」。ビルボはそう思って、谷のへりの茂みの中へもぐりこんでいきました。ガンダルフがドワーフたちと口論しています。かれらは洞窟でおきたことを総ざらえしながら、今からどうしたものかと、議論しているのです。ドワーフたちがぶつぶつと反対を唱えるなかで、ひとりガンダルフが、バギンズ君をゴブリンの手の中に残したまま、その生死を確かめようともせず、助け出す努力もしないで旅を続けることなど、絶対にできやしないと話しているところでした。

「なんと言ったって、ビルボはわしの友人じゃよ」とガンダルフは言いました。「それに、決して悪いやつじゃない。わしはビルボには責任を感じておる。おお、なぜまた置きざりになどしたのじゃ」

これに対してドワーフたちは、そもそも、なぜまた、ビルボなんぞを参加させたのか、と反論しました。味方にしっかりとしがみついてりゃ、ちゃんとついてこられたはずじゃないですか！　なぜ、あんなすっとんきょうでなく、もっとまともな者を選ばなかったのですか？　ぜひ、わけをお訊《き》きしたいものですな、とガンダルフに迫りました。「これまでのところ、われわれの役にたったというよりは、むしろお荷物だったな」と誰かが言います。「あのむかむかする洞窟に戻らなきゃならないだって？　あんなやつのことなんか、知ったことか」

ガンダルフは怒気もあらわにこたえます。「ビルボはわしが連れてきたのじゃ。そもそも役立たずなど、わしは連れてこやせん。よいかな。わしに手をかしてビルボをさがしに行くか、それともわしがひとりで行き、君らは君らだけの才覚でなんとかこの難局《なんきょく》をのりきるか、そのどちらかじゃ。なんとかまたビルボを見つけられりゃ、この旅が終わるまでに、君らはわしに感謝する日がくるよ。ドリよ、おきかせ願おう。なぜまた、わざわざビルボを落としたのじゃ？」

「あなただって落としたでしょうよ」。ドリも負けてはいません。「暗闇《くらやみ》でうしろからいきなりゴブリンに足をつかまれ、転《ころ》がされ、背中をけられたのですよ」

「では、どうして拾い上げなかったのじゃ？」

「なんですって！　よくもそんなことが言えますね。暗闇《くらやみ》でゴブリンが殴《なぐ》ったり噛《か》んだりしてきて、みんなごろごろと倒れ、おたがいの体《からだ》と体《からだ》がぶつかりあう最悪の状況だったのですよ。あなたはグラムドリングで危うくボクの頭をちょん切るところだった。それに、トリンだって、やたらめったらオークリストを振りまわしていました。あなたがふいに目くらましの閃光《せんこう》をはなったので、ゴブリンたちが尻尾をまいて逃げていくのが見えました。あなたが〝みんな続け〟と叫んだから、みんなあなたを追って駆けていくはずでした。じっさい、みんなそうしたと思ったのです。分かっているじゃないですか。数を確認するひまなど、ありゃしませんよ。門衛のところを突破し、山腹の扉から脱出し、大混乱のていでここまでたどりついて、やっと人心地《ひとごこち》ついたのですからね。さて、押入《おしいり》はどこへやら？　あんなやつ、サーラバイバイ、サーラバイ！」

「押入《おしいり》はここだ！」。一同のまん中に歩みより、さっと指輪をはずしたビルボです。

一同は跳びあがりました。そうして次の瞬間には、驚きと喜びの喚声《かんせい》をあげました。驚いたといえば、ガンダルフもドワーフたちも同じくらい驚いたのでしょうが、喜びという点でいえば、ガンダルフがいちばんだったはずです。ガンダルフは、「おーい、バリンよ」と呼びかけて、苦言をていしました――あんなふうに、警告を発しもしないで、よそ者をこんなところにまで侵入させてしまうようでは、見張りとして失格だよ、と。このことがあって以来、ドワーフたちのあいだで、ビルボの株がおおいに上がったことは言うまでもありません。ガンダルフが太鼓判《たいこばん》をおしたにもかかわらず、ビルボがほんとうに一流の押入《おしいり》なのかどうか、かれらの心の中にまだ疑念《ぎねん》が残っていたとしても、それはこの瞬間にきれいさっぱり消えてなくなりました。おかしいなと、バリンは誰よりもいぶかっていますが、みごとなお手並みだったとみんなが褒《ほ》めそやしました。

そんな褒《ほ》めことばに気をよくしたビルボですが、心の中でほくそ笑みながらも、指輪の秘密はいっさい洩《も》らしません。どうやったのかと訊《き》かれても、「ただ、這《は》ってきただけさ。ほら、とても注意をこめて、音をたてずに這《は》ったりするじゃない。あれさ」とのみ答えるのでした。

「そうかなあ。今までは、ネズミだって、いくら注意をこめて音をたてずに這《は》っても、わたしの鼻先を通って見つからないなんてこと、できやしなかったぞ」とバリンが言います。「こりゃまさに脱帽《だつぼう》だ」とバリンはフードを脱ぎました。

「あなたの下部《しもべ》バリンです。どうぞよろしく」とバリン。

「こちらこそ、あなたの下部《しもべ》のバギンズと申します。はじめまして」とビルボがおどけて応《こた》えました。

次に、はぐれてからのビルボがどんな冒険をしたのか、一同は聞きたがりました。ビルボは腰をおろして、ドワーフたちにすべてを話します。ただし、指輪を見つけたくだりだけは秘密です（「いまはまだ明かすべきときじゃない」とビルボは思いました）[2]。一同がとくに興味をもったのは、謎々合戦の場面です。そしてゴラムのことを話すと、みんな、わがことのようにブルブルッと身ぶるいをしました。

「で、あいつに横に座られると、もうほかにどんな問題も頭に浮かばなくなったんだ」と、ビルボは話をしめくくります。「それで、〝ボクのポケットに何が入っている〟って訊《き》いてやったのさ。三回チャンスをあたえて、三回ともはずれたので、〝おまえの約束はどうした。出口を教えろ〟って、ボクは言った。でもあいつが襲《おそ》いかかってきて、ボクを殺そうとしたので、ボクは逃げた。ボクが転《ころ》ぶと、暗闇《くらやみ》のせいで、あいつには見えなかったみたいだ。追い越していったのさ。そこでブツブツつぶやくのをたよりに、ボクはあいつのあとを追いかける。あいつは、ボクがほんとうは出口を知っていると思ったらしく、そっちのほうにむかって、どんどん走っていった。それから、入口のところに座りこんだ。横をすり抜けるわけにもいかないので、ボクは頭の上をとび越して、逃げに逃げた。それで、門のところにたっしたってわけさ[3]」

「門番はどうしたの？」とみんなが尋ねます。「いなかったの？」

「わんさかいたさ。でも、ひょいひょいっとかいくぐってやったのさ。でも、扉がほんのすきまくらいにしか開いてなかったので、つっかかっちまった。だからほら、こんなにボタンをなくしちゃったんだよ」とビルボは悲しげに、びりびりにやぶれた服を眺めます。「でも、なんとかギュウギュウすり抜けて、はい、このとおりビルボ参上ってわけさ」

門番をまいたり、ゴルムの頭上をとび越したり、扉のすきまをすり抜けたりなどということを、こんな平気な顔で、こともなげに話すものですから、一同のビルボを見る目には、あらたな尊敬の念がまじっています。

「ほら、言ったじゃないか」とガンダルフが破顔一笑《はがんいっしょう》、大きな声で誇ります。「バギンズ君には君らには考えもつかない能力がかくされておるのじゃよ」。こう言いながらガンダルフはぼしょぼしょの眉毛《まゆげ》の下から、妙な一瞥《いちべつ》をビルボに送りました。話の伏せた部分がガンダルフにはお見通しだったのかしら、とビルボは思います。

おつぎは、ビルボが質問をする番です。ガンダルフはドワーフたちにすべて説明したかもしれませんが、ビルボはまだ聞いていません。ガンダルフはどうやって、ふたたびドワーフたちの前に登場することができたのか？　今いるここはどこなのか？　などということです。

またもや話をくり返させられるはめとなり、じつのところ、ガンダルフは満更《まんざら》でもなさそうです。それによって、みずからの叡智《えいち》をもう一度証明してみせることになるわけですからね。というわけで、ガンダルフはビルボにむかって話しはじめました。ガンダルフもエルロンドも、山脈のこの方面に邪悪なゴブリンがいることを、よく知っていました。とはいえ、かつては、かれらのおもて門はもっと通行が容易な、別の山道に開いていました。そして、その近くで夜闇《よやみ》に追いつかれた旅人たちを、ゴブリンたちはよく生け捕《ど》っていたのです。そのため、この方面には旅人が足を向けなくなったのでしょう、ゴブリンはあらたな入口を、ドワーフたちがたどった山道の頂上ふきんにもうけたらしい。ごく最近のことのようです。この方面は、いままではまったく安全とされていたわけですから。

「多少なりとも紳士的な巨人を見つけて、あの穴をふさいでもらわにゃ」とガンダルフ。「でないとまもなく、山越えなどまったく叶《かな》わぬことになってしまうじゃろう」

ビルボの悲鳴を聞いたとたん、ガンダルフは何ごとがおきたのかを察しました。閃光《せんこう》が一瞬ひらめき、自分につかみかかったゴブリンが即死したその瞬間をとらえ、ばしゃんと閉じる直前の割れ目めがけて、ガンダルフは身をおどらせたのです。ついで鞭《むち》をふるうゴブリンらと、捕らわれのドワーフたちのあとを追って、大広間のへりにまでたっし、そうして翳《かげ》にひそんで、最高の魔術ショーの下ごしらえをしたというわけです。

「じつにきわどい仕事じゃったよ」とガンダルフ。「一触即発《いっしょくそくはつ》とは、まさにこのことじゃな」

とはいえ、光と炎の魔法は、修練を積んだガンダルフのおはこです（すでに書きましたが、ビルボでさえトゥック老の夏至《げし》の前夜祭パーティでの魔法の花火のことを、よく憶《おぼ》えていたくらいです）。そして、このあとのことについては、ビルボがボタンをなくしたあの〈下の門〉のことを、ガンダルフがよく知っていたということを除いて、読者の皆さんはもうすべてご存知です。山の裏側の門のことをゴブリンはこのように〈下の門〉と呼んでいますが、じつのところ、この門は、このあたりのことを知っている人にとっては、おなじみの存在《そんざい》なのです。その点で、ガンダルフが何か特別なことを知っていたというわけではないのですが、いくつものトンネルを冷静に通ってドワーフたちを正しい方向にみちびくことができたのは、魔法使いならではの仕事だったといえましょう。

「この門はもうずっと以前に作られておったのじゃ」。ガンダルフは説明します。「とっさの場合の逃げ道というのが、ひとつ。じゃが、第二に、この先の土地に遠征するための出口としても使われておる。やつらは今でも夜の闇にまぎれて出てきて、大被害をもたらしておるのじゃよ。あの門にはいつも見張りがついておって、ふさぐことに成功した者はおらぬ。それに、こんなことがあったからには、警護の兵を倍に増やすことじゃろうな」。ガンダルフはそう言うと、アハハハハと高らかに笑いました。

これにつられて、全員が笑いだしました。なんだかんだ言っても、失ったものも多いかわりに、首領をはじめとして、多数のゴブリンをやっつけたのです。しかも、こちら側はだれひとりとして欠けていない。ここまでのところは、まずまず満点としなければなりません。

けれども、ガンダルフは一同の頭を現実へと引きもどしました。「すこし休んだから、すぐにも出発せねばならん」とガンダルフが言います。「夜になるとやつらは何百という大群で追いかけてくるぞ。はやくも影がのびてきた。われらが通りすぎた跡《あと》は、このあと何時間も、何時間もたっても、あいつらにゃ嗅《か》ぎつけることができる。日暮れまでに数マイルはかせいでおきたいものじゃな。このまま晴れておれば、うまい具合に、月が空にかかるじゃろう。月はあいつらをびびらせてはくれんが、われらの行く手を照らしてくれよう」

「ああ、そのとおり」――ガンダルフがビルボの質問に答えて続けます。「ゴブリンの洞窟にいると、時間がどうたったのか分からなくなるものじゃ。今日は木曜日。捕まったのは月曜の夜か、火曜の朝じゃった。何マイルも進んで、山脈の中心をぬけて、こうして、反対側に出てしまったということになる。どえらい近道をしたものじゃなあ。だが、まだまだ、もとたどっていた道に戻ったわけじゃない。いまは北によりすぎておる。かんばしからぬ国を、このさき通過しなければならんぞ。それに、まだずいぶん山の中腹じゃ。さあ、進もう！」

「おそろしくお腹《なか》が空《す》いています」とビルボはうめきました。とつぜん、昨晩の前の晩から食事をとっていないことに気がついたのです。ホビットにとってそれがどんなにつらいことか、想像してみてください。興奮が冷めると、胃袋は空っぽでふにゃふにゃ、足はふらふらです。

「どうしようもないことさ」とガンダルフ。「今からゴブリンのところに引き返して、馬鹿ていねいに頭をさげながら、小馬と荷物をどうかなにとぞお返しくださいなどと頼もうというのなら、話は別じゃがね」

「そんなぁ。けっこうです！」

「よろしい。ではベルトをぎゅっと締めて、進もうではないか。さもないと、夕飯《ゆうめし》にされちまうぞ。それに比べたら、夕飯《ゆうめし》がないくらい何でもないことさ」

道すがら、ビルボは何か食べられるものがないかと、左右に目をこらしました。でも、黒イチゴはまだ花をつけている状態ですし、木の実などもちろんなく、サンザシの実すら見つかりません。ビルボはカタバミの茎をかじってみました。また、山道をよこぎって流れる渓流の水をすくって飲み、土手に生えていた野イチゴの実を三つ口に入れました。けれども、これではたいして腹のたしになりません。

かれらは休むことなく、あらけずりの道を進みます。やがて道は消滅しました。生《お》いしげる薮《やぶ》、草ぼうぼうの岩のはざま、ウサギのかじった芝地、タイム、セージ、マージョラムなどハーブ香《かぐわ》しき草地をゆき、そして黄色いハンニチバナの群生地……、それがすべて消え去って、いきなり急な下り坂になりました。斜面には落ちた石がごろごろ。ここでいつか崖崩《がけくず》れがあったのでしょう。一行が下りはじめると、足をおいたその場所から砂利《じゃり》や石ころがザザァとなだれ落ちます。ついでもっと大きな割れ石が転《ころ》がり、それがさそいとなって、さらに下のほうの石がずりずりとすべり、がらがらと落ちはじめます。ついに大きな岩の塊《かたまり》がゆるみ、ごう音とともにほこりをまいあがらせ、くるりくるりと回転しながら落下してゆきました。すぐに、一行の上も下も、坂全体が動きはじめます。かれらはひとかたまりとなり、大量の平石や岩石がすべり、はじけ、はねとび、割れとぶという恐るべき大混乱のなかを、一緒にすべってゆきました。[4]

一同が助かったのは、下に生えている樹々のおかげでした。はるか下に谷があり、その谷をマツの林が黒々とおおっていますが、その延長で、マツの木が山の斜面を上へ上へと生えのぼっています。この林のへりに、一行はすべりこみました。そこで何人かは樹の幹《みき》にしがみつき、低い枝へとはい上がります。他の者たちは（小柄なホビットも含めて）樹の背後にまわりこみ、突進してくる岩石から身をまもりました。まもなく危難が去り、地すべりもやみました。そして、ゆるんで落下したうちでも最大級の岩がとびはね、回転しながら、はるか下のシダやマツの根の上をころがりおちる音が、最後の余韻《よいん》のように聞こえました。

「おやまあ。でもまあ、これで、少しは前進できたってわけじゃね」とガンダルフ。「追ってくるゴブリンの連中も、ここを音なしのかまえで下るのはいささか骨じゃろうて」

「それはまあそのとおりでしょうが」とボンバーがうめきます。「やつらにしてみれば、われわれの頭上に岩の雨を降らせるのだってかんたんでしょうね」。アザや傷だらけの足をさすり、いたわるドワーフたち（それにビルボ）は、とうてい、しあわせな気分にはなれません。

「ばか言うんじゃない！　われわれはここでわきに曲がって、地すべりの道からそれるのじゃ。さあ急がねば。もうこんなに暗くなってしもうた」

太陽はとっくの昔に山々のうしろに隠れました。木々のあいだから風景を見わたすと、下の斜面に生えている樹木のてっぺんが黒々と沈んで見えます。その先にひろがる平野には、暮れなずむ夕べの明かりがなおも満ちていますが、かれらのまわりではしだいに翳《かげ》が濃くなりつつありました。ここはマツ林のなか、山道がまっすぐに南へと下っています。一行は痛む足を引きずりながら、ありったけのスピードでゆるやかな斜面をおりてゆきます。時には、ビルボの頭がすっぽりと隠れるほどの、ワラビの海をかきわけて進みました。また時には、マツの葉がしきつめた地面の上を、そろりそろりと行軍です。が、そうするうちにも、森の闇はしだいに濃くなり、森の静寂《せいじゃく》もしだいに重くなってゆきました。今夜は、木々の枝に、ざわざわと浜辺の波のようなため息をつかせるほどの風もありません。

「もっと行かなくてはならないのですか」とビルボが尋ねました。すでに闇がとても深いので、目に見えるものといえば、すぐ横を歩いているトリンのゆっさゆっさと揺れる鬚《ひげ》くらいです。また、とても静かなので、ドワーフの息づかいが、まるで大きな騒音のように聞こえます。「足がアザだらけで、膝《ひざ》もいたい。それにボクの胃袋《いぶくろ》は、空《から》のカバンみたいにぷらぷらですよ」

「もうすこしじゃ」

もうすこしどころか、百里も千里も歩いたような気がしたところで、いきなり、樹のない大きな空き地に出ました。月がのぼり、この空き地を見下ろしています。見たところ、どこといっておかしなところはないのですが、ここはなにかへんだと、全員が感じました。

するといきなり、ワウーウーウーウーウー――丘の下のほうから遠吠《とおぼ》えが聞こえてきました。揺れながら長くひきずるような遠吠《とおぼ》えです。するとこんどは、それに答えるかのように、右手のほう――ぐっと近くから遠吠《とおぼ》えが聞こえました。そしておつぎは左手のほうの遠からぬ場所からも、ワウーウー。オオカミです。月にむかって吠えながら、集まってくるのです！

バギンズ君のふる里の家の近くでは、オオカミは生息《せいそく》していません。でも、この鳴き声は知っています。小さいころから物語を読んでもらって、いやというほど聞かされてきました。年上の（トゥック側の）いとこに、たいへん旅行好きの人がいましたが、この人はビルボを怖《こわ》がらせてやろうと、よくオオカミの遠吠《とおぼ》えを真似《まね》たものでした。こんなものを月夜の森の中で聞かされては、ビルボならずとも、たまったものではありません。それにオオカミが相手では魔法の指輪もたいして役にたってくれません。とくに、ゴブリンの群らがる山々のふもとは〈あれ野のへり〉で、そこをすぎればもう未知の国なのですから、そんなところに棲《す》みついている魔性《ましょう》のオオカミたちが相手では、姿を消すことができても、なんの助けにもならないと言えましょう。この種のオオカミは、ゴブリンよりも鼻がききます。だから、獲物をとるのに、目が見える必要などないのです！

「どうしよう、どうしよう」。ビルボが涙声で言いました。「ゴブリンの手から逃れて、こんどはオオカミの牙の中だ！」と叫んだこのビルボの言いまわしは、のちに里諺《ことわざ》となりました。ただし、今日のわれわれなら、このような不愉快な状況に立ちいたった場合には、「フライパンから火の海へ」[5]とか「一難去ってまた一難」などと言いますが。

「樹に登るんだ。急げ！」とガンダルフが叫びます。全員、空き地のへりを囲んでいる木立ちにむかって走ります。低めの枝がついている樹、もしくはそのまま登れるような細めの樹をさがそうというのです。言うまでもありませんが、ドワーフたちは超特急でそのような樹を見つけだし、枝が折れなさそうなかぎり上へ上へと登ってゆきました。ドワーフたちが高い枝に腰をおろし、長い鬚《ひげ》をゆさゆさと垂らしているすがたは、さながら気のふれた老人が「腕白ごっこ」をして遊んでいるようで、読者の皆さんが（安全なところに身をおいて）これをじかにご覧になったなら、ぷっと吹き出さずにはおられなかったことでしょう。フィリとキリは、とてつもなく大きなクリスマスツリーのような姿をした、カラマツのてっぺんにいます。ドリ、ノリ、オリ、オイン、グロインの五人は巨大なマツの樹に登りましたが、この樹の枝は車輪のスポークのように一定の間隔に規則正しく出ているので、もっと居心地《いごこち》がよさそうです。ビファー、ボファー、ボンバー、トリンの四人はそれとは別のマツの樹です。ドワリンとバリンはすらりと高いモミの樹にとりつき、枝がすくないので幹《みき》を登りましたが、先端の枝のなかに座れる場所を見つけようと苦労しています。ドワーフたちよりずっと長身のガンダルフは、かれらには登れなかった樹——空き地のまさにへりに立っている、大きなマツの樹に登りました。ガンダルフはほとんど全身が枝に隠れていますが、あたりの様子をうかがっているので、眼だけが月明かりにキラキラと輝いているのが見えます。

それで、ビルボはいったいどうしたのでしょう？　ビルボはどの樹にも登ることができず、幹《みき》から幹《みき》へと走りまわっています。まるで穴を逐《お》われたウサギが、犬に追いかけられているみたいです。[6]

「また押入《おしいり》をおいてけぼりにして！」。ノリが下を見ながら、ドリにむかって言いました。

「四六時《しろくじ》ちゅう、押入《おしいり》をしょってるわけにゃいかないよ」とドリが答えます。「穴もぐりがすんだら、こんどは樹のぼりかよ。人をなんだと思ってるんだい？　荷かつぎの人夫かい？」

「どうにかしなければ、食われてしまうぞ」とトリンが言います。いまやあらゆる方向からオオカミの咆哮《ほうこう》がこだまし、刻一刻《こくいっこく》とその輪が小さくなってきました。「ドリ！」とトリンは呼びました。ドリがいちばん登りやすい樹の、いちばん下にいたのです。「ほら急げ。バギンズ君をひっぱり上げてやれ」

ドリはぶつくさと文句は言いますが、根は紳士なのです。いちばん下の枝までおりて、腕をめいっぱい下に伸ばしましたが、あわれ、ビルボはそれでも手がとどきません。そこでドリはわざわざ樹からおりて、自分の背の上にビルボを立たせました。

　ちょうどその瞬間のことです。オオカミたちがわめきながら空き地に駆けこんできました。いきなり、何百もの眼がいっせいに二人を見つめます。それでもドリはビルボを下ろしません。ビルボがえいっとばかりに自分の肩をけって枝の中にもぐりこむのを見とどけてから、ドリは枝に跳びつきました。ドリがぐいと身を持ち上げたその瞬間、オオカミがマントに噛《か》みつきました。ドリは危うく難を逃れたのです。危機一髪《ききいっぱつ》！　一分もたつと、オオカミの大群がこの樹のまわりをとりまき、かん高く吠えながら、幹《みき》に跳びかかろうとするのでした。どのオオカミも、眼をギラギラと輝かせ、舌をだらりと垂らしています。

　ところが、いかに無法者のワーグ（〈あれ野のへり〉のむこう側に棲《す》んでいる邪悪なオオカミはこのように呼ばれています）[7]といえども、樹のぼりだけはできません。当面は、ドワーフたちも安全です。さいわいなことに、暖かくて風のない夜でした。どのような時でも、樹に登って腰かけているのは、あまり楽ちんではありません。だけど、寒風《かんぷう》の吹きすさぶなかで、しかも下ではオオカミがぐるりを囲んで待ちうけているなんてことになったとすれば、これはもう、みじめそのものだったことでしょう。

　どうやら、樹々《きぎ》によってリング状に囲まれたこの空き地は、オオカミの集会場だったようです。時間がたつとともに、オオカミが着々と集まってきました。オオカミたちはドリとビルボが登った樹の下に見張りをたてたうえで、一本一本樹の臭《にお》いをかいでまわり、誰かが登っている樹をすべてかぎ当てました。そしてこれらにも見張りをつけると、のこりの者たちは（何百もいそうですが）空き地に大きな円をえがいて座りました。円のまん中には、大きな灰色オオカミがいます。灰色オオカミは聞くも恐怖のワーグ語で、一同にむかって話しかけました。ガンダルフにはこれが理解できます。ビルボはさっぱり分かりませんが、なんだか恐ろしい響きにきこえます。話されている内容が、すべて残虐《ざんぎゃく》で悪辣《あくらつ》なことばかりではないかと思わせるような、そのような響きです。そして事実そのとおりなのでした。ときおり、とり囲んでいるワーグたちがみんなでいっせいに灰色の親分にむかって答えを返します。この恐怖の咆哮《ほうこう》がおきると、たまげたビルボは、あやうく樹から落っこちそうになりました。

ビルボには理解できませんでしたが、ガンダルフが何を聞いたのか、皆さんにはごひろういたしましょう。ワーグとゴブリンは、しばしば徒党を組んで悪事をはたらいてきました。ゴブリンは、もとの巣を追い出されて新たな棲処《すみか》を求めているとか、いくさに出るとかいった場合（さいわいにも、最近はずっとそのようなことがありませんが）をのぞくと、ふつうは、棲《す》んでいる山を遠く離れて遠征することはまずありません。けれども、この当時のゴブリンは、食べ物や、労働力としての奴隷を手に入れる目的のため、いろいろなところに襲撃《しゅうげき》をかけることが、間々《まま》ありました。そのようなとき、かれらはワーグの手をかりて、戦利品をわけあうのでした。時にゴブリンは、人間が馬に乗るようなぐあいに、オオカミにまたがることさえありました。さて、この夜はたまたまゴブリンの大襲撃が計画されていたようです。ワーグの連中はゴブリンに会いにきたわけですが、ゴブリンのほうが遅刻です。理由は、もちろん、ゴブリンの首領が死亡したからです。くわえて、ドワーフとビルボとガンダルフのせいで上を下への大騒動がおきています。ゴブリンたちは、きっと今も、かれらを追跡していることでしょう。

この危険だらけのさいはての地に、最近とみに、人間たちが大胆にも〈南〉のほうから戻ってこようとする動きをみせています。渓谷《たに》や川べりに住みやすい森をえらび、樹《き》を伐って、家を建てているのです。このような人々は数多くおり、勇敢で、しかも武器もじゅうぶんにあるので、大きな集落だと、日中の明るいうちは、いくらワーグでも手を出す勇気がありません。ところが今回、ワーグたちはゴブリンの手を借りて、もっとも山よりの村々に夜襲《やしゅう》をかけることを計画しました。これが実行されたなら、あすの朝には住人が一人のこらず消滅していたはずです。ゴブリンがオオカミの牙からまもり、虜囚《とりこ》として洞窟につれ帰る少数をのぞいて、全員が殺害されていたはずなのです。

これは聞いていて背筋《せすじ》の寒くなる話でした。勇敢な森の住人、その妻や子どもたちに災厄《さいやく》がせまっているばかりではありません。ガンダルフと仲間たちにも危難《きなん》がおよぼうとしています。ワーグは、よりによって自分たちの会合地点にガンダルフたちがいることに当惑し、怒っておりました。ガンダルフらは森の住人たちの仲間で、自分たちの動きをスパイするためにやってきたのだ、と考えました。人間どもの寝込《ねこ》みを襲《おそ》い、とって食おうというぬれ手に粟《あわ》の作戦は、こいつらがニュースを渓谷《たに》にはこんだら、すっかり台なしになってしまうではないか！　ゴブリンもワーグも苦戦をしいられるではないか！　ワーグはこのように考えたので、このままおとなしく立ち去って、樹の上の連中を逃《に》がしてしまうつもりなど、これっぽっちもありません。すくなくとも、朝までは足どめを食わさねばなりません。だが、朝を待つまでもなく、ゴブリンの兵隊が山から下りてくるだろう、ゴブリンなら樹にも登れるし、伐《き》り倒すことだってできる――ワーグらは、そんな話をしているのでした。

さあこれで、さすがの魔法使いガンダルフといえども、ワーグどもの吠え、うなる声に耳を傾けて、なぜ大きな危惧《きぐ》の念をいだいたのか、読者の皆さんにもお分かりになっていただけたことと思います。そうして、ガンダルフは、これはじつにまずい場所にいるぞ、まだ、ぜんぜん危機を脱してなどいないのだと思いはじめたわけです。かといって、ワーグどもに好き勝手をやらせるつもりなど、さらさらありません。下にはオオカミがわんさかといて、高い樹の上で身動きもままならないというような状態では、たいしたこともできませんが、打つ手はなくもありません。まずガンダルフは自分の樹の枝から、巨大な松ぼっくりを集めました。つぎに、その一つを明るい青い炎で燃えあがらせ、円形に座っているオオカミの群れめがけて、えいっとばかりに投げ下ろしました。火の玉はヒュルルと飛んでゆき、オオカミの背中に当たります。その瞬間、もじゃもじゃの毛皮に火がついて、オオカミはあっちへ飛び、こっちへ跳ねながら、ぞっとするような悲鳴をあげました。まずは青、おつぎは赤、そのまたつぎは緑、といった具合に、つぎつぎと火の玉が降ってきます。これらはオオカミどもの円陣のまん中に落ちてきて、地面にふれると爆発し、色とりどりの火花と煙をあたりにまき散らしました。特大のものが親玉の鼻づらに命中すると、親玉は空中に十フィート［三メートル］ばかりも跳びあがり、仰天《ぎょうてん》と憤怒《ふんぬ》のあまり、円陣をぐるぐると駆けまわりながら、相手かまわず噛《か》みつきにかかるのでした。

ビルボとドワーフたちは、喚声《かんせい》をあげて応援です。怒ったオオカミたちの面相《めんそう》は見るも恐ろしいばかりで、騒ぎは森中をゆさぶりました。オオカミはつね日ごろから火が苦手ですが、この火ときたら、また、世にも恐ろしい魔法の火なのです。火の粉が毛皮に取りつくと、けっして落ちることがなく、どんどん食いこんでゆきます。とっさに寝転がって消さなければ、オオカミは見るまに火だるまです。まもなく空き地は、背中にふりかかった火の粉を消そうと、ごろごろ転《ころ》げまわるオオカミでいっぱいになりました。すでに火のついたオオカミはキャンキャン吠えながら走りまわり、やたらに他のオオカミに火をうつすので、ついに味方にすら追いはらわれ、坂を下って逃げていくのでした。「水、水!」と泣きわめきながら一目散《いちもくさん》です。[8]

「今夜のこの森の騒ぎは、いったい何だろう?」。ここは山々の東のはて。すっくとひいでた孤峰《こほう》の岩のいただきに、月光を浴びて、つやつやと黒びかりするワシの姿がありました。〈ワシの王〉の勇姿《ゆうし》です。「オオカミどもが鳴いているな。ゴブリンが森で悪さをしておるのかな?」

王がさっと舞いあがります。するとただちに、両側の岩から二羽の護衛のワシが飛びたち、王に続きます。三羽は空中で旋回しながら、ワーグの輪を見下ろしました。この高さからだとちっぽけな点ですが、ワシのするどい目は、遠くからでも小さいものがよく見えます。ましてや〈霧の山脈〉の、この〈ワシの王〉の目は特別で、まばたきもしないで太陽をじっと見つめることすらできるし、また、月の光のもとでも、一マイル［一六〇〇メートル］下の地上を動いているウサギを見つけることができます。それくらいなので、樹々《きぎ》の中に隠れた者たちの姿こそ見えないものの、オオカミどもの大混乱のようすは見てとれました。はるか下のほうで火がちかちかと閃《ひらめ》き、オオカミの吠え声、泣き声がかすかに聞こえてきます。また遠くのほうには、月光にはえる槍《やり》やかぶとのきらめきが見えました。邪悪なゴブリンが、門のところから延々長蛇《えんえんちょうだ》の列をなして山腹を下り、うねうねと森を行進しているのです。

がんらいワシは親切な鳥ではありません。なかには卑怯で、残虐《ざんぎゃく》な性分《しょうぶん》のワシすらいます。しかし、北方の山々に住むこの由緒あるワシは、鳥のなかの鳥ともいうべき、鳥類きっての偉大な種族でした。誇りたかく、力も強く、それにとても高貴な心の持ち主です。かれらはゴブリンなど好きではないが、恐れてもいませんでした。ゴブリンどもの姿が目にとまれば――あのような汚《きたな》らしい連中を食べることはないので、そもそものようなことはごく希《まれ》でしたが――とにかく目にとまれば、一転急降下して襲《おそ》いかかりました。その結果、ゴブリンどもはヒエーと悲鳴をあげながら洞窟へ駆けもどり、どんな悪さのたくらみもそれにて終了、一軒落着《いっけんらくちゃく》となるのがふつうです。ゴブリンのほうでは、にっくきワシめと、おそれ、嫌悪《けんお》しましたが、峰のいただきの巣には手がとどかないし、かといって、ほかに何かワシを山々から追いはらう手だてがあるわけでもありませんでした。

今夜、〈ワシの王〉は下界《げかい》で何がおきているのか、興味しんしんでした。そこで、多数の家来をじぶんのもとに呼びよせ、山から飛びたちました。そうして上空をぐるぐると旋回しながら、オオカミの輪、すなわちゴブリンとの待ちあわせ場所のほうにむかって、下へ、下へ、下へと徐々におりてきたのでした。

まさに願ってもないタイミングでした。下では恐ろしいことが進行中です。燃え上がったオオカミのなかに森に入った者がいたので、いろんなところで火事がはじまっていました。いまは夏のまっさかり、山の東側ではここしばらく雨が降っていません。黄色くしなびたワラビの葉や、枯れ落ちた木の枝、ぶ厚くつもったマツの落ち葉、それにところどころ朽ち木《くき》が立っていますから、あたりが火の海となるのは時間のもんだいでした。ワーグのいる空き地を囲むようにして、火が燃えうつってゆきます。それでも見張り役のオオカミたちは、持ち場の樹を離れません。怒りくるったオオカミたちは、吠えうなりながら、樹のまわりを跳びはねます。そして聞くも恐ろしいワーグ語で、ドワーフたちのことをのろいます。舌がだらりと口から垂れ、殺気だった眼は燃えさかる炎と同じく、赤くぎらぎらと輝いています。

そこに、とつぜん、喚声《かんせい》をあげながらゴブリンが駆けこんできました。森の住人たちとの戦闘がすでに進行中かと思ったのです。しかし、すぐに、実際に何がおきているのか、ゴブリンは知りました。中にはなんと、座りこんでげらげら笑いだす者さえいます。他の者たちも、槍《やり》をふりたて、柄の部分で盾《たて》をガシャガシャとたたきました。ゴブリンは火が怖《こわ》くないので、たちまち、ある一つの悪だくみを思いつきました。ゴブリンにとって、この上なく愉《たの》しい悪だくみです。

かれらはいくつかのグループに分かれました。ある者たちは、オオカミをすべて集合させました。別のグループは、シダや枯れ枝を集め、樹の幹《みき》のまわりに積み上げげました。そして、その他の者たちは、森を駆けめぐりながら、火事の部分を踏んだり叩《たた》いたり、叩《たた》いたり踏んだりと大車輪の活躍で、火をほとんど消してしまいました。ただし、ドワーフたちが登っている樹々《きぎ》に近い火はそのままです。こちらの火には、むしろ樹の葉や枯れ枝、ワラビなどを投げこんで、さかんに煽《あお》りました。まもなくドワーフたちのまわりには煙と炎の輪ができあがりました。ゴブリンどもは、この輪が外にひろがらないよう注意をはらいましたが、内側にはじりじりと食いこんでゆき、ついに火は、樹々《きぎ》の下《もと》に積み上げられた枯葉の餌《えさ》に、チロチロと舌をのばしはじめました。煙がビルボの眼にしみ、炎の熱が肌に感じられます。そして煙をすかして下のほうを眺めると、ゴブリンが輪になって踊っているのが見えました。まるで夏至《げし》の祭りに、たき火を囲んでお祝いをしているかのような光景です。長槍《ながやり》や戦斧《おの》をもって踊りまわるゴブリンの輪の外側には、うやうやしく一歩さがった位置にオオカミどもが立って、じっと見つめながら待っています。ビルボの耳に、ゴブリンの恐ろしい唄がきこえてきました。

五本のモミに鳥が十五羽、
炎の風に羽根《はね》がはたはた。
でも、おかしな鳥さん、翼はないの？
おかしな鳥さん、どうしてあげよう？
生きながらに炙《あぶ》り肉、お鍋《なべ》でシチュウ？
焼いて食おうか、煮て食おか、熱々《あつあつ》を？

ゴブリンらは、ここまで来ると唄をやめて、いっせいに叫びました。「小鳥さん、飛んでごらん！　できるかな？　小鳥さん、おりといで！　巣の中じゃ、黒こげになっちまう。小鳥さん、歌ったら？　歌を忘れたの？」
「子どもたち、帰った、帰った」とガンダルフが答えます。「鳥の巣狙いの季節じゃないぞ。それに、火遊びする悪戯《いたずら》っ子には、おしおきがきついよ」[9]。ガンダルフの狙いは、ゴブリンをもっと怒らせ、こちらが怖《こわ》がってなどいないということを、見せつけようということでした。ただし、さすが魔法使いのガンダルフでも恐怖感をいだいているのは、もちろんのことです。ところがゴブリンたちときたらまったく意に介することもなく、唄を続けました。

燃えろよ燃えろ、樹よシダよ。
メラメラ、ジリジリ、シュルルルル。
炎よ炎、夜を真昼にかえとくれ。こりゃ最高！
　ウヒヒヒヒ！

焼け、炙《あぶ》れ、炒《いた》めろ、焦《こ》がせ！
鬚《ひげ》は火の花、目は火花
髪はぱちぱち、肌はばりばり
脂肪《あぶら》は融《と》けて、骨は黒こげ
　灰にうもれる―
まっ赤な、まっ赤な空の下。
ドワーフの末路《まつろ》はこんなもの。
炎よ炎、夜を真昼にかえとくれ。こりゃ最高！
ヨッホー
ムヒヒヒヒ
ヨッホー[10]

この「ヨッホー」とともに、炎がガンダルフの樹の下にたっしました。一瞬の後には、ドワーフたちの樹にも燃えうつります。樹の肌が燃え、下のほうの枝がぱちぱちと音をたてはじめました。

ガンダルフは樹のてっぺんに登りつめました。とつぜん、杖から稲妻《いなづま》のようなきらめきが光ります。この高い枝から、槍《やり》をかまえるゴブリンのまっただ中に跳びおりようと、ガンダルフは決心を固めたのです。そんなことをすればガンダルフは命を失うことでしょう。でも、この雷電《かみなり》の一撃で、多くのゴブリンを屠《ほふ》ることができます…。けれども、ガンダルフは跳びおりませんでした。

ちょうどその瞬間、〈ワシの王〉がさっと舞いおりてきて、そのするどい爪でガンダルフをつかんで飛び去ったのです。

ゴブリンの群れから、怒りと驚きのうめきがあがります。が、そのときガンダルフの声にこたえて、〈ワシの王〉がひときわ高く、ひと声さけびました。すると、王とともに編隊を組んでいた大ワシたちがひらりと翼をかえしました。巨大な黒影がずんずん地面にせまります。オオカミたちはぶつぶつとこぼしながら、歯をぎりぎり噛《か》んでくやしがっています。ゴブリンどもは憤怒《ふんぬ》おさえがたく、どなりながらじだんだを踏みます。重い槍《やり》を空中に投げあげますが、そんなもの、ワシにとどくわけがありません。ふわり――ゴブリンの頭上にワシたちが襲《おそ》いかかります。暗黒の突風。翼の猛烈な羽ばたきによって、地面にうちつけられた者もあれば、遠くに吹き飛ばされた者もありました。そうして、ワシのかぎ爪がゴブリンの顔面をひき裂くのでした。いっぽう、これとは別のワシたちが、樹のてっぺんに飛んでゆき、ドワーフたちをがっちりとつかみました。当然のことながら、かれらはもうぎりぎりのところにまで、樹を登りつめていたというわけです。

あわれ、ビルボはまたしても置き去りにされそうになりました。いちばん最後にドリがはこばれましたが、ビルボはそのドリの足を、かろうじてつかむことができたというわけです。こうして二人はつながって、大混乱の様相をていしている、火の海の上空たかく舞いあがったのでした。空中でぶらぶら揺れるビルボの腕は、いまにも抜けそうです。

はるか下を見ると、ゴブリン、ワーグともに、ちりぢりばらばら、森の中に逃げこんでしまいました。まだ何羽かのワシが戦場の上空で大きく円をえがきながら哨戒《しょうかい》しています。とつぜん、ドワーフたちの樹々を舐《な》めていた炎がはねあがり、いちばん高い枝の上に踊り出ました。そうしてパチパチと燃えながら、火の粉と煙を吹きあげました。ビルボはほんとうに危機一髪《ききいっぱつ》だったのです。

まもなく、火の明かりも下のほうにかすみ、まっ黒な地面の上にともった、小さな赤い点のまたたきとなりました。一同は空中に高く舞いあがっています。大きくなめらかに円をえがきながら、ぐんぐんと上昇してゆきます。この空中飛行のことを、ビルボは生涯忘れることができませんでした。ドリの足首につかまったビルボは「腕が、腕が！」とうめきます。けれどもドリのほうでも「足が、足が、いたい、いたい！」とうなり返すのでした。

こんな最悪の状況でなくとも、ビルボは高いところが苦手です。ちょっとした崖でも、下を覗《のぞ》きこめば目まいがしたものでした。そもそも（オオカミから逃げなければならないことなど、今までなかったので）樹登りはおろか、はしごに登るのでさえ嫌《いや》です。そんなビルボですから、ぶらりと下がった両足のあいだからはるか下を見おろしたとき、グルグルグルグル——どれほど目がまわったことか、ご想像できるでしょう。なにしろ下を見れば、ところどころ月明かりをうけて、山腹の岩や平地の川がきらりと輝いてはいるものの、見わたすかぎりまっ暗な地面が、ビルボの股《また》のあいだにあんぐりと口をひらいているのです！

ほの白い山の峰々が、目の前にせまってきました。まっ黒な山の影からつき出ているぎざぎざの岩が、月光をうけて輝いています。[11] 今は夏なのもおかまいなしで、いかにも寒々とした印象です。ビルボは目を閉じて、まだこれ以上頑張れるかなあ、と思案しました。そして、頑張らなければどうなるのかが頭に浮かんできて、気分が悪くなりました。

ビルボにとってちょうどよいタイミング——腕が抜けるまさにその直前に、空中旅行が終了しました。手がドリの足首を離れ、あっと息をのんだ瞬間、ビルボは高くせりあがった岩の上にある、ワシの巣の上に落下しました。

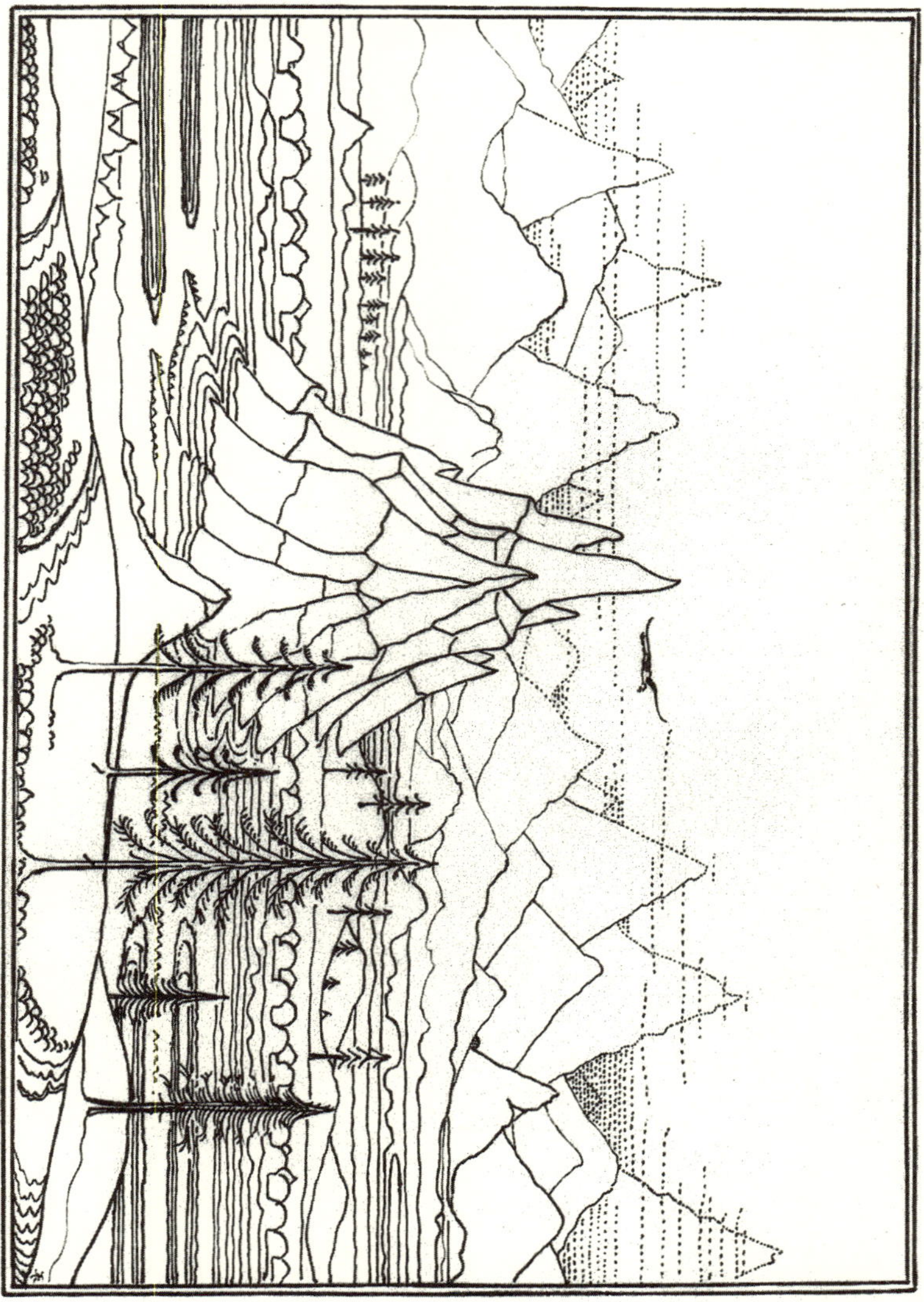

The Misty Mountains looking West from the Eyrie towards Goblin Gate

「東からみた霧の山脈」

ビルボはしばらくものも言わずに、大の字にのびたままです。そして頭の中では、あのような火の海からよくも助かったものだとびっくりしたり、この狭い巣から転《ころ》がって、両わきの底なしの闇に落っこちてしまわないだろうかとびくびくしたりで、なんとも複雑な思いです。この三日間というもの、ほとんど飲まず食わずで、恐ろしい冒険をつぎつぎと経験してきた反動でしょうか、ビルボの頭はくらくらとしてきました。「ベーコンが急に箸《はし》につままれて、フライパンから棚に戻されるとどんな気持ちがするのか、これでよく分かったよ」と、知らずしらずのうちに、ひとり言《ごと》をつぶやいているビルボでした。

「いや分かっちゃいないさ」。あ、ドリが答えてるな、とビルボは思います。「そのうちまた、フライパンに戻らにゃならんってことを、ベーコンは知っている。でもそんなこと、ボクらは願い下げにしたいね。それにワシはハシじゃないさ」

「そうそう、そのとおり、カモノハシ――いやいや、ハシとは似ても似つきませんよね」とビルボは起きなおり、すぐ脇《わき》にとまっているワシのほうに、不安な視線をおくります。譫言《うわごと》みたいなたわごとを、この他にどれほどしゃべってしまったのだろう？　ワシはぶれいだと感じるかしら？　とビルボは案じます。読者の皆さん、あなたがホビットのようにちっぽけなからだの持ち主で、しかも真夜中にワシの巣にお邪魔しているときには、ご主人にじゅうぶん礼をつくさねばなりませんぞ！

ワシはまったくわれ関せずといった顔で、くちばしを石にこすりつけ、羽をととのえたばかりです。まもなく、別のワシが飛んできました。そして「〈ワシの王〉のご命令です。〈大岩棚《おおいわだな》〉に捕虜《ほりょ》をおつれせよとのことです」とひと言さけんで、戻っていきました。こちらのワシは、かぎ爪でドリをつかむと、夜の闇の中に飛び去りました。ビルボはひとり残されます。朦朧《もうろう》とした頭で、〝捕虜《ほりょ》〟というのはどういう意味だろう？　ウサギのように引き裂かれて、夕食にされるのだろうか？　などと考えているうちに、ビルボの番がやってきました。

ワシが戻ってきて、ビルボの上着の、背中の部分に爪をひっかけ、さっと飛びあがります。こんどの飛行は短距離でした。ほんの一瞬後、ぶるぶると恐怖におののくビルボが、山腹につき出た、大きな岩棚に下ろされました。

あたりに道はないので、この上にのろうと思えば、飛んでくるしかありません。また、ここからおりようと思えば、崖を跳びおりるしかないのです。到着して見ると、仲間の全員が山側に背をむけて座っています。〈ワシの王〉もそこにおり、ガンダルフと話していました。

話をきいていると、どうやら、ビルボは食べられる運命にはなさそうです。ガンダルフと〈ワシの王〉は、どちらもおたがいのことをわずかに知っていて、しかも好意を持ちあっているようです。ありようは、山岳地帯をよくおとずれるガンダルフが、かつて〈ワシの王〉がうけた矢の傷を治してやったことがあり、ワシたちはいまだに恩《おん》義《ぎ》を感じているのです。ね、ですから、お分かりでしょう？　〝捕虜《ほりょ》〟というのは〝救い出されたゴブリンの捕虜《ほりょ》〟という意味であり、ワシが捕まえた〝捕虜《ほりょ》〟という意味では、まったくないのです。ガンダルフの話を聴いていると、これで正真正銘《しょうしんしょうめい》、嘘《うそ》いつわりなしに、ようやくあの恐ろしい山々から逃げ出せたのだという気が、ビルボにはしてきました。というのも、ガンダルフと〈ワシの王〉がいま話しているのは、ドワーフ、ガンダルフ、ビルボが、平野の上を遠くまではこんでもらい、道程《どうてい》のかなり先のほうで下ろしてもらうためのプランだったからです。

ところが、〈ワシの王〉は、人間の住んでいるところの近くまでみなを連れていってほしいという願いを、断固として拒否しました。「人間はイチイの大弓で射てくるだろう」と〈ワシの王〉は言いました。「われらがヒツジをねらっていると勘違いしてな。ふだんなら、まさにそのとおりなのだが。いやいや、だめだね。ゴブリンをだし抜くのは愉快せんばん。それに、以前にこうむった恩にも報いたい。だが、ドワーフのために南の平野まで行って、わが身を危険にさらすのはお断《こと》わりだね」

「まあ、それも仕方あるまいな」とガンダルフ。「では、どこでもよいから、できるだけ遠くまで連れていただきたいものじゃ。すべておまかせしよう。もうすでにじゅうぶんすぎるくらい、お世話になっておるからのう。だが、そのまえに、わしらは腹がぺしゃんこじゃよ」

「もう餓死すんぜんだ」というビルボのつぶやきは、あまりに小声で、弱々しく、だれにも聞こえませんでした。

「それはなんとかして差し上げよう」と〈ワシの王〉が答えます。

後刻、岩棚の上では、明々《あかあか》とたき火がもえ、十三人の小さな影がそれを囲んで、焼肉のよい香りをただよわせながら、料理にいそしんでいる姿がありました。たきぎにする枯れ枝、それに、ウサギ、ノウサギ、小さなヒツジは、ワシたちがもってきてくれました。準備はすべて、ドワーフたちがおこないます。もはやビルボは、手伝う気力もありません。それにいずれにせよ、ビルボはいつもきれいに切りそろえた肉を肉屋に届けてもらっていたので、ウサギの皮はぎや、ヒツジをさばくことなど、上手にできるわけがないのです。またガンダルフも、いつもは火つけ係のオインとグロインが、火口箱《ほくち》（ドワーフはまだマッチを使う習慣がないのです）を失くしてしまったので、そこだけは手をかしてやりましたが、それをすませたあとは、ごろりと寝ころんで見物です。

こうして〈霧の山脈〉の冒険が終わりました。まもなく、ビルボの腹はくちくなり、心地よい感じにもどりました。さあこれで安心して眠れるぞとビルボは思います。しいて好みを言わせていただくなら、串ざしの焼肉よりも、バターを塗ったパンのほうが食べたかったなあと思いますが、ぜいたくは言えません。その夜ビルボはかたい岩のうえで、身をまるめて眠りました。わが懐《なつ》かしのホビット穴の羽ぶとんのベッドで寝ていた時にも、これほどぐっすりと眠ったことはありませんでした。とはいえ、ビルボは、一晩中わが家の夢を見ていました。夢の中のビルボは、家じゅうの部屋をふらふらと覗《のぞ》いてまわります。なにか捜《さが》しものがあるのです。でも、どうしても見つからないし、それがどんなふうなものだったのか、憶《おも》いだすことすらできないのでした。

第7章　奇妙な宿

翌朝、ビルボは早朝の日ざしがまぶしくて目がさめました。ぱっと立ち上がって、あれ時計は？　ヤカンを火にかけなきゃ！　と思います。でも、ここがわが家などではまったくないことに、すぐに気がつきました。そこでビルボは腰をおろしました。顔を洗って、髪をとかしたいなあ、と思います。けれどもそのような望みがかなうはずもなく、それどころか紅茶とトーストとベーコンの朝食すらなく、冷えたマトンとウサギ肉でお腹《なか》を満たします。こうして食事がすむと、さあ、新たな出発のための準備です。

今回はようやく、ワシの背によじ登って、翼と翼のあいだにしがみつくことが許されました。空気が頭の上を猛烈に吹きすぎてゆきます。ビルボは目を閉じました。ドワーフたちが「サヨナラ！」を叫び、生きて帰れたら、かならず〈ワシの王〉さまにご恩がえしいたしますと、口々に約束するなかを、十五羽の巨大な鳥が、次々と山腹から飛びたってゆくのです。太陽はまだ、東の山々をこするほどの低さです。肌寒い朝で、谷や窪地《くぼち》には霧がかかり、そこここで、とがった山頂や峰の先を棉《わた》のようにくるんでいます。ビルボはうす目をあけました。ワシはすでに空高くまいあがり、下界がはるか下にかすんで見えます。また、山々は急速に小さくなり、かなたの景色に融《と》けこんでゆきます。ビルボはまた目を閉じて、しがみついた手にぎゅっと力をこめました。

「つねらないでおくれよ」とワシが言いました。「ウサギみたいにおどおどしなくてもいいんだよ。もっとも、あんたウサギに似てるけどな。今日は風もないし、よく晴れてる。最高の飛行日《ひこうび》よりさ」

ビルボとしては、「それよりも、ひと風呂あびてから、芝生で遅い朝食をとるほうがサイコーさ」と言いたいところでしたが、口をつぐんでいたほうがよいと思いなおし、ほんの少しだけ、手の力をゆるめました。

こうしてずいぶん飛びました。とても高い空を飛んでいたのですが、ワシたちの目が、目標としていた地点をとらえたに違いありません。編隊は大きな螺旋《らせん》をえがきながら、降下をはじめました。長い時間をかけながら、ゆっくり、ゆっくりと降りてゆくのです。ずいぶんとたってから、ビルボはついに目をぱっちりとあけました。地上がぐんと近くにせまって見えます。いま飛んでいるところの真下は、広大な草地です。カシやニレとおぼしき木立《こだち》があちこちに点在し、また、一本の川が平原をよこぎっています。しかしこの水の流れを押しとどめようとでもするかのように、巨岩《きょがん》がもっこりと地面から生えています。川はそのまわりを蛇行《だこう》して流れていますが、見るからに大きなこの岩——まるで小山といってよいほどで、かなたの山々が本陣なら、ここがさいはての前哨基地《ぜんしょうきち》といったふぜいです。それとも、巨人のなかの巨人、いわば巨大な巨人が、平原にむけてえいっとばかりに投げはなった、途方もない岩片《いわかけ》、とでも言うべきでしょうか？

一羽、また一羽と、ワシたちはこの岩の上にさっと舞いおり、背中の乗客をおろしました。

「いざさらば、いずこへ去ろうとも！」とワシたちが叫びます。「旅のおわりに古巣が歓迎してくれるまで！」。これがワシたちのあいだの、ていねいな別れの辞《ことば》なのです。

「風が汝《な》が翼を、日の道、月の筋にまではこばんことを！」と、正式な返しことばを心得ているガンダルフが答えました。

こうしてワシの軍団とはお別れです。のちに〈ワシの王〉が出世して〈鳥の王〉となると——ドワーフたちからもらった黄金によって——王は王冠をかむり、[1]配下の十五羽の隊長たちは、金の襟章《えりしょう》を首のまわりに帯びることとなります。けれども、ビルボがワシたちにお目にかかることは、これっきりもう二度とありませんでした。ただし、

〝五軍の戦い〟のときに、はるか遠くの上空を舞っている姿を見たのは別です。しかしこれは、この物語のおしまいのほうでおきることなので、いまはこれ以上触れないでおきましょう。

この岩山の上には平らな場所がありました。そこから下にむかって、踏みならされた石段の道がついていて、たどってゆくと最後には川につきあたりますが、川底には巨大な平石がならび、浅瀬《あさせ》をなしているので、そこを渡ってその先の草原に出るのは、いともかんたんです。さて、石段を下りきると、浅瀬《あさせ》がはじまるすこし手前のところに、小さなほら穴がありました（地面に砂利《じゃり》の敷かれている、健全なほら穴です）。一同はこのほら穴に集合して、今後のプランを話しあいました。

「諸君らの山越えを（うまくいってもっけの幸いじゃったが）ぶじ見とどけるまでがわしの勤めじゃと、最初から思案しておった」とガンダルフが言います。「さて、わが指導のよろしきを得て、それにツキにもめぐまれたおかげで、山は越えた。越えたどころではない。ほんらい、こんなに東のほうにまで諸君につきあうつもりはなかった。なんと言っても、今回はわしの冒険ではなく、諸君の冒険じゃからのう。またあとで、すっかり片がつく前に、ひやかしに来るかも知れんが、いまは、別の緊急の用を果たさねばならんのじゃよ」

ドワーフたちはうめき声をあげ、気のどくなくらい落胆した顔をしました。そしてビルボはというと、泣き出してしまいました。ガンダルフはずっと一緒に自分たちに付きそってくれるだろう、困ったときにはいつもそこにいて救ってくれるのだろうと、みなは期待しはじめていたのです。「いまこの瞬間に消えるつもりはない」とガンダルフは続けます。「一日、二日はまだ一緒に行ってあげよう。たぶん、いまのこの苦境から救ってあげられるじゃろう。それにわし自身にもいささかの助けが必要なのじゃよ。われわれには食べ物もなければ、荷物もない。乗るべき馬もない。それに、諸君はいま、自分がどこにいるのかも知らない。教えてあげよう。あのようにあわただしく山道からそれてしまったが、ほんらいたどっていたはずの道からみて、いまはまだ、何マイルも北側にいる。数年まえにこの方面に来たときから事情がかわっていないとすれば、このあたりには、ほとんど人は住んでおらん。数ところがじゃ、わしにはじかに面識がないが、さる人がほど遠からぬところに住んでおる。あの大岩に階段を刻んだのは、その〝さる人〟じゃ。そうそう、あの岩のことを〝キャロック〟と呼んでいたのではなかったかな。その〝さる人〟は、この辺《へん》にそうたびたび来るわけではない。ましてや、まっ昼間に来ることは、絶対にないといえる。したがって、ここで待っておってもむだじゃ。じつのところ、ここで待つのは、はなはだ危険ですらある。こちらから会いにいくことが、ぜひとも必要じゃな。たずねていって万事うまくゆけば、ワシのように〝いざさらば、いずこへ去ろうとも〟と言って、わしは退散することにしよう」

一同は見捨てないでくださいと懇願しました。うまく目的を果たしたあかつきには、ドラゴンの金銀宝石を差し上げようとまで言いましたが、ガンダルフの決意はかわりません。「さあて、どうなることやら」とガンダルフは返します。「ドラゴンの黄金をいくばくかもらうくらいの働きは、すでに果たしていると思うがな。かりに、最終的に手に入るとしてのはなしじゃが」

ここまで言われると、もうこれ以上説得を続けることはできません。一行は服を脱ぎ、川で水浴びをしました。渡り場のあたりでは、流れは浅く澄んでいるので、川底の石ころがよく見えます。水から出て、強く暖かくなってきた日差しの中でからだを乾かすと、まだショックはおさまらないし、すこし腹が空《す》いてもいますが、みな生き返った気分になりました。やがて一行は（ビルボをかついで）浅瀬《あさせ》を渡りました。そうして、よく伸びた緑の草をかきわけながら、枝ぶりのよいカシと、大木になったニレの樹々《きぎ》が並んでいる道を進んでいきました。

「どうしてキャロックという名前なのですか？」。ガンダルフとならんで歩いていたビルボが訊《き》きました。

「あの男があれをキャロックと呼ぶのは、キャロックというのがああいうものの名前だからで、あの男は、あの手のものをすべてキャロックと呼ぶのじゃよ。ただし、ただキャロックといえば、あのキャロックのことじゃ。あの男の家の近くにはあのキャロックしかないし、あの男はあのキャロックのことをよく知っておるからのう[2]」

「その〝あの男〟ってだれのことですか？」

「さっきから話している〝さる人〟じゃよ。とても偉いお方じゃ。紹介されたら、とてもていねいに受けこたえせねばならんよ。そろりそろりと紹介することにしよう。そう、二人ずつな。機嫌をそこなわぬよう、気をつけるのじゃよ。さもなくば、とんでもないことになるかもしれんぞ。怒ったときのすさまじさといったら！　ご機嫌をとっておれば親切じゃが、よいかな、あの方の気分をそこなうのは、いとも容易じゃよ」

ビルボとガンダルフのこんなやりとりを聞きつけて、ドワーフたちは二人のまわりに集まってきました。「その方のところですか？　いまわたしたちを連れてゆこうとされているのは？」と一同が訊《き》きました。「だれか他に、それほど気むずかしくない人はいないのですか？　もう少しくわしく、説明していただけませんか？」などなどと尋ねたわけです。

「そう、まさにその方のところじゃよ。いや、他にはいない。それにとてもくわしく説明しているじゃないか」と、むかっ腹の立ったガンダルフが答えます。「もっとくわしくねえ…。名前はビヨン。[3]とても力もちだ。それに毛皮をかえる」

「ええっ！　毛皮屋ですって！　ウサギ皮はウサギ皮でいいのに、〝コニー〟でございなんて気どるくらいは朝飯前《あさめしまえ》、へたすると、ミンクでございますなんて言いかねない詐欺師《さぎし》の仲間ですか？」

「な、な、何てことを！　ちがう、ちがう、大ちがいのこんこんちきさ！」とガンダルフが憤慨《ふんがい》します。「バギンズ君、もし貴殿《きでん》さえよろしければ、バカを言うのも休み休みにしていただきたいものですな！　それによいかな。ビヨンの家から百マイル以内にいるときは、二度とふたたび〝毛皮屋〟などという言葉を口にしてはならんぞ。〝毛皮屋〟だけじゃない。敷き皮、皮襟巻《えりま》き、肩掛け皮、手巻き皮なども禁句じゃ。ビヨンが毛皮をかえると言った意味は、自分の毛皮を変化させる、すなわち変身するということさ。ある時は巨大な黒クマ、またある時には巨大な腕をもつ、大鬚《おおひげ》をたくわえた、黒髪《くろかみ》のゆたかな大男になる。それ以上のことはわしもよく知らんが、これだけ知ればじゅうぶんじゃ。ある説では、巨人族が来る前にここの山に住んでいた、古代の巨大グマ一族の末裔《まつえい》じゃという。また別の説では、この地の先住民――スマウグらドラゴンの連中がこの地方に移ってくる以前、〈北〉から来たゴブリンどもが山に棲《す》みつく以前からこの地に住んでいた、人間たちの子孫じゃともいう。どちらかわしにも

J・R・R・トールキン「ビルボ、早朝の日ざしがまぶしくて目がさめる」

分からんが、あとのほうが正しいのではないかと思うな。だが、とても、じかに質問ができるような人物ではないのじゃよ。

いずれにせよ、姿かたちが変わるといっても、どこかの魔法使いの呪文にかかっておるわけではなく、みずからの術なのじゃよ。ビヨンはカシの樹の森に住んでいて、広壮な木づくりの家を持っておる。人間の姿をしている時は、牛や馬を飼っているが、この動物たちがまた、主《あるじ》におとらずすばらしい。ビヨンのために働くばかりか、ビヨンと話もする。飼っているといったって食べるわけではない。ビヨンは野性動物の狩りをしたり、食べたりということもない。そのかわり、蜂を飼っておる。どう猛な大蜜蜂《おおみつばち》じゃ。この蜂からとった蜜《みつ》と、それにクリームがビヨンの主食じゃ。クマの姿にかわると遠くに遠征する。[4]かつて、深夜にひとりキャロックのてっぺんに座り、〈霧の山脈〉のほうに月が沈んでいくのを眺めているビヨンを見たことがある。あのときビヨンは、クマの言葉でひとりごちておった。〝やつらが滅びて、あそこに戻れる日が、きっといつかやってくるさ〟とな。ビヨンがもともと山の住人だったとわしが信じるのは、こういうわけじゃよ」

さてこの話を聞いたビルボとドワーフたちは、もうビヨンのことで頭がいっぱいとなり、これ以上質問もしません。まだ前途は長いので、一同は丘をのぼり谷を下って、ただ黙々と歩きます。とても暑くなってきました。ときどき木陰《こかげ》で休息をとるのですが、そんなとき、ビルボは猛烈に空腹を感じていたので、かりにカシの実が熟して地面に落ちていようものなら、きっとそんなものでも拾って食べたことでしょう。

午後も半《なか》ばをすぎた頃でしょうか。一行は大量の花が群生している場所を何度か通りすぎているのに気づきました。すべて同じ種類の花が、人の手で植えられたかのように、まとまって咲いているのです。とくに目だっているのがクローバーです。紅《アカ》クローバーと紫《ムラサキ》クローバーの集団がいっせいに風におじぎをしているかと思うと、つぎには丈の低い、甘い蜜の香りをただよわせる白《シロ》クローバーの群れが大きく広がっています。そして空中にはブーン、ウィーン、ブルブルルーンという羽音《はおと》が満ちています。いたるところ蜜蜂だらけです。それにまた、なんという蜜蜂！　あんなに大きな蜜蜂を、ビルボは今まで見たことがありませんでした。「あんなのに刺されたら」とビルボは思います。「からだが倍に腫《ふく》れあがっちまうぞ！」ここの蜜蜂ときたら、スズメバチよりもなお巨大です。雄蜂《おすばち》は人の親指よりもはるかに大きく、その黒々としたからだをおおう黄色の縞々《しましま》は炎のごとく、黄金のごとく、きらきらと輝いています。

「もう近いぞ」とガンダルフが言いました。「ここはビヨンの養蜂園《ようほうえん》のへりなのだ」

さらにしばらく道を続けると、年ふりたカシの高木が立ちならぶ、細長い一帯にさしかかり、ここを過ぎるとイバラの垣根《かきね》にぶつかりました。むこう側がどうなっているのか見ようにも見えないし、よじ登るわけにもゆきません。

「君たちはここで待っておるがよい」とガンダルフはドワーフたちに言いわたしました。「で、わしの呼び声か口笛が聞こえたら、あとを追って歩きはじめるのだ。どういうふうに行くのかって？　それは、いま見本をお見せしよう。ただし、二人ずつのペアで来ること。ある組が出たら、つぎは五分後という具合に、間隔をあけるのじゃぞ。ボンバーは太っちょだから二人分として、最後にひとりで来るのだ。さあ行こう、バギンズ君。こっちに回りこめば門があるはずじゃ」。こう言うなり、ガンダルフは、垣根《かきね》にそってすたすたと歩きはじめました。そのわきを歩くビルボは、おっかなびっくりです。

二人は木の門のところにやってきました。背がたかく、幅もひろい大きな門です。門のむこうには庭があり、また、平家《ひらや》の木づくりの建物が、いくつかまとまってたっているのが見えました。その中には、伐《き》り出したままの丸太《まるた》でこしらえた、藁葺《わらぶき》の小屋がいくつかまじっています。納屋《なや》、厩《うまや》、物置、それに、丸木《まるき》づくりの細長い屋敷があります。大きな垣根《かきね》の南側にそって、蜜蜂の巣が何列も何列もならんでいます。そしていずれの巣の上にも、吊《つ》り鐘《がね》の形にしつらえた藁《わら》の帽子がちょこんとのっかっています。巨大な蜜蜂が行ったり来たり、巣に入ったり出たりする騒音が、空中をみたしています。

　魔法使いとホビットは門を押しました。門は重たくギーッときしんでひらきました。二人は幅の広い小径《こみち》を、家にむかって歩いていきます。そこに何頭かの馬が、よく手入れされた、つやつやと美しい毛並をさっそうとなびかせながら、芝生の上を駆けてきました。そうして、二人のことをしげしげと、とても知的な眼差《まなざ》しで眺めました。眺めおわると、建物のほうに急ぎ足で去ってゆくのでした。

「馬たちは、よそ者の到来を、主人に知らせにいったのじゃよ」とガンダルフが言いました。

　やがて二人は中庭のところまで来ました。ここには木造の母屋《おもや》のほかに、その両脇《りょうわき》に翼のように細長い建物がつけくわえられているので、〝コ〟の字型の空間ができています。この中庭のまん中に、一本の大きなカシの丸太《まるた》がころがっており、その横には、切りとった枝が並べられています。そしてその側《そば》に、巨大な男がひとり、まっ黒な髪、まっ黒な鬚《ひげ》をふさふさとなびかせながら立っていました。露出した腕や足には、太縄《ふとなわ》を撚《よ》りあわせたような筋肉が見えます。身には膝《ひざ》までの、ウールの短衣《チュニック》をまとい、大きな斧《おの》に寄りかかっています。例の馬たちは、鼻づらを男の肩によせています。

「ウへー、来やがったぜ」。男が馬に言いました。「危険な連中にはみえないな。もう行ってよろしい」。ガハハハハ――男の笑い声が雷鳴《らいめい》のように響きました。男は斧《おの》を下におき、こちらに進んできました。

「おまえらは何者だ？　何が望みだ？」と、二人のまん前に立った男は、険《けわ》しい声で尋ねました。そびえ立ったその姿はガンダルフをも見下ろすほどで、ビルボなど、股《また》のあいだをくぐり抜けようとしたならば、頭を下げないでも、男の焦茶色《こげちゃいろ》の短衣《チュニック》のすそに触れなかったことでしょう。

「わしはガンダルフじゃ」と魔法使いは言いました。

「そんな名前、聞いたこともないぞ」と男は不機嫌に答えます。そして、「で、このちび助は何者だ？」と言いながら男は身をかがめ、もじゃもじゃのまっ黒い眉毛《まゆげ》でビルボをにらみつけるのでした。

「こちらはバギンズ君。ホビット族の名門の出身で、非のうちどころのない人物という名声の持ち主じゃ」とガンダルフが紹介します。ビルボはお辞儀《じぎ》をしました。とはいえ、ここで脱ぐべき帽子もないし、ボタンもずいぶん千切《ちぎ》れてるなあと、ひどく恥ずかしくなりました。「わしは魔法使いじゃよ」とガンダルフが続けます。「わしはあんたのことをよく知っておる。あんたのほうでは、わしのことを知らんかもしれんが。ただ、〈闇の森〉の南端のちかくに住む、ラダガストの噂《うわさ》[5]はお聞きおよびになっているのではないかな？　わしのいとこじゃ」

「ああ、知ってるとも。うん、魔法使いにしては悪いやつじゃない。以前はときどき顔を合わせたものだ」とビヨンが答えました。「さあ、これで――名を騙《かた》っていないとして――君らがどこの誰かは分かった。で、何が望みだ？」

「ざっくばらんに申しましょう。わしらは荷物をすっかり失くしてしまい、おまけに、あやうく迷子になりかけた。というわけで、どなたかのご援助がぜひとも必要なのです。それがかなわぬなら、せめて助言なりともいただきたい。ついでに申さば、われらは山の中でゴブリンどもと出会って、すったもんだのひどい目にあいましたのじゃ」

「ゴブリンだと！」と大男は、さきほどより声を和らげて言います。「ほう、それではおぬしらは、あの連中とわたりあってきたと言うのだな？　なぜまた、やつらの近くになんぞ行った？」

「いやいや、そんなつもりはなかったのじゃ。やつらめ、夜、山道でいきなり襲《おそ》ってきよった。わしらは西の国をいくつも越えて、この地方に入ろうとしておったのだが…、話せば長い物語じゃ」

「そういうことなら、まあ中に入りなさい。いくばくなりとも聞かせてもらおうじゃないか。まさか夜中までかかるわけでもあるまい」。男はそう言って、すたすたと先に立ち、中庭から家の中へと通じている暗い戸口を入っていきました。

男について入ると、そこは大きな広間でした。[6]まん中に囲炉裏《いろり》があって、夏だというのに薪《まき》が燃えており、その煙が、まっ黒になった梁《はり》にまで立ちのぼってます。真上にひらいた天井の穴から、外にのがれようというわけです。明かりはといえば、囲炉裏《いろり》の炎と天井の穴からもれてくる光だけなので、この広間はうす闇に沈んでいます。ここを通りぬけ、もうひとつ別の小さな戸をくぐると、そこはベランダです。このベランダは、一本の樹の幹《みき》を輪切り

「ビヨンの広間」

にしてこしらえた木台の上にのっかっています。南向きなので、西に傾いた太陽の光がいっぱいに満ちて、ぽかぽかとよい心地《ここち》です。庭には、ところ狭しとばかりに花が咲きみだれ、階段にまで押しよせています。そして夕日を受けた庭全体が、黄金色に輝いています。

三人はこのベランダの木製ベンチに腰をおろし、ガンダルフが物語をはじめました。ビルボは足が床にとどかないのでぶらぶらとさせながら、庭の花に眺めいります。そして頭の中では、あれはいったい何という花なんだろう、これは何だろう、などと考えています。ここに咲いている色とりどりの花々の半分も、いままでお目にかかったことがありません。

「山越えをしておったのじゃ。友を一人か二人つれて…」とガンダルフが言いました。

「二人だって？　ここには一人しかいないじゃないか。それも、ちっぽけなのが一人しか」とビヨン。

「ええと、ざっくばらんに申すと、ご主人がご多忙かどうか確かめるまでは、がやがやと押しかけるのもどうかとはばかられたのじゃ。許可がいただければ、ひと声呼んでみようと思うが」

「いいよ。呼ぶがいいさ」

というしだいで、ガンダルフは、かん高い口笛をピィィィとひきずるように鳴らしました。すると、すかさず、トリンとドリが庭の小径《こみち》をつたって、建物のまわりをめぐって来ました。二人は立ち止まり、深々とおじぎをします。

「なーるほど、〝一人か三人〟ってことだったんだな」とビヨンは言いました。「でもこの連中はホビットじゃない。ドワーフじゃないか！」

「わたしはトリン・オウクンシルド。あなたの下部《しもべ》です。わたしはドリ、あなたの下部《しもべ》です」。二人のドワーフはそう言って、ふたたび頭を下げました。

「いやけっこう、君らに下部《しもべ》になんぞなってもらいたくないさ」とビヨンが返します。「むしろ君らのほうが、わたしを下部《しもべ》みたいにこき使いたいのだろう？　原則として、わたしはドワーフのことはあまり好きじゃないが、もし君が本当にトリンだとして――たしか、トロールの息子なるトラインの息子のトリンだったよな――連れの者がまともなやつなら、それに君らがゴブリンの敵で、わたしの土地で悪さをたくらんでいるのでないのなら、ええと…、ところで、何をたくらんでいるんだい？」

「この連中は、〈闇の森〉を越えてはるか東の方《かた》、父祖の土地をたずねてゆく途中なのです」とガンダルフ。「それに、そもそもあんたの土地に入りこんでしまったのは、まったくの偶然じゃよ。われらは〈山道〉をたどっておった。そのまま行けば、あんたの土地より、もっと南にある街道に出るはずじゃった。ところが、邪悪なゴブリンの襲撃をうけてしまったのじゃよ。さっきはその話をしようとしていたのです」

「じゃあ、続けるがいいさ」とビヨン。この人物、ていねいな口のききかたは知らないものと見えます。

「ものすごい嵐に出会った。〈石の巨人〉が出てきて、岩をさんざん投げとばすのじゃ。道が山のてっぺんにまでたっしたところで、わしらはほら穴に避難した。ホビットとわしと仲間数人が…」

「二人のことを〝数人〟というのかね？」

「ああっと、そうじゃない。じつを申して、二人以上おったのじゃ」

「その連中はどこにいる？　殺されたか？　食われたか？　それとも家に帰ったのかね？」

「ええっと、そうじゃない。さっき口笛を鳴らしたとき、全部は来なかったようじゃな。きっと気おくれしておるのじゃよ。それがじゃね、あんたの世話になるのに、あまりにおおぜいだとお気のどくではなかろうかと気をつかっておるのじゃよ」

「いいさ、もう一度口笛を鳴らすがいい。こうなりゃもう、パーティ覚悟だね。一人や二人増えたってかわりはないさ」とビヨンが不機嫌な声で言いました。

ガンダルフはふたたび口笛を鳴らしました。しかし口笛が鳴りやまないうちに、ノリとオリがもうそこに来ていました。なぜって？　ほら憶《おぼ》えていますか？　ガンダルフは、二人ずつペアになって、五分ごとに来るようにと言いわたしておいたのです。

「やあ」とビヨンは言いました。「ずいぶんすばやいね。どこに隠れていたんだい？　ほら、こっちへ来た、来た。いきなりぴょこんと飛び出すなんて、まるでびっくり箱の道化人形だね」

「わたしはノリ、あなたの下部《しもべ》です。わたしはオリ、あな…」と言いかけたドワーフの言葉をさえぎって、ビヨンが言いました。

「おう、けっこう、けっこう。下部《しもべ》につかえてほしいときは、こっちからお願いするよ。まあ座りたまえ。話のつづきを聞こうじゃないか。こんな調子じゃ、夕飯《ゆうめし》どきになっても終わらないぞ」

「わしらが眠ってしまうと、まもなく」とガンダルフが続けます。「ほら穴の奥にすきまがあいた。そこからゴブリンがとびだしてきて、ホビットとドワーフたちと小馬の集団をとっつかまえて…」

「小馬の集団だって！　君らの商売はいったい何だい？　どさまわりのサーカスかね？　それとも、大量の商品でも積んでいたのかね？　それとも六頭のことを、君らはいつも集団と呼ぶのかね？」

「いやいや。ざっくばらんに申して、小馬は六頭以上おった。われらの一行は六人以上おったからじゃ…。で、ええっと、あと二人がもうやってきた！」。こう言ったその瞬間に、バリンとドワリンが登場し、とても深々とおじぎしたので、二人の鬚《ひげ》は石づくりの床を掃《は》いました。大男のビヨンは最初眉《まゆ》をしかめておりましたが、二人が全身全霊《ぜんしんぜんれい》これていねいの権化《ごんげ》のようなしぐさで、ぴょこぴょこと頭をさげ、腰をおり、おじぎをくり返し、膝《ひざ》の前でフードを（正式なドワーフ流のやりかたで）やたら振りまわすものですから、ついにさすがのクマ男もむずかしく結んだ眉《まゆ》をときほぐし、くつくつと笑いはじめました。二人の姿はそれほど滑稽《こっけい》だったのです。

「なるほど、まさに〝集団〟だね」とビヨン。「それもコメディアンの集団だ。さあお入り、愉快な君たち。名前は何というのだね？　今のところ、下部《しもべ》はまにあってるから、名前だけでけっこう。名のったら腰をおろして、ゆさゆさと鬚《ひげ》を振るのはもうよすさ」

「バリンとドワリンです」とだけ二人は答えました。相手はぞんざいな物言いですが、むかっ腹《ぱら》が立ったなんて表情を、顔に出す勇気はとてもありません。二人はびっくり眼《まなこ》をして、ぺたんと床に座りました。

「さあ続き、続き」とビヨンはガンダルフに催促《さいそく》です。

「どこまで行ったかな？　ああ、そうそう…。そのとき、わしは捕まらなかった。炎をピカッと光らせて、ゴブリンを一、二匹殺してやった…」

「いいぞ、いいぞ！」とビヨンがうめきます。「こうなると、魔法使いも悪くないね」

「…そしてすきまが閉じる直前に、中にすべりこんだ。わしは大広間《おおひろま》まであとを追っていった。そこには、ゴブリンどもがあふれ返っておった。ゴブリンの首領も、よろいを着た三、四十人の兵を護衛につけて、そこにおった。そこでわしは考えた。かりに、ドワーフたちがくさりに数珠《じゅず》つなぎにされていないとしても、あんなに大量のゴブリンを相手に、たった一ダースほどのドワーフに何ができよう、とな」

「一ダースだと！　八人が一ダースと呼ばれるのは初耳だね。それとも、まだ箱からとび出していない道化人形がいるのかね？」

「まあ、そのとおりじゃ。さらに二人到着したようじゃな。フィリとキリ…じゃないかな」と、ガンダルフが述べるその言葉に合わせるかのように、二人が姿をみせて立ち止まり、にこにこ笑顔でおじぎをしました。

「ああそれでじゅうぶん。何も言わんでいいよ」とビヨンが言います。「口を閉じて、座ってなさい。さあ、ガンダルフ、その先は？」

というしだいで、ガンダルフは話を続けます。やがて話は暗闇《くらやみ》のなかの戦い、山腹に出る門の発見へとさしかかり、そしてあろうことかバギンズ君をどこかに置き忘れてきたことが判明したとき、どれほどの驚愕《きょうがく》と狼狽《ろうばい》が一同をとらえたかというくだりとなりました。「わしらは人数を確認した。するとホビットがいない。みんなで十四人しかいないではないか！」

「十四人だって！　十ひく一が十四だなんて、聞いたことがないぞ。九人のまちがいか、それとも、まだ、君たち一行の名前を全部あげていないかのどちらかだな」

「ええっと、オインとグロインにはもちろんまだお会いになっておられませんな。おう、ちょうどそこにやってきた。ご厄介《やっかい》になりますが、赦《ゆる》してやってください」

「おお、みんな来るがいいさ。急いで！　君たち二人とも、さあさ、こっちにきて座りなさい。だが、ガンダルフよ、この二人をあわせても、君とドワーフ十人、それに迷子になったホビットで全部だとすると、十四人ではなく、十一人——プラス置き忘れたホビット一人——にしかならないじゃないか。魔法使いの数の勘定《かんじょう》は、ふつうの人とは違うのかね？　でも、まあいいさ。その先はどうなったんだい？」。ビヨンは努めてさりげない顔をよそおっていますが、じつはものすごく興味をかきたてられているのです。それも、まあ、もっともな話。というのも、読者の皆さん、同じ山岳地帯でも、いまガンダルフが話しているまさにあのあたりのことは、ビヨンが昔とてもよく知っていたはずですからね。このようなわけで、ホビットが戻ってきて、一行が地すべりにのって山の斜面を下ったいきさつ、森の中でオオカミに囲まれたてんまつを話すと、ビヨンはよしよしとばかりに頷《うなず》いたり、怒りのうめき声をあげたりしました。

　オオカミどもに囲まれた一行が樹に登ったくだりにまでくると、ビヨンは立ち上がり、せかせかと歩きまわりながらつぶやくのでした。「くそう、あいつらめ！　その場にこのわたしがいたら、花火なんかじゃすまなかったぞ！」

「でもまあ」と、自分の物語がよい印象をあたえていることに気をよくしたガンダルフが続けます。「わしはわしで、できるかぎりのことをしたのじゃ。下を見るとオオカミが狂乱状態になっておるし、森のあちこちで火事がはじまっていた。そこにゴブリンが山を下ってきて、わしらを見つけたのじゃ。やつらは喜びの喚声《かんせい》をあげ、わしらを嘲笑《あざわら》う唄をうたいよった。〝五本の樅《モミ》に鳥が十五羽…〟などとな」

「おやまあ」とビヨンがうめきます。「ゴブリンが数を知らないなんて言い出さないでくれよ。十二は十五じゃない。そんなことゴブリンだって知ってるぞ」

「わしだって承知しておる。さらにビファーとボファーがおったのじゃ。気おくれして、この二人をまだ紹介していなかったが、ほうれ、やってきた」

ここにビファーとボファーが登場します。「それに、ボクも」と、うしろのほうから、息の切れたボンバーが叫びます。肥《ふと》っているうえに、最後まで残されたことが不満で、ふうふう息を吐いていています。ボンバーは五分待つことなどせず、二人が出たあと、すぐに追ってきたのでした。

「さあ、これで十五人になった。ゴブリンは数が分かるのだから、樹の上にいたのはこれで全部のはずだな。やっと話が最後まで聞けるのかな。これ以上、邪魔されずにね」。ガンダルフの計略がいかにたくみであったか、バギンズ君ははっと気づきました。いく度も邪魔がはいり、おあずけを食わされたおかげで、ビヨンの興味はいやが上にもかきたてられました。それにまた、ドワーフたちがただやってきても、怪しげな物乞《ものご》いとまちがえられ、さっさと追い返されるくらいが関の山だったかもしれませんが、物語の最中《さいちゅう》に少しずつやってきたものですから、ビヨンにもそのような仕打ちができなかったのです。[7]できるかぎりよそ者を家の中に入れないというのが、ビヨンの主義です。友人はとても少ないばかりか、住んでいる場所も遠くはなれています。それに友を招くにしても、一度に二、三人が限度です。ところが、いまは、十五人もの珍客《ちんきゃく》がビヨンの家のポーチに座っているではありませんか！

ガンダルフが物語の最後にたっし、一同がワシに助けられ、キャロックまではこんでもらったいきさつでしめくくった時には、もう太陽は〈霧の山脈〉の峰のかなたに沈み、長い影がビヨンの庭をおおっていました。

「とても面白い話だった」とビヨンは言いました。「こんなに面白い話は、ここのところ久しく聞いたことがない。ここにくる物乞《ものご》い連中が、みんなこんなに面白い話ができるなら、もっと親切にしてやるところだ。むろん、君らのでっちあげという可能性もある。だが、それにしても、面白い話には違いないのだから、夕食を食べていただく資格はじゅうぶん。さあ、何か食べようじゃないか！」

「お願いです」。みながいっせいに叫びました。「ごちそうになります！」

広間の中は、もうすでにまっ暗です。ビヨンが手を拍《う》ち鳴らすと、四頭の白くて美しい小馬と、胴長《どうなが》で灰色の大型犬が数頭、中に入ってきました。ビヨンは動物の鳴き声をいくつもつなげたような、奇妙な言葉でなにやら告げました。動物たちはふたたび出ていったかとおもうと、それぞれ口にタイマツをくわえて戻ってきました。かれらは部屋の中央の囲炉裏《いろり》の火でそれをともし、その囲炉裏《いろり》を囲んでいる柱の、低い位置に取りつけられた籠《かご》に差しました。犬はその気になれば、うしろ足で立って、前足で物をはこぶことができます。このような動物たちのはたらきで、壁に立てかけてあったテーブルの脚《あし》と天板《てんばん》がすみやかにはこばれ、囲炉裏《いろり》の近くにしつらえられました。

ついでメーメーメーという鳴き声がきこえ、石炭のようにまっ黒で大きな雄ヒツジにみちびかれて、雪のように白いヒツジが何頭か入ってきました。一頭は純白のテーブルクロスをもっています。そのへりには、すきまなくさまざまな動物の刺繍があしらってあります。他のヒツジたちは、それぞれ広い背中に、お椀、大皿、ナイフ、木製スプーンなどをのせたお盆をのっけています。それを犬たちが受けとって、てばやく即席テーブルの上に並べました。このテーブルはとても丈が低く、ビルボでさえ快適に座れるくらいです。一頭の小馬が、テーブルの横に、低いベンチを二脚押してきました。幅広のイグサ細工の座席が、太短い脚《あし》の上にのっかっているもので、ガンダルフとトリンのための名誉の席です。つぎに小馬は反対側にまわり、ビヨンのために同種の大きな黒い椅子を置きました（ビヨンは長い足をテーブルの下に深々と突っこんですわりました）。ビヨンが広間に置いてある椅子は、これですべてです。テーブルや椅子をこのように低くしてあるのは、おそらく、世話をしてくれるすばらしい動物たちが、働きやすいようにとの配慮からだと思われます。では、のこりの者たちはどこに座ったのでしょう？　もちろん忘れられたわけではありません。他の小馬たちが、丸太《まるた》を輪切りにした、円筒形《えんとうけい》の椅子を持ってきてくれました。なめらかに削り、ぴかぴかに磨かれてあります。そして、ビルボにもちょうどよいくらいの低さです。こうして、まもなく全員がビヨンの食卓につきました。広間にこれほどの人数が集まったことは、このところ、もう何年もありませんでした。

一同は夕食――いや、ただの〝夕食〟というより、ごうかな晩餐《ばんさん》をごちそうになりました。西の方《かた》なる〈最後のくつろぎの家〉をあとにし、エルロンドに別れを告げて以来、こんなたいそうなごちそうには、久しくありついていません。タイマツと囲炉裏《いろり》の明かりがちらちらと揺れ、テーブルの上には、長くて赤い蜜蝋《みつろう》のローソクが二本燃えています。食事のあいだじゅう、やすむことなく、ビヨンは遠雷《えんらい》のような低音を響かせながら、山々のこちら側の荒れ野のことを話しつづけました。わけても、一日も馬にのればたどりつけるほどの距離にある、暗くて危険な森、南北に広大にひろがっていて、東方にむかう一行のゆくてを大きく阻《はば》んでいるあの恐ろしい森――〈闇の森〉のことをくわしく話してくれました。

ドワーフたちは耳を傾けながら、鬚《ひげ》を左右にふりました。まもなくこの森に分け入るのが、自分たちに課せられた使命であることをだれもが承知しており、山をぶじに越したいま、ドラゴンの要塞《ようさい》にたどりつくまでに、通過しなければならない最大の難所がこの森であることを、めいめいが心得ているからです。晩餐《ばんさん》がおわると、ドワーフは自分たちの物語をはじめました。けれども、ビヨンは眠気がさしてきたらしく、ほとんど話を聴いているふうではありません。ドワーフたちの話柄《わへい》はといえば、金銀宝石や、金属細工のことがもっぱらですが、こうしたものに対して、ビヨンはまったく関心がないようです。この広間には、金や銀でこしらえたものなど、ただの一つもありません。そもそも金属製のものといえば、せいぜいがナイフくらいのものです。

蜂蜜酒《はちみつしゅ》[8]をみたした大きな木の盃《さかずき》をかたむけながら、一同はテーブルに座りつづけます。外にはもう、まっ黒な夜の帳《とばり》がおりました。広間のまん中の囲炉裏《いろり》にはあらたに丸太《まるた》が追加され、柱のタイマツはすべて消されました。それでも一同は跳ねおどる炉の炎に照らされながら、なおも座りつづけます。背中の側には柱が高だかとそびえ立ち、そのてっぺんのほうは、まるで森の樹のようにまっ暗です。なにかの魔法のせいなのかどうか、枝をそよがす風のような音が、そしてフクロウのホーホーッという鳴き声が、天井の梁《はり》のあたりで聞こえたように、ビルボには感じられてなりませんでした。まもなくビルボの頭はぐらぐら舟をこぎはじめ、人々の声が徐々にここから去ってゆき――はるか遠くへ遠くへ遠くへ…と感じられたその瞬間、はっとして目がさめました。

大きな扉が、ギギギギ、バタンと閉まります。ビヨンが出ていったのです。ドワーフたちは囲炉裏《いろり》のまわりに、あぐらを組んで車座になっています。やがて唄がはじまりました。かれらがどんな唄をうたったのか、すこしだけ記しておきましょう。ただしこれはあくまでも見本。実際には、唄は延々《えんえん》と続きました。

ヒースの枯野《かれの》に風渡るとも、
森の樹の葉そよともせず。
夜も昼も、くらき翳《かげ》おち、
くらきもの、ひそかに忍ぶ。

寒き山より、風吹きおろし、
潮流《うしお》のごとく轟《とどろ》きわたる
樹はうめき森はうなれり。
葉は落ちて、地につもれり。

風は過ぎゆく、西から東へ。
森のそよぎ、はや止《や》めり。
今はいたれり、沼のうえ、
ブルンヒュルルン風泣けり。

草はきしり、麦穂はたわむ
葭《よし》のはらを風吹きわたる。
冷たき天《あま》が下、冷たき水
波たち騒ぎ、雲は裂けとぶ。

風は吹きゆく、孤峰《こほう》の上を、

竜の巣穴の上を、疾《と》く。

重なる岩々、黒々《くろぐろ》と暗々《くらぐら》と。

黒き煙はかける、疾《と》く。

風はいま、地を吹きすぎる、
暗く、また黒き、夜の海原《うなばら》。
月は走る、はやてにのりて。
星は熾《おこ》る、はやてをうけて。

ビルボはふたたびこくりこっくりと舟をこぎはじめました。と、とつぜん、ガンダルフが立ち上がりました。

「われらにとっては、そろそろ眠る時間じゃ」とガンダルフ。「ビヨンには、そうではなかろうが。この広間で、われらは安全、快適にやすむことができる。だが、みなに言っておく。ビヨンが出ていく前に話したことを、けっして忘れてはならんぞ。朝日が昇るまではふらふらと外に出てはいけない。出れば命の保証はないぞ」

すでに寝る支度《したく》のできていることに、ビルボは気がつきました。柱と外壁のあいだの、床がいくぶん高くなっている部分に、寝床が敷きならべてあります。ビルボのためには小さな藁《わら》のマットと、羊毛の毛布が置かれています。ビルボは大喜びで毛布の下にもぐりこみました。そして囲炉裏《いろり》の火が低く燃えつづけるなかで、眠りにつきます。けれども、ビルボは真夜中に目をさましました。いまや囲炉裏《いろり》の火は落ち、数本の燃えさしが赤く鈍く光っているばかりです。ドワーフたちとガンダルフは眠っているようです。すうすうと寝息が聞こえます。床の上には、べったり塗りたくったようなまっ白なしみが見えました。中天《ちゅうてん》にたっした月が、天井の煙穴《けむりあな》からのぞきこんでいるのです。

建物の外から、遠雷《えんらい》のようにごろごろと響く声、それに何か大型の動物が、戸のあたりをのそのそ歩いているような音が聞こえてきました。いったい何だろう？　姿を変えたビヨンではないだろうか？　クマの姿で、自分たちを殺しにくるのでは？　などと、ビルボは心配になりました。そこで、急いで毛布の中にもぐりこみ、頭をかくします。すると、恐怖にもかかわらず、ふたたび眠りにおちました。

つぎの朝、ビルボが目をさましたとき、太陽はすでに高く昇っていました。どうやら、ドワーフの一人が、うす暗がりに寝ているビルボのことに気がつかず、足をひっかけてごろりと転《ころ》がったあげく、低くなっている床にどすんと落ちたらしい。落ちたのはボファーで、そのことでがみがみと文句を言いつらねている声を聞いて、ビルボの目がさめたのです。

「さあ、ずぼら君、起きたり起きたり」。ボファーの声が響きます。「朝飯《あさめし》がもうなくるぞ」

ビルボは、がばとはね起きました。「朝飯《あさめし》だって！」と叫びます。「どこにあるの？」

「もうほとんど、ボクらの腹の中さ」と、広間の中を歩きまわっている、他のドワーフたちが言いました。「残った分は、外のベランダさ。朝日がのぼってから、ずっと、ビヨンがいないかとあちこち捜しているけど、どこにも姿が見当たらないんだ。ただし、朝ご飯だけは、外に出てみると、もうそこにあったがね」

「ガンダルフはどこ？」とビルボは尋ねます。一刻もはやく食べ物を確保しようと、足はもうベランダのほうに向いています。

「おお、どこかに行って、ほっつき歩いてるさ」とドワーフたちは言いました。けれども、この日は終日、ガンダルフの姿を見かけることがありませんでした。日の暮れる寸前になって、ビルボとドワーフたちがビヨンのすばらしい動物たちにかしずかれながら（一日中そうだったのですが）広間で夕食をとっていると、そこにガンダルフが入ってきました。でも、ビヨンのほうはというと、昨夜からずっとまるで声も姿もなく、いったいどうしたのだろうと、ドワーフたちは疑問をいだきはじめています。

「この家のご主人はどこですか？　それにあなたは、一日じゅう、いったいどこにいたのです？」と、かれらはいっせいに訊《き》きました。

「質問は一度にひとつ。それに、夕食がすんでからにしてもらおう。朝飯《あさめし》以来、何も食っておらんのじゃ」と、ガンダルフは食事にかかります。その食事たるや延々《えんえん》とつづき、大きなパンの塊《かたまり》を（その上に、バター、蜂蜜、特別濃厚クリームを山のように盛り上げて）まるまる二つ、それに蜂蜜酒《はちみつしゅ》をすくなくとも一リットルは飲んでから、ようやく皿とコップをうしろに押しのけ、パイプを取り出しました。「まず二番目の質問に答えよう」と、ガンダルフは話をはじめます。「…じゃが、ほんに、ここは煙の環《わ》をとばすのに、理想の場所じゃねえ」。ガンダルフはこう言うなり、一心不乱《いっしんふらん》に煙の環《わ》を飛ばしはじめたので、一同はここでまた長々《ながなが》と待ちぼうけを食わされます。が、それにしても見事なわざです。環《わ》は柱のまわりをぐるぐると回り、じつにさまざまの色と形に変化し、さいごに追いかけっこをしながら天井の穴から出てゆきます。このとき外から見ていれば、ずいぶんと奇妙きてれつな眺めだったことでしょう。緑の環《わ》、青い環《わ》、赤い環《わ》、いぶし銀の環《わ》、黄色の環《わ》、白い環《わ》が、つぎつぎと空中に浮かんできます。大きなのもあれば、小さなのもある。そして、小さい環《わ》は大きい環《わ》をくぐり、〝8〟の字につながり、まるで鳥の群れのように、遠くの空をさして飛んでゆくのです。

「わしはクマの足跡をさぐっていたのじゃよ」。ようやくのことに、ガンダルフが話しはじめました。「きのうの夜ここで、クマの大集会があったようじゃ。ビヨンだけではあれほど多くの足跡がつくはずがないと、わしはすぐに見抜いた。それに、大きさもまちまちじゃ。小ぶりのクマも、大柄なクマも、普通サイズのクマも、それに特大の巨大グマもおって、日暮れからほとんど夜明けになるまで踊りくるっておったようじゃな。クマどもは四方八方からやってきたようじゃが、ただ、西から川を渡ってきた——すなわち山のほうから来たものはいない。この方角にはただ一組の足跡がついておるが、こちらに来る足跡ではなく、こちらから去ってゆくものだけじゃ。わしはこれを追って、はるかキャロックまで行ってみた。足跡はそこで川の中へと消えておった。が、岩のむこうでは、流れが深く、速すぎてわしにはとても渡ることができん。ほれ、こちら側の土手からキャロックまで浅瀬《あさせ》を渡るのはいとも容易じゃが、逆のほうには崖がそびえており、その裾《すそ》に急流がさかまいておるのじゃよ。こいつのおかげで、わしゃ何マイルも歩かされた。川幅がひろがり、流れがゆるやかになったところで、泳いで渡り、足跡をふたたびたどるために、またぞろ何マイルも戻らされたよ。しかも、これに時間がかかりすぎたために、あまり遠くまで追うことはできなんだ。じゃが、足跡は〈霧の山脈〉の東側斜面をおおっているマツ林のほうにむかって、一直線に続いておった。ほら、おとといの夜、ワーグたちと、ささやかなパーティを愉《たの》しくひらいた、あのあたりじゃよ。さ、これで一番目の質問にも答えたことになると思うが」とガンダルフはしめくくり、しばらく無言のまま座っていました。

ガンダルフが何を言おうとしているのか、ビルボには分かったような気がしました。「いったいどうしよう」とビルボは声をふるわせます。「ビヨンは、あっちのワーグやゴブリンやらを連れてくるつもりなんだ。みんな捕まって、殺されちまう。あなた、ビヨンはあいつらの味方じゃないと言ったはずですよね、ガンダルフさん」

「ああ言ったとも。愚《ぐ》なことを言い出すものじゃない。もう寝なさい。あんた、頭が半分眠っとるんじゃよ」

ビルボはとてもショックをうけましたが、さりとて、いかんともしがたく思われたので、仕方なく床につきました。そしてドワーフたちが延々《えんえん》と唄をうたいつづけるなかで、なおも、ビヨンとはいったい何者だろうかと考えながら、眠りに落ちました。眠りの中で、ビルボは夢を見ました。何百頭もの黒クマが中庭で月光をあびながら、ゆったりゆったりと円をえがきながら、ゆっさゆっさと踊りつづけるのです。ビルボは今夜もまた夜中に目がさめました。みな寝静まっていますが、きのうとおなじように、ひっかくような音、ひきずるような音、ひくひくと鼻を鳴らすような音、それに遠雷《えんらい》のようなうなり声が耳に入ってきました。

翌朝、一同を起こしたのはビヨンその人でした。「そうか、君たちはまだいたんだな」とビヨンが言いました。そしてビルボをつまみ上げて、笑いました。「なーるほど。ワーグにも、ゴブリンにも、性悪《しょうわる》のクマの連中にも、君はまだ食べられちゃいないようだな」。こう言いながら、ビヨンはバギンズ君の胸を、とても馴《な》れなれしくつつきました。「小ウサギ君は、パンと蜂蜜を食べて、また丸まると肥《ふと》ってきたようだな」。そう言ってビヨンはくつくつと笑います。「ほら、もっと食べたり、食べたり」

かれらはビヨンとともに朝食をとりました。今日のビヨンは、うってかわって陽気です。底抜けに上機嫌で、おどけた話をして、一同を笑わせます。どこに行っていたのだろう、どうしてこんなに親切なのだろうと思うまもあらばこそ、ビヨン自身が話してくれました。川を渡って、山に登ってきたというのです。そう、ご想像のとおり、ビヨンはとてもすばやく移動することができます。ともかく、クマの姿になるとそうです。黒く焼けただれたオオカミの集合場所を見て、旅の一行が話した物語の、そこの部分が嘘《うそ》でないことをビヨンは発見しました。けれども、ビヨンの発見はそれにはとどまりません。森の中をうろついているゴブリンとワーグを、一匹ずつ捕まえたのです。この二匹から得た情報から、ゴブリンの捜索隊《そうさくたい》がワーグと連係《れんけい》をとりながらドワーフ狩りをしていること、また、ゴブリンの首領が殺され、ガンダルフの炎によってワーグの頭目《とうもく》の鼻が焼かれ、そのおもだった家来が焼き殺されたことで、かれらは怒り心頭《しんとう》に発していることを知りました。捕まえた二匹を責めたてて吐かせたのは、これだけの情報でしたが、さらにこれよりも極悪非道《ごくあくひどう》なたくらみが進行中であることを、ビヨンは察知《さっち》しました。すなわち、ゴブリンは人間たちがドワーフをかくまっていると想像しているのですが、こんな人間どもをこらしめ、ドワーフのゆくえをつきとめるために、ゴブリンとワーグの同盟軍が、まもなく全軍をあげて、山すその村々に大規模な襲撃をおこなおうとしていることを、ビヨンは嗅《か》ぎつけたのでした。

「たしかに面白い話だったよ、君らの話はね」とビヨンは言いました。「でも、それが本当の話だと分かって、もっと気に入ったよ。君らの話を信じなかったことについては、どうか赦《ゆる》してもらいたい。〈闇の森〉のへりなんぞに住んでいると、かりにも実の兄弟くらいに親しくないと、何を言われても信じられんのだよ。まあ、こういうしだいなので、君らのぶじを見とどけようと大急ぎで戻ってきたというのが、わたしの何よりの誠意だ。何なりとできるかぎりのお手伝いをさせていただこう。今日から以後は、ドワーフにもっと親しみが感じられるだろうと思うよ。うん、よしよし、ゴブリンの首領を殺《や》ってくれたんだな」。そう言いながら、ビヨンはひとりくつくつと

──そして猛々《たけだけ》しく笑いました。

「それで、捕まえたゴブリンとワーグは、どうしたのですか？」。ビルボがやぶからぼうに訊《き》きました。

「まあ来てみたまえ」と、ビヨンが答えます。みなでビヨンについて建物の角をまわると、門の外側の杭《くい》にゴブリンの首が突きさしてあり、またワーグの毛皮がそのすぐうしろの樹の幹《みき》に釘づけにされていました。そう、ビヨンは敵にまわすと、とてもこわい存在《そんざい》なのです。でも、今は一同の味方です。そこでガンダルフは、一同がそもそも旅に出た理由をもふくめて、すべてあらいざらい話したほうが賢明だと判断しました。そうすれば、ビヨンは最大限の援助をおしまないでしょう。

そうして、実際にそのとおりとなりました。ビヨンはこんな約束をしてくれました。森の入口までの便宜《べんぎ》のために、ドワーフとホビットにはそれぞれ小馬、ガンダルフにはふつうの馬を提供しよう、また、浪費しないかぎり数週間はもつだけの食料をあたえよう、と。しかも、ビヨンの食べ物はぎゅっと押しつめてあるので、はこぶのがとても楽なものばかりです。たとえば、木の実、小麦粉、ドライフルーツの瓶詰《びんづ》め、赤い陶製《とうせい》の壺《つぼ》に入った蜂蜜、それに二度焼きのクッキーなどです。このクッキーはなかなか腐らないし、少し食べれば力がついて、ずいぶんと歩けます。これの製法はビヨンの秘密ですが、中に（ビヨンの食べ物はたいていそうですが）蜂蜜が入っていることはまちがいなく、食べるに味はよし、滋養《じよう》たっぷりなのですが、喉《のど》がかわくのだけが欠点です。さて水については、森に入るまではこんでゆく必要はありません。道ぞいに小川も泉もふんだんにあるからです。「だけど〈闇の森〉[9]に入ると、道は暗く、危険で、困難だ」とビヨンが言います。「そこでは水も食糧も容易なことでは手に入らない。森に生えているもので食べられるのは木の実くらいなものだが、いまはまだ実のなる季節じゃない（もっとも君たちはその時期がすっかり過ぎてしまうまで、森を抜けられないかもしれないがね）。それに、森の野性動物はみな陰険《いんけん》で、ふうがわりで、どう猛だ。水を入れる皮袋を進呈《しんてい》しよう。それに弓と矢もあげよう。だが、〈闇の森〉で見つけたものが健全で、食べたり飲んだりできるものかどうか、おおいに疑わしいと思うよ。川が一本流れていることは知っている。まっ黒で、速い流れが、道をよこぎっているはずだ。この水は決して飲んではいけないし、中につかってもいけないよ。この川には呪文がかかっていて、うっかり水に触れると、眠りこんだり、物忘れをしたりするということだ。それにまた、あの森のうす暗がりの中では、まともなものであれ、まともでないものであれ、何か矢で射ることができようとは思えない。道からそれれば別だが。ただし、これだけははっきり言っておこう、どんな理由があろうとも、決して道からそれてはいけないよ。

わたしにできる助言はこれくらいだ。森に足を踏みこんだあとについては、あまりお役にたてないね。君らのツキと、勇気と、わたしがさしあげる食料だけがたよりだね。馬と小馬たちは、森の入口のところで送り返してくれたまえ。君らの好運をいのる。それから、帰り道にまたこの方面に通りかかったなら君たちは大歓迎、この家の扉はいつも君たちのために開いているよ」

一同がビヨンに礼を言ったのは、もちろんのことです。ドワーフたちは、何度も、何度もおじぎをしながら、フードをふりました。また「木づくりの大邸宅のご主人さま、われらはあなたの下部《しもべ》です」をくり返したことも、言うまでもありません。しかし、主人の深刻な言葉に、一同の気持ちは沈んでしまいました。この冒険は、さいしょ考えていたよりも、はるかに危険なのだという思いが、全員の心に重くのしかかってきました。それに、かりに道中の危難《きなん》をすべて乗り越えたとしても、道の果てにドラゴンが待ちうけていることにかわりはないのです。

午前中ずっと、かれらは準備のために忙しく立ち働きました。そして正午をすこしまわったころ、ビヨンと最後の食事をとりました。食事がすむと、ビヨンから借りた馬にまたがり、いく度も別れの言葉を述べながら、そうとうのスピードで門を出て出発しました。

ビヨンの屋敷の東側をかこっている、高木《こうぼく》の生け垣に別れを告げると、一行はまず北にむかい、ついで北西をめざしました。かれらはビヨンのアドバイスを守っているので、もはやビヨンの土地よりも南にある、〈闇の森〉の古道《こどう》を目標にしてはいません。一行がもしも最初の予定どおりに〈山道〉をたどってきたとすれば、細い渓流にそって山をくだってきて、キャロックの数マイル南で〈おお川〉にぶつかっていたはずです。この地点の渡り場はやや深めですが、その時点でまだ小馬を失っていなければむこう岸に渡ることができたはずですし、そのあとは森のへりまで獣道《けものみち》が続いているので、古道《こどう》の入口にまでたっすることもできたでしょう。ところが一行は、この方面にさいきんゴブリンがしきりに出没《しゅつぼつ》しているという、ビヨンの警告を受けました。それに森の古道《こどう》じたい、東の端のほうがもはや使用されないままに草木が生《お》いしげっているばかりか、それにもめげずにつき進むとやがて道が消滅し、通行不能の沼地に入ってしまうらしい。それに、いずれにせよ、この古道の東側出口は〈はなれ山〉から見て南によりすぎていますから、やっとこさぶじに抜け出たとしても、一行は北にむかって、なおも長くつらい旅を続けねばならないということになります。キャロックの北側では、〈闇の森〉のへりが〈おお川〉のほうにぐんと迫ってきていますす。そのいっぽうで山々もまた接近してきてはいるのですが、むしろこちらに進むのがよいというのが、ビヨンのアドバイスでした。キャロックから真北にむかって数日馬を進めれば、森の入口にいたります。ここから森に入ると、あまり知られていない小径《こみち》が〈闇の森〉をうがって、ほぼまっすぐに〈はなれ山〉のほうへと向かっているというのです。

「ゴブリンどもは」とビヨンは言いました。「キャロックから百マイル北までのどこかで〈おお川〉を渡る勇気なんぞないし、わたしの家に近づくなんぞできやしない——夜の防御は完璧だからね！　だけど、急ぐにこしたことはない。もしも襲撃が早々に実行されたなら、やつらは南のほうで川を渡り、君たちを森に入れてなるものかと、森のへり全体をつつきまわすだろう。それにワーグは小馬よりも足が速い。いま北に向かうとやつらの砦《とりで》に近づいていくような気がするが、ほんとうはそのほうが安全なのだ。やつらの裏をかくことになるし、それに、結局そのほうが、君たちを捕捉《ほそく》するのに、やつらは長い距離を追わなければならないのだからね。さあ、出発しなさい。大急ぎで！」

こんなわけで、一同はいま、小馬にのって黙々と道を急いでいるのでした。草の生えたなめらかな地面に出ようものなら、即《そく》はやがけに転じます。左手には山々が暗くのしかかり、樹々《きぎ》に縁《ふち》どられた川が遠景のなかに細い糸のように見えていますが、進むにつれて、それが徐々にこちらへと近づいてくるのが分かります。出発したとき、太陽はちょうど西に転じたばかりでしたが、夕方になった今もまだ、旅人たちをとりまく広い平原の上で、金色に輝いていています。ゴブリンがうしろから追ってくることをしいて想像しようとしても、それはいかにも非現実的なことに感じられてきました。そこで一行は、ビヨンのもとを辞してから何マイルか進むと、ふたたび唄や物語をはじめました。そうして前途に待ちうけている、暗い森の道のことを、しばし忘れて時を過ごすのでした。夕闇がせまり、山々のとがった峰が夕日をうけて燃え上がるころになると、一行はキャンプを張り、見張りを立ててやすみました。けれども、ほとんどの者は眠りがあさく、不安な夢にさいなまれました。それも、オオカミどもの吠え声、ゴブリンどもの吶喊《とっかん》の声にとつぜん襲《おそ》われるという、物騒《ぶっそう》な夢です。

それでも、つぎの朝も明るくすっきりと夜があけました。地表にはなにやら秋めいた白い靄《もや》がかかり、空気はきりりと冷たく感じられます。しかし、まもなく日が東の空に赤々とのぼると、靄《もや》は消えてしまいました。もの影が地面に長くのびている早朝の時間に、一行はふたたび路上の人となりました。このようにして、さらに二日が過ぎました。このあいだに目にしたものはといえば、牧草や草花や小鳥、それにまばらな立木くらいなものです。ときたま、赤シカの小さな群れが、真昼の日差しを避けてのどかに木陰《こかげ》でいこったり、草の芽を食べたりしている姿に出会うこともありました。ときどき、ビルボは深い草むらからシカの角がつき出ているのを見かけましたが、最初のうちは樹の枯れ枝かと思いました。この三日めの夕方、みなの気分がとても急《せ》いていました。四日めの早い時刻には森の入口に到達していなければならないという、ビヨンの忠告があったからです。したがって、この日の一行は夕闇をおかし、深夜になるまで月光をたよりに進みつづけました。光がだんだん落ちてきたとき、ある時は右手のほうに、またある時は左手のほうに、黒々とした大きなクマが自分たちと同じ方向にむかって進んでいるのが見えたような気が、ビルボにはしました。しかし、思いきってガンダルフにそのことを告げると、ただそっけなく「シーィ、かまうんじゃない」と言われました。

翌日になりました。短い夜をすごした一行は、夜明けを待たずして出発です。しだいに明るくなってくるとともに、まるで森がこちらにかけ足で向かってくるように見えました。あるいは、まっ黒な壁がしかめつらをしながら、自分たちを待ちうけている――そんなふうにも感じられました。地面はしだいしだいに高くなってゆき、それにつれて、いわば沈黙の空気が自分たちの上にのしかかってくるように、ビルボは感じます。いまは鳥の声がまばらとなり、シカもいないし、ウサギすら姿をみせません。こうして午後にかわるころ、一行は〈闇の森〉の軒《のき》の先にまでたっしました。そして、森の外縁をかたちづくっている樹々《きぎ》の大きな枝が張り出している、そのような場所で、一行は休息をとったのです。樹々《きぎ》の幹《みき》は巨大そのもの、瘤《こぶ》でぐりぐりです。枝はねじけ、葉はというと、暗いほどびっしりと茂っています。また、蔦《つた》が樹々にからまっているばかりか、地面の上のいたるところに這《は》いずりまわっています。

「さあて、やってきたぞ。〈闇の森〉じゃ」とガンダルフが言いました。「北の世界で最大の森じゃ。どうだ、気に入ったかね？　諸君はここで、お借りしてきたすばらしい小馬たちを、送り返さねばならんのじゃ」

ドワーフたちの口からつぎつぎと不満の声が洩《も》れはじめましたが、ガンダルフは「愚《おろ》か者めが」と続けます。「諸君がどう思っているかは知らんが、ビヨンはそんなに遠くにいるわけじゃないぞ。それにいずれにせよ、約束は守っておくが得《とく》というものじゃ。ビヨンを敵にまわすとこわいぞ。君らは気づいておらんかもしれんが、毎晩暗くなってから、一匹のクマがわれらの動きにしたがって移動したり、月の光を浴びながら、遠くからわれらのキャンプを見張っておったぞ。バギンズ君のするどい目はとうに見つけておった。君らを守り、みちびいてやろうという心づかいもあろうが、小馬たちから目を離すまいという気持ちなのじゃよ。ビヨンはいまは君らの味方じゃが、動物たちを自分の子のようにかわいがっておる。自分の小馬たちにドワーフを乗らせて、しかもこんなにまで遠く、あんなスピードで走らせるのを許しておくという親切が、ビヨンにとってどれほどつらいことなのか、君らには分かっておらん。じゃから、小馬を森に連れていこうなどとしたら、どのような目にあうか、思ってもみんのじゃ」

「では、あなたの馬はどうなるのです？」とトリンが訊《き》きます。「送り返すとはおっしゃっていませんね？」

「ああ、言わなかったよ。送り返しはせんからな」

「じゃあ、ご自身は約束を反故《ほご》になさるのですか？」

「馬はわしが自分で面倒を見る。送り返すのではなく、わしがのって帰るのじゃ」

こんなわけで、ガンダルフがよりによって、この〈闇の森〉の入口で一行と袂《たもと》をわかつつもりであることが判明しました。一同は絶望的な気分となります。けれども、何をどう言っても、ガンダルフの決心をひるがえさせることはできません。

「もうすでに話しつくしたではないか、キャロックの上に降り立ったときにな」とガンダルフが答えます。「話をむしかえしても、ムダじゃ。すでに話したが、南のほうで緊急の仕事がわしを待っておる。君らにつきあっていたおかげで、もうすでに遅刻じゃ。すべてが片づくまえに、また君らと会えるかもしれん。むろん、会えない可能性だってある。それはひとえに君らのツキと、勇気と、知恵にかかっておる。それに、わしはバギンズ君を君らにプレゼントしたではないか。ほら、いったろう、君らに想像もつかないような能力が、このバギンズ君の中にはひそんでおるのじゃよ。そのことは、まもなく証明されよう。という具合だから、ビルボや、元気をお出し。そんな暗い顔をするものじゃない。がんばれ、トリン一味！　この冒険は君らが主人公なんじゃ。さいごに待っている宝のことだけを考えて、森とドラゴンのことは忘れるのじゃ。せめてあすの朝まではな」

その〝あすの朝〟がやってきても、ガンダルフはやはり同じことを言いました。こうなると、いまはもう、森の入口ちかくの澄んだ泉で皮の水筒を満たし、小馬の背から荷物を解くしかありません。かれらはなるたけ平等に荷物を分けました。しかしビルボは、自分の分はいやになるほど重いなあと感じました。こんな荷物を背にしょって、何マイルも、何マイルも歩かされるのかと思うとうんざりです。

「心配ご無用」とトリンが答えます。「あきれるほど早く軽くなってくれるさ。荷物がもっと重ければなあと、すぐにみんなが言い出すよ。食糧が底をついてくるとね」

こうしてドワーフたちは、泣くなく小馬たちにさよならを告げ、顔をわが家のほうに向けさせてやりました。小馬たちは、いかにも楽しげに駆けていきました。黒々とせまる〈闇の森〉に尻尾を向けられるのが嬉しくてたまらない、といったふうです。そのとき、小馬たちが去っていくのを眺めているビルボの目は、なにやらクマのような姿が樹々《きぎ》の陰から抜け出して、小馬の群れのあとをすばやく追ってゆくのを、はっきりととらえました。

さて、おつぎは、ガンダルフがみなに別れを告げる番です。ビルボはこのうえもなくみじめな気持ちで、地面に座りこんでしまいました。ガンダルフと一緒にあの大きな馬に乗れたら、どんなにか嬉しいことだろう！　ビルボはさっき（とてもお粗末な）朝食のあと、ほんの少しだけ森のなかに入ってみました。森の中は、朝なのに夜かと見まがう暗さで、それに妖《あや》しい、謎めいた雰囲気がただよっています。「何者かがこっちを見つめ、待ちかまえているような感じだ」とビルボは思いました。

「さらばじゃ、つつがない道中を」とガンダルフはトリンに言いました。「みなも、つつがなく。森をひたすらまっすぐに行くのじゃぞ。道からそれてはならんぞ。いったんそれたら、ふたたび道を見つけて、〈闇の森〉から出られる可能性は、千に一つじゃ。そうなったら君らは、わし——だけじゃない、どこの誰とも二度と会うことはできないぞ」

「ほんとうに、ここを抜ける必要があるんですか？」と、ビルボはうめくように言いました。

「いかにも。そのとおり」とガンダルフが答えます。「むこう側に行きたいと思うならな。ここを抜けるか、それとも冒険をなげ出すかの、どちらかじゃ。バギンズ君よ、今になって〝イチ抜ケタ〟をきめこもうなんて、このわしは許さんぞ。君がそんな了見《りょうけん》でいようとは、人ごとながら恥ずかしい。君には、わしになり代わって、ドワーフたちの面倒をみる義務があるのじゃよ」。こう言って、ガンダルフは高笑いしました。

「ちがう。ちがいますよ」とビルボは返します。「そんなこと言ってやしませんよ。そうじゃなくって、なんとか森を迂回《うかい》する道はないのですか？」

「なくはない。北に行くなら二百マイル、南ならその倍の距離を行って、また戻るのが嫌《いや》でなければね。じゃが、どっちに行ったところで、その道が安全という保証はない。こちら側の世界に一歩足を踏み入れれば、安全な道などないのさ。よろしいかな、そなたは〈あれ野のへり〉をすでに越えてしまったのじゃよ。だから、どこにゆこうと、いろいろと面白いことが待ちかまえているってわけさ。〈闇の森〉の北側をまわるには、〈灰いろ山脈〉のすその丘陵《きゅうりょう》に突入せにゃならんが、あのあたりには悪辣《あくらつ》きわまりないゴブリンや、ホブゴブリンや、オークやらが、[10]うじゃうじゃとおる。南に迂回《うかい》すれば、ネクロマンサーの土地に踏みこんじまう。[11]ビルボよ、あいつの黒い妖術の話は、そなたでさえよく知っておるじゃろう。あいつの暗黒の塔がにらみをきかせているような場所へは、金輪際《こんりんざい》、近づいてはならんぞ！　よいか、森の道をひとすじに行くのじゃ。意気をうしなわず、希望を高くもて！　ものすごいツキに遭遇《そうぐう》すれば、いつかはむこう側に出て、眼下に〈ほそなが沼〉がひらける…かもしれん。そのときには、はるか〈東〉の空に〈はなれ山〉が高々とそびえ、なつかしのスマウグ君が鎮座《ちんざ》しておるはずじゃ。かの御仁《ごじん》は、君らを待ちうけてなどおらんとは思うがね」

「まったくもう！　とても景気のいいお話ですな！」とトリンがうめきます。「さらば！　一緒に来ないのなら、そんな話をしていないで、とっとと去ってください」

「では、さらば！　ほんに、グッバイ――〝神のご加護を〟じゃな」。ガンダルフはそう言うと馬の首をぐるりとめぐらせて、西のほうへと下ってゆきました。[12] でも、どうしても最後の一言《ひとこと》を言っておかねばという気持ちに抗《あらが》えなかったのでしょう。声がとどくか、とどかないかのぎりぎりのところでこちらをふり返り、口に手をそえて叫びます。ドワーフたちの耳に、かすかな声が聞こえてきます。「グッバイ！　がんばれよ！　からだに気をつけろよ！　ゼッタイニ道ヲソレルナヨ！」

こう言うとガンダルフは馬の速度をあげ、ほどなく視界から消えてしまいました。「フン。サラバ！　さっさと去っとくれ！」。ドワーフたちは不機嫌につぶやきます。去られてほんとうに心細く感じている自分自身も情けなく、ふんだりけったりです。こうして、この旅のもっとも危険な部分がはじまりました。めいめいが重い荷と、自分の水の入った皮袋を背負い、明るい外の世界に背をむけて、森の暗闇《くらやみ》へと突入していったのです。

第8章　ハエとクモ

ドワーフたちの一行は一列縦隊《じゅうたい》で進みます。森の入口はおたがいに寄りかかっている二本の大きな樹です。まるでうす暗いトンネルに入っていくための、アーチ門のようです。苔《こけ》と蔦《つた》に息苦しいまでにびっしりとくるまれた老木なので、それ自身の葉は黒ずんだものがぱらぱらとついているだけです。道は細く、樹々《きぎ》の幹《みき》のあいだをうねうねと続きます。まもなく、この入口ははるか後方で輝く、一つのまぶしい点となりました。あたりは深い沈黙にとざされているので、一同の足音はドサッドサッと大きく響きます。かれらには、まるで樹々《きぎ》が自分たちの上に身をのりだして耳をすましている、というふうに感じられました。

うす暗がりに目がなれると、左右の樹々《きぎ》の奥にひろがる暗緑色《あんりょくしょく》の世界を、ほんの少しばかり見通すことができました。ときたま、はるか上のほうの、梢《こずえ》のすきまから好運にももぐりこんできたわずかな日の光が、さらにもっと好運なことに、もつれた大枝、だんごになった枝葉にも邪魔されることなく、か細くもまばゆい一条の光線となって、前途にするどくつき刺さっていることもありました。しかしそのようなことはごくごく希《まれ》で、まもなく、まったくなくなってしまいました。

この森には黒いリスが棲《す》んでいます。ビルボの鋭敏で好奇心にみちた目が暗がりになれ、ものがよく見えてくると、このリスたちが前方の道からするすると逃げて、さっと樹の幹《みき》のうしろに隠れるのが分かりました。また、下生えの茂みや、ところによっては地面の上に際限《さいげん》なく積み重なっている枯れ葉の山のなかで、何者かがモゴモゴとつぶやいたり、ゴソゴソ、ガサガサと動きまわったりする奇妙な音がときおり聞こえますが、ビルボにはその正体が分かりません。でも、なによりも気味がわるいのはクモの巣です。黒くて密なクモの巣です。糸は異様に太く、樹から樹にわたっていることもめずらしくなく、ときには左右どちらにも、低い枝にからみついています。ただし、道を横断してかかっているクモの巣は、一つもありません。魔法のせいなのかどうか、あるいは何か別に理由があるのか、それは想像もつきません。

この森はゴブリンの穴にまけず劣らず嫌《いや》だと、一同が感じるようになるまでに、さして時間はかかりませんでした。しかも、この森の果てしのなさは、ゴブリンの穴の比ではありません。それでも、ただ前進あるのみです。まもなく、お日さまや青空を一目見たいと恋いこがれ、さわやかな風を頬《ほお》に感じたいと希《ねが》いに希《ねが》って、気が狂いそうになりましたが、それでも、ただひたすら道を続けるしかありません。森の屋根の下では空気はまったく動くことなく、息のつまりそうな永遠の静寂《せいじゃく》と暗闇《くらやみ》にとざされています。日の目を見ずに、穴ぐらのなかで長期間すごすことに慣れているはずのドワーフですら、息苦しく感じたほどですから、ましてやホビット——穴に住むのが好みとはいうものの、夏の昼間などは外で過ごすことを喜ぶホビットのビルボが、じわじわと窒息《ちっそく》させられているような感覚をおぼえたとしても、なんの不思議もありません。

とくに夜が最悪でした。まっ暗なのです。墨《すみ》を流したような闇と俗にいいますが、それがここでは誇張でもなんでもない、現実の墨そのものです。まっ黒々で、ほんとうに何も見えません。ビルボは試しに鼻の先で手をひらひらさせてみましたが、ぜんぜん見えません。とはいえ、何も見えないと言ってしまうと、これは嘘《うそ》になります。〝眼〟が見えるからです。一同は、ひとかたまりに寄りそって寝ることとし、順番に見張りを立てました。ビルボの番がやってきたとき、なんと周囲の闇の中に、キラキラと輝く光の点が見えるではありませんか。ときには、黄色、赤、緑の眼が二つずつ、少し離れたところからこちらをじっと見つめていたかと思うと、しだいに微《かす》かになって消えてしまったのが、また別の場所で輝きはじめるなどということが、何度もおきました。また時には、頭の上、すぐそこの枝から二つの眼が、こちらを見下ろしているのに気づくこともあります。これは恐怖の一瞬です。が、ビルボにとっていちばん嫌《いや》だったのは、蒼白《あおじろ》くとびだした眼です。「こいつは昆虫の眼だ」とビルボは思います。「動物の眼じゃない。だが、それにしては大きすぎる」と。

　まだあまり寒い時候《じこう》ではないのですが、一行は、夜のあいだかがり火を焚《た》いておこうと考えました。ところが、この案はすぐに放棄せざるをえませんでした。なぜでしょう？　火におびき寄せられて、何百もの眼がぐるりにあつまってくるからです。どんな動物だか知らないが、かれらは決して、ちらちらと明滅《めいめつ》する明かりのなかに姿を見せるような、どじは踏みません。けれども、動物よりもっとまずいものがいました。それは蛾《ガ》です。ねずみ色の蛾《ガ》、まっ黒の蛾《ガ》、時には手のひらを広げたほどもある巨大な蛾《ガ》——何千もの蛾《ガ》が、ばたばた、しゅるしゅると、耳もとをかすめます。これはじつに耐えがたいものです。耐えがたいといえば、山高帽《やまたかぼう》のようにまっ黒な、巨大コウモリもまたそうです。このようなわけで、火を焚《た》くのはあきらめ、夜はこの巨大な妖《あや》しい闇のなかに座って、うつらうつら眠ることにしました。

　このような状況におちいってもう何年も、何年もたったように、ビルボには感じられました。ビルボはいつも空腹です。ドワーフたちは食糧の蓄えのことを、極端なまでに気にかけています。それでも、日に日が重なり、時間ばかりが流れてゆくのに、森のようすはあいかわらずということになると、一行の気持ちにあせりが生じてきました。食糧は永遠にもつわけではありません。事実、すでに底をつきはじめていました。そこでものは試しと、リスを射てみました。おびただしい数の矢をむだにしたあげく、ようやく仕止めたリスが道に落ちてきました。ところが、これを炙《あぶ》り肉にしてみるとひどい味であることが判明。これ以上リスを射ることはあきらめました。

　また、喉《のど》のかわきも深刻です。もともと腐るほど水を持ってきたわけではないし、ここまでの道すがら、泉も川もまったく見かけませんでした。さてこのような状態にあったある日のこと、ドワーフたちはゆく手を阻《はば》む、一本の川に出会いました。[1]　川は道を直角によこぎっており、水の流れこそ速く激しいとはいえ、川幅はさほどでもありません。水の色はまっ黒――すくなくとも、うす暗いこの森の中では、まっ黒に見えました。この川のことを、ビヨンが警告してくれたのは正解でした。警告がなければ、このような色の水でも飲んでしまったことでしょうし、土手に下りていって、空《から》になった皮水筒を満たしていたに違いありません。でも、このときのドワーフたちの頭には、濡れないで渡るにはどうすればよいかという思いしか浮かびませんでした。かつては木の橋がかかっていたようですが、いまは朽《く》ちはて、いくつか橋脚《きょうきゃく》の残骸《ざんがい》が残っているばかりです。

そのとき、川のふちに膝《ひざ》まずき、岸辺近くに、前方に目をこらしていたビルボが言いました。「むこう岸にボートがあるぞ。はがゆいなあ、どうしてこっち側じゃないんだ！」

「どれくらい離れている？」とトリンが訊《き》きます。ビルボの目が一行の中でいちばん鋭敏であることは、いまやだれしも認めるところです。

「そんなに離れてやしませんよ。十二ヤード［一一メートル］もないと思うな」

「十二ヤードだって！　すくなくとも三十ヤード［二七メートル］はあると思ったのだが。だが、わたしの目はもう、百年前のようには利《き》かないからな。だが、十二ヤードだって、一マイル［一・六キロメートル］だって同じことだ。跳びこせるわけじゃなし、徒歩《かち》渡ったり、泳いで渡る気にもなれないし」

「だれか、ロープ投げができませんか？」

「そんなことをしたって、何になる？　鈎《かぎ》の手がまんがいちにもうまく引っかかってくれたとしても、ボートはきっと繋《つな》がれているはずだろうが」

「繋《つな》がれてはいないような気がします」とビルボ。「もちろんこの暗さでは、絶対にとは言えませんがね。でも、ボクの目には、ただ土手に引き上げられているだけのように見えます。道が川に出会うところで、土手は低くなっているのです」

「いちばんの力持ちはドリだが、いちばん若くて、目がよいのはフィリだな」とトリンが言います。「フィリ、こっちにおいで。どうだ、バギンズ君が話しているボートが見えるかい？」

フィリは見えるような気がすると答えました。そこで、フィリがしばらくじっと目をこらして、だいたいどの方向なのか見定めているところに、他の者たちがロープを持ってきました。その中でいちばん長いのをえらんで、その端に大きな鉄の鈎《かぎ》の手をむすびます。ふだんは、荷物を肩ひもにひっかけるために用いている金具です。フィリはこれを手にとり、一瞬、重さをみるようなしぐさをしてから構えたかとおもうと、えいっとばかりにむこう岸めがけて投げました。

ばしゃーん、水中に落下！「短かすぎたね」。目をこらして見ていたビルボが言います。「あと数フィート［一フィートは約三〇センチ］長ければ、ボートの真上だったんだけどな。さあもう一度。濡れたロープの端を、ちょっとつかむくらいだったらだいじょうぶ。そんなに強い魔法じゃないさ」

そうは言われても、フィリは引きもどした鈎《かぎ》の手を、気味わるそうにつまみます。そしてこんどは、うんと力をこめて投げはなちました。

「ようし、そのまま」とビルボが言いました。「むこう岸の森の中にとどいたぞ。さあ、そっと引きもどして」。フィリはゆっくりとロープを手繰《たぐ》りよせます。少ししてビルボが言います。「そうっと！　いまボートの中！　うまく引っかかってくれるかな…」

成功！　ロープはぴんと張りました。が、フィリが引いてもうんとも動かず、キリが手伝ってもすんともしません。ついにオインとグロインも手伝います。引いて、引いて、あくまでもひっぱると、四人は突然しりもちをついて転《ころ》んでしまいました。しかし見張り役のビルボが、うまくロープをつかみます。そうして、川を渡って自分のほうに突進してくる黒い小舟を、木の棒ではらいのけました。「手をかして！」とビルボが叫ぶと、バリンがからくもボートを捕まえます。危ない、危ない。あやうく流してしまうところです。

「やっぱり繋《つな》がれていたんだね」と、ちぎれたもやい綱が、小舟の横に垂れているのを見ながら、バリンが言います。「みんなよくひっぱってくれた。こっちのロープの勝ちだ。でかしたぞ！」

「だれがいちばんに渡るの？」とビルボが尋ねます。

J・R・R・トールキン「闇の森」

「わたしだ」とトリンが答えます。「バギンズ君はわたしと一緒だ。それにフィリとバリン。これが一度に乗れる限度だろう。次はキリ、オイン、グロイン、ドリ。その次がオリ、ノリ、ビファー、ボファーの四人。そして最後が、ドワリンとボンバーだ」

「いつもボクが最後じゃないか。そんなのやだ」とボンバーは不満です。「今日はだれか他の人の番だよ」

「太っているのがいけないのだ。君は最後の、いちばん荷重《かじゅう》の小さい時でなきゃだめなのさ。命令に不服をいうな。そんな者には、何か悪いことがおきるぞ」

「オールがありませんよ。むこう岸まで、どうやってボートを押していくのです?」とビルボが尋ねます。

「もう一組、長いロープと鈎《かぎ》の手をくれ」とフィリが言います。準備がととのうと、フィリはこれを前方の闇の中に、なるたけ高く放りなげました。下に落ちてこなかったところをみると、枝に引っかかったものと見えます。

「さあ、乗るんだ」とフィリが言いました。「誰かが、むこう岸の木に引っかかったロープを手繰《たぐ》って進むんだ。もう一人、別のだれかが、最初に投げたほうの鈎《かぎ》の手を持っておく。ぶじむこう岸についたら、そいつをボートに引っかける。それを、こちら側から引きもどすってわけさ」

この方法によって、まもなく全員が、魔法の川のむこう岸にぶじ渡ることができました。最後のドワリンが、巻きとったロープを腕にかけて、ボートから這《は》いおり、（まだぶつぶつと言っている）ボンバーがそれに続こうとした、ちょうどその時のこと――悪いことが、ほんとうにおきてしまいました。道の前方に、ひづめの翔《かけ》る音がしたかと思うと、それがいきなり立派な雄シカの姿となって、闇の幕から飛び出してきました。シカはドワーフたちのまん中に飛びこんで、みんなをなぎ倒し、つぎのジャンプのために身がまえます。ビユーン――大きく跳ねたシカは、空中たかく舞い上がり、川をひとととびに越します。が、ぶじに対岸に降りることはできませんでした。このとき、ただ一人、トリンだけは倒れもせず、心もしっかりと持っておりました。ボートの番人がどこかに隠れていやしないかと、川を渡ると大急ぎで弓に矢をつがえていたのです。いま、トリンは、この矢を空中に舞い上がったシカにみまいます。必殺の一撃！　むこう岸に降りたったシカはよろめきました。その姿は闇に呑《の》まれて見えませんが、ひづめの音がみるみる乱れ、ぱたりと已《や》んでしまいました。

ところが、この上々の一撃に歓声をあげるいとまもあらばこそ、ビルボの恐ろしい悲鳴が響きわたり、シカ肉のごちそうのことなど、みなの頭から吹きとんでしまいました。「ボンバーが落ちた。溺《おぼ》れてるぞ！」。ビルボが叫びます。状況はまさにそのとおりでした。シカが突進してきて、頭の上を跳びこしたとき、ボンバーはようやく片足を地面に下ろした状態でした。ふらついたボンバーは、ボートを岸から蹴り返してしまい、ついで暗い水の中にもんどりうって落ちました。ボンバーの手は、岸辺に生えたぬるぬるの水草の根をつかんでいますが、いまにもすり抜けそうです。ボートはボートで、ゆっくりと回転しながら見えなくなってしまいました。

一同が岸辺に駆けもどったとき、ボンバーのフードの先は、まだ水面の上にありました。急いで鈎《かぎ》つきロープが投げられます。ボンバーの手がそれをにぎり、ドワーフたちはボンバーを岸に引き上げます。ボンバーが髪の毛から長靴の先まで、ずぶぬれなのは言うまでもありませんが、そんなことは何でもありません。ドワーフたちが岸辺に寝かせたとき、ボンバーはもうすでに、ぐっすりと眠りこけていました。片手はロープをがっしりとつかみ、指をほどくことすらできません。ドワーフたちがどんな手をうっても効果なく、ただひたすら眠りほうけるのでした。[2]

一同はこんなボンバーを見下ろしながら、わが身の不運をのろい、とんまなボンバーにいらだち、ボートをなくしたことを嘆《なげ》き、そのためにシカをさがしに行けなくなったことを恨《うら》み、なすすべもなく立ちつくしていると、森の中でかすかな角笛《つのぶえ》の響きがして、そうして遠くのほうで猟犬の吠えるような声が聞こえてきました。一同はさっと沈黙し、腰をおろして耳をすましました。音から推測するに、道の北のほうで、大規模な狩りが行われているもようです。[3] ただし、目には何も見えません。

一同はずっとそこに座りこんで待ちました。誰も、あえて動こうとするものはおりません。いっぽうのボンバーはというと、福々《ふくぶく》しい顔にしあわせそうな笑みをうかべて、眠りつづけています。みなの苦労など、もう自分とは関係のないことだといわんばかりです。そのとき、とつぜん、道の前方に数頭の白いシカが出現しました。さきほどの雄シカがまっ黒だったとすると、今度は雪のように白い一頭の雌シカと、その子どもたちでした。シカたちは闇のなかで白く光りかがやいています。トリンが叫ぶまもあらばこそ、三人のドワーフがはじかれたように立ち上がり、次々と矢を放ちました。けれども一本も当たりません。シカの群れはくるりと向きを変え、きたときと同じく、音もなく闇の中に融《と》けこみました。それでもドワーフたちは、消えたうしろ姿めがけて、むだな矢を射つづけます。

「やめ、やめ!」とトリンが叫びました。だけどあとの祭りです。興奮したドワーフたちは最後の矢までうちつくしてしまいました。せっかくビヨンがくれた弓も、もはやなんの役にもたちません。

この夜の一行は、まるでお通夜のようでした。このしめった気分は日がたつにつれて、いよいよびしょびしょになってきました。魔の川を渡れたのはけっこうなことですが、道はあいも変わらずぐねぐねと続くばかりで、森のようすにも変化のきざしは見えません。しかし、この森のことをもっとよく知っていて、狩りの音が聞こえ、白いシカ[4]が道に現われたことの意味をじゅうぶんに考えていたなら、自分たちがついに森の東端《ひがしはし》に近づきつつあることが、一行には分かっていたはずです。また、挫《くじ》けずに希望をたかく持ちつづけていたならば、まもなく、樹々《きぎ》がまばらになり、日光のさしこんでくる場所にふたたび出ていたはずでした。

けれども、このようなことを一行は知るよしもありません。それにいま、かれらの肩の上にはあらたにボンバーという重荷がくわわりました。あの重いずうたいを、なんとかかんとか運《はこ》んでゆかねばなりません。この疲れる仕事には、ドワーフが一度に四人ずつ、交代で当たることになりました。そしてその四人の荷物はというと、のこりの者たちが分けて担《かつ》ぐのです。ここにきて荷物が軽くなっていたからよかった(?)ものの、さもなくば、とうてい手におえなかったことでしょう。でも、同じ担《かつ》ぐなら、にやけて眠っているボンバーなんかでなく、いくら重くても、食べ物がぎっしりつまった荷物であったなら、どんなにか嬉しかったことでしょう。数日後、ついに運命の日がきました。飲み物も食べ物もすべて底をついたのです。森の植物を見ても、まともに食べられそうなものは何ひとつありません。かろうじて、なまっちろくて不愉快な臭《にお》いをはなつキノコや野草の葉っぱがあるかぎりです。

魔の川を渡ってから四日ほどたって、一行はほとんどブナの樹ばかり生えている場所にさしかかりました。最初、かれらはこの変化を喜びました。ここには下生えがぜんぜんないし、翳《かげ》もそれほど濃くありません。あたりには緑がかった光が充満し、場所によっては、左右の樹々《きぎ》のあいだをかなり奥まで見通すことすらできました。けれども、このように見通せたとはいっても、まるで何かたそがれ時の巨大な広間にでもいるかのように、灰色のまっすぐな幹《みき》がどこまでも、どこまでも、柱のように立ちならんでいるだけの話です。ここでは空気が動き、風の声が聞こえましたが、その音はいかにも寂《さび》しげです。かさかさと枯れ葉が落ちてくると、ああ、外の世界にはもう秋がやってきたのかと、しみじみと感じます。森の地面には昔からの無数の秋が落としていった木の葉が厚く散りしいており、この紅《あか》いカーペットから、古い枯れ葉が道のへりにまであふれ出しています。一行の足はそんな枯れ葉を踏みしだきながら歩きます。

ボンバーはなおも眠っています。一行の疲労感がいやましに募《つの》ります。ときおり、どこからともなく、どきりとするような笑い声が響いてきました。また、遠くのほうで歌が聞こえることもありました。笑い声といってもゴブリンの声ではなく、美しい声帯《せいたい》から響いてくる声です。ただし、歌声は美しいのですが、どこかしらぶきみなので、これによって心なぐさむことはなく、むしろこんなところはご免だとばかりに、かれらは、残されたあらんかぎりの力をふりしぼって、道の先を急ぐのでした。

二日後、道は下りとなりました。やがて一行は、谷の中に入りました。周囲に生えているのは、ほとんどが隆々《りゅうりゅう》たるカシの樹ばかりです。

「このいまいましい森に、果てはないのだろうか」とトリンが言いました。「だれか樹に登って、てっぺんから首を出して、あたりを見まわせないものかなあ。道に枝を張り出している、いちばん高い樹をえらぶしかないが」

「だれか」というのは、言うまでもなくビルボのことです。この役目をはたすには、てっぺんの葉っぱよりも、さらに上に頭を突き出さなくてはならない。そのためには樹の先の先の、いちばん細い枝にものれるくらい、体が軽くなければならない。しかるがゆえに、ビルボ…、ということになるのでした。気のどくなバギンズ君は、樹登りの経験などあまり持ちあわせておりません。だけど、いきなり、一本の巨大なカシの樹の、道にはみだしてきている、いちばん下の枝に押し上げられてしまいました。こうなったらもう、全力をつくして、登ってみるほかありません。ビルボはもつれあった枝をかきわけ――何度も眼にピシャリと跳ね返しをくらい――ながら登ります。大枝の古皮《ふるかわ》がはげるので、手足は緑色にそまってぬるぬる。つるりとすべって落ちかけて、危うく枝につかまったことも一度や二度ではありません。そうして、うまくつかまれる枝がまったくなさそうな、むずかしい場所を、大汗をかきながら乗り越えると、もうそこは、ほぼてっぺんです。ここまで登りながら、ビルボはずっと考えていました。この樹にクモはいないのだろうか、帰りは、（落っこちれば話はかんたんだが、そうでない場合には）どうやって下りるのだろうか、と。

　ついに、ビルボの頭が、葉っぱの屋根の上にぴょこんとつき出しました。ああいるいる。クモが。うじゃうじゃと。ただし、ここにいるのは、通常の、小さなサイズのクモで、狙うのは蝶《チョウ》ばかりです。とつぜんの光に、ビルボは目がくらみそうになりました。はるか下からドワーフたちの叫ぶ声が聞こえますが、ビルボは答えることもできず、枝につかまって、目をぱちくりするばかりです。太陽のきらめきは眩《まば》ゆいほどで、ずっと目をあけていられるようになるまで、そうとう時間がかかりました。やがて、ビルボは周囲を見わたします。まわりはどこまでも、深緑色《ふかみどりいろ》の海また海。そよ風をうけて、そこここに波が立っています。そして、そこかしこに無数の蝶《チョウ》の群れ！　カシの森の上を好む、〝紫の皇帝〟[5]と呼ばれる蝶《チョウ》の仲間だと思われますが、色はぜんぜん紫でなく、ビロードのようにつやつやと黒びかりのする蝶《チョウ》で、斑点《はんてん》ひとつありません。

　ビルボはしばらくのあいだ、この〝黒い皇帝〟にみとれていました。そして、頬《ほお》や髪をなでていく風の感触を存分に楽しみました。けれども、ついに、ドワーフたちが痺《しび》れをきらして下で足を踏みならし、叫び声をあげはじめたので、自分の本来の仕事のことを思い出しました。ああ、だめです。どんなに目を凝《こ》らしても、樹々《きぎ》が果て、葉っぱの尽きるところは、どの方向にも、認めることができません。久しぶりにお日さまをおがみ、風の感触を楽しんだおかげでふわりと浮いた心は、ふたたび、ずしんとからだの底に沈んでしまいました。下にもどっても、もはや食べ物はないのです。

実際のところは、さきほども述べたように、森のへりから遠からぬところにまで来ていたのです。そればかりか、もしもビルボにそれだけの才覚があったならば、森がどれくらい先まで続いているのか、この位置からは分からないはずだということが、見抜けていたはずです。というのも、ビルボの樹は背が高いには高いけれども、大きな谷の底ちかくに生えているので、そのてっぺんから眺めれば、どちらを見ても樹々の壁が上にむかってせり上がっているのが道理なのです。いってみるなら、大きなすり鉢の底にいるようなものです。ビルボにはこのことが分からず、絶望で胸がはりさけそうになりながら、下にむかっておりてゆきました。ようやくのことに、すり傷だらけで、ふうふうと大汗をかいている、みじめそのもののビルボが、ふたたび地上の人となりました。下におり立った瞬間には、暗闇《くらやみ》のせいで何も見えません。そしてビルボの報告のせいで、ドワーフたちもみじめな気持ちとなりました。

「どの方向を見ても、どこまでも、どこまでも、どこまでも森が続いているだと！　いったいどうすればよいのだ？　ホビットを偵察《ていさつ》に出しても、なんの役にもたたないじゃないか！」と、まるで悪いのはビルボだと言わんばかりに、ドワーフたちはわめきました。ビルボが蝶《チョウ》の話をしても、ドワーフたちはとりつく島もなく、さわやかなそよ風の話をすれば、怒りの炎に油をそそぐようなものでした。それを味わおうにも、ドワーフのずっしり重いずうたいでは、とうてい登るわけにはゆかないのですから。[6]

その夜、一同は、残った食べ物のかけらや切れはしをすべて寄せあつめて、さいごの食事をとりました。そして、翌朝、目がさめていちばんに意識したことは、あいかわらず、お腹がきりりと痛むほどひもじいということでした。つぎに意識したのは、今日は雨がふっており、森の地面のあちこちに、ぽたぽたと重いしずくが落ちてくるということです。この雨を目にすると、こんどは自分の喉《のど》がひりひりに渇《かわ》いていることを思い出しました。しかも渇《かわ》きをしずめる手だてはありません。巨大なカシの樹の下に立って、舌の上にときたましずくが垂れかかるのを待っていても、強烈な渇《かわ》きはいやされません。けれども、唯一《ゆいいつ》のなぐさめが、思いがけなくもボンバーによってもたらされました。

ボンバーがとつぜん目をひらき、頭をかきながら座ったのです。ボンバーには、自分がいまどこにいるのか、どうしてこんなに空腹なのか、ぜんぜん理解できません。もうずっと以前の、あの五月の朝[7]出発して以来おきたさまざまの出来事を、すっかり忘れてしまったのです。憶《おぼ》えている最後の出来事といえば、ビルボの家に集合したときのことですから、それ以後に経験したたくさんの冒険の物語を信じさせるのは、ひと苦労でした。

食べ物は何もないと聞かされると、ボンバーは地べたにぺたりと座りこんで、泣き出しました。そして足がへなへなの、がくがくだとわめきます。「なぜわざわざ目をさましたのだろう?」。ボンバーは泣き言をならべます。「とてもすてきな夢を見ていたんだぞ。ボクは森の中を歩いていた。この森にそっくりだけど、樹々《きぎ》にはタイマツがかかり、枝からはランプがぶら下がり、地上ではたき火が燃えている。大宴会が行われて、それが永遠につづくのさ。樹の葉の王冠をかむった森の王さまがいて、愉快な唄がうたわれ、言葉に尽くせないほどのごちそうや飲み物が、続々と出てくるのだよ」

「言葉に尽くせなくてさいわいさ」とトリンが返します。「食べ物の話しかできないのなら、黙っているがいい。もうすでに、君のことでは、みんなすっかり頭にきているのだ。もしもずっと目がさめなかったら、そのまま放っていって、ひとり森の中で、愚にもつかない夢を見ていていただくところだったのだぞ。何週間もろくに食べないでも痩《や》せてくれない君は、伊達《だて》や酔狂《すいきょう》じゃはこべないぜ」

いまは、空《から》っぽのお腹《なか》をぎゅっとベルトで締めあげ、空のリュックや荷物を背負って、とぼとぼと道をたどるよりほかに、どんな手だてもありません。さて、ゆきだおれて餓死する前に、森を抜けられるものやら、あまり希望はもてません。悄然《しょうぜん》として、一行は終日《しゅうじつ》道をつづけます。とてものろのろと、疲れた足をひきずってゆくのです。ボンバーは、もう足が一歩も前に出てくれないだの、寝ころんで眠りたいなどと、しきりに泣き声でうったえます。

「おい、だめだめ!」と一同が答えます。「われわれがこんなに遠くまではこんできてやったのだから、こんどは、ひとつ、君の足どのにご足労《そくろう》ねがうさ」

ところが、ふいにボンバーが、これ以上はもう一歩も先に進めないといって地面に身を投げだしました。「行かなきゃならないなら、どうぞ行ってくれ」とボンバー。「ボクはここに寝て、食べ物の夢をみるさ。そうでもしないことには、手に入らないのだからね。もう二度と目がさめなきゃいい」

そして、まさにこの瞬間のこと、すこし前を歩いていたバリンが叫びました。「あれっ、いったい何だろう？　いま森の中で何か光ったような気がしたのだが」

全員が目をこらして見つめます。すると、やや距離がありそうですが、暗闇《くらやみ》を背景に、赤い光のまたたくのが見えました。そうして、その横に次々と新たな光がともります。ボンバーさえもが立ち上がり、みんなで団子《だんご》になって突進しはじめました。こうなったらもう、トロルでもゴブリンでも知ったことではありません。光は道の前方、左側に見えます。そうして、ついに、光がま横に見える位置にまでやってくると、タイマツとたき火がいくつも樹々《きぎ》の下で燃えているらしいということが判明しましたが、それは道からずいぶん逸《そ》れたところでした。

「まるでボクの夢が現実になりそうだ」。ハアハア息を切らせながら、いちばんうしろを走ってきたボンバーが、あえぎあえぎ言いました。今すぐにでも森に突入して、火の見える方向へと走り出さんばかりのいきおいです。けれども、のこりの者たちには、ガンダルフとビヨンの忠告が、痛いほど身にしみています。

「生きて帰れないんじゃ、ごちそうなんてなんの意味もないさ」とトリン。

「でもごちそうがなきゃ、ボクら、もう先が長くないよ」とボンバーが言い返し、ビルボもこれに心から賛成しました。一同はさてどうしようかと、一歩進んでは二歩さがる式の、堂々めぐりの議論を、延々《えんえん》とおこないました。そうしてついに出た結論は、何人かの斥候《スパイ》を派遣《はけん》し、明かりの近くまで忍んでいって、もっとようすをさぐらせようというものでした。けれども、誰を派遣《はけん》するのかという段になって、折りあいがつきません。これは危険な賭《か》けです。へたをすると皆とはぐれ、二度と仲間のもとに戻れないかもしれません。だれも〝自分が〟と言い出す気になれないのは当然です。しかし、最後には、空腹が難問に決着をつけてくれました。ボンバーが、夢の中で森の宴会に登場したごちそうの数々をぐじぐじと言いたてるものですから、もうたまりません。厳しい忠告もあらばこそ、みんなうちそろって道をそれ、森のなかに突入してしまいました。

そっと音を消しながら、時には腹ばいになって、そうとう進んだところで、一同が樹の幹《みき》のうしろからそっと首を出すと、そこは樹々が伐《き》りはらわれ、たいらに整地された空き地となっていました。おおぜいの人がいます。エルフのように見えます。みな緑や茶色の衣服をまとい、伐《き》った樹を輪切りにした椅子を大きく円形にならべて座っています。その円のまん中にはたき火が燃え、周囲の樹々《きぎ》にはタイマツが結《ゆ》わえられています。でも、もっとも目をひくのは…、かれらが飲み、食べ、愉快に笑っている光景です。

肉の焼ける、香ばしい匂《にお》いにはあらがえません。ドワーフたちは、たがいに相談するまももどかしく、全員が立ち上がり、われがちに輪の中へと殺到しました。思いはただ一つ――食べ物をめぐんでもらおうというのです。いちばんの者が空き地に足を踏み入れたとたん、明かりがすべて魔法のように消えました。また、だれかがたき火を蹴りあげたので、火の粉のロケットが舞い上がり、空中で消えました。一同は完璧な闇の中に取りのこされ、まごまごするばかり。おたがいがどこにいるのかさえ分かりません。ともかく、しばらくはそんな状態が続きました。みんな闇の中を狂ったように歩きまわり、丸太《まるた》につまずいたり、樹におもいっきり衝突したりしながら、大声で呼んだりわめいたり。周囲何マイルもの森の住人が、一人残らずこれで目をさましたろうというほどの、大騒ぎです。こんなありさまでずいぶんと時間を過ごしたあとで、ようやくのことに、かれらは一箇所に集合し、おたがいの体に触れあいながら数を確認しました。けれどもこのころになると、当然のことながら、もと来た道がどちらの方角にあるのかまるで分からなくなりました。こうして一同は道に迷ってしまったのです。もうすっかりお手上げです。すくなくとも、朝になってくれないことには、手の打ちようがありません。

こうなると、今いるこの場所で、一夜を過ごすしかありません。またはぐれてしまうのが怖《こわ》いので、地面の上をさぐって食べ物のかけらをさがすことすらできません。けれども、横になってまもなくのことです。ちょうどビルボが眠気を感じはじめたころ、最初の見張り番だったドリが、大きな囁《ささや》き声で言いました。

「あっちのほうで、また明かりがついてきた。さっきよりもたくさんあるぞ」

みんないっせいにとび上がりました。たしかに、そう遠くない場所で、何十もの明かりが、ちらちらと光を放っています。また、話し声、笑い声もはっきりと聞こえます。かれらは一列になり、光のほうにむかってそっとにじり寄っていきました。それぞれが、自分のすぐ前の人の背中に手をおいています。近くまでくると、トリンが言いました。「こんどはとび出してはだめだ。私が合図するまで。じっと隠れているのだ。まずはバギンズ君にひとりで行ってもらい、話をしてもらうことにする。バギンズ君だったら、むこうも怖《こわ》がらない。――（「じゃあ、このボクはどうでもいいの？」とビルボは思います）――それに、バギンズ君にはひどいことはしないと思うよ」

明かりの輪のへりのところまで来ると、ビルボはいきなりどすんと背中を押されました。指輪をはめるいとまもあらばこそ、ビルボはたき火とタイマツが煌々《こうこう》と燃えているまっただ中に、まろび出ました。こんどもうまくゆきません。すべての明かりがぱっと消え、あたりはまたしても漆黒《しっこく》の闇。

さきほども一箇所に集まるのが困難でしたが、こんどはもっとひどい状態となりました。どうしても、ホビットが見つかりません。何度数えても、十三人きりなのです。ドワーフたちはいく度も、いく度も呼びました。「ビルボ・バギンズよ。ホビットよ！　ホビットンマ！　おーい、ホビ公！　もうお前なんかサーラバイバイだぞ！　どこにいるんだい？」。こんな調子でさんざん呼んだものの、ビルボの答えはありません。

こうして、一同がほとんどあきらめかけた時のことです。まったくの偶然で、ドリがビルボに足を引っかけました。暗闇《くらやみ》で倒れこんだとき、ドリは丸太《まるた》かと思いましたが、次の瞬間に、それが丸まって眠りこけているホビットだと気づきました。さんざん揺すられ、ようやく目をさましたビルボはとても不機嫌です。

「すごく楽しい夢を見ていたのに」と、ビルボは文句たらたらです。「最高にごうかなごちそうを食べていたんだぞ」

「おやおや、こいつまでボンバーみたいになっちまったぜ」とドワーフたち。「夢の話なんてまっぴらさ。夢のごちそうじゃお腹がふくれないし、みんなに分けることもできないじゃないか」

「このいまいましい森では、あれ以上のごちそうなんかとても手に入りそうにないね」。ビルボはなおもぶつくさ言いながら、ドワーフたちの横に寝て、もう一度あの夢に戻るべく、眠りにつこうとしました。

けれども、森の中に明かりがともったのは、これが最後ではありませんでした。のちほど、夜がさらに闌《た》けてきてから、見張りをしていたキリがまた一同を起こして言いました。

「ほんの近くで、火が盛大に燃えはじめたぞ。きっと、とつぜん、魔法の力で何百ものタイマツやたき火に火がついたんだ。あの歌声とたて琴の音《ね》を聞いてみろよ」

ドワーフたちは、しばらく、寝たまま耳をすましていました。けれども、かれらは、近くに行ってもう一度援助を乞《こ》わずにはいられない気持ちが、自分の心を抗《こう》しがたいほどに捕らえているのに気づきました。そこでふたたび腰をあげます。ところが、今回の結末は悲惨でした。いまドワーフたちの目にうつった宴会は、先ほどよりも豪華《ごうか》で盛大《せいだい》です。客たちは横一列にずらりとならび、上座《かみざ》には、金色の髪[9]に木の葉の王冠をかぶった、森の王が座しています。まさにボンバーが話した、夢の中の人物にそっくりです。エルフたちはお椀《わん》を手から手へ、そしてたき火ごしにまわします。たて琴を弾く者も何人かいますが、多くの者は唄をうたっています。輝く髪には草花のかんざしを差し、緑や白の宝石が襟《えり》やベルトの上できらきらと光を放っています。どの顔《かんばせ》も、どの唄も、ほんとうに楽しそうです[10]。大きな澄んだ歌声が美しく響いているなかに、トリンが進んでゆきました。

ことばが途中でとぎれ、完全な沈黙の幕がおりました。タイマツがすべて消えました。たき火は黒煙となって空に消えました。灰や燃えさしがドワーフたちの眼にとびこみ、森はふたたび、かれらの叫び、わめく声でいっぱいになりました。

はっとわれに返ると、ビルボは駆けまわっています。同じ場所をぐるぐる回っているのだと、自分では思っています。そうして、「ドリ、ノリ、オリ、オイン、グロイン、フィリ、キリ、ボンバー、ビファー、ボファー、ドワリン、バリン、トリン・オウクンシルド」と、たえず大声で呼びつづけます。いっぽうドワーフたちのほうでも、ビルボからは目にも見えないし、手で触《さわ》ることもできませんが、あらゆる方角から、同じように叫んでいます（ただし、こちらの呼び声には「ビルボ」がときおり混じります）。けれども、ドワーフたちの声はしだいに遠くへ、遠くへと薄れてゆきました。しばらくたつと、はるか遠くで、助けを求める悲鳴に変わったような気がしましたが、それもついには止んでしまいました。こうしてビルボは、完全な闇と沈黙の中に取りのこされてしまいました。

ビルボにとって、この時ほどみじめな気分になった瞬間はありません。けれども、ほどなく気をとりなおし、夜が明けて、いささかなりとも明るくならないことには何をしてもむだだ、朝ご飯を食べて元気をとりもどす見こみさえないのに、このまま、ただやみくもにうろつきまわって、いたずらに自分を疲れさせるのは愚の骨頂《こっちょう》だと、考えました。そこで、腰をおろして樹にもたれ、はるか遠くのわがホビット穴、そのすてきな食料貯蔵室のことを、頭に思い描きはじめました。ああ、こんなみじめな想いもこれが最後であればどんなによかったことでしょう！

さて、こうしてベーコン卵《エッグ》やバターをぬったトーストのことを、夢中になって考えていた、ちょうどその時のことです。ビルボは自分が何者かに触《さわ》られていることに、気がつきました。左手に、ねばねばとする、強力な糸みたいなものが感じられます。そうして体を動かそうとすると、すでに両足が、この同じ物質に包みこまれているではありませんか。ビルボは立ち上がろうとして、つんのめってしまいました。

クモです！　巨大なクモが、まどろんでいるビルボを、ぐるぐる巻きにしようとしています。そいつがいま、うしろから前にまわって、襲《おそ》いかかってきたのです。ビルボには敵の眼だけしか見えません。けれども、おぞましい糸でビルボの体をぐるぐる巻きにしようとする、あの毛むくじゃらの足の感触は、まさしくクモ以外の何ものでもありません。このとき、ビルボがすばやくわれに返ったのは好運でした。あと一瞬おそければ、ぬきさしならぬ状況におちいっていたことでしょう。小さなクモがハエを痺《しび》れさせるように、敵はビルボに毒を注射して、おとなしくさせようとしているまっ最中でした。自由になろうと、ビルボは死にものぐるいで戦いました。なんとか遠ざけようと、最初は素手《すで》でパンチを食らわせましたが、しばらくしてビルボは剣のことを想い出し、抜きはらいました。こするとクモはさっとうしろに跳びのいたので、そのすきに足にからんだ糸を切りはなします。さあ覚悟しろよ、こんどはこっちの番だ！　このようなとがったものを腰につるした敵に、クモがあまりお目にかかったことがないのは確かです。でなければ一目散《いちもくさん》にすっとんで逃げたはずです。なおもぐずぐずしているクモに斬《き》りかかったビルボは、えいっとばかりに眼に剣をつき立てました。狂ったように跳びあがり、撥《は》ねまわるクモ。八本の足が断末魔《だんまつま》の苦しみに痙攣《けいれん》します。ビルボはとどめをさしました。そしてその瞬間にばったりと倒れ、そのあと長々と意識を失っていました。

目がさめると、いつもながらの昼間の森のうす明かりがビルボをつつんでいます。脇《わき》にクモの死骸《むくろ》が転《ころ》がっており、剣の刃《やいば》には、どす黒いしみがついていています。しかし、自分は大グモをやっつけたのだ、それもドワーフや、ガンダルフどころか誰の手もかりずに、暗闇《くらやみ》のなかで、自分一人の力でやってのけたのだという気持ちが、わがバギンズ君を別人にしてしまいました。そう、もはやかつての自分ではないという感じといいますか、お腹《なか》は空っぽですが、なんだか逆に堂々と腹《はら》がすわって、体中に闘志がみなぎってくるような――そんな感覚をおぼえながら、ビルボは剣を草でぬぐい、鞘《さや》にしまいました。

「お前に名前をあげよう」。ビルボは剣にむかって話します。「今からお前は〝スティング〟だ」

ビルボは探索をはじめます。あたりは暗く、ひっそりと静まりかえっています。けれども、何をおいてもまず仲間を捜《さが》さねばならぬことは、いうまでもありません。エルフたちに捕まりでもしないかぎり（それよりもっとひどいことだってありえますが）、そう遠くに行ったはずはありません。けれども、大声で呼ぶのは危険な気がします。もと来た道はどっちだろう、ドワーフたちを捜《さが》すのに、まずどの方角に行くべきなんだろうと、ビルボは長々《ながなが》と思案しました。

「あーぁ。どうしてビヨンとガンダルフの戒《いまし》めを聞いておかなかったのだろう」。口から出るのは嘆《なげ》きの一節《ひとふし》でした。「おかげでボクたちはみんな、とんでもない目にあってるってわけさ。〝ボクたち〟だって？　〝ボクたち〟なら言うことないさ。そもそも、一人ぼっちなのがまずいんだよな」

昨夜「たすけて！」という悲鳴が聞こえてきたのは、どっちの方角だったのだろう？　ビルボは必死になって思案します。そうして「えい、こっちだ」と当てずっぽうで決めたわけですが、このあとすぐにご覧いただくように、結果としては好運にも（ビルボは生まれながらに運にめぐまれているのです）それがほぼ正しかったのです。こうして心を決めたビルボは、ありったけの知恵をはたらかせながら、歩を進めてゆきました。すでにお話ししましたが、ホビットは音をかき消すのが大得意です。そしてその真骨頂《しんこっちょう》は森の中を行くときに発揮されると言っても、過言《かごん》ではありません。けれども、いまはそればかりか、歩きはじめる前に例の指輪をはめました。これのおかげで、ビルボの近づいてくるのが、クモたちには、見えも、聞こえもしなかったのです…。

ぬき足、さし足でしばらく進むと、前方に、濃密《のうみつ》な黒い翳《かげ》に沈んだ場所が見えました。何もかも暗いこの森の中でも、ひときわ濃く黒ずんでいます。まるでそこにだけ、深夜の闇が立ちもとおっているかのようです。もっと接近してみて、その正体が分かりました。無数のクモの糸が前後左右からぐるぐる巻きにからみついた、お団子《だんご》だったのです。それと同時に、ビルボの目に、上のほうの枝にすわっている、身の毛もよだつ巨大なクモたちの姿が飛びこんできました。これを目にすると、指輪をはめていようがいまいがお構いなし――見つかりはしないかと、ビルボは恐怖にうちふるえるのでした。そこで、ビルボは樹のうしろにそっと身をひそめ、何匹かの群れをじっと見つめます。そうして耳をすますと、森の静寂《せいじゃく》の中をつたって――はて、何だろう？――ヒスヒス、キシキシ、というような音が聞こえてきました。そうだ、あの見るもおぞましい連中はたがいに話をしているのだと、ビルボは気がつきました。まことにかすかな音ですが、かなりのことばを聞きとることができました。なんとクモたちは、ドワーフのことを話しているではありませんか！

「ずいぶん手こずらせやがったが、まああれだけのことはあるってことよ」と一匹が言います。「たしかに皮はぶ厚くってまずそうだけど、その下にはうまい汁がたんまりさ」

「ああ、ちょいと吊《つ》るしておけば、きっとうまくなるよ」と二匹めが答えます。

「でも、吊《つ》るしすぎちゃあいけないぜ」と三匹めのクモ。「もうちょい肥《こ》えていても、いいところだがな。ここんとこ、ろくにエサ食っちゃいないな」

「殺《や》っちまえ」と四匹め。「絞《し》めておいてから、干《ほ》すってのはどうだい」

「もう、いまごろはお陀仏《だぶつ》だよ」と一匹め。

「いいや。たったいま、もぞもぞしてるのがいたぜ。たのしいお寝《ね》んねから、お目ざめってわけさ。ほら、見てろよ」

こう言って、肥《ふと》ったクモの一匹がロープの上を走りはじめました。やがてクモは立ち止まりましたが、そこには例のお団子《だんご》が一ダース、高い枝から一列に吊《つ》るされているではありませんか。ビルボは鳥肌《とりはだ》がたちました。いままで闇にまぎれて気づきませんでしたが、よく見ると、下からドワーフの足の生えている団子《だんご》があります。また、あれやこれやの団子《だんご》から、鼻の先や鬚《ひげ》やフードの端がつき出しています。

いっとう丸々と肥《ふと》ったお団子《だんご》のところにクモは行き――「きっとボンバーのやつだ、かわいそうに」とビルボは思います――つき出している鼻の先をぎゅっとつねりました。くぐもった悲鳴が中から聞こえ、足がとび出し、クモのことを思いきり蹴《け》りました。ボンバーはまだ生きている！　べこべこのサッカーボールを蹴《け》ったみたいに、ボコンという音がして、怒ったクモが枝から落ちますが、かろうじて吐いた糸にぶら下がりました。

見ていた連中は、いっせいにげらげらと笑います。「ほーんとだ。ぴんぴんしてらあ」

「すぐに始末してやるからな」と頭にきたクモが、枝に這《は》い上がりながら言いました。[11]

いまこそ行動すべき時だと、ビルボは思いました。こちらから枝に上がっていって攻撃するなど論外《ろんがい》ですし、射るべき弓も矢もありません。が、ビルボは周囲を見まわしました。ここには、もともと小川があったらしく、小石がごろごろと転《ころ》がっています。ビルボはただちに、手にしっくりと合うすべすべで卵形の石を見つけました。ところで、ビルボの石投げの腕前はそうとうなものです。子どものころ、いろんな標的に石を投げる練習をしたものでした。その結果、ビルボが身をかがめると、ウサギやリス、それに小鳥までもが稲妻《いなづま》のように逃げ去るまでになりました。大人になってからも、ビルボは、輪投げ、ダート、弓、ボール投げ、九柱戯《きゅうちゅうぎ》やその他、標的をねらって投げるたぐいのゲームを好み、熱心に行いました。[12]これまで読者の皆さんにくわしくご紹介する機会がありませんでしたが、ビルボの特技はパイプの煙の環《わ》、謎々、料理のほかに、まだまだたくさんあるのです。とはいえ、いまここでいちいち紹介している暇などありません。ビルボが石を拾っているあいだにも、クモはボンバーの脇《わき》にやってきました。ぐずぐずしていると、ボンバーの命はない…。ヒュウ！　この瞬間、石が飛びました。ドスッ！　石が頭にあたり、意識を失ったクモは、あえなく樹から落ちます。ドサッ——地面に激突、一ちょう上がり。クルリとクモの足が巻き上がります。

ヒュルルル…。次なる石は大きな巣を突きぬけ、糸を切ってしまいました。そのさい、巣の中に鎮座《ちんざ》していたクモにバシッと命中、クモは即死です。こうなるとドワーフのことなどどこへやら、クモの村は上を下への大混乱におちいりました。クモたちには、ビルボの姿が見えません。それでも、石が飛んでくる方向は、じゅうぶんに推測がつきます。すわとばかりにクモどもは、地上を走り、糸にぶら下がって、ビルボに向かってきました。そして移動しながら上下左右どこへでも、やみくもに長い糸を吐きちらすものですから、空一面にクモの糸の波がかかっているかのようです。

けれども、ビルボは、そっと別の場所へと移動しました。このとき、怒り狂ったクモどもをおびき寄せて、ドワーフたちからどんどん引き離していこうというアイデアが頭に浮かびました。あいつらを焦《じ》らせ、煽《あお》りたて、怒らせるのだ。それも全部いっぺんにやってのけるのだ！　五十匹ほどが、さきほどビルボのいた場所に行った頃あいを見はからって、この連中と、あとに残った連中に、ふたたび石を投げつけました。そうして、樹々《きぎ》のあいだを踊りながら、唄をうたいはじめます。クモをみんな怒らせておびき寄せようというわけですが、仲間に自分の元気な声を聞かせてやりたい、という気持ちもあります。

ビルボの唄はこのようでした。

老いぼれブタグモ、てんてこまい。
老いぼれブタグモ、目はふしあな。

　クモ助やーい、クモ助やい。[13]
　糸吐きなんか、もうよせば？
えりゃけりゃ、ボクを見《め》っけてごらん。
ウドの大木、でくのぼう
ウドの大木、目はふしあな。
クモ助やーい、クモ助やい。
　樹を下りたらどうなんだい？
樹で魚が釣れますかってんだ！

たいした出来《でき》ばえではありませんが、たいへんな状況の中で、とっさにでっち上げねばならないのですから、まあ、こんなものでしょう。いずれにせよ、ちゃんと目的を果たしてくれたことだけは確かです。歌いながらさらに石を投げ、足をふみ鳴らします。クモどもは、ほぼ全員がビルボについてきました。地面に下りた者もいれば、枝の上を走って、樹から樹へと飛びうつったり、暗い空間に新たな糸を吐きわたす者もいます。クモたちが音に向かってくる速度は、ビルボの予想をはるかに超えていました。というのも、クモたちは恐ろしいくらい憤《いきどお》っていたのです。石を投げられるなど論外《ろんがい》ですが、それは別にしても、クモは〝クモ助〟と呼ばれると頭にくるのです。それに、〝でくのぼう〟というのは誰にとっても侮辱《ぶじょく》です。

　大急ぎで、ビルボはあらたな場所に移動しました。ところが、クモたちは手分けして、自分たちが棲処《すみか》にしているこの空き地の別々の場所へと散ってゆき、糸を吐くことによって樹の幹《みき》と幹《みき》のあいだを、すべて埋めつくそうとしました。クモの巣のぶ厚い壁にぐるりを囲まれて、敵が捕まるのは時間のもんだいだ——というのが、少なくとも、クモ側のもくろみです。こうして捕物《とりもの》と罠《わな》づくりに熱中するクモのまっただ中で、ビルボは勇気をふるって、ふたたび唄をはじめます。

バカグモ、ドジグモ、マヌケグモ。[14]
糸吐き、巣づくりに、おおわらわ。
ボク、どこの誰よりもおいしいよ。
どうした遅いぞ、まだ見えないの？

ほらほら、ハエさんはこっちだよ。
ブタグモさんは、からだがおもい、
やってもムダムダつかまらないよ。
やぶれかぶれの、クモの巣ではね。

歌いおえてからふり向くと、二本の高木のあいだに残っていた最後の空間が、クモの糸で埋めつくされていました。ところがなんとも好運なことに、これはしっかりとこしらえた巣ではなく、極太《ごくぶと》のクモの糸を、大急ぎで幹《みき》から幹《みき》へといく度か往復させただけの、やっつけ仕事でした。キラリ——ビルボの剣が光ります。ビルボは糸をずたずたになぎ払うと、なおも歌いながら逃げました。

クモたちには（それが何であるか分からないとは思いますが）剣が見えました。するとただちに、全員が、雪崩《なだれ》のようにビルボのあとに従いました。地をはう者、枝をわたる者——どのクモも毛むくじゃらの足をふりたて、ハサミをパシパシ、尻の糸穴をピシピシ鳴らしながら、目はとび出し、口からは憤怒《ふんぬ》の泡《あわ》をブクブクと噴《ふ》きだしています。ビルボは、樹々《きぎ》の奥の、もうこれ以上はおっかなくて進めないというところまで、クモを誘導しました。そうして、ネズミよりもこっそりと、もと来た道をとって返しました。

あたえられた時間はごくわずかです。そんなこと、ビルボは百も承知です。まもなくクモたちはうんざりして、ドワーフが吊《つ》るされている樹のところに戻ってくるでしょう。その前に、仲間たちを救わなければなりません。いちばんの難事《なんじ》は、そもそも〝お団子《だんご》〟がぶら下がっている長い枝に、どうやって登るかです。本来ならどうしてよいか、途方にくれてしまうところですが、もっけの幸いで、クモが糸を一本垂らしたままにしてくれています。糸はねばねばで、手のひらがひりひりしますが、ともかくもこれの助けをかりて、ビルボはよじ登ってゆきます。登りきったところには、性悪《しょうわる》でぶよぶよ、よぼよぼのクモが待っていました。これは獲物の見張りとして居残ったクモで、どいつがいちばん汁気《しるけ》たっぷりだろうかと、夢中になってドワーフたちをつねっています。横着《おうちゃく》にも、仲間の留守をよいことに、ひとり宴会をはじめてやれなどとたくらんだわけですが、そこはバギンズ君の手練《てだれ》の早わざ、敵が「あれっ」と思うまもなく、剣の一刺し。クモの死骸《むくろ》が枝から転《ころ》げて落ちました。

つぎなる仕事は、ドワーフの解放です。さて、どうすればよいのでしょう？　下からこの枝まではそうとうの高さがあります。つるしている糸をただパチンと切断すれば、あわれドワーフはドシンと地面に叩きつけられましょう。ビルボはもぞもぞと枝をつたってゆきました。そのため、ドワーフたちは熟《う》れた果実かなんぞのようにプルンプルンと揺れます。やがてビルボは、一番目の〝お団子《だんご》〟のところに着きました。

「フィリかキリだな」と、てっぺんからのぞいている青いフードの先端を見て、ビルボは思います。さらに、ぐるぐる巻きの糸のすきまから、長い鼻の先がつき出ているのをみて、「たぶんフィリだ」と確信します。ビルボは前かがみになり、なんとか、フィリを巻いているねばねばの強い糸の大部分を切断しました。そうすると、ぐいっと足を伸ばし、もぞもぞと身をよじりながらそこに現れてきたのは、なるほどたしかにフィリです。両脇《りょうわき》にクモの糸をはさんでぶらさがり、こわばった手足をぎくしゃくと振りながら、もぞもぞ踊りをおどっているフィリの姿を見て、ビルボは悪いと分かっていても、思わず笑ってしまいました。糸の上でピエロがひょこひょこと動く、滑稽《こっけい》な玩具《おもちゃ》そっくりだったからです。

ビルボはなんとかかんとか、フィリを枝の上にひっぱり上げることができました。救われたフィリは、ありったけの力をふりしぼって、ビルボに手をかします。とはいえ、フィリは気分が悪く、ふらふらです。クモの毒にくわえ、息をするため鼻だけをつき出したぐるぐる巻きの状態で、昨夜から今日にかけてずっとつり下げられていたのですから、それも当然の話です。眼や眉《まゆ》から、ねばねばの糸をはがすのは大仕事でした。鬚《ひげ》にいたっては、その大部分を切ってしまわねばなりませんでした。さて、二人は力を合わせて仲間を次々とひっぱり上げ、剣で切り開いてやりました。誰も彼もひどいありさまで、まだフィリがいちばん元気なくらいです。満足に息ができなかった者もおり（ほらね、長ったらしい鼻だって時には役にたつでしょ？）、はげしく毒にやられた者もいるのでした。

こんな具合にして二人はキリ、ビファー、ボファー、ドリ、ノリを救いました。あわれボンバーはもうぐたぐで――いちばん肥《ふと》っているので、しょっちゅうつねったり、こづかれたりしたのです――ごろりと枝から落ちてしまいましたが、どさりと落ちたところが、好運にも積もった落ち葉の上でした。ボンバーはそこに大の字に寝たまま、もぞりとも動きません。ところが、まだ枝の先のほうにドワーフが五人も残っているところに、クモたちが三々五々《さんさんごご》戻ってきました。ふつふつと怒りに煮えたぎっています。

ビルボはただちに枝をつたって、幹《みき》の近くにゆき、登ってきたクモたちを追い落としにかかります。フィリを助けるときに指輪をはずし、そのまま忘れていたので、クモたちは口々にヒスヒスと叫びはじめました。

「今度は見えるぞ。こしゃくな小僧め。からからに吸って、骨と皮を木に吊《つ》るしてやるぞ。うへー、あいつ、とげとげの針をもってんだな。いいさ、いいさ。捕まえて、一、二日逆《さか》さづりにしてやるさ」

その間《かん》、ドワーフたちは仲間を救うために、ナイフで糸を断ち切ろうと必死に働いています。まもなく全員が自由の身となるでしょうが、そのあとどんな展開になるのか、予想もつきません。昨晩はいとも易々《やすやす》とクモにつかまってしまいましたが、それは暗闇《くらやみ》の中で不意うちを食らったからのはなし。こんどはそうはさせません。壮烈《そうれつ》な戦いの予感がします。

とそのとき、地面にのびていたボンバーのまわりに、クモが集まっていることに、ビルボがふと気づきました。ボンバーをふたたび縛りあげ、引きずってゆこうとしているではありませんか。「あっ」と叫んだビルボは、目の前のクモに斬《き》りかかりました。敵はすばやく後退します。そこでビルボはするすると樹を下り、クモたちのまっただ中に降り立ちました。クモにとって、とがった針のような武器はおなじみですが、ビルボの剣のようなのには、はじめてお目にかかります。剣はあちらへひらり、こちらにはらりと舞いおどり、クモを刺しては、喜びにピカリと光ります。たちまちのうちに六匹が死骸《むくろ》となり、クモたちはボンバーを残して退却しました。

「下へ、下へ」と、ビルボは枝のドワーフたちにむかって大声で指示しました。「そんなところでぐずぐずしていると、捕まるぞ」。クモたちが周囲の樹にぞくぞく駆けのぼり、枝づたいに、ドワーフの頭上にたっしようとしています。

ドワーフたちはいっせいに樹の幹《みき》をつたったり、とびおりたり、さらには落ちたりで、十一人が地面の上に集合しましたが、みんながみんなよろよろで、まともに歩けさえしません。さてこれで、兎《と》にも角《かく》にも十二人がそろいました。ただし、気のどくなボンバーは、いとこのビファーと弟のボファーによって、左右から支えてもらっています。ビルボはひとりスティングを振るって、八面六臂《はちめんろっぴ》の活躍です。たいする敵は、怒りくるった数百匹のクモ――四方八方、真上からも斜め上からもとりまいて、ギョロ眼で一同をにらみつけています。状況は絶望的にみえました。

戦いがはじまりました。ナイフを持っているドワーフもいれば、棒を持ったドワーフもいます。石は誰もがひろえます。そしてビルボにはエルフの剣がありました。いく度も、いく度も、クモは押し返され、多くの犠牲者を出しました。でも、こんなこと、永久に続けるわけにはゆきません。ビルボはもうほとんど息が切れかけています。ドワーフたちのうち、まともに立っていられるのは、たったの四人…。一同が精《せい》も根《こん》もつき果てて、ハエのように捕まるのはもはや時間の問題です。クモどもはふたたび樹から樹へと、ぐるりに網を張りめぐらせはじめました。[15]

もうこうなったら、仲間たちに指輪の秘密を明かさずばすむまいと、ビルボはついに腹を決めました。とても残念ですが、背に腹はかえられません。

「ボクはいまから姿を消す」とビルボ。「なるたけクモを引きつけておくから、君たちはかたまって、逆のほうに行ってくれ。あそこを左だ。そっちがエルフのたき火を最後に見た方角だ」

みなに事情をのみこませるのは、至難《しなん》のわざでした。頭がもうろうとしているうえに、大声でわめきながら、石を投げては、棒を振りまわしているのですから。けれども、クモが包囲網《ほういもう》をせばめてきて、もうこれ以上は待てないと思う瞬間がやってきました。とつぜん、ビルボは指輪をはめました。ビルボの姿がふっとかき消えて、ドワーフたちの驚いたこと！

ただちに「ドジグモ」だの「クモ助やろう」だのという声が、右手の樹々のあいだから聞こえてきました。クモたちはどぎもを抜かれました。クモたちは前進をやめ、なかには、はやくも声のする方向に駆けだしていった者もいます。「クモ助やろう」と言われて、クモは怒りのあまり目がくらんでしまいました。そこで、ビルボの計略をいちばんよく理解したバリンが、攻撃の指揮をとります。一同は寄りあつまって、ひと塊《かたまり》になりました。そして小石の一斉射撃《いっせいしゃげき》をかけながら、クモ軍の左翼《さよく》にむかって突撃《とつげき》し、包囲網から脱出しました。ところがそのとき、今の今までうしろのほうから聞こえていたビルボの声が、ぱたりとやんでしまいました。

捕まっていませんよう！　すがるような気持ちでビルボのぶじを祈りながら、ドワーフたちは先を急ぎます。でも、そんなに速くは進めません。疲労こんぱいのうえに、気分も悪いので、うしろにクモの群れの迫っていることが分かっていながら、ふらふらのよろめき歩きしかできません。そのいっぽうで、次々と追いすがってくる敵をやっつけるために、一再《いっさい》ならずふり返って、戦わねばなりませんでした。そうこうするうちに、何匹かのクモが頭上の樹々にたっし、長いネバネバの糸を吐き落としはじめました。

またもや、そうとうまずい状況となってきたかに見えたそのとき、ビルボがふいに姿をあらわし、驚いたクモたちに、側面から不意うちを食らわせました。

「止まるな、止まるな！」。ビルボの必死の叫びです。「ボクが剣で片づける」

ビルボの剣がうなります。前後に、また左右へと、とどまるところを知りません。クモの糸を断ち、クモの足をなぎはらい、至近距離《しきんきょり》にこようものなら肥《ふと》ったからだにずぶりとひと刺しです。クモたちは怒りくるい、口から泡《あわ》をとばしながら、悪口雑言《あっこうぞうごん》のかぎりをつくしました。ところがそのいっぽうで、クモたちはスティングに強烈な恐怖感をいだきはじめており、このようにまた戻ってきたことが分かると、あえて近づこうとはしなくなりました。

こうして、口では恐ろしい呪《のろ》い文句を吐くものの、かれらの獲物たちがゆっくりと――でも着実に遠ざかっていくのをみすみす許した、というわけです。けれども大車輪《だいしゃりん》で活躍中のビルボにとっては、なまなかなことではありません。戦いはいつまでも、いつまでも果てないような気がしました。そうして、剣を振り上げることが、もうこれ以上は一度たりともむりだと感じられた、まさにその瞬間のことです。クモたちが、とつぜんあきらめてしまいました。それ以上追うことをやめ、落胆《らくたん》しながら暗い巣へと引きかえしていきました。

このときドワーフは、自分たちが円形の空き地のへりに来ていることに気づきました。昨晩見たものと同じかどうかは分かりませんが、かつてここでエルフがたき火を行ったらしいようすがうかがえます。このような場所には、なにかしらよき魔法が移《うつ》り香《が》のように残っていて、それをクモたちはきらうようなのです。それはそれとして、この光はよそよりも緑色で、樹々の枝の重なりもうすく、不気味さもやや和《やわ》らいだかの感があったので、かれらはようやく休んで、ひと息つくことができたのでした。

しばらくは、ふうふう、はあはあと息をつきながら、全員がひっくり返ったままです。でも、まもなく、ドワーフたちの質問の嵐がはじまりました。姿を消すトリックの話になると、その一部始終について、懇切《こんせつ》ていねいな説明を聞くまでは承知しませんでした。とくに興味を引いたのが指輪発見のいきさつで、話を聞きながら、ドワーフたちは自らの苦境《くきょう》をしばし忘れるほどでした。なかでもバリン！　指輪のくだりを正しい場所に入れなおして、もう一度ゴラムの物語――あの謎々合戦やなんかの話を、すっかり聞かせてもらいたいとせがむのでした。[16]けれども、しばらくして夕闇がせまってくると、ほかの質問が出はじめました。今はいったい、どこにいるんだろう？　もときた道はどこにあるのだろう？　食べ物はどこにあるのだろう？　次はなにをしようか？　こうした質問が、いく度も、いく度も、一同の口をついて出るのですが、それに対してちっぽけなビルボが答えることを、どうやら、かれらは期待しているらしいのです。このことを見ても、ドワーフたちがビルボへの見方をずいぶん変えたということが分かります。それに――まさしくガンダルフが予言したとおり――ビルボに大きな敬意をはらうようになってきました。というわけで、ドワーフたちが、自分たちを救ってくれるすばらしい名案をビルボに期待したというのは、大《おお》真面目《まじめ》の話であり、たんに心の鬱屈《うっくつ》を何でもいいから口に出した、というわけではないのです。もしもビルボがいなかったら、自分たちの命は、いまごろは風前《ふうぜん》のともし灯《び》だったはずだということを、ドワーフたちは痛いほど感じています。だからこそ、かれらはビルボにくり返し、くり返し、礼を言いました。なかには、わざわざ立ち上がって、ビルボの前に深々とぬかずく者たちさえおりました。ただし、そのおかげでよろけてしまい、しばらくは、立ち上がることもできませんでしたが…。姿を消すトリックのことを聞いてしまっても、ビルボへの敬意が小さくなることは、ぜんぜんありません。ビルボにはたしかに魔法の指輪もあり、ツキもあります。でも、それ以上に、知恵にもめぐまれており、こうしたものがすべて備わっているというのは、とても役にたつことなのです。[17] こうして、ビルボは褒《ほ》めちぎられたので、やはり自分には、腹のすわった冒険家ふうなところがホントウにあるのではないかと感じはじめたしだいです。ただし、なにか食べ物があれば、もっとしっかりと腹のすわった感じがしたところですが。

ところが、その食べ物がまるっきりありません。また、何かをさがしに出かけたり、もときた道をもとめて出歩こうという元気のある者も、ひとりもいません。そう、〝もときた道〟といえば、ビルボの疲れた頭に湧《わ》いてくるのは、ただその考えばかりです。ビルボは、呆然《ぼうぜん》と前方に目をやって、どこまでも続く、樹々《きぎ》のつらなりを眺めています。しばらくすると、一同はふたたび黙ってしまいました。ただ一人の例外はバリンです。みんなが目と口を閉じたあとも、バリンはくすくす笑いながら、ひとりごちます。

「ゴラムだって。ほんとに、まあ。道理で、そばを通られても気がつかなかったわけだ。これで分かったぞ。そうっと忍び足ですり抜けたってわけか。なあ、バギンズ君よ。入口のところにボタンが飛び散ったって？　よくやったぞ、ビルボ君。え、ビルボ君。ビル…ボ…ボ…ボ…」。話しながらバリンは眠りにおちました。しばらくは、完全な沈黙があたりを領します。

ふいにドワリンが目を開き、みんなのほうをふり返りました。「トリンはどこにいるのだろう？」

これは恐ろしいショックでした。――ここにいるのは、全部で十三人。分かりきった話です。十二人のドワーフと、ホビットが一人。それだけです。いったい全体、トリンはどこなんだろう？　どんな不運が、トリンに降りかかったのだろう？　よこしまな魔法？　それとも凶悪《きょうあく》な怪物？　と、悪い想像をしながら、森で途方《とほう》にくれた一同は身をふるわせます。そうしてひとり、またひとりと眠りにおちました。ぞっとする夢にうなされてばかりの、やすまらない眠りです。こうして夕方のうす明かりも消え、暗黒の夜がふけてゆきました。さて、疲労こんぱいの極にたっし、見張りを立てたり、交代で夜番《よばん》をするよゆうすらないドワーフたちには、しばらくこのまま眠っていていただいて、われわれは目をトリンに転じましょう。

　トリンは彼らよりもずっと早い段階で、囚《とら》われの身となりました。皆さんは憶《おぼ》えていますか？　エルフたちの光の輪の中に入ったビルボは、ばたりと倒れ、丸太《まるた》のように眠りこけてしまいましたが、そのつぎにエルフに向かっていったのは、トリンでした。明かりが消えたとき、トリンは魔法をかけられ、どさりと石のように倒れました。夜闇《よやみ》のなかで迷子になったドワーフたちのにぎやかな騒音も、かれらがクモにつかまって縛られた時のけたたましい悲鳴も、翌日の壮絶な戦いの阿鼻叫喚《あびきょうかん》の騒動も、眠りこけているトリンにとっては、知らぬが仏でした。こうしてすべてが終わったあとで、〈森のエルフ〉たちがやってきて、トリンを縛りあげ、はこび去りました。

　いまさらいうまでもありませんが、宴《うたげ》に興じていたのは、〈森のエルフ〉です。〈森のエルフ〉はけっして悪い連中ではありません。ただひとつ欠点があるとすれば、よそ者をやたら警戒するということでしょうか。かれらには強力な魔法があるはずなのに、あの当時ですら、その警戒心ときたら並たいていのものではありませんでした。〈森のエルフ〉は〈西〉の〈高貴なエルフ〉とは違う系統で、〈高貴なエルフ〉に比べると、こちらのほうがはるかに危険で、それほど聡明でもありません。というのも、かれらの多くは（山々や丘陵《きゅうりょう》にちらばっている血縁の者たちをふくめて）、西の〈妖精の国〉[18]へは行かなかった古代種族を祖先としているからです。そもそも、エルフたちは西の〈妖精の国〉に行き、長い歳月をそこで過ごすことによって、叡智《えいち》と学問と美貌《びぼう》にみがきをかけ、そうして魔法やたくみな技《わざ》をあみだすことで、かずかずの美しいものを創り出してきました。〈光のエルフ〉しかり、〈深いエルフ〉しかり、〈海のエルフ〉しかりです。[19]そうしてこのような者たちのなかには、〈広い世界〉に戻ってきた者もありました。これに対して、〈森のエルフ〉は〈広い世界〉を去ったことが一度もなく、ずっと、このわれわれの世界のうす暗い〈太陽〉と〈月〉のもとにとどまったのです。けれども、かれらがこよなく愛するのは星でした。今はもう消滅してしまった土地に高々と育っていた大森林の中を、〈森のエルフ〉たちはさまよいながら生活していました。でも、いちばん好んで住むのは森のへりです。[20] ここならば、ときには、月や星のきれいな夜に草原にくりだして、狩りもできれば、馬を乗りまわすことだってできます。人間がやってきてからは、かれらはいよいよ黄昏《たそがれ》や宵闇《よいやみ》を好むようになりました。とはいえ、かれらがエルフであることに違いはありません。そしてエルフであるかぎり、〈善き人々〉なのです。

この当時、〈闇の森〉の東端《とうたん》のへりから、数マイル［一マイルは約一六〇〇メートル］入りこんだところにある大きな洞窟に、〈森のエルフ〉を統《す》べる大王が住んでいました。洞窟の、巨大な石の扉のまえには、一本の川が流れています。源を森の中の高地に発し、ここを通過したあと、樹々《きぎ》の密集した丘のふもとにひろがる湿原《しつげん》へと流れ出してゆきます。この巨大な洞窟からは無数の小さな洞窟が、それこそ四方八方に枝分かれしていますが、本道じたいも曲がりくねりながら地下深くにたっしており、その途中には、さらに多数の通路や広間ができています。けれども、ゴブリンの洞窟とくらべて、はるかに明るく健康的で、またあれほど深くも、危険でもありません。じつのところ、王の家来たちは、ほとんど森に住んで狩猟《しゅりょう》ざんまいの生活をおくっており、地面の上や樹々《きぎ》の枝のあいだに、家や小屋をもっています。とくにブナがかれらのお気に入りです。洞窟は王の宮殿であり、宝物をたくわえる大きな金庫であり、いざ戦いとなると、家来たちが拠《よ》って戦うべき砦《とりで》ともなります。

洞窟は、しかしまた、囚人を閉じこめるための牢獄でもあります。というわけで、エルフたちはトリンを洞窟へとひきたててゆきました。手荒なあつかいとなったのは、エルフたちがドワーフによい感情をいだいておらず、トリンのことを敵だと思ったからです。大昔、かれらはドワーフのいくつかの部族と戦争をしたことがありました。ことの発端《ほったん》は、かれらがドワーフたちのことを、宝物泥棒ときめつけたことでした。ただし、公平な立場から、これとはちがったドワーフの側の説明をも記しておくべきでしょう。当然もらうべきものをもらっただけのこと、というのがドワーフたちの言い分です。〈エルフ王〉は金銀を加工する契約を自分たちと結んだのに、のちになって報酬の支払いを拒《こば》んだというのです。[21] さて、〈エルフ王〉に弱点があったとすれば、それは宝物に目がないことでした。とくに、銀や、白く光る宝石を前にすると、前後の見境《みさかい》がなくなります。そして、すでに宝物蔵《ほうもつぐら》は満ちているというのに、まだまだ貪欲《どんよく》にほしがります。古代の〈エルフ王〉たちが所有していた宝物には、まだとうていおよばないというのです。エルフたちは、貴金属や宝石を掘り出したり、細工したりということはしません。また、商《あきな》いをしたり、畑を耕したりなどといったことにもほとんど関心がありません。こうしたことはすべてドワーフにとっては常識ですが、トリンの一族は、いまお話ししたエルフとドワーフの戦争とは無関係でした。そんなわけで、呪文がとかれて目のさめたトリンは、エルフたちの手荒なあつかいに怒りました。何をされても、黄金や宝石のことはひと言ももらすまいと、思いの臍《ほぞ》を固めたしだいです。

トリンが連れてこられると、〈エルフ王〉はトリンを厳しい目で見据《みす》え、たくさんの質問を投げかけました。けれども、トリンはただ「腹が減った」と答えるばかりです。

「わたしの家来が楽しく宴《うたげ》をひらいているときに、お前たちはなぜ三度も攻めかかってきたのだ？」と王が尋ねました。

「攻めなどしてはいない」とトリンは答えます。「腹ぺこだったので、食べ物を乞《こ》おうとしただけだ」

「仲間は今どこにいる？　何をしている？」

「知るもんか。きっと森で飢《う》えているだろうよ」

「森で何をしていたのだ？」

「食べるものと飲むものを、さがしていたのだ。腹が空いていたのでな」

「そもそも、なぜ森に入ったのだ？」。王が怒声をあげます。

事ここにいたると、トリンは貝のように口を閉じて、それ以上、ひと言もしゃべろうとしませんでした。

「けっこうだ」。王が言いました。「連れていけ。腹をわって話す気がおきるまで、閉じこめておけ。百年でも待ってやろうじゃないか」

家来たちはトリンを皮紐《かわひも》でしばり、頑丈《がんじょう》な木の扉のついた、もっとも奥まったほら穴まで連れていって閉じこめました。トリンは食べ物と飲み物をあたえられました。上等のものではないにせよ、量だけはたっぷりとあります。さすがに、そこは〈森のエルフ〉。ゴブリンとは大ちがいで、最悪の敵を捕虜《ほりょ》にしても、むやみに不当なあつかいはしないのです。ただしそうは言っても、巨大グモばかりは話が別で、そちらについてはこれっぽっちも容赦《ようしゃ》しません。

こうして〈エルフ王〉の地下牢に、あわれトリンはからだを横たえました。そして、ともかくもパンと肉と水があたえられた最初の感動がうすれると、不運な仲間たちはどうなったのだろうかと、悩みはじめました。そのことをトリンはまもなく知ることになりますが、それは次の章のお楽しみです。それによってまた新たな冒険がはじまり、ビルボはふたたび男を上げることになります。

第9章　樽に乗ったる脱出劇

巨大グモとの戦いの翌日となりました。ビルボとドワーフたちは飢《う》えと渇《かわ》きで死ぬ前に、ともかくもういちど出口をさぐってみようと、最後のあがきをしました。一行は重い腰をあげ、重い足をひきずって歩きます。進む方向は十三人のうち八人が「道はこっちだ」と考えた方向です。けれども、その推測が正しかったのかどうか、けっきょく分からずじまいとなりました。というのも、森にさす、ただでさえ乏《とぼ》しい明かりがしだいにうすれ、ふたたび夜の闇があたりを浸《ひた》そうとしたころのことです。とつぜん、ぐるりに無数のタイマツがともり、まっ赤な星のようにギラギラと輝きました。そうして、弓と槍《やり》をかまえた森のエルフたちの姿が踊りでたかと思うと、一同に停止を命じました。

戦おうなどと思うものは、誰ひとりいません。ドワーフたちは、捕まるのがただただ嬉しいというような情けないありさまです。が、かりにそうでなくても、持っている武器が小さなナイフだけというような状況では、暗闇《くらやみ》で鳥の眼を射ると称されるエルフの弓をむこうにまわして、[1]歯の立ちようがありません。というわけで、かれらはすなおにぱたりと立ち止まり、腰をおろして待ちました。けれども、ビルボは指を指輪にすべりこませ、すみやかに片脇《かたわき》によりました。こうして、エルフたちはドワーフを長々と数珠《じゅず》つなぎにして数をかぞえましたが、ビルボだけは見つからず、その数にも入らなかったというわけです。

エルフたちは捕虜《ほりょ》をつれて、樹々《きぎ》の深いしげみに分け入りました。ビルボは行列のタイマツからじゅうぶんに距離をとって、とことことついて行くのですが、足音を聞いた者もいなければ、気配を感じた者もおりません。ドワーフは、みな目隠しをされました。でも、目隠しなど、あってもなくても同じことです。申し分なく目が使えるビルボでさえ、いったいどこに向かっているのかさっぱり分からないし、そもそもビルボにしても、ドワーフにしても、最初に自分のいた場所がどこなのか知らないわけですから。ビルボはタイマツの明かりについて行くのが精いっぱいでした。ドワーフたちが疲れてへとへとと、半病人のようなありさまだったにもかかわらず、エルフはあらんかぎり急《せ》かせました。急ぐようにとの、王の命令を受けていたからです。とつぜん、タイマツの行進が止まりました。ビルボがようやく追いついたとき、一同は橋を渡りかけていました。川のむこうが王の宮殿です。橋の下には水が暗く、速く、激しく流れています。渡りきったところが門で、洞窟の入口になっています。洞窟がもぐりこんでいる山腹《さんぷく》は、とても急な斜面となっており、びっしりと樹々《きぎ》におおわれています。群生するブナの大木は、川のすぐ際《きわ》にまで下りてきており、根が水に洗われているほどです。

エルフはドワーフたちの尻を押すようにして、橋を渡らせました。けれども、うしろについたビルボはしばしためらいます。洞窟の入口のたたずまいがどうにも気に入らないからです。とはいえ、ぎりぎり最後の瞬間に、仲間を見捨ててなるものかと決心を固め、あわてて最後尾《さいこうび》のエルフのうしろにつきました。渡りおえるやいなや、大きな門の扉がガシャーンと閉じました。

洞窟の通路は、タイマツの赤い光で照らされていました。歌いながら行進してゆくエルフの衛兵たちの声は、七曲《なまが》がり八曲《やま》がりの道にこだまして響きます。ここの通路はゴブリンの街《まち》とはずいぶん違っています。あれほど大規模でも、地中深くにもぐってもいないし、空気ははるかに清らかです。大広間につきました。山の原石から刻み出された柱が立ちならんでいます。そして、彫刻をほどこした木の椅子に、〈エルフ王〉[2]が座っていました。頭《こうべ》の上には、野イチゴや紅葉《もみじ》を織りなした王冠をいだいています。これは秋の王冠です。春には、森の野花《のばな》の王冠をかぶ

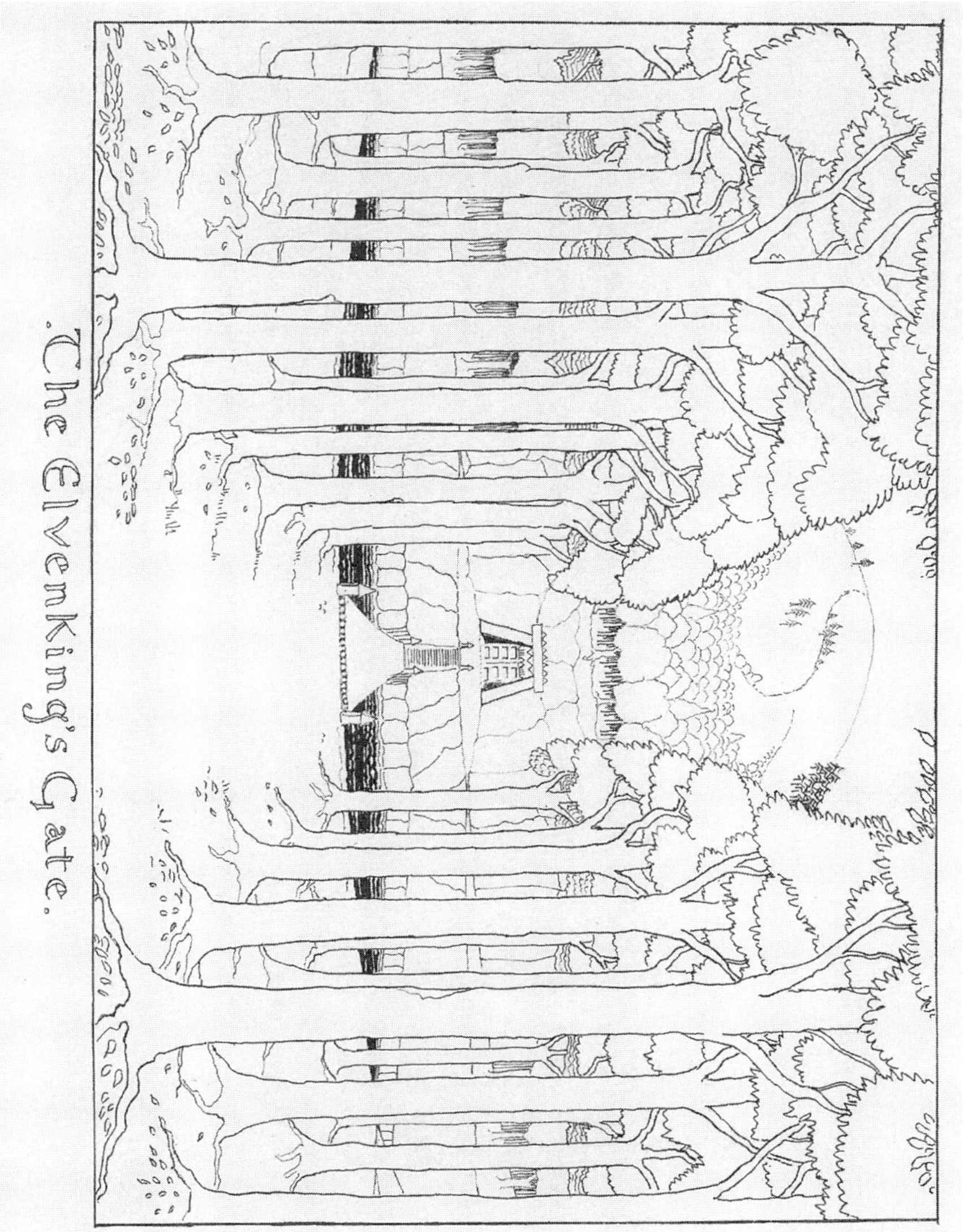

「エルフ王の門」

ります。王は彫刻つきの、カシの木の杖[3]を手ににぎっていました。

王の前に、囚《とら》われの者たちが引き立てられてきました。王はけわしい表情でにらみつけたものの、ドワーフたちの縛《いまし》めを解いてやるよう命じます。くたくたに疲れはてていることが、どうみても明らかだったからです。「だいいち、ここでは縄《なわ》など必要ない」と王が言います。「扉は魔法で開くから、いったん中に連れてこられれば、逃げることなど不可能なのだ」と。

いったい何をしていたのか？　どこに行こうとしているのか？　どこから来たのか？　などと、王の質問がきびしく、執拗《しつよう》に続きました。けれども、トリンと同様、ドワーフたちは玩《がん》として口を割りません。かれらは腹を立てており、不機嫌そのものです。ていねいな口をきこうという、そぶりさえ見せません。

「王さんよう、われわれが何をしたとおっしゃるんですかい？」と、残された中で最年長のバリンが言いました。

「森で迷ってなにが悪いのです？　腹を空かせ、喉《のど》が渇《かわ》くのが罪ですか？　クモに捕まるのが犯罪ですか？　あのクモは王さんの家畜ですか？　ペットですか？　あいつらが殺されて、そんなに悲しいんですかい？」

こんな言い方をされて、王が烈火《れっか》のごとく怒ったのは、当然の話です。王は答えました。「許可なくわが領地をうろつくのは犯罪だ。お前らはわしの国に入り、わしの家来どもがつくった道を通っていたのだ。まさか、知らなかったなどとは言わないだろうな。森で、家来どもを三度も追いまわして、煩《わずら》わせたのはいったい誰だ？　らんちき騒ぎをしでかして、クモを刺激したのはどこの誰だ？　あれだけの迷惑を引き起こしたのだから、お前らは、なぜ来たのか、わしに説明しなければならぬ。もしも、いま言いたくなければ、監獄に入って頭を冷やし、礼儀を学んでいただこう」

こうして王の命令により、ドワーフたちは一人ずつ独房に監禁されました。食べ物、飲み物はあたえられました。けれども、ドワーフたちのうち、少なくとも誰か一人が質問に答えようという気になるまでは、狭い独房から出してはならぬと、王は厳命《げんめい》しました。けれども、トリンも捕まえているのだとはドワーフたちに告げませんでした。そのことを発見したのは——ビルボでした。

ああ、あわれなバギンズ君！　ひとりぼっちでこのような場所に住む時間が、どんなに長く、のろく、けだるかったことか！　つねに身をひそませ、恐ろしくて指輪をはずすこともできず、ひとけのない部屋の暗い片隅《かたすみ》に身をまるめて眠ることすら怖《こわ》い、といったありさまなのです。ほかにすることもないので、ビルボは、エルフの王の宮殿のあちこちをさまようのが習慣となりました。また、門は魔法で閉じるとはいえ、すばやく立ちまわれば外に出ることも可能です。〈森のエルフ〉たちが隊を組み、ときには王をその頭《かしら》にいだいて城外に狩りに出かけたり、森の中や、東の国々でもろもろの仕事を果たすために宮殿から出ていくことは、よくありました。そんなとき、敏捷《びんしょう》に動けば、エルフたちのすぐうしろについて門をすり抜けることができます。ただし、これには危険がなくもありません。ビルボは、一再《いっさい》ならず、最後のエルフがくぐるとともにグワーンと閉じようとする二枚の扉のあいだに、あやうく挟《はさ》まれそうになったのです。とはいえ、エルフの一行のまん中にまぎれこむほどの勇気はありません。影に（とはいっても、タイマツの光だと淡い影がちらちらするていどなのですが）気づかれてはまずいし、また、誰かに衝突され、発見されてしまったら一巻《いっかん》の終わりです。それで、（ごく偶《たま》にではありますが）実際に外に出てみたところで、何がどうなるというものでもありません。ビルボには仲間を見捨てる気などまったくありませんでした。それどころか、仲間がいなければ、いったい全体、どこに行けばよいかさえ分からないのです。エルフたちが狩りをしているあいだじゅうついてまわるなどということは、ビルボにはとうていできかねましたから、森から出る道を見つけることができないばかりか、一人みじめに取りのこされてしまって、迷子になりやしないかと戦々《せんせん》兢々《きょうきょう》としながら、中にもどるチャンスを待ちうけるだけ、というようなありさまだったのです。また外に出ると、狩りのできないビルボは、空腹に耐えるしかありません。でも中にいるかぎり、人のいないときにテーブルや食料貯蔵庫からこっそり食べ物をいただくことで、なんとかかんとか生きてはゆけるのでした。

「押入《おしいり》とはいっても、ボクは、押し入った家に閉じこめられてしまって、くる日も、くる日も、その同じ家を襲《おそ》わなければならない、みじめなこそ泥なんだ」とビルボは思います。「今までずっと、みじめでつらい最低の冒険だったけれど、そのなかでも、いまがいちばん退屈でつまらないな。あーぁ、ぽかぽかと暖炉がもえ、ランプが明るく輝いている、そんなわがホビット穴に帰りたいなあ!」。ビルボのかなわぬ願いはこれだけではありません。ガンダルフに救助を乞《こ》う手紙を送りたいと、ビルボはどれほど希《ねが》ったことか。でも、そんなことはもちろん不可能にきまっています。こうして、やがて、ビルボは悟ったのでした。何かがおきてほしいなら、このバ、ハ、ハ、ギンズ君自身が、誰の手も借りずに、ひとりっきりで、それを起こしてみせるしかないのだと。

このようなこそ泥生活がはじまってから、一、二週間がすぎました。その間《かん》、衛兵を観察し、あとをつけ、なけなしのチャンスに飛びつくことによって、ビルボは、ついに、ドワーフたちがそれぞれどこに監禁されているのかを発見しました。そうして宮殿のあちこちに散らばっている十二の独房をさぐりあてたばかりか、しばらくすると宮殿内の入りくんだ迷路にもとてもよく通じるようになりました。そんなある日のこと。衛兵たちの会話を立ち聞きするうちに、ドワーフがさらにもう一人いて、特別に深く、暗い場所に監禁されているらしいと知ってびっくりしました。「トリンのことだ!」と、とっさにぴんときたことは、言うまでもありません。そうしてしばらくすると、この直感の正しかったことが確かめられました。さまざまな困難を乗り越え、誰もいないすきをついて、ビルボはついにトリンの独房をさぐりあてました。そして、声をかけたのです。

トリンは気分が沈みきっていました。もはや、自分の不運に腹を立てる元気すらありません。いっそのこと王に、宝物のことや冒険の目的やらをぶちまけてしまおうかと、悩みはじめていたところでした(この一事《いちじ》をもってしても、トリンの意気がどれほど萎《な》えていたのかが分かります)。そんな時です。ビルボの囁《ささや》き声が、鍵穴から聞こえてきたのです。トリンはわれとわが耳を疑いました。しかしすぐに、錯覚などではないと思いなおし、扉のところに行きました。こうして二人は、扉をはさんで、ひそひそ話を長々《ながなが》とかわしました。

このようにして、ビルボは秘密のうちに、トリンのメッセージを、他のドワーフたちに伝えることができました。その内容とは――族長のトリンも近くに監禁されている、冒険の目的を王に明かしてはならぬ、すくなくとも今はいけない、自分が許可するまでは待て、というものでした。それというのも、ビルボが仲間をクモたちから救い出したという話を聞いて、トリンは俄然《がぜん》元気を取りもどし、解放とひきかえに、宝の分け前を王に約束することなどぜったいにすまいと、思いの臍《ほぞ》を固くしたのです。ほかの手段で脱出する見こみが、すべてつぶれるまでは挫《くじ》けまい！　というのはつまり、（いまや、トリンが大きな信頼をおきはじめた）たぐい希《まれ》なる透明ホビットであるバギンズ君が、なにか妙案《みょうあん》を考えだしてくれないかぎり…、ということになります。

メッセージを受けとった仲間たちは、一も二もなく同意しました。もしも〈森のエルフ〉が一部をよこせなどと言い出したら、自分たちの宝（ドワーフたちは今これほどの窮地《きゅうち》に立たされていて、しかもまだドラゴンをやっつけるという大仕事がまるまる残っているというのに、宝はもう自分たちのものだと極《き》めこんでいます）の取り分が、いちじるしく減ってしまうのではないかと、危惧《きぐ》の念をいだいているのです。また、かれらがビルボによせる信頼には、絶大《ぜつだい》なるものがありました。ほらね、このように、ガンダルフの予言がまさに実現しようとしていたというわけです。ガンダルフがかれらを残して他所に行ってしまった理由の一端は、この辺にあったのかもしれません。

ところが肝心《かんじん》のビルボはというと、このような楽観的《らっかんてき》な気分にはいささかも染まりません。みなから当てにされるなど、とんでもないと言いたいところで、ガンダルフがいてくれればなあ、と祈るばかりです。しかし、いくら祈っても、これは益《えき》のないこと。〈闇の森〉の広大で暗黒な空間全体が、ビルボとガンダルフを隔《へだ》てているかもしれないのです。ビルボはひとり座って、考えに考えます。頭が破裂《はれつ》しそうになりますが、妙案《みょうあん》は浮かんできません。姿を消す指輪が一つでもあるというのはとてもけっこうなことですが、いかんせん、十四人で一つきりというのでは心細いかぎりです。とはいえ、もちろん、読者の皆さんのご明察《めいさつ》のとおり、ビルボはさいごには仲間を救います。事のてんまつは、このようでした。

ある日のことです。これといってなすこともなく、ようすを探っていたビルボは、一大発見をしました。例の大門《おおもん》は、洞窟にはいる唯一《ゆいいつ》の入口ではなかったのです。宮殿のいちばん低くなっているあたりの地下を、一本の川が流れていました。この川は東にむかって流れてゆき、大門のある急斜面からみると、丘を越したむこう側で〈森の川〉に合流しています。この地下水流が丘から流れ出るところには、水門がもうけられていました。この出口の岩天井は水面に低くせまっており、しかも川床までとどく落とし格子《ごうし》がはめられているので、人の侵入や脱出は不可能です。けれども、落とし格子《ごうし》が開いていることもよくありました。物資の輸送が、この水門を通じて行われているからです。かりにこの水門の側から地下水路に入りこんだとします。まっ暗なでこぼこトンネルを進んでいくと、丘のまん中にたっします。ところが、上に洞窟が存在するあたりにさしかかったある地点で、ぽっかりと天井に穴があけられており、その穴は、大きなカシ材の揚《あ》げ戸《ど》でふさがれているはずです。そしてこの戸を上げると、そこは王のワインの貯蔵庫となっています。部屋の中は、見わたすかぎり樽、樽、樽。〈森のエルフ〉、とくに王さまは、ワインに目がないのです。ところがこの地にぶどうは育たないので、ワイン——ばかりか、その他もろもろの品物は、南にすむ同族のエルフたちや、遠国《えんごく》の人間どものぶどう園からはこんできているというしだいでした。

ビルボはいちばん大きな樽のうしろに身をひそめたときに、揚《あ》げ戸《ど》の存在《そんざい》と、その役割を知りました。そうして、さらに、そこに隠れたまま王の召使《めしつか》いたちの話を聞いているうちに、ワインやその他の品々が下流にある〈ほそなが湖《こ》〉とのあいだで、水上、陸上をとおって、やりとりされているということを知りました。かれらの話によると、あちらでは人間の町がいまでも栄えているらしく、さまざまの敵——とりわけ〈山〉のドラゴンの攻撃にそなえて、岸辺から遠く、水上に架《か》された土台の上に町がつくられているもようです。樽は〈湖の町〉から〈森の川〉をさかのぼってはこばれてきます。多くの場合、樽はただ繋《つな》ぎあわされて大きな筏《いかだ》となり、棹《さお》や櫂《かい》によって流れをさかのぼります。ときには、平底の船に載《の》せられてくることもありました。

樽が空《から》になると、エルフたちは揚《あ》げ戸《ど》から次々と川になげこみ、そうして水門を開きます。すると樽は流れにのり、ぷかぷかと浮かびながら、下流にむかって流れるがままにはこばれます。〈闇の森〉の東端《とうたん》付近で土手が大きくせりだしているので、樽はそこで回収され繋《つな》ぎあわされて、〈湖の町〉まで戻されます。〈森の川〉が〈ほそなが湖〉に流れこんでいるすぐ近くの場所に、〈湖の町〉があるのです。

ビルボはしばらく座りこんだまま、この水門のことを考えました。なんとか、これを利用して仲間を救い出せないものだろうか？　こうして、ついに、一《いち》か八《ばち》かの決死《けっし》の案が、心の中に芽ばえはじめました。

　今は夕刻。夕べの食事はすでに囚人たちのもとにはこばれてゆきました。タイマツをかざした番人たちの足音が通路をコツコツと遠ざかり、周囲は闇に沈みます。やがてビルボの耳に、執事《しつじ》が衛兵の隊長に夜の挨拶《あいさつ》をする声が聞こえました。

「さあ、一緒にこないか」と執事《しつじ》が話しています。「到着したばかりのワインを味わってみようじゃないか。今夜は、空樽《からだる》を流す仕事がまっている。つらい仕事の前に、まずは一杯、景気《けいき》づけといこうじゃないか」

「よろしい」。隊長が笑います。「王さまの食卓に出してよいものやら、ご一緒にお毒味《どくみ》とまいろう。今夜は宴《うたげ》だ。まずいものを出すわけにはいかんからなあ」

　これを聞いたビルボは胸がどきどきしました。こいつはついてるぞ、あの一《いち》か八《ばち》かの計画を、いますぐ試してみる良い機会だ、と思ったのです。ビルボは二人のエルフのあとを追いました。二人は小さなワイン倉にはいり、テーブルにつきます。テーブルの上には大きなジョッキが二つ用意されてありました。二人はすぐに飲みはじめます。そうして、陽気な笑い声が部屋中を満たします。さて、今夜のビルボは異常にツキがありました。〈森のエルフ〉を眠くなるまで酩酊《めいてい》させるには、そうとう強いワインでなければなりません。ところが、いま目の前にあるこのワインときたら、名にし負うドルウィニオン[4]の名園で造られる、強烈な逸品《いっぴん》だったようなのです。兵隊や下僕ふぜいがこれを飲むなどもってのほか、ただ王侯の宴《うたげ》でのみ賞味《しょうみ》されるべきもので、しかもその場合でも、執事《しつじ》のような大ジョッキなどではなく、お上品な器《うつわ》にちょこっと注《つ》がねばならない、そのようなワインだったのです。

　時をうつさずして、隊長の頭は舟をこぎはじめました。そうして顔をテーブルに伏せたかと思うと、はやくももうすやすやと白河夜船《しらかわよふね》です。これに気がつかない執事《しつじ》はしばしのあいだ、ひとり話し、ひとり笑っておりましたが、まもなく頭はゆらゆらぐらぐら、テーブルにつっぷしたかと思うとぐうぐうすうすう、一足先《ひとあしさき》の隊長とともに、枕をならべて討死《うちじに》とあいなりました。そこに、そうっとビルボが忍びこみます。そうして、ただちに隊長の鍵束《かぎたば》をうばい、とことこ全速力で独房のほうへと向かいます。大きな鍵束《かぎたば》はビルボの腕にはとても重く感じられました。指輪をはめてはいるものの、いく度も口から心臓がとびだしそうになります。それというのも、どんなに用心しても鍵はときおりガシャガシャと鳴ってしまうので、そのたびごとに、ビルボのからだがぶるぶるっと震《ふる》えるのでした。

まず最初にあけたのは、バリンの独房の扉でした。そうしてバリンが出てくると、ふたたびそうっと鍵をかけました。バリンはとても驚きました。それはそうでしょうとも。でも、退屈きわまりないきゅうくつな岩室《いわむろ》からとつぜん出してもらって大喜びのバリンは、矢つぎばやの質問で、ビルボが何をしようとしているのかなど、いっさいの事情を知りたがりました。

「今は時間がないよ」とビルボは答えます。「ただ、ボクについてきて！　みんなで固《かた》まってなきゃ。一度ばらばらになったら、もうおしまいだよ。みんなで逃げるか、一人も逃げないか、どちらかさ。これが最後のチャンスなんだ。もしも見つかったら、おつぎはどんなところに閉じこめられるか知れたもんじゃない。きっと手足を鎖につながれるよ。ねえ、何も言わないで。お願い！」

ビルボは扉から扉へととびまわり、最後には、あとにくっついてくるドワーフが十二人となりました。けれども、暗闇《くらやみ》にくわえて長いあいだの幽閉《ゆうへい》生活のため、ドワーフたちの動きは、おせじにもきびきびとは言えません。暗闇《くらやみ》ゆえやむをえないこととはいえ、ときどきドワーフ同士がどしんとぶつかりあったり、ぶつくさ文句を囁《ささや》いたりするのを聞くたびに、ビルボの心臓がドキンとうちます。そして「ドワーフという連中はなんて騒々《そうぞう》しいのだろう」と心の中でのろいます。が、衛兵に出くわすこともなく、すべて事がうまく進みました。じつのところ、その晩は森の中、および上の広間で、秋の大宴会が開かれていたのです。王の家臣たちは、ほとんどの者が愉快に盃《さかずき》をかたむけていたというわけです。

さんざん道にまよったあげく、一行はようやくトリンの地下牢にたどりつきました。そこは地下深くに位置しているのですが、もっけの幸いに、ワイン倉からそう遠くありません。

「こいつはたまげた」。ビルボが、中から出てきて仲間にくわわってくださいと囁《ささや》くと、トリンは言いました。「いつもながら、ガンダルフの言葉はぴたり的中だね。いざというときには、君はすごい押入《おしいり》になれるんだなあ。ありがとう、われらは永遠に君の恩をわすれないよ。このあと、どんなことがおきようともね。だが、次はどうするのだ？」

いまこそ、自分のアイデアを説明すべき時がきたとビルボは思いました。ただし、ドワーフたちがどう思うか、ぜんぜん自信がもてません。そして事実は、ビルボの案じたとおりになりました。ドワーフたちはビルボの計画がまるで気に入らず、今おかれている危険な状況をかえりみることもなく、大声で文句を言いはじめました。

「ごろごろとぶちあたって、こなごなになっちまうぞ。それに、ぶくぶく溺《おぼ》れちまうよ。きっとね」と、かれらは不平を鳴らします。「鍵束《かぎたば》を手に入れてくれたときには、君はもっとまともなことを考えているのかと思ったんだが。狂ってるよ、まったく」

「じゃあ、いいよ」とビルボが言い返します。とてもがっかりしているばかりか、そうとういらだってもいます。「さあ、すてきな独房に帰ろうじゃないか。もう一度外から鍵をかけてあげるよ。中に楽しく座って、もっとよいプランを練るがいいさ。でも、ふたたび鍵束《かぎたば》が手に入るなんて、とても思えないね。ボクがたとえその気になったとしてもね」

こう言われると、ぐうの音《ね》も出ません。一同はおし黙りました。それで最後にはもちろん、ビルボが提案したとおりとなりました。上の広間まで、ぶじにたどり着こうなどというのはどだいむりな話ですし、魔法で閉まっている扉を、腕ずくでこじ開けようなどというのも論外《ろんがい》です。だからといって、敵が捕まえてくれるまで、通路で文句をたらたら流しているだけというのも芸のないはなし。こういうわけで、かれらはホビットの道案内で、最下層の、ワイン倉が並んでいるところまで下りてゆきました。手前の部屋を行きすぎようとして、扉のすきまから覗《のぞ》きこむと、中ではあいかわらず、隊長と執事《しつじ》がにこやかにほほ笑みながら、悦《たの》しくいびきをかいていました。ドルウィニオンワインは愉快な夢にどっぷりと浸《ひた》らせてくれるのです。でも、あすの朝になると、隊長の顔には違った表情が浮かぶことでしょう。先を急ぐまえに、心やさしいビルボは、そっと中に入って、鍵束《かぎたば》を隊長のベルトに戻しておきました。

「こうしておけば、あしたの隊長の厄介《やっかい》な立場が、いくらかでもましになるだろうよ」とビルボは思います。「この人は悪い人じゃない。囚人だって邪険《じゃけん》なあつかいはしなかった。それに、このほうが、わけが分からなくて面白いんじゃない? 鍵のかかった扉をすりぬけて消えちまったとなれば、とても強力な魔法を使ったと思うだろうから ね。〝消えちまった〟だって! 本当に消えてしまいたければ、さあ、大急ぎで仕事にかからなきゃ」

バリンには、隊長と執事《しつじ》を見張る役目が言いわたされました。ぴくりとでも動いたら警告を発するという手はずです。のこりの者たちは、となりの、揚《あ》げ戸《ど》のある部屋に入りました。時間のよゆうはほとんどありません。ビルボはあせります。まもなく、命令を受けたエルフたちが下りてくることでしょう。そうして執事《しつじ》に手をかして、空《から》の樽を揚《あ》げ戸《ど》から川に投げこむはずです。事実、部屋のまん中には、すでに樽が何列にも立てられ、いつでも落とされるのを待っているといったふぜいです。その中には、ワインの樽がまじっていますが、ドワーフたちのためにそれらを用いることはできません。底を抜こうとすると大きな音がたってしまうでしょうし、ふたたび底をはめこむのも容易なことではありません。けれども、それ以外に、バターやリンゴをはじめとするさまざまの品物を宮殿まではこんできた樽が、いくつかありました。

そうした樽のうち、一人ずつ入れるほどの大きさの樽を、十三個、ドワーフたちはまもなく見つけだしました。そのうちのいくつかは大きすぎます。ドワーフたちは中に入りながら、これでは中でごそごそと動いてしまい、打ち身だらけになるのではと心配しました。そこでビルボはかぎられた時間の中で奔走《ほんそう》し、藁《わら》などを見つけてきて、居心地《いごこち》がよくなるようすきまにつめてやりました。こうして、ついに、十二人のドワーフの荷作りが終わりました。なかでも、トリンをつめこむのは大仕事でした。樽の中で、むきを変えるは、身をよじるはで、まるで大型犬がせまい犬小屋に押しこまれたかのように、しきりとうなり声をあげるのです。これに対して、最後の番になったバリンはというと、空気穴のことで大騒ぎ。ふたをしない前《さき》から、もう、息苦しいと宣《のたま》ってくれます。ビルボは樽の側面にあいている穴をできるだけふさぐように努め、ふたを、なるたけしっかりとはめこみました。こうして全員が樽におさまり、ふたたび一人残されたビルボは、樽から樽へと駆けまわります。計画の成功をただ一途《いちず》に祈りながら、荷作りの最後の仕上げに余念《よねん》がありません。

それにしても際《きわ》どいタイミングでした。バリンのふたをはめこんで一、二分もたっていたでしょうか。にぎやかな声が聞こえ、ちらちらと揺れる明かりが近づいてきました。やがておおぜいのエルフが笑いさんざめきながら、倉に入ってきました。唄のひとくさりを歌っている者もいます。大広間の宴《うたげ》をわざわざ中座《ちゅうざ》してきたので、一刻も早く戻りたくてたまりません。

「執事《しつじ》のガリオン爺《じい》[5]さんはどこだい」。一人が訊《き》きました。「今夜の宴《うたげ》の席では見かけなかったな。いまごろはここにいて、仕事をどうやるのか、指示してなきゃいけないのに」

「あのぐうたら爺《じじい》め、ぐずぐずしてると怒るぜ」。もう一人が言います。「歌がはじまってるというのに、こんなところで時間つぶしをさせられてたまるか」

「あんのじょうだよ」と誰かが叫びました。「ほら、こっちさ。爺《じい》さんのやつ、ジョッキを枕にしておねんねだ。お友だちの隊長どのと二人きりで、宴会をやってたらしいぜ[6]」

「ゆすぶれ！　おこせ！」。みながせっかちに叫びます。揺すぶられ、起こされたガリオンは、すっかりご機嫌ななめです。だけど笑い者にされるのは、もっと気に入りません。「おそいじゃないか、みなの衆」とガリオンが怒ります。「穴倉《あなぐら》でずっと待ってたんだぞ。君らは飲めや歌えやで、仕事のことをすっかり忘れちまったんだろう。待ちくたびれたぞ。寝こんじまったのも当然のことさ」

「ああ当然、当然」と、みなは返しました。「お手もとのジョッキがよい証拠さ。さあ、仕事にかかるまえに、ご老体《ろうたい》の眠りぐすりを、ひとなめさせていただきたい。いや、隊長どのは起こさんでもよろしい。もうたっぷりときこしめしたごようすだ」

こうしてひとわたり酒がまわると、一同はとつぜん馬鹿陽気《ばかようき》になりました。けれども、すっかり正気を失うというところまではゆきません。「おいおい勘弁《かんべん》してくれよ、ガリオン君」と何人かが叫びます。「早々《はやばや》と宴会をはじめて、すっかり頭がいかれちまったんじゃないの？　空樽《からだる》じゃなくて、中身のつまった樽が並んでるよ。ずいぶん重いじゃないか」

「さっさと仕事するんだ」と執事《しつじ》はどなります。「弱虫やろうの痩《や》せ腕にゃ、何だって重いさ。そこにあるのは、みんな川行きだ。つべこべ言うんじゃない」

「へいへい、分かりましたでござります」と一同は答え、床の穴まで樽をごろごろと転《ころ》がします。「王さまの、中身ぎっしりのバター樽とワイン樽を川に流して、〈湖の町〉の人間どもに、ただ酒をふるまっちまっても、ご老体《ろうたい》の責任だよ」

ごろん、ごろん、ごろん、
ごろごろごろと穴のなか。
えっさ、ほいっさで、パシャパシャーン。
落とせ、よいっしょ、バシャバシャーン。

かれらはこのように歌いながら、樽を一つ、また一つという具合に、暗い穴まで転《ころ》がしてゆき、数フィート下の、冷たい水の中に投げこみました。ほんとうに何も入っていない空樽《からだる》も、ドワーフがきちんと一人ずつ荷造りされている大桶《おおおけ》も、すべて一緒に落ちてゆきます。一つ、また一つガシャガシャ、ドスドスと転《ころ》がり、下の樽にぶつかってドシン、水面をうってパシャン、水路の壁をこすりながら、たがいにぶつかりながら、流れにのってプカプカと漂《ただよ》っていきました。

ビルボが、とつぜん自分の計画の弱点を発見したのは、まさにこの瞬間でした。もっとも、読者の皆さんは、もうとうにお気づきになって、バギンズ君のことを笑っていたのではありませんか？　でも、皆さんがいざビルボの立場に立たされたとしたら、あれほどうまくやってのけることはまず不可能だったでしょう…。ね、もうお分かりですよね？　当のビルボが、樽に入っていないのです！　それに、たとえそのチャンスがあったとしても、ビルボを荷造りしてくれる人などいないのです！　こんどこそ、ほんとうに仲間と別れわかれになり（もうほとんど全員が暗い穴の中に消えてしまいました）、ひとり取り残されたビルボは、〝住み込み〟の押入《おしいり》として、いつまでも、いつまでも、エルフの洞窟の中でこそこそと隠れてすごすことを余儀《よぎ》なくされることが必定《ひつじょう》か…と思われました。というのも、たとえ、いまただちに地上の門から出る手だてがあったとしても、ドワーフたちとふたたびめぐり会えるチャンスなど、針の先ほどもありません。樽が回収される地点にいたる地上の道など、ビルボはぜんぜん知りません。でも、ボクがいなければ、ドワーフたちはどうなるのだろう、とビルボは思います。聞き知ったことを、かれらにすべて教えるだけの時間などありませんでしたし、また森を出たらどうするのか——その先の計画も、まだ伝えてはいません。

このような考えがビルボの頭の中をめぐっているあいだに、エルフたちの気炎《きえん》がいちだんと上がり、揚《あ》げ戸《ど》のまわりで唄をうたいはじめました。そして、すでにいく人かのエルフは、水門の落とし格子《ごうし》を引き上げるロープを、ひっぱりに行きました。樽がぜんぶ下に浮かんだら、すぐに外に出してやるためです。

暗い流れをくだれ、疾《と》く。
帰れ、ふる里まっしぐら。
地の下ふかき広間を去り、
北のけわしき山岳《やま》を去り、
暗き陰翳《かげ》なす大樹木——
黒く繁茂《しげ》れる大森林——
木々の世界をあとにして

さや吹く風を聞きながら、
ながれて過ぎよ、葦《あし》の原、
ながれて撫《な》でよ、沼の草。
夜ごと池より立ちのぼる
ま白き煙霧《きり》をとおり抜け、
つめたき天をかけのぼる
蒼《あお》き星――追えよ求めよ。
地の上、瀬《せ》の上、淀《よど》の上、
夜明けの光、さしそまば、
一路《いちろ》へんしん、ゆけ、南。
さんさんとふる日の下《もと》で、
もどれ草地へ、ぼく場へ、
じっと草はむ、牛、緬羊《ひつじ》。
もどれ、畑へ、丘の上へ、
たわわに実るいちごの実。
さんさんとふる日の下《もと》で、
進め南へ、脇目《わきめ》もふらず。
暗い流れをくだれ、疾《と》く。
帰れ、ふる里まっしぐら。

さて、いま転《ころ》がされているのが、最後の樽となりました。絶望にかられ、ほかになす術《すべ》もなく、あわれビルボは、この樽につかまりました。そうして、樽もろともまっさかさま、穴の中に落ちました。バッシャーン！　ビルボはまっ暗な冷たい水の中にもぐりこみ、樽の下敷《したじ》きになりました。

バシャバシャと水をはねかしながら浮かび上がってきたビルボは、どぶネズミのように、樽にしがみつこうとします。でも、どうあがいても上にのぼることができません。いく度こころみても、樽はごろりと転《ころ》がってしまい、ビルボはふたたび水の中です。これは文字どおりの空樽《からだる》で、まるでコルクのように軽々《かるがる》と流れに浮かんでいるのです。ビルボの耳に水がいっぱいに入りましたが、上の倉からはエルフたちの歌声がまだ聞こえてきます。ところが、いきなりダーンという響きとともに揚《あ》げ戸《ど》が落ちて、歌声がかすかなさざめきとなりました。凍《こご》える水に浮かぶビルボは、まっ暗な水路の中で一人ぼっちになってしまいました。仲間がいるとはいっても、樽づめになっているのでは数のうちに入りません。

まもなく、前方の闇の中に灰色のしみが見えました。やがて水門がギギギイと上がる音がして、まわりの状況が目にとびこんできました。ビルボは樽の集団のまっただ中にいます。どの樽もぴょこぴょこと浮いては沈み、ぼんぼんと接触しあいながら、たがいに寄りそうようにして、アーチ天井の出口をめざし、そこから外の流れに出ようとしています。ビルボは、前後左右にせまってくる樽に、押しつぶされまいとするのが精いっぱいです。が、ついに、樽の集団がばらけはじめました。そして一つ、また一つ、樽がするりするりとアーチ天井の下を抜けて消えていきます。このときビルボは気づきました。かりに樽にまたがることができたとしても、ここまで来るとなんの意味もなかったのです。水門のあたりで、急に天井が低くなっているので、樽のてっぺんとのあいだにはほとんどすきまがなく、さすがのホビットでさえ、樽に乗ったままでは通過できそうにありません。

ついに外です。両側の土手から、樹々《きぎ》の枝が重く垂れさがっています。ドワーフたちはどんな気分だろう、樽の中には水がたくさん入ったかしら、とビルボは案じます。うす暗がりながら、横に漂《ただよ》っているいくつかは、どっぷりと水に沈んでいるのが分かります。中にきっとドワーフがいるのだろう、とビルボは思いました。

「ふたは、ちゃんときつくしめたはずだけど」とビルボは思います。けれども、まもなく、自分自身への心配が大きくなり、ドワーフたちのことにまで考えがまわらなくなりました。ビルボはなんとか首を水面から出していますが、からだは寒さでがたがた震《ふる》えています。もしもツキがまわってきて、いますぐ何かおきてくれなければ、凍死するのでは？　あと、どれくらいしがみついていられるだろうか？　いっそのこと手を離して土手まで泳いでみようかしらん？　などと、ビルボは思案するのでした。

ところが、まもなく、まさにそのツキがまわってきてくれました。ある地点までくると、流れの渦《うず》のせいでいくつかの樽が岸辺によせられ、水中の草の根かなにかにひっかかってしばし静止したのです。自分の樽が、別の樽にはさまれて動かなくなったすきに、これぞ千載一遇《せんざいいちぐう》の好機とばかりに、ビルボは側面をはいのぼりました。のぼりきったビルボの姿は、まるで濡《ぬ》れネズミのようです。ビルボはけんめいにバランスをとろうと、大の字の姿勢で樽にしがみつきました。風が冷たいけれど、水の中よりはましです。樽がふたたび動き出しても、ふいにごろりと落とされませんように、と祈るばかりです。

やがて樽は、ふたたび束縛《そくばく》をはなれ、それぞれ思いおもいに回転しながら、流れを下りはじめます。そうしてついに、川の本流に乗りました。樽に乗りつづけるむずかしさは、予想したとおりでした。それでも、みじめなほど乗り心地のわるいことは事実ですが、なんとかすべり落ちないで乗りとおします。好運なことに、ビルボはとても軽量です。それに比して、樽は大きくて立派なつくりで、しかもすこし水洩《みずも》りの気味があるらしく、小量の水が中にたまって重くなっています。でも、樽乗《たるの》りが困難なことに違いはなく、まるで腹のまるっこい荒馬《あらうま》に、手綱《たづな》も鞍《くら》もなしで乗ろうとしているようなものだと、ビルボは思いました。しかも、この馬ときたら、すきさえあらばごろりと草原に寝ころがろうとするのですから、しまつにおえません。

こういうふうにして、樽に乗ったバギンズ君は、とうとう左右の樹々《きぎ》がまばらになるところにまでやってきました。樹と樹のあいだにはうすい藍色《あいいろ》の空がすけて見えます。ふいに、黒い川がぐんと大きく横にひろがります。ここは、〈エルフ王〉の宮殿のまえを走っている急流、すなわち〈森の川〉の主流と合わさる地点です。暗い水面が平坦《へいたん》にひろがり、もはや覆《おお》いかぶさってくる樹々《きぎ》の枝もなく、ぐいぐいとすべってゆく水の上には、雲や星の切れぎれの姿がおどっています。この場所では〈森の川〉の水流に侵食《しんしょく》されて、北側の土手が大きな湾になっているのですが、合流してきた速い流れのせいで、樽と大桶《おおおけ》の一群はこの湾の中に押しこまれました。えぐれた土手の下には砂利《じゃり》の浅瀬《あさせ》があり、また東側は、すこし張りだしている、かたい岩の屏風《びょうぶ》に囲まれています。ほとんどの樽は浅瀬《あさせ》に乗り上げましたが、岩の突堤《とってい》にどしんとぶつかって停止したものもいくつかありました。

土手の上には見張りの人々が待機していました。かれらは棹《さお》や手足を用いてすばやく樽を浅瀬《あさせ》にみちびき、数を確認したうえで、ロープで結びあわせます。あとは、朝までこのままです。気のどくなドワーフたち！　でも今は、ビルボにとってそう悪い状況ではありません。ビルボは樽からすべり下り、岸辺まで歩き、そこから見えた、川べりのみすぼらしい小屋の集落まで忍び足で行きました。いまやビルボは、チャンスさえあれば、みずから招かれざる客となり、食事をむだんでちょうだいすることに、何のためらいも感じていません。いままでずっとそうせざるを得なかったので、習《なら》い性《せい》となったわけですが、それにもまして、ほんとうの飢餓《きが》の苦しみを経験しているので、たっぷりとつまった食料貯蔵庫などを見ると、ほう、どんなめずらしいごちそうがありますかな、などと、お上品な関心をいだくだけではすまなくなりました。それにまた、樹々《きぎ》のあいだからちらりと見えたたき火も、いまのビルボにとっては、抗《こう》しがたい魅力がありました。服がずぶ濡れで、冷たくべったりと体にはりついていたものですから。

この夜のビルボの冒険について、あまり多くのことを語る必要はないでしょう。すでにわれわれは東にむかう旅のほぼ終着点にさしかかり、最後にして最大の冒険に突入しようとしているわけですから、いまはもう先を急ぐべきでしょう…。さて、この夜のことをかいつまんでお話ししておくなら、最初のうちは、いうまでもなく魔法の指輪にたすけられ、順調なすべりだしでした。ところが、やがてビルボの存在がばれてしまいました。というのも、どこに行っても、どこに座っても、濡れた足跡や落ちたしずくの跡が残るからです。そして、なおもまずいことに、鼻がぐしゅぐしゅと鳴りはじめました。そして、どんなにうまく身を隠したと思っても、ハァークション！　抑《おさ》えにおさえたくしゃみが猛烈に爆発して、けっきょくばれてしまうのです。ほどなく川べりの村は大騒ぎとなりましたが、ビルボはひと塊《かたまり》のパンと皮袋に入ったワイン、それにパイを盗んで、森の中に逃げこみました。その夜は火もなく、濡れたままで過ごさねばなりませんでした。すでに季節が深まり、寒気《かんき》を感じる夜でしたが、ワインのおかげでそれもなんとか凌《しの》ぐことができましたし、乾燥した落葉の上で、少しは眠ることさえできました。

超特大のくしゃみとともに目がさめると、すでに夜が明けて、灰色の空がひろがっていました。川ではもう、元気のよい声が響いています。人々が樽で筏《いかだ》をこしらえているのです。もうすぐエルフの筏乗り《いかだの》がこれを操《あやつ》って川をくだり、〈湖の町〉まではこんでゆくことでしょう。ビルボはまたくしゃみをしました。もはや、服から水がしたたっているわけではありませんが、からだぜんたいに寒気《さむけ》がします。ビルボはこわばった足をけんめいに動かしながら、川べりまで下りてゆきました。うまい具合に、忙しい時間のまっ最中で、だれに見とがめられることもなく、ぎりぎりで樽の筏《いかだ》に乗ることができました。さいわいにも、このとき、厄介《やっかい》な影をつくってくれる太陽は出ておりませんでした。しかもありがたいことに、かなり長いあいだくしゃみも止まっていてくれたのです。

筏乗り《いかだの》たちがぐいぐいと棹《さお》を押します。浅瀬《あさせ》に立っているエルフたちは、「うんとしょ」とばかりに筏《いかだ》を押し出します。結《ゆ》わえつけられた樽と樽がこすれて、ギイギイとうめき声をあげました。

「こいつは重いや」とだれかが文句をいいます。「深く沈みすぎだぞ。こりゃ、空でない樽があるぜ。昼間着いてたら、中を覗《のぞ》いてみたんだがなあ」

「いまさら何を言うんだい」と筏乗り《いかだの》。「押せーい！」

こうしてついに一同は出発しました。最初はゆっくりと進みます。湾の出口の岩の上にはエルフたちが待ちかまえており、近づいてきた筏《いかだ》を、棹《さお》で沖へと押し出します。すると川の流れをとらえた筏《いかだ》は、しだいしだいに速度を増し、〈湖〉をめざしてどんどん下ってゆきました。

ドワーフたちは〈エルフ王〉の地下牢をのがれ、森からも出ることができました。けれども、生きているか、は

Bilbo comes to the Huts of the Raft-elves

J・R・R・トールキン「ビルボ、筏乗りのエルフの小屋に到着す」

たまた死んでしまったのか、それは次章のお楽しみです。

第*10*章　熱烈な歓迎

川を下るにつれて、空が晴れ、暖かくなってきました。[1] しばらく行くと、左手にもっこりと丘の急斜面がせまってきて、川はこれに沿ってくるりとまわります。この崖の下は淵《ふち》をなし、岩壁《いわかべ》のすそにむかって流れが泡だちながらぴたぴたと打ちよせています。この岬をめぐると、丘がいきなり途切れます。土手がぐんと低くなります。森が果てます。それとともに、雄大な光景が目に飛びこんできました。

周囲には、見わたすかぎり、平坦《へいたん》な土地がひろがっています。川の水流は千々《ちぢ》にわかれ、平原のいたるところを蚯蚓《みみず》のように這《は》いまわっています。また、ところどころに停滞して、池や沼が無数にできており、あちこちに小さな島が点々と浮かんでいるのが見えます。けれども、平原のまんなか付近には、なおも強い水流がたゆむことなく流れています。そうして、はるか遠くに目をやれば、〈山〉が、黒い峰をちぎれ雲にかくしながら、のっそりと不吉なたたずまいを見せているではありませんか！　いちばん近いおとなりは北東方面の山脈のはずですが、その山々も、そこにいたる窪《くぼ》んだ土地も見えません。〈山〉はただひとりそびえ立ち、湿地ごしに、森をにらみつけているのです。〈はなれ山〉とはよくぞ言ったものです。ビルボが万里《ばんり》の道程《どうてい》をものともせず、艱難辛苦《かんなんしんく》を乗り越えてここまでやってきたのは、じつに、この山を見るためでした。けれども、この山のたたずまいに、ビルボは最悪の印象をうけました。

まもなく、筏乗《いかだの》りのおしゃべりに耳をかたむけ、話のはしばしをつなぎあわせるに、まだこのような遠くからではありますが、そもそも〈山〉が見えるところにまで来られたのはとても好運だったらしい、ということが分かりました。エルフの宮殿でのみじめそのものだった生活、今のこの不愉快な状況（足の下にいる気のどくなドワーフたちのことは言うにおよびませんが）にもかかわらず、想像していた以上に、ビルボは運にめぐまれていたようです。筏《いかだ》のエルフたちの話題は、もっぱら水上のことばかりでした。それによると、〈東〉から〈闇の森〉にむかう街道はいく筋もあるものの、最近になって、いたるところで消滅したり、さびれたりという状況が生じ、それとともに水上の通行量が増加してきたというのです。また、〈森の川〉の保守と、川岸《かわぎし》の維持をめぐって〈湖の人間〉と、〈森のエルフ〉のあいだで諍《いさか》いがおきているらしいのです。

ドワーフたちが〈山〉に住んでいた時代――ほとんどの人にとっては、影のようにあわい伝説でしかありませんが――その時代以降、このあたりの土地のようすはすっかりさま変わりしてしまいました。すなわちガンダルフがこの地についての噂《うわさ》を耳にしてから後《のち》にも、変化がありました。大雨、大洪水のおかげで東にむかう水流が膨《ふく》れあがってしまいました。それに地震にも一、二度みまわれました（この地震については、ドラゴンが起こしたのだと考えるむきもあります。そんなドラゴンのことを、人々は口にするのもけがらわしいとばかりに、「あんちくしょう」と言いながら、〈山〉のほうにむかって、暗い顔で顎《あご》をしゃくって見せるのでした）。その結果として、川の左右には池や沼の領域がどんどんひろがりました。道が消滅し、その消えてなくなった道をたどろうとした徒歩《とほ》や騎馬《きば》の旅人の多くが、ゆくえ知れずとなりました。ビヨンの助言にもとづいてドワーフたちがたどってきた〈森のエルフ〉の道も、東側の果てまでくると、人跡《じんせき》まれで、あやしげな状態にあるようです。現在のところ、〈闇の森〉の北のへりから〈山〉のすその平原へと流れている〈森の川〉が、ただ一本の安全な道筋であるらしいのです。〈森〉の〈エルフ王〉によってしっかりと衛《まも》られているからです。

ですから、皆さん、結果として、ビルボは一筋だけ残っているまともな道を、運よくたどってきたということになります。でも、樽の上で震《ふる》えているバギンズ君としては、ただ心細いばかりです。このようなひどい道の状況は、遠くガンダルフの耳にもとどき、おおいに心配をつのらせておりました。さらにこの時点で、ガンダルフはかの地での（この物語にはかかわってこない）仕事が終わりかけていて、トリンの一行のゆくえを捜索《そうさく》すべく準備が整いつつありました。けれども、そんなこと、ビルボには知るよしもありません。

　ビルボに分かっていたのは、ただ、川がどこまでも、どこまでも永遠に続きそうなこと、自分が腹ぺこで、ひどい鼻風邪《はなかぜ》にかかっているということだけです。〈山〉は近づくほどに、いよいよもってビルボをにらみつけ、威圧感を増してゆくように見えます。ところが、しばらく進むと流れは南よりにコースを変え、〈山〉はふたたび後退しました。そしてその日おそくなって、川岸が岩にかわり、千々《ちぢ》に乱れた川筋がふたたび寄りあつまって、ついに一本の深い急流となりました。筏《いかだ》は猛烈な勢いで下っていきます。

　日が暮れました。〈森の川〉は東にむかって大きくカーブし、ついに〈ほそなが湖〉に流れこみました。河口の幅はひろく、右も左も岩の崖が門のようにそそり立ち、その裾《すそ》のあたりには小石が積まれています。これが〈ほそなが湖〉か！　海ならいざしらず、こんな巨大な湖が存在《そんざい》しようとは、ビルボはいままで想像すらしたことがありませんでした。その横幅ですらひろく、対岸が遠くに小さくかすんで見えますが、縦の長さときたら途方もなく、〈山〉をまっすぐ指し示しているかのような北端《ほくたん》は、まったく見ることができません。大熊座《おおぐまざ》の星々がすでに輝いているあのあたりで、〈谷〉[2]から走ってきた〈ながれ川〉が〈ほそなが湖〉に注いでいるのだなあと、地図[3]で見て知っているビルボは雄大な光景を思い浮かべました。ここはかつて、岩山が深くえぐれた大峡谷だったはずですが、〈ながれ川〉と〈森の川〉から注ぎこむ豊富な水流のおかげで、深い湖水となったのです。水は湖の南端であふれだし、壮大な滝を落下したあとは、かけ足で未知の国へと流れ去ってゆきます。夕べの静寂《せいじゃく》のなかで、滝の音が遠雷《えんらい》のようにごうごうと響いてきます。

　〈森の川〉の河口からさして遠からぬところに、王の酒倉でエルフたちの話していた町がありました。この町の奇妙なところは、岸辺にも小屋や建物がいくつかあるにはあるのですが、町の大部分が陸地ではなく、湖面の上にたっているということです。位置としては静かな入江にあり、逆《さか》まきながら走ってくる川の流れからは、岩の岬によって保護されています。岸辺から大きな木の橋が湖上に伸びていて、その果てるところに、森の樹でこしらえた無数の巨大な杭《くい》の上にのっかるようにして、木造の家のたちならぶにぎやかな町が形成されています。ここはエルフの町ではなく、人間の町――遠景にそびえるドラゴンの山の影におびえながら、そこになおも住みつづけようとする、人間たちの町なのです。さまざまの物資が、南から大きな川をさかのぼってきて、滝に行きあたったら、そこからは、荷車ではこばれてきます。この商業活動のおかげで、町はいぜんとして繁栄してはいます。けれども、古きよき時代には、北の〈谷〉が大いに富み、大いに栄えていたのにともなって、こちらの町でも民が富み、兵もめっぽう強く、水上にはたくさんの船団や艦隊が往来し、その中には黄金を満たしたものもあれば、よろい兵士を満載《まんさい》したものもあり、いくさや武勇のうわさにも事欠《ことか》きませんでしたが、このようなことも、今ではすっかり伝説となり果ててしまいました。今日でも日照りがつづいて水位が下がれば、湖岸に沿って朽《く》ちた杭《くい》があらわれ、かつてはもっと大きかった町の、昔の栄華《えいが》がしのばれます。[4]

しかし、こうした過去の栄光も、いまではほとんど忘れ去られ、わずかにその痕跡を唄の中にとどめるばかりです。たとえば、〈山〉のドワーフの王たち、すなわちドゥーリン一族のトロールとトラインの偉業をたたえる唄や、ドラゴンの襲来と、〈谷の王〉たちの戦死をものがたる唄が、いまだに人々に歌われています。また、いつの日かトロールとトラインが戻ってきて、〈山〉の門から黄金が川に流れだし、ふたたび国中に唄と笑いがあふれるだろうという、まことにけっこうな唄もあります。でも、これはあくまでも唄だけのおはなし。人々の日々のなりわいに、何か影響をあたえているかというと、決してそのようなことはありませんでした。

樽の筏《いかだ》が見えると、ただちに町のほうからボートが何艘《なんそう》か漕ぎ出てきました。筏乗《いかだの》りたちに歓迎の声がかけられ、ロープが投げられます。そうしてオールを漕ぐ手に力がこもったかと思うまもなく、筏は〈森の川〉の流れを脱し、切りたった岩の岬をめぐって、〈湖の町〉がある小さな湾へと引かれてゆきました。筏《いかだ》のもやい綱が、大きな橋の

「湖の町」

陸側のたもと近くにつながれます。まもなく〈南〉の人間がやってくるでしょう。樽のいくつかはかれらが持って帰り、のこりにはあらたに輸送してきた品物をつめこんで、上流の、〈森のエルフ〉の郷《さと》へと送り返す手はずになっています。さて、ボートの漕ぎ手たちは筏乗《いかだの》りのエルフをつれて、〈湖の町〉へ戻ってゆきました。今夜はそこで宴会です。いっぽう、樽はそのままの場所に浮かんで夜明かしです。

エルフと人間が立ち去り、夜の帳《とばり》がおりたあとの岸辺では、かれらには想像もつかない、びっくりするような光景がくりひろげられていました。まず樽のひとつを筏《いかだ》から切り離し、岸まで押していってふたを開きます。すると中からうめき声が聞こえ、みじめそのもののドワーフが這《は》いだしてきました。もつれてお団子《だんご》になった鬚《ひげ》は、しめった藁《わら》くずにまみれています。からだの節々《ふしぶし》がガチガチで、おまけに全身痣《あざ》だらけ傷だらけときては立っているのもままならず、よろめく足で浅瀬を渡りおえると、そのまま岸につっ伏してただうめくばかりです。飢《う》えて気がたった表情は、鎖に繋《つな》がれたまま、一週間も犬小屋に忘れられていた犬もかくやと思われるほどです。これはトリンでした。いまや王侯らしい威厳もなにもあったものではなく、金鎖《きんぐさり》を首にかけているのと、よごれてよれよれの空色フードをかぶり、そのフードからくもった銀の飾り房が垂れていることで、それと分かるばかりです。しばらくは、世話になったビルボにさえ、不平たらたらです。

「ちょっとお聞きしますが、トリンさん、あなたとにかく死んではいないですよね」。機嫌をそこねたビルボが言い返します。他の連中にくらべると、自分はたっぷりな食事を、すくなくとも一度はよけいにとったし、手足も自由に伸ばせたし、それにいうまでもないことですが、新鮮な空気もたっぷりと吸えたのだということを、すっかり忘れてしまっているビルボでした。「それに、ここはもう牢獄じゃないですよねえ？　もしも何か食べたいのなら、もしもこのくだらない冒険をまだ続けたいという気がおありなら――ボク自身のためじゃなくって、あなた方のためにこんなことやってるんですよ！――さっさと腕や足をもむなり、さするなりして、ボクに手をかしてくださいよ。チャンスがあるうちに他の連中を出さなきゃ！」

これに対して、トリンがもっともだと思ったのは当然のことです。そこで、さらにひとうめき、ふたうめきしたトリンは立ち上がって、できるかぎりの手伝いをしました。暗いのと、冷たい水の中で手さぐりの状態なので、ドワーフの入っている樽を見つけるのは、なみ大抵のことではありません。外側を叩《たた》いて呼びかけるのですが、それで見つかったのは、返事ができた六人だけです。この者たちは、荷ほどきがおわって岸辺まで連れられると、寝ころんだり座ったりしながら、うめいたり、わめいたりです。ずぶ濡れの、痣《あざ》だらけの、こわばり関節なので、いまだに解放された実感がわかないし、ありがたいという気持ちをまともに表わすこともできません。

ドワリンとバリンがいちばん気のどくで、手伝いを求めることなど、言うもおろかな状態です。ビファーとボファーは比較的痣《あざ》が少なく、そうひどく濡れてもいないのですが、それでも倒れふしたままで、手をかしてほしいという声を聞いても、なにも反応しません。これに対して、フィリとキリは歳が（ドワーフにしては）若いということにくわえて、小さめの樽にたっぷりの藁《わら》でコンパクトにつめてもらっていたので、にこやかな顔で出てきました。痣《あざ》も一《ひと》つ二《ふた》つしかなく、こわばった足腰もすぐにほぐれました。

けれども「もう二度とリンゴの臭《にお》いだけはかぎたくないな」とフィリは言いました。「ボクの樽は、リンゴ臭《しゅう》がむんむんさ。動けもしないし、寒いし、腹がへってむかむかしてるってのに、リンゴの臭《にお》いばかりかがされた日には、気が狂いそうになるよ。この広い世界の中にあるどんな物でも、何時間でも食べつづけられそうな気分だけど、リンゴだけはまっぴらさ」

フィリとキリが積極的に手をかしてくれたので、トリンとビルボはのこりの仲間を見つけ、助け出すことができました。おでぶのボンバーは眠っているのか、気絶したのか、とにかく意識がありません。ドリ、ノリ、オリ、オイン、グロインは水浸しで、どうみても半死半生《はんしはんしょう》です。この五人については一人一人岸まではこんでやらねばならず、岸に着いてもふがいなく横たわるばかりです。

「ともかく、脱出はしたぞ！」とトリンが言いました。「運命の星と、バギンズ君に感謝しなければなるまい。バギンズ君は、とうぜん感謝の言葉を待っていることだろう。これほど手荒な旅にならないよう工夫をしてくれていたなら、もっとありがたかったのだが。だけど、バギンズ君、またしても、大きにお世話になりました。お礼を言います。腹が満ちて、また元気になれば、もっとちゃんとした感謝の気持ちが湧《わ》いてくるだろうと思う。だが、これからどうするのかな？」

「〈湖の町〉に行ってみてはいかがです」とビルボが答えます。「ほかにどんな手が？」

いうまでもなく、ほかにどんな手も…ありようがありません。そこで、トリン、フィリ、キリ、ビルボの四人は仲間をその場に残し、水辺の道を歩いて大きな橋のところまでやってきました。橋のたもとには番兵がいますが、とくに熱心に見張りをしているというわけでもありません。夜番《よばん》がほんとうに必要だったのは遠い昔のはなしです。現在では、ときとして川の通行税をめぐっていざこざの生じることもありますが、〈湖の町〉の人間は、〈森のエルフ〉と友好的な関係にあります。その他、近隣にはこのエルフ以外に住むものもなく、町の若者のなかには山にドラゴンが棲《す》んでいるという噂《うわさ》を公然と否定するばかりか、若いころにドラゴンの空を飛ぶすがたをこの目で見たという人々に対して、白鬚爺《しらがじじい》や、歯抜婆《はぬけばばあ》がなにをほざくかと、笑い者にするような連中まで出てくるしまつです。このようなご時勢《じせい》なので、このときの番兵たちが小屋の中で炉をかこんで酒を飲みながら、愉《たの》しくすごしていたというのも、当然といえば当然のはなしです。ドワーフたちの荷ほどきの音も、四人の斥候《せっこう》の足音も、番兵たちの耳にはまったく入りませんでした。したがって、トリン・オウクンシルドが戸をくぐって入ってきたときの、かれらの驚きようといったら、尋常《じんじょう》のものではありませんでした。

「だれだ？　なにが望みだ？」。番兵たちはさっと座をけり、武器に手を伸ばしながら言いました。

「わたしは〈山の王〉トロールの息子なるトラインの息子なるトリンだ」。トリンは大音声《だいおんじょう》を発します。こう叫んだトリンは威厳たっぷり――ぼろの衣服にやぶれフードといういでたちにもかかわらず、いかにもこの名のりのとおり、王の末裔《まつえい》らしく見えたのはさすがです。首と腰には黄金の飾りものをつけ、瞳は黒く、深く澄んでいます。

「トリンが帰ってきた。ここの町長に会いたい」

これを聞いた番兵たちは興奮し、蜂の巣をつついたようになりました。いちばん愚かな者たちは、番小屋から飛び出しました。まるで、〈山〉が今夜にも黄金と化し、湖の水が今すぐにでも金色に変わるのだと信じてでもいるかのようです。隊長が前に進み出ました。

「で、こいつらは誰だ?」。フィリ、キリ、ビルボを指さしながら、隊長は質問します。

「わが父王の娘の息子たち、フィリとキリだ」とトリンは答えます。「いずれもドゥーリン一族につらなる者だ。そしてこちらはバギンズ君。われらとともに〈西〉から旅をしてきた」

「和睦《わぼく》が望みなら、武器をすてよ」と隊長が言います。

「武器は持っておらぬ」とトリンが答えます。これは事実です。ナイフはすべて、〈森のエルフ〉に取り上げられてしまいました。魔剣オークリストも同様です。ビルボは自分の短い剣を、例のごとく隠しもっていましたが、そのことは口にしません。「昔の予言のとおりに郷里に還《かえ》るわれらには、武器はいらぬ。それに、君たちおおぜいを敵にまわして、戦うことなどできぬ。町長のところへ連れていってくれ」

「いまは宴《うたげ》のまっ最中だ」と隊長が答えます。

「それならばなおさらのこと、連れてってもらいたいなあ」。フィリがたまらず言いました。さきほどからの形ばったやりとりに、痺《しび》れをきらしたのです。「ボクらはもう腹ぺこで、へとへとなんだ。道はとても長かったし、それに病気の仲間もかかえている。話はもうよしにして、急いで行こうじゃないか。ぐずぐずしていると、あとになって町長から叱られるかもしれないぞ」

「では、ついてこい」。隊長が言いました。六人の兵に囲まれたドワーフたちは隊長にしたがって橋をわたり、門をくぐり、町の市場《いちば》に入りました。そこは波の静かな、大きな円形の池です。周囲をとりかこむようにして、杭《くい》を土台にした豪邸《ごうてい》がたちならび、それにくわえて長い木の桟橋《さんばし》がつき出ており、そこから階段や梯子《はしご》をもちいて水面に下りてゆくことができます。大きな広間のある建物からたくさんの明かりがもれ出ており、おおぜいの人々の声が聞こえてきます。一行は戸をくぐりました。すると、とつぜんのまばゆい光をうけてぱちくりする一同の目に、人がぎっしりと座った長テーブルが飛びこんできました。

戸口に立ったトリンは、隊長にひと言もしゃべる暇をあたえず、声をはげまして叫びました。「われこそは、〈山の王〉トロールの息子なるトラインの息子なるトリンだ。いま、ここに帰ってきた」

その場の人々は総立ちとなりました。町長も、りっぱな椅子からとび上がりました。しかし誰よりも彼よりも驚いたのは、筏《いかだ》を操《あやつ》ってきたエルフたちです。広間の末席に座っていたエルフたちは、人々をかきわけて町長の前に進み出たかと思うと、いっせいにがなり立てました。

「こいつらは、わが王さまの牢から逃げてきた脱走囚です。ドワーフの浮浪者で、わが一族の者にうるさくつきまといながら、森をこそこそとかぎまわっていたのです。何をしているのかと訊《き》かれても、満足に答えられもしません」

「それは真実か?」と町長が尋ねます。じつのところ、そもそも〈山の王〉などいるかどうかすら怪しいのに、そのような者が帰ってきたなどと言われるよりは、浮浪者説のほうがもっともらしいと思っています。

「真実というなら、われらがふる里に還《かえ》る道すがら、〈エルフ王〉の不当な待ちぶせをくらい、いわれなき拘束《こうそく》をうけたというのが真実だ」とトリンが答えます。「だが、伝説にもうたわれているわれらの帰郷を、矢も盾もとどめることはできぬ。それにここは〈森のエルフ〉の国ではない。私は〈湖の人間〉の町長にもの申しておるのだ。〈エルフ王〉の筏乗《いかだの》りふぜいに用はない」

これを聞いた町長はためらいました。そうして、トリンとエルフとを交互《こうご》に眺めました。〈エルフ王〉はこの地方でたいそう権勢《けんせい》をほこっているので、町長としては事をかまえたくありません。また、この人は通行税と商売に身をいれ、黄金と船荷のことにのみ心を奪われており、またそれによって今の地位を得たというような人物だったので、古い唄などは、愚にもつかないものだくらいにしか思っておりません。ところが、他の人たちはそのように思いませんでしたので、ことは町長の意向をまたずに、すみやかに決着してしまいました。ドワーフ到来の知らせは広間の扉から飛び出し、燎原《りょうげん》の焔《ほのお》のように町中にひろがりました。すでに広間の内でも外でも、人々が喚声《かんせい》をあげています。波止場《はとば》には、先を争うようにして人々が集まってきました。そうして〈山の王〉の帰還《きかん》をたたえる唄の一節《ひとふし》が、あちらからもこちらからも聞こえはじめました。帰ってきたのがトロールその人ではなく、トロールの孫であったという事実は、この人々にはまったく気にならないようです。さらにおおぜいの者たちが唄を引きつぎ、大合唱が湖の上に響きわたりました。

真黒き山をしろしめす大君《おおきみ》、
　白がねの泉をみそなわし、
岩の宮居《みやい》に在《いま》す気高《けだか》き大君《おおきみ》、
　いつの日か帰りきたらん。
頭《かしら》にきらめくいにしえの冠《かむり》、
　たて琴に張る真新しき絃《いと》。
昔のうたが広間にもどれば、
　壁は返す、黄《こ》がねの木霊《こだま》。
蒼穹《あま》がした、草木はなびき、
　丘のうえ、森はなみうつ。
宝物《ほうもつ》はいずみと湧《わ》きいでて、
　黄《こ》がね白がね川と流れる。
流れは歌う、よろこびの唄。
　湖はかがやく幸せの笑み。
痛みも悲しみも全《すべ》て去らん、
　山の王、帰りきたりなば。

人々はこのような唄をうたいました。もちろんこれだけでなく、もっともっとたくさんの唄をうたいました。そうして、たて琴やヴァイオリンの音にまじって、人々が大声で叫ぶ声も聞こえてきました。これほど町の人々が興奮したことは、古老の記憶の中にもありません。〈森のエルフ〉たちですら驚きあきれ、恐怖感にさえとらわれました。かれらはトリンがどうやって逃げたのか、もちろん知りません。それやこれやで、エルフたちは、自分らの王が何かとんでもない間違いをおかしたのではなかろうかと、思いはじめたしだいです。いっぽう、〈湖の町〉の町長としては、すくなくとも今は町をあげての興奮に自分も乗るしかなく、トリンの名のりを信じるふりをするしかないと割りきりました。そこで、自分のりっぱな席をあけてトリンに座らせ、またフィリとキリをその両脇《りょうわき》の名誉の席につかせました。ビルボでさえ、上座《かみざ》に席があたえられました。ビルボのことは唄にぜんぜん出てこないので、伝説の出来事にどこでどう関わってくるのか分からないはずですが、興奮のるつぼの中で、説明を求めることすら、人々は忘れてしまいました。

やがて、のこりのドワーフたちが、途中の道々、どこでも驚くばかりの大歓迎を受けながら、町まで連れてこられました。かれらは傷の治療をうけ、食事と宿をあたえられ、とても愉快で、満足このうえもないもてなしを受けました。トリンの一行のためにといって、大きな家が一軒空けられました。またお役にたてばと、舟および漕ぎ手が貸しあたえられました。家の外にはおおぜいの人々が腰をおろし、日がな一日唄をうたいます。そしてドワーフの鼻の先でも見えようものなら、大喚声《だいかんせい》をあげるのでした。

人々の唄には古いものもありましたが、中には新作もまじっていました。ドラゴンがとつぜん死んで、高価な贈物をごっそりとのせた舟が川を下って〈湖の町〉にやってくるだろうと、自信たっぷりに歌います。これは主として町長がそのかして作らせた唄で、そんなものを聞かされたドワーフたちは不愉快千万《ふゆかいせんばん》ですが、これをのぞけば満足しごくで、かれらはふたたび脂肪と精力をたくわえはじめました。そうして、なんと一週間もたたないうちに、ドワーフたちはすっかり体力を回復し、それぞれ自分に固有の色の立派なマントを着せてもらい、鬚《ひげ》もきちんと整え、足どりも誇らしく、町をゆうゆう闊歩《かっぽ》するのでした。トリンはというと、すでにスマウグをばらばらに切り刻み、自分の国をすっかり取りもどしたような顔をしています。

この時期、トリン自身がさきに予言したように、ドワーフたちからビルボへの友情が、日ましに篤《あつ》くなってきました。もはや、ぶつぶつと文句や不平を言う者がいないどころか、酒を飲むときは「ビルボに乾杯！」、ふだんでも、何かといってはやさしく背中をたたいて親愛の情をしめし、およそ下にもおかぬいたわりようです。これは、まあ、それなりにけっこうなことでした。なぜというに、この時期のビルボは気が塞《ふさ》いでいたからです。あの垣間《かいま》みた〈山〉の醜貌《しゅうぼう》が忘れられないし、それにドラゴンのことも、いっかな頭を去ってくれません。これにくわえて、ビルボはすさまじい風邪《かぜ》をひいてしまいました。三日間というもの、くしゃみと咳《せき》の連続で家にこもりっきり、その後も宴《うたげ》の席などで言えるスピーチはというと、「どうぼ、あびがどう、ごばびばづ」だけという、なんとも情けないありさまでした。

いっぽうの〈森のエルフ〉です。荷をたずさえたかれらが〈森の川〉を漕ぎのぼり、宮殿につくと、大騒動がもちあがりました。例の隊長と執事《しつじ》にどんな運命がふりかかったのか、それはわたしも聞いていません。〈湖の町〉にいるドワーフの口から、鍵束《かぎたば》や樽の話が洩《も》れなかったのは、もちろんのことです。また、ビルボはぜったいに姿を消さないよう心がけました。とはいえ、さすがにバギンズ君のことまでは見抜けず、はっきりと分かっていることは少ないながらも、さまざまの憶測《おくそく》が飛びかったことだろうと思います。ま、いずれにせよ、ドワーフたちの目的は、これで〈エルフ王〉に知られてしまいました。あるいは、目的が分かったと、王は思ったわけです。王は心の中でこう考えます。

「おお、いいとも。この先どうなるか楽しみじゃないか。帰りに宝をもって〈闇の森〉を通るおつもりなら、きっとひと言いわせてもらうからな。だが、その前にひどい目にあって、死んでしまうだろうよ。それが当然のむくいというものさ」。〈エルフ王〉は、ドワーフがスマウグのようなドラゴンと戦って首尾よく退治できるだろうなどとは、頭から信じていません。ドワーフたちは、きっと、こそ泥の真似《まね》でもやろうとしているに違いない、というのが〈エルフ王〉の想像でした。この王さまは聡明なエルフなのです。町の人間どものようにおめでたくはありません。ただし、この物語の最後になれば分かりますが、すべてをご明察《めいさつ》だったというわけでもありません。王は〈湖〉の岸辺ぞいに、密偵《みってい》を何人も放ちました。また、別の密偵《みってい》たちには〈山〉にできるだけ接近して見張るよう、指令を出しました。そうして報告を待ちました。

二週間がたちました。トリンはそろそろ出発しなければと思いはじめました。人々の興奮が冷めぬあいだにこそ、援助を乞《こ》わねばなりません。ぐずぐずして時期を逸《いっ》するなどというのは、愚の骨頂《こっちょう》です。そこでトリンは町長と町の参議《さんぎ》たち[5]に面会して、自分たちはまもなく旅を続け、〈山〉に向かわねばならないと申し出ました。

これを聞いた町長はどぎもを抜かれ、少しばかり空《そら》おそろしくもなりました。トリンはやはり正真正銘《しょうしんしょうめい》、古代の王の末裔《まつえい》なのだろうかと、この時にはじめて思ったわけです。ドワーフらはとてもスマウグのそばに近よる勇気なんかありゃしないさ、あいつらはただのペテン師で、そのうち本性《ほんしょう》をあらわしたら追いはらってやるだけのことさ、などと町長は考えていたのです。これはもちろんまちがっています。トリンが〈山の王〉だった者の孫であることは事実ですし、それに、復讐《ふくしゅう》のため、富の奪還《だっかん》のためとあらば、ドワーフがどれほど勇敢にふるまうものなのか、知れたものではありません。

とはいえ、トリンらが去ることについて、町長が残念に思ったというわけでは、ぜんぜんありません。ドワーフらを飼っておくのはお金がかかりますし、かれらがやってきて以来、ずっと町中が果てしないお祭りのさなかにあるようで、ビジネスもなにもストップしたままです。「出かけてもらおうじゃないか。スマウグにちょっかいをだすがいいさ。さあて、どんな手荒な歓迎を受けることやら」と町長は腹の中で思います。けれども口に出た言葉は、このようなものでした。――「トロールの息子なるトラインの息子なるトリンどの。どうぞご出陣《しゅつじん》ください。ご自分のものを取り返すのは、しごく当然のはなしです。伝説にうたわれた運命の時は、すぐそこにせまっています。大したことはできかねますが、できるかぎりのご援助をいたしましょう。お国を取りもどされたあかつきには、この援助のこと、きっとお忘れなく」

こうして、秋が深まり、冷たい木がらしに枯れ葉がはらはらと舞い散るある日のこと、三艘《そう》の大きな舟が〈湖の町〉をあとにしました。漕ぎ手の者たち、ドワーフたち、そしてバギンズ君が乗り、食糧もたっぷりと積みこまれています。馬や小馬は陸上の迂回路《うかいろ》を行くべく、前もって送り出されました。一行の上陸地点で待ちあわせる手はずです。町長と参議たちは、町役場から湖におりてゆく大階段《おおかいだん》の上で、旅の一行にむかって別れを告げました。一般の人々は、波止場《はとば》の上や家々の窓から唄をうたって、一同を見送ります。白い櫂《オール》が水面を割り、しぶきが上がりました。かれらは湖の上を北に向かいます。長い旅も、いよいよ最後の段階となりました。このとき心底《しんそこ》から悲しい気持ちをいだいていたのは、ビルボだけでした。

第11章　敷居《しきい》の前にて

湖上を行くこと二日にして、一行は〈ほそなが湖〉に別れを告げ、〈ながれ川〉に突入しました。ここまでくると、〈はなれ山〉は目の前に高々と、凶悪《きょうあく》そうな相貌《そうぼう》でそびえたっています。流れは強く、溯航《そこう》も思うにまかせません。三日目の暮れ方、川を数マイルさかのぼったところで、一行は左手、すなわち西岸にへさきを向け、下船しました。ここで別働隊と合流です。多くの食糧や必需品《ひつじゅひん》をつんだ馬、それにドワーフたちが乗るべき小馬が、別に派遣《はけん》されて、ここで待っているのです。かれらは小馬に積めるだけのものを積み、のこりはテントの下にたくわえておきました。けれども、今夜くらいはここで一緒に泊まっていってはと誘っても、〈町の人〉たちは応じようとしません。〈山〉に近すぎて険難《けんのん》だというのです。

「とにかく、唄の予言が実現するまではいやだね」と、かれらは言いました。ここの荒れ地にやってくるとドラゴンの存在感がひしひしと感じられ、トリンなどは影がうすく、頼りなくてなりません。〝荒れ地〟といえば、あたりは文字どおりに荒れはて、空漠《くうばく》としており、食糧のたくわえに見張りを立てる必要すらありません。というわけで、夜がせまっているというのに、町の人たちは、あるいは川を下り、あるいは岸辺の道をたどって、いそいそと去ってゆくのでした。

寒くて、寂《さび》しい夜を過ごした一行は、すっかり気が萎《な》えてしまいました。翌朝ドワーフたちは小馬にのって、ふたたび旅を続けます。バリンとビルボがしんがりで、二人とも、荷をずっしり積んだ別の小馬の手綱《たづな》をひいていきます。のこりの者たちは、いくらか前方を進んでいます。道なき道を行くので、とてもゆっくりです。一行がめざすのは北西です。〈ながれ川〉から斜めにそれ、〈山〉から南にむかって長々《ながなが》と伸びている、一本の尾根に接近してゆくのです。

退屈な旅です。みんなおし黙ってこそこそと進む、やるせない旅です。笑い声も響かず、唄もたて琴もご法度《はっと》です。湖畔《こはん》で古い唄をうたったとき、胸の中にあれほどまでに湧《わ》きあがってきた矜恃《ほこり》、希望はあえなく消え去り、いまは暗い顔をして重い足をひきずるばかりです。この先には旅の終わりが待っているのだ、しかもそれは恐ろしい終わりかもしれないと、全員が思っています。周囲の土地が蕭条《しょうじょう》として荒れはて、死の風景となってきました。かつては美しい緑にあふれていたのだと、トリンがいくら言っても、いまは見る影もありません。雑草すらほとんどなく、やがて薮《やぶ》も樹もすっかり姿を消しました。あるのは、かつてそこに生えていた樹々の、折れて黒こげになった切り株ばかりです。ついに、かれらは〈ドラゴンのあらし野〉[1]にまでやってきたのです。しかも、よりによって万物がかれ萎《しぼ》む、寂《さび》しい季節にやってきたのです。

それでも、一行は〈山〉のすそ野にたどり着きました。ドラゴンがねぐらの周囲にまきちらす荒廃《こうはい》は、あたり一面に歴然《れきぜん》としていますが、ドラゴンそのものは影もなく、危険にもいっさい出会うことなしに、ついにここまでやってきたのです。いま〈山〉は、一行の目に、黒々とした沈黙のすがたをさらしています。そうして一歩進むごとに、いよいよ聳《そび》えたってきます。かれらは、南に下りてくる大きな尾根の西側の斜面に、最初のキャンプをもうけました。この尾根の南の果ては〈大がらすの丘〉と呼ばれる小高い丘となっており、かつては、見張り台として歩哨《ほしょう》が立てられていたのですが、いまの時点で、この上に登ってみる勇気は誰にもありません。そこに立ったらどこからでもまる見えなのです。

秘密の扉をさがすには、〈山〉の西側にのびている二本の尾根を探索しなければなりません。希望は一《いっ》にそこに懸《か》かっているのですが、その前に、〈おもて門〉のある南斜面を調べるため、トリンは調査隊を派遣《はけん》することに決めました。選ばれたのはバリン、フィリ、キリの三人で、ビルボもこれにくわわることになりました。四人は灰色をした沈黙の崖のすそを歩いて、〈大がらすの丘〉のふもとに着きました。〈山〉から流れだし、〈谷〉の渓谷《けいこく》の上をゆったりと大きな円をえがいて流れてくる〈ながれ川〉は、ここでカーブすることで〈山〉と別れを告げ、〈湖〉へと向かいます。水流は速く、にぎやかな音がきこえてきます。川岸は岩だらけで一木一草なく、深くするどくえぐれた下を川が走っています。ごろごろと大岩が転《ころ》がっているあいだを、泡だち、しぶきをあげながら、水が流れます。そして、この細い流れのむこうへとはるかに目をやると、二本の尾根がまるで〈山〉の腕《かいな》のように伸び、そのあいだに抱かれるようにして、広々とした渓谷《けいこく》がうずくまっています。そこに見えるのは古代の家々や塔や塀の、灰色に沈んだ廃虚《はいきょ》です。

「〈谷〉の残骸だ」とバリンが言いました。「むかし、あの町には鐘が鳴りひびき、山の斜面には緑の木々が生え、尾根につつまれた谷は、豊かで、楽しかった」。そう言ったときのバリンの顔には、やるせないながらも、ゆるさないぞという厳しい表情がたたえられていました。ドラゴンが飛んできたあの日、バリンはトリンと一緒にいた一人なのです。

これ以上川をさかのぼって〈門〉に接近する勇気は、一行にはありません。しかしかれらは、さらにこの南の尾根の突端《とったん》の先にまで歩をすすめ、大きな岩のうしろに身をひそめました。ここから北を望めば、〈山〉の二本の腕《かいな》のあいだに大岩壁《だいがんぺき》があり、そのまん中に、洞窟が暗くぽっかりと口をあけているのが見えました。この穴から〈ながれ川〉のあの豊かな水流がほとばしり出ています。また、そこから蒸気と黒煙の立ちのぼっているのが見えます。この荒れはてた風景の中で動いているものといえば、この一筋の煙と流れる水、それにときおりまっ黒な気味のわるいカラスが飛んでいるばかりです。音はというと、石を洗う水音《みずおと》、それにときおりカアとわめく不愉快なカラスの声だけです。バリンはぶるっと身ぶるいしました。

「おもて門」

「戻ろう」とバリンが言います。「こんなところにいても、何もよいことがない。それに、まっ黒なあのカラスはいやだな。まるで悪魔のスパイみたいだ」
「ドラゴンは今でも生きていて、〈山〉のなかの宮殿に棲《す》んでいるんだよ。あの煙から考えて、そんな気がするな」とビルボが言いました。
「煙が立っているからといって、かならずしもそうとは言えないが」とバリンが返します。「でも、君の言うとおりだと思う。ドラゴンはしばらくあそこを留守にしたり、山腹にひそんで見張りをしたりするかもしれないけれど、それでも煙や蒸気があの門から洩《も》れてくると思うよ。宮殿いっぱいに、あの胸くその悪いドラゴンの息が充満しているからね」

こんな暗い思いをいだき、どこまでもカアカアと追ってくる空のカラスを気にしながら、一行は重い足をひきずって、キャンプへの道をひき返しました。あのエルロンドの美しい屋敷で、客としての歓迎を受けたのは、ほんの六月のことでした。いまは秋がじわじわと歩みを進めて、冬のまぎわまできたとはいえ、あの楽しかった時からかぞえて数か月どころか、もう何年もたったように感じられてなりません。この危険きわまりない荒れ地にいるのは、かれらだけです。もはや援助の手がさしのべられる見こみはまったくありません。かれらは旅の最終地点《さいしゅうちてん》に近づこうとしています。でも、旅の最終目標《さいしゅうもくひょう》にはぜんぜん近づいていないという気がします。こんなありさまで元気など残っていようはずがありません。

ところが奇妙なことですが、バギンズ君には、ドワーフたちよりも元気が残っておりました。たびたびトリンの地図を借りて、それをじっと眺めては、ルーン文字や、エルロンドが読みとったムーン［月］文字のメッセージについて考えこんでおりましたが、このビルボの説得によって、ドワーフたちは重い腰をあげ、山の西斜面にあるはずの、秘密の扉をさがす危険な捜索《そうさく》をはじめました。一行は、まず、キャンプを西側の、細長い谷に移すことからはじめました。川の〈門〉がある南側の〈谷〉は広大ですが、それにくらべればこちらの谷は幅がせまく、しかも、それをはさみこんでいる尾根は、それほど盛り上がってはおりません。これら二本の尾根は山から西のほうへと伸びているのですが、平野にむかって徐々に低く降りてはゆくものの、側面は急峻《きゅうしゅん》な岩壁《いわかべ》になっています。西側のこのあたりは、ドラゴンのあばれた形跡が比較的すくないので、小馬に喰《は》ませるべき草も生えています。この西のキャンプは山と崖のおかげで、終日翳《かげ》の中にあり、夕刻となり、太陽が森のほうをさして落ちかかるころになってはじめて、日に照らしだされます。かれらは、このキャンプから、何組かにわかれて、くる日もくる日も山腹の道をさがしに出ました。地図が正しいとすれば、谷の上手《かみて》にそびえている、あの崖のはるか上のどこかに、秘密の扉があるはずです。くる日も、くる日も、ドワーフたちはがっかりして戻ってくるのでした。

しかし、ついに、思いもよらぬかたちで、求めていたものが見つかりました。ある日フィリとキリ、それにビルボの三人がもう一度谷を下りてみてはどうかと思いつき、南側の隅《すみ》のあたりに転《ころ》がっている、ごろ岩のあいだを進んでいた時のことです。正午ごろ、それだけがぽつんと離れて柱のように立っている、大きな岩のうしろ側にビルボがまわりこんだところ、上に続いてゆく、あらけずりの石の階段らしい構築物にぶつかりました。わくわくする胸をおさえながら、ビルボたちがこれをたどって行くと、細い道の痕跡がありました。ときに途切れ、また見つかって、ということをくり返すうちに南側の尾根の上に出てしまい、さいごには、さらにもっと細い岩棚《いわだな》にさしかかりました。この岩棚《いわだな》は、〈山〉の斜面をよこぎるように、北にむかって続いています。ビルボはここから下を見て、いま自分たちは、谷の山側の絶壁《ぜっぺき》の真上にいることが分かりました。下のほうにキャンプが見えています。右手で岩の壁をつかみながら、三人はものも言わずに、一列になってこの隘路《あいろ》を歩きます。が、やがて壁にぽっかりと穴があいていたので、中に入りました。すると、そこは、周囲がほぼ垂直の壁に囲まれた、小部屋となっていました。草のじゅうたんで床がおおわれている、落ち着いた静かな部屋という印象です。下から見上げてここの入口が見えなかったのは、崖の上方が庇《ひさし》のようにせり出しているからです。また、遠くから眺めて分からなかったのは、この穴が小さすぎて、ちょっとした亀裂《きれつ》くらいにしか映らなかったからなのです。ここはほら穴とはいえません。天井がないからです。いちばん奥には、のっぺりとした一枚岩が立ち上がっています。地面に接する部分は、職人が細工したようになめらかで、地面と直角をなしていますが、繋《つ》ぎ目や、裂け目はまったく見えません。柱、まぐさ、敷居《しきい》らしきものは全然ありません。かんぬき、錠《じょう》、鍵穴らしきものも皆無《かいむ》です。けれども、ついに求める扉をさがし当てたぞと、三人は信じて疑いませんでした。

どんどんと叩《たた》きました。ぐいぐいと押してもみました。開いてくれと懇願しました。扉を開ける呪文のはしくれを唱えてもみました。けれども、ピクリとも動いてくれません。疲れはてた三人は、ついに扉のわきの草に腰をおろしました。そうして夕方になって、そろりそろりと下りてゆきました。

その夜のキャンプは大騒ぎになりました。翌朝、一同はふたたびキャンプを移動させる準備をはじめました。ボファーとボンバーだけがあとに残され、小馬や、川からはこび上げてきた荷物の番をすることとなりました。その他の者たちはまず谷を下り、つぎに新発見の道を登り、細い岩棚《いわだな》にまでたっしました。ここから先は、包みや荷物をかかえたまま進むわけにはいきません。幅が狭いうえにスリル満点――いったん足を踏みはずすと、百五十フィート［四五メートル］落下して、とがった岩の上にたたきつけられます。けれども、一同は腰のまわりに丈夫なロープをしっかりと巻きつけたので、不慮《ふりょ》の事故にあうこともなく、全員ぶじに、例の草のはえた小部屋に行きつくことができたのでした。

ここに、一行は第三キャンプを張りました。必要なものはすべて下からロープで引き上げます。また、ときには、この同じルートを用いて、キリのような身の軽い者を下におろすことも試みました。そうすることで、すばやく下と情報を交換したり、見張りを交代させることができるのです。さらに同じルートによって、ボファーは上に引き上げてもらいました。けれども、ボンバーはロープを使うにしろ道を伝《つた》うにしろ、上に行くことなどまっぴらごめんだと言いはりました。

「肥《ふと》ったボクが、そんなハエみたいに壁を歩けるわけがないだろ」とはボンバーの弁です。「目をまわして鬚《ひげ》をふんづけるのがおちで、そうなったら君らは、また十三人になっちまうぞ。それに、肥《ふと》ったボクにゃ、あのロープは細すぎるよ」。この「ロープが細すぎる」というのは、結果として事実ではなく、そのおかげでボンバーは助かるのですが、そのことは、いまに分かります。

さて一部のドワーフたちは、岩棚《いわだな》のもっと先まで探検します。小部屋の先にも道が見つかりました。上へ上へとのぼり、峰の先へと続いていくようです。けれどもかれらには、この方面に遠くまで進む勇気がありませんでした。また、進んでもたいして意味があるとも思われません。上の領域では沈黙が支配しています。小鳥ですらたえて訪れることがないし、物音といえば、岩の割れ目を駆けぬける風の音くらいなものです。このような場所では、だれかを大声で呼んだりとか、唄をうたったりなどめっそうもないこと、ふつうに話すときでさえ、ドワーフたちは声を殺しました。どの岩の裏にも、危険がうずくまっていそうな雰囲気です。これに対して、のこりの連中は、扉の秘密をさぐろうとけんめいに努めましたが、こちらもいっこうに埒《らち》があきません。かれらは性急な気持ちが勝ちすぎていて、しちめんどうなルーン文字やムーン文字などにかかずらっていられるかと言わんばかりのありさま。休むことなく、のっぺりとした岩のどこに扉が隠されているのだろうと、ウの目タカの目でさぐりまわるばかりです。ドワーフたちは、つるはしなど各種さまざまの道具類を〈湖の町〉から持ってきていたので、最初はそれらを使おうとしました。ところがいざ岩をたたいてみると、柄が裂け、腕がじんじんふるえ、頭部の金属が割れたり、鉛のようにぐにゃりと折れまがったりで、てんで役にはたちません。力まかせの穴堀り仕事では、この扉を封じた魔法には歯がたたないものと見えます。それにまた、ドワーフたちは、グワーンと響きわたる強烈な音にびびってしまったのです。

ひとり敷居《しきい》の前に座って考えているのは、たまらなく寂《さび》しく、やるせないと、ビルボは感じるようになりました。もちろん〝敷居《しきい》〟などどこにもありませんが、かれらは岩壁《いわかべ》と入口のあいだの草の生えた地面を〝敷居《しきい》の前〟とふざけて呼んでいたのです。これは、もう昔話といってよいくらいですが、ビルボの家に思いがけないお客がおおぜい押しよせたとき、「敷居《しきい》の前にでも座っていれば、まあ、そのうちよい考えも浮かぶでしょうよ」と言った、あのビルボの言葉を、みなが思い出したからです。この言葉にたがわず、かれらは座ってけんめいに考え、さもなくばあてどもなく歩きまわり、そうして日に日に暗い気持ちへとかたむいてゆきました。

道を発見したときには、すこしは意気も浮上したのですが、ここにきてふたたびずしんと底まで沈没してしまいました。でも、あきらめて、よそへ行こうと言い出すものは誰もいません。とはいえ、さすがのビルボの頭もひらめきを失い、ドワーフなみになってしまったようです。ビルボはただ岩にもたれて座ったまま、入口の割れ目から遠く西のほうを眺めているばかりです。崖のむこうには平らな地面が続き、その果ては〈闇の森〉の暗々《くらぐら》とした壁にゆきあたり、その先にはさらに空間がひろがってゆきます。ときどき、そんな空間の果ての果てに、〈霧の山脈〉が小さくかすんで見えたと思う瞬間がありました。もしも、何をしているのかとドワーフに尋ねられると、ビルボはこのように答えました。

「敷居《しきい》の前に座って考えるのが押入《おしいり》の仕事だ、中に押し入ることも当然そうだけど、なんて言ったのは君たちだろ？　だから、ボクは座って考えているのさ」と。けれども、察するところ、ビルボはどうも肝心《かんじん》かなめの仕事のことを考えているのではなさそうです。あの青い空のむこうには何があるのだろう？　あの下には、のどかな〈西の国〉や〈丘〉、そうして、ボクのホビット穴があるのだろうか、などと夢想にふけっていたのです。

地面の草のまん中に、大きな灰色の石が転《ころ》がっていました。ビルボはものうい気分で、その石にじっと眺めいったり、大きなカタツムリを観察したりしました。カタツムリは、岩壁《いわかべ》がひんやりと気持ちよいのか、この奥まったささやかな小部屋がお気に入りのようです。無数の巨大なカタツムリが、壁の上をゆっくりと、舐《な》めるように這《は》いまわっています。

「明日からの一週間で、秋もおわる」と、ある日トリンが言いました。

「秋がおわれば冬がきて」とビファー。

「そして年があらたまり」とドワリンが引き取ります。「ボクらの鬚《ひげ》が伸びにのびて、崖から垂らして谷の底にとどくころになっても、何も変わらないかもね。ボクらの押入《おしいり》の先生は、何をしてるんだい？　姿を消す指輪もあって、いまや超一流の仕事人のはずなんだから、〈おもて門〉からもぐりこんで、ちょっとばかし偵察《ていさつ》してきてくれてもよさそうだな…。なんて気がしはじめてるんだけど」

これを耳にしたビルボは――ドワーフたちはビルボが座っている小部屋の、すぐ上にある岩の上で話していたのです――「おやまあ」と思いました。「そうか、そんな気がしはじめていらっしゃるってわけか！　困ったことがおきたら、最後のツケはいつもこの可哀想《かわいそう》なボクにまわそうってんだから、もう！　ガンダルフがいなくなってからは、いつもそうさ。いったいどうすればよいのだろう？　最後にはひどい目に遭《あ》うだろうってことくらい、なんで考えつかなかったんだろう。あの無惨な〈谷〉のありさまなんか気のどくで、もう二度と見られやしないし、あの煙モクモクの門になど金輪際《こんりんざい》入れるもんか！」

この夜のビルボはみじめな気分で、ほとんど眠ることができませんでした。翌日になると、ドワーフたちはめいめいの方向に散ってゆき、キャンプは空《から》となりました。下におりていって、小馬の運動をさせた者もいれば、山腹をうろつきまわった連中もおります。一人ぼっちのビルボは、終日、草の小部屋にどんよりと座って、石を見つめたり、入口の細い裂け目から西のほうを眺めたりしました。けれども、自分は何かを待っているのだという、奇妙な予感がしてなりません。「ひょっとして、ガンダルフが今日とつぜん帰ってくるのかもね」と思ったりもしました。

顔を上げると、遠くの森がかすかに見えます。太陽が西にかたむき、森の屋根が金色に輝いています。最後まで残っている枯れ葉が夕日をはねかえしているのでしょうか。見ているまに、入り日のまっ赤な円盤がビルボの目の高さにまで沈んできました。ビルボは入口のところに行きます。はるか大地のへりに、糸のような新月が蒼白《あおじろ》く、うっすらとかかっています。

そのとき突然、ガキッという鋭い音を、ビルボは背に感じました。草のまん中の灰色の石に、巨大なツグミがとまっています。ほぼ全身が黒炭《こくたん》のようにまっ黒ですが、胸は浅黄色《あさぎいろ》で、黒い斑点《はんてん》がついています。ガキッ！　カタツムリをつかまえたツグミが、それを石にぶつけているのです。ガキッ、ガキッ！

とつぜん、ビルボにはすべてが分かりました。危険のことなどすっかり忘れてしまったビルボは、岩棚《いわだな》に立って、ドワーフたちを呼びました。手をふりながら、声をかぎりに叫ぶのです。近くにいる者たちは、これはまた何事だろうかといぶかりながら、転《ころ》びつまろびつ岩を越え、岩棚《いわだな》の上をできるかぎりのスピードで駆けつけます。その他の者は、ひっぱり上げてくれ！　と叫びました（もちろんボンバーは別です。居眠りをしていましたから）。

ビルボが手ばやく説明しました。ドワーフたちは黙りこくってしまいます。ビルボは灰色の石のわきに立っています。ドワーフたちが鬚《ひげ》をゆさゆさ揺らしながら、いらいらと見つめます。太陽はいよいよ低く沈み、希望も萎《しぼ》んでゆきました。赤い筋雲《すじぐも》の中へと、太陽が姿を消しました。ドワーフたちはうめきますが、ビルボはなおも不動の姿勢で立っています。糸のような月も、はや地平の下に沈もうとしています。黄昏《たそがれ》が忍びよってきました。一同の希望がほとんど消えそうになった、その瞬間のことです。一本の指がまっすぐ何かをさし示すように、一筋《ひとすじ》のまっ赤な光が雲の裂け目から洩《も》れて出ました。真紅《しんく》の光線は、岩の割れ目を貫いて小部屋へと入り、なめらかな岩の面にぶつかりました。すると、それまで高い場所にとまって、首をかしげながら、キラキラと光るビーズのような眼で見つめていたさきほどの老ツグミが、ふいにかん高い声をあげました。バリリリリ…と大きな音がして、薄くはがれた岩がすべり落ちます。とつぜん、地面から三フィート［九〇センチ］ばかりのところに、ぽっかりと穴があきました。

岩のところにすっ飛んでいくドワーフたち。このチャンスを逃してはと震《ふる》える手で押しますが、岩はぴくりともしません。

「鍵だ！　鍵！」とビルボが叫びます。「トリンはどこ？」

トリンがさっと駆けよります。

「鍵だ！」とビルボは叫びました。「地図についていた、あの鍵だ。はめてみて！　まだ大丈夫だよ」

トリンが進みでて、鍵をとおした鎖を、首からはずしました。鍵を穴に差しこみます。ぴったりだ！　まわった！

ガチャリ！　真紅の光線が消え、太陽が沈み、月も姿を消し、空いっぱいに黄昏《たそがれ》の色がひろがりました。

ドワーフたちは力を合わせて押しました。ゆっくりと、岩壁《いわかべ》の一部が後退します。長くまっすぐなすきまがあらわれ、しだいにひろがってゆきます。やがて壁の中に縦五フィート横三フィートの扉が輪郭《りんかく》をあらわし、音もたてずに、ゆっくりと内側にひらきました。その瞬間、まるで山腹のこの穴の中から、暗闇《くらやみ》そのものが、水蒸気かなんぞのようにふわりと立ちのぼってきたかのような錯覚《さっかく》にとらわれました。目の前には、暗黒が深々と横たわっています。中のものは何ひとつ見えません。ただ黒い穴がぽっかりと口をあけ、下へと伸びているばかりです。

第12章　内部情報

　ドワーフたちは入口の前の暗闇《くらやみ》に立ったまま、延々《えんえん》と議論をしました。が、最後にトリンの出した結論というのはこうです。

「いまこそ、敬愛《けいあい》するわれらがバギンズ君の、活躍すべき時がきました。氏は、われらがこれまでの長き道のりを通じて、善き友たることを、身をもってあかしました。小さな体をはるかに凌《しの》ぐ、大いなる勇気と知恵のつまったホビットであります。また、わたしをもってあえて言わしめれば、凡人をはるかに上まわる強運の持ち主でもあります。このような氏であってみますれば、氏にわれらの仲間となっていただいた、まさにその根拠ともなるべき仕事を、果たしていただくべき時が、いまや至ったのであります。いまこそ、氏がその報酬をかせぐべき秋《とき》なのであります」

　重大な局面で、トリンがどのような調子で演説をぶつのか、読者の皆さんにはもうすっかりおなじみのことと思います。したがって、実際にはこの演説はずっとずうっと続いたのですが、これ以上、皆さんのお耳を煩《わずら》わせないことにしましょう。いまはたしかに重大な局面ではあります。けれども、ビルボはしだいにいらいらしてきました。トリン流のやりかたにはもうすっかり慣れっこになっているので、けっきょく何を言わんとしているのか、いまさらくだくだと言われるまでもありません。

「この秘密の通路にいちばんに入るのが、ボクの役目だとおっしゃりたいのなら――おお、トラインの息子なるトリン・オウクンシルドさん、お鬚《ひげ》のますます長く伸びんことを」と、むっとしたビルボが返します。「でも言葉は短く、いっそ単刀直入《たんとうちょくにゅう》に言ってしまえばよいのです。ボクがお断《こと》わりする可能性だってなくはありません。すでに二度も、面倒から救ってあげましたよね。最初の契約にはそんなもの入っていなかったのだから、報酬、報酬とおっしゃるなら、もうすでにいくらかは稼いでいると思いますよ。だけど、ボクの親父《おやじ》の口ぐせじゃないが、〝三度目の正直〟[1]って言いますからね、お断《こと》わりはしないだろうという気がします。たぶん、このボク自身、昔よりも自分の運のつよさを信じるようになってきたのだろうと思います」――この〝昔〟というのは、〝春に家を出る以前〟という意味ですが、ビルボはあれからもう何世紀もたったように感じています――「ともあれ、まあ行ってみましょう。今すぐ見てきて、さっさとけりをつけちまいましょう。さあ、ボクと一緒に行くのは、だれ？」

　われもわれもと志願の声の大合唱になろうなどとは期待していなかったので、ビルボはがっかりしませんでした。フィリとキリはお尻がむずむずするような、いまにも半歩足を前に踏み出しそうなかっこうを見せましたが、のこりの者たちはそんなふりすらしません。ただし、いつも見張り役をつとめるバリンだけは別です。バリンはビルボのことが気に入っているので、中に入るくらいは入って、少しは一緒に歩いてゆこう、もし何かあれば助けを呼ぶくらいのことはできるからね、と言うのでした。

　あえてドワーフたちのためにひと言弁じておくとすれば、このようになるでしょう。ドワーフたちがビルボの仕事に対して、たっぷりと報酬をはずむつもりでいたことは事実です。また、ビルボを連れてきたのは、やばい仕事を代行してもらうのが目的だったわけですから、ビルボがとくにいやがらないかぎり、そうした場合にビルボが事にあたるのは当然だと思っています。とはいえ、ビルボが窮地《きゅうち》におちいったならば、ドワーフたちは救いの手をさしのべるべく、あらんかぎりの努力を惜しまないということも事実です。そのことはすでに、この冒険旅行のはじめのほうで経験した、トロルとの場面で実証ずみです。あのころはまだビルボに対してとくに感謝すべき理由はなかったわけですから、ドワーフの親切心はいちおう信用しておいてもよいでしょう。ようするに、ドワーフは英雄ではありません。むしろ、お金《かね》をひどく崇《あが》める、計算高い連中です。なかには人を騙《だま》したり裏切ったりするような、不逞《ふてい》の輩《やから》もいます。が、そのいっぽうで、トリンの仲間のような、それなりに善良でまっとうな者たちもいます。ただし、かれらにあまり期待しすぎるのは考えものですが。

ビルボは魔法の戸をくぐり、こっそりと〈山〉のなかに足を踏み入れました。ふり返ると、黒い筋雲《すじぐも》のうかんだ藍色《あいいろ》の空に、たくさんの星が輝きはじめています。思ったよりも楽な道です。ここはゴブリンのトンネルでもなければ、〈森のエルフ〉のあらけずりなほら穴でもありません。往時《おうじ》、富と技術の頂点をきわめていたドワーフが、丹精《たんせい》をこめてつくった通路なのです。定規のようにまっすぐで、地面も壁もなめらかそのもの。ゆるやかに下っていく勾配《こうばい》も変わることなく、ただひたすらまっすぐ――下の暗黒の空間の、はるか先のどこかにあるはずの終着点にまでのびているのです。

しばらく進むと、バリンは「好運をいのる」と告げて、立ち止まりました。入口の輪郭《りんかく》がまだほんのりと見え、このトンネルに特有のこだまのせいで、すぐ外にいる仲間たちのひそひそとかわす話し声が、かすかに聞こえています。一人になったビルボは、指輪をはめました。そして、上の声がこんなに響いてくるのだからと、足音をたてぬようふだん以上に気をつかいながら、下へ、下へ、下へと音もなく暗闇《くらやみ》を侵《おか》してゆきました。ビルボのからだは恐怖にうち震《ふる》えています。それでも、顔はぐっとひきしまり、決意のほどがあらわれています。ずっと前に〈ふくろの小路屋敷〉からハンケチをもたずに駆け出してきた、あのビルボとは、いまやもうすっかり別人です。ハンケチなど、このところ持ったこともありません。ビルボはためしに剣を鞘《さや》から浮かせてみて、ベルトをきつく締めなおし、道を続けました。

「ついに来るところまで来てしまったな」と、ビルボはみずからの心に語りかけました。「お前は、ドワーフたちがやってきたあの夜、よせばいいのに、余計なことに足を突っこんじまった。こんなことからは早く足を洗わなきや。だけど、ただじゃすまないぞ。やれやれ、なんて馬鹿だったんだろう。なんて馬鹿なんだろう」と、ビルボのもっともトゥックらしからぬ部分が嘆《なげ》きます。「ドラゴンの宝物なんてボクにはまったく用がない。宝なんて、ずっとここにあったっていいじゃないか。夢ならさめてくれ。このいやらしい通路が、わが家の玄関ホールであってくれ！」

夢からさめ…など、もちろんしません。そうしてビルボがなおも下っていくと、上の入口がすっかり闇に融《と》けこんでしまいました。ビルボは完全にひとりぼっちです。まもなく、なんだかなま暖かい空気がただよいはじめました。「あのまっすぐ下のほうに、何か見えるような気がする。何かが光っているのかな？」とビルボは思いました。

まさにそのとおりでした。進むにつれて明るさが増し、もはや見まちがえようがありません。赤い光です。一歩ごとに赤みが増してくるのです。また、通路の中がはっきり暑いと感じられるほどになりました。湯気《ゆげ》がいく筋か浮遊《ふゆう》してきて、頰《ほお》をなでてゆくので、ビルボは汗をかきはじめました。また、なにか低い持続音が耳朶《じだ》をうつのを感じました。大きな鍋《なべ》が火のうえでぐつぐつ煮たっているような音に、巨大な雄ネコが喉《のど》を鳴らしているような、ごろごろという響きがまじっています。なおも下っていって、これは、いびきだ！　とビルボは思いました。とてつもなく大きな動物がぐうぐういびきをかきながら、あの下のほうの赤い輝きの中で眠っているのです。

この地点で、ビルボの足がぱたりと止まりました。次に踏み出した一歩は、ビルボの生涯のなかで、最高に勇敢な一歩だといってよいでしょう。その後におきた波瀾万丈《はらんばんじょう》のできごとも、これにくらべれば屁《へ》でもありません。このとき、前途には巨大な危険が待ちかまえていました。よし、そいつを見てきてやろうと決心するまでの、ビルボがひとりで戦った心の戦いこそ、真《しん》に英雄的な戦いなのです。勝負は一瞬のうちにつき、ビルボはふたたび歩きはじめました。読者の皆さん、どうか心の中に思い描いてみてください。ビルボは通路の端《はじ》にたっします。そこには、上の入口と形も大きさも似かよった穴があいています。ビルボが小さな首をぴょこんとつき出します。ここは〈山〉の根っこのまんまん中です。古代のドワーフがいちばん深くにこしらえた、大きな地下倉、もしくはお城の大広間《おおひろま》がここにあるのです。まっ暗闇《くらやみ》にちかいので、その壮大な規模はぼんやりと推測ができるていどです。ところがで

J・R・R・トールキン「裏の扉」

す。かたい岩の床の遠からぬところから、赤い輝きが立ちのぼっています。スマウグです！

赤みがかった黄《こ》がね色にかがやくドラゴン――スマウグはぐっすりと眠っています。グワオグワオといびきが口と鼻孔《びこう》からもれ、煙もいく筋か上がっていますが、眠っているので火はちろちろと燃えているていどです。スマウグのからだの下――その四肢《しし》の下にも、そのくるりと巻いた巨大な尾の下にも、またスマウグの巨体のぐるりにも、闇にかくれた床をおおい尽くさんばかりに、貴金属や宝石が、無数の山をなしています。細工した黄金、未加工の金塊《きんかい》、宝石、珠玉《しゅぎょく》の数々。そうしてドラゴンの発散する代赭色《たいしゃいろ》の輝きをうけて、銀が赤くそまっています。

スマウグは横たわっています。巨大なコウモリのような翼を折りたたみ、やや横寝《よこね》の姿勢になっているので、腹部がまる見えです。蒼白《あおじろ》い色をした長い腹には、ずっと豪華《ごうか》なベッドに寝ていたせいで、宝石や黄金のきれはしがびっしりとくっついています。うしろの壁は比較的近くにあるので、ぼんやりと見えていますが、その上には鎖《くさり》かたびら、よろい、兜《かぶと》、戦斧《おの》、剣、槍《やり》などが掛かっています。また、壁ぎわには大きな瓶《かめ》や壺《つぼ》が何列にも並んでおり、想像もつかないほどの宝物がぎっしりとつまっています。

ビルボははっと息をのみました――と、ここでそう言ってみても、それは何も伝えないに等しいでしょう。この時のビルボの衝撃を言い表わすことばは、もはやこの世には残されていません。世界が驚異に満ちていた時代に、エルフから習った言《こと》の葉《は》を、人間はすっかり堕落させてしまったからです。[2]ビルボはドラゴンの宝物のことを、唄や物語で聞いたことがありました。けれども、そのような宝がいかほどの燦《きらめ》きと光沢《こうたく》と眩暈《げんうん》をまき散らすものなのか、ほんとうの意味で実感したことなどあるわけがありません。このとき、ビルボの心はうっとりと魅了され、ドワーフじみた貪欲《どんよく》にさし貫かれました。恐ろしいドラゴンのことも忘れはて、膨大《ぼうだい》で莫大《ばくだい》な黄金に、身じろぎもせず見惚《みと》れました。

ぼうっと見惚《みと》れたまま、一世紀もたったような気がしました。やがて、ビルボは、いけない！　という内心の声にさからいながら、入り口の翳《かげ》をそっと離れ、いちばん近くの宝の山のへりに忍びよりました。見上げると、そこには眠れるドラゴンが臥《ふ》しています。その恐ろしさは、眠っていてもかわりません。ビルボは左右に二つとっ手のついた、大きな酒盃《さかずき》をつかみ上げました。ずしりと重い。やっとはこんでゆけるほどでしょうか。そうして、恐怖に満ちた視線を、ちらりと上にむけました。スマウグは翼をもぞりと動かし、爪をひとつ開きます。そのとき、いびきの音がかわりました。

ビルボは走りました。でも、ドラゴンの目は――まだ――さめません。夢が変わり、あらたな破壊《はかい》と強奪《ごうだつ》の夢にひたりながら、こそ泥がやってきたなどとはつゆ知らず、ドラゴンは眠りつづけます。小さなホビットは長い通路をけんめいにのぼります。心臓ははげしく鼓動し、瘧《おこり》にでもつかれたような震《ふる》えが――下ったときよりもひどく――足をとらえます。それでも、酒盃《さかずき》だけはしっかりと握っています。そんなビルボの心の中に、こんな言葉がぐるぐると回っています。「やったぞ！　これで、あいつらも目がさめるぞ。ふん、押入《おしいり》より八百屋《やおや》のオヤジみたいだと！　まったく！　もう、二度と言わせないからな」[3]

まさにそのとおりになりました。帰ってきたビルボを見て、バリンは大感激しました。嬉しいばかりでなく、驚嘆《きょうたん》もしました。バリンはビルボをかかえ上げて、扉の外まではこんでゆきました。もう真夜中で、星は雲にかくれています。ドワーフたちは、大喜びです。いく度も、いく度も、ビルボの背中を叩《たた》きながら、その偉業を褒《ほ》めたたえ、「わが一族は末代《まつだい》にいたるまで下部《しもべ》としてビルボ殿におつかえ申す」などと、感謝しました。けれどもこのような一同の興奮をよそに、ビルボはというとじっと目を閉じ、寝ころがって息をはあはあさせながら、新鮮な空気がふたたび皮膚の上をなでる快感にひたるのでした。

ドワーフたちが酒盃《さかずき》を手から手へとまわしながら、なおも宝を取りもどした喜びを語りあっていた、その時です。ふいに、山の底のほうで途方もなく大きな轟音《ごうおん》が鳴りはじめました。古い火山がふたたび噴火をはじめようと決心したかのようでした。風圧で通路の扉がほとんど閉まりそうになりましたが、小石がはさまったおかげで、その運命だけは免《まぬか》れました。しかし、山の奥底に発した轟音《ごうおん》が、おそろしいこだまとなって長い通路を駆けのぼってきました。吼《ほ》え狂い、じだんだを踏むドラゴンのせいで、地面全体がふるえます。

一瞬まえの喜びはどこへやら、自信と確信に満ちていたドワーフたちはすっかりおびえ、ちぢこまってしまいました。そうです、スマウグはいまだ健在《けんざい》なのです。ぴんぴんしているドラゴンの近くに住んでいる場合には、いつもそのことを頭の隅《すみ》に置いておかねばなりません。ドラゴンは莫大な富をかかえこんでいても、それを実際に利用するなどということはないのですが、一オンス［二八グラム］の重さにいたるまで、自分がどれほどのものを持っているのか憶《おぼ》えているものです。手に入れて長い時間がたっている場合はなおさらのこと——その点でスマウグも例外ではありませんでした。スマウグは不安な夢をみていました（体はお話にならぬほど小さいが、大きな勇気と、するどい剣をもっている戦士が活躍する、不愉快きわまりない夢です）。この夢が途切れ、まどろみとなり、まどろみが浅くなって目がぱっちりと開きました。目ざめたスマウグは、いままで憶《おぼ》えのない臭《にお》いの空気が、洞窟内にかすかにただよっているのに気がつきました。あの小さな穴から風が入ってくるのだろうか？　とても小さいながらも、この穴のことはずっと気にかかっていました。スマウグは疑り深い目でぎろりと見やり、なぜさっさと塞《ふさ》いでおかなかったのだろうと後悔します。最近スマウグは、何かを叩《たた》くような音の反響がかすかに聞こえるような気のすることがありました。ずっと上のほうで誰かが何かを叩《たた》いているのが、この穴をつたって響いてくるのではなかろうか、と。もぞりと体を動かし、臭《にお》いをかいでみようと首を伸ばした、その時です。スマウグは気がつきました。酒盃《さかずき》がない！

盗人《ぬすっと》、火つけ、人殺し！　はじめて〈山〉に来たとき以来、こんなことがおきたことはありませんでした。スマウグは筆舌《ひつぜつ》につくしがたいほどの、はげしい憤怒《ふんぬ》にとらわれました。どんな怒りかというと、ひとりの個人として楽しめる以上の物を所有している大富豪が、いままでずっと持っていたけれど、ほとんど使いもしなければ、さして大事とも思わなかったものを、とつぜんなくしたときに感じるような気持ち——とでも言えばよいでしょうか。スマウグの口は炎を噴《ふ》きだしました。広間は濃煙にけぶり、山は根こそぎ揺れました。小さな穴に頭をつっこもうとしますが、それはならず、全身をくるりと巻き、雷のように咆哮《ほうこう》してから、地下のねぐらの大扉をぬけ、山の宮殿の巨大な廊下へと出て、〈おもて門〉へと上がっていきました。

徹底的に山狩りをして、かならず泥棒をとらえ、八《や》つ裂《ざ》きにし、踏みつぶしてくれるぞ！ スマウグの頭の中は、この一つの思いでいっぱいです。スマウグは〈門〉を出ます。泉の水が、ジュジュウと猛烈に気化して上がります。スマウグは炎に包まれて空中に舞い上がりました。ついで山頂に降りたったその姿は、緑と緋《あか》の炎の柱そのものです。スマウグが天《あま》がける恐ろしい音は、ドワーフたちの耳にもたっしました。ドワーフたちは草の生えた小部屋の壁ぎわに身をよせあい、岩の下《もと》にちぢこまりました。血まなこになって狩りをするドラゴンの目を、なんとか逃れられればと祈るばかりです。

ここでドワーフたちが全滅を免《まぬか》れたのは、またしてもビルボのおかげでした。「早く、早く」とビルボは息せきって言いました。「扉だ！ 通路だ！ こんなとこに居《い》ちゃダメだ」

ビルボの言葉にはげまされて、通路の中に避難しようとしていた矢先《やさき》に、ビファーが叫びました。「ボクのいとこはどこ？ みんなボンバーとボファーのこと、忘れてるよ。下の谷にいるんだ」

「あいつらは殺されちまうさ。小馬もすべてね。それに食糧もなくなっちゃう」と一同がうめきました。「もうどうしようもないさ」

「馬鹿いうんじゃない」。威厳を取りもどしたトリンが叱ります。「二人を残してなどいけるか。バギンズ君とバリン、それにフィリとキリの二人は中に入りたまえ。全員やられちゃたまらないからな。さあ、のこりの君たち、ロープはどこだ？ 急げ！」

この時がおそらく、今までで最悪の瞬間だったでしょう。スマウグの怒りくるう恐ろしい音が、はるか上のほうにある、たくさんの岩の洞《うろ》に反響しています。炎の塊《かたまり》と化したスマウグが、いつ上から降りてきても、あるいはいつ横から飛んできてもおかしくありません。危険な崖のへりで、けんめいにロープを挽《ひ》いているドワーフらが発見されるのも、もはや時間のもんだいです。ボファーが上がってきました。いぜんとして全員ぶじです。つぎに、はあはあ喘《あえ》ぎあえぎ、ロープをきしらせながらボンバーが上がってきます。でも、いぜんとして全員がぶじです。さらに、道具類と、たばねた食糧の包みがいくつか上がったときに、危難《きなん》が襲《おそ》いかかってきました。

ヒュルルルという音が聞こえました。ぎざぎざ岩のとがった先に、赤い光が映じます。ドラゴンが現われました。ドワーフたちが通路に跳びこみ、荷物を引き入れたその瞬間、危機一髪《ききいっぱつ》！　スマウグが北から襲《おそ》いかかりました。山肌を炎で舐《な》めながら巨大な翼をはばたき、ごうごうと嵐のような音をたてながら飛んできました。その熱い息のおかげで、扉の前の草の葉はちりちりと巻きあがり、おまけにドワーフたちがあえて残しておいた扉のすきまから、炎が侵入し、中にひそんでいるドワーフたちを焦《こ》がしました。火がちらちらと燃え上がり、岩の影が黒くおどります。ふたたびスマウグが通過すると、こんどは暗闇《くらやみ》となりました。小馬たちは恐怖の絶叫をくりかえし、手綱《たづな》をきって狂ったように駆け去りました。ドラゴンは急降下し、旋回してそのあとを追い、すがたを消しました。

「かわいそうに、小馬たちもこれでおしまいだな」とトリンが言いました。「スマウグに目をつけられたら、何者も逃れることはできないのだ。さあ、ここまで来てしまった。そして、もはや、ここにいるしかない。川に戻る途《みち》は長く、上からまる見えだ。スマウグが目を光らせているいま、歩いて戻ることなんて、考えられやしない」

こんなことを思うと心が冷えてきます。ドワーフたちは少し下においていって横になり、青ざめた夜明けが扉のすきまから忍びこんでくるまでの時間を過ごしました。空気がむっとこもり、なま暖かいのですが、ドワーフたちのからだはぶるぶると震《ふる》えます。夜を徹して、スマウグがグワーンと接近してきて、通りすぎては遠ざかるのが聞こえました。山腹でしつこく、しつこく狩りを続けているのです。

小馬と、キャンプの痕跡を発見したスマウグは、川と湖から人間がやってきて、小馬のいたその谷から、山腹をよじ登ったものと推測しました。しかし、その刺しつらぬくような目をもってしても、岩の扉は見つからず、高い壁に囲まれた小部屋のおかげで、ドワーフたちはドラゴンの苛烈《かれつ》かぎりない火炎《かえん》にじかにさらされるのを免《まぬか》れたというわけです。こうして際限《さいげん》なく実りのない狩りが続きましたが、夜明けの冷気に怒りもさめ、スマウグは黄金の寝床へと帰ってゆきました。眠って、あらたな力をたくわえるためです。たとえ千年の歳月が流れ、スマウグがくすぶる石になり果てようとも、決して泥棒のことは忘れないでしょう。ゆるさないでしょう。でも、時間はたっぷりとあります。のっそりと、むっつりとして、スマウグはねぐらに戻り、眼を半分閉じました。

朝になると、ドワーフたちの恐怖がうすらぎました。あのような宝の番人が相手なのだから、この種の危険はむしろ当然なのだとひらきなおりました。まだ今の時点で、目標を放棄すべきではないのです。また、トリンが指摘したように、いま即刻《そっこく》立ち去ることは不可能です。逃げたにせよ、殺されたにせよ、小馬がいませんし、長い道を歩いてゆけるほどにスマウグが警戒心をゆるめてくれるまでには、そうとうのあいだ待つ覚悟が必要です。また、運のよいことに、かなりの食糧を救うことができたので、まだ当分はもたせることができます。

いったい何をなすべきか、ドワーフたちは長々《ながなが》と議論しました。けれども、スマウグを厄介《やっかい》ばらいする手だてなど、見つかろうはずがありません。最初からこの点こそが計画全体の最大の弱点だったのだ…と言いたい気持ちを、ビルボはぐっとこらえました。やがて、思案の尽きた者のつねですが、ドワーフたちは愚痴《ぐち》をこぼしはじめました。槍玉《やりだま》にあげられたのは、ビルボです。ドワーフたちは、さっきまであんなに喜んでいたのに、今度は手のひらを返したように、ビルボを非難しはじめました。ビルボが酒盃《さかずき》を持ち去って、スマウグの怒りを呼びさましたのはまずかった、もっと慎重に行動すべきだったというのです。

「それこそがまさに、押入《おしいり》の仕事じゃないの?」と、怒ったビルボが訊《き》き返します。「ボクが雇われたのは、ドラゴンを殺すためじゃない。それは兵隊の仕事さ。ボクの仕事は宝を盗むことで、そのための最上のスタートをきったんじゃないか。トロールの宝を全部背中にしょって、ボクがよろよろと帰ってくるなんて、君たち期待してたのかい?　文句を言っていいなら、ボクにだって言い分があるよ。君たちは、押入《おしいり》を一人じゃなくて、五百人引きつれてこなきゃいけなかったのさ。あんなにものすごい量の財宝だとはね!　あなたのお祖父《じい》さんがすごい人だったことは分かるけど、でも、そんなこと、ボクにはっきりと教えてくれなかったじゃないか。ボクの体が五十倍も大きくて、スマウグが借りてきたネコみたいにおとなしくても、ボクが宝を全部はこんでこようと思ったら、何百年もかかっちまうよ」

反論されたドワーフたちは、もちろんビルボに赦《ゆる》しをこいました。「ではバギンズ君、提案してくれたまえ。われわれはいったい何をすればよいのだろう？」とトリンがていねいに訊《き》きました。

「財宝を動かすことをお考えなら、いまのところ、ボクには何も思いつきませんね。だれが見ても、あらたになにか好運がおとずれて、スマウグが退治されないかぎり、チャンスなどありませんよ。ドラゴン退治なんてボクの専門じゃないが、まあせいぜい知恵をしぼってみましょう。ボク個人の意見としては、ぜんぜん見こみないと思ってます。ああ、ぶじに家に帰りたいなあ」

「そんなこと思ってる場合じゃない！　いま、今日のこの日に何をすればよいのだろうか？」

「ホントウにボクの助言がほしいですか？　では言いましょう。何もしないで、ここにいるしかないですね。昼間になれば、よい空気を吸いに出てもだいじょうぶでしょう。しばらくたてば、一人か二人代表になって川のほとりのキャンプに戻り、食糧の補給をしてもらうこともできるでしょう。でも、今のところ夜のあいだは、出口からじゅうぶんに離れて、この中にいないとダメでしょうね。

さてここで、ボクのほうから一つ提案させていただきましょう。ボクには指輪があるので、今日の正午——かりにもスマウグが眠るとすれば、きっとそのころだろうから——下に降りていって、それで、やつが何をたくらんでいるのか見てきます。まあ、何かよいことがあるかもしれませんよ。〝どんなドラゴンにも弱点がある〟と、ボクの親父《おやじ》はよく言ってましたよ。自分の経験からそう言ったんじゃないとは思いますがね」

当然のことながら、ドワーフたちはこの提案に飛びつきました。すでにかれらはこのちっぽけなビルボを、尊敬のまなざしで見ています。ここにいたって、ビルボが今回の冒険の真の指導者となったかの観《かん》がありました。独自のアイデアや計画をどんどん出しはじめたからです。正午となり、ふたたび〈山〉の奥にもぐるべく、ビルボは気をひきしめました。もちろん、好きこのんで行くのではありません。けれども、前方に何が待っているのかおおよそのところは心得ているので、そういやでもありません。ただしビルボは、ドラゴンというのがどんな生き物か、どんなにずる賢い連中なのか、ほんとうには分かっていません。分かっていたなら、あんなに気楽ではいられなかったでしょうし、スマウグは眠っているだろうなどと、安易《あんい》に思いこみもしなかったでしょう。

ビルボが出発したときには太陽が照っていましたが、通路の暗さは夜の闇とかわりません。ほとんど閉じている扉から入ってくるわずかばかりの明かりは、下りてゆくとたちまち薄れてしまいました。ビルボの足どりは静かです。そよ風にのった煙のように静かです。どうだい、大したものだろうと、出口に近づいたビルボはみずからを誇らしく思います。中には、ほんとうにかすかな光しか見えません。

「スマウグ君は、疲れておやすみのようだな」とビルボは思います。「あいつにはボクが見えないし、何も聞こえやしない。がんばれ、ビルボ!」。このとき、ビルボはすっかり忘れていました。もしくは、そもそも誰からも教わらなかったのかもしれませんが——ドラゴンにはするどい嗅覚《きゅうかく》があるのです。また厄介《やっかい》なことに、ドラゴンというやつは、警戒心をいだいているときには、熟睡《じゅくすい》しながらでも片眼を半分あけて、見張りができるのです。

ビルボが入口のところからふたたび覗《のぞ》いてみたとき、スマウグが熟睡《じゅくすい》しているように見えたことは事実です。ほとんど死んだみたいに炎が鎮《しず》まり、目に見えない蒸気が口から出てくるていどで、いびきもかいておりません。ビルボが部屋の床に足を下ろそうとした、その瞬間のことです。スマウグの左眼の重くたれさがったまぶたの下から、針のように鋭い、赤い光線がふいにキラリと差しました。スマウグは寝たふりをしていただけだ! 入口を見張っていたのだ! ビルボは出した足を急いでひっこめ、好運の指輪に感謝しました。そのとき、スマウグが口をひらきました。

「おい、こそ泥。臭《にお》いで分かるぞ。空気も動いている。お前の息の音も聞こえるぞ。出てこい。何なりと盗むがよい。うなるほどあるぞ」

けれども、ビルボは、ドラゴン学の知識においてまったくの門外漢《もんがいかん》というわけでもありません。だから、こそ泥なんぞ簡単におびきよせられようなどとスマウグが思っていたとすれば、大きな失望を嘗《な》めさせられました。「いいや、遠慮もうしあげる。ああ、スマウグよ、〈強大無比《きょうだいむひ》の大王〉よ」とビルボは答えます。「プレゼントをいただきに来たのではない。お前をひと目みたいと思って来たのだ。ホントウに物語にたたえられるほど偉大なのかどうか、疑問だったのでね」

「で、まだ疑問か？」とスマウグは、ビルボの言ったことなど、ひと言も信じてはいないながらも、まんざらでもないという顔で訊《き》きました。

「おお、スマウグよ、〈禍《わざわ》いの代名詞〉、〈禍《わざわ》いの大王〉よ、物語や唄はとうてい現実には及ばない」とビルボが答えます。

「お前は嘘《うそ》つきのこそ泥だが、礼儀は心得ているな」とスマウグ。「お前はわしのこと[4]を知っているらしいが、わしのほうではお前の臭《にお》いをかいだことがないと思う。お前はだれだ？　どこの出なんだ？　ひとつお聞かせいただけましょうかな？」

「ああ、いいとも。ボクは丘の下の出身さ。丘をもぐり、丘をこえて、はるばるやってきた。空も飛んだ。ボクは姿を消して歩く者だ」

「そのとおりだろうよ」とスマウグが返します。「だが、それはお前のいつもの名じゃあるまいな」

「ボクはカギの発見者。クモの糸切り。針のあるハエ。ラッキー・ナンバーのために選ばれた」

「どれもすばらしい称号だ」とスマウグは皮肉《ひにく》ります。「じゃが、ラッキー・ナンバーがいつもラッキーとはかぎらんぞ」

「ボクは友を生き埋めにし、水に沈め、ふたたび生きて引き出す者。ボクは〈ふくろの小路〉から出てきたが、〈ふくろの口〉には入らなかった」

「そいつは嘘《うそ》っぽいな」とスマウグは嘲《あざけ》りました。

「ボクはクマの友だち、ワシのお客。ボクは指輪《ゆびわ》獲得者《かくとくしゃ》、好運はこび人。ボクは樽《たる》乗《の》り」。謎々ごっこに興《きょう》がのってきたビルボです。

「そいつはましだな」とスマウグ。「だが…、いい気になってのりすぎるなよ」

＊　＊　＊

ドラゴンと話すには、もちろん、こうでなくっちゃいけません。本当の名前をあっさりとばらしてしまうのはまずいし、名前など教えないなどとにべもなく断《こと》わって、ドラゴンを怒らせるのも下《げ》の下《げ》です。ドラゴンという生き物は、謎々をちりばめた会話に目がなく、理解しようとして時間をむだにするのが大すきな連中なのです。ビルボの話の中には、スマウグに理解できないことがたくさんありました（ビルボは自分の経験したさまざまの冒険をネタにしているので、読者の皆さんはよくお分かりになられたのではないかと思います）。けれども、スマウグは必要なことは分かったぞと思い、そのまっ黒い腹の中でほくそ笑みました。

「きのうの夜思ったとおりだ」と、スマウグは心でニヤリと笑います。「〈湖の人間〉どもだ。樽で商売している、みじめったらしい虫けらどもが、ろくでもないことを考えてやがるな。そんなことくらい分からなきゃ、このオレ様はとんまなトカゲやろうさ。あちらには、もうずいぶん長いことごぶさたしているぞ。だが見てろよ、すぐに行ってやるからな」

「よかろう、樽乗《たるの》りということにしておこう」とスマウグが、声に出して言いました。「〝樽《たる》〟というのは、お前の小馬の名前だったのかもしれない。あるいはそうでなく、別の丸っこいものかもしれない。お前は姿を消して歩くかもしれぬが、ずっと歩きとおしたわけでもあるまい。ゆうべ、六匹の小馬を食わせてもらった。のこりもすぐに食わせてもらう。すばらしいごちそうをいただいたお礼に、お前のためを思って、ひとつアドバイスを進呈《しんてい》しよう。なるたけドワーフとはつきあわないことだな」

「ドワーフだって！」驚いたふりをしながら、ビルボが叫びます。

「とぼけるんじゃない」とスマウグ。「わしにはドワーフの臭《にお》いが（それに味だって）分かっておる。そのことでは、誰にもひけをとらぬ。小馬を食って、それがドワーフの乗った小馬だと分からんようなわしじゃと、お前はほざくつもりか？　こそ泥の樽乗《たるの》りよ、ドワーフなんぞにつきあっていると、ろくな死にかたをせんぞ。帰って、わしがそう言ったと伝えてくれてけっこうじゃ」。けれども、スマウグがビルボに言わなかったことが一つあります。目の前のビルボの臭《にお》いばかりは、どうにも嗅《か》ぎわけられない、ということです。いままでホビットにお目にかかったことがなかったので、スマウグはおおいに悩んでいたのです。

「ゆうべは、あの酒盃《さかずき》でずいぶん儲《もう》けたろう」とスマウグが続けます。「どうだい？　白状《はくじょう》しろ。ふうむ。そいつはいかにもドワーフらしいな。いま、あいつらは外でのうのうと待っているのだろう。なに、ゼロだと？　はぜんぶお前におしつけて、自分たちのために、わしが見ていないすきに何でも取れるものを取ってこい、と言ったのだろう。礼はたんまりもらうのか？　そんなこと信じちゃいけないぞ。生きて帰れればめっけもの、ってことさ」

いたたまれないような感じが、ビルボをとらえはじめました。翳《かげ》にひそんだ敵の姿を求めてさまようスマウグの視線が、透明なビルボを刺しつらぬくたびに、ビルボはわなわなと震《ふる》えました。そして、いっそのこと跳び出して、スマウグの前に姿をさらし、すべて真実をぶちまけてしまいたいという、不可解な衝動《しょうどう》にとらわれるのでした。これは、ドラゴンの魔法にはまりかけている危険な兆候《ちょうこう》です。けれども気持ちを奮《ふる》い立たせて、ビルボはふたたび口をひらきました。

「スマウグよ、そなたは強いドラゴンだが、そなたにも知らないことがある」とビルボは言いました。「われらがここまで来たのは、黄金のためだけじゃない」

「ハハハ、ついに〝われら〟だと認めたな」とスマウグが笑います。「いっそのこと、〝われら十四人〟と言ってしまったらどうだい？　図星《ずぼし》だな、ラッキー・ナンバー君よ。わしの黄金以外にも目的があるのはけっこうなことだ。それなら、こんなところまでやってきて、まったくの時間つぶしということにはならぬかもしれぬぞ。

いったいお前らは、考えたことがあるのか？　黄金をたとえ少しずつ——百年ほどもかけて——盗むことができたとして、それを遠くまではこぶことなんぞできぬぞ。黄金を山の上で持っていてなんの役にたつ？　森の中で使えるか？　まったく！　気づかなかったのか？　とんだ落し穴が待っておるぞ。十四分の一かそこいらの分け前――条件はまずそんなところだろう。だが、どうやって持って帰るのだ？　輸送はどうする？　護衛の兵隊はどうする？　通行税だって安くはないぞ」。こう言って、スマウグは大声で笑いました。スマウグは意地悪で悪知恵がはたらくので、この想像が当たらずとも遠からぬものであることを、自分でもじゅうぶんに承知しているのです。ただし、〈湖の人間〉たちがこの計画の黒幕《くろまく》だと誤解をしていることは、つけくわえておかねばなりません。だから、自分のところから略奪した品のほとんどは、若いころにエスガロス[6]と呼ばれていた、あの湖上の町にとどめおく計画であろうと、スマウグは想像したのです。

　読者の皆さんには、こんなこと信じられないかも知れませんが、あわれビルボは、正真正銘《しょうしんしょうめい》あっけにとられました。これまで、ビルボのいわば全身全霊《ぜんしんぜんれい》が、いかに〈山〉にたどりついて、入口をさがし出すかということに捧げられていました。では、どうやって宝を持って帰るのか？　そんなことは考えようとしたことすらありません。ましてや、自分の取り分がいかほどになるにせよ、それを〈丘の下〉の〈ふくろの小路屋敷〉まではるばる持って帰るにはどうすればよいのか？　そんな疑問は、これまで一瞬たりとも胸をよぎりませんでした。

　ここで、いやらしい疑惑が、ビルボの心に湧《わ》き上がりました。ドワーフたちも、この重要な問題のことを忘れていたのだろうか？　それとも、かれらはずっと、陰でビルボのことを嗤《わら》っていたのだろうか？　こんな汚《けが》らわしい疑いに心が染まってしまうのも、ドラゴンのなめらかな弁舌《べんぜつ》をビルボが今まで経験したことがなかったからです。ビルボがもっと心をガードしておくべきであったことは言うまでもありませんが、そのいっぽうで、スマウグが抗《こう》しがたい魅惑《みわく》を発散させるドラゴンであったことも確かです。

「言っておくけど」と、ドワーフへの忠誠を守りとおし、みずからもドラゴンに心を犯されないために、ビルボは言い返しました。「黄金はつけたしにすぎない。丘をのぼり丘にもぐり、波にのり風にのってやってきた目的は、ただひとつ――復讐《ふくしゅう》だ。富貴無双《ふうきむそう》のスマウグよ、憶《おぼ》えておけ――お前の勝利は、不倶戴天《ふぐたいてん》の敵をつくったのだぞ」

　これを聞いて、スマウグは心の底から笑いました。四囲《しい》を圧する轟音《ごうおん》がひびきわたり、ビルボは地面にたたきつけられました。通路のはるか上ではドワーフたちが思わず身をよせあい、ビルボに、とつぜんの無惨な最期《さいご》がおとずれたのだろうと想像しました。

「復讐《ふくしゅう》だと！」。スマウグはフンと鼻をならし、両の眼《まなこ》から出る光が、緋《あか》い稲妻《いなづま》のように、大広間《おおひろま》を床から天井まで照らし出しました。「復讐《ふくしゅう》だと！　〈山の王〉は死んだ。王の血縁で、復讐《ふくしゅう》をしようなどと大それた思いをいだく連中がどこにいる？　〈谷の王〉ギリオンも死んだ。ギリオンの国の者どもは、オオカミがヒツジの群れにまじったように、わしがきれいさっぱり食ってやった。その息子の息子たちで、わしに近づこうなどという、ふといやつがどこにいる？　わしは好きなところで人を殺す。さからえる者などだれもおらぬ。昔の武人たちを根こそぎにしてやった。あのような連中は、いまの世にはもういない。あのころのわしはまだ若造《わかぞう》で、やわだった。じゃが、いまは歳を重ねたから、強い――強い――本当に強いぞ！　〈翳《かげ》のこそ泥〉よ」と、スマウグは酔いしれたようにしゃべりつづけます。「わしのよろいは盾《たて》の十倍もつよい。わしの歯は剣、爪は槍《やり》、尾をふれば雷電《いかずち》の衝撃がはしり、翼《つばさ》をはばたけば嵐がおき――そしてわしの息は…死じゃ！」

「以前に聞いたのですが」。おびえたビルボの声は裏返《うらがえ》っています。「ドラゴンもお腹《なか》の側――とくに――ええっと、胸のあたりは――軟《やわ》らかいものらしいですね。[7]　でも、あなたのように隙《すき》なく装備をこらしているお方なら、ぬかりはないのでしょうね」

これを聞いたスマウグは、急にしらっとした声に戻りました。そして「お前の知識は、大昔のものじゃ」とそっけなく言いはなちます。「わしは上も下も、鉄の鱗《うろこ》と、かたい宝石《いし》でおおわれておる。どんな刃《やいば》も貫けぬ」

「おっとそれはそうだった、こりゃまたボクとしたことが！」とビルボが続けます。「不死身のスマウグ大王にならぶ者など、あろうはずがないですよね。高価なダイヤのチョッキを持っているなんて、ほんとうに凄《すご》いですね」

「いかにも。こんな絶品《ぜっぴん》は、そうどこにもあるわけではないぞ」。こう答えたスマウグは、愚かしいほどにご満悦《まんえつ》です。ビルボは前回に来たときに、このいっぷう変わった腹のおおいを、すでにちらと見ています。胸に一物《いちもつ》をひめたビルボは、もっとじっくりと眺めておきたいものだと、喉《のど》から手が出そうな気持ちです。「見ろ、どんなものだ」。スマウグはごろりと寝ころがってくれました。

「わあ、まぶしい！　すばらしい！　カンペキ！　言うことなし！　目がクラクラする！」。ビルボは口では叫んでいますが、腹の中では、「バーカめ。左胸のくぼみに、殻《から》から出たカタツムリみたいにはだかの部分があるじゃないか！」と思います。

　これを見せてもらったからには、もはやバギンズ君の胸の中は帰りたいの一心《いっしん》です。「偉大な閣下《かっか》をこれ以上お引きとめしてはなりませんね」。ビルボは言いました。「それとも、閣下《かっか》にはご休息が必要でしょうから、お休みになられますか？　小馬はとうの昔に逃げたので、追いつくのはことですよ。それに、押入《おしいり》に追いつくのもね」ときつい最後屁《さいごっぺ》を放ったビルボは、入口をすり抜けて、通路を駆け上がります。

　こんなことを言ったのは大まちがいでした。スマウグは猛烈な炎を、ビルボの背中にむけて吐きかけてきました。ビルボは全速力で坂を登りはじめましたが、スマウグの不気味な顔がうしろの穴にあてられたとき、これなら安心というほどのところまで、まだ、とうていたっしてはいません。それでも、不幸中のさいわいと言うべきか、スマウグが巨大な顔と顎《あご》の全体を穴に押しこむのはむりなので、鼻の孔《あな》から出る火炎と蒸気だけが、ビルボを追ってくることになりました。ビルボの背中は焼けこげそうになりました。恐怖にかられ、苦痛をこらえながら、ビルボはただやみくもに駆け上がります。ボクはなんて冴《さ》えてるんだろうと、スマウグとの会話の成功に慢心《まんしん》していたビルボでしたが、最後の最後にしくじったショックで目がさめました。

「生きたドラゴンを嗤《わら》ってはいけない。お前はなんて馬鹿なんだ」と、ビルボは自分にむかって言い聞かせました。この言葉はのちにビルボのお気にいりの口ぐせとなり、やがては里諺《ことわざ》となりました。「冒険はまだぜんぜん終わっちゃいないんだぞ」と、ビルボは気をひきしめます。事実そのとおりでした。

　ビルボがふたたび外に出て、つまずいた勢いで〝敷居《しきい》の前〟に意識を失ってばたりと倒れこんだとき、すでに日は落ちかけ、夕方の気配が濃くなろうとしていました。ドワーフたちはビルボを介抱《かいほう》し、手をつくして火傷《やけど》の治療をしました。しかし、ビルボの頭と踵《かかと》のうしろの毛がちゃんと生えそろうまでには、ひどく時間がかかりました。というのも、毛の根もとの膚《はだ》まで焼けちぢれてしまったからです。それはそれとして、ドワーフたちはけんめいになって、帰ってきたビルボを元気づけようとしました。そうして、しきりにビルボの話を聞きたがるのでした。とくに、なぜドラゴンがあのように恐ろしい音をたてたのか、ビルボはどうやって逃げたのかということに、興味が集中しました。

けれども、ビルボは心に心配とこだわりをかかえているので、ドワーフたちのさそいに応じて話をしようとは、なかなかしませんでした。さきほどのことを思い返してみると、ドラゴンに言ってしまったいくつかのことが後悔され、そんなことをふたたび口にするのが苦痛に感じられたのです。例の老ツグミがすぐ脇《わき》の岩の上にとまっていました。首をかしげて、話をすべて聞いているようです。ビルボは――この一事《いちじ》をもってしても、ビルボがどんなに不機嫌だったかが察せられますが――小石を拾いあげて、この鳥めがけて投げつけました。鳥はひょいと横に飛びのいて、ふたたび戻ってきます。

「いまいましい鳥だ」とビルボは声を怒らせました。「盗み聞きしてるんだ。あいつの面《つら》がまえが気に入らない」

「気にするんじゃない」。トリンがなだめます。「ツグミは善良で、友好的な鳥だ。それに、こいつはものすごい老鳥だ。たぶん、むかしこの辺《へん》に住んでいた古代種の、最後の生き残りなんだろう。私の父や祖父の手になついていたのだよ。長生きをする魔法の種族で、そいつは当時、つまり数百年ほど前に生きていた連中の中の一羽かもしれない。〈谷の人間〉はツグミの言葉を理解するすべを心得ていて、〈湖の人間〉などにむけての伝令《でんれい》に使っていたのだ」

「なるほど伝令か。お前が〈湖の町〉に何か伝えたいなら、たしかに知らせるべきことはあるぞ」とビルボは言いました。「だけど、あっちには、いまだにツグミの言葉にこだわっている人なんて、残ってはいないだろうね」

「ねえ、何があったんだい?」とドワーフたちが叫びました。「話をしてよ」

というわけで、ビルボは思い出すことをいっさいがっさいぶちまけてしまいました。結果としてスマウグはさまざまのことを知ってしまったようだ、キャンプや小馬のことにくわえて、自分の言った謎々がヒントになったのではないかと思って、後味《あとあじ》の悪さを感じているのだと白状《はくじょう》しました。「われわれが〈湖の町〉から来たこと、あそこで援助を得たことを、スマウグはきっと知っていると思う。ぞっとする予感がするんだ。あいつが次に向かうのはあっちじゃなかろうか、とね。〝樽乗《たるの》り〟のことなんて口にしなきゃよかった。あんなこと言ったら、この辺《へん》の者なら、目の見えないウサギにだって〈湖の人間〉のことだと分かっちまうじゃないか」

「まあ、まあ。それも仕方のないことさ。ドラゴンと話すときに、口をすべらさないでいるのは至難《しなん》のわざなんだよ。ボクは、いつもそう聞かされてる」と、バリンはけんめいにビルボをなぐさめます。「ボクに言わせれば、君はとてもよくやったよ。とにかく、一つとても有益なことを発見してくれたばかりか、生きて帰ってきてくれた。スマウグのようなやつと話をして生きて帰ってくるだけで、大したものさ。ふーん、あのやろうのダイヤのチョッキには穴があるのか。すごい発見だな。それがいつか、ものすごく役にたつかもね」

バリンのこんなセリフがきっかけとなって話題がかわり、ドワーフたちはドラゴン退治の話に花を咲かせました。ひと口にドラゴン退治の話とはいっても、歴史上のもの、信憑性《しんぴょうせい》に欠けるもの、神話上のものなど、いろいろです。また具体的な方法についても、刺し、突き、すそ払いなど剣の技、その他、昔からずっと用いられてきた仕掛けや、戦術などにも、さまざまのものがあります。そんな中で全員が一致したのは、ドラゴンの寝込《ねこ》みを襲《おそ》うのは至難《しなん》のわざであり、眠っているドラゴンを突いたり刺したりすれば、大失敗におわる公算《こうさん》が大で、それよりは堂々と正攻法《せいこうほう》に出たほうが、まだましだということでした。こんな話が続いているあいだじゅう、ツグミは聞き耳をたてておりました。が、やがて星が次々と顔をのぞかせるころになると、静かに羽根をひろげて、飛び去りました。そして、こんな話にドワーフたちがうち興じ、影が長くなってくるにつれてビルボはますますみじめな気分となり、いやな予感がいよいよもって膨《ふく》らんでくるのでした。

ついに我慢しきれなくなったビルボが、ドワーフたちをさえぎって言いました。「ここは、ぜんぜん安全じゃないと思うんだ！　だいいち、ここに座っている意味がないじゃないか。気持ちのよい草はドラゴンのせいでちりち

J・R・R・トールキン「スマウグとの会話」

りに焦げちまったたし、どっちにしても夜になって冷えこんできたし…。でもそれより、ここはもう一度攻撃されるんじゃないかって、予感がするんだ。ボクがどこから下りてきたか、スマウグはもう知ってしまったし、通路のもういっぽうの端《はじ》がどの辺《へん》なのか、きっと推測するはずさ。あいつはわれわれの入口を塞《ふさ》ぐためには、必要とあらば、こちら側の山腹を粉みじんにしちまうだろうし、そのときわれわれも一緒に粉みじんになれば、スマウグにしてみれば言うことなしさ」

「ずいぶん悲観的《ひかんてき》だね、バギンズ君」とトリンが答えます。「それならお訊《き》きするが、そんなにわれわれをしめ出したいというのなら、なぜ下の入口を塞《ふさ》がないのだろう？　まだ塞《ふさ》いではいないだろう？　塞《ふさ》いだなら音が聞こえたはずだね？」

「さあ、どうだろう…。たぶん、最初のときは、ボクをもう一度おびき寄せたかったのじゃないかしら。で、今まだ塞《ふさ》がないのは、今晩の山狩りの結果を待っているのかもしれないし、できることなら寝室をこわしたくないと思っているのかもしれないし…。でも、議論はもうよそうじゃないか。スマウグはいつ出てきてもおかしくないし、助かる方法はただ一つ――通路の中にしっかり入って、扉を閉じることさ」

ビルボの熱意にほだされて、最後にはドワーフたちも勧めにしたがいました。でもさすがに、扉を閉じることはなかなかできません。ビルボの案はいわば背水《はいすい》の陣だと、みんな感じました。いったん閉めてしまったら、扉を内側からあける方法どころか、そもそもあけられるのかどうかさえ誰も知りません。通路に閉じこめられて、唯一《ゆいいつ》の出口がドラゴンのねぐらだなんて、ぞっとしない話です。それに、外も、通路の下も、しんと静まりかえっています。というわけで、ドワーフたちは通路の中に入りはしたものの、半開きの扉から遠からぬところに座って、かなり長いあいだ話を続けました。

話題は、ドワーフたちを誹謗《ひぼう》する、ドラゴンの言葉にうつりました。あんなこと聞かされなければどんなによかったことかと、ビルボは思います。それがむりなら、自分がせめてドワーフの誠意を、心の底から信じることができればと願うのでした。財宝を手に入れたあとどうするのか、ぜんぜん考えたことがなかったのだと、かれらは言いきりました。「一《いち》か八《ばち》かの大冒険だということは、最初から考えていた」とトリンが説明します。「いまでも、そう思っている。それに、宝を手に入れた時点で、どうすればよいのか策を練るだけの時間は、たっぷりあるんじゃないかと思う。君の取り分については、バギンズ君、信じてもらいたい、ボクたちは君には感謝以上の気持ちをいだいているのだ。なにか分けるべきものが手に入ったら、ただちに、十四分の一の分け前として、君にお好きなものを選んでいただこう。輸送の問題についてご心配なのは、ほんとうにお気のどくだ。たしかに、大きな困難はある。時がたつとともに、各地の状況は改善されるどころか、逆になってしまった。だが、その時になれば、できるだけの助力はしよう。われわれの側にも、応分《おうぶん》の費用を負担するだけの覚悟はあるのだ。信じてもらえるかどうかは、君しだいだが」

話題はふたたび転じて、莫大《ばくだい》な財宝そのものへと移りました。トリンとバリンは記憶に生まなましい品々のことをあれこれと語り、下の大広間《おおひろま》にはすべてがいまだ無傷で残されているのだろうか、と案じます。まずは、偉大なブラドルシン王[8]（はるか以前に死去）の軍隊のために作られた槍《やり》――三度鍛《さんどぎた》えの鋼鉄《はがね》の穂先《ほさき》、軸には黄金がたくみに象眼《ぞうがん》されていますが、けっきょく王のもとには納入されず、代金も支払われぬままにおわったものです。いにしえの武人《つわもの》のために作られた盾《たて》の数かず。トロールの黄金の大盃《おおさかずき》。二つのとっ手つきで、花鳥の浮き彫り文様《もんよう》があしらわれ、眼や花びらには宝石がはめこまれています。鎖《くさり》かたびらの上衣。金銀のめっきがなされ、どんな刃《やいば》をもふせぎます。〈谷の王〉ギリオンの首飾り――早緑《さみどり》のエメラルドを五百個つらねたものです。ギリオンは長男の出陣にさいして、この首飾りをあたえました。そのとき王子の着ていたのが、ドワーフの製作にかかる鎖《くさり》かたびら。これは純銀製ですが、三度鍛《さんどぎた》えの鋼鉄《はがね》の強度をほこる、これこそ類《たぐい》まれなる逸品《いっぴん》です。しかし、こうしたなかでも、もっとも美しいのは、大きな白色ダイヤモンド――ドワーフたちが〈山〉の根っこの中心で発見した宝石、〈山〉の心臓ともいうべきトラインのアルケンストンです。

「ああ、アルケンストン！　アルケンストンよ！」。トリンが闇の中でつぶやきました。顎《あご》をひざのうえにのせて、なかば夢見るような調子です。

「そなたは、千の顔にカットされた球体だった。炉の火に映えて銀と輝き、日に照らされて光ること水のごとく、星空のもとでは雪かとみまがい、月夜の雨のように燦《きらめ》く宝石《いし》だった」

しかし、ビルボの心からは、魔に憑《つ》かれたような財宝への欲求は、瘧《おこり》が落ちるように失せてしまいました。さっきからずっと、ビルボはドワーフたちの話を半分も聞いていません。いちばん扉に近いところに座り、片耳をそばだてて外でなにか物音がはじまらないかと聞きすまし、さらにもういっぽうの耳では、ドワーフたちの囁《ささや》き声の背後に、なにか下の動きを伝えるような響きが聞こえてこないかと注意をこらしています。

闇がいっそう濃くなり、ビルボの不安はますますつのります。「扉を閉めて！」。ビルボの必死の頼みです。「なにか本能的に、ドラゴンの恐怖を感じるんだ。この沈黙はぶきみだ。きのうのどたんばたんのほうが、まだましさ。扉を閉めて！　まだまにあう！」

ビルボの切迫《せっぱく》した声をきいて、ドワーフたちにも不安が伝播《でんぱ》しました。トリンはのろのろと夢を払いのけながら立ち上がり、扉にはさみこんであった石を蹴《け》ってのけました。そうしてドワーフたちが力をこめて押すと、扉はガクンと閉まり、ガシャーンと反響がおきました。内側には鍵穴の痕跡さえもありません。とうとう、〈山〉の中に閉じこめられてしまったのです！

それにしてもきわどいタイミングでした。通路をまだなにほども下りないドワーフたちの耳に、山肌をダーンと殴《なぐ》りつけるような音が聞こえてきました。まるで、森のカシの樹でこしらえた城攻めの槌《つち》を、巨人どもがやたら山にぶつけているかのようです。岩はグワーンと響き、壁に亀裂《きれつ》がはしり、頭のうえに天井の石がばらばらと降ってきました。あのまま扉が開いていたらどうなっていたことでしょう？　考えたくもありません。ドワーフたちは、命の助かったことに感謝しながら、追いたてられるようにして坂を下りました。外からは、怒り猛《たけ》ったスマウグの荒れくるう音が聞こえてきます。スマウグは巨大な尾をむちのように振るって岩を粉みじんにし、崖や岩壁《いわかべ》をばらばらに粉砕《ふんさい》していきます。そのため、ドワーフたちの崖の上のキャンプ地も、焼けこげた草も、ツグミの石も、カタツムリがびっしりとついた壁も、細い岩棚《いわだな》も――ようするにすべてが消滅して、瓦礫《がれき》の山と化しました。そうして、こなごなに砕けた岩の破片が、崖の上から、なだれとなって下の谷に落ちました。

スマウグはぬき足さし足で、ねぐらを抜け出したのでした。そして音なしのかまえで空中に舞い上がり、まるでカラスの化け物よろしく暗闇《くらやみ》の中にのったりと浮かび、風に乗って〈山〉の西側へと向かいました。スマウグとしては、そこに誰かいるだろう、何かあるだろうから不意うちを食らわせてやろう、例のこそ泥が用いた通路の出口を見つけ出してやろうとの腹でした。ところが、行ってみると誰もいない、何もない、出口があるはずと睨《にら》んだところにさえ何も見えないというわけで、あのように激しい怒りの爆発となったというしだいでした。

このように怒りを発散させてしまうと、スマウグは気分がすっきりとし、もうこちらのほうから悩まされることはあるまいと感じました。しかし、そのいっぽうで、まだ復讐《ふくしゅう》すべきものが残っています。「ふん、樽乗《たるの》りだと！」。スマウグは馬鹿にしたように鼻を鳴らします。「お前の足は水のほとりからやってきたのさ。それに川をのぼってきたから〝樽乗《たるの》り〟ってわけかい。お前の臭《にお》いは知らないが、たとえお前が〈湖〉の連中でないにしても、あいつらの援助は受けている。人間どもよ、わしの姿をとっくりとおがませてやるわ。真の〈山の王〉がだれなのか、思い出させてやるぞ」

スマウグは炎となって舞い上がり、南のかた、〈ながれ川〉をめざして飛び去りました。

第13章　鬼のいぬまに

ドワーフたちは闇黒《あんこく》の中に座っています。完全な沈黙があたりを領しています。かれらはほとんど食事もとらず、むっつりとおし黙ったままです。時間がどれほどたっているのか見当もつきませんが、動きだす気にはとてもなれません。囁《ささや》き声でさえ、通路にさやさやと木霊《こだま》するからです。とろとろと眠って目がさめても、そこには、のっぺりとひろがる闇と沈黙があるばかりです。こんなありさまで、いく日も、いく日もたったように感じられた、ある日のことです。息苦しく、目もくらくらするドワーフたちは、新鮮な空気が吸いたくて、ついに忍耐《にんたい》の緒《お》が切れそうになりました。いまのドワーフたちにとっては、たとえドラゴンの戻ってきた音が下から聞こえてきたとしても、それだって嬉しいと感じられたかもしれません。いつまでも続く沈黙に、ドラゴンの狡猾《こうかつ》なたくらみを嗅《か》ぎとったドワーフたちでしたが、さりとて、ここに永遠に座りつづけるわけにもゆきません。

トリンがまず口を切りました。「扉が開かないかどうか、試してみよう。いますぐにも顔に風を当てないことには死んじまう。こんなところで窒息死《ちっそくし》するくらいなら、青空の下でスマウグに潰《つぶ》されたほうがまだましだ」。そこで数人のドワーフが立ち上がり、手さぐりで扉のあった場所にまで戻りました。けれども、通路の上のほうはぐしゃぐしゃに潰《つぶ》され、われた岩でふさがってしまっていることが判明しました。例の鍵があっても、以前には効《き》いた魔法を使ったところで、あの扉をふたたび開けることはもはや不可能です。

「閉じこめられた！」。一同はうめきました。「これでおしまいだ。ここで死ぬんだ」

ところがどういうわけか、ドワーフたちの絶望が頂点にたっしたこのとき、ビルボは奇妙にも心が軽くなるのを感じました。まるでチョッキの下から、重石《おもし》がとれたような感じです。

「ほらほら！」とビルボは明るく言いました。「ボクの親父《おやじ》がよく言ったけど、〝命あれば希望あり〟さ。それに〝三度目の正直〟っていうからね。もう一度、下に行ってみようと思うんだ。前に二度行ったときには、あっちにはドラゴンがいると分かってた。こんどはどうだか知らないけれど、もう一度行ってみるよ。どっちにしろ、出口は下にしかないんだ。今回はみんな一緒に来たほうがいいと思うよ」

焼けのやんぱちで、ドワーフたちは同意しました。トリンがビルボと並んで、先頭に立ちます。

「さあ、ようく注意して」。ビルボは囁《ささや》きます。「できるだけ、音をたてないようにね。スマウグは下にいないかもしれないけど、それとは逆に、いる可能性だってある。必要以上に危険をおかすのは、馬鹿らしいからね」

かれらはどんどん下ってゆきました。音をひそめる術《わざ》にかけては、ドワーフをホビットとくらべては気のどくですが、ふうふうと息をはずませ、ずりずりと足をはこぶ音はそうとうなもので、それが拡大されて響くので、こんなので大丈夫だろうかと心配になります。でも、ときおり、恐怖におそわれたビルボが立ち止まって耳をすましても、下は静かそのもの、ことりともしません。よし、このあたりが端《はじ》だろうと見当をつけたビルボは、指輪をはめ、ひとり先に進んでゆきました。けれども指輪の必要はありませんでした。そこは完璧な暗闇《くらやみ》で、指輪があろうがなかろうが、だれの姿も見えないのです。とにかく、あまりにまっ暗なので、ビルボはいきなり出口に出てしまいました。手が空《くう》をつかみ、前につんのめり、もんどりうって広間に転《ころ》げこみます。

うつ伏せになったままのビルボは、立ち上がるどころか、息さえまともにできません。でも、何も動く気配がありません。光るものとて何もなく、ただ、しばらくしてそっと顔を上げたビルボが、遠くの上のほうで、何かがほんのりと白く光っているなと感じたばかりです。これがドラゴンの炎の輝きでないことだけはたしかです。それにしても、鼻のひん曲がりそうなドラゴンの体臭が部屋中に重くたれこめ、ビルボは舌の先にいやな蒸気の味を感じました。

ついに、バギンズ君は我慢《がまん》できなくなりました。「スマウグの馬鹿やろう。トカゲのできそこないめ！」。ビルボのキーキー声が響きます。「隠れんぼうはよせ。明かりをくれ。ボクを食べろ！　捕まえてみろ！」

かすかな木霊《こだま》が、大広間《おおひろま》の見えない壁をめぐって響きます。しかし、答えはありません。

ビルボは立ち上がりました。ところが、どっちに行けばよいのやら、自分にはさっぱり分かっていないことに気づきました。

「スマウグはいったい何をたくらんでいるのだろう？」。ビルボはひとりごちます。「きょう（いや今晩かな？何でもいいや！）スマウグはお留守のようだね。オインとグロインが火口《ほくち》箱をなくしていなければ、ちょっくら火をともしてもらおうかな。ツキのあるうちに、ようく見ておかなくちゃ」

「おーい、明かりを！」とビルボは叫びました。「だれか明かりをつけられる？」

ビルボが階段を踏みはずし、大広間《おおひろま》の床にごつんと転《ころ》げ落ちたとき、ドワーフたちがびっくりしたのは当然のはなしで、かれらは通路の端《はじ》の、ビルボとわかれたその場所に、身をよせあいました。

「シーィ！　シーィ！」。ビルボの声を聞いた、ドワーフたちの反応です。そのおかげで、かれらがどこにいるのか見当はつきましたが、このあとしばらく、ビルボが何を言ってもうんともすんとも答えません。けれども、ついに痺《しび》れをきらせたビルボが床をどんどん踏みならし、そのかん高い声のかぎりに「火ぃぃぃぃぃ！」と絶叫《ぜっきょう》したので、トリンのほうがついに折れて、オインとグロインに、通路の上に残してきた荷物のところに行くよう命じました。

しばらくすると、ちかちかとまたたく光が戻ってきます。火のついた小ぶりのタイマツを、オインが手に持っています。グロインは、タイマツの束《たば》を脇《わき》にかかえています。ビルボはすばやく入口のところまで駆けていって、それを受けとりました。けれども、もっとタイマツをともして、ボクと一緒にくれば？　と誘っても、ドワーフたちは頑《がん》として聞き入れません。その理由を、トリンが慎重な口ぶりで説明しました。――公式には、なおもバギンズ君が、押入《おしいり》と偵察調査《ていさつちょうさ》を担当する専門員であります。あえて明かりをつけてみたいと思われるなら、それは氏自身の問題であり、われらは通路のなかで報告をお待ちするのが筋であります…。というしだいで、かれらは入口ちかくに座ったまま、なりゆきを見守るのでした。

ちっぽけな明かりを高々とかかげ、奥にむかって歩いてゆく小柄なホビットの黒い影が、一同の目にうつりました。ときどき、まだそれほど離れていないあいだは、何かがキラリ、カラカランと転《ころ》がって、ビルボが黄金細工の何かの品を蹴《け》ってしまったことが分かります。宏壮《こうそう》な広間の奥へ奥へと離れていくにつれて、明かりは小さくなってゆきました。が、やがて、明かりはぴょこぴょこと踊りながら、空中に上がりはじめます。大きな財宝の山に、ビルボが登っていくのでしょう。まもなくいただきにたっし、なおも前へと進みます。一同が見守るなか、ビルボは一瞬歩みをとめ、身をかがめました。その理由はドワーフたちには分かりません。

その理由というのは…、〈山〉の心臓アルケンストンです。まさにあの宝石《いし》だ！　と、トリンの言葉を思い出しながら、ビルボは察しました。が、どんなものか教わっていようと、いまいと、それは同じこと――目の前のすばらしい宝の山をひっくり返しても、あるいは世界中をさがしまわっても、こんな宝石《いし》がこの世にまたとあろうはずがありません。宝の山に足をのせたその瞬間から、白い輝きがつねにビルボの目の前にあり、ビルボの足は吸いよせられるようにそちらへと向かいました。徐々に、蒼白《あおじろ》い光をはなつ小さな球の輪郭がはっきりと見えるようになり、さらにそばに寄ると、表面から無数の光芒《こうぼう》が、色とりどりに踊り出ているのが見えました。ゆらゆら揺れるビルボのタイマツの光を、宝石《いし》が四方八方に乱反射しているのです。そうして、ついに真上から見下ろしたビルボは、はっと息を呑《の》みました。足もとで、いま、この大きな宝石《いし》が自分自身の光で輝いています。それと同時に、むかし山の中心から掘り出したドワーフの、たくみな造形と修形により、この宝石《いし》はあびる光をあますところなく取りこみ、虹色のきらめきのまじった、千万もの白色の光の粒子にかえて放っているのです。[1]

とつぜん、その魔力にひかれて、ビルボの腕が下にのびました。大きくて重い宝石《いし》なので、ビルボの指ではまわりきりません。けれどもビルボはそれを持ち上げて、目をつぶり、いちばん奥のポケットに押しこみました。

「これで、ホントウに押入《おしいり》になってしまった」とビルボは思います。「ドワーフたちに話さなければならないだろうな…。いつかはね。だけど、分け前は、ボクの好きなものを選んでよいと言ったじゃないか。だから、君たちにはのこりを全部あげるから、ボクはこれをもらうんだ！」。とはいうものの、「好きなものを選んでよい」とかれらが言っても、このすばらしい宝石は例外のつもりだろうし、これをめぐってあとあと面倒が生じるだろうなと、ビルボは不安を感じずにはいられませんでした。

さて、ビルボはまた歩きはじめます。財宝の山のむこう側に下りてゆくと、タイマツの輝きが、じっと見つめているドワーフたちの視界から消えました。しかし、まもなく、かれらにはそれがふたたび遠くに現われるのが見えました。ビルボは広間のもっと奥にむかって歩いています。

さらに進むと、むこう側の壁に開いている大きな扉に行きあたりました。そこには空気が流れてきて、気分がよいのはけっこうですが、タイマツの火が、すんでのところで吹き消されそうになりました。ビルボは扉のむこうをこわごわと覗《のぞ》きこみます。すると、大規模な廊下が前方へとのび、その果てには幅の広い階段があり、上のほうの闇へと消えてゆくさまがぼんやりとうかがえました。が、それでも、スマウグは影もかたちもなく、物音の気配すらありません。ビルボが踵《くびす》をめぐらせて戻ろうとしたとき、黒い影がビルボにむかって急降下し、顔をこすって去りました。ビルボは悲鳴をあげてとび上がり、そのままあとずさりして尻もちをつきます。タイマツはまっ逆《さか》さまにおちて、消えました。

「ただのコウモリだと思うよ。願わくばね」と、ビルボはおろおろします。「でも、どうしよう？　東はどっちなんだい？　南は？　北は？　西は？」

「トリン！　バリン！　オイン！　グロイン！　フィリ！　キリ！」。ビルボは大声で呼びました。――ありったけの声で叫んだつもりですが、巨大な暗黒の中では、その響きはまるでか細い糸のようです。「明かりが消えた！

だれかここまで来て！　助けて！」。いまはすっかり気が挫《くじ》けてしまい、頼りないかぎりです。ビルボのわめく声が、ドワーフたちの耳にかすかに聞こえてきます。ただし、聞きとれるのは「助けて！」の一語だけです。

「いったい、ぜんたい、何事がおきたのだろう」とトリンが言います。「ドラゴンでないことだけはまちがいない。悲鳴なんて一瞬でお終《しま》いのはずだからな」

ドワーフたちは一瞬か、二瞬待ちましたが、ドラゴンらしい物音はしません。聞こえてきたのはビルボの遠い声だけです。「一人、わたしについてこい。一本か二本、火をともせ」。トリンは命じました。「わが押入《おしいり》の先生を助けに行かなきゃならんようだ」

「そろそろこっちが助ける番ですね」とバリンが答えます。「ボクはぜひ行きたいな。ともかく、いまのところは安全のようだ」

グロインが何本かのタイマツをともすと、ドワーフたちは全員が腰を上げました。そうして、次々と入口を抜けると、壁ぎわをあらんかぎりの速度で走りだしました。すると、まもなく、ビルボその人がこちらに戻ってくるのが見えるではありませんか。ドワーフたちのタイマツを目にして、ビルボの弱気の虫がたちまちふっとんだものとみえます。

「コウモリのせいで、火をおっことしただけのことさ」。ビルボは、ドワーフたちの質問に答えて言いました。ドワーフたちはほっと安堵《あんど》の胸をなでおろしますが、いたずらにびっくりさせられたと、文句を言いたい気分です。かりにこの瞬間にビルボがアルケンストンのことを話したら、かれらはどう答えたでしょう？　それは想像もつきません。ここまで駆けよるあいだに、ドワーフたちは宝物を横目でちらりと見たていどですが、それでも、心にもともとひそんでいるドワーフらしい欲望の炎が、めらめらと燃え上がりました。ふだんはどんなに紳士的でも、黄金と宝石によってドワーフ的な欲望が目ざめさせられると、かれらは突如《とつじょ》として大胆になり、凶暴にすらなりかねないのです。

じっさい、もはやドワーフたちの尻をたたくどころではありません。好機がつづくうちに広間の探検をしたいと、全員が熱心に賛成しはじめるしまつで、さきほどまでとはうってかわって、スマウグはいまは留守なのだといそいそと決めてかかります。いまや、一人一人が燃えるタイマツをつかみました。そして、まず右に目をこらし、つぎに左をじっくり眺めると、これでもう安心。恐怖も、用心も、すっかりどこかに置き忘れてしまったかのようです。声をひそめることもなく、たがいを大声で呼びあいながら、宝の山や壁からなつかしい宝物をつかみ上げ、それを明かりにかざしては、いとおしそうに指でもてあそんだり、撫《な》でたりするのでした。

フィリとキリは、ほとんど楽しい宴会の気分といってよく、銀の絃《いと》をはった黄金のたて琴がたくさん壁にかかっているのを見つけると、手にとってつまびきました。これは魔法のたて琴なので（しかも音楽に興味のないドラゴンは、触れることがなかったので）、今でも音程が狂っていません。久しく鳴らなかったメロディーが、広間の暗い空間をいっぱいに満たしました。しかし、他のドワーフたちはもっと現実的でした。かれらは宝石をさがし、ポケットに入れました。そうして、つめるだけつめてもうこれ以上入らないとなると、指のあいだからこぼれ落ちる宝石を、ため息をつきながら眺めるのでした。トリンとて例外ではなく、むしろ先頭にたって、このような醜《みにく》いすがたをさらしましたが、そのいっぽうで、しじゅう右へ左へと目をむけながら、しきりと何かを捜しています。狙いはむろんアルケンストンです。が、トリンはまだ、そのことを誰にも打ち明けてはいません。

宝石さがしが一段落すると、ドワーフたちはよろいと武器を壁からおろし、身につけました。金めっきした鎖《くさり》かたびらをまとい、赤い宝石《いし》をびっしりとあしらったベルトに、銀の柄《え》の戦斧《おの》をさしたトリンの凛々《りり》しいこと。まさに王者の風格です。

「バギンズ君」。トリンが大きな声で言いました。「最初の報酬だ。古いコートを脱いで、これを着たまえ」

こう言うと、トリンは、かわいい鎖《くさり》かたびらをビルボにすっぽりとかぶせました。これはむかし幼いエルフ王子のために製作されたものです。銀の鋼《はがね》（エルフの言葉では〝ミスリル〟と呼ばれます）でできており、真珠と水晶をあしらったベルトがそえられています。[2] またビルボの頭には、文様《もんよう》を描いた、皮製の軽い兜《かぶと》がのせられました。

鋼《はがね》の輪っかで内側から補強されており、縁《へり》をめぐって、白い宝石が埋めこまれています。

「偉くなった気分がするなあ」とビルボは思います。「でも、こんなボクは、こっけいだろうな。ふる里の〈丘〉じゃ、みんなげらげら笑うだろうな。でも、鏡で見てみたいな」

このように多少のぼせあがったとはいえ、ビルボはドワーフたちのように宝物の魔に、すっかり心が奪われることはありませんでした。ドワーフたちがまだ夢中になって宝を吟味《ぎんみ》しているのをしりめに、ビルボはげんなりした顔で、床に腰をおろしました。そうして、この先どういう結末になるのだろうと、不安に思いました。「この高価なゴブレットなんぞ」と、ビルボは思います。「いま、もしもビヨンの木の椀《わん》で元気づけの一杯が飲めるとあらば、百でも千でもくれてやるところだ」

「トリン！」。ビルボは大声で呼びました。「おつぎはどうする？　よろいは着たけど、〈恐怖の大王〉スマウグを前にして、今までよろいがどんな役にたったの？　宝はまだ取り返したわけじゃない。今はまだ黄金をさがす時期じゃないよ。まず、逃げ道をさがさなくちゃ。ボクたち、好運に甘えすぎていると思うよ」

「いかにもそのとおり！」と、正気に戻ったトリンが答えました。「出発だ！　わたしが道案内をしよう。この宮殿の中の道は、千年たっても忘れるものか」。こう言って、トリンは仲間の名を呼びました。全員があつまると、ドワーフたちはタイマツを頭上に高くさしあげ、なごり惜しそうに何度もうしろをふり返りながら、ぽっかりと開いた出口を通りすぎました。

きらきらと輝く鎖《くさり》のよろいの上に、ドワーフたちは古いマントをはおりました。また、ぴかぴかの兜《かぶと》は、ぼろぼろのフードの下に隠します。このような姿で、ドワーフたちは一人、また一人とトリンのあとに従います。しかし、この暗闇《くらやみ》をゆく小ぶりのタイマツの行列は、たびたび歩みをとめました。そうして、ドラゴンの帰ってくる音が聞こえやしないかと、びくびくしながら耳をすますのでした。

どこまで行っても昔の装飾はこわされ、くちはて、また、ドラゴンのたびたびの往来によって汚《よご》され、傷《いた》めつけられて、見る影もないのですが、さすがトリンは、あらゆる廊下、あらゆる曲り角に通じていました。かれらは長い階段をのぼり、角を曲がって、響きのよい広々とした廊下を下ってゆきました。そうしてふたたび角を折れ、さらに階段をのぼり、そのあとまた新たな階段をのぼります。美しい天然の大岩から刻み出されたなめらかな階段です。上へ、上へとドワーフたちはのぼります。それでも、なんら生き物の気配には出会いません。ただ、風にはためくタイマツの炎が近づいてくると、黒い忍びやかな影が飛び去るばかりです。

けれども、階段はホビットの足にあわせて作られてあるわけではないので、ビルボはくたびれてきました。もうこれ以上進めないと思ったその瞬間、天井が急に高くなりました。タイマツの明かりでは上までとどきません。はるか頭上に穴があいているらしく、白くぎらぎらとした輝きが差しこんでくるのが見え、空気の香りもあまく感じられます。また、前方を見ると、大きな扉がなかば焼けこげ、ねじくれて、蝶番《ちょうつがい》にぶら下がっているのですが、そのむこう側がうっすらと明るんでいるではありませんか。

「ここがトロールご自慢の集《つど》いの間《ま》だ」と、トリンが説明します。「宴《うたげ》も、会議もここで行われた。〈おもて門〉はもうすぐだ」

廃虚《はいきょ》となった空間を通りぬけます。食卓はくちこぼれ、ひっくり返った椅子やベンチが、黒こげのまま、ぼろぼろに腐食《ふしょく》しています。床の上には、厚くつもったほこりに、細口瓶《ほそくちびん》、大きなお椀《わん》、つぶれた角《つの》の酒盃《さかずき》が散乱し、それらにまじって、髑髏《されこうべ》やさまざまの体の骨が散らばっています。この部屋の奥の戸をくぐると、水の音が一同の耳朶《じだ》をうちました。同時に、ぼんやりと灰色にくすんでいた光が、とつぜん強い輝きとなりました。

「ここで、〈ながれ川〉が誕生するのだ」。トリンが言いました。「ここから〈門〉まで、早足《はやあし》で流れていく。さあ、ついていこう」

岩壁《いわかべ》にぽっかりと暗い穴があき、そこから煮えたぎった湯がほとばしり出ています。湯は細い水路をさか巻きながら流れます。大むかしの名匠《めいしょう》が深く、まっすぐに刻んだ水路です。それと並行して、石だたみの道が走っています。おおぜいの人がならんで通れるほどの広い道です。この道を、かれらは先を争うようにして駆けてゆきました。そうして、大きなカーブを曲がりきると…、見えた！　すぐそこに、真昼の日ざしが上からまっすぐに落ちています。目を上げれば、アーチが高くそびえ立ち、その内側には、すりきれ、欠けこぼれ、黒こげになってはいるものの、いにしえの彫刻のなごりがなおもうかがえます。〈山〉の二本の腕《かいな》のあいだに、かすかに霞《かす》みのかかった太陽がうすい光をなげかけ、その黄金の光線が、石組みのアーチの敷居《しきい》のうえに落ちかかっているのです。

　コウモリの群れが、タイマツの煙に安眠をさまたげられたのでしょう、あわてふためいて頭上を舞っています。思わずかけだしたドワーフたちですが、足をとられてつうとすべりました。床の石だたみがドラゴンの行き来のせいでなめらかにすり減って、ぬるぬるなのです。すぐ目の前で、湯がごうという音とともに空中になげ出され、泡だちながら谷にむかって落ちてゆきます。ドワーフたちは、いまや色あせてしまったタイマツを地面に投げすて、くらんだ目で食いいるように外を見ながら、じっと立ちつくしました。ついに、いま、〈おもて門〉に着いたのです。目の前に〈谷〉の姿がひろがっています。

「まったくね」とビルボが言いました。「この門から外を眺める日がこようなんて、思いもしなかったな。それに、またお日さまにお目にかかって、頬《ほお》に風をうけるのがこんなに嬉しいだろうなんて、思いもよらなかった。でも、うう！　この風、とても冷たいね」

　まさに寒風《かんぷう》でした。噛《か》みつくような東風《ひがしかぜ》がふいて、冬の襲来《しゅうらい》を告げようとしているのです。風は〈山〉の腕《かいな》の起伏を撫《な》でるようにして谷に舞いこみ、岩のあいだをピュウピュウと吹きぬけます。ドラゴンの棲《す》む蒸し暑い地中で長々とすごしてきたドワーフたちは、日の光をあびながら、空気の冷たさにふるえあがりました。

　とつぜんのことに、ビルボは自分が疲れているばかりでなく、とても空腹なことに気づきました。「いまは朝のおそい時間のようだね」とビルボは言いました。「つまり、ほぼ朝食の時間ってことになる。何か食べるものがあっての話だけど。でも、スマウグの家の玄関先が、食事をとるための、いちばん安全な場所って気はしないな。どこかに行って、しばらく静かに座れる場所をさがさない？」

「大さんせい」。バリンが答えます。「どっちへ行けばよいのか、ボクは知っているつもりだ。〈山〉の〈南西〉の角にある、かつての見張り場しかないと思うよ」

「遠いの？」とビルボが尋ねます。

「歩いて五時間くらいかな。道はわるいぞ。〈門〉から流れの左岸《さがん》ぞいに続く道は、ずたずたに寸断されているみたいだ。だけど、あの下のほうを見てごらん。廃虚《はいきょ》の町をまえにして、川がいきなり東にむかってカーブしているだろ。あそこにはむかし橋がかかっていたのさ。橋をわたれば右岸《うがん》をのぼる急な階段があって、それをのぼり切ると〈大がらすの丘〉にむかう道に出るんだ。その道からわかれて、見張り場までのぼって行く道がある。いや、昔はあった。この道も、かつての段々《だんだん》が残っていたとしても、きつい登りだよ」

「おやおや」。ビルボが不平を鳴らします。「朝飯《あさめし》もなしに、このうえまだ、歩きに、登りか。あの時計のない、時間のないボロ穴の中で、朝食やほかの食事を何回すっとばしたことか」

じっさいのところは、ドラゴンが魔法の扉を叩《たた》きつぶしてから、二晩と、そのあいだにはさまった一度の昼間が過ぎたばかりでしたが、（しかもまったく何も食べなかったというわけでもありませんが）、ビルボはすっかり時間感覚をなくしていたので、もう何が何だかわけが分からず、一晩だと言われればそうかと思うし、一週間の長い夜が続いたのだと言われても、そうじゃないとは言えないのでした。

「おいおい」。トリンが笑いながらなぐさめます。トリンの意気がふたたび上がってきたのです。ポケットの宝石をじゃらじゃらと鳴らしながら、こう続けました。「私の宮殿を、ボロ穴などと呼ばないでくれたまえ。まあ、掃除をして、装《よそお》いをあらたにしてから見てもらいたいものだな」

「スマウグが死ぬまではムリですね」。ビルボは不機嫌に返します。「そうだ、あいつ、今どこにいるんだろう？だれか教えてくれるなら、ボクのたっぷりな朝食をその人に進呈《しんてい》してもいいな。まさか、〈山〉の上から、ボクらを見下ろしているんじゃないだろうな」

こんな想像にドワーフたちはひどく動揺《どうよう》しました。そしてかれらは、ビルボとバリンが正しいとそそくさと結論を出しました。

「ここを離れなきゃ」とドリが言います。「あいつの目に、頭のうしろをじっと見られているような気がする」

「ここは寒くて、寂《さび》しい場所だな」とボンバーが言います。「飲むものはあるかもしれないけど、食べ物はとてもありそうにないね。こんなところにいたら、ドラゴンだっていつも腹ぺこだぞ」
「はやくおいでよ！」とのこりの者たちが言いました。「バリンの言った道を行こう」

川の右岸には道がなく、垂直に切り下がった岩壁《いわかべ》が流れに洗われているだけなので、一行は岩でごろごろの、川の左岸を進んでゆきました。荒寥《こうりょう》として草一本はえていない風景を見ると、トリンでさえ頭から血がさがって冷静になりました。バリンが話していた橋はとうの昔に落ちてしまったようで、橋を構成していた石は、いまは、浅く、にぎやかに流れる川底にごろごろと転《ころ》がっていますが、一行はさしたる困難もなく渡ることができました。右岸にはなるほど昔の段々《だんだん》が残っています。一行はせり上がった土手を登ってゆきました。ついで、しばらく進むと、今度は古道を発見。そうして、ほどをへずして、まわりを岩にかこまれた深い渓谷《けいこく》に入りました。ここで一行はひと休みし、ありあわせの朝食、すなわち水と〝クラム〟が中心の食事をとりました。（読者の皆さんが〝クラム〟とは何ぞやとお尋ねになっても、レシピは知りませんとしか、わたしにはお答えできません。ただ、〝クラム〟はビスケットのような食べ物で、いつまでたっても腐らず、エネルギーにはなるとのことですが、アレルギーにもなりそうなほどアキレタ味で、ただあごの筋肉をきたえるに最適といったシロモノです。〈湖の人間〉が長旅に出るときにこしらえます。[3]）
休憩がすむと、一行は道を続けました。道は川に別れを告げて、西に向かいます。しだいに、南を指して伸びている稜線《りょうせん》の、大きな肩が近くなってきます。ついに、一行は山道にさしかかりました。傾斜がとても急なので、一列になってえっちらおっちら登っていくしかありません。こうして午後も遅くなって、ようやく、かれらは尾根のてっぺんにたどりつきました。ちょうど冬の太陽が西に沈みかけています。
そこには、平らな場所がありました。三方に障碍《しょうがい》がなく、北側にのみ岩壁《いわかべ》がそびえています。そしてこの岩壁《いわかべ》には、戸口のような穴があいています。この入口に立って眺めると、東から南へ、南から西へと遠くの風景をぐるり

J・R・R・トールキン「はなれ山」

と見わたすことが可能です。

「ここには」とバリンが言いました。「むかし、いつも見張り番がいたんだ。あのうしろの入口をくぐれば、そこは、岩をくりぬいた部屋になっている。衛兵の詰《つ》め所《しょ》だった。かつて、〈山〉を囲むようにして、このような場所がいくつかあったのさ。でも、むかし栄えていたころには、見張りの必要なんてほとんど感じられなかった。たぶん、そのために衛兵の仕事を楽にしてやりすぎたんじゃないかな。ちゃんと見張りができていたなら、ドラゴンの来るのがもっと早く分かったろうし、そうなるとずいぶん違った状況になっていたんじゃないかと思うよ。ともあれ、われわれはここにしばらく安全に隠れていることができる。こちらの姿を見られないで、こちら側からは、たっぷりと見ることができるんだ」

「ここに来る姿を見られていたとすれば、たいして意味がないけどね」とドリが言いました。ドリは〈山〉のいただきを、見上げてばかりいます。教会のとんがり屋根のうえに鳥がとまるようなぐあいに、そこにスマウグの姿が見えるんじゃないかと、たえずびくびくしているのです。

「そこは賭《か》けだな」とトリンが答えます。「とにかく、今日はこれ以上進めない」

「サンセーィ、サンセーィ！」とビルボが叫び、地面の上にからだをなげ出しました。

岩の部屋は、百人の兵士が入れるくらいの広さがありました。奥にはさらに小部屋があり、ここまで入ると、外の寒さはかなりふせげます。生き物の気配はまったくなく、スマウグがやってきて以来の長い年月のあいだ、野の動物でさえ、ここを用いた形跡がありません。かれらは背から荷物をおろしました。そうして何人かは、ただちに床に身をなげ出して、眠ってしまいました。のこりの者たちは、外側の入口ちかくに陣どって、この先どうしようかと鳩首協議《きゅうしゅきょうぎ》です。けれども、どのような話になっても、けっきょくは、いつも同じところに戻ってきます。すなわち、スマウグはどこにいるのか？という問題です。みんなは〈西〉のほうに目をやりました。異常なし。〈東〉を見ても異常なし。そうして〈南〉を眺めると、そこにもドラゴンの気配はありませんが、おびただしい数の鳥が群れあつまっているのが見えます。この群れをじっと見つめては、これはいったい何だろうとドワーフたちは訝《いぶか》りました。

けれども考えても、考えても、これの意味するところは、ドワーフたちには分かりません。いつしか日が暮れ、空には冷たい星が輝きはじめました。

第*14*章　火と水

皆さんが、ドワーフたちのようにスマウグの動向を知りたいとお思いになるなら、時計の針を逆に回して、スマウグが魔法の扉をたたきつぶし、怒りに燃えて飛び去った、あの二日前の夕方にまで戻っていただかねばなりません。

そのとき、〈湖の町〉エスガロスの住人は、ほとんどが建物の中にいました。まっ黒な〈東〉のほうから風の吹いてくる、肌寒い日だったからです。とはいうものの、波止場《はとば》の上を散策する人の影もちらほらと見えます。空に星がともると、それがなめらかな湖面から輝き出てきたかのように見える、そのような夕景《ゆうけい》がこの人たちのお気に入りなのです。はるか北を望めば、湖の果てが、低い丘のつらなりによって縁どられています。そしてこの丘のわずかの切れ目をぬけて、〈ながれ川〉が湖に注ぎこんできます。町から眺めた場合、〈はなれ山〉はこの丘のならびにかくされて、その姿がほとんど見えません。そそり立った峰の先が、空気の澄んだ日にかろうじて見えるていどです。けれども、町の人々がそちらに目を向けることはめったにありません。朝の新鮮な光のもとでも、〈山〉はまがまがしく、陰惨《いんさん》な印象をあたえるからです。日が暮れたいま、〈山〉は闇黒《あんこく》に融《と》けこみ、きれいさっぱり姿を消してしまいました。

が、突如《とつじょ》として、ふたたび〈山〉の姿がちらと浮かびます。一瞬、山肌に閃光《せんこう》が走って消えました。

「ごらんよ」と一人が言いました。「また光ったぞ。ゆうべも、真夜中から夜明けごろまで、光がちかちかするのを番兵が見たらしいぞ。」

「たぶん、〈山の王〉が黄金細工をしているのさ」と、別の者が答えます。「あの人が北に向かってから、もうずいぶんになる。いいかげん、唄の伝説の続きが実現してくれてもよいころだよね」

「その王というのは誰のことだい？」。暗く、険《けわ》しい声が尋ねます。「あれはきっと、ドラゴンが暴れている火だぞ。われわれが知っている〈山の王〉といえば、あのドラゴンしかいないじゃないか」

「君っていう人は、いつもうっとおしい予言ばかりしてまわるんだね」とみなが声をそろえます。「やれ洪水がくるだの、魚に毒がひろがるだの…。もっと明るいことを考えちゃ、どうだい？」

そのとき、とつぜん、丘のつらなりの低くなったところに、大きな火の玉があらわれ、湖の北のはての水面が金色に照らし出されました。「〈山の王〉だ！」と人々が叫びます。「『富めること日輪《にちりん》のごとく、白がねは泉のごとく湧き、川は流る――黄《こ》がねの色に！』」。見ろよ、〈山〉の黄金が〈ながれ川〉を下ってきたぞ！」。こんな叫び声を聞きつけて、あちらでもこちらでも家の窓がひらき、おおぜいの人々が足早《あしばや》にあつまってきました。

人々はふたたび、ものすごい熱気と、興奮のとりことなりました。ところが、険《けわ》しい声の男だけは、あわてふためいて町長のもとに駆けつけました。「ドラゴンが来ます。まちがいない」と男は叫びます。「橋を切断しろ！　武器をとれ！　武器をとれ！」

警戒ラッパがふいに鳴りひびき、湖の岸壁にこだましました。お祭りさわぎは中断し、喜びは恐怖へとかわりました。ドラゴンが攻めてきたとき、完全な不意うちとならなかったのは、このようなわけだったのです。

ドラゴンはすさまじいスピードで飛んできたので、突進してくるその姿が、火の粉のようなくっきりとした輪郭《りんかく》をおびるまで、さして時間がかかりませんでした。ドラゴンは刻一刻《こくいっこく》と巨大に、また明るくなってゆきます。こうなると、どんなに愚かでも、予言がどこかで狂ってしまったことが分からぬ者はおりません。それでも、まだ少しは時間のよゆうがありました。町中の器《うつわ》という器《うつわ》に水がはられ、どの兵士も武器を持ち、弓矢も投げ矢もありったけが用意され、陸への橋は切断され、破壊されました。スマウグの恐怖の接近をつげる飛翔音《ひしょうおん》がうなりをあげ、その翼の恐ろしい羽ばたきで、湖がまっ赤な炎の色に泡だっています。

絶叫《ぜっきょう》し、泣きわめき、どなりちらす人々の頭の上に、スマウグは飛んできました。そして橋をめがけて悠然《ゆうぜん》と飛び越します。ところが、そこで思惑《おもわく》がはずれました。橋が消えているではありませんか！　しかも、敵は、深い湖水の上にたった島です。こんなに深くて、暗くて、冷たい水は、さすがのスマウグも苦手です。もしスマウグが水中に突っこめば、水蒸気と水煙が猛烈に立ちのぼるでしょう。そうなると、この地方全体が霧におおいつくされ、数日のあいだは晴れないでしょう。けれども、たとえスマウグといえども、湖を相手にして勝ち目はありません。水中をくぐろうとすれば、町にたっする前に炎が消えてしまうことでしょう。

ごうとうなる音をあげながら、スマウグは町の上空に引き返してきました。スマウグの上に、黒い矢が雨あられとふりそそぎます。カシャカシャと命中音は派手ですが、すべて、鱗《うろこ》や宝石によってはねかえされます。矢の軸《じく》は、スマウグの吐く炎の息によってメラメラと燃え、明るい光芒《こうぼう》をはなちながら落ちてゆき、水面にふれてジュウと消えるのでした。どんなに華麗な花火を想像しても、この夜の光景にまさるものはないでしょう。弓の弦《つる》がブウンとうなり、戦闘ラッパがかん高く鳴りひびくと、それに煽《あお》られるかのように、スマウグの怒りが沸騰《ふっとう》し、極点へとたっします。憤怒《ふんぬ》のあまり目も心もくらんだスマウグは、ただ一つの怒りの熱塊《ねっかい》と化しました。これまでは、いく世代にもわたって、スマウグに戦いをいどむ者などいませんでした。いまも、例の険《けわ》しい声の男（バードという名です）がいなければ、人間どもはこんな大それたことをしているはずがありません。この男は右へ左へのおいそがしで、矢の射手《いて》を激励しつつ、「最後の一矢《ひとや》になるまで戦え！」と号令をくだすよう、しきりに町長をせきたてるのでした。

ドラゴンの口から炎が吹き出します。最初しばらく、ドラゴンは町の上空たかく、円をえがいて飛びました。湖の全体が明々《あかあか》と照らし出され、岸辺の樹々《きぎ》が、あるいは赤銅色《しゃくどういろ》に、あるいは紅《あか》い血の色にそまり、まっ黒な翳《かげ》が樹々のまわりを舞いおどります。とつぜん、ドラゴンが、まっさかさまに急降下してきました。矢の嵐をものともせず、怒りにわれを忘れはて、鱗《うろこ》の面を敵にむける注意すらおこたり、町を火だるまにしてやろうと、心はただその一念で占められています。

藁《わら》ぶき屋根や、木の梁《はり》の端から炎が吹き出します。ドラゴンの襲来《しゅうらい》にそなえてどぼどぼに濡らしてはありましたが、さかおとしに落ちてきては町の上を過ぎ、また旋回してくる、というのをくり返されてはひとたまりもありません。火の手があがると、数十人がかりでふたたび水をかけます。けれども、ドラゴンは何度でも戻ってきます。尾がさっと一掃《ひとはき》きすると、〈大舘《おおやかた》〉の屋根が崩《くず》れおちてぺしゃんこになりました。そして手のつけようのない猛炎が、夜空にたかく吹きあがりました。こうしてドラゴンの急降下がくり返されるたびに、家がつぎつぎと炎につつまれ、つぶれていきます。けれども、いぜんとして弓矢による防戦は功《こう》を奏《そう》さず、飛んでくる矢を、スマウグは沼のハエほどにも感じていません。

あちこちで、人々は水に飛びこみはじめました。女や子どもたちは市場《いちば》の水域にある、家財道具を積んだ舟に集められました。人々は武器を投げすてました。そこでも、かしこでも、ほんの数時間まえまでは楽しい未来を予言する、ドワーフを讃《たた》える唄が響いていたのですが、いまは涙ながらの怨嗟《えんさ》の声に満ちあふれています。いまや、人々はドワーフをのろいました。町長は、どさくさにまぎれて逃げ出し、自分だけは助かろうと、金箔《きんぱく》をはった大きな舟に乗ろうとしています。まもなく、町全体から人が消え、町は湖面の高さにまで焼けくずれることでしょう。

これこそが、ドラゴンの目論《もくろ》むところでした。ドラゴンにしてみれば、町の者たちがひとり残らず舟に乗るなら、それもまあ、けっこう、けっこうと言いたいところです。逃げまどう舟を追いまわして、狩りの醍醐味《だいごみ》を味わうのも一興《いっきょう》です。あるいは餓死するまで舟にとどまってもらうのも面白い。岸辺に逃れたい？　できるものならやってみろ！　それに、すぐに岸辺の森をすっかり焼きはらい、畑や牧草地をことごとく枯らしてやるからな…。この今の瞬間、ドラゴンは〝町いじめ〟という、なんともこたえられない遊びにうち興じています。こんな面白い遊びは、ここ何年もやったことがありません。

しかし、炎上する家々のはざまで、なおも持ち場を離れない射手《いて》の一団がありました。隊長はバード。険《けわ》しい顔をして、険《けわ》しい声で話す男です。友人たちは、洪水や魚の中毒などの暗い予言をすると言ってバードを責めますが、その人格、勇気には一目《いちもく》おいていました。かつて〈谷の王〉だったギリオンの、その妻と子どもが〈ながれ川〉をくだって廃虚《はいきょ》から逃げてきたのですが、そこから何代かくだった子孫がこのバードでした。バードはイチイの強弓《こわゆみ》を引いていますが、けんめいに矢を射るバードの手にも、いまや、残るはただ一本の矢となりました。炎がせまってきます。仲間が逃げはじめます。バードは、最後の矢をつがえました。

そのとき、とつぜんの羽ばたきの音とともに何者かが暗闇《くらやみ》から現われ、バードの肩にとまりました。バードは目をみはりましたが、なんのことはない、ただの老ツグミです。恐れるようすもなく、ツグミはバードの耳もとにとまり、何事かをささやきました。ツグミのコトバを解することができている自分に、バードはびっくりしました。けれども、バードは〈谷〉の一族の末裔《まつえい》なのですから、これは当然のはなしです。

「待て。待つのだ！」とツグミが言います。「いまに月が昇ってくる。あいつがやってきて、お前の上で旋回するときに、左胸のくぼみをさがすのだ」。そうして、バードがあっけにとられているあいだに、ツグミは〈山〉できたもろもろの出来事、そしてみずからが耳にしたことのいっさいを、話して聞かせるのでした。

さて、バードは弓の弦《つる》を耳もとまで引きしぼりました。ぐるりと円をえがいてもどってきたドラゴンが低空を飛んでいます。それに合わせるかのように、月が湖の東端に昇ってきました。ドラゴンの大きな翼が、銀色にそまります。

「矢よ」とバードが語りかけました。「黒い矢よ！　お前を、最後までとっておいたのだ。いままでお前を弓から放って、裏切られたことはなかった。わたしはいつもお前を回収してきた。お前は父上からいただいたのだ。父上もまた、昔の時代から引き継いできた。もしお前が真の〈山の王〉の鍛冶《かじ》の手で鍛《きた》えられた矢であるなら、さあ、飛べ！　当たれ！」

ドラゴンはふたたび降下し、これまでにないほど地上にせまってきました。くるりと旋回し、突っこんできたとき、月に照らされたドラゴンの腹で、無数の宝石が白く輝きます。けれどもたった一点、黒い穴が見えています。ブワーン。大弓がうなりを上げました。弦《つる》を蹴《け》ったまっ黒の矢がまいちもんじに飛びます。ドラゴンの前足は、外へ広くひらいています。その胸の左のへこみへと、矢の飛跡《ひせき》がぴんと引いた紐《ひも》のようにひゅるると伸びました。命中！　矢が刺さり、矢じり、軸《じく》、そして矢ばねまでがずぶりと埋まります。これぞ、一心不乱《いっしんふらん》の一矢《ひとや》です。ギャアアアア。耳を聾《ろう》し、樹をたおし、岩を裂くすさまじい叫びとともに、スマウグは水蒸気をシュウと噴出させ、一瞬、空へさして反《そ》り上がりました。そうして、腹をくるりと上に向けると、ぼろ雑布のように天から落下してきました。

スマウグは町の真上に落ちました。断末魔《だんまつま》の痙攣《けいれん》によって、町はこなごなになり、無数の火の粉や燃《も》え木《ぎ》[1]がとびちりました。町の中心に、湖がごうと侵入してきます。巨大な蒸気の柱がそそり立ち、とつぜんおとずれた暗闇《くらやみ》のなか、月に照らされて白く輝きました。ジュウと火の消える音。さかまく奔流《ほんりゅう》のうなり。そして、さいごに、沈黙がおとずれました。これがドラゴンのスマウグと、エスガロスの町の最期《さいご》でした。けれども、バードは死んではおりません。[2]

上弦《じょうげん》の月がしだいに高く昇ってゆき、風が冷たく、騒々《そうぞう》しくなりました。そのため、白い蒸気の柱は折れ曲がり、ちぎれ雲となり、西のほうへと吹き散らされました。そうして、〈闇の森〉の手前の湿地《しっち》の上に、無数の雲のきれはしとなって浮かんでいます。湖上には、黒いしみのように多数の舟がただよい、町と財産を失い、家をつぶされたエスガロスの人々のなげき悲しむ声が、風にのって伝わってきます。けれども、今のこの時点ではむりでしょうが、よくよく考えてみるならば、感謝すべきことが、じつはたくさんありました。町の人々の、少なくとも四分の三は命が助かりましたし、森も畑も牧草地も家畜もすべて無傷で、舟もほとんどがそのまま残っています。しかもドラゴンは死んでしまったのです。それが何を意味するのか？　そのことには、まだ、だれも気づいていませんでした。

湖の西の岸辺に、悲嘆《ひたん》にくれる人たちが集まりました。寒風《かんぷう》に身をふるわせる人々の憤懣《ふんまん》は、まず町長にむけられます。まだ戦おうという者がいるのに、さっさと町を捨ててしまったからです。「商才《しょうさい》はあるかもしれないけど」と、批判の声があがります。「重大なことがおきたら、ぜんぜん役たたずじゃないか！」。こうして、町の人々はバードの武勇と、最後の強烈な一撃をほめたたえるのでした。「バードが死ななかったら」とみんなが言いました。「王にするのだが」。ギリオンの血筋、ドラゴン退治のバードよ！　ああ、なぜ死んじまったんだ？」

人々がこのように話しているまっただ中に、長身の人物が、翳《かげ》から歩み出ました。全身ずぶ濡れで、びしょびしょの黒髪が、顔と肩にたれかかっていますが、目はらんらんと燃えています。

「バードは死んでなどいないぞ」。男は力強く言いました。「敵が死んだとき、水にもぐって、エスガロスから逃れたのだ。われこそは、ギリオンの血をひくバード、ドラゴン退治のバードだ」

「バード王、ばんざーい！」。人々は大声で唱えます。ただひとり町長だけが、寒さに根の合わぬ歯をぎりりと食いしばりました。

「ギリオンは〈谷の王〉であり、エスガロスの王じゃなかった」。町長は反論します。「〈湖の町〉ではいつも、町長を知恵のある長老から選んできた。兵隊ふぜいに町のまつりごとをまかせたことなんぞ、一度だってないのだ。〝バード王〟には、ご自身の国に戻っていただこうじゃないか。〈谷〉がバードの手柄のおかげで解放されたのだから、王の帰還《きかん》をはばむものはもはや何もないぞ。行きたい者は、どうぞ一緒に行くがよい。もっとも、湖の緑の岸辺をすててでも、〈山〉の陰の冷たい石のほうがよいというような物好きがいるかどうかは知らんが。賢明な者はここに残って、われらの町を再建し、ふたたび平和と繁栄を楽しみたいと思うことだろうよ」

「われわれはバード王がよいのだ」と、すぐ近くの人々が叫びました。「老いぼれや、金庫番はもうたくさんだ」。するといたたみかけるように遠くの人々が叫びます。「弓の名人が王さまだ！　くたばれ、金袋《かねぶくろ》！」。叫び声は湖の岸辺に響きわたりました。

「わたしには、弓の名人バードを貶《けな》すつもりはこれっぽっちもない」。町長が、慎重な言いまわしで答えました〈バードがすぐ横に立っているのです〉。「今夜、バードは町の大恩人とも称されるべき、かけがえのない功績をあげた。バードの名声は、不滅の唄にたたえられてよい。だが、みなの衆よ、なぜ…」と言いながら、ここで町長は立ち上がり、はっきりとした、大きな声で問いかけるのでした。「いったい、なぜ、わたしが非難されなければならないのだ？　どんな咎《とが》で、わたしを退《しりぞ》けようというのだ？　ひとつ、皆さんにお訊《き》きしたい。ドラゴンの眠りをさましたのはいったい、どこのだれだ？　われらから豪華《ごうか》な贈物《おくりもの》と、じゅうぶんな援助を得たのはだれだ？　古い唄の予言が実現すると信じこませたのはだれだ？　われわれのやさしい心、甘い夢につけこんだのは、いったいどこのだれなのだ？　われわれに報いるどんな黄金を、あいつらが送ってよこしたというのだ？　ドラゴンの炎と破壊が、あいつらの感謝のしるしか？　われわれがこうむった損害の補償と、夫をなくした妻、両親をなくした子どもの援助は、いったいだれに要求するのが筋なのだ？」

ご覧のように、町長はその地位を、だてに手に入れたのではありません。この演説を聞いた群衆は、とりあえずのところ、新しい王を迎えようという話をけろりと忘れてしまい、怒りをトリンとその仲間に向けました。あちらからも、こちらからも、過激ないきどおりの声が湧《わ》き上がります。可愛さあまって憎さ百倍、かつて先頭に立って古い唄をうたっていた連中が、今度はドワーフ非難の急先鋒《きゅうせんぽう》となり、あいつらはドラゴンの怒りをわざとわれわれに向けさせたのだと、声をからして叫ぶのでした。

「またあんな愚かなことを！」とバードが言います。「あの気のどくな連中に怒って、非難して、何になる？　スマウグがこちらに来るまえに、まっさきに、劫火《ごうか》にのまれて、死んでしまったに違いないというのに」。こう言いながらも、バードの胸には、番人も、持ち主もいないままに眠っている〈山〉の伝説的な財宝のことがふいにずきんと浮かび、とつぜんことばが途切れました。そして心の中で町長のことばをはんすうし、人手さえそろえば〈谷〉を再建し、ふたたび黄金の鐘《かね》の音《ね》で満たすこともできるな、と考えます。

ふたたび口を開いたバードは、このように言いました。「町長よ、いまは怒りに身をまかせたり、大きな変革の計画を検討しているような時間はないのだ。まず、目の前の仕事を片づけねばならない。わたしは、当面そなたの下《もと》で働こう。ただし、のちのちそなたの言葉を受け入れて、わたしに従う者たちとともに〈北〉に向かうかもしれないが」

こんな言葉とともに、バードは、キャンプの整理、病人や負傷者の手あてに手をかそうと、急ぎ足で立ち去っていきました。その背中をこわい目でにらみながら、町長は地面に座ったなりです。頭の中ではさまざまなことを考えていますが、なにも口には出しません。声を出したのは、火と食事をよこせと、大声で命じたくらいです。

さて、いまや見張る者とてなく、捨ておかれている莫大《ばくだい》な財宝の噂《うわさ》は、燎原《りょうげん》の火のように広がり、バードがどこに行っても、人々のあいだはその話題でもちきりです。こうむった甚大《じんだい》な被害の埋めあわせとして、いまに莫大《ばくだい》な富を手に入れるのだ、富はぞんぶんにあるから〈南〉から高価な品々を買い入れるのだなどと、みんな話しています。そのおかげで、ひどい苦境の中にありながらも、人々の意気は大いにあがりました。これは天の配剤《はいざい》とでもいうべきでしょうか。それというのも、この夜は寒さの厳しい、みじめな夜でした。夜露《よつゆ》をしのぐ工夫すら（町長など少数のものは例外として）ままならず、食べ物もほとんどありません（町長ですら満腹できませんでした）。せっかく町の崩壊から無傷でのがれたというのに、ぬれた服と寒さと失意からその夜のうちに病気にかかり、後日亡くなってしまった者もおおぜいいます。また、このあと何日間にもわたって、病いと飢《う》えがひどく蔓延《まんえん》しました。

そのあいだはバードが陣頭《じんとう》にたち、町長の名を借りはしたものの、自分の思いどおりに命令をくだしました。そうして、苦労に苦労をかさねながら、人心をおさめ、人々の安全の確保と、家屋建設の準備を指揮しました。秋が遠ざかり、冬が足早《あしばや》におとずれつつあるいま、おおぜい、いや大多数の人々の命そのものが、すぐに援助が得られるかどうかにかかっています。ところが、まさにその援助が、すみやかにやってきました。それはなぜでしょう？　バードは、間髪《かんぱつ》をおかず、〈森〉の〈エルフ王〉に救援を訴えようと、足の速い使者に命じて〈川〉をのぼらせたからです。しかも、この使者が王のもとに到着したところ、スマウグが死んでまだ三日めだというのに、そこにはもうすでに大軍団が動き出していました。

〈エルフ王〉は、いち早く、独自の情報網と、エルフと仲のよい小鳥たちから得た知らせによって、いったい何がおきたのか、ほぼ全貌《ぜんぼう》を把握していたのです。じっさいのところ、〈ドラゴンのあらし野〉の周辺に棲《す》んでいる翼ある者たちのあいだには、ドラゴンの死によって、一大騒動がわき上がっていました。大空はぐるぐると旋回する鳥の群れでいっぱいになり、翼の速い情報屋たちが、東へ西へと行きかいます。〈森〉のへりの上空でも、ぴいぴい、があがあと、かまびすしく噂《うわさ》をする鳥たちの声が響きました。さらに、〈闇の森〉のいたるところに、「スマウグが死んだ」と知らせがひろまりました。樹の葉がこのようにささやくと、びっくりした動物たちが耳をそばだてるといったぐあいです。〈エルフ王〉が宮殿をあとにする前に、この知らせはすでに、はるか西の方《かた》、〈霧の山脈〉のすそ野のマツ林にまでとどいておりました。ビヨンは木づくりの屋敷でこれを聞き、そのときゴブリンは洞窟のなかで会議のまっ最中でした。

「気のどくだが、これでトリン・オウクンシルドもおしまいだな」。〈エルフ王〉が言いました。「わたしの客分でいたほうが、しあわせだったろうに。とはいえ」と王は続けます。「風が吹いたら、気のどくな人も出るが、得《とく》をする者もいるものだ」。王の頭の中にあるのはもちろん、トロールの財宝伝説です。こんなわけで、さっそく〈エルフ王〉が、弓矢や槍《やり》をかついだ兵士をごっそりと引きつれて行軍をはじめたところ、あたふたと駆けつけてきたバードの使者たちと、ばったりと出くわしたというしだいだったのです。上空をあおげば、びっしりとカラスが舞っています。この地方では久しくおきていなかった、大戦争のはじまりを予感しています。

けれども、バードの訴えをきいた王は、あわれみの情をかきたてられました。エルフはがんらい親切で、善良な民なのです。そこで、当初まっすぐに〈山〉へ向かおうとしていた軍を方向転換させ、川ぞいに〈ほそなが湖〉へと急行することにしました。軍団をすべて収容するほどの舟や筏《いかだ》があるわけではないので、時間のかかる陸路を徒歩で行かねばなりません。とはいえ、大量の物資は、先遣隊《せんけんたい》として川のルートに送り出してあります。〈森〉と〈湖〉のあいだに横たわる沼地や、あやしげな土地には近ごろあまりなじみがないのですが、基本的にエルフは足の速い者たちなので、かれらはすみやかに道をこなしました。ドラゴンが死んでまだ五日にしかならないというのに、エルフたちは湖の岸辺に立って、町の廃虚《はいきょ》を眺めました。当然のことながら、かれらは大歓迎を受けました。そして、人々も町長も、〈エルフ王〉の援助への将来の見返りとして、どんな約束にもよろこんで応じるのでした。

すぐに計画がまとまりました。女、子ども、老人、傷病者とともに、町長はあとに残ります。また、人間側の技術者が少数、くわえて技能のあるエルフも多数、残ることとなりました。かれらは懸命に木を伐《き》り、また、〈森〉から流されてくる材木を集めます。それがすむと、冬の到来にそなえて、岸辺に多数の小屋を建てはじめました。さらに、町長の指示のもと、新しい町の設計がはじまりました。こんどの町は、以前のものよりもさらに大きく、美しくなる予定ですが、同じ場所ではなく、岸辺沿いに北上したところが選ばれました。これは、死せるドラゴンの沈んでいる水域への恐怖が、ずっと消えないからです。もう二度と黄金の寝床に戻ることができないとはいえ、ドラゴンは、湖の浅瀬《あさせ》のうえに身をよじらせ、石のように冷たく、長々《ながなが》と横たわっています。これからいく世代にもわたって、穏やかな日には古い町がのっていた脚《あし》の残骸にまじって、巨大なドラゴンの骨が見えることでしょう。でも、こののろわれた水の上を、あえて漕いでわたる者はすくなく、ましてや、ここの身の毛もよだつ水にもぐったり、ドラゴンの腐乱《ふらん》する死骸からこぼれおちる宝石を回収しようなどという者は一人もいません。

これに対して、まだ戦う能力の残っている町の兵士たち、そして〈エルフ王〉の部隊の大部分の戦士たちは、北の方《かた》なる〈山〉をめざして進軍の準備にかかりました。こうして、町の崩壊から十一日にして、軍団の隊長は湖の北、丘の切れ目を通過して、荒れはてた国へと突入していったのでした。

第15章　一天にわかにかき曇り

さて、ビルボとドワーフたちのことに話を戻しましょう。夜を徹して見張りが置かれましたが、朝になっても、危険の兆候は見えもしないし、聞こえもしません。ただ、集合してくる鳥の数は、ふえるばかりです。大集団が南のほうからぞくぞく飛んできます。また、〈山〉の周辺に棲《す》みついているカラスたちも、小やみなく上空に円をえがきながら鳴き声をあげています。

「何か奇妙なことがおきているぞ」とトリンが言いました。「秋の渡りの季節は、もう終わっているはずだ。それにこいつらは、ずっとこの地方に棲《す》んでいる連中なんだ。ムクドリがいる。フィンチがいる。そればかりか、遠くのほうに屍肉《しにく》あさりの鳥がたくさん舞っている。戦争がはじまりそうな気配だな」

そのとき、ふいにビルボが指さしました。「あの老いぼれツグミがまたいるぞ！」。ビルボは声をはずませます。「スマウグが山肌をめちゃくちゃにしたけど、うまく逃げたんだね。カタツムリは逃げられなかったろうな」

たしかに例の老ツグミでした。ビルボが指さすと、鳥は近づいてきて、すぐ脇《わき》の石の上にとまりました。そうして翼をはばたかせ、歌をうたいます。つぎに、聞き耳をたてるかのように首をかしげたかと思うと、また歌をうたいます。そして、また首をかしげました。

「きっと何か、ボクらに伝えたいことがあるんだ」とバリンが言いました。「でも、ボクには、この鳥のコトバは分からない。早口すぎて、ついていけないのだ。バギンズ、君、分かるかい？」

「いや、あまり」と、ビルボは答えます（が、じつのところ、まったくのちんぷんかんぷんです）。「でもこの鳥くん、ずいぶん興奮しているみたいだね」

「大鴉《おおがらす》だったらいいのにな」とバリンがくやしがります。

「カラスなんて、君はきらいなんじゃないの？　前にこの辺《へん》に来たとき、ずいぶん厭《いや》がっているみたいだったけど」

「それは屍肉《しにく》ガラスだろ。あいつらは疑りぶかい、いやな連中さ。それにぶれいだしさ。あいつらがボクたちの背中にむかって、ひどい悪口を言ってたのは聞いたろう？　でも大鴉《おおがらす》はちがう。大鴉《おおがらす》とトロールの民のあいだには、とても親密な関係がなりたっていたのだよ。かれらはよく秘密の知らせをはこんできてくれたし、ボクたちのほうでも、きらきら光る金属をお礼にあげたものさ。かれらは光るものを巣にためこむのが好きなんだ。

大鴉《おおがらす》は長生きで、[1]一度憶《おぼ》えたことを忘れない。それに、たくわえた知恵を子孫に伝えるのだ。ボクは、子どものころ、岩山の大鴉《おおがらす》にたくさんの知りあいがいた。この丘自体、〈大がらすの丘〉とかつて呼ばれていたのは、有名な知恵者の大鴉《おおがらす》の夫婦――老カークとその妻――が、衛兵の詰《つ》め所《しょ》の上に住んでいたからだよ。でも、あの古代の種族は、もうこの辺《へん》にゃ残っていないだろうなあ」

バリンが話しおえたとたん、老ツグミはひと声大きく鳴いて、そそくさと飛び去りました。

「こちらには理解できないけれど、ぜったいに、あの老鳥のほうではわれわれの話がよく分かっているんだよ」とバリンが言います。「いまから何がおきるか、ようく見てるがいい」

まもなく、ばたばたという鳥の羽ばたきが聞こえ、ツグミが帰ってきました。こんどは、おそろしくよぼよぼの老鳥がいっしょです。ほとんど目が見えないし、ようやく飛べるといったありさま。おまけに頭のてっぺんが禿《は》げています。巨大な大鴉《おおがらす》の老人です。鳥は目の前の地面にぎくしゃくと足を接すると、ゆっくりと翼を上下しながら、トリンのもとまでぴょんぴょんはねてきました。

「おお、トラインの息子なるトリンよ、フンディン[2]の息子なるバリンよ」。大鴉《おおがらす》がかすれた声で言いました（鳥語《とりご》でなく、ふつうの人間のことばなのでビルボにも分かります）。「わしはカークの息子ロアク[3]じゃ。かつてそなたらの知遇《ちぐう》をえておったカークは死んだ。わしが卵の殻《から》をやぶって以来、すでに百と三と五十の年が過ぎ去った。じゃが、父から教わったことは、まだ忘れておらん。わしは今、〈山〉の大鴉《おおがらす》の族長じゃ。われらの数は少ないが、昔の王の記憶はいまだなつかしい。いま、わが一族の大半が出はらっておる。〈南〉で大事件がおきたからじゃ。その一部は、汝《なんじ》らにとって喜びの知らせとなり、一部は歓迎せざる知らせとなろう。見よ！　〈南〉からも、〈東〉からも、〈西〉からも、大挙《たいきょ》して鳥がふたたび〈山〉と〈谷〉に戻ってくる。知らせがひろまったからじゃ。――スマウグが死んだ、と」

「死んだ！　死んだだって？」。ドワーフたちが声高《こわだか》にくり返します。「死んだのだと！　なんだ、びくびくして損をした！　それに、宝はわれらのものだ！」。ドワーフたちは全員さっと立ちあがり、嬉しさのあまりはねまわりました。

「さよう、死んだ」とロアクが続けます。「老ツグミ――かれの羽根の永遠《とわ》に抜けおちざるを！――が目撃したから、信用してよい。今よりさかのぼること三日前の夜、月の出の刻に、エスガロスの戦士と戦い、スマウグは墜《お》ちた」

狂喜するドワーフたちを、トリンがとり鎮《しず》め、大鴉《おおがらす》の話の続きが聞けるようになるまで、しばらく時間がかかりました。そうして、戦いのもようをすっかり伝えると、ロアクはつぎのように話を続けました。

「トリン・オウクンシルドよ、慶《よろこ》びごとはここまでじゃ。汝《なんじ》らは、なんの懸念《けねん》もなく宮殿に戻れよう。宝はすべて汝《なんじ》のものじゃ…。今のところはな。じゃが、大挙しておしよせるのは、鳥だけではない。宝を守るドラゴンの死は、すでにひろく知れわたった。トロールの財宝伝説は、長い歳月のあいだにも脈々《みゃくみゃく》伝えられ、埋もれることがなかった。じゃから、分け前にあずかろうと請《こ》いねがう者は多い。すでに、エルフの軍団が行進しておる。いっしょに屍肉《しにく》あさりの鳥どもがつきそって、いくさと虐殺《ぎゃくさつ》を待ち望んでおる。湖のほとりでは、悲しみはすべてドワーフ

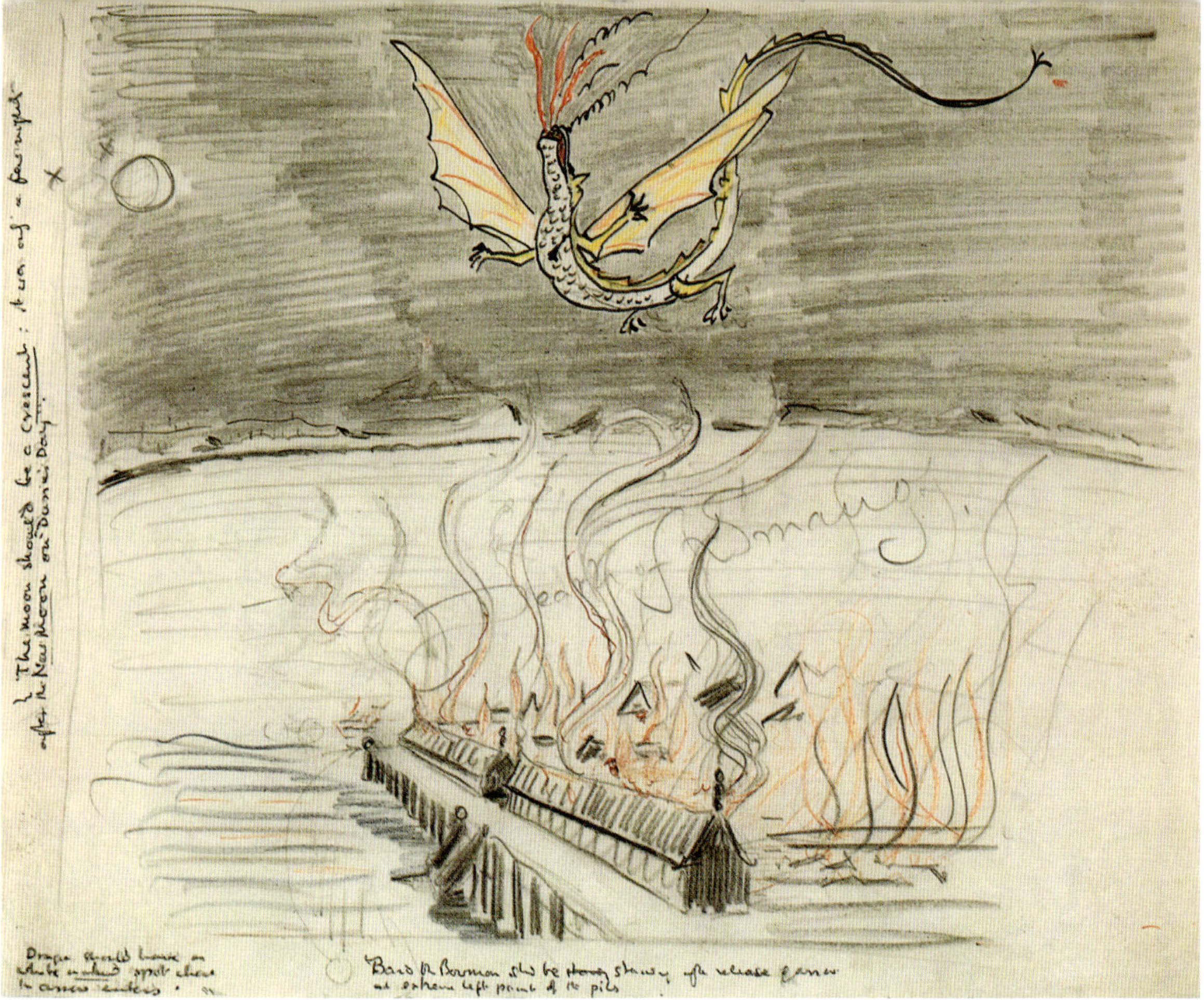
The moon should be a crescent

J・R・R・トールキン「スマウグの死」

によってもたらされたと、人間どもがつぶやいておる。かれらは家を失い、おおぜいの仲間が死んだうえに、スマウグによって町を潰《つぶ》されたのじゃ。汝《なんじ》らの生死は知らぬものの、この人間どもも、汝《なんじ》の宝からつぐないを得ようともくろんでおるぞ。

どのような行動に出るべきか、それは汝《なんじ》自身の叡智《えいち》が決めねばならぬ。じゃが、十三人という数は、かつてここに住み、いまや各地に散りぢりになったドゥーリンの偉大な一族の生き残りとしては、少なすぎる。もし、わが助言に耳を傾けるおつもりがあるなら、よろしいかな、〈湖の町〉の町長を信用してはならぬぞ。むしろ、スマウグを弓で射た男を信用するがよい。〈谷〉の一族につらなる、ギリオンの血をひくバードが、その人じゃ。顔は険《けわ》しいが、心は純じゃ。長い荒廃《こうはい》のときが終われば、ドワーフと人間とエルフには、ふたたび和睦《わぼく》を結んでもらいたい。じゃが、その代価に、そなたは多くの黄金を失うやもしれぬ。話はこれにて終わりじゃ」

大鴉《おおがらす》が話しおえると、トリンは怒りを爆発させました。「われら一同、感謝を申し上げる。カークの息子なるロアクよ。そなたと、そなたの一族には、たっぷりと礼をしよう。だが、われらに生あるかぎり、黄金は、盗人《ぬすっと》どもの手には渡さないし、力ずくで攻めてきても、守りきるぞ。ロアクよ、もっと感謝されたければ、近づいてくる者たちの情報をくれ。それから、もう一つ頼みがある。そなたの一族に、若くて翼の強いものがいるなら、〈北〉の山々に――ここからだと東にも西にも――わが血筋の者が住んでいるので、かれらに使者を送り、われらの苦境を伝えてほしい。だが、とりわけ〈くろがねの丘〉[4]に住む、いとこのダインのところには急いで行ってくれ。あそこには立派に武装した戦士が多くいるし、ここへもいちばん近いのだ。急げ！　と伝えてくれ」

「その計略について、善《よ》し悪《あ》しの判断はせぬこととして」とロアクは答えます。「ともかく、できるだけのことはいたしましょう」。こう言うと、ロアクはゆっくりと飛び去ってゆきました。

「〈山〉に返れ！」とトリンが叫びます。「むだにできる時間はないぞ」

「あてにできる食事もないよ」と、この問題ではいつも現実的なビルボが言いました。とにかくビルボとしては、冒険というべきものは、ドラゴンの死とともに終わりを告げたと感じていた――これは大きなあやまりでしたが

――ので、手に入れた財宝のうち、自分の分をほとんど差し出しても、この最後のごたごたを、なんとか平和のうちに丸くおさめたいと願うのでした。

「〈山〉へ返れ！」。ビルボの言うことなどどこ吹く風で、ドワーフたちは叫びました。だから、ビルボだけが返らないというわけにはゆきません。

読者の皆さんは、この先のいくつかの出来事をすでにご存知なので、ドワーフたちにはまだ数日のよゆうのあることが、お分かりだと思います。かれらはふたたび洞窟内を探検し、そして予想どおり、〈おもて門〉のみが開かれたままになっていることを発見しました。他の門はすべて（例の小さな秘密の扉はもちろん別として）、大昔にスマウグによって破壊され、塞《ふさ》がれてしまったのです。かつてそこに門のあったことさえ分かりません。そこでドワーフたちは、正面の入口の防御を強化することとし、そこから出る道をあらたに一本つくることに、けんめいに力を注ぐことにしました。道具のたぐいは、むかしの鉱夫や、石切り工や、大工たちの用いたものが、ぞんぶんに残っています。そして、この種の技術にかけては、その頃はまだドワーフの右に出る者はいませんでした。

仕事を進めるドワーフたちのもとに、大鴉《おおがらす》たちがたえず情報を届けてくれました。それによって、〈エルフ王〉が湖により道をしてくれたので、わずかにせよ息をつくほどの時間のあることが分かりました。そしてもっと嬉しかったのは、三頭の小馬がうまく逃げおおせ、勝手気ままにさまようままに、土手を伝って〈ながれ川〉を下っていったようで、しかもその近くには、荷物ののこりが置かれたままになっている、というニュースが伝えられたことです。そこで、小馬を見つけ、できるかぎり荷物を回収するために、フィリとキリが派遣《はけん》されることとなりました。こうして、のこりのドワーフたちが仕事を続けるなかで、二人は出発しました。一羽の大鴉《おおがらす》が道あんないです。

二人が戻ってきたのは四日後のことです。その時にはすでに、〈湖の人間〉とエルフたちが連合軍をつくって、〈山〉へと急ぎつつあることを、ドワーフたちは知っていました。しかし、いまや、ドワーフたちの希望は宙に高くまい上がっています。じゅうぶんに気をつければ、なお数週間はもつだけの食料が確保できたからです（ただし、いうまでもなくその主たるものは〝クラム〟です。これには、一同も飽きあきです。けれども、〝クラム〟だってなんだって、何もないよりはましです）。そして、門の防御《ぼうぎょ》はすでに完成してあります。開口部を、四角い石の平づみで塞《ふさ》いだだけですが、とても高くて厚みのあるバリケードです。ところどころに、外の偵察《ていさつ》をし、矢を射るための穴がいくつか設けてありますが、入口はありません。人が出入りするためには、はしごを用います。また、物を出し入れするためのロープも用意されています。泉の水を流すために、この新しいバリケードの下に、小ぶりのアーチ型の口を工夫しました。しかし、これと同時に入口付近の狭い川底を改修した結果、山ぎわから、水が〈谷〉にむかって落ちてゆく滝のところまでが、すっかり水浸《みずびた》しとなりました。したがって今や、〈谷〉[5]の側から〈門〉に接近しようとすれば、泳いでくるのでなければ、バリケードから外を見て右手のほうにそびえる絶壁《ぜっぺき》の、細い岩棚《いわだな》を通ってくるしかありません。小馬たちを引いてこられるのは、古い橋から上がってくる階段のてっぺんまででした。積荷はそこですべておろし、主人のところへうまく帰れよと言いながら、乗り手のないままに〈南〉にむけて放してやりました。

ある夜ついに、多数のタイマツやたき火らしい明かりが、とつぜん、前方はるか南の〈谷〉にあらわれました。「来たぞ！」。バリンが大声で警報を発しました。「とても大規模な野営《やえい》だ。川の両岸をつたいながら、夕闇にまぎれて、谷に入ってきたのだろう」

その夜ドワーフたちはほとんど眠りませんでした。翌朝、夜の白々《しらじら》と明けるころ、兵士たちの部隊の接近してくるのが見えました。かれらが谷のいただきにたっし、ゆっくりと崖をのぼってくる姿を、ドワーフたちは、バリケードのうしろからじっと見つめます。ほどなく、武具をつけた〈湖の人間〉と、弓矢をもったエルフたちが、その中にまじっているのが見えました。そうして、ついに、先頭の者たちが崩落《ほうらく》した岩の斜面をよじのぼり、滝のてっぺんにまでたっしました。目の前に水面が広がり、新たに切り出した石で〈門〉が塞《ふさ》がれているのを見たときの、かれらの驚きようはたいへんなものでした。

こちらを指さしながら、たがいに話しあっている者たちにむかって、トリンが大音声《だいおんじょう》で呼びかけました。「貴殿《きでん》らは何者だ？　〈山の王〉、すなわちトラインの息子なるトリンの城門の前に、いくさよろしく侵入してくるなど不《ふ》穏当《おんとう》ではないか！　いったい何が望みなのだ？」

けれども、相手は何も答えません。さっさと引き返していった者もいましたが、それ以外の者たちは、〈門〉とその防御をとっくりと眺めてから帰ってゆきました。この日、野営地《やえいち》は川の東側、すなわち〈山〉の二本の腕《かいな》のちょうどまん中へと移されました。これはもう久しくなかったことですが、作業をする人々のかけ声やら唄やらが、岩のあいだに響きわたります。それればかりか、エルフのたて琴や、甘美な音楽も聞こえてきます。唄や音楽がドワーフたちのもとまでこだましてくると、凍《い》てついた空気も和《やわ》らぐようで、春にさく森の草花の香りがほんのりと感じられるような気さえしました。

このとき、ビルボの心は、暗い城砦《とりで》から逃げ出し、下におりていって、たき火を囲んでの楽しい宴《うたげ》にくわわりたいという、強烈な欲求にとらわれました。若いドワーフたちの中にも心を動かされた者がいて、どこで話がおかしくなってしまったのだろう？　あのような人たちとなら仲良くできるはずなのに、と小声でつぶやきましたが、トリンが恐《こわ》い顔でにらみつけました。

そこで、ドワーフたちのほうでも宝物にまじっているたて琴などの楽器をとりだし、トリンの気持ちをやわらげるために、曲をつくりました。しかし、かれらの唄の調子はエルフのものとはおよそ違っており、ずっと以前にビルボの家でうたった唄にとてもよく似ています。

高くもくらき山のした、
王はひろ間《ま》に帰還《きかん》せり。
恐怖の竜はたおれ伏し、
新たな敵もたおるべし。

剣はするどく槍《やり》ながく、
矢は疾《と》く翔《か》け、門強し。
黄金《きん》を眺めて勇気凛々《りんりん》。
小人《こびと》は不正を忍ぶまじ。

早鐘《はやがね》のごと、鎚《つち》をうち、
つよき呪文を作りけり。
山の下なる、ひろき室《むろ》、
暗きもの眠るふかき穴。

星屑《ほしくず》をつらねてつくる
銀くさり。竜炎《りゅうえん》たれる
宝冠《ほうかん》を、被《かぶ》りて鳴らす
黄金《きん》のたて琴、銀の絃《いと》。

奪回せり、山の王座を。
いまこそ来《きた》れ流浪《るろう》の民、
疾《と》く来《きた》れ荒野《あらの》をこえて。
汝《な》が一族の王は窮せり。

丘をこえ聞けよ呼び声。

かえれふる里、洞窟へ。
汝《な》を待つ王は門のまえ、
手には財宝ざっくざく。

高くもくらき山のした、
王はひろ間《ま》に帰還《きかん》せり。
恐怖の竜はたおれ伏し、
新たな敵もたおるべし。

トリンはこの唄が気に入ったらしく、ふたたび微笑《ほほえ》みをとりもどし、快活になりました。そして、〈くろがねの丘〉までの距離はどれくらいか、かりにメッセージがとどいてすぐに出発したとして、ダインが〈はなれ山〉に到着するのにどれくらいの日数がかかるだろう？　などと計算をはじめました。けれども、こんな唄や、こんな話を聞かされて、ビルボの心は沈みました。あまりにきな臭《くさ》く感じられます。

次の朝まだきに、槍《やり》をもった一隊が川を渡り、谷をのぼってくるのが見えました。かれらは〈エルフ王〉の緑の軍旗と、〈湖の町〉の青い軍旗をかかげています。一行はどんどん前進し、〈門〉のバリケードのまん前に立ちました。

ふたたびトリンが大きな声で呼びかけます。「貴殿《きでん》らは何者だ？　〈山の王〉、すなわちトラインの息子なるトリンの城門の前にいくさ装束《しょうぞく》でくるなど、不穏当《ふおんとう》ではないか！」。これに対して、こんどは答えがありました。

長身の男が前に進みでました。黒い髪、険《けわ》しい顔をしています。男は声をはりあげました。「トリンにもの申す。そなたはなぜ、ねぐらの土蔵を襲《おそ》われたこそ泥よろしく、身をいからせているのだ？　われらはまだ敵同士ではないぞ。とうてい望みはなかろうとあきらめていたが、そなたらが生きていてくれて嬉しいぞ。われらは、だれも生きてはおるまいと案じながらやってきた。だが、こうして出会ったのだから、話しあい、交渉すべきことがらがある」

「お前は誰だ？　何を交渉しようというのだ？」

「わたしの名はバード。わたしのこの手が、ドラゴンを殺し、そなたの財宝を解きはなった。そなたにおおいに関わりのあることだとは思わぬか？　また、わたしは〈谷〉のギリオンの正統な子孫にして、後継者だ。そなたの宝物のなかには、かつてスマウグが略奪した、ギリオンの宮殿と町の財宝が多くまじっている。であってみれば、これはわれら双方で話しあうべきことがらだとは思わぬか？　さらに、スマウグ最後の戦いで、エスガロスの人々の住居が破壊された。わたしはいまだ〈湖の町〉の町長に仕《つか》える身なので、その代理として申し上げる。そなたには〈湖の町〉の人々の悲しみと苦しみに、同情の一《ひと》かけもないのか？　かれらはそなたらの窮状《きゅうじょう》に手をさしのべたのだぞ。たくまざることとはいえ、そなたらが〈湖の町〉にもたらしたのは、今のところ破滅だけだ。これがそなたらの返礼なのか？」

険《けわ》しく傲慢《ごうまん》な話しぶりではありましたが、これはいかにも正論で、事実そのものです。トリンなら正しいことは正しいとすなおに認めるだろう、とビルボは思いました。ドラゴンの弱点を、だれの助けも借りずに発見したのはこのボクなんだぞと言いたいところですが、そんなことを思い出してくれる人がいようなどと、ビルボはあたまから期待していません。が、そんなことは期待しないで正解。じじつ、だれも思い出してくれなどしなかったのですから。ところが、ドラゴンが長年にわたって大事に抱きかかえていた黄金が、どれほどの魔性《ましょう》の力をおよぼすものなのか、ドワーフが金銀財宝に対してどれほど熾烈《しれつ》な欲望をいだくものなのかということは、ビルボの考慮の外でした。ここ何日か、トリンは日がな一日宝物庫《ほうもつこ》ですごした結果、宝に執着する気持ちがいやが上にも強くなっています。それに、お目当てはアルケンストンとはいえ、その他もろもろの宝にも魅せられています。なにしろ、その一つ一つに、一族の汗と悲しみの記憶がまつわりついているのですから。

「お気のどくだが、最後にあげて、もっとも強調した点は、いちばん根拠がうすい」とトリンは言い返しました。

「スマウグはわれらから財宝を奪った。やつは人間からも家や命を奪った。だからといって、そのつぐないにわが民の財宝をよこせというのは筋違《すじちが》いというものだ。かりに、宝がスマウグのものであるなら、それを分けあって悪業をつぐなわしめるということにも理があろうが、そもそも、スマウグの宝ではないのだ。〈湖の人間〉から受けた援助と品物の代価については、じゅうぶんな支払いをしよう。もっとも、今すぐにというわけにはゆかない。それに、威力をちらつかせての要求には、いっさい応《こた》えないぞ。パンの一《ひと》かけだってやらぬ。わが館《やかた》の前に武装した集団がいるかぎり、お前らは敵であり泥棒だ。

こちらからも、ひとつお聞きしてみたいものだ。かりにドラゴンが死に、われらも死んだとする。財宝がそこにころがっている。さて、正統な権利をもつわがドワーフの同胞に対して、お前たちはどれほどの分け前をあたえただろうか？」

「もっともなご質問だが」とバードが答えます。「現に、そなたらは死んでいないし、われらも泥棒ではない。それに、君たちは富める者ではないか？　かつて窮状《きゅうじょう》を救ってくれた者が、ひるがえって苦境にたったときには、権利がどうのこうのという以前に、あわれみの手を差しのべることは、当然の話ではないのか？　だいいち、わたしの言ったほかの点には答えていないぞ」

「さっきも言ったとおり、武装して門前に押しかけるような輩《やから》とは、交渉しない。それに、〈エルフ王〉の家来と話すつもりはいっさいない。あの王のことを思うと、いまでも苦々しい。今回の話に、やつらの入る余地はないぞ。われらの矢が飛んでくる前に、帰れ！　わたしともう一度話したければ、まずエルフを追い返すがよい。エルフは森にいるものだ。そして出直してこい。この門に近づく前に、武器は捨ててくるのだぞ」

「〈エルフ王〉はわたしの友人だ。〈湖〉の人々の窮状《きゅうじょう》を救ってくれたのだ。そのことには、権利や根拠など何もない。純粋な友情なのだ」とバードが答えます。「時間をやる。反省するがよい。もう一度くるから、せいぜい知恵をしぼって考えるんだな」。こう言ってバードは去り、野営地《やえいち》へと帰ってゆきました。

何時間もたたぬうちに、旗持《はたも》ちの男たちが戻ってきました。ラッパ手が一歩前に出て、高らかに吹き鳴らします。

「エスガロスと〈森〉の名において」と、一人が声高《こわだか》に宣します。「〈山の王〉とみずから称する、トラインの息子なるトリン・オウクンシルドに通告する。われらの要求を熟考《じゅくこう》すべきことを命じる。応諾《おうだく》なければ、われらから敵とみなされるであろう。少なくとも財宝の十二分の一を、ドラゴンを殺した功績、ギリオンの継承者としての地位にかんがみて、バードに渡すべし。その一部を割《さ》いて、バードはエスガロスへの援助を行うであろう。しかし、かつての父祖《そふ》のごとく、トリンが周辺の諸地域の友好と尊敬を受けたいと願うなら、みずからの財を削って、〈湖〉の人々に救援の手をさしのべねばならぬ」

これを聞いたトリンはシカの角《つの》の弓をむんずとつかみ、使者めがけて矢を放ちました。矢は盾《たて》につきたち、ぶるぶると小刻《こきざ》みにふるえました。

「これがそちらからの答えなら」と、使者は大声で返します。「ここに、わが軍による〈山〉の包囲を宣言する。そちら側から休戦と和議を求めないかぎり、決して外に出しはしないぞ。こちらから武器をもって攻撃をしかけることはしない。黄金と仲むつまじく暮らすがよい。黄金を、食いたければ食うがよい！」

これだけ言いおえると、使者たちはそそくさと立ち去りました。残されたドワーフは、自分たちの立場を考えます。[6]トリンの顔の表情はいよいよ険《けわ》しくなったので、トリンの行動に異を唱えたいと思う者がかりにいたとしても、とてもそうする勇気はなかったことでしょう。とはいえ、ほとんどの者が、トリンと同じ考えのようでした。ただし、太っちょのボンバー、それにフィリとキリは例外です。また、いうまでもなくビルボも、このような事態の展開には批判的でした。もう〈山〉とはじゅうぶん以上につきあったという気分ですし、〈山〉の内側に籠城《ろうじょう》させられるなんて、とてもではないがビルボの趣味じゃありません。

「どこに行っても、ドラゴンの悪臭がしみこんでいる」とビルボはこっそりと泣き言をならべました。「この臭《にお》いには胸がわるくなる。それに、この頃は〝クラム〟を食べると胸につっかえるんだ」

第16章　真夜中の泥棒

退屈な日々が、のろのろと過ぎはじめました。ほとんどのドワーフたちは宝物を積み上げたり、整理したりしながら、毎日を過ごします。また今では、トリンもトラインの宝石アルケンストンのことをあからさまに口に出し、ドワーフたちを叱咤激励《しったげきれい》して、宮殿の隅々《すみずみ》にいたるまで熱心にさがさせました。

「わたしの父のアルケンストンは」[1]と、トリンは説明します。「それだけで、黄金の流れる川よりも、もっと値打ちがあるのだ。わたしにとっては、値段なんぞつけられない。かずある財宝の中でも、あの宝石《いし》こそ、わたしのものであることを宣言する。あれを見つけながら隠し持とうとするような輩《やから》は、恐ろしい処罰にさらされるぞ」

これを聞いてビルボは、そら恐くなりました。もしあの宝石《いし》が――ビルボが枕にしている古着の束《たば》にくるんである――あの宝石《いし》が見つかったら、いったいどうなることだろうと、不安が心をよぎります。でも、ビルボはこの宝石《いし》のことを誰にも話しませんでした。それというのも、重苦しい日々が、いちだんと耐えがたく感じられるようになってくるにしたがって、ビルボの小さな胸に、ひとつの計略が芽ばえてきたからです。

事態に変化のないままにしばらく時間が経過した、ある日のこと。大鴉《おおがらす》が知らせを持ってきました。五百名あまりのドワーフをひきいたダインが、〈北東〉にある〈くろがねの丘〉から強行軍《きょうこうぐん》でかけつけた結果、すでに、〈谷〉

からおよそ二日の距離にたっしているというのです。

「だが、察知《さっち》されぬままに〈山〉に着くことは叶《かな》わぬことなので」とロアクは言いました。「谷間《たにあい》で戦闘がおきるのではないかと、心配じゃ。これは、愚策《ぐさく》と思われまするな。かれらはなるほど強い。けれど、ここをとりまいている大軍勢に勝てる見こみなど、まずありませんぞ。よしや勝つことがあったにせよ、何が得られるというのじゃ？　冬と雪が、かれらのすぐあとを追ってきておる。周辺の国々の善意と友情なくして、どうやって食糧を調達できる？　ドラゴンがおらずとも、こんどは、お宝が命とりとなりかねまいて」

それでも、トリンの心は動きません。「冬と雪は人間とエルフをも噛《か》むのだ。荒れ野の仮の住居《すまい》では、とても堪《たま》らんと思うだろう。敵の連中も、わが友朋《ゆうほう》が背後にせまり、冬が頭上から襲《おそ》いかかってきたら、もっと柔軟に交渉しようという気にもなるだろう」

その夜、ビルボは決意しました。月がなく、空はまっ暗です。真の闇のおりるのを待って、〈門〉のすぐ内側にある部屋の片隅《かたすみ》にゆき、たばねた自分の荷物の中から、一本のロープと、襤褸《ぼろ》にくるんだアルケンストンを取り出しました。そうして、ビルボは、バリケードのてっぺんにまで登りました。そこにはボンバーしかいません。見張りは一度に一人ずつで、いまはボンバーの番だったのです。

「やけに冷えるね」。ボンバーが言います。「むこうの野営地《やえいち》みたいに、この上でも火が焚《た》ければなあ」

「中は暖かいよ」とビルボが応《こた》えます。

「そうだろうともよ。でも、ボクは十二時までここに縛られてるんだ」。太っちょのドワーフはぶつくさ言いました。「こんなことになっちまって、ほんとうに残念だね。むろんトリンに楯突《たてつ》こうなんて、そんな大それた考えはないけど…。トリンの鬚《ひげ》の、いやましに伸びなんことを！　でも、トリンってがちがちに融通《ゆうずう》がきかないんだな」

「がちがちと言ったって、ボクの足ほどじゃないね」と、ビルボが応《こた》えます。「石の階段や廊下ばっかりで、いやになったよ。一度でいいから、足の裏に草の感触を味わってみたいなあ」

「ボクなら、一度でいいから、喉《のど》に強い酒の感触を味わってみたいな。それに、たっぷりと夕食をとって、柔らかいベッドに寝たいな」

「その願い、包囲が続いているあいだは叶《かな》えてあげられないな。でも、ボクは、このまま見張りにあたってからもうずいぶんになるから、代わってあげてもいいよ。今夜はぜんぜん眠れないんだ」

「バギンズ君、君って根っから親切な人なんだね。ありがたくお言葉に甘えようかな。いいかい、まんがいち異常があったら、まず、このボクを起こしてくれよな。ボクはすぐそこの、左側の奥の部屋で寝ているからね」

「じゃあね」とビルボ。「真夜中の十二時に起こすよ。君が自分でつぎの見張り番を起こせばよいのさ」

ボンバーの姿が見えなくなると、ビルボはただちに指輪をはめ、ロープを結《ゆ》わえつけてバリケードをすべりおり、闇の中に消えました。ビルボの持ち時間は、およそ五時間ほどです。ボンバーはずっと眠っているでしょう（ボンバーはどんな時にでも眠れるし、森での冒険以来、あのとき見ていたすばらしい夢をもういちど取り返さねばと、いつも思っているのです）。また、のこりの連中は、トリンのお守《も》りにかかりきりです。フィリとかキリでさえ、自分の番でもないのにバリケードの上にのぼってくることは、まずないでしょう。

とても暗い夜でした。新しく作った小径《こみち》に別れを告げ、下を流れる川にむかって下りると、まったくはじめての道となりました。でも、ついに、ビルボは曲り角のところまでやってきました。もしも目的どおり野営地《やえいち》に向かおうとするなら、ここで川を渡らねばなりません。水は浅いのですが、川幅はこの地点でもうすでに広くなっており、暗闇《くらやみ》の中で渡るのは、小柄なホビットにとって容易なことではありません。ほとんど渡りきったところで、ビルボは丸い石の上で足をすべらし、パシャン！　と、身を切る冷水の中に倒れてしまいました。ぶるぶるとふるえ、パシャパシャ水を跳ねかしながら、ようやくのことにむこう岸にはいあがったかと思うと、闇の中からエルフがあらわれました。そうして明るい提灯《ちょうちん》で照らしながら、音のあがった原因をさがします。

「魚なんかじゃないぜ」と一人が言います。「その辺《へん》にスパイがいるぞ。明かりを隠せ。明かりなんて、われわれより、あいつのためにつけてやっているようなもんだぜ。例のかわったちびすけだとすればな。あいつ、ドワーフの召使《めしつか》いだっていうじゃないか」

「ふん召使《めしつか》いだって。まったく見損なわれたもんだ！」。ビルボは鼻を鳴らしました。鼻を鳴らしついでに派手なくしゃみが出たので、エルフたちはただちに音の聞こえたほうに集まってきました。

「明かりをつけようじゃないか」とビルボが言います。「ボクはここさ。ボクに用があるんだろ」。こう言いながら、ビルボは指輪をはずし、岩影からぴょこんと跳びだしました。

エルフたちはびっくりしたものの、すみやかにビルボを捕まえました。「お前は誰だ？　ドワーフが雇ってるホビットか？　こんなところで何をしている？　どうやってこちらの歩哨《ほしょう》の目をすりぬけて、こんなに深くもぐりこんでこられたのだ？」。かれらは矢つぎばやに質問をあびせかけました。

「ボクはビルボ・バギンズ」。ビルボは答えます。「いいかい、言っておくけど、ボクは召使《めしつか》いじゃない。トリンの仲間だよ。ボク、君たちの王さまの姿はよく知ってるんだ。たぶん王さまのほうでは、ボクを見ても分かるまいがね。でも、バードはボクのこと憶《おぼ》えてるだろうな。そして、ボクがとくに会いたいのは、そのバードのほうなんだ」

「まさか！」とエルフたちは驚きます。「で、いったいどんな用があるんだ？」

「親切な皆さん、いまこの場では言えないけれど、とにかく、このボクにしか果たせない用なんだ。でも、この寒くてうっとうしい場所からふる里の森に帰りたいなら」と、ビルボは寒さにふるえながら答えます。「早く火のあるところまで連れてってよ。そこで体を乾かしてから、偉い人たちに会わせてよ。それもできるだけ急いでね。時間はたったの一、二時間しかないんだからね」

このようなしだいで、〈門〉を抜け出して二時間ばかり後《のち》には、ビルボは大きなテントの前の、暖かいかがり火のそばに座っておりました。かたわらには、〈エルフ王〉とバードが座り、ビルボのことを、好奇のまなざしでしげしげと眺めています。エルフの立派なよろいをまとい、しかも体に古毛布を巻きつけているホビットなど、いままでお目にかかったことがありません。

「まったくもう、分かりきっていますよね」と、上々のビジネス口調でビルボが話しています。「そもそも全体がむちゃなんですよ。ええ、個人的には、もうわたしだってうんざりですよ。〈西〉のわが家に帰りたいですね。むこうの人はみんな、もう少しは聞き分けがありますからね。でも、わたしはこの件に利害がからんでいます。正確に言うと十四分の一の分け前、と手紙に記してあります。さいわい、手紙はなくしてはいないはずですが…」と、ビルボは古い上着（そんなものを、まだよろいの上に着ていたのです）のポケットから、ずいぶん折り痕《あと》がつき、くしゃくしゃになった手紙を取り出しました。五月の例の日に[2]、暖炉の棚の時計の下にはさんであった、トリンの、あの手紙です。

「ね、いいですか、利益のうち一定の歩合《ぶあい》が報酬なのです」とビルボが続けます。「このことはよく弁《わきま》えているつもりです。で、わたし個人としては、自分の歩合を考える前にですなあ、まずあなたがたの権利をじゅうぶんに配慮して、しかるべき額を総額から差し引いておくのに、まったく吝《やぶさ》かではありません。ところが、あなたがたはトリン・オウクンシルドがどんな人物なのか、わたしほどにはご存知ない。わたしは確信をもって申し上げますが、トリンという人は、あなたがたがここに居《い》つづけるかぎり、たとえ自分が飢えて死のうと、宝の山の上に居座《いすわ》りつづけることを辞さない…というような人物です」

「そうかね。じゃあ、そのとおり居座《いすわ》ってもらおうじゃないか」とバードが答えます。「そこまで愚かなら、餓死《がし》が妥当《だとう》だね」

「いかにも」とビルボが答えます。「そういうふうな見方をされるのも、よく分かります。ですが、それと同時に、冬が急速に接近しています。まもなく、雪やなんかが降ったり積もったりで、エルフでさえ、補給が困難になるでしょう。また、困難はそれだけではありません。ダインら〈くろがねの丘〉のドワーフたちのことはご存知ですか？」

「ずっとむかし、噂《うわさ》に聞いたことがある。だが、ダインがわれわれと何の関係があるのかね？」と王が尋ねます。

「やっぱりそんなことだろうと思った。これはあなたがたのお聞きになっていない情報だと思いますよ。いま、ダインはここから二日以内の旅程《りょてい》のところにまで来ているのです。そして、五百名からのドワーフの荒武者《あらむしゃ》をひきいており、しかも、その大半はドワーフとゴブリンのあいだの戦争に従軍した経験があるときている。[3] あの恐ろしい戦いのことは、お聞きになっているでしょう？　この連中が到着すると、いよいよ面倒なことになるでしょうねえ」

「なぜそなたは、われわれにそんな話をしているのだ？　味方を裏切るつもりか？　それとも、われわれを脅《おど》そうというのか？」。バードが恐《こわ》い声で言いました。

「ねえ、バードさん」。ビルボは裏返《うらがえ》った声で返します。「まあ落ち着いてくださいよ。こんなに疑り深い人って会ったことないなあ。わたしは、関係者一同、どの方面も厄介事《やっかいごと》が避けられるよう努めているだけです。さて、ここで、ひとつ提案をさせていただきましょう」

「聞かせてもらおう」とかれらは答えます。

「聞くんじゃない、見るんです」とビルボが返しました。「これです！」。こう言うなり、ビルボはアルケンストンを取り出して、包みを投げすてました。

綺麗《きれい》なもの、すばらしいものには目がこえているはずの〈エルフ王〉その人が、驚愕《きょうがく》のあまり立ち上がってしまいました。武人のバードでさえ驚き眺めるばかりで、ひと言もありません。まるで月光を満たしたまん丸の球体が、寒空《さむぞら》の玲瓏《れいろう》たる星々を織りこんだ網《あみ》を背景に浮かんでいるかのようでした。

「これはトラインの宝石アルケンストンです」とビルボが言いました。「〈山の心臓〉です。また、トリンの心臓でもあります。黄金の流れる川よりも貴《とうと》いと、トリンはいうのです。これをあなたに差し上げます。それがあれば交渉で有利な立場にたてるでしょう」。こう言ってビルボは、身ぶるいひとつせず、未練がましい視線ひとつ残さず、この驚異の宝石《いし》をバードに無造作《むぞうさ》に手わたしました。バードはというと、まるで目がくらんだように握りしめています。

「だが、差し上げるなどとかんたんに言うが、それがなぜそなたのものだと言えるのだ？」。ようやくのことに沈黙をやぶって、バードが声を押し出しました。

「ああ、そのことですか」。ビルボはお尻がむずむずとします。「厳密に言ったらわたしのではありません。でも、自分の宝の分け前としてただそれだけをもらい、他の権利をすべて放棄するということにしても、わたしは一向《いっこう》にかまわないのです。わたしは押入《おしいり》かもしれない。少なくとも、ドワーフたちの呼び方ではそうです。わたしはそんな実感はないのですが…。でも、わたしはまあ、おおむね正直な押入《おしいり》でありたいと思っています。とにかく、もう戻ります。わたしはドワーフたちにどんな目にあわされようとかまわない。それがあなたがたのお役にたてばいいですね」

〈エルフ王〉は新たな驚きを顔にうかべて、ビルボを眺めました。「ビルボ・バギンズ君よ」と王は言います。「エルフの王族のよろいが君よりも似あう者はいくらもいるが、君ほどそれにふさわしい心をもった人物は、そうそういるものではないぞ。だが、トリン・オウクンシルドはそういうふうに見てくれるかなあ。わたしは、ドワーフ一般についてなら、たぶん君よりもよく知っていると思う。ものは相談だが、君はここに残ったらどうだろう？　礼を尽くして迎えよう。君なら大、大、大歓迎だ」

「ほんとうにありがとうございます」。ビルボは頭を下げました。「でも、こんなふうにして仲間と別れちゃいけないと思うのです。ここまでずっと苦も楽も共にしてきたのですからね。それに、十二時にボンバー君を起こしてやるって約束したのです。もう、ホントに行かなきゃ。それも大急ぎでね」

何を言っても、ビルボを引き留めることはできませんでした。そこで、護衛がつけられることとなり、別れぎわには、王とバードの二人が敬意をこめてビルボを見送りました。ビルボたちが野営地《やえいち》を抜けようとすると、黒いマントに身をつつんだ老人が、一つのテントの入口のところから立ち上がって、こちらに近づいてきました。

「でかしたぞ。バギンズ君」。老人はそう言って、ビルボの背中を叩《たた》きました。「だれも予想しないすばらしいものが、いつも君の中からとびだしてくるのだね」。老人の正体はガンダルフでした。

久しぶりに、ビルボは愁眉《しゅうび》をひらく思いがしました。けれども、ビルボがすぐにでも訊《き》いてみたいと思う質問はたくさんありすぎて、とても時間が足りません。

「あわてなくともよい」とガンダルフが言います。「わしのにらんだところでは、ことは終局に向かいつつある。そなたのすぐ目前《もくぜん》に、不愉快な時間がひかえておるが、気力を失わないことじゃ。うまく切り抜けられる…かもしれぬ。まだ大鴉《おおがらす》でさえ嗅《か》ぎつけていない出来事が、いま持ち上がろうとしておる。さらばじゃ」

煙《けむ》にまかれたような心地《ここち》ながらも、心が軽くなったビルボは先を急ぎます。安全な渡り場まで案内され、濡れないように渡してもらいました。ここでビルボはエルフたちに別れを告げ、用心しながら〈門〉まで攀《よ》じのぼっていきました。大きな疲労感が、ビルボの全身にのしかかってきます。けれども、ふたたびロープを――ビルボが残してきた時のまんまでしたが――登ったときには、真夜中までまだずいぶんと時間のよゆうがありました。ビルボはロープをほどいて、隠します。こうしてようやくバリケードの上に腰をおろしたビルボは、つぎは何がおきるのだろうかと案じはじめました。

夜中の十二時になりました。ビルボはボンバーを起こします。そうして、ボンバーの感謝の言葉から逃げるようにして（とても感謝してもらうどころではないと感じながら）、自分の寝場所《ねばしょ》に行ってくるりと丸まりました。そしてすぐに眠りにつき、悩みをすべて忘れて朝までぐっすりと眠りました。じつのところビルボは夢を見ていました。それはベーコン卵《エッグ》の夢でした。

第*17*章　雲が割れて

つぎの日。早朝から野営地《やえいち》にラッパの音《ね》が鳴りわたりました。そしてまもなく、細い小径《こみち》をたった一人の伝令《でんれい》が駆けてくるのが見えました。バリケードから離れて立った伝令は、ドワーフたちに呼びかけて、トリンがふたたび使者との話しあいに応じる用意があるかと尋ねました。そして、あらたな知らせがとどき、情勢が変わったのだと告げました。

「きっとダインだ」。このことを聞いたトリンが言いました。「やつらはダインが来ることを聞きつけたのだろう。ダインが来れば、あいつらの気持ちも変わるだろうと思っていたよ。少数の者のみ、武器をもたずに来るよう伝えろ。そうでなければ聞く耳をもたぬとな」。トリンが伝令にむかって呼ばわりました。

正午ちかく、〈森〉の旗と〈湖〉の旗がふたたび接近してくるのが見えました。二十名の一団がやってきます。細い小径《こみち》がはじまるところで、かれらは剣と槍《やり》を地面におき、そうして〈門〉にむかって進んできました。よく見ると、そこにはバードと〈エルフ王〉の二人がそろっています。また、その前には、マントとフードにすっぽりと身をくるんだ老人がおり、鉄のわくを嵌《は》めこんだ、がっしりとした木箱をささげ持っています。ドワーフたちは、いったい何ごとだろうかと訝《いぶ》かります。

「トリンにもの申す」とバードが口を切りました。「まだ心は変わらぬか？」

「二、三度太陽が昇って沈んだだけで遷《うつ》ろうような心ではない」とトリンが答えます。「そんな無益《むえき》な質問のために、わざわざ来たのか？　わたしの言いつけにそむいて、まだエルフ軍がいるではないか。エルフがいるあいだは、話しあいにきてもムダだぞ」

「こちらがどんな条件を出しても、貴公《きこう》は黄金を差し出さないか？」

「お前や、お前の仲間が出せるどんな条件でもダメだ」

「トラインのアルケンストンでもか？」。バードがそう言うのと同時に、老人が小箱をひらき、宝石を高々とさし上げました。朝の日光に照らされて、白く眩《まば》ゆい光が手からこぼれ出ました。

驚愕《きょうがく》し、心の混乱したトリンは、口もきけません。しばらくは誰も口をひらきません。

やがてトリンが沈黙をやぶりました。怒気《どき》をどっぷりとはらんで、だみ声になっています。「その宝石《いし》はわたしの父が持っていたものだ。いまは、わたしのものだ」とトリンが言いました。「自分のものを取りもどすのに、なぜ代償がいる？」。とはいうもののトリンは不思議の感にうたれて、こう言い足します。「それにしても、わが王家の家宝を、どうやって手に入れたのだ？　泥棒どもにこんな質問をすべきかどうか知らんが」

「われらは泥棒ではない」とバードが答えます。「貴公《きこう》のものなら返してやってもよい。ただし、その前にわれらのものを返せ」

「どうやって手に入れたのだ？」。つのる怒りを抑《おさ》えがたく、トリンがどなりました。

「ボクがわたした」。ビルボのかん高い声が答えました。ビルボはバリケードの上から顔をのぞかせていますが、いまは恐ろしさに顔面蒼白《がんめんそうはく》です。

「お前、お前か！」。トリンは叫びながら、ビルボのほうに向きなおり、両手でひっつかみました。「この、ろくでなしのホビットめ。この、寸足らずの…押入《おしい》りめ！」。トリンは言葉につまってこう叫ぶと、あわれなビルボを、ウサギのようにぐらぐら揺さぶりました。

「おお、ドゥーリンの鬚《ひげ》にかけて、こいつなど…。ガンダルフが今ここにいれば！　お前を選んだガンダルフなんぞのろってやる！　やつの鬚《ひげ》など枯れはてるがよい！　お前なんぞ、岩の上に投げおとしてやる！」。こうわめいたトリンは、両腕でビルボを頭上にさし上げました。

「待て！　願いを叶《かな》えてやろう」という声が聞こえました。小箱をもった老人が、マントとフードをかなぐり捨てました。「ほれ、ガンダルフじゃ。きわどかったな。わしの選んだ押入《おしいり》が気に入らないからといって、傷ものにはしないでくれよ。さあ、ビルボを下におろして、まずは言い分を聞いてやったらどうじゃ？」

「みんなグルなんだな」とトリンは言って、ビルボをバリケードの上に落としました。「魔法使いやその一味とは、もう二度と取り引きしないぞ。さあ、ドブネズミの曾孫《ひまご》め、言うことがあれば、言うがよい」

「おやまあ、おやまあ」とビルボが言いました。「言わせてもらうけど、とても不愉快な気分ですね。十四分の一の取り分は、ボクが選んでよいとおっしゃったのを、憶《おぼ》えていますか？　ひょっとして、ボクは、そのことを文字どおりに解釈しすぎたのかもしれないけれど…。ドワーフは言葉こそ優しいが、行いはそうでもないと聞かされてはいたけど、ホントウにそのとおりなんですね。だけど、ボクがよい仕事をしたとお思いになっていた時期も、おありでしたよね。嬉しがって〝孫子《まご》の代まで下部《しもべ》としてお仕え申す〟なんて言ったのは、どこの誰ですか？　〝ドブネズミの曾孫《ひまご》〟だなんて、よくも言えますね。〝下部《しもべ》としてお仕えする〟というのは、そういうことだったのですか、トリンさん？　ボクは自分の持ち分を、自分の好きなように処分しただけです。それで、たくさんじゃないですか」

「ああ、たくさんだ」とトリンは、険《けわ》しい声で言いました。「それに、お前の顔も、もうたくさんだ。二度と見せるな！」。こう言うと、トリンは顔を前にむけ、バリケードの前にいる人々に言いました。「わたしは裏切られた。家宝のアルケンストンを、トリンは買いもどさずにはいられないだろうという予想は、みごと的中だ。代価として、財宝の十四分の一を、金と銀で支払おう。宝石のたぐいは含めない。この裏切り者に約束した報酬としては、そのように解釈させてもらおう。この報酬をもって去らせてやる。そして、お前たちで好きなように分けるがよい。こいつ、さぞわずかしか取らないのだろうな？　こいつの命を救いたければ、引き取れ。よいか、こいつは和平と友好の使者などではないぞ」

「さあ、仲間のところへ行け」。トリンはビルボに言いました。「行かないと、投げおとすぞ」

「金と銀はどうなるのです？」とビルボが尋ねます。

「それはあとだ。手はずが整いしだいにな」とトリン。「行け！」

「それまで宝石《いし》はあずかるぞ」とバードが叫びました。

「なんとも見苦しいふるまいじゃな。〈山の王〉の名が泣いておるぞ」とガンダルフが言います。「じゃが、また状況が変わるかもしれん」

「まさにそのとおり」とトリンが返します。黄金の魔にすっかり心がかどわかされてしまったトリン[1]は、ダインの手をかりれば、アルケンストンを取りもどして、報酬を払わずともすむのではあるまいかと、早くも心の中で皮算用《かわざんよう》をしているのです。

こうして、ビルボはロープでバリケードからおろされ、去ってゆきました。さんざん苦労した見返りは、すでにトリンからもらったよろいだけです。去ってゆくビルボの姿を見て、心の中で無念にも、恥ずかしくも、あわれにも思ったドワーフは一人どころではありませんでした。

「さようなら！」。ビルボはドワーフたちにむかって大きな声で呼びかけました。「またいつか、きっと味方として会えるよ！」

「失せろ！」。トリンが呼ばわります。「お前は、わが民のつくった身分不相応《みぶんふそうおう》のよろいを着ているから、矢がとおることはない。だが、ぐずぐずしていると、お前のむさくるしい足に矢が突きたつぞ。さあ、早く！」

「あせるでない！」とバードが言いました。「明日まで待ってやろう。正午にまた来るぞ。その時までに、宝石《いし》に見あうだけの財宝を集めておけ。ごまかしがなければわれわれは帰途につき、エルフ軍も〈森〉に帰るだろう。では、明日までさらばだ」

こうして一同は野営地《やえいち》に戻りました。しかし、トリンは、ロアクを通じてダインに使者を送らせました。そうして、何がおきたかを説明し、油断なく、すみやかに駆けつけるよう命じたのでした。

昼が過ぎ、夜が去りました。翌日は西からの風にかわり、空は暗く、陰鬱《いんうつ》です。朝まだきに、野営地《やえいち》の空気を、かん高い叫び声がつらぬきました。伝令が駆けこんできて、報告します。ドワーフの軍団が〈山〉の東の尾根をまわって姿を見せ、現在〈谷〉にむかって急行しつつあるというのです。ダインが来たのです。ダインは夜を徹して行軍《こうぐん》してきたので、かれらの予想よりも早く到着しました。配下《はいか》の兵はひとり残らず、膝《ひざ》までとどく鋼《はがね》の鎖《くさり》かたびら[2]を纏《まと》っています。また足は、細くて柔軟な金属繊維を編んだ長靴下でおおわれています。これを作る秘法はダインの民のあいだに、代々伝わっているものです。そもそもドワーフは、背が低いわりにとても力の強い種族ですが、そのドワーフの中でも、ダインの民はなみはずれて強い連中でした。戦闘では、かれらは両手用の重いつるはし[3]を軽々《かるがる》とあつかいますが、それにくわえて、腰には短いだんびらをさげ、背には丸盾《まるたて》をつるしています。鬚《ひげ》はまん中でわけて編み、先をベルトにはさみこんでいます。鉄の帽子をかぶり、鉄の靴をはき、いかつい顔つきをしています。

ラッパが鳴りひびき、人間とエルフは武器をとりました。刻《とき》をおかずして、猛スピードで谷を駆け上がってくるドワーフたちの姿が見えました。軍団は東尾根と川の中間に止まりました。けれども、少数の代表の者たちがそのまま前進をつづけ、川をわたって野営地《やえいち》へとせまります。そこまでくるとかれらは武器を地面におき、和平のしるしに両手を上にあげました。バードが迎えに出ます。ビルボも一緒です。

「われらはナインの息子なるダイン[4]より派遣《はけん》された」と、かれらは質問に答えて言いました。「昔の王国が復活したとの報に接し、〈山〉の同胞《どうほう》のもとに急いで駆けつけるところです。しかし、城壁のまえの敵よろしく、平原に座りこむ貴殿《きでん》らはどなたですか?」。これはもちろん、いまのような場合によく用いられる古風で上品な言いまわしですが、かんたんに言うと、「お前らにこんなところにいてもらっては困る。われわれは先に進むぞ。だから道をあけろ。さもないと、攻撃するぞ」という意味です。ドワーフたちは、〈山〉とカーブした川のあいだを強行突破《きょうこうとっぱ》するつもりです。そこなら土地の幅が狭く、防御もたいして厚そうには見えないからです。

バードは、むろん、ドワーフたちがそのまま〈山〉に向かうことを許可しません。アルケンストンと交換の金銀がはこばれてくるまでは、こうしてじっと待つつもりです。というのも、もしもこのようないくさ気分にあふれた大軍団が要塞の衛《まも》りについてしまえば、アルケンストンと金銀の交換という約束など、きっと反古《ほご》にされてしまうだろうと思ったからです。ダインたちは大量の糧食《りょうしょく》をはこんできました。ドワーフはとても重い荷物をはこぶことができるものです。ダインの兵士たちはほとんど全員が、早足《はやあし》の行軍だったにもかかわらず、武器にくわえるに、とてつもなく大きな荷物を背に負ってきました。これなら何週間もの兵糧攻《ひょうろうぜ》めにも耐えられるでしょうし、それだけ持ちこたえれば、さらに多くのドワーフがどんどん集まってもきましょう。トリンの血筋につらなる者はおおぜいいるのです。それにまた、かれらは他の門をふたたび開いて、歩哨《ほしょう》を立てることだってできるでしょう。そうなると、包囲する側としては山全体をとりまかねばならないことになります。が、とてもそれに足るだけの兵はいません。

じっさいのところ、まさにそれこそがトリン側の作戦なのでした（そのために、大鴉《おおがらす》の伝令が、トリンとダインのあいだをひんぱんに飛びかっていたのです）。ところが、いまのところは敵に道をせき止められている――というしだいなので、ドワーフたちは声を荒げてひとしきり抗議すると、なにやら鬚《ひげ》の中でぶつくさ言いながら戻ってゆきました。そこでバードは、ただちに使者を〈門〉のところへ送りましたが、金銀などまるで用意されていません。それどころか、射程《しゃてい》に入るや、矢の洗礼《せんれい》にみまわれたので、使者たちは慌《あわ》てふためいて帰ってきました。いまや野営地《やえいち》は、いくさ準備に騒然としています。ダインの配下《はいか》のドワーフたちが川の東側の土手を行進しはじめたからです。

「おろか者めが」。バードの高笑いが響きます。「あんなふうに〈山〉の尾根の下を進むなんて、うかつにもほどがある。やつらは坑道《こうどう》の中の戦いは知っているのだろうが、地上の戦闘というものがまるで分かっていないようだな。敵の右翼の岩かげに、わが軍の弓の射手《いて》と槍部隊《やりぶたい》が隠れているのだ。やつら、けっこうなよろいを身につけているようだが、いまに大苦戦を強いられるだろうよ。さあ、敵がじゅうぶんな休息をとるまえに、両側から攻めかかろう」

けれども、〈エルフ王〉がこれに異を唱えました。「黄金を目的とする、このようないくさの開始は、できるだけ先に遅らせたいものだな。われわれが許さないかぎり敵は通れないし、敵が何をやろうとしても、こちらからはまる見えではないか。なんとか和睦《わぼく》できる機会を、いましばらく期待しようではないか。たとえ最後に戦いという残念な事態となっても、兵の数は、こちらのほうがじゅうぶんに優勢なのだ」

ところが、〈エルフ王〉は相手がドワーフだということを、すっかり忘れていたのです。アルケンストンが包囲する敵の手にあるのだという思いが、かれらの胸をかっかと燃やしていました。さらにまた、かれらはバード側のためらいを見抜き、敵が意見を戦わせているすきをついて襲《おそ》いかかろうと決意しました。

だしぬけに、ダインの軍は、だれに合図もなく黙ったままダーッと突撃をはじめました。弓がうなり、矢がヒュルヒュルと飛んできます。今にも刃《やいば》と刃《やいば》が斬《き》り結ばれようとしているかに見えました。

ところが、もっとだしぬけに、驚くべきことがおきました。畏《おそ》ろしい速度で、暗黒が攻めかかってきたのです。まっ黒な雲がぐんぐんと空をおおいます。狂風にのった冬の雷がごうごうと響きながら空を割ります。〈山〉の斜面がぐしゃーんと揺さぶられ、とがった峰が稲光《いなびかり》に照らし出されました。そして雷の下に、もう一つまっ黒なかたまりが、うずを巻きながら接近してくるではありませんか。ただしこれは風に乗ってくるのではありません。〈北〉から、密集した鳥が巨大な雲になって押しよせてくるのです。あまりに密につまっているので、翼と翼のあいだに空がうかがえないほどです。

「やめい！」。とつぜん姿をあらわしたガンダルフが叫びました。前進してくるドワーフ軍と、それを待ちかまえる戦列とのはざまにひとり立って、腕を空へさしあげています。「やめい！」。ガンダルフの声が雷のように響きます。そして、杖が稲妻《いなづま》のような閃光《せんこう》を発しました。「恐ろしいことが、みなに降りかかってきた。ああ何たること！

わしの予想よりも早くやってきた。ゴブリンが攻めてきたのじゃ！　〈北〉のボルグ[*5]が来るぞ、おお、ダインよ、やつの父親は、お前がモリア[6]でじきじきに殺したろう。見よ！　ボルグの軍団の上空を、コウモリが舞っておる。まるでイナゴの海のようじゃ。やつらはオオカミに乗っておる。ワーグも従えておるぞ！」

驚愕《きょうがく》と混乱が、敵味方なく一同の上をおおいました。ガンダルフが話しているうちにも、あたりはますます暗くなってきます。ドワーフたちは立ち止まり、天を食いいるようにみつめました。エルフは口ぐちにわめいています。「来い！」。ガンダルフが呼ばわりました。「まだ、作戦会議の時間はある。ナインの息子なるダインよ、すみやかにこちらに来られい！」

こうして、だれも予期しなかった戦いがはじまってしまいました。のちに〝五軍の戦い〟[7]と称されることになる壮絶《そうぜつ》なる戦いです。攻め手はゴブリンと、無法なオオカミ、これを迎えて立つは、エルフ、人間、ドワーフの連合軍です。ことの起こりはこうでした。〈霧の山脈〉のゴブリンの首領が死んで以来、ゴブリンのドワーフに対する憎悪の炎がふたたび燃え上がり、灼熱《しゃくねつ》の憤怒《ふんぬ》と化しました。そして、かれらの都市、植民都市、要塞などのあいだを、使者がしきりと行きかうようになりました。いまや、かれらは〈北〉の世界制覇《せいは》という野望にとりつかれたのです。隠密《おんみつ》のうちに各地の情報が集められ、山という山の中でよろいが作られ、剣が鍛《きた》えられました。いくさ準備がととのうと、行軍《こうぐん》がはじまります。こうして、地下道にもぐり、夜闇《よやみ》にまぎれながら、丘を越え、谷をわたって集結してきたのが、〈北〉の高峰《こうほう》グンダバッド[8]の周辺および、その地下でした。ここがゴブリンどもの首府なのです。さて、このように集合した大軍勢は、嵐にまぎれて〈南〉を奇襲しようと、機をうかがっておりました。そこに飛びこんできたのがスマウグの死の知らせです。ゴブリンはこおどりして喜び、夜に夜をついで山々をぬけ、こうしてついに、ダインの尻馬《しりうま》にのるかのように、〈北〉からの不意《ふい》うちを食らわせてきたというわけです。〈はなれ山〉とその背後の丘のあいだは複雑な地形になっていて、ゴブリンがそこに姿を見せるまでは、大鴉《おおがらす》でさえかれらの襲来《しゅうらい》を知りませんでした。ガンダルフがどれほどのことを察知《さっち》していたのか、さあ、それはよく分かりませんが、

＊アゾグの子。1章三一ページ参照。

この今のとつぜんの襲来《しゅうらい》を予期していなかったことだけは明らかです。

ガンダルフが、〈エルフ王〉およびバード――それにドワーフの貴公子《きこうし》ダインをも交《まじ》えた作戦会議で決めた攻撃案は、つぎのようなものでした（ゴブリンは万人の敵です。したがってゴブリンが攻めてくれば、あらゆる遺恨《いこん》が忘れ去られ、ダインが連合軍にくわわったというのはごく自然のなりゆきです）。――こちらの勝算は、一《いっ》に懸《か》かって、ゴブリンを〈山〉の二本の腕《かいな》にはさまれた谷の中に誘いこめるかどうかというところにありました。連合軍は、南と東にのびる長い尾根に陣どって、待ちぶせをします。ただしこの布陣《ふじん》は、もしもゴブリンの側に〈山〉越えにさけるほどの大量の兵隊がおり、連合軍を背後からも、上からも攻めることができるとするなら、とても危険です。けれども、これ以上の作戦を考える時間的なよゆうはないし、ましてやいまから援軍《えんぐん》を求めるなど論外《ろんがい》です。

ほどなく雷鳴《らいめい》は遠のき、〈南東〉にむかって去りました。けれども、コウモリ雲が〈山〉の肩に低くたれこめ、連合軍の頭上にも舞ってきたので、空の光はさえぎられ、一同の心を恐怖でいっぱいに満たしました。

「〈山〉へ！」とバードが号令を下します。「〈山〉へ！　いまのうちに、陣をかまえるんだ」

南側の尾根の、下のほうの斜面と、すその岩かげに、エルフたちが配されました。東側の尾根は、人間とドワーフの担当です。しかし、バード以下、とくに身のこなしのよい人間とエルフが何人か、北が一望できるよう、東側のこんもりと盛り上がった崖の上に登りました。まもなく、〈山〉のすそ野が、先をあらそうゴブリンの兵士たちでまっ黒になりました。そして時をうつさずして、前衛《ぜんえい》の部隊が尾根のはしをぐるりとめぐって、〈谷〉の中に猛進《もうしん》してきました。これはいちばん足の速い、オオカミに乗った連中で、もうすでに、その叫び声、吠える声が谷の空気を引き裂いています。かれらのゆく手には数名の人間の勇士がならび立ち、派手に抵抗するふりをします。この陽動作戦《ようどうさくせん》によって斃《たお》れるゴブリンが多数にのぼったので、のこりの者たちは後退し、右往左往《うおうさおう》して逃げまどいました。そしてガンダルフがまんまと読んだように、連合軍の抵抗に出会ったこの前衛部隊の背後に、ゴブリンの軍勢が集中してきます。こうして怒りくるった兵士たちが谷になだれこみ、〈山〉の二本の腕《かいな》のあいだを、敵をもとめて無我夢中《むがむちゅう》に駆け上がってきました。赤と黒の軍旗が無数に林立《りんりつ》し、猛《たけ》りたち、秩序のない集団が潮《うしお》のように攻めてきました。

悲惨な戦いでした。これほど恐ろしい経験は、ビルボにとってはじめてでした。その最中《さなか》にあるときは、いやだ、いやだ、一刻もはやく抜け出したいと思いつづけました。が、それだけに、ひとたびすんでしまえばビルボの最大の自慢の種となり、いついつまでも、きまって人に語り聞かせる話題となりました。ただし、ビルボがその中でとくに重要な役割を演じたというわけではありません。じつのところ、ビルボは早々に指輪をはめて姿を消してしまったのです。とはいえ、それで危険がすっかり去ってしまったというわけではありません。魔力があるにしても、この種の指輪はゴブリンの攻撃をかわしてくれるわけではなく、飛んでくる矢を落としたり、やみくもに突いてくる槍《やり》をよけてくれるわけでもありません。けれども、指輪のおかげで、乱戦の巷《ちまた》から容易に逃げ出すことができますし、また、剣をふりかざしたゴブリンが、狙いすました剣をブーンとふりまわしてくる標的に、皆さんの大事な頭がならずともすむのです。

最初に攻撃をしかけたのはエルフ軍でした。かれらはゴブリンに対して、凍《こお》りつくような、はげしい憎悪をいだいています。エルフの剣と槍《やり》が暗闇《くらやみ》にきらりと輝くさまは、凍れる炎さながらです。かれらのゴブリンへの憤りには、それほど深いものがありました。敵がびっしりと谷をうめたと見るや、エルフたちの矢が雨あられと降りそそぎはじめます。一本一本がまるで火箭《ひや》のように、輝きながら飛んでゆきます。矢の斉射《せいしゃ》のあとは、千本の槍《やり》が坂を駆けくだって突撃です。耳をつんざく悲鳴があがり、あたりの岩はゴブリンの血にどす黒く染まりました。

エルフの猛攻がやみ、ゴブリン軍が態勢を立て直そうとしている矢先《やさき》、谷のむかい側で、腹の底からわき上がるような吶喊《とっかん》が聞こえました。「モリア」とか、「ダイン、ダイン！」という喚声《かんせい》とともに、〈くろがねの丘〉のドワーフたちがつるはしを振りまわしながら、むかい側の尾根からなだれこんできました。またかれらの横には、長剣を抜きはなった〈湖〉の人々もおります。

パニックがゴブリンの群れをおおいます。かれらがこの新手《あらて》の敵に対処しようと向きをかえると、さらに数をましたエルフたちがふたたび攻撃に転じました。すでに、罠《わな》からのがれようと、おおぜいのゴブリンが回れ右をして、川沿いに逃げようとしています。そして、味方であるはずのオオカミが、かれらに牙をむけ、死者や負傷者を八《や》つ裂《ざ》きにしています。ところが、勝利が目前かと思われたこの瞬間、丘陵《きゅうりょう》の上のほうで喚声《かんせい》が鳴りわたりました。

やはり、反対側から〈山〉にのぼりはじめたゴブリンどもがいました！　はやくも、多数の者が〈門〉の上の斜面にとりついており、その他の者たちは上から尾根を攻撃しようと——おおぜいの仲間が悲鳴とともに断崖《だんがい》や絶壁《ぜっぺき》から落下するのもおかまいなしで——ただやみくもに駆けおりてくるのです。二本の尾根へは、中央に高くせり上がった〈山〉そのものからの道が続いており、こちらからの侵入を阻止《そし》しようにも、いかんせん防御側の絶対数が少ないので、長くはもたないでしょう。勝利の希望は消えました。連合軍は、黒い津波《つなみ》の第一波《だいいっぱ》をふせいだにすぎなかったのです。

時間がどんどん過ぎてゆきます。ゴブリンの群れがふたたび谷に満ちてきました。さらに、屍肉《しにく》を漁《あさ》りまわるワーグの大群が押しよせ、それとともにボルグの親衛隊《しんえいたい》の連中も登場しました。これは鋼鉄《はがね》の偃月刀《えんげつとう》9をもった、巨大なからだのゴブリンです。大コウモリどもは、あるいはエルフや人間たちの頭や耳のまわりを乱舞《らんぶ》し、あるいは吸血鬼よろしく斃《たお》れた者にとりついています。まもなく、この狂乱《きょうらん》の空には、本物の闇が侵入してくることでしょう。

いま、バードは東の尾根を守るべく奮闘していますが、しだいに後退しつつありました。南尾根では、〈大がらすの丘《とつじょ》〉の見張り場の近くで、王をとりまいているエルフの将軍たちが、追いつめられ、苦戦を強いられています。

突如《とつじょ》として、大きな鬨《とき》の声が起こり、〈門〉から戦闘ラッパが鳴りひびきました。そうだ、トリンのことを忘れていました！　梃《てこ》によってバリケードの一部が地ひびきとともに外側へと崩れおち、水中に没しました。そこに跳び出したのは、〈山の王〉トリン。そのあとに仲間たちが続きます。みなフードとマントを脱ぎすて、ピカピカのよろいを身にまとった、さっそうたる姿です。そして両の眼《まなこ》には、赤い炎がおどっています。うす暗がりの中で、ドワーフの王トリンは、燃えつきようとする炎に照らされた黄金のように、赤々と輝きました。

上のゴブリンが岩をなげ下ろしてきます。けれどもドワーフたちはおかまいなしに前進を続け、身をおどらせて滝の下に降りたつと、敵をめがけて突進しました。オオカミと乗り手のゴブリンが斃《たお》れ、逃げまどいます。戦斧《おの》を力強くふりおろすトリン――まるで不死身《ふじみ》のような活躍です。

「こっちだ！　こっち！　エルフよ！　人間よ！　こっちに来てくれ！　おお、わが一族の者どもよ！」。トリンが大声で呼びます。トリンの声は角笛《つのぶえ》のようにふるえながら谷中に響きわたりました。

トリンとともに戦おう！　ダインのドワーフたちは、秩序も何もあらばこそ、怒涛《どとう》のように突進します。〈湖の人間〉たちも、おおぜい駆けつけます。その勢いをバードでさえ止めることができません。また反対側には、エルフの槍部隊《やりぶたい》が集結しました。またもや、谷に満ちたゴブリンどもは斃《たお》され、かれらの死屍《しかばね》がそこかしこに山とつまれ、地肌をおおうばかりとなったので、〈谷〉は黒々とした、陰惨《いんさん》なありさまとなりました。トリンはワーグの部隊を追い散らし、ボルグの親衛隊《しんえいたい》につっかかっていきました。けれども、この戦士たちの防御をくずすことはできません。

すでにトリンの背後には、ゴブリンの戦死者にまじって、多数の人間、多数のドワーフ、そして多数の優美なエルフたちが――森で愉快にすごせたはずの、いく時代もの長い人生をあたら手折《たお》られて――倒れふしています。攻めすすんで、谷の幅が広くなってくると、攻撃の勢いがにぶりました。トリンの側の人数があまりに少なく、防御にまわすだけの兵がいません。やがて攻撃する側が、攻撃される側となってきました。かれらは追いつめられ、やむなく大きな環《わ》の陣形《じんけい》となりました。どちらを向いても、攻勢に転じたゴブリンとオオカミにとり囲まれています。ボルグの親衛隊がウォーと吼《ほ》えながら突撃をかけてきました。防御の側は、もろくも、大波をうけた砂山さながらにくずれます。かといって、味方が援護に駆けつけるわけにもゆきません。〈山〉からの攻撃がさらに数を増して再開され、両そでを守っているエルフ軍も、人間の部隊も、じりじりと後退させられているからです。

このような戦況《せんきょう》を、ビルボはみじめな思いで眺めていました。ビルボが自分の居場所《いばしょ》として選んだのは〈大がすの丘〉、すなわちエルフ軍の中でした。ここにいたほうが逃げるチャンスが多いということもありますが、それにくわえて（ビルボの心のトゥック的な部分がそう命じるのですが）、もしも最後の一《いち》か八《ばち》かのあがきを試みるとするなら、なんだかんだ言ったってやはり〈エルフ王〉を守りたい、と思ったからです。ついでに言っておけば、ガンダルフもここにいます。地面に座りこんで沈思黙考《ちんしもっこう》のていです。もはやこれまでという時に魔法をつかい、はでな爆発で最期《さいご》を飾ってやろうと準備しているのでしょうか。

その終局の瞬間が、遠からずせまっているように思われました。「もう、まもなく」とビルボは思います。「ゴブリンが〈門〉を奪いとり、われわれは全滅するか、追いつめられて捕虜《ほりょ》になるんだ。あーぁ、さんざん苦労したあげくがこのありさまか。ホントに涙が出てくるよ。こんなことなら、あの愚《ぐ》にもつかない宝をスマウグのやつが持っていてくれたほうが、まだよかったな。宝がこんな汚《けが》らわしい連中の手にわたったうえに、ボンバー君も、バリンも、フィリもキリも、みんな、みんな、みんな、ひどい死にかたをして、バードも、〈湖の人間〉たちも、陽気なエルフたちも死んでしまうなんて、最悪だ！ なんてみじめなんだろう。いくさの唄はいっぱい聞いたけど、敗北もまた麗《うるわ》し[10]、なんていつも思ったものさ。だけど、いざその渦中《かちゅう》にいると、悲しいだけじゃない。不愉快そのものだな。ああ、どこかへ逃げ出せないものかなあ」

はげしい風に雲がやぶれ、まっ赤な夕焼けが〈西〉の空を切り裂きました。うす暗がりの中にうす明かりがさすのを感じて、ビルボはさっとふり返りました。おおっ！ とビルボは絶叫《ぜっきょう》します。そこに見えた光景に、ビルボの胸が高鳴りました。遠くの赤い輝きを背景に、たくさんの黒い影が、まだ小さいながらも威風堂々《いふうどうどう》と飛んでくるのです。

「ワシだ！ ワシだ！」とビルボは叫びます。「ワシがくるぞ！[11]」

ビルボの目がものを見あやまることはほとんどありません。まちがいなく、風にのってワシが飛んでくるのです。横ならびの編隊が、何列も、何列も、何列も、果てしなくつづきます。〈北〉の山々に営まれているワシの巣のすべてから、集まってきたに相違ありません。

「ワシだ！ ワシだ！」。踊りながら、両腕をぐるぐる回しながら、ビルボは喚声《かんせい》をあげます。エルフにはビルボの姿が見えませんが、声は聞こえます。まもなく、喚声《かんせい》はエルフにもうつり、谷中にこだましました。多くの者が、はて何だろうと目を上げましたが、〈山〉の南側の尾根に登らないかぎり、まだ何も見えません。

「ワシだ！」。ビルボはもう一度叫びました。けれどもその瞬間、上から飛んできた石がはげしくビルボの兜《かぶと》をうち、ガシャッという音とともにビルボは倒れ、意識を失ってしまいました。

第*18*章　帰りなんいざ

目がさめたとき、ビルボは文字どおりひとりぼっちでした。〈大がらすの丘〉の平らな石の上に長々と寝ており、側《そば》には人っ子ひとりいません。いまは昼です。雲ひとつない寒々とした空が、目の上に大きくひろがっています。からだは石のように冷えきって、ぶるぶると震《ふる》えていますが、頭だけは、火がついたようにかっかと燃えています。

「さあて、一体どうなっちまったのだろう?」と、ビルボは考えます。「ともかく、ボクはまだ〝英霊〟になっちゃいないことだけは確かだな。だけど、まだ今からでもそうなりかねないね」

ビルボはそろりそろりと上体を起こします。谷を見下ろしても、生きたゴブリンは一匹もおりません。しばらくして頭がすこしはっきりしてくると、下の岩のあいだでエルフの動きまわる姿が見えたような気がしました。ビルボは眼をごしごしとこすります。すこし離れた平地に…、やった！　野営《やえい》はまだあるぞ！　それに、うん、〈門〉のあたりでも人々が動きまわっている?　そう、ドワーフたちが、バリケードの撤去作業《てっきょさぎょう》をけんめいに行っているようです。でも、あたりは森《しん》としています。「えいほう」というような掛け声も、楽しい唄の響きもありません。空気そのものの中に、悲しみが溶けこんでいるかのようです。

「けっきょく勝ったみたいだな」。ビルボは、ひりひりする頭をさわりながら言いました。「それはいいけど、ずいぶん暗い雰囲気だなあ」

ふいに、誰かが岩を登り、こちらに近づいてくる気配がありました。

「やあ、君！」。ビルボはふにゃふにゃふにゃの声で呼びかけます。「ねえ、君！　何がおきたの？」

「岩のあいだから声が聞こえるぞ。だれだろう？」。男は立ち止まって、あたりを見まわします。ビルボの座っているところから、そんなに遠くではありません。

このときはじめて、ビルボは指輪のことを思い出しました。「おやおや」とビルボは呟《つぶや》きました。「姿を消せるのも、良いことづくめじゃないね。姿が見えていたら、ベッドの中でほかほかと心地よい夜を過ごせたかもしれないなあ」

「ボクだ、ビルボ・バギンズだ。トリンの仲間だよ」。あわてて指輪をはずしながら、ビルボは大きな声で言いました。

「見つかってよかった」。男が大股《おおまた》で近づきながら言います。「君に用があるんだ。ずっと捜《さが》してたんだよ。よかったね。もう少しで、君も戦死あつかいになるところさ。ずいぶんたくさん死んだからね。でも、この辺《へん》で君の声を最後に聞いたとガンダルフが言ったんだ。で、もう一度だけ捜《さが》してみようかということになって、ボクが言いつかったのさ。怪我《けが》はひどいの？」

「頭にがつんと一発くらったみたいだな」とビルボが答えます。「でも、兜《かぶと》をかぶっていたし、ボクは頭がかたいからね。だけど気分はよくないなあ。足も藁《わら》みたいにぐにゃぐにゃだよ」

「谷間の野営地《やえいち》まではこんであげよう」。男は言うがはやいか、ビルボを軽々《かるがる》とつまみ上げました。

男はしっかりとした足どりでぐいぐい歩いていきました。ビルボは、まもなく、〈谷〉の中の一つのテントの前におろされます。そこには、片腕を吊《つ》ったガンダルフが立っていました。魔法使いでさえ、傷を負わずにはすまなかったものとみえます。全体を見わたしても、無傷な者などほとんどいません。

ビルボを見て、ガンダルフは大喜びです。「バギンズじゃないか！」。ガンダルフは感きわまって叫びます。「ホントにまあ！　やっぱり生きてたんだな。心底《しんそこ》うれしいよ。いかに強運《きょううん》の君でも、こんどばかりは運のつきかと案じはじめておったところじゃ。ホントウにひどかったなあ。壊滅寸前《かいめつすんぜん》じゃった。じゃが、そんな話はあとでよい。さあ、来るのじゃ」。ガンダルフの声が深刻な調子にかわります。「そなたを求めている者がおるのじゃよ」。こう言って、ガンダルフはビルボをテントの中へと案内しました。

「偉大なるトリン！」。ガンダルフは中に入りながら声をかけました。「連れてきたぞ」

まさに、トリン・オウクンシルドその人がそこに横たわっていました。全身傷だらけで、裂けたよろいと、刃毀《はこぼ》れのいちじるしい戦斧《おの》が、床にむぞうさに投げ出してあります。ビルボが脇《わき》に来ると、トリンは目をあげました。

「善良な泥棒くん、さらばだ！」。トリンは言いました。「いまからわたしは父祖《ふそ》のいます死者の殿堂《でんどう》へゆき、世があらたまるまで、そこで待つことにする。[1] いまは金銀をすべて残し、そんなものが価値をもたない世界に逝《ゆ》くのだ。だから、君とは、友人としてお別れしたい。〈門〉のところでお見せした、わたしのふるまいと言葉は、すべて撤回《てっかい》したい」

ビルボは悲しみで心がふさがり、がくりと片膝《かたひざ》をつきました。「さようなら！　〈山の王〉よ」。ビルボは言いました。「こんな結末をむかえなければならないとは。なんとむごい冒険でしょう。すべて黄金でできた山があったとしても、なんの慰《なぐさ》めにもなりやしない。でも、あなたと危難《きなん》をともにできて、ボクはしあわせでした。バギンズの人間みたいな凡人《ぼんじん》にとっては、望外《ぼうがい》の好運でした」

「いや、そうではないのだ！」。トリンが返します。「暖かな〈西〉の子よ、君の中には、自分でも知らない優《すぐ》れた稟質《ひんしつ》がひそんでいるのだよ。勇気と叡智《えいち》が、[2] ちょうどよく混ざりあっているのだ。黄金の山より、食べて歌って楽しむことを愛する者がもっと増えれば、この世はもっと愉快になるだろう。だが、世が悲しかろうが、愉快だろうが、いま、わたしは去らねばならぬ。さらばだ！」

ビルボはくるりと背をむけて、ひとりで去ってゆきました。そしてひとりきりになると毛布にくるまって座りこみ、あろうことか、目をまっ赤にして、声が涸《か》れはてるまで、泣きに泣きました。ビルボは心優しいホビットなのです。このようにはげしく落ちこんだので、ふたたび冗談が言えるようになるほどには、なかなか回復することができませんでした。しばらくたってから、「でも、あのとき目がさめて」とビルボは思いました。「ほんとうにありがたかった。トリンが生きていてくれればいちばんよいのだけれど、友として別れられてよかったな。ビルボ・バギンズよ、お前ってやつは、なんておっちょこちょいなんだ。あの宝石《いし》のことで、大騒ぎになっちまったじゃないか。それに、平和と平穏を買いとろうとさんざん苦労したのに、戦いがおきちまった。だけど、あの戦いはお前のせいじゃないよな」と。

気を失ってひっくり返ってから、いったい何がおきたのでしょう？　そのことを、ビルボはあとになって教わりました。でも、話を聞いて、喜びよりも悲しみをおぼえました。それに、冒険はもううんざりです。ビルボは家路《いえじ》につきたくて、骨の髄《ずい》からうずうずしています。でも、ふる里への旅立ちまでには、いましばらく時間がかかりますので、その間《かん》を利用して、事件のてんまつを、いくばくか読者の皆さんにお話ししておこうかと思います。ワシたちはゴブリンどもが集合しようとしていることを、いち早く見抜いていました。いくら山の中でこそこそ動いても、ワシの鋭い目をすっかりのがれることなどできません。そして、ついに、はるか遠方に戦いの臭《にお》いをかぎつけたので、疾風《しっぷう》にのってかけつけ、まさにどんぴしゃのタイミングで到着したというわけです。そこで、ワシたちも、〈霧の山脈〉の〈ワシの王〉のもとに大挙《たいきょ》して集まりました。山の斜面からゴブリンを払いのけたのは、ワシたちのお手柄《てがら》です。その結果、絶壁《ぜっぺき》から投げおとされた者もあれば、煽《あお》りたてられて悲鳴とともに坂をころげ落ち、そこで敵の槍《やり》や剣のえじきとなった者も多数にのぼりました。こうして、またたくまに〈はなれ山〉がゴブリンから解放されたので、エルフ軍と人間の部隊は尾根をくだって、谷の中の戦いに加勢《かせい》できたのです。

とはいうものの、ワシがきても、連合軍はまだ数の上で不利でした。ところが、いよいよ最後になって、ビヨンの御大《おんたい》のお出ましとあいなりました。どこから、どうやって来たのでしょう？　それは誰にも分かりません。ビヨンはひとりでやってきました。クマの姿でした。しかも怒りのせいでからだが膨張《ぼうちょう》したらしく、さながら巨人のようです[3]。

ビヨンの声は大太鼓《おおだいこ》のごとく、大砲《おおづつ》のごとく、ごうごうと響きました。ゆく手を邪魔するゴブリンもワーグも、ビヨンの手にかかると藁《わら》くずか、鳥の羽根のように跳ねとばされます。ビヨンは敵軍の最後尾にとりつき、連合軍をぐるりととりまいていた敵の包囲を、ずどーんと稲妻《いなづま》のように切り裂きました。ドワーフたちは低い円丘《えんきゅう》の上で、なおも族長たちを囲んで奮戦しています。そのまん中には、槍《やり》でぶすぶすに刺されたトリンが横たわっていました。ビヨンは腰をかがめてトリンをだき上げ、激戦の修羅場《しゅらば》からはこび去りました。

ビヨンはすばやく戻ってきました。先《さき》に倍して怒りくるっているので手むかえる者はなく、どんな武器もビヨンにはいっさい利《き》かないようです。ビヨンはゴブリンの親衛隊《しんえいたい》をけちらし、ボルグその人を引きずりおろして、ぺしゃんこに潰《つぶ》しました。総大将がうち取られると、ゴブリンどもの上を狼狽《ろうばい》がはしり、かれらはクモの子を散らしたように逃げはじめました。しかし、こうして新たな希望が生まれると、連合軍側の疲労がふきとびました。連合軍は敵をきびしく追い求め、なしうるかぎり逃亡を阻止します。おおぜいのゴブリンが〈ながれ川〉に追い落とされ、南と西に逃《のが》れた者たちは〈森の川〉の左右に広がる沼地へと追いこまれました。大部分の残兵《ざんぺい》はそこで露と消えましたが、果敢《かかん》にも〈森のエルフ〉の国に足を踏み入れた者たちはそこで殺されるか、〈闇の森〉の道なき闇の奥ふかくに迷いこんで命を落としました。この日、〈北〉のゴブリン戦士の総数のうち、四分の三が死亡したと唄に伝えられています。そのおかげで、後々《のちのち》にいたるまで周辺の山々に平和が訪れたのでした。

夜の帳《とばり》がおりる前に、勝利はもう確かなものとなっていたのですが、次の日ビルボが野営地《やえいち》に戻ったときにも、残敵《ざんてき》の掃討《そうとう》がなおも続けられていました。そのため、重傷を負った者以外は、ほとんど谷を出はらってしまっていたのです。

「ワシたちはどこですか?」。その夜、何枚も重ねた毛布にぬくぬくとくるまって寝ているビルボが、ガンダルフに尋ねました。

「追撃戦《ついげきせん》に出ている者もおるが」とガンダルフが答えます。「ほとんどは山の巣へ戻っていったよ。ぜひにとすすめても帰ると言い張って、朝の光がさしそめるとともに飛びたっていきおった。ダインは、〈ワシの王〉に黄金の冠をさずけ、とこしえの友情を誓ったぞ」

「それは残念。ええっと、そのう、もう一度お会いしたかったってことです」。ビルボは眠そうな声で言いました。

「でも帰り道で会えるかな。もうすぐ帰れるんでしょう？」

「もういつでも」とガンダルフは答えました。

けれども、ビルボが実際に旅立ったのはこれよりもまだ数日あとでした。トリンが〈山〉の下の地中ふかくに埋葬され、バードがその胸の上にアルケンストンをのせました。

「宝石《いし》よ、〈山〉が崩れるその日まで、ここで眠るがよい」とバードが言いました。「今後この地に住む、トリンの一族に好運をもたらすのだぞ！」

ついで、〈エルフ王〉が、この墓の上にオークリスト――虜囚《りょしゅう》となったトリンから取り上げた、あのエルフの剣です――をおきました。この後《のち》は、敵が近づくといつもこの剣が闇の中で光りはじめるので、ドワーフの城砦《じょうさい》はけっして不意《ふい》うちを食らうことがなかったと、唄に伝えられています。いまや、この城には、ナインの息子なるダインが住むこととなりました。ダインは〈山の王〉となり、やがて、この由緒ある宮殿の玉座《ぎょくざ》のもとにおおぜいのドワーフたちが集まってきました。トリンの十二人の仲間のうち、残っているのは十人です。フィリとキリは戦いで命を落としました。この二人は楯《たて》を用いて、そして最後にはみずからが楯《たて》となってトリンを守ろうとしました。トリンは二人の母親の兄だったのです。その他の者たちは全員がダインのもとに残りました。ダインが気前よく宝を分けてやったからです。

当然のことながら、いまとなっては、当初予定されていたような割合でドワーフたち――バリンとドワリン、ドリとノリとオリ、オインとグロイン、そしてビファーとボファーとボンバー――に、宝物を分配するという案はお流れとなりました。ビルボとて、例外ではありません。しかしながら、加工、未加工をとわず、すべての黄金と銀のうち十四分の一は、バードに分けあたえられました。「故人の遺志《いし》をだいじにしよう。いまや、そのトリンは地下でアルケンストンを抱いているのだから」。ダインはこう説明しました。

十四分の一とはいえ、これは莫大《ばくだい》な富です。この地上に君臨《くんりん》するあまたの王の中でも、これを超える財力を誇るものはそう多くはないでしょう。この財宝の中から、バードは多くの黄金を〈湖の町〉の町長におくりました。また、みずからに従ってくれた人々や、助力してくれたエルフたちに、気前よく報いました。ギリオンのエメラルドの数々を、ダインはバードに返還《へんかん》しましたが、それを、バードは惜しげもなく〈エルフ王〉にプレゼントしました。エメラルドは、この王がもっとも愛する宝石なのです。

さて、ビルボには、ダインはこのように言いました。「この財宝はわたしのものであると同時に、君のものでもある。いうまでもなく、古い合意はもはや効力をもたない。財宝を手に入れ、守りとおすにあたって、多くの者の働きがあったからだ。だが、たとえ君が自分の権利をすべて放棄したいと言っても、トリンが前言《ぜんげん》を悔いたのである以上、君には何もやらぬという、あのトリンの言葉を実現させてはならない。それがわたしの思いだ。君には、だれよりもたっぷりと報いたいのだ」

「ご親切にありがとうございます」と、ビルボが答えます。「でも、財宝なんて、なくてほっとしているのです。あんなにたくさんの宝をはるばるもって帰ろうなんて思った日には、道々どんないくさや人殺しに巻きこまれるか、知れたものではありませんよ。それに、かりに家に持ってかえったって、使い道にこまるし。あなたがお持ちになるのがいちばんだと思います。これは、ボクのいつわらざる本心です」

けっきょく、ビルボは、それぞれに金と銀がつまった箱を一つずつ受けとりました。たったそれだけです。一頭の頑丈《がんじょう》な小馬ではこぶには、これが限度でしょう。「ボクが持っていけるのは、これで精いっぱいです」とビルボは言いました。

とうとう、友人たちにさよならを告げるべき時がやってきました。「さよなら、バリン」。ビルボは言いました。「さよなら、ドワリン。さよなら、ドリ、ノリ、オリ、オイン、グロイン、ビファー、ボファー、ボンバー。みんなの鬚《ひげ》の薄くならざらんことを！」。そうして〈山〉のほうに向いて、付けくわえました。「さよなら、トリン・オウクンシルド。それに、フィリとキリも、さようなら。君たちの想い出が、いつまでも褪《あ》せませんよう」

ドワーフたちは〈門〉の前で、低く頭をさげました。けれども言葉が喉《のど》につっかえて、無言《むごん》の行《ぎょう》がつづきます。が、ようやくのことに「神のご加護《かご》を！　どこに行っても好運にめぐまれますよう！」とバリンが言いました。「宮殿が昔みたいに綺麗《きれい》になったころに、もしも君がもう一度来てくれたら、盛大な歓迎の宴《うたげ》を張るからね！」

「もしも君たちがボクの家《うち》のほうにやってきたら」とビルボが返します。「まっさきにノックするんだよ。お茶は四時だけど、君たちなら何時《なんじ》だって大歓迎さ[4]」

こう言ってビルボは踵《くびす》をめぐらせました。

エルフの軍団も隊列をくんでふる里にかえります。仲間の数が減ったのは悲しいけれど、大多数の者は心が喜びでいっぱいです。当分のあいだ、これで〈北〉の世界にも楽しい日々がつづくことでしょう。ドラゴンは死に、ゴブリンも討伐《とうばつ》されたのですから。エルフたちの目ははやくも冬をとびこして、春の楽しみを見ています。

ガンダルフとビルボは〈エルフ王〉のうしろに馬を進めます。その脇《わき》を、ふたたび人間の姿にもどったビヨンがのしのしと歩きます。道々、ビヨンは大声で笑い、歌いました。このようにして、一行は〈闇の森〉の縁《へり》の近くにまでやってきました。というのは、エルフの王が、ぜひとも、しばらく宮殿に逗留《とうりゅう》していただきたいと強くすすめたからです。でも、ビルボとガンダルフはどうしても森には入りたくないと思いました。森の縁《へり》を北上して、森と〈灰いろ山脈〉の山すそのあいだにひろがる荒れ地を通る――すなわち、森の北縁をなぞっていこうというのが、二人の心づもりでした。遠く、面白くもない道ですが、いまやゴブリンが粉砕《ふんさい》されたので、樹々の下をゆく恐ろしい道よりは安全だろうと思ったのです。それに、ビヨンもそちらを行くつもりでした。

「さらばじゃ。おお、〈エルフ王〉よ」とガンダルフが言いました。「いまの世がなおも若いあいだ、緑の森が愉快な場所でありますよう。また、あなたの民がみな愉快でありますよう」

「さらば。おお、ガンダルフよ」と王が返します。「いつか大事件がおきて、君でなければ救えないのに、その肝心の君はとても現れそうにない…、とそんな時には、きっと現われてくれますよう！　わが宮殿に君のくることが度《たび》重なれば重なるほど、私はますます嬉しいぞ」

「お、お願いがあるのです」と、ビルボがどもって言いました。腰がひけて、半分逃げだしそうな恰好《かっこう》です。「このプレゼントを、お受けとりになってください」。こう言って、別れぎわにダインからもらった、真珠と銀の首飾りを取り出しました。

「おお、ホビットよ、そのようなプレゼントをいただくいわれは、どこにあるのだね」と王が尋ねます。

「はい、ええと、ちょっと思ったのですが…。ご存知かとも思うのですが…」とビルボは言葉につまって言いよどみます。「ええと、王さまに、少しばかりお礼をしたほうが…。そのう、お世話になったものですから。つまり、一介《いっかい》の押入《おしいり》にも、五分《ごぶ》の魂があるのでして…。ボクは、王さまのワインをたっぷりといただいたし、パンもしこたまちょうだいしたのです」

「おう、プレゼント、いただこうじゃないか、偉大なる押入《おしいり》ビルボ君」。王は重々しく言いました。「君に〈エルフの友〉の称号を授け、祝福しよう。君の影が縮むことのなからんことを（影が縮んだら、盗人稼業《ぬすっとかぎょう》が容易になりすぎるからな！）。では、さらばだ」

エルフたちは森に向かいました。そして、ビルボは長い家路《いえじ》につきました。

家に帰りつくまえに、ビルボにはまだまだ困難や冒険が待ちうけていました。そのころ、〈あれ野〉はいぜんとして、その名のとおりの〝荒れ野〟そのもので、ゴブリンのほかにも、さまざまな悪者が棲《す》んでいました。けれども、ビルボには一流の道案内がおり、一流のボディーガードがついています。すなわち、ガンダルフがずっと一緒でしたし、ビヨンとも道の大部分が同じだったのです。したがって、ビルボがふたたび大きな危険に出会うことはありませんでした。ともあれ冬の中ごろに、ガンダルフとビルボは、まずは〈森〉の北側、ついで西側をつたって、ビヨンの家にまでたどりつきました。そうして、しばらくのあいだ、二人はここでお世話になります。そこでの年《とし》越《こ》しのお祝いは、とても暖かく楽しいものでした。ビヨンのお声がかりで遠近《おちこち》から客がやってきて、ともに宴《うたげ》に興じました。いまや〈霧の山脈〉のゴブリンはぐんと数が減ったばかりか、恐怖のためにちぢこまり、見つけうるかぎりなるたけ深い穴にもぐって棲《す》んでいます。また、ワーグも森からすっかり姿を消してしまいました。したがって人々は何を恐れることもなく、あちこちに出歩けるようになったのです。ビヨンはのちにこの地方の大長老となり、山々と森のあいだの広大な地域を治めました。ビヨンの血をひいた男たちには、いく世代にもわたって、クマに変身する能力が伝わったといいます。子孫の中には冷酷な悪人もまじっていましたが、がいしてビヨンの暖かい心を受けついだ善人だったようです。ただし、からだの大きさと力のつよさではビヨンにとうていおよばなかったとのこと。これら子孫の世代が続くあいだに、ゴブリンの残党《ざんとう》はすべて〈霧の山脈〉から狩りたてられ、〈あれ野〉のへりの地域に新たな平和が訪れました。

　春となりました。穏やかな日々がつづき、太陽がきらきらと輝く、すばらしい春です。こうして季節がかわると、ようやく、ビルボとガンダルフは重い腰をあげ、ビヨンに別れを告げました。ビルボの家に帰りたいという願いは強いのですが、去るのが残念という気持ちもまじっています。ビヨンの庭の草花は夏のさかりもすばらしいけれど、春をむかえたいま、えもいわれぬ美しさで咲きほこっているからです。

　ついに二人は長い山道をのぼり、まえにゴブリンに捕まった峰の近くへとさしかかりました。けれども、この最高地点にたっしたのが朝だったので、うしろをふり返ると、どこまでも伸びてゆく大地の上に、白い日の光がさんさんと降りそそいでいるのが見えました。そのうしろには〈闇の森〉があります。こちら側の縁《へり》は、まだ早春だというのに、もう濃い緑に沈んでいます。遠くの樹々《きぎ》は青くかすんで見えます。そしてはるか遠く、見えるか見えないかのぎりぎりのところに〈はなれ山〉がありました。峰の雪はまだ融《と》けてはおらず、白々《しらじら》と光っています。

「そうか、火が消えると雪がふるのか。ドラゴンにさえ最期《さいご》のときがくるのだ」。ビルボはこう言うと、自分の冒険の旅に背を向けました。トゥックの部分がしだいに疲れてきて、日一日とバギンズの力がつよくなってきます。

「今の願いは自分の肘《ひじ》かけ椅子にすわること、ただそれだけさ」とビルボは言いました。

第*19*章　旅のおわり

五月一日、二人は〈さけ谷〉の縁《ふち》にたどりつきました。ここには〈最後のくつろぎの家〉（いまは〝最初の〟と言うべきでしょうか？[1]）があります。そこに着いたのはこんども夕方で、小馬たち――とくに荷物を積んだ小馬が疲れきっており、人馬をふくめた全員が、そろそろ休憩をとりたいなと感じはじめたころでした。一行が急な坂道をおりてゆくと、ビルボの耳には、木立《こだち》の中から、あいかわらずエルフたちの歌っている声が聞こえてきました。まるで、この前から一度も中断がないような錯覚にとらわれます。二人の旅人が、下のほうの森の空き地へとおりてゆくと、やはりこの前と似たりよったりの唄を、エルフたちがとつぜん歌いはじめました。おおよそこんな具合です。

ドラゴン敗れ、
骨はこなごな、
よろいはばらばら、
栄光は泥にまみれる。

剣は錆《さ》び、
王冠は破れ、
たのみの兵は滅びさり、
たよりの富は消えるとも、
年々歳々《ねんねんさいさい》草は生《お》い、
歳々年々《さいさいねんねん》葉は茂る。
白い川はながれ、
エルフはうたう。
　おいでよ、タラララ！
　帰っておいで、谷間へ！

星のきらめき、
宝石の比ならず。
月の白さは
銀もかおまけ。
たそがれの
金もおよばず、
暖炉の炎の輝き。
もう、さまよう必要《こと》はない。
　おう、タラララ！
帰っておいで、谷間へ！

ねえ！　どこに行くの？
こんなに遅くお帰りですか？
川はながれ、
満天《まんてん》に星が燃える。
心も重く、荷も重く、
ああ、どこに行くの？
エルフの乙女と青年が
倦《う》める人を、さあ慰《なぐさ》めましょう。
　タラララ
　帰っておいで、谷間へ！
　　タラララ
　　ファラララ
　　　ファラ

　歌いおえると、渓谷《たに》のエルフたちが姿をあらわして、二人の旅人を出迎え、川むこうのエルロンドの屋敷まで連れていってくれました。家に着くと、二人は暖かい歓迎をうけ、その夕べは、おおぜいの者たちがかれらの冒険の物語に熱心に耳を傾けました。話し手はガンダルフです。ビルボはというと、まぶたが重くなったせいで、口も重くなってしまいました。ビルボにとって、大部分の話は先刻承知《せんこくしょうち》のものです。それは自分がその渦中《かちゅう》にいたからで、じっさい、帰りの道々、あるいはビヨンの家で、ビルボ自身がガンダルフを前にして語ったものが大半をしめています。けれども、ときたま、ビルボが片目をあけて、耳をすますこともありました。まだ知らなかったことがらが出てきたからです。

このようにして、ビルボは、ガンダルフがずっとどこにいたのかを知りました。ガンダルフがエルロンドに話したところから察するに、白い魔法使い[2]――つまり、よき魔法を用いる知恵者――たちの大会議に出席していたようです。また、どうやら、かれらは力をあわせて、ネクロマンサーを〈闇の森〉の南側にある、その暗い隠れ家から追放することに成功したらしいのです。

「いまに」と、ガンダルフがさらにことばを続けます。「〈森〉も、まあ多少は健全な場所になるじゃろう。当分のあいだ、〈北〉はあいつの恐怖から解放されるだろうよ[3]。じゃが、なろうことなら、いっそこの世からご退去ねがいたかったものだなあ」

「そうなればすばらしいですね」とエルロンド。「でも、世がいまのこの時代にあるあいだは――あるいは、もっと何代か時代をへるまでは――それは実現しないのじゃないかな」

かれらの旅の物語が終わると、次々と別の物語に花が咲きました。昔の時代の物語、最近のことがらについての物語、それから、時間とは関係のない物語などが延々《えんえん》と続いていきました。ついにビルボは頭ががっくりと垂れ、部屋の片隅《かたすみ》でここちよさそうにいびきをかきはじめました。

目がさめると、ビルボは白いベッドの上に寝ていました。開けはなった窓から月光が差しこんでいます。そして窓の下のほうから歌声が聞こえてきます。小川の土手でおおぜいのエルフたちが、ろうろうと、澄んだ声で歌っているのです。

歌おうよ、みんな楽しく、みんな一緒に、
風はこずえに、風はヒースに。
星は鈴蘭《すずらん》、月は薔薇《ばら》、
煌々《こうこう》と輝く夜の窓。

踊ろうよ、みんな楽しく、みんな一緒に、
草はふわふわ、足どりかるく。
川は銀色、影がながれる。
愉快な五月、愉快なつどい。

ビルボのためにそっと歌おう、紡《つむ》ごう夢を。

お眠り、ビルボ、じゃあボクたちは行きますよ。

旅寝《たびね》の枕を、乱さぬように。

歌えよ、ララバイ、ヤナギにハンノキ。

静かに、マツの木、朝風が吹くまでは。

　沈め、月よ！　降りろ、闇！

シー！　シー！　カシもトネリコもサンザシも。

静かに、川よ！　夜明けになるまでは。


「ねえ、楽しい皆さん」とビルボは窓から首を出しました。「この月だと、いまは何時ごろですか？　君たちの子守唄を聞けば、ゴブリンの酔っぱらいだって目をさましちゃうよ！　でも、ご厚意《こうい》どうもありがとう」

「君のいびきを聞けば、ドラゴンの石像だって目をさましちゃうよ！　でも、ご厚意《こうい》ありがとう」。エルフたちは笑いながら答えます。「もう夜明けは近い。君は夜のはじまりの時間から、ぐっすりと眠ったのだよ。たぶん、あしたになれば疲れがすっかりとれてるよ」

「エルロンドの家では、すこし眠ればすごい効き目があるんだな」とビルボは返します。「でも、休めるだけ休ませていただくよ。美しい友よ、ふたたび、おやすみなさい」。この言葉とともにビルボはベッドに戻り、おそくまで朝寝ぼうしました。

この家にいるとたちまちのうちに疲れが癒《いや》され、ビルボは、谷のエルフたちと朝早くから夜晩《おそ》くまで愉快に冗談を言いあったり、ダンスをしたりして楽しみました。けれど、いまは、この家でさえ、帰心矢《きしん》のようなビルボを、長くひきとめておくことはできません。したがって、一週間の滞在ののち、ビルボは、ほんの心ばかりのプレゼントをやっとのことでエルロンドにおしつけて、別れを告げました。そうして、ふたたびガンダルフとともに路上の人となりました。

渓谷《たに》から出たちょうどそのとき、ゆくての西の空が暗くなり、雨と風がまるで出迎えるかのように二人を包みこみました。

「楽しいな、五月って！」。雨に顔を打たれながら、ビルボは言いました。「でも、ボクたちは伝説の世界に背をむけて、ふる里に向かってるんだ。この雨が、はじめて出会うふる里の味なのかな」

「まだまだ道は遠いぞ」とガンダルフが答えます。

「でも、この道がずっとふる里までつながっているのですよね」とビルボは返します。

二人は、〈あれ野〉の周縁との境をなしている川のところまでやってきました。土手の急坂をくだると浅瀬《あさせ》があります（読者の皆さん、憶《おぼ》えていますか？）。夏が近づくとともに雪融《ゆきど》けの水がふえたのと、一日中雨が降っていたせいで、川の水は膨《ふく》れ上がっています。しかし二人は、いささか苦労はしたものの、ぶじに渡りおえ、夕闇がせまる中に馬を進めて、旅の最後の段階へとさしかかりました。

この段階になると、もうほとんどこの前通ったときと同じです。ただ違うのは、いまは人数が減り、もはやにぎやかな旅ではないということです。それにまた、今回はトロルがおりません。道を少しゆくごとに、ビルボは一年前に——ビルボにとってはもう十年もたったような気がしますが——そこで何がおきたか、だれが何をしゃべったかを思い出しました。というわけで、馬が川に落ちたばかりに寄り道をして、トムとバートとビルという三人のトロルとの厄介《やっかい》な冒険に巻きこまれるはめになった、あの場所がすぐに分かったことは言うまでもありません。

道からほど遠からぬところで、二人はトロルの黄金を見つけました。一年前に埋めたときのまま、誰も手を触れた形跡がありません。「ボクには、もう、一生もつくらいの黄金があるから」と、掘り出した黄金を眺めながら、ビルボが言いました。「ガンダルフ、あなたに差し上げますよ。あなたなら、何か使い道がおありでしょう」

「いかにもおおせのとおりじゃが」とガンダルフが答えます。「五分に五分じゃよ。それに、そなたも、思ったより金が必要になるかもしれんよ」

そこで、二人は黄金を袋にわけて、それぞれの馬にのせました。馬はとても不機嫌そうです。このあとは、道の進みがのろくなりました。ほとんどずっと、てくてく歩いたからです。だけど、あたり一面緑につつまれ、そんな茂った草のあいだをゆくのは、まさにそぞろ歩きの気分で、ビルボはしごく満足でした。赤い絹《きぬ》のハンケチで、ビルボは顔をぬぐいました。——いいえ！　自分のはもう一枚も残っていません。これはエルロンドから借りたものです。——六月に入ります。新たな月が夏をつれてきて、また去年のような、輝かしい、暑いお天気となりました。

物事にはすべて終わりがあります。この物語とて例外ではありません。ある日ついに、ビルボの生まれ育った国[4]が見えてきました。地面や樹々《きぎ》のたたずまいが、それこそ自分の手や足のようになじみがあります。小高いところを通過するビルボの目が、遠景《えんけい》の中に、自分の家の〈丘〉のすがたをとらえました。ビルボはとつぜん立ち止まって、こう詠《うた》いました。

道はつづくよ、どこまでも。
岩山をこえ、樹の下にもぐり、
日のささぬほら穴をぬけ、
海に至らぬ流れにのり、
冬が蒔《ま》いた雪をこえ、
六月の楽しい花をかきわけ、

石を踏み、草をしだき、
　月夜の山の下をゆく。
道はつづくよ、どこまでも。
　雲の下を、星の下を。
されど、漂泊《ひょうはく》の旅人も
　家路《いえじ》につく、いつの日か。
石の宮殿《みや》で恐ろしき者に出会い、
　炎と剣の下をかいくぐった旅人は、
いま、緑の草はらをゆき、
　なじみの樹や丘をながめる。[5]

ガンダルフはビルボをつくづくと眺めました。「おいおい、ビルボ君よ」とガンダルフが言いました。「だいじょうぶかい、君？　君はすっかり別人になってしまったなあ！」[6]

こうして、二人は橋をわたり、川べりの水車小屋を過ぎ、ビルボの家の玄関の前まで帰ってきました。

「おやまあ！　いったい何がおきてるんだ？」とビルボは思わず叫びました。目の前で、大騒動がくりひろげられています。いろんな種類の人々が――まっとうな人もいれば、うさんくさい連中もいますが――ビルボの家の玄関のまわりにびっしりと群らがっており、それればかりかおおぜいの者がさかんに家に出入りしているのです。マットで足をぬぐいもしないで！　とビルボはむかっ腹を立てました。

ビルボが吃驚《びっくり》したとすれば、かれらのほうでは、それに輪をかけて仰天《ぎょうてん》しました。なんとビルボは、競売《きょうばい》[7]のまったただ中に帰ってきたのです。赤と黒の文字で記した、大きなふだが門に掛かっています。その上には、〝きたる六月二二日、グラブ・グラブ・バロウズ商会は、[8]〈ホビット村〉、〈丘の下〉の〈ふくろの小路屋敷〉にて、故ビルボ・バギンズ氏の遺品《いひん》を競売《きょうばい》いたします。開始時刻は正《しょう》十時〟と書かれてありました。いまはもう昼食にちかい時刻なので、大部分の品物がすでに消えうせています。値段はというと、それはもうさまざま。ただ同然《どうぜん》から…二束三文《にそくさんもん》の捨て値にいたるまで――この手の競売ではありがちですが――まことにあわれなありさまです。ところが、ビルボの親戚にあたるサックヴィル＝バギンズ[9]の家族たちは、そんなことを気にとめるようすもなく、あちこち部屋の寸法を、夢中になって巻尺ではかっています。自分たちの家具がそこにおさまるかどうかをみているのでしょう。ようするに、ビルボは〝死亡と推定〟されてしまったのです。ただし、この〝推定〟があやまりだと判明したとき、「おかしいなあ。いっそのこと死んでいてくれれば話はかんたんなんだけど」などと、みんながみんな無念《むねん》がったわけではありません。

さて、ビルボ・バギンズ氏がまた戻ってきたということで、〈丘〉の下でも、〈丘〉の上でも、さらに〈川〉のむこうでも、大騒ぎとなりました。人の噂《うわさ》も七十五日といいますが、[10]人々の驚きは、そんな日数《ひかず》で鎮静《ちんせい》するようなものではありませんでした。それどころか、法的ないざこざにいたっては、数年にもわたって尾をひきました。バギンズ氏が〝やはり生きている〟と事実において認められるには、そうとうの年数がかかりました。なかでも、競売《きょうばい》でとくに安い買物をした人たちは、ビルボが生きていることをなかなか納得しませんでした。そこで最後には、時間の節約のため、自分のものだというのに、家具のほとんどを買いもどさねばなりませんでした。けれども、銀のスプーンはあらかた謎の失踪《しっそう》をとげ、ついにその謎が解けることはありませんでした。ビルボが心の中で疑《うたぐ》ったのは、サックヴィル＝バギンズの連中です。また、かれらはかれらで、帰ってきたビルボが正真正銘《しょうしんしょうめい》のホンモノだと認めることは決してなかったので、それ以降、両者は疎遠《そえん》となりました。[11]じつのところ、かれらは、ビルボのすてきなお屋敷――〝ホビット穴〟――に住むことを、喉《のど》から手が出るほど望んでいたのです。

それにしても、スプーンなどなくしたところで、大したことではありません。それよりもっと大切なものを、ビルボはなくしてしまったからです。それは、つまり、名声です。これ以後のビルボは、終生《しゅうせい》〈エルフの友〉でありつづけましたし、ドワーフ、魔法使いなどといった者たちがこの地方に通りかかると、かならずや、かれらのほうから礼をつくした挨拶《あいさつ》をされたことは事実です。けれども、ビルボは、もはや〝まっとうな〟人種とはいえなくなってしまいました。近隣《きんりん》のホビットたちのあいだで、ビルボは〝かわり種《だね》〟ということになりました。ただし、トゥック側の甥《おい》や姪《めい》たちだけは例外でしたが、そのかれらでさえ、年上の連中から、あのおじさんとはつきあってはいけないよ、と言われました。

とはいうものの、遺憾《いかん》ながら、ビルボはいっこうに気にかけませんでした。心が満ちたりていたからです。したがって、暖炉にかけたヤカンは、〝思いがけないお客たち〟が押しかける以前の、平穏無事《へいおんぶじ》だったあの日々より、もっと楽しげにシュンシュンと音楽を奏《かな》でるのでした。ビルボは剣を暖炉の飾り棚の上のほうにかけました。鎖《くさり》かたびらは台木《だいぎ》に着せて玄関ホールに飾りました（そしてのちには、〈博物館〉に貸し出しました）。金や銀のほとんどは、人に分けあたえてしまいました。社会の役にたつよう寄付したものもありますが、親戚の者たちに大盤振舞《おおばんぶるまい》をしてばらまきもしました。ビルボが甥《おい》や姪《めい》たちに人気があったのは、そのせいもあるでしょう。けれども、魔法の指輪のことは、一大秘密としてとっておきました。いやな客が来たときに、これほど重宝するものはなかったものですから。

ビルボは詩を書きはじめました。また、エルフのもとを訪ねてゆくようにもなりました。このようなビルボを見て、多くの人々は首を左右にふり、額《ひたい》に人差し指をあてながら「バギンズさん、お気のどくにね」と言うのでした。また、ビルボの物語をまともに信じてくれる人は、ごくわずかしかいませんでした。けれども、ビルボはこの地上での生がおわる最後の日まで——それはとてつもなく長い年月でしたが——とても幸福に暮らしました。[12]

帰ってきてから数年がたった、ある秋の夕べのこと。ビルボが書斎にすわって回想録（『往《ゆ》きて還《かえ》りし物語——あるホビットの休日』という題名にするつもりです）を書いていると、[13]玄関の呼《よ》び鈴《りん》が鳴りました。出てみると、やってきたのはガンダルフと一人のドワーフです。しかもそのドワーフというのは、なんとバリンではありませんか！

「どうぞ、どうぞ」とビルボが招きいれ、三人はただちに暖炉のそばの椅子に落ちつきました。バギンズ君のチョッキの横幅はずいぶん太くなったなあ（それにホンモノの金ボタンがついてるぞ）と、バリンが思ったとすれば、ビルボのほうでも、バリンの鬚《ひげ》はまた数インチ長くなったなあ、それに宝石つきのベルトも見事なものだなあ、と感心しました。

かれらがともに過ごした昔の話をしたのは、もちろんのことです。ビルボは、〈山〉の周辺の国々が、いまはどうなっているのかと尋ねました。バリンの話によると、どこもずいぶん繁栄しているようです。バードが〈谷〉の町を再建したので、人が〈湖〉から、また〈南〉からも〈西〉からも集まってきました。そうして、谷間では、いたるところでふたたび畑がたがやされ、豊かになりました。それに、荒れはてていた周辺の野も、春には鳥と花が満ちあふれ、秋には果実がたわわにみのり、祭りでにぎわいます。〈湖の町〉もふたたび建設され、以前にもまして栄え、莫大な富が〈ながれ川〉を上り下りしています。この地域では、エルフ、ドワーフ、人間が、みんな仲良く暮らしているとのこと。

かつての〈湖の町〉の町長は、あわれな最期《さいご》をとげました。バードは〈湖〉の人々を助けるためにたくさんの黄金を町長に贈りましたが、町長はドラゴンに特有の〝よくばり病〟に感染しやすいという生まれつきの体質にあらがえず、その黄金の大部分を自分のふところにしまいこんで、遁走《とんそう》をきめこみました。でも、けっきょくのところ仲間にも見捨てられ、あえなく〈あれ地〉で餓死《がし》したとのことです。

「新しい町長はもっと聡《さと》い人でね」とバリンが続けます。「とても人気があるんだよ。なにせ、今このような繁栄をむかえているのも、ひとえに、この町長のおかげだなんてことに――とうぜん！――なっているからねえ。連中は、なんと、町長の御世《みよ》には川に黄金が流れ…なんて唄まで作っているんだぜ」

「じゃあ、けっきょく、昔の唄の予言が、ある意味では実現したってわけかぁ！」と、ビルボが言いました。

「むろんじゃよ！」と、ガンダルフは答えます。「実現してとうぜんじゃないか。まさか、君、あんなのは予言なんてものじゃない、ボクが実現させたのさ、などと言い出すつもりじゃなかろうね。冒険と脱出劇の数々は、ただ君を喜ばせてやろうと、運というやつが万事《ばんじ》よろしく取りはからってくれたのだなどと、まさか本気で思っとるのじゃないだろうな。うん、バギンズ君よ、君はいいやつさ。わしは君のことが大すきだよ。だがなあ、君とてしょせんちっぽけな存在にすぎん。世界はとてつもなく大きいのじゃよ！」

「おお、くわばらくわばら！」。ビルボはそう言って笑いだし、ガンダルフに煙草《たばこ》の缶《かん》を渡しました。

「ふくろの小路屋敷の玄関ホール」

注

凡例

本注釈では、以下の書物について次の略称を用いている（各文献の詳細は、巻末の「参考文献」を参照）。

・『図像世界』——Wayne G. Hammond and Christina Skull著、*J.R.R. Tolkien: Artist and Illustrator*（一九九五）（井辻朱美訳『トールキンによる「指輪物語」の図像世界』、原書房、二〇〇二年）

・『文献』——Wayne G. Hammond著（Douglas A. Anderson編集協力）、*J.R.R. Tolkien: A Descriptive Bibliography*（一九九三）

・『伝記』——Humphrey Carpenter著、*J.R.R. Tolkien: A Biography*（一九九七）（菅原啓州訳『J・R・R・トールキン——或る伝記』、評論社、二〇〇二年）

・『歴史』——クリストファー・トールキン編、「ミドルアースの歴史」シリーズ（全一二巻、一九八三〜九六）

・『手紙』——Humphrey Carpenter編（クリストファー・トールキン編集協力）、*The Letters of J.R.R. Tolkien*（一九八一）

・「『指輪物語』の命名法」——Jared Lobdell編、*A Tolkien Compass*所収（一九六六〜六七年にトールキンによって書かれた翻訳者のための注記）

・『絵画』——クリストファー・トールキン編、*Pictures by J.R.R. Tolkien*（一九七九年、一九九二年改訂）

・「シルマリルの物語」。このように一重の括弧にかこわれている場合には、ミドルアースの最初期の伝説にまつわる物語群をさしている。二重括弧の『シルマリルの物語』はクリストファー・トールキンが編集した一九七七年刊行の本（田中明子訳『シルマリルの物語』、評論社、二〇〇三年）を意味する。

［ただし、『図像世界』が参照されている箇所で、置き換え可能な場合には、同著者の『トールキンのホビットイメージ図鑑』（原書房、二〇一二年、以下『イメージ図鑑』と略）への参照へと変更した。また、以上の書物にかぎらず、本書に引用されている文章の訳はすべて山本によるオリジナル訳で、記されているページ番号は英語の原著版のものである。

　Middle-earthは、わが国では「中つ国」という古風な訳語が用いられることが多いが、本書ではトールキンの言語使用の原点にもどるため、あえて〈ミドルアース〉と記している。もとの古英語middangeardの'mid'（= middle）は、天でも地の中でもないという意味での「まん中」である。ちなみにドイツ語訳ではMittlerde, フランス語訳ではTerre de Milieu, イタリア語訳ではTerra di Mezzo, いずれも「まん中（中間）の大地」というふうな、ごく単純素朴な現代語に言い換えられている。］

◆ルーン文字について

1　『ホビット』出版の直後に、トールキンはスタンリー・アンウィンに手紙をよせた。

　私が目をとおしたかぎりでは、どの批評家も自らは正しいdwarfsという複数形を用いていますが、私が「正しくない」複数形であるdwarvesを一貫して用いているという事実（このことは、私自身、書評を読んでいてはじめて気づいたのですが）を、指摘している人はいません。これは単に、私の文法的な誤りにすぎません。英語の歴史を研究している学者がこんな誤りをおかすなんて、呆れたはなしですが…。いずれにせよ（toothの複数がteethであるように）dwarfの「歴史的に正しい」複数形はdwarrowsです。なかなかすてきなコトバですが、ちょっと古すぎる感じがしますね。でも、やはりdwarrowsにすればよかったなと、今でも思っています。（『手紙』一七）

　あるインタヴューで、トールキンは次のように述べている。「最初にdwarvesにしたのは文法的なミスです。なんとか内々にすませようとも思いましたが、私には、このようなleaf/leavesのように子音が変化する昔風の複数変化をなるたけ多く使いたいという抜きがたい欲求があるようですね。現在スタンダードとされる以上に、もっと多くの語をそのように変化させてやりたいとでもいうのでしょうか。dwarf/dwarves, wharf/wharves? それでいいじゃない、と本気で思ってしまったのです」（BBCラジオのための、デニス・ゲラウトのインタヴュー。一九六五年一月に収録）

『指輪物語』の追補Fの二節（「翻訳について」）には、これとはことなる説明が見える。

　辞書ではdwarfの複数形はdwarfsだとされているが、この本では『ホビット』と同じように）dwarvesという形が用いられていることに、お気づきのむきもあるかもしれない。もしも単数形と複数形が、manとmen, gooseとgeeseの例のように、それぞれ別個に発達してきたなら、dwarrows（もしくはdwerrows）という複数形になっていたはずだ。けれども、現在のわれわれはもはや人間（man）のことを話すほどには、ドワーフのことを話さない。ガチョウ（goose）ですら、ドワーフよりは話題になるだろう。現在では、ドワーフは、少なくとも多少の真理が含まれている民話に登場するならまだしも、バカ話の中に追いやられ、ただこっけいな人物として登場するだけなので、われら人間にとってその記憶はおぼろなものとなり、彼らのために特殊な複数形まで憶えておけと言われても、それはむりなはなしというものだ。しかし、第三紀にあっては、まだ、彼らの本来の精神力やすぐれた力をかいま見ることができたのだ…。そのことを強調するため、私はあえてdwarvesという複数形を用いることで、近年のくだらない物語とはいささか距離をとろうとしたのである。ほんとうならdwarrowsのほうがよかったのだが、私は、この語形をDwarrowdelfという名前のみに用いることにした。これは〈共通語〉のモリアという名に相当するものだ。

2　ホブゴブリンはゴブリンの大がらな種の名称だというのは、伝統的な説とは逆である。おとぎ話では、ホブゴブリンの方が小柄だとされる。彼らは通常、いたずら好きな、家の妖精として描かれることが多い。

3　初版（一九三七）には注がなく、必要もなかったが、本文の修正（とくに第5章）が行われ、第二版（一九五一）が出ると、それが必要となった。第二版には以下のような注が追加された。

　この版では、いくつかの小さなミス（そのほとんどが読者の指摘による）が修正された。たとえば三〇ページと六四ページの文章は、トロールの地図に記されたルーン文字の文章とぴったり一致させた。しかし、第5章にまつわる問題はもっと重要だ。「謎々合戦」の結末に関して、以前の版ではビルボが仲間たちに話し、かつ日記にも記していた物語を載せておいた。けれども、その後ビルボはガンダルフにせまられてそれとは異なっている真実を明らかにしたので、今回は『赤表紙本』に従って、そちらの方を載せることとした。あの正直なホビットをしてこのような嘘をつかしめたという事実は、その後の重大な事件の展開を予想させるものである。しかし、それはこの物語の範囲内のことではないので、この版で初めてホビットの物語に出会った人は、気にしないでいただきたい。このことは「指輪」の歴史のなかで説明される。『西境の赤表紙本』で解き明かされるので、それが出版されるまでお待ちいただきたい。

最後にもう一つ。当時の歴史を研究する人々によって提起された問題がある。トロールの地図には「山の王トラインが昔ここに住んでいた」と書かれている。ところが、トラインは、ドラゴンが襲来する以前の最後の王だったトロールの息子なのである。しかし、これは地図が間違っているのではない。王朝にあっては同じ名前がくり返し用いられることが多い。家系図を見れば、これはトロールの遠い先祖にあたるトライン一世という王のことを指していることが分かる。この王はモリアから逃げだし、〈はなれ山〉、すなわちエレボールを発見し、ここにしばらく君臨したが、やがて一族をひきいて北の遠い丘へと移っていったのである。

一九六一年のパフィン版では、このうちの第二段落のみが載り、冒頭の文は「この時代の物語を研究している複数の人々から、六〜七ページのトロールの地図にはあやまりがあると指摘された。この地図には『山の王トラインが昔ここに住んでいた』と書かれているが…」となっている。

1966-Ballには1951の注がそのまま載っているが、第一段落の最後のセンテンスが、「『西境の赤表紙本』で解き明かされ、『指輪物語』で語られている」となっている。また二番目のセンテンスに書かれているページ番号が違っている。1966-Longmans/Unwinで新たに注が付されたが、先に紹介したものと一字一句同じである。

第1章◆思いがけないお客たち

1　この冒頭の一節はとても有名になり、一九六〇年に、『バートレット引用句辞典』の第一五版に加えられた。多くの国語に翻訳された『ホビット』でも、この冒頭の文は有名になっている。現在までのところ『ホビット』は四一か国語に翻訳されている。

2　ビルボのいかにも心地よさそうなホビット穴が出てくると、それに劣らず快適そうなケニス・グレアムの『たのしい川べ』（一九〇八）の、アナグマとモグラの地面の下の家を連想しないではいられない。ビルボの家の名はBag End（ふくろの小路）、モールの家はMole Endとよく似ているが、このような屋敷の名の付け方はイギリスではありふれたものだ。

グレアム（一八五九〜一九三二）は長らくイングランド銀行に勤めた。仕事が肌に合わないというわけでもなかったが、著述によって名をあげた。まずは、子ども時代の経験を繊細に再現している物語やスケッチを集めた『黄金時代』（一八九五）と『夢見る日々』（一八九八）が出版された。『たのしい川べ』はグレアムの幼い息子にベッドで読み聞かせる物語としてはじめられ、グレアムが家を空けるときには、続きを次々と手紙に書いて送った。この手紙はグレアムの死後、未亡人によって編集され、『「たのしい川べ」の最初のささやき』（一九四四）という題名で出版された。この本の出版のことを耳にしたトールキンは、七月三一日と八月一日に息子のクリストファーに宛てて書いた手紙でそのことを知らせ、「この本を手に入れなければ」と記した。(『手紙』七七)

3　『ミドルアースへの道』でトム・シッピーは、bagginsはおそらくbaggingから来ているのだろうと記している。『オクスフォード英語辞典』(以下OED)には、baggingは「イングランドの北部の州で、『間食』の意味で用いられる語。現在では、とくにランカシャーでは午後の食事、すなわちボリュームのたっぷりの『アフタヌーンティー』を意味する」と定義されている。よって、ホビットは日に二度の正餐を食べるということなので、ホビット族の者の名としてまことにふさわしい。また、第2章でビルボは二度目の朝食をとりはじめるのだから、まさにうってつけといえよう。『指輪物語』のプロローグで、(そうできるときには)「食事を日に六度とることを好む」と記している。

シッピーは「OEDはより〝上品な〟語形であるbaggingを採っているが、このような語を用いる人々は、まずまちがいなく最後の〝g〟を落とすものだということを知っていた(六六ページ)」と述べている。E・ヘイグの『新ハダーズフィールド方言辞典』(一九二八)にも、この音どおりの綴りbagginが載っていて、この辞書に対して、トールキンは理解にみちた序文を書いている。ヘイグによるbagginの定義はこうだ――「食事、現在では通常〝お茶〟を意味するが、かつてはどの食事にも用いられた。baggingとも。労働者が弁当をもって仕事に向かうとき、袋(bag)に入れて持っていくのが普通だったことに由来するのであろう」

ハダーズフィールドは一八世紀の終わりまで、ヨークシャー南部でもっとも孤立した地域であったと思われ、この地域には、よそで失われた語が数多く残っていた。トールキンの序文には、このヘイグの辞書によって、「サー・ガウェインと緑の騎士」に含まれるいくつかの難解な語(句)の意味が解明されると記されている。

トールキンは一九二三年、ヨークシャー方言協会の会員となったときにヘイグと知り合った。ウォルター・エドワード・ヘイグ(一八五六～一九三〇)は生粋のハダーズフィールド人で、この辞典を出版したときには、ハダーズフィールド工業専門学校の名誉講師だった。

4　1937「ホビットは背の低い連中です(でした)。ドワーフよりも小柄で(ただし鬚はありませんが)、リリパット人よりはずっと大柄です」→1966-Ball「さて、ホビットといわれる(いわれた)この種族、背は低くて人間の半分くらい、鬚のゆたかなドワーフ[小人]たちよりもなお小柄です。鬚はなく」(1966-A&Uおよび1967-HMは、1966-Ballに従っているが、ドワーフ[Dwarves]の頭を小文字にするミスを犯している。一九五四年のトールキン自身の改訂作業用の本でも、Dwarvesと頭を大文字にするつもりだったことが確認できる。1966-Longmans/Unwinでもそうなっている。)

「リリパット人」を消したのは、他の文学作品への言及を避けようと思ったからだろう。ジョナサン・スウィフトの『ガリバー旅行記』(一七二六)に出てくるリリパット人はおよそ六インチ[約一五センチ]の背丈だ。リリパット人がおとぎ話と結びつけられた例としては、アンドルー・ラングの『あおいろの童話集』(一八九一)に「リリパット航海記」のタイトルで収録されている(メイ・ケンダルが短く書き直した)ヴァージョンがある。トールキンは「おとぎ話について」というエッセイで、オリジナルの形であろうと、短くしたヴァージョンであろうと、この物語をおとぎ話に分類することを批判している。

5　トールキンは『指輪物語』では象(elephant)という語を使わず、廃語となった古い語であるオリファント(oliphaunt)という語を用いた。『指輪物語』の第四巻、第三章で、サムがオリファントのことを扱った短い詩を詠っている。この詩は『トム・ボンバディルの冒険』にも入っており、一九七五年発売のレコード「J・R・R・トールキン、『指輪物語』を読み、歌う」(Caedmon TC, 1478)でトールキン自身が朗読しているのが聞ける。このレコードは、一九五二年八月にテープレコーダーに採録された音源をもとに製作したもの。

トールキンはこれよりもっと長い、"Jumbo, or Ye Kinde of Ye Oliphaunt"［ジャンボ、すなわちある種の象］と題した詩を発表している。これは、「不自然な自然誌と中世の韻律の冒険。フィジオロゴスの鬼っ子」という題目のもとに書かれた二つの連作詩のうちの一つで、これらの詩は、エクセター・コレッジによって、一九二七年六月発行の「ステイプルドン・マガジン」（7 no.40）に掲載された。紀元二世紀のギリシア語の『フィジオロゴス』に由来する中世の動物寓話集のスタイルで書かれた詩である。

6　一九三八年にアメリカの出版社からトールキンに電報がとどき、宣伝用に用いるので、様々な姿勢をしたホビットのスケッチを何枚か提供してほしいと依頼された。そのようなことをする自信はないとトールキンは答えた。このときホートン・ミフリン社に宛てた手紙そのものは残っていないが、その一部がタイプされたものが会社のファイルの中から発見され、『手紙』に収録されている。トールキンは次のように書いている。

> 私が頭に描いているのは、かなり人間に近い姿です。書評を書いてくれたイギリスの批評家には、一種の「おとぎ話じみた」ウサギを想像している人もいるようですが、ぜんぜんそうではありません。お腹のあたりがやや太りぎみで、足はやや短かぎみ。陽気な丸顔で、耳はほんの少しとんがっていて、「妖精風」です。髪の毛は短く、カールしています（色はブラウン）。足首から下の部分は、くり色のもじゃもじゃの毛皮におおわれています。着ているものは、緑のベルベットの半ズボン、赤か茶色のチョッキ、茶色か緑の上着、金（か真鍮）のボタン、深緑のフードとマント（これはドワーフからの借りもの）、といったところです。実際の背丈は――他のものが絵の中にあるときにのみ問題になりますが――三フィートか三フィート六インチ［約九〇もしくは一〇五センチ］です。（『手紙』二七）

ホートン・ミフリン社が、「ホーン・ブック」誌の一九三八年度のクリスマス号に、『ホビット』の広告を載せたとき、そのデザインをするためにこの手紙に書かれたイメージを用いたことは、間違いないであろう（図参照）。

トールキンは電報の紙に、自分自身のために「ホビットの、とてもおそまつな鉛筆のスケッチを描いたが…顔はのっぺらぼうで、耳のとがり

は『少し』どころではなかった」ということを、ウェイン・G・ハモンドとクリスティナ・スカルが『図像世界』に記している（一四〇～一ページ）。「ビルボ、早朝の日ざしがまぶしくて目がさめる」、「ふくろの小路屋敷の玄関ホール」の二枚のイラストはトールキンの描いた最高傑作で、『イメージ図鑑』でも見られるが（図版39、および図版90）、目をこらしてみればビルボの耳がとがっているさまが見て取れる。

7　トマス・ライトの『古語および地方英語の辞典』によれば、「ビルボ（bilbo）」は「スペインの剣のこと、すぐれた剣が作られたビルバオにちなんでそう呼ばれる。剣士は〝ビルボの男（bilboman）〟と呼ばれることがある」とのこと。しかし、ホビットの「ビルボ」がこの語をもとにして名づけられたと考える根拠はまったくない。

8　ハンフリー・カーペンターによるトールキンの伝記に、ビルボ・バギンズとその生みの親トールキンとの類似点が指摘されている。

物語のビルボ・バギンズは、はつらつとしたベラドンナ・トゥック（トゥック翁の名高い三人娘のひとり）を母とし、お上品でおかたい家柄であるバギンズ家の血をもひいている。中年男で、冒険心などなく、おとなしい服を着ているが、色彩的には派手ごのみである。また、食物は単純な、あたりまえのものが好きだ。…ジョン・ロナルド・ローエル・トールキンは、野心家のメイベル・サフィールド（一〇〇歳近くまで生きたジョン・サフィールド翁の、名高い三人娘のひとり）を母とし、お上品でおかたい家柄のトールキン家の血もひいている。中年で、悲観的な気分に傾きがちで、服装はおとなしいが、派手な色のチョッキが趣味である。また、普通のあたりまえの食物がこのみである。（『伝記』七五ページ）

「ベラドンナ」という名を選んだのは、イタリア語で「美しい女性」を意味するからだろう。ベラドンナという有毒のナス科の植物もある。イタリアの女性はかつて、この植物の絞り汁から作った化粧品を用いていた。『指輪物語』でも、ホビットの女性には植物や花の名が用いられている。『ホビット』で名前が出ている女性はベラドンナ・トゥック（Belladonna Took）だけである。Tookの母音の発音はtoolもしくはmoonと同じように「ウー」だ。

『指輪物語』の追補Cに挙げられているホビットの家系図から、ベラドンナの二人の姉妹はドンナミラとミラベラであったことが分かる。ミラベラの孫が『指輪物語』の主人公フロド・バギンズである。フロドはバギンズ側でもビルボとつながっている。ビルボの祖父とフロドの曾祖父が兄弟だったのである。

9　1937「大昔にトゥック家の先祖の何人かがエルフの家に嫁入りした（もっと遠慮のない連中はゴブリンの家だと言います）などとささやく者が、絶えませんでした。たしかに」→1966-Ball「いつか大昔、トゥック家のご先祖さまのだれかがエルフをめとったにきまってる、などという噂が（トゥック一族の外で）よくささやかれます。こんな噂はむろん論外ですが、さりとて」

10　『指輪物語』で、ビルボ・バギンズの誕生日が、ミドルアースの第三期の二八九〇年の九月二二日であることがわかる。『ホビット』は第三期の二九四一年の四月にはじまる。ビルボは五一歳である。

11　トールキンは、ガンダルフが玄関の前でパイプを吹かしているビルボに近づいていく絵を描いたが、未完成である。「世界が静寂の中にあった、ある早朝のこと」というタイトルが記されている（『イメージ図鑑』、図版1参照）。「ガンダルフ」という題の未完のスケッチがもう一枚あり、ガンダルフがビルボの玄関の右側に立っている（『イメージ図鑑』、図版3参照）。ガンダルフが扉を引っ掻いて書いた印――BとDに相当するルーン文字と、そのあとのダイヤの印――が右側の鉢植えの木の横に見える。

12　ゲロンティウス、すなわち老トゥックは第三紀二九二〇年に、

一三〇歳で亡くなった。この物語の開始年の約二一年前である。

13　1937「つんと高い青のとんがり帽をかぶった、小柄な老人でした」→1966-Ball「杖をついた老人でした。老人はつんと高い青のとんがり帽をかぶり」

ガンダルフが「小さい」というイメージは『ホビット』の初期の草稿まで残っていたが、やがて放棄された。『ホビット』出版の直後に書かれたこれらの草稿は、『歴史』の第六巻「もどってきた影」で読むことができる。

14　ハンフリー・カーペンターの『伝記』には、一九一一年のスイスの徒歩旅行の際に何枚か絵はがきを買ったこと、そのうちの一枚は、赤いマントをつけ、白く長い髭をはやした老人が、木の下に座って、子鹿の鼻をなでている絵の複製だったこと、*Der Berggeist*（山の精）という題が記され、J・マデレーナー（J. Madelener）の署名があることが記されている（図版左）。「トールキンはこの絵はがきを大切に保管し、ずっと後になって、それを包んであった紙に〝ガンダルフの祖型〟と記した」と、カーペンターは述べている。

この記述にはいくつかの間違いがある。画家の名はマデレーナー（Madlener）で、一九一一年（もしくはそれ以前）のものではなく、一九二〇年代の後半のものである。ヨセフ・マドレーナー（一八八一～一九六七）はドイツの画家・イラストレーターで、メミンゲンの近くで生まれた。様々な新聞や雑誌のほか、宗教的なテーマを扱った子どものためのクリスマスブックなどに作品を発表した。『幼児キリストがやってくる（*Das Christkind Kommt*）』（一九二九）、『幼児キリストについての本（*Das Buch vom Christkind*）』（一九三八）などがある。マドレーナーのクリスマスにちなんだ絵画は、いくつかの絵はがきのシリーズにもなっている。

雑誌「ミスロア」（一九八三年冬季号、9, no. 4; whole no.34）に掲載された論文「ガンダルフの起源とヨセフ・マドレーナー」を書くために、マンフレッド・ジマーマンはマドレーナーの娘ジュリー（一九一〇年生まれ）にインタヴューした。ジュリーは、父親が一九二五年から二六年の冬以降に「山の精」を描いたことをはっきりと記憶していた。また、絵はがきヴァージョンのことも憶えていて、「一九二〇年代のもっと後になって、ミュンヘンの出版社アッカーマン社から発売されました。ドイツの神話からモチーフを得た三、四枚の似たような絵はがきといっしょに紙袋に入っていました。森の妖精の女、角の間にきらきらと輝く十字架のついている鹿、〝リューベツァール〟（おとぎ話の妖怪）、それともう一枚あったと思います」と述べている（二二ページ）。

エドゥアード・ラップスの一九八一年の論文「ヨセフ・マドレーナー一八八一～一九六七」（生誕一〇〇年を記念してメミンゲンで出版）には、一定の時期ごとに作風が変わっていったマドレーナーの作品がたっぷりと引用されている。画風から見ても、「山の精」が一九二五年から三〇年の時期に属することは明らかだ。

15　一九三〇年代のイギリスでは、一日にすくなくとも二度の郵便配達があった。だから「今朝とどいた手紙」なのである。

16　ディアドリ・グリーンの論文「トールキンの辞書の詩学——ＯＥＤの定義文体のトールキンの作品への影響」では、このビルボとガンダルフのやりとりには、語や語句の意味論的な可能性に対する辞書執筆者らしい関心が表れているという。「ビルボが同一の語句［good morning］を〝おはよう〟と〝さよなら〟の両方に用いている場面を示すことで、基本的な意味と言外の意味のちがいに注目させている」（パトリシア・レイノルズおよびグレン・H・グッドナイト編『J・R・R・トールキン生誕一〇〇年記念コンファランス報告論文集』一九六ページ）

17　1937「とんでもない冒険をもとめて…木登りから、かの国（the Other Side）に行く船で密航したり——何でもあり!」→1966-Longmans/Unwin「とんでもない冒険をもとめてね。木登りからエルフの家の訪問まで…何でもあり!　それに、船にのって、海を超えて、よその国へ行ったりして」（1966-Ballは1966-Longmans/Unwinと基本的に同じ）

ホビットが海を渡って「かの国」（the Other Side）に行くという発想は、どんな生ける者の船も、海を越えて「西の不死の国」に行くことはできないという『指輪物語』の枠組みと矛盾している。

18　イギリスのお茶の時間は、だいたい午後四時ごろというのが伝統だ。これは要するに軽めの午後の食事のことで、紅茶、（バターとジャムをつけた）パン、様々なケーキやビスケットなどを食べるのがふつう。第18章でビルボは、「お茶は四時だけど、君たちなら何時だって大歓迎さ」と、ドワーフたちにお別れの言葉をのべている。

19　シードケーキ（seed-cake）は、キャラウェーの種で香りをつけた甘いケーキ。

20　ドワーフのグロインは、『指輪物語』の「旅の仲間」の九人の一人であるギムリの父親である。

21　ここの「黒ビール（porter）」は焦げ茶の色をしたビール。普通のビールよりもアルコール分が濃い。

22　1937「冷たい蒸しチキンと、トマト」→1966-A「冷たい蒸しチキンと、ピクルス」。ビルボの貯蔵庫に入っているのがトマトかピクルスかということが、なぜ問題になるのだろうか?　『ミドルアースへの道』でトム・シッピーは、『ホビット』の続きを書き継いでいったトールキンは、ホビットおよびその土地が典型的にイギリス的な特徴をもっていることに気づき、起源も名前も海外に由来するトマトがそれにそぐわないと思ったのではないかと示唆している。トマトは、ポテト、タバコなどと同様に、アメリカから持ち込まれ、急速にイギリスで普及した。『ホビット』では、トールキンは「タバコ tobacco」という語を数度用いているが、『指輪物語』ではその使用が厳密に避けられている。そのかわりに、もっとイギリス英語らしい響きの「パイプ草 pipeweed」が用いられている。さらにまた『指輪物語』では、「ポテト potatoes」という語を避けて、もっと田舎じみた響きのある「テーター taters」［potatoes を略した俗語］を用いる場合が多い。同様に、トールキンの想像力のなかに根付いていった〈ホビットの里〉には、トマトは場違いだと感じられるようになったのだろう。

23　原語のconfusticateという語はＯＥＤの一九八九年の第二版から載せられ、confoundもしくはconfuseの、とっぴな言い換えだと述べられている。もっとも早い使用としては一八九一年の用例が挙げられており、別の例には、児童のあいだのスラングだと述べられている。『ホビット』のトールキン自身の例も挙げられている。

confusticateはこのほかに二か所で用いられている。第6章ではドリ、第8章ではドワーフたちが口にしている。

24　イギリスのビスケットは、ふつう、小さくて薄く、ぽりぽりと食べる小麦で作った食べ物である。甘くないものはクラッカーとも呼ばれる。北米では甘いビスケットは「クッキー」である。

25　1937「そうすると、冗談とともに環の色は緑にかわり、ふたたび戻ってきて」→1966-Ball「そうすると環の色は緑にかわり、ふたたび戻ってきて」

26　トールキンはドワーフらの名に韻を踏ませて、血縁関係（時には親子関係）を示唆しようとしているのではないかと思われる。この箇所ではないが、フィリとキリが兄弟であることが分かるし（第10章でトリンがこの二人のことを、「わが父王の娘の息子たち」と紹介している）、ドワリンとバリンも兄弟だと述べられている（第1章）。『指輪物語』の追補Aで、オインとグロインが兄弟であり、ドリ、オリ、ノリもドゥーリンの一族につらなる者で、トリンの遠い親戚であると記されている。ただし、この三人がそれぞれ正確にどのような関係なのかは書かれていない。これらに対して、ビファー、ボファー、ボンバーはトリンとは異なる血筋で、ドゥーリンの一族には属さない。第8章でボファーとボンバーが兄弟であることが分かるが、第12章では、ビファーが、ボンバーとボファーは自分のいとこだと言う。ドワーフの名前の起源については、第2章の注16を参照のこと。

27　翻訳者へ向けてのガイドである「『指輪物語』の命名法」という文章の中で、ビルボの家は近隣では“Bag End”（ふくろの小路屋敷）と呼ばれているが、この地名は「袋（bag）ないしは“プディング袋（pudding-end）”の底（end）、すなわち袋小路を（ホビットたちが）連想するようにと思って」つけたのだと、トールキンは述べている。実は、ウスターシャーにあるトールキンの叔母の農場が、地元ではこのように呼ばれていたのである。こちらの農場も、小径のどんづまりに位置していた。トールキンの叔母ジェイン・ニーヴ（一八七二～一九六三）は母親の妹だった。トールキンが一九一一年の夏にスイスに徒歩旅行に行ったとき、いっしょに行った（第4章の注1参照）。また、一九六二年にトールキンが『トム・ボンバディルの冒険、およびボンバディルが中心の小さな本を作ってほしいと、この叔母に一九六一年に頼まれたからにほかならない。

本書二六ページの次の絵はトールキンのスケッチ「丘の下のふくろの小路屋敷」である。本文にもあるように、「上等の部屋はすべて（奥にむかって）左手」にあることが分かる。「奥まった丸い窓」がビルボの庭に面し、その先に草はらがある。後に描いたイラストでは、木が家の玄関から離されて、丘のてっぺんに移動された。

28　1937「トンネルから出てくる機関車の汽笛さながらに」

この物語の舞台は産業革命以前の世界なのに、語り手が汽車のたてる音を比喩として用いるのはアナクロニズムだと感じられるかもしれないことを、トールキンはまちがいなく意識していた。一九六六年の改訂では、これに差しかえるべき文——「空に上がる打ち上げ花火のようなぴゅうという音」——がうまく入るかどうかを慎重に検討したが、結局もとのままになった。汽車を持ち出したからといって、アナクロニズムと考える必要はない。トールキンがこの物語の語り手として子どもたちに語り聞かせをしていたのは一九三〇年代のことであり、汽車が生活に重要な位置をしめている世界だったのだから。

『指輪物語』の第一章にも同じようなイメージが用いられている。ガンダルフの花火のことを「ドラゴンが急行列車のように通過した」と喩えているのだ。

29　1937 “Excitable little man”→1951 “Excitable little fellow”

この修正は、トールキンの子どもたちが大ファンだった、アーサー・ランサム（一八八四～一九六七）からの意見にしたがってなされたものだ。『ホビット』出版の直後に、アレン&アンウィン社は、当時、入院して病から回復しつつあったランサムに一冊贈呈した。ランサムは一九三七年一二月一三日にトールキンに手紙を送った。自分のことを「ただの一ホビット愛好者（そして、あなたの本がいく度も重版されることを確信する者）」と述べたあと、ガンダルフに、ビルボのことを“man（人間の男）”と呼ばせたのは、人間の筆耕がミスを犯したのだろうかと疑問をていした。トールキンはこの語はまずいと認め、一九三七年一二月一九日のアレン&アンウィン社への手紙で変更を示唆した。しかし、最終的に修正が行われたのは一九五一年だった。

ランサムはこの他にも二か所の変更を提案している。第6章の注9と、第18章の注2を参照されたい。

30　『ホビット』の一九三七年の初版からブルローラー・トゥックはトゥック老の大大叔父だと述べられているが、これは『指輪物語』の追補Cのトゥック家の家系図と矛盾している。そこではブルローラーはトゥック老の大叔父でしかないからだ。『歴史』の第一二巻「ミドルアースの種族たち」には、トゥックの家系図の初期ヴァージョンが（T2、T3とラベルづけされている）が示されており、『ホビット』で述べられている関係に一致している。『指輪物語』のためにトゥック家の人々の関係を再度構成したとき、『ホビット』ではその説明をしなかった。

『指輪物語』の追補B（「代々の物語」）では、バンドブラス・トゥックが二七四七年に〈ホビットの里〉の北四が一庄で、オークの軍団を破ったと記されている。

31　翻訳者へ向けてのガイドである「『指輪物語』の命名法」という文章の中で、トールキンは次のように述べている。「この一節を書いたとき、未開の部族によって用いられた、『ごう』という音を出す道具のことを、考古学者が"bullroarer"と呼んでいると思い込んでいた。しかし、どの辞書を調べてもこの言葉は出て来ない」

ところが実際には、OEDには、この言葉が"bull"の項目のもとに載っており（sb¹の一一番目の定義）、一八二一年の次の用例が示されている。「長さ数インチの平らな木ぎれで、片端もしくは両端が細くなっている。片方を革ひもに結びつけて振りまわす。すると、間歇的にヒュルルル、ゴーというような音がでる。イングランドでは『フィザー（whizzer）』とか、『ブルローラー（bull-roarer）』と呼ばれる」

雑誌「ミスプリント」の二〇〇〇年一二月号に掲載された短い論文「トールキンのブルローラーの起源」（37, no.12; whole no.225）で、アーデン・R・スミスが、'bullroarer'という語がJames G. Frazerの一二巻本の『金枝篇』（一九一一～一五）にいく度か出てくることを指摘している。またアンドルー・ラングの『習俗と神話』（一八八四）では、まるまる一章がブルローラーにあてられており、「イギリスの田舎の少年にはお馴染みのもの」と呼んで、こう続けている。

> ごく普通のブルローラーは、誰にでも作れる安いおもちゃだ。しかし、ご家族の多い家にはお勧めしない。理由は二つある。第一に、ほんとうにひどい、ほかにはちょっと類のないような騒音が出る。年少の子どもにとってはそれが魅力なのだが、大人にはがまんがならない。第二に、このおもちゃを使うと、まずまちがいなく、その場所にあるデリケートなものはすべて壊れてしまい、住んでいらっしゃる人々も何人か眼球がえぐり出されるかもしれない…。ブルローラーはおもちゃの中でももっとも広く普及しており、とてつもなくふかい歴史をもっている。ブルローラーを研究するのは、民話を学ぶことに等しい。お互いどうし遠く離れた地域に住む未開の諸民族にも、高い文明の民族にも見られ、未開・文明をとわず様々の宗教儀式で用いられる。（二九～三一ページ）

ブルローラー・トゥックがビルボの大大大叔父にあたるという一節は一九三七年版の『ホビット』に最初からあるが、前注30で論じたように、ブルローラーとトゥック老の関係の場合と同じく、『指輪物語』の追補Cに挙げられているトゥックの家系図と矛盾している。そこでは、ブルローラーはビルボの大大叔父だが、『歴史』の第一二巻「ミドルアースの種族たち」に見られる家系図の初期ヴァージョン（T2、T3）では、その関係は『ホビット』のものと同じである。さらに加えておくなら、『指輪物語』のプロローグでは、ブルローラーはアイゼングリム二世の息子と言われているが、追補Cのトゥック家系図では、ブルローラーはアイゼングリム二世の孫とされている（さらに古いトゥックの家系図では、ブルローラーはアイゼングリム一世の息子である)。

32　この文章は各種の版で、様々に変えられている。トロールの地図がどこに（そしてどんな色で）印刷されるかで、変わってくるのである。初版の1937では、「この本の最初の部分にある地図をご覧になれば、そこにはルーン文字が赤で記されているでしょう」となっている。この一九三七年のアレン&アンウィン社の版では、トロールの地図を、おもて表紙の裏に印刷した。ところが一九三八年のホートン・ミフリン版では本文は同じなのに、地図はうら表紙の裏に印刷された。

33　1937「谷間の乙女たちをたらふく食ってしまった」→1966-Ball「ドワーフや〈谷〉の人間をたらふく食ってしまった」

　ドラゴンが谷の乙女をむさぼり食うというイメージは伝統的なおとぎ話のものであり、トールキンはこの物語にふさわしい内容に置き換えた。

34　1937「はるか昔、わたしの祖父の時代に、何人かのドワーフが〈北〉のさい果ての地をおわれ、財宝と道具類をたずさえながら、この地図にのっている〈山〉にやってきた。かれらは坑道を掘り、トンネルをうがって、巨大な広間のかずかずと、作業場をこしらえたのだ」→1966-Ball「はるか昔、わたしの祖父トロールの時代に、わが一族は〈北〉のさい果ての地をおわれ、財宝と道具類をたずさえながら、この地図にのっている〈山〉に戻ってきた。〈山〉はいく世代も前の父祖トラインによって発見されていたが、この時期になって、わが一族の者たちは坑道を掘り、トンネルをうがって、以前にもまして壮大な広間や、大がかりな作業場を次々とこしらえたのだ」

　この修正は父祖トラインを物語のテクストに埋め込むためになされた。これによって、トロールの地図に書かれている「山の王トラインが昔ここに住んでいた」の意味が分かるようになる。すなわち、トラインという名のドワーフは二人いて、一人はトリンの父親（トロールの息子）、もう一人は〈山〉の下の王国を築き上げたもっと昔のドワーフだというのがポイントである。このような説明は、一九五一年の第二版に加えられた序文の注釈（「ルーン文字について」の注3参照）にはじめて登場したが、ここで本文の修正をすることで、注釈のその部分は不要になった。

35　『指輪物語』の追補B「代々の物語」に、トライン一世（父祖）が、第三紀の一九九九年に〈はなれ山〉の下に王国を築いたが、二二一〇年にトライン一世の息子トリン一世がエレボールを去り、北の〈灰いろ山脈〉に自分の民を集めたと書かれている。

　トライン一世の子孫であるトロールは、二五九〇年に〈山〉の下に王国を復活させた。

36　1937「すてきな宝石や彫刻や盃であふれんばかりになっていった。〈谷〉の玩具屋はすばらしい見物だった」→1966-Longmans/Unwin「よろいや宝石や彫刻や酒盃で、あふれんばかりになっていった。〈谷〉の玩具市は、〈北〉の地方の一大名物だった」（1966-Ballは1966-Longmans/Unwinと同じ）

37　スマウグは第三紀の二七七〇年にエレボールに降りてきた。これはトロールが〈山〉の下に王国を復活させてから一八〇年後のことで、『ホビット』が設定されている年の七一年前の出来事である。

38　1937「祖父がモリアの坑道でゴブリンに殺されたことは、憶えているな――」→1966-Longmans/Unwin「そなたの祖父のトロールが、モリアの坑道でゴブリンのアゾグに殺されたことは、憶えているな」

　トロールの死の物語は、『指輪物語』の追補Aの第三節で語られる。要約すると、トロールは第三紀の二七九〇年、モリアに単独で入っていった後で殺害された。首がはねられ、からだとともにモリアの門の外に投げられた。トロールを殺したアゾグの名が、トロールの顔に書かれていた。これがドワーフとゴブリンのあいだの戦争の発端となった。この戦争は『指輪物語』では「ドワーフとオークの戦争」と呼ばれている。

　モリアの坑道は『ホビット』の「あれ野」の地図には見えないが、南のほう、〈霧の山脈〉の中にあるのだろう。

39　1937「三月三日にそなたの父はどこへともなく姿を消して」→1951「四月二一日にそなたの父はいずかたへともなく姿を消して」→1966-Ball「四月二一日にそなたの父のトラインはいずかたへともなく姿を消し」

「また、先週の木曜でもう百年になるが、四月二一日にそなたの父のトラインは、いずかたへともなく姿を消し」の一節には、『ホビット』にしては珍しく、はっきりとした日付が述べられているので、この物語の出来事がおきた日を知る手がかりになる。ビルボは忘れやすいので、大事なことは「ガンダルフ お茶 水曜日」といった具合にメモしておかなければならないと述べられているから、ガンダルフとドワーフがお茶に来たのは水曜日である。したがって、もしも先週の木曜日が四月二一日だとすれば、水曜日は四月二七日である。（ところが、もとは『指輪物語』の追補の一部のつもりで書かれた「エレボールの探求」では、ガンダルフによって、自らがビルボの旅をアレンジすることになった状況が語られているが、トリンと仲間たちが〈ふくろの小路屋敷〉にやってきたのは、正確に、四月二六日の水曜日で、その前日にガンダルフがやってきたのは四月二五日の火曜日のことだとはっきりと述べられる。これらの日付を『ホビット』のテクストの内容と整合させるのは不可能だ。本書の付録A「エレボールの探求」を参照されたい。）

『ホビット』では、あと二つ、物語の終わりちかくで正確な日付があたえられている。ビルボが帰り道で〈さけ谷〉に再び到着するのは、次の年の五月一日である。また、最終章でビルボが、オークションのまっ最中の家に帰ってきた日は、六月二二日だ。

40　トリンの父親のトラインは二八四五年にネクロマンサーの地下牢に幽閉された。ガンダルフが潜入して、トラインから地図と鍵をもらったのは二八五〇年のことで、『ホビット』の物語がはじまる九一年前のできごとである。トラインはガンダルフに地図と鍵をわたしてからすぐに死ぬ。

『指輪物語』で、『ホビット』のネクロマンサーは、『指輪物語』のサウロンであることが分かる。

第2章◆ヒツジのあぶり肉

1　幼い頃からトールキンは緑のドラゴンがお気に入りであった。一九五五年六月七日、W・H・オーデンへの手紙で次のように述べている。「七歳のころ初めて物語を書いてみました。ドラゴンの話でした。これについては、ただ一つのことしか憶えていません。私の母はドラゴン自体については何も言いませんでしたが、『緑の大きなドラゴン』とは言えないでしょ、『大きな緑のドラゴン』と言わなきゃ…と教えてくれました。なぜそうなのかなあ？　とそのとき思いましたが、今もってよく分かりません」（『手紙』一六三）

トールキンの詩「ドラゴンの訪問」（第14章の注2参照）は緑のドラゴンの話であり、トールキンが描いているドラゴンにも緑のものが何枚かある（『図像世界』図版48、49参照。また『絵画』図版40には『図像世界』の二つのドラゴンに加えて、さらにもう一つ緑のドラゴンの絵が見える）。

2　第1章の注39に従うなら、ビルボの旅がはじまった「五月を目前にしたある晴れた朝」は、四月二八日の木曜日ということになる。

3　1937「しばらくはずっとこのような調子でした。広々とした、非のうちどころのない国が広がり、人間、ホビット、エルフ、その他に様々の人々が住んでいますが、みんなまっとうで非のうちどころのない人ばかり。道もよく、宿屋もあり、ときには用を果たそうと足早に行きすぎるドワーフや、鋳掛け屋や、農夫などとすれちがったりもしました。しかし、ここを過ぎると人々の話す言葉はもはやちんぷんかんぷんで、彼らがうたう唄もビルボの耳にはなじみがありません」→1966-Longmans

/Unwin「最初はホビットの土地を進んでゆきました。そこは広々とした、非のうちどころのない国で、住んでいるのはまっとうな人ばかり。道もよく、宿屋も一、二軒あり、ときには仕事のために足早に行きすぎるドワーフや農夫とすれちがったりもしました。でも、ここを過ぎると人々の話す言葉はもはやちんぷんかんぷんで、聞こえてくる唄も、ビルボの耳にはなじみがありません」（1966-Ballと1967-HMは1966-Longmans/Unwinを踏襲）

4　1937「宿屋はまれとなり、質が落ちてきました。道路も悪くなり、遠くの丘は、どんどん高くそびえ立ってきました。そうした丘の上にはいくつもの城がありますが、なにか善からぬ目的のために建てられたかのようです。それに、いままでは、がいして絵にかいたような上々の五月晴れでしたが、空模様は一転してひどくなりました」→1966-Longmans/Unwin「さて一行は、いまやこのような土地をあとにして、〈わびしい国〉の奥へ奥へと分け入ってゆきました。ここにはもはや人影がなく、宿屋もなければ、進むにしたがって、道はいよいよ悪くなるばかりです。そうして、目の前には、もの寂しい丘陵がせまってきました。奥のほうがいやましに険しくそびえ、うっそうと樹がしげっています。山のいくつかには、いかにも凶悪そうな古城がそびえたっています。よこしまな人々がこしらえたかのようです。今日は、すべてがゆううつに感じられます。というのも今日になって天候が急変したのです。いままでは、がいして絵に描いたような上々の五月晴れでしたが、とつぜんのことに、寒い雨もようのお天気となりました。〈わびしい国〉に入って以来、キャンプを張る場所については我慢と妥協の連続ではありましたが、これまではともかくも、乾いたところがありました」（1966-Ballは1966-Longmans/Unwinを踏襲）

一九六六年版で〈わびしい国〉と名づけたのは、エルフのシンダール語の「エリアドール」（Eriador 荒れ野）に相当する地名を入れるため。「エリアドール」は『指輪物語』では、西の〈青の山脈〉と東の〈霧の山脈〉のあいだにひろがる広大な土地をさす地名である。ホビットが住んでいる地域である〈ホビットの里〉はその中央に近い。

5　1937「あたりが暗くなってきました。川沿いのやなぎの並木がおじぎをして、すすり哭きます」→1966-Longmans/Unwin「あたりがまっ暗になってきました。一行はけわしい渓谷にさしかかり、底の谷川をめざして馬を進めました。風がたち、川沿いのやなぎの並木がおじぎをして、すすり哭きます」（1966-Ballは1937と同じ）

6　1937「これが何の川なのかは知りませんが、目の前にそびえる山岳地方から流れてくる河は、ここ数日間の雨を集めて膨れ上がり、赤い奔流となって流れています」→1966-Longmans/Unwin「北の山脈から流れてくる川は、雨を集めて奔流となり、荒れ狂っています。さいわいにも、前方に見える橋は、古いがっしりとした石橋です」（1966-Ballは1937と同じ）

この修正は『ホビット』の地理を『指輪物語』に近づけようとしてなされた。とくに「古い石橋」をくわえたのがそれで、『指輪の仲間』では「最後の橋」、もしくは「ミセイセル橋」と呼ばれている。三つのアーチでできている橋で、「街道」の東端に位置し、ホアウェル川の上にかかっている。ホアウェル川は、エルフの言葉ではミセイセル川と呼ばれる（シンダール語で「灰色の泉」という意味）。

7　1937「まもなく、ほとんどまっ暗になりました。風によって灰色の雲がちぎれ、細い月が顔を出しました」→1966-Longmans/Unwin「川を渡りおえると、もうほとんど夜でした。烈風で灰色の雲が裂けると、丘の上を疾走するちぎれ雲のあいだに、月がふらふらと顔を出しました」（1966-Ballは1937と同じ）

8　1937「ここでキャンプを張るしかないと覚悟を決めました。一同は今回の旅に出て以来、まだキャンプしたことはありませんでした。まもなく、〈霧の山脈〉にわけ入り、まっとうな人々の土地から遠ざかると、キャンプが普通になるだろうとは思っていましたが、はじめてのキヤンプがこんな雨の夜だとは、さいさき悪く感じられました。一同は木立の下に移動し」→1966-Longmans/Unwin「ここでキャンプを張るしかないと覚悟を決め、木立の下に移動しました」（1966-Ballは1937と同じ）

まん中のセンテンスが削除された。『指輪物語』の地理では、まっとうな人の住む地域からすでに遠く離れているからだ。

9　ドワーフたちには、ホアウェル川を渡ったばかりのところで、「すこし前方に」トロルのたき火の光が見えた。「すこし前方」というからにはたいした距離ではないはずだ。『指輪物語』と『ホビット』の地理がここでは大きく食い違っている。『指輪物語』では、アラゴルンとホビットたちは、ホアウェル川を渡ってからトロルの丘に行くのにほぼ六日の時日を要している。トールキンはこの矛盾に気づいていた。そして一九六〇年にホビットの最初の数章を書き直そうとしたときにも、この箇所を修正しようとしたが、結局全面改訂は頓挫した。そして、一九六六年の第三版のために改訂したときに、小さな修正のみを行った。石橋を渡ったことが書きくわえられた（前出注6参照）のがその一つだが、地理に整合性をもたせる試みはなされなかった。

10　1937「警官はこんなに遠くまで来ないし、地図屋はこの地方にはまだ足をのばしていません」→1966-Ball「こっちのほうに来る旅人は、今ではほとんどいない。古い地図も当てにならない。以前とくらべて、治安がずいぶん悪くなっているうえに、旅人をまもるべき兵士もいない」

「警官」が場違いなので削除された。

11　原文では"They have seldom even heard of the king"（王のことはほとんど聞いたことがない）と書かれているが、具体的な王が想定されているというより、［翻訳の文章のように］法と正義を保証する者がいないという意味であろう。

12　トールキンはトロルに、下層階級の滑稽な言葉をしゃべらせている。この言語的なジョークには、トールキンの言語に対するすぐれた洞察が感じられるが、面白いことに、実はトールキン自身がチョーサーについて同じようなことを述べている。それは、一九三一年五月一六日、オクスフォードにおけるフィロロジー学会の会合の席で発表された長い論文である。「フィロロジー学者としてのチョーサー——『代官の物語』」と題された論文において、チョーサーがイギリス南部（ロンドン）の読者を喜ばせるために、イギリス中部の北部方言をどのように用いているかを、トールキンは分析した。この中でチョーサーについてトールキンが述べていることの多くが、トールキン自身にもあてはまる。

いわゆる「方言」を聞かせることで、教養のない者、言語に対する意識の低い者を簡単に笑わせることができるものだが、このような方法をチョーサーが意識して用いていることは間違いない。しかし、チョーサーが単に大衆がイメージとしてもっている、いかにも田舎ことばらしい表現のみを持ちだして見せるにすぎないと言ってしまうのは正しくない。チョーサーは、人々が通常おかしいと感じるような、典型的な田舎弁を周到に選んではいるものの、それらは決してまがいものではない。お手軽なジョークとはいえ、これを用いた主眼はドラマとしてのリアリズムにある。それなくして、「親分の話」（*The Reeve's Tale*）の価値は疑わしい。しかし、もしもチョーサーの心の中に、当時としては異例といえるほどの「方言」への言語的関心と知識がなかったら、このような実験は行わなかっただろうし、ましてや、あれほどうまくやってのけることなど、論外であったろう。このように手のこんだ冗談を、あれほど見事に作品化できるのは、言語につよい関心をいだき、言語の観察に意を用いていた人ならではと言えよう。他人の妙な言葉癖をとらえて嗤うのは、人の世のならいである…。嗤う者は無数にいる。けれども、それを分析、記録できる者はすくない。

（『一九三四年度フィロロジー学会会報』、三〜四ページ）

一九三八年八月、オクスフォードで行われた「夏のお楽しみ会」（ジョン・メイスフィールドとネヴィル・コグヒルによって組織された）で、トールキンは一四世紀の衣装をまとって登場し、チョーサーを演じ、「尼院侍僧の話（*The Nonnes Preestes Tale*）」を暗唱してみせた。その翌年、トールキンは同じことを「親分の話」で行ったが、このとき暗唱されたテクストは、何が朗読されているか観客に分かるよう、小冊子に印刷された。

13　おとぎ話では、トロルは複数の頭をもっているように描かれることが多い。ランスロット・スピード（一八六〇～一九三一）が描いた左の挿絵は、アンドルー・ラング編集の『あかいろの童話集』（一八九〇）のなかの「ソリア・モリアの城」のものである。『あかいろの童話集』には、トールキンの子どものころのお気に入りであった、シグルズと竜のファーヴニルの物語が含まれている。

たき火で肉を炙っている三人のトロルにビルボが近づいていくさまは、グリムの「腕利きの狩人」の物語にとてもよく似ている。若い狩人が森に入り、遠くでたき火の火がちらちらと輝くのを見つけて近づいていくと、三人のみっともない巨人が雄牛を炙っていたという話である。「腕利きの狩人」は『子どもと家庭の童話』（いわゆる『グリム童話』）の初版（一八一五）の第二巻に載録されている。

14　一九二六年、トールキンはトロルのことをうたった長い詩を書いた。古くから伝わっている民謡「狐のお出かけ」のメロディーにのせて歌えるように書かれている（アメリカで知られているヴァージョンは話の内容も曲のメロディーもかなり違っている）。最初のヴァージョンは“Pero & Podex”（Boot and Bottom 文字通りには「ブーツとお尻」）という題名だったが、改訂して“Root and Bottom”（文字通りには「根っことお尻」、訳では「お尻にバシリ」）となった。このヴァージョン（以下に再録する）は、異例なことに、一九三九年に『フィロロジー学者のための歌』と題された小冊子で発表された（さらに詳しくは、『歴史』の第六巻「もどってきた影」の一四二～一四五ページを参照されたい。こちらに再録されたヴァージョンには追加部分も含まれている）。後にこれを単純化したヴァージョンが作られ、『指輪物語』の第一巻の第一二章にのせられ、さらに『トム・ボンバディルの冒険』にも「石のトロル」の題名で再録されている。

それとは別のヴァージョンをトールキン自身が歌ったものを、一九七五年のレコードで聞くことができる。「J・R・R・トールキン、『ホビット』と『指輪の仲間』を読み、歌う」というタイトルのレコード（Caedmon TC 1477）がそれで、一九五二年八月テープレコーダーに採録された音源をもとに作製されたものだ。

お尻にバシリ

石の上にトロルが一人、
つるつる古骨をしゃぶってる。
ずっと、ずうっと座っているが、

ひとっこ一人通りゃしない。
　りゃしない、来ゃない、行きゃしない！
ずっと、ずうっと座っているが、
　ひとっこ一人通りゃしない。

そこにお出まし、でか長靴のトム君が。
ジョン叔父さんの脚みてえだぜ。
「おやっ！　あれは何だろう？
　いつお墓から出てきゃーがった？
　　がったがった、行かはった。
ジョン叔父さんの脚みてえだぜ。
　いつお墓から出てきゃーがった？」

「やい若いのよ。俺が盗んでやったのさ。
骨ぐらい何だってんだ？
天に上った魂が、後光をしょってるってのに。
　焚火みてえにでっけえやつをな。
　　けえやつ、ういやつ、ういおけつ。
天に上った魂が、後光をしょってるってのに。
たき火みてえにでっけえやつをな」

「いやいや、そうじゃあるまいて。
火が燃えてんなら、地獄の火。
ジョン叔父さんはぬすっとなのさ。
　嘘偽りなしのぬすっとさ。
　　すっとさ、ラッコさ、ふらっとさ。
ジョン叔父さんはぬすっとなのさ。
　嘘偽りなしのぬすっとさ。

だが、それがどうだってんだ？
叔父きの骨をしゃぶるとは
舐めたまねしてくれるじゃねえか。
　とっとと消えな。『骨さんさいならっ！』てな。
　　らってな、勝手な、名テナー。
舐めたまねしてくれるじゃねえか。
　とっとと消えな。『骨さんさいならっ！』てな」

高々と振りあげた、デカ長靴。
狙いはひとつ、おけつへばしり！
でも、トロルのおけつは石より硬い。
　ああ、よしゃよかった、おしりのバシリ。
　　のばしり、こばしり、物知り博士。
トロルのおけつは石より硬い。
　ああ、よしゃよかった、おしりのバシリ。

かくして誕生、びっこのトム君。
ふかでの足にゃブーツもはけぬ。
トロルのおけつは無病息災。
　骨折りのかいあって、骨まで失敬！
　　しっけい、もっかい、しじみっ貝！
トロルのおけつは無病息災。
　骨折りのかいあって、骨まで失敬！

15

1937「ウィリアムが言いました（ウィリアムはもうすでに腹に入るだけの夕食をつめこんでしまい、そのうえたらふくビールをきこしめしたのだと、皆さんに話しましたよね）」→1966-Ball「もうすでに腹に入るだけの夕食をつめこんでしまい、そのうえ、たらふくビールをきこしめしたウィリアムが言いました」

この箇所では、読者に直接話しかける表現が取り除かれている。一九六七年に、あるインタヴューで、トールキンはこのように述べている。「『ホビット』をはじめて書いたときのスタイルは、今ではあまり好ましくないと思っています。というのは、子どもに話しかけるようなスタイルのことです。うちの子どもたちがこれほど嫌がるものはありません。子どもたちに教わりましたよ。一般読者むけというのではなく、子どもむけの本だと分かるような口調を嫌ったのです。これはもう本能ですね。私だって好きじゃなかったのだと、いま思い出してみればそんな気がします。つまり、『もうこれ以上はお話ししません』だとか『よく考えてみてください』的な口調ですよ。ほんと、子どもたちは大嫌いなんですね。感じわるいですよね。子どもという人種はありません。子どもといったって、ようするに人間なんです。どれくらい成熟しているか、それもまちまちです」（一九六七年一月一五日、ロンドンのサンデー・タイムズ・マガジンに掲載された、フィリップ・ノーマン「ホビットなる人」より。この記事は同じ日付で、ニューヨーク・タイムズ・マガジンにも「いま人気のホビット」というタイトルで掲載された。）

16　『ホビット』に登場するドワーフの名前は、ほとんど全てが古ノルド語の詩「ヴェルスパー（巫女の予言書）」にあがっているドワーフの名前のリストから採られている。この詩は古代スカンジナビアの神話をうたう詩集（一般に「古エッダ」、もしくは「詩のエッダ」として知られているもの）の一部をなしている。様々のヴァージョンが今日まで伝わっているが、ドゥーリンDurin, ドワリンDwalin, ナインNain, ダインDain, トラインThrain, トリンThorin, トロールThror, フィリFili, キリKili, フンディンFundin, グロインGloin, ドリDori, ノリNori, オリOriの名を、トールキンはこの詩から採った。トリンに冠せられるオウクンシルドOakenshieldは、Eikinskjaldiというドワーフ名の翻訳である。この詩にはガンダルフという名前も登場する。「魔法の杖の妖精」、「妖術使いの妖精」などという意味であるというところから、魔法使いの名にふさわしいと考えたのだろう。ボンバーBomburは、「おでぶちゃん」と訳せる。オインOinとバリンBalinは、そのままの形では「ヴェルスパー」にはない。オインはグロインと、バリンはドワリンと韻を踏むよう考えられた名前だ。

ドワーフの名前のリスト、すなわち'Dvergatal'は、「ヴェルスパー」の写本に後の時代に挿入された部分であるというのが定説である。ヘンリー・アダム・ベロウズによる「詩のエッダ」の英訳（一九二三）では次ページのようになっている。

ここに挙げられたドワーフの名前の大半は'Dvergatal'にのみ出てくるもので、そのうちのいくつかは、おそらく意味のある語だったのだろう（たとえば、Northri, Suthri, Austri, Vestriは「北」、「南」、「東」、「西」と訳せる）が、これらの名前の多くについては、意味の解釈はむずかしい。

このように『ホビット』のドワーフの名前の大半が古ノルド語の伝説に由来することはまちがいないが、彼らの行動パターンはむしろ「白雪姫」などの物語からきている。「白雪姫」は『グリム童話』の初版（一八一二）、第三版（一八三七）の「白雪と薔薇紅」などにある。白雪姫と七人の小人たちが登場するおなじみの「白雪姫」の物語は、アンドルー・ラング編の『あかいろの童話集』（一八九〇）でも読める。タイトルは「ユキノハナ（Snowdrop）」である。「白雪と薔薇紅」は、ラングの『あおいろの童話集』（一八八九）にも載録されている。面白いことに、この物語にはクマ男が登場する。クマ男というとビヨンのことが連想されるが、このクマ男は実は王子様で、ドワーフの呪いによって野生のクマの姿で森の中をさまよわせられるのだ。

『指輪物語』の追補Fの第一節「第三紀の諸言語と諸種族」で、トールキンは次のように書いている。「ドワーフはたいてい屈強で、気むずかしい種族だ。秘密主義の働き者で、害（そして利益）を受けたことは

Then sought the gods their assembly-seats,
The holy-ones, and council held,
To find who should raise the race of dwarfs
Out of Brimir's blood and the legs of Blain.
There was Motsognir the mightiest made
Of all the dwarfs, and Durin next;
Many a likeness of men they made,
The dwarfs in the earth, as Durin said.

Nyi and Nithi, Northri and Suthri,
Austri and Vestri, Althjof, Dvalin,
Nar and Nain, Niping, Dain,
Bifur, Bofur, Bombur, Nori,
An and Onar, Ai, Mjothvitnir.

Vigg and Gandalf, Vindalf, Thrain,
Thekk and Thorin, Thror, Vit and Lit,
Nyr and Nyrath, – now have I told –
Regin and Rathsvith – the list aright.

Fili, Kili, Fundin, Nali,
Heptifili, Hannar, Sviur,
Frar, Hornbori, Fræg and Loni,
Aurvang, Jari, Eikinskjaldi.
The race of the dwarfs in Dvalin's throng
Down to Lofar the list I must tell;
The rocks they left, and through wet lands
They sought a home in the fields of sand.

There were Draupnir and Dolgthrasir,
Hor, Haugspori, Hlevang, Gloin,
Dori, Ori, Duf, Andvari,
Skirfir, Virfir, Skafith, Ai.

Alf and Yngvi, Eikinskjaldi,
Fjalar and Frosti, Fith and Ginnar;
So for all time shall the tale be known,
The list of all the forbears of Lofar.
(stanzas 9–16; pp. 6–8)

決して忘れない。石、宝石には目がなく、命のあるものより、職人の手がこしらえたものの方が好きだ。けれども、人間の物語では様々に言われているが、本来の性格がよこしまというわけではなく、自由な意思を奪おうとする敵に仕える者はほとんどいない」

『ホビット』ではドワーフの名にはアクセント記号がついていないので、この本ではそれを一貫して踏襲した。しかし『指輪物語』では、いくつかの名にアクセントがつけられた。Fíli, Kíli, Óin, Glóin, Thrór, Thráin, Dáin Náin などである。アクセント記号は発音の手引きとなる。ベロウズの「詩のエッダ」の英訳に付けられた古ノルド語の「発音指針」に従えば、Fíli, Kíli などの 'í' は「イー」、Oin, Gloin などの 'ó' は「オウ」、Thráin の 'á' は「アー」となる。

17　一九二六年二月一六日、トールキンと親しかった同僚で、一九二六年から一九三〇年までオクスフォード大学のセント・ヒューズ・コレッジで特別研究員・チューターだったヘレン・バックハースト（一八九四～一九六三）が、「ヴァイキング北欧研究学会」で「アイスランドの伝承物語」というタイトルで研究発表をした。このとき読んだ論文はこの学会の紀要「サガ・ブック」第一〇巻（一九一九年から二七年までの分）に掲載され、一九二八～二九年に出版された。バックハーストの論文にはアイスランドの伝承物語の興味深い物語がまるまる引用されていた。その中にはトロルの物語もあった。バックハーストは次のように記している。

　アイスランドのトロルは、サガ、あるいはもっと最近の物語のどちらでも、巨大な、人間に似たところのあるぶかっこうなからだの生き物で、ひどく醜いというのが通り相場である。山の中に住んでいるが、ふつう岩や溶岩のあいだのほら穴に棲みつく。性格はたいてい凶悪で、たびたび夜に人里離れた農場をおそい、ヒツジや馬ばかりか、大人の男女さえをもさらっていって、山の中のすみかでむさぼり食う。（二二二〜二二三ページ）

バックハーストはさらに「種類によっては、暗闇の時間だけしか力のでないトロルもいる。昼間はほら穴にひそんでいなければならない。太陽の光線にあたると石になってしまうからである」（二二九ページ）とも述べている。そして、このタイプのトロルを描いた短い例が引用されている。

夜のトロル

ある農場で毎年きまって起きたことだが、クリスマスの夜、みんなが真夜中のミサに出ているあいだ屋敷の番をしていなければならない者が、朝になったら死んでいるか、気が狂っているのが発見された。みんなこのことを気にかけて、クリスマスの夜に家にいようとはしなくなった。ある年のこと、一人の娘が、わたしが家の面倒をみましょうとすすんで言い出した。みんな喜んで、教会へと出かけた。娘は居間の長いすに座り、ひざの上にのせた子どもに話したり、歌をうたったりしていた。夜の間に、例のモノが窓べにやってきて言った。

　そなたのその手、見るもあやだね。
　ちゃきちゃき娘、いさまし娘よ、歌え、ディリドと。

するとと娘は歌った。

　床からゴミ一つ拾ったこともない、
　よこしま悪魔のカリよ、歌え、コリロと。

すると窓辺のモノが言った。

　そなたのその眼、見るもあやだね。
　ちゃきちゃき娘、いさまし娘よ、歌え、ディリド。

すると娘は歌った。

　悪いものなど見たこともない、
　よこしま悪魔のカリよ、歌え、コリロと。

すると窓辺のモノが言った。

　そなたのその足、見るもあやだね。
　ちゃきちゃき娘、いさまし娘よ、歌え、ディリドと。

すると娘は歌った。

　きたないものなど踏んだこともない、
　よこしま悪魔のカリよ、歌え、コリロと。

すると窓辺のモノが言った。

　ほら、東の空で夜が明けてくる
　ちゃきちゃき娘、いさまし娘よ、歌え、ディリドと。

すると娘は歌った。

　夜明けにつかまって、石になれ。
　いまからは、誰もあんたにやられない。
　よこしま悪魔のカリよ、歌え、コリロと。

すると、怪物は窓辺から消え、朝になって家の者たちが帰ってくると、大きな石が屋根の棟のあいだに立っているのが見えた。そして、それ以来ずっとそこにある。娘は自分の聞いたことを話したが、トロルがどのような姿だったのかは話すことができなかった。窓のほうには一度も目を向けなかったからだ。（二二九〜三一ページ）

バックハーストは明記していないが、この物語はヨン・アルナソンの『アイスランドの民話と伝説』の第一巻（一八六二）から引用されたものだ。アルナソンの二巻本の民話集をもとにした選集がある。ジョージ・E・J・パウエルとエイリクル・マグヌッソン訳の『アイスランド伝説』（一八六四）である。しかしこの選集には、このトロルの物語は含まれていない。

ノルウェーの民話では、トロルは太陽の光をあびると粉々に爆発してしまう。

18　1937「ガンダルフが茂みの影から姿をあらわし、いばらの木にひっかかっていたビルボをたすけ下ろしながら、言いました」→1966-Ball「ガンダルフが樹の影から姿をあらわし、いばらの茂みにひっかかっていたビルボをたすけ下ろしながら、言いました」

この修正は、ビルボは「茂みの上にばさりと軟着陸」したという少し前の記述に一致させるためかもしれない。また、修正版のほうが、「三人のトロルが石になる」というトールキンのイラストとも合致している。

19　トロルにずっと喧嘩させつづけるというガンダルフの策略から、グリムの「勇ましいちびの仕立て屋」という話が連想される。グリムの物語では、主人公がそっと石を投げて、二人の巨人に喧嘩させつづける。二人とも相手が投げていると勘ちがいするのだ。「勇ましいちびの仕立て屋」は『子どもと家庭の童話』（一八一二）の初版に載録された。グリムの英訳は多数あるが、アンドルー・ラングの『あおいろの童話集』（一八八九）にも載録されている。

同じように、これと類似した一節が、E・H・ナッチブル＝ヒュージセンの「ニャオ猫ちゃん（Puss-cat Mew）」にも見られる。トールキンは一九七一年一月八日付けの手紙で、一九〇〇年以前にある古い物語集を読んでもらっていたが、その中で「『ニャオ猫ちゃん』という話がとくに好きだった」と述べている（『手紙』三一九）。この物語集というのが、E・H・ナッチブル＝ヒュージセンの『わが子のための物語集』（一八六九）であることはまちがいない。「ニャオ猫ちゃん」の物語では、ジョー・ブラウンという名の若者が、人食い鬼、ドワーフ、妖精などの住む大きな暗い森の中を旅する。ドワーフたち（名はジャフ、ジャンパー、グランドルペリー）は、よこしまで巨大な人食い鬼（名はマンチマップ、マンブルチャンプス、グラインドボーンズ）と示し合わせて、ジョーと仲間の人間たちを捕まえて食べようとする。妖精たちは彼らの敵で、魔法の猫の姿をした妖精（ニャオ猫ちゃん）がジョーを助ける。

この冒険のある時点で、ニャオ猫ちゃんを助けようとして、ジョーは、姿を透明にしてくれる手袋を左手にはめる。

ジョーがいくらも進まないうちに、足音が聞こえました。まず手袋をはめてからふり返ると、ドワーフのジャフが、二人の人食い鬼と熱心に話しているのが見えました。

「どうしてあいつ、ネコを食わないんだい？」

「このちびすけやろうめ！」と巨人の一人が不機嫌な声で言いました。「妖精を食えるわけないだろ。じゃなかったら、たったのひと口さ。だが、ネコがご執心のあの人間やろうを捕まえたら、あいつなら食えるぜ。そうすりゃ、ネコと結婚だってできる。だが、ひとつ言っておくぜ。あんなギャアギャアわめくネコなんて、おれならまっぴらごめんだね。ジョーのやろう、ここにいやがったらなあ。こっぴどい目にあわせてやるんだが。なあ、マンブルチャンプスよ」

「ああ」と、水を向けられた人食い鬼が答えます。「ちょいとばかし痛い目にあわせてやろうじゃないか」

「じゃあ、そうしなよ」と、大きな声が二人のすぐそばから聞こえました。そして手袋をつけたジョーがジャフの頭を思いっきりぶったので、小柄なドワーフはボーリングのピンのようにごろりと倒れてしまいました。

「助けてくれ、おお、助けてくれ」と、ジョーがもう一発みまうと、ジャフは痛みにたえかねてうなります。けれども人食い鬼にはだれも見えないので、なにもしません。ジャフは倒れたままうなっています。

しかし、ジョーは手袋のおかげですっかり姿が消えてしまったことが分かったので――それにまた、ニャオ猫ちゃんのことをあしざまに言ったマンチマップのことがひどく頭にきてもいたので、そのむこう脛を杖でぶったたきました。人食い鬼は飛び上がりました。

「なんで蹴るんだ、マンブルチャンプスよ」

「触ってもいないぜ」とマンブルチャンプスが答えます。ジョーはこちらの人食い鬼にも、同じ一撃を食らわせました。

「てめえに蹴られてだまっちゃいないぜ」。ジョーはそれぞれにもう一発ずつみまうと、二人の怪物は怒りくるって相手につかみかかりました。おたがいに相手がぶったたいたと思い込んでいるのです。

ジョーはうしろに下がって、おもしろそうに二人のとっくみあいを眺めました。さいごにマンブルチャンプスの一撃でマンチマップが地面の上にのびて、そのまま気を失いました。

ジョーははがねの短剣で二人の人食い鬼とドワーフにとどめをさした。

エドワード・ヒュージセン・ナッチブル＝ヒュージセン（一八二九〜一八九三）はジェイン・オースティンの甥の息子にあたり、二〇年にわたって国会議員をつとめた。一八八〇年に初代ブラボーン男爵に叙せられ、貴族院に議席をえた。一八六九年から一八八六年のあいだに、おとぎ話の選集を一三冊出版した。『わが子のための物語集』はその第一冊目である。

「ニャオ猫ちゃん」の物語には、この他にもトールキンとの類似点がある。人食い鬼が妖精に一杯食わされたと思ったとき、“Spiflicate those Fairies!”（妖精なんてばらしてやるぞ！）と叫ぶ。これは第1章でビルボがドワーフに対して叫ぶ“Confusticate and bebother these dwarves!”（ドワーフなんて、サーラバイバイ！）に似ている。

だが、もっと重要な点がある。この物語には無署名のイラストがついていて、カシの樹に扮した人食い鬼が人間を捕まえようとしている。これは『指輪物語』の樹木の生き物であるエントを予感させるものだ。このイラストに相当する本文は次のようになっている。ジョー・ブラウンが森に入ったばかりの場面である。

けれどもついに、ジョーはひらけた場所へやってきました。そのとき、すぐ目の前、三、四〇ヤード先に、一本の枯れたカシの老木が見えました。ほとんど葉っぱのない大きな枝が右と左に大きくひらいて

います。ジョーはこの樹を見たとたん、樹がみるからに動揺し、ぜんたいが震えていることに気づいて、ひどくたまげました。あまりにびっくりして身じろぎもせず見ていると、この震えはまたたくまにひどくなり、樹の皮が生きた動物の肌のようにかわり、二本の枯れ枝は、二本の巨大な人間の腕へかわりました。幹から頭がとびだし、とてつもなく大きな鬼が、あっけにとられた旅人の前に立ちました。立ったといってもそれはただ一瞬のこと、鬼は若木ほどもある大きな棒を振りまわしながら、一歩前に進みました。そのとき、ものすごいうなり声をあげたので、森中の鳥の歌声がかき消され、森全体におそろしい音がこだましました。（一五〜一六ページ）

ジョーは妖精たちによって、一時的にハシバミの木に変えてもらって助かる。

「ニャオ猫ちゃん」は、これとは別のかたちでもトールキンに創作のきっかけをあたえているかもしれない。この物語は、同じタイトルの童謡に対して、その裏で何が起きているのかを語っている。同じことを、トールキンは二編の〈月の男〉の詩で行っている。『トム・ボンバディルの冒険』に載録された「夜更かししすぎた〈月の男〉」、「早く下りすぎた〈月の男〉」の二編である。どちらも一九一〇年代の半ばから末にかけての時期に書かれた。

「夜更かししすぎた〈月の男〉」は「ヘイ、ディドル、ディドル、ネコとフィドル」という童謡の背景の物語である。もっとも古い草稿には「一九一九〜二〇、オクスフォードにて」と記されている。一九二三年の一〇月／一一月の「ヨークシャー詩集」（二号、一九番）に、「ネコとヴァイオリン（Cat and Fiddle）——童謡が解体され、おそるべき秘密が暴露される」のタイトルで掲載された。この詩は改訂され、『指輪物語』で、フロドがブリーでうたう歌になった。もとの詩に近いヴァージョン（初期の草稿に記されていたもの）が、『歴史』の第六巻「もどってきた影」の一四五〜四七ページにある。

「早く下りすぎた〈月の男〉」（同じタイトルの童謡の裏話を記した物語）は、一九一五年三月一〇日から一一日に書かれ、その初期のヴァージョンが「なぜ〈月の男〉は早く下りすぎたのか」というタイトルで、一九二三年六月に「北国の冒険——リーズ大学英語学部親睦会の会員による詩集」という小さな本で発表された。この初期ヴァージョンは、『歴史』の第一巻「失われし物語 第一部」の二〇四から二〇六ページに載録されている。

〈月の男〉は『失われし物語 第一部』の「太陽と月の物語」でも一人の登場人物として出てくる。一九二七年ごろに執筆されたものの、一九九八年まで出版されなかった『ローヴァーの冒険』でも、一人の人物として描かれる。また、一九二七年の「サンタ・クロースの手紙」にも登場するが、この手紙は『サンタ・クロースの手紙』の増補版（一九九九）ではじめて公刊された。もともとの『サンタ・クロースの手紙』（一九七六）には含まれていない。トマス・ホネガーの「月の男——トールキンの構造的な深み」は、ホネガー編の『根と枝——トールキン理解のための様々なアプローチ』（一九九九）所収の論文だが、西欧における〈月の男〉の伝承と、トールキンが登場人物としてどのように利用したのかが研究されていてとても興味深い。

20　翻訳者へのガイドである「『指輪物語』の命名法」で、〈さけ谷〉あるいは "Cloven-dell"（裂けた谷）は、Imladris(t)（地の亀裂の深い谷）を〈共通語〉に訳したものだと述べられている。Imladrisはエルフのシンダール語だが、『ホビット』ではこの名称は使われておらず、『指輪物語』ではじめて出てくる。

21　一九七七年、トールキンの次男マイケルが、イギリスのトールキン協会でのスピーチで語ったところによれば、マイケルおよび、妹、二人の兄弟たちは、それぞれ、子どものころのある段階で、トロルの章がいちばん面白いと思っていた時期があったという。そして「トロルってどこかすてきだな、石になってしまうのが惜しいなどと思ったものです」と述べている。

第３章◆つかのまの休息

1　1937 “One afternoon they forded the river” →1966-Ball “One morning they forded a river”

微修正（冠詞をtheからaに変更）だが、これによってこの川は彼らが渡ったただ一つの川でなく、二番目の川ということになり、『ホビット』の風景を『指輪物語』の風景に近づけている。この川はLoudwater［「にぎやかな川」という意味］（エルフ語の名前ブルイネンを訳した名称）と呼ばれている。街道のこの場所には橋はなく、〈ブルイネンの渡り場〉で川を渡る。〈さけ谷の渡り場〉とも呼ばれる。

2　翻訳者へのガイドである「『指輪物語』の命名法」で、〈荒れ地〉（Wilderland）についてトールキンはこう述べている。「私の造語である（英語にはない）。どう猛な獣だけがおり、人が住んでいないという意味のwilderness（荒れ地）という語がもとになっている、wilder（道にまよう）、bewilder（惑わす）などの意味も響かせている」

3　〈あれ野のへり〉はトールキンの〈あれ野〉の地図にはっきりと描かれている。ビルボが帰り道でこの場所を通過するときにも、この〈へり〉をきちんと意識している（第19章「二人は、〈あれ野〉の周縁との境をなしている川のところまで、やってきました」）。

4　1937「これはすてきな、喜ばしいニュースでした…〈最後のくつろぎの家〉に直行することなんて簡単なはずさ、と皆さんはお思いになるかもしれませんが」→1966-Ball「これはすてきな、喜ばしいニュースではありましたが、まだそこに着いたわけじゃなし…この〈最後のくつろぎの家〉を見つけだすのは、そう容易なことではなさそうです」

エルロンドの家のことを述べるのにhomelyという語を用いていることについて、トールキンは、ＯＥＤに記されている「わが家の特徴である、やさしいもてなしを受けることができる場所、親切な、あたたかいという意味」という定義を見よと述べている。

5　1937「午後の太陽が落ちてきました。けれども、静まりかえった荒れ地には、人のすみからしきものは影もかたちもありません。一行はしばらく馬を進めましたが、まもなく、エルロンドの屋敷は、それこそ、山にいたる平坦な地面のどこにひそんでいても不思議ではないと思いました」→1966-Longmans/Unwin「朝がすぎ去り、午後となりました。けれども、静まりかえった荒れ地には、人のすみからしきものは影もかたちもありません。一行はしだいにあせりはじめました。エルロンドの屋敷は、それこそ、山にいたる平坦な地面のどこにひそんでいても不思議ではありません」（1966-Ballは1966-Longmans/Unwinを踏襲しているが、'for they saw now' とあるべきところ、'for they now saw' とミスを生じている。トールキン自身の一九五四年の改訂作業用の本には語句が追加されている。「一行はしばらく馬を進めましたが、すぐにかれらは馬からおりて、手綱を引いてゆかねばならなくなりました…」。「馬を進める」という語句を削除したのと、「一行はしだいにあせりはじめました」をくわえたので、この追加の語句は捨てられたのだろう。）

6　1937「一行はまだほんの少ししか進んでいないという気がしていますが、ガンダルフの後に注意深く従います。ガンダルフは右へ左へと鬚をゆすりながら、道をさがします。そうこうするうちに、日が暮れてきました」→1966-Longmans/Unwin「右へ左へと首と鬚を振りながら、目印の石をさがすガンダルフ。一行はそのあとについて行くのですが、火ともしごろがせまってきても、ぜんぜん目あての場所に近づいていいそうな気がしません」（1966-Ballは1966-Longmans/Unwinを踏襲）

7　「まき」は原語ではfaggot, 小枝や木ぎれを束にしたもののことである。「パン」は原語ではbannock. ＯＥＤには「スコットランドや北イングランドで用いられ、家庭の手作りパンの、あるタイプのものにつけられた名称。通常は、酵母ぬきで、大きくて丸形、もしくは卵型で、ふっくらとしている」と定義されている。

8　事実上『ホビット』に含まれるすべての詩が、本の草稿の執筆とならんで、その順に書かれていったようだ。したがって、ここに「エルフたちはまた唄をはじめます。さきほど丸々記したのと大差ない、およそたわいのない唄です」と書かれているからには、二つの草稿が存在し、そのうちの一つに「〈さけ谷〉のエルフの唄」と題されている未発表の詩が書かれているという事実は、とても興味深い。タイトルのないヴァージョンのほうがおそらく先に書かれたのだろう。後のヴァージョン（タイトルは後にくわえられた）を下に示しておこう。

古いヴァージョンが書かれている草稿には、「影の花嫁」という詩の一ヴァージョン（これもタイトルがない）も記されている。この詩は、最終的には『トム・ボンバディルの冒険』に載録された。「影の花嫁」も、「〈さけ谷〉のエルフの唄」も、一九三〇年代に入って早々に書かれたもので、『ホビット』の執筆と時を同じくしている（「影の花嫁」のあるヴァージョンが一九三〇年代前半に「アビングドン・クロニクル」と呼ばれる何かに掲載されたようなのだが、この出版物は今のところ見つかっていない）。

〈さけ谷〉のエルフの唄

帰っておいで、愉快なみなさん！
日はかたむき、カシの木は、
　足が影につつまれている。
帰っておいで！　夕べの影が
丘の下にひろがり、蒼く咲くよ、
　白くて甘い夜の花。

帰っておいで！　鳥たちは闇を去り、
白く輝く夜空には、早い星が
　いま、光りはじめる。
帰っておいで！　コウモリが飛びはじめ、
もう、暖炉をかこんで座るころあい
　帰っておいで、いっしょに歌おうよ。

歌おう楽しく、みんないっしょに！
　歌よ流れろ！　音よひびけ！
かがやける月、羽まとう鳥、
　月よ天がけよ！　鳥よはばたけ！
蜜にかおる花、風にそよぐ木、
　花よひらけ！　木よゆれよ！
歌おう楽しく、みんないっしょに！

第二節の三行目［訳では二〜三行目］、初稿では「一番星が揺れる」（The earliest star doth swing）となっていたが、「〈さけ谷〉のエルフの唄」というタイトルが付けられたときに、同時に訂稿された。

9　エルロンドはここではじめて登場し、『指輪物語』でさらにくわしく描かれることになるが、トールキンは一九六四年七月一六日付け、クリストファー・ブレザートン宛ての手紙で次のように記している。「第三章で、エルロンドを神話の半エルフにしておいたのは、偶然ながら好運でした。新しい登場人物のために、次々とよい名前を考えなければならないのはたいへんなことです。なにげなくエルロンドという名前にしましたが、この名前は神話に出てくるので、半エルフにしたのです」（『手紙』二五七）

エルロンドがトールキンの神話体系にはじめて現れるのは、一九二六年の「神話のスケッチ」である。これは『シルマリルの物語』の祖型であった。『歴史』の第四巻「ミドルアースの形成」に載録されている。エルロンドはエアレンデル（この人物も半エルフ）と、エルウィング（エルフ、人間、神の血がまじっている）のあいだに生まれたとされる。「二人の息子（エルロンド）はなかば死すべき人間、なかば妖精［原文ママ］、しかしながらマイズロスによって救われた。後にエルフが〈西〉に帰ったとき、なかば人間であることに縛られ、地にとどまることを選んだ。エルロンドのおかげで、フーリン（エルロンドの大叔父）とエルフの血筋が人間のあいだに残り、勲と美と詩が滅びることをまぬかれた」（三八ページ）。

10　1937「現在ノームと呼ばれているエルフの剣で」→1966-Ball「わたしの血縁である〈西〉の〈高貴なエルフ〉の由緒ある剣で」

「ノーム（gnomes）」という名は、もともとエルフの一種族、すなわちノルドール（クウェンヤで「博識の」という意味）を指すのに用いられていた。一九六二年七月二〇日付け、アレン&アンウィン社宛ての手紙で、トールキンは「この語は、私の神話のなかで、〈西〉の〈高貴なエルフ〉の真の名の翻訳として用いていました。ペダンティックにも、ギリシア語のgnome『思惟、知性』と結びつけようとしたのです。けれども、この考えは捨てました。この名を、パラケルススの言うgnomusをpygmaeusと結びつける俗信から切り離すのがむずかしいからです」（『手紙』二三九）と述べている。

パラケルスス（一四九三～一五四一）によれば、ノームは地の精で、地下に住み、土の中をまるで空気の中にいるように自由に移動できる。一般の伝承では、ノームはドワーフ、もしくはゴブリンと同じとされることも多い。

11　どちらの剣もエルフのシンダール語の名前がついている。オークリストは「ゴブリンを裂くもの」、グラムドリングは「敵を叩くもの」の意である。

エルフの要塞ゴンドリンの陥落にまつわる物語がはじめて書かれたのは、一九一六から一七年のころで、トールキンの神話体系の中でもっとも古い部類に属する。基本的な物語はいくつかこれ以外の形で語られているが、もっとも有名なのは、おそらく『シルマリルの物語』の第二三章「トゥオルとゴンドリンの陥落について」であろう。

12　1937「どこか〈北〉の山の中の倉に…。人しれず眠っている宝物があるという話を、いつか聞いたことがあります」→1966-Longmans/Unwin「どこか山中の倉に…。人しれず眠っている昔の宝物があるという話を、いつか聞いたことがあります」（1966-Ballは1937を踏襲しているが、「宝物」は「昔の宝物」となっている。1966-A&Uにはミスが生じ、「昔の山のどこかの穴に…。人しれず眠っている宝物があるという話を、いつか聞いたことがあります」となっている。1967-HMもミスがあり、「昔の山のどこかの穴に…。人しれず眠っている昔の宝物があるという話を、いつか聞いたことがあります」。一九八八年の『ホビット』注釈版』では、「昔の山のどこかの穴に…。人しれず眠っている宝物があるという話を、いつか聞いたことがあります」が正しいのではないかと提案したが、正しいのは、トールキンの一九五四年の改訂作業用の本にはっきりと記入されているように、1966-Longmans/Unwinのテクスト「どこかの山中の倉に…。人しれず眠っている昔の宝物があるという話を、いつか聞いたことがあります」である。）

13　ドゥーリンというのはドワーフの七人の祖のうち、最年長の者の名である。『歴史』の第一二巻「ミドルアースの種族たち」（もともと『指輪物語』の追補Aとして予定されていた文章）で、ドワーフの七つの氏とは、Longbeards（長髭一族）、Firebeards（火髭一族）、Broadbeams（太尻一族）、Ironfists（鉄拳一族）、Stillbeards（静髭一族）、Blacklocks（黒髪一族）、Stonefoots（石足一族）である（三〇一ページ）。『ホビット』では、ビファー、ボファー、ボンバーはドゥーリンとは異なった血筋だと述べられているが、どの血筋なのかは明記されていない。

七つの氏族の区分は後日考えられたことで、『指輪物語』の第一版の追補Aではじめて触れられた。『ホビット』の初版では、ドゥーリンの一族はドワーフの二つの氏族のうちの一つということになっていた。トールキンはこれを一九六六年に修正した。

アウレによってドワーフが創られた物語については、『シルマリルの物語』の第二章を参照のこと。ドワーフを「長鬚 Longbeards」と名づけたのは、ロンバルディア人（「長い髭」の意味で、古英語ではLongbeardan）のことを意識したのであろう。ロンバルディア人はゲルマン人の一部族で、どう猛なふるまいで有名だった。（『歴史』第五巻「失われた道」五三ページ参照）

14 1937「ドゥーリンはドワーフの二つの氏族のうちの一つ、長鬚一族の父祖の父で、私の祖父の先祖なのだ」→1966-Ball「ドゥーリンといえば、〈長髭一族〉、すなわちドワーフのなかで、もっとも古い氏族の父祖たちの祖先だ。つまり、わが一族の初代の人。わたしはその正統な跡継ぎなのだ」

15 夏至（原語 midsummer）が何を指すかは曖昧である。六月二一日前後の夏至かもしれないし、六月二四日かもしれない。二四日は洗礼者ヨハネの祝日で、伝統的に「ミッドサマー・デイ」と呼ばれる。ＯＥＤによればどちらも可能である。

カレン・ウィン・フォンスタッドは、『ミドルアース地図帳』の改訂版（一九九一）につけた『ホビット』の年表で、「ミッドサマー」は夏至のことだと解釈しているが、『指輪物語』の追補Ｄの「ホビットの里の暦」の「ミッドイヤーデイ（年中日）」（Mid-year Day）の可能性もあると述べている。後者を支持する証拠がある。すなわち、追補Aにアラゴンとアルウェンが「サウロンが敗北した年のミッドサマーに」結婚したという記述があり、追補Ｂ「代々の物語」で、この結婚式が「ミッドイヤーデイ」に行われたと記されているのである。けれども、追補Ｄには、「しかしながら、ミッドイヤーデイは可能なかぎり夏至と重なるよう考えられていたようだ」とも記されている。必ずしも夏至にぴったり一致しなくてもよかったのかもしれない。

第４章◆山をこえ、山にもぐって

1 次は息子のマイケルに宛てた手紙である。一九六七年に書きはじめたが、引っ越しのどさくさでゆくえ不明となり、一九六八年に書きおえたものだ。

ホビット（ビルボ）が〈さけ谷〉を出て〈霧の山脈〉のむこう側に抜ける部分は、地すべりに乗ってマツの林に突っ込むところをふくめて、私自身の一九一一年の（スイスでの）体験にもとづいています…。私たちは一二人のグループで、徒歩を中心にしてあちこちをさまよいました。まずどこに行って、つぎはどこへ、というふうにはもはや想い出せませんが、いくつかの場面はつい昨日のことのように鮮明です…。私たちは大きな荷物を背負って歩きました…。男たちのグループは、毎晩ほとんど野宿みたいなものです。屋根裏の乾草置場や牛小屋の片隅をかりて寝たのです。道路をさけながら地図を片手に歩きまわっており、ホテルの予約などしません。おそまつな朝食をそのような農家でいただいたあとの食事はすべて野外ですませました…。ある日、ガイドつきでアレッチュ氷河に大遠征したことがありましたが、そのとき、私はほとんど命をおとしかけました。ガイドがいるにはいましたが、暑い夏の気候には不慣れだったのか、何も考えていなかったのか、それとも私たちの出発するのがおそすぎたのか、いずれにせよ、正午ごろわれわれの一行は細い山道を歩いていました。右手には雪をかぶった上むきの斜面がはるか地平線まで続いていますが、左手は深くえぐれた峡谷になっています。夏の暑さのせいで雪がたくさん融け、ふだんだったら隠れているはずの岩や石が露出していました。その日も暑い日で、雪解けがさらに進み、たまげたことに、そうした石や岩がはずれて、スピードを上げながら斜面をころげ落ちてくるのです。オレンジくらいの大きさから、大きなサッカーボールくらいのものまで様々で、ときにはもっと大きいのもまじっています。うなりを上げながら目の前に落ちてきて、そのまま谷にまっさかさま。紳士淑女のみなさん、「ずいぶんとはでに撃ってきますなあ」といった具合です。最初はそろりと転がりはじめ、ふつうはまっすぐな線で落ちてきますが、われわれの歩いている道はでこぼこで、足もともおろそかにはできません。あるとき、私のすぐ前を歩いていた人（初老の女性の学校教師だった）が、とつぜんきゃーと叫んで、前にはねました。その瞬間に大きな岩のかたまりが私の目の前を通過していきました。私のやわな膝から一フィートと離れていませんでした。（『手紙』三〇六）

このスイスの徒歩旅行は一九一一年の八月から九月の初めにかけて行われた。約一二名のグループで、トールキンのほかに弟のヒラリー、叔母のジェイン・ニーヴもくわわっていた。インターラーケンから始まり、南のラオターブルンネン、ミューレン、ついで北東にむかってグリンデルワルトとマイリンゲンにゆき、南東にむかってグリムゼル峠をぬけ、最後にアレッチュ氷河にそって南西のマッターホルンへと向かい、シオンに着いておしまいだった。

トールキンが山を描くときは、たいてい、形も見た感じもアルプス風だった。下のグリンデルワルトとヴェッターホルンの写真は、E・エリオット・ストックが撮ったもので、『荒れても晴れても歩きまわり』（一九一〇）に載せられた。この本はストック自身がスイスアルプスを旅した記録で、トールキンの徒歩旅行の前年に出版された。

2　1937「この秋最初の月」→1995「この秋最後の月」

この修正についてはトールキンの許可を得ているわけではないが、作者自身が最後まで見のがしたエラーを訂正するものである。第三章で、ドゥーリンの日とはドワーフ暦の新年の第一日めだと定義され、もっとくわしくいうなら「晩秋の最後の月、新月がはじめて空に見える日だ。秋の最後の新月と太陽がともに空に見えれば、その日のこと」と述べられている。第11章では、トリンが「明日からの一週間で秋も終わる」という。次の日の夕方、細い新月が大地のへりの上に見えるとき、いままさに沈もうとしている太陽が鍵穴を照らし出すが、このように、秋が終わろうとするころに出る新月と太陽が同時に見える日こそがドゥーリンの日である。したがって、トールキンは見のがしたようだが、この修正は正しいだろう。

3　1937「〈モリア鉱山〉の略奪のあと」→1966-Ball「〈モリア鉱山〉の戦闘のあと」

ドワーフとゴブリンの戦い（第3章でエルロンド、第16章でビルボが触れている）について、トールキンが考えを深めていったのにともなって、この変更が必要になった。略奪（sack）というとモリアを破壊して略奪したような印象をあたえるので、戦闘（battle）というもっと一般的な語に変えたのだ。

4　一九六一年一一月四日付けのジョイス・リーヴズ宛ての手紙で、この「雷と雷の一大戦闘」はこの章の注1で触れた一九一一年のスイスでの徒歩旅行の際の、ある夜のひどい体験にもとづいているのだと述べられている。そしてさらに「われわれは道にまよって、牛小屋で寝ました」と書いている。（『手紙』二三二）

5　〈石の巨人〉が出てくるのは『ホビット』だけである。一種のトロルと解釈することも可能のようだ。どちらも巨大で、みるからに悪意にみちた生き物のようである。『指輪物語』の追補Fで、西の国に〈石のトロル〉という一種のトロルがいると述べられている。〈石のトロル〉は卑俗化した共通語を話すが、それはバート、トム、ウィリアム・ハギンズにぴったり当てはまる。これに関連して、トロルのふる里は、〈さけ谷〉の北の、エテンムアズ（Ettenmoors, エテンの野）もしくはエテンデイルズ（Ettendales, エテンの谷）と呼ばれる場所だということを指摘しておいてもよいだろう。「『指輪物語』の命名法」で「エテンデイルズ」の項目について、「もはや廃れたeten（トロル、人食い鬼）という要素が入っているが、（エルフ語ではなく）共通語の名前のつもりである」と記されている。古英語のeoten, 中英語のetenは、ふつう「巨人、怪物」と訳される。また、etaynという形が、「サー・ガウェインと緑の騎士」に二度（一四〇行、七二三行）出てくる。一九二五年のトールキンとゴードンが編集した校訂版には、「人食い鬼、巨人」という語釈がある。「ベーオウルフ」の怪物グレンデルが滝のトロルの伝承に由来することは明らかであるが、eotenとも呼ばれている（七六一行）。

6　ゴブリンが裂け目（crack）から出てくるという着想は、アルジャーノン・ブラックウッドとヴァイオレット・パーンが書いた児童のための劇『裂け目をぬけて』から得たのかもしれない。この劇の初演は一九二〇年一二月で、一九二五年に台本として出版された。一九二〇年代をとおして、イギリスのアマチュア劇団、レパートリー劇団のあいだで好んで演じられる演目であった。この劇はブラックウッドの二冊の小説『ポール伯父さんの教育』（一九〇九）、『余分な一日』（一九一五）をもとにしているが、どちらにもゴブリンは出てこない。おそらくパーンのアイデアで入れたのだろう。劇の中で、子どもたちが昨日と明日のあいだの「裂け目」を通りぬけるが、彼らは歌うゴブリンに用心しなければならない。人間をつかまえて地下にひきずり込み、夕食にしようと手ぐすねひいているからだ。

ブラックウッド（一八六九〜一九五一）は超自然の世界を描いた作家で、たくさんの作品を残した。様々な妖精の世界に行く子どもたちの冒険が描かれている作品が何作かある。トールキンはブラックウッドの作品をいくつか知っていたようだ。「『指輪物語』の命名法」の「滅びの山の裂け目」の項目（公刊版では削除）で、fissure（裂け目）という意味のcrackの用法について述べている。「この用法は、結局のところアルジャーノン・ブラックウッドに由来する。何年も前に読んだブラックウッドの本で、そのような形で用いられていたという記憶がある」。しかしながら、ブラックウッドのこの用法は、現時点ではまだ確認されていない。

ゴブリンの裂け目は、トールキンが自分の子どもたちのために書いた、一九三二年の「サンタ・クロースの手紙」にも出てくる。この手紙ではじめて、トールキンのサンタ・クロース神話にゴブリンが登場する。シロクマがゴブリンのほら穴の中で迷子になってしまったので、見つけるためにサンタ・クロースがそこに行かなければならなくなる。一九三三年の「手紙」では、その続きとして、ここ数世紀で最悪のゴブリンの攻撃のことが述べられる。ほら穴の中の冒険のあとシロクマは、ゴブリンが壁の上に書いた印をもとにして、自分流の文字を発明した。そしてその文字で短い手紙を書いて送った。また、後には、文字そのものも送った。こうした手紙の一部が、すばらしいイラストとともに、ベイリー・トールキン編『サンタ・クロースの手紙』（一九七六）として出版された。

7 トールキンのゴブリンは、ジョージ・マクドナルドの『お姫さまとゴブリンの物語』（一八七二）のゴブリンによく似ているが、いくつか顕著な相違点もある。まず、マクドナルドのゴブリンの足はとても柔らかく傷つきやすいとされている。一九五四年四月二五日付けのネイオウミ・ミチソン宛ての手紙で、トールキンは自分のゴブリンについて、「ゴブリンの伝承、とくに、ジョージ・マクドナルドが描いているものに負っているところが大きいと思いますが、足が柔らかいという部分だけはいただけません。そんなこと、私は思ったこともありません」（『手紙』一四四）。また、マクドナルドのゴブリンは歌声が聞こえると逃げてしまうが、そんなマクドナルドのゴブリンがまさに苦手としているようなリズミカルで、感嘆符だらけの歌を、トールキンのゴブリンは自ら歌っている。

ジョージ・マクドナルド（一八二四～一九〇五）はスコットランド出身の牧師で、『北風のうしろの国へ』（一八七一）、『お姫さまとゴブリンの物語』（一八七二）、『カーディーとお姫さまの物語』（一八八三）など、小説や子どものための物語を多数書いた。おとぎ話は、有名な「黄金の鍵」を含めて、『妖精たちとのお付き合い』（一八六七年）ではじめて作品集として出版された。大人のためのファンタジー小説には『ファンタステス』（一八五八）、『リリス』（一八九五）がある。

トールキンのジョージ・マクドナルドに対する気持ちは、年をへて変化していった。トールキンの「妖精物語について」は、一九三九年三月八日に講演され、約四年後に大幅に加筆されたエッセイだが、その中で、おとぎ話はどのようにすれば「神秘」を表現する器になりうるか、という問題が論じられ、「すくなくとも、それこそがジョージ・マクドナルドが行おうとしたことで、うまくいったときには、美しく、心を揺り動かす物語になっている。（おとぎ話と呼んでいる）『黄金の鍵』がその例だ。（ロマンスと呼んでいる）リリスは一部失敗したところもあるが、全体として成功した例である」と述べている。しかしながら、一九六五年、アメリカの出版社が挿絵つきの「黄金の鍵」を出版しようとした際、トールキンは序文を頼まれて引き受けはしたものの、そのあとで物語を読み返したところ、「少数のすぐれた部分はあるものの、文章はまずく、矛盾だらけで、ひどい作品だ」と感じた（『伝記』二四二ページ）。トールキンは序文を書きはじめたが、一つのおとぎ話のアイデアが頭に浮かんで、それを序文の中で例として用いようと考えはじめた。けれども最終的には序文は書かれずに終わったものの、このおとぎ話の種が成長して、『ウートン・メイジャー村の鍛冶屋』（一九六七）として出版された。一九六五年一月の下旬にBBCラジオのために録音されたインタヴューで、トールキンは「ジョージ・マクドナルドの本はどうにも我慢がならない」と述べている。一九六六年の夏にトールキンの手伝いをしたクライド・S・キルビーは、回想録『トールキンとシルマリルの物語』（一九七六）で、「トールキンはよそではジョージ・マクドナルドのことをよき理解者として話していたようだが、私がトールキンを訪ねたときには、めちゃくちゃにけなすことが多かった。物語りではなくお説教ばかりしている『おいぼれ婆さん』と呼んでいた」と書いている。

8 原語shrikingはshrike（金切り声、悲鳴）に由来する。現在では主として方言にしか残っていないが、OEDの第二版（一九八九）では、用例として、このトールキンの文章が引用されている。ウォルター・E・ヘイグの『新ハダーズフィールド方言辞典』では、この語をshrāik, skrīk（screech［金切り声をあげる］、shriek［悲鳴をあげる］）の項目の下に挙げて、中英語のscrikenと古ノルド語のskrœkja, skrikja（shriek［悲鳴をあげる］）と関連づけている。［原文のこの箇所は次のようになっている。"The yells and yammering, croaking, jibbering and jabbering; howls, grows and curses; shrieking and skriking, that followed were beyond description."］

トールキンは『ローヴァーの冒険』でも、様々な犬の吠え声を表現するために、これと同じように、音声を表す語を羅列している。「キャンキャンにキュンキュン、ウオウーにアウアー、グーウグーウにグルルグルル、ギャインギャインにギャウンギャウン、キューウキューウにギューウギューウ、キャイーンキャイーンにキュイーンキュイーン、クンクンにフンフン、ウーワンワンにルーバウバウ、ムウウンにムイイン、それにとてつもない大声でワウウウとうなる音（yaps and yelps, and yammers and yowls, growling and grizzling, whickering and whining, snickering and snarling, mumping and moaning, and the most enormous baying）」が聞こえてくるという。

9　大学生のトールキンは、ゴブリンとはどういうものなのかということについて、またゴブリンの足音が聞こえたときにどのような気持がわき上がるものなのか、これとはまったく違ったふうに考えていた。当時のトールキンにとって、ゴブリンは小柄な妖精で、彼らが歌い踊る音には魔法の響きがあると思っていた。このような連中のことを、トールキンはある詩に描いた。それは「ゴブリンの足」というタイトルの詩で、トールキンの最初のおおやけの出版物となった。一九一五年の四月二七日から二八日に書かれ、一九一五年一二月に年刊の「オクスフォード詩集」に載った。さらに五年後、この詩はドーラ・オウェンの『妖精詩集』（一九二〇）に再録された。これはウォリック・ゴーブル（一八六二～一九四三）による一六枚のカラーの挿絵と、多数のペン画がそえられた網羅的で豪華な本だった。ゴーブルはグレース・ジェイムズ編の『緑の柳、その他の日本のおとぎ話』（一九一〇）のようなプレゼント用の本に、水彩画の挿絵を書いたことで知られている。トールキンの詩にも、ゴーブルによる楽しく風変わりなイラストがそえられている。トールキンの作品に（本人以外の画家による）イラストがついた最初であった。

ゴブリンの足

道を下って行ったそこには、
妖精のランタンが輝き、
かわいいコウモリたちが舞っていた。
影の色した長い帯——
蛇がもぞもぞ立ち去って、
立ち木や草も、安堵のため息。
空気は舞いおどる翼にぶるぶる震え、
飛びまわる甲虫の羽音は、
ぶーん、ぶーん、心を緩めてくれる。
ああ、あれは魅せられたレプラコーンの
角笛が響く音。
それにぱたぱたと、ノームの足音じゃないか！
ああ、明りが、光が見える！　それにあのチリリンという響き！
ああ、ちいさなマントがさらさらと囁いている。
ああ、あの足音の響き、あのかわいい、楽しい足の響き！

ああ、ランプが揺れて、まるでお星さまのようだ！
さあ、彼らについて行かなきゃ。
曲がりくねった妖精道を下ったあそこには、
アナウサギの姿もすでになく、
月明かりのもと、着飾った宝石がきらめいて、
踊るよ、白い輪になって、
歌うよ、銀の鈴の声。
もう行ってしまうのか、妖精たち？
後には、はかないホタルがまたたくばかり。
妖精の足音は、ああ、どんどん去っていく。
ああ、こんな悲しいことってあるかしら。
追いかけなくちゃ、ああ、早く！
魔法の時は、矢のように飛んでいく。

ああ、ハミングの響き、ああ、闇をあざむく綺麗な衣装。
ああ、黄金の蜜蜂の羽の音！
ああ、足音のえもいえぬ響き——ああ、ゴブリンが舞い踊る。
ああ、魔法の響き！　ああ、いつまでも消えないで！

この詩に歌われているレプラコーンもノームもゴブリンも、おとぎ話でおなじみの妖精だったようだ。

『歴史』の第一巻「失われし物語　第一部」でクリストファー・トールキンの記しているところによれば、一九七一年に、トールキンはこの「ゴブリンの足音」という詩について、「このあわれな詩にうたわれているることを、（ほんの少したつと）私は心底きらいになってしまいました。この詩は永遠に埋もれてしまってほしいと思います」（三二ページ）。しかし、トールキンの「ほんの少したつと」という表現にはいささかの注意が必要である。というのも、一九三〇年代の半ばになっても、自作の詩集を編もうとしたとき（結局出版にはいたらなかったが）、この詩をも含めようと考えていたからである。しかも、軽やかに踊る妖精を描いている部分は、『ホビット』にも存在する。この詩と、そこに描かれている生き物をトールキンが嫌うようになったのは、一九三〇年代半ば以降、すなわち『ホビット』を出版し、『指輪物語』にとりかかろうとしていたころだと推測される。

第5章◆暗闇の謎々合戦

1　ビルボのマッチをアナクロニズムだと感じる読者も多いだろう。第6章に書かれているように、ドワーフにはマッチを使う習慣がなく、ほくち箱を用いる。『指輪物語』の第一巻の第六章「古森」で、サムがほくち箱を使って火をおこし、後に『二つの塔』でも、道具類とともにほくち箱をもっていると書かれている。トールキンのマッチとほくち箱という語の使用について、アンダース・シュテンシュトレームによる研究がある。「アルダ　一九八五」第五巻（一九八八）に掲載された。

2　ここに描かれた山の中の光景はとても暗い。『お姫さまとゴブリンの物語』の続編である『カーディーとお姫さまの物語』でジョージ・マクドナルドによって描かれた洞窟と比べてみよう。第一章「山」は、山の描写ではじまる。いかにも、いまから神話がはじまりそうな描写は、まず山の外貌、つぎに中のようすというぐあいに延々とつづく。

でも、中はどうなっているのだろう？　中に何があるか、だれも知らない。おそろしく寂しい洞窟が無数につらなり、その壁の厚さは何マイルにも及び、金や銀、銅や鉄、錫や水銀の鉱石がきらめき、宝石がちりばめられているかもしれないではないか。また小さな川の冷たい水が泡だちながらどこまでも、どこまでも流れてゆき、目のない魚

が棲んでいるかもしれない。紅いざくろ石や金色のトパーズが土手にちらばっているだろう。それとも川底の砂利のなかにはルビーやエメラルドがまじっているのだろうか？　ダイヤモンドやサファイアだってあるかもしれない。本当さ。

3　トールキンは一九五二年八月にモールヴァンに住む友人のジョージ・セイヤーのもとを訪ね、「地の底深く、この暗黒の水のほとりに」から始めて、この章の大部分の朗読をテープレコーダーにおさめた。一九七五年にこの録音は、「J・R・R・トールキン『ホビット』と『指輪の仲間』を読み、歌う」というタイトルのレコードとして発売された(Caedmon TC 1477)。トールキンの朗読はとても優れたもので、とくにゴクリの高音でシューシューと息のもれる、気味のわるい声は感じがよく出ている。

4　1937「老いたゴラムが棲んでいました。がんらいゴラムがどこの誰で」→1966-Ball「老いたゴラムが棲んでいました。ゴラムはぬるぬるの肌をした、小柄な生き物です。がんらいゴラムがどこの誰で」

　この改訂は、一九六六年以前に出た、海外の翻訳版『ホビット』の挿絵に触発されたものだろう。海外版のイラストの多くで、ゴラムはとても大きな生き物として描かれていた。一九四七年のスウェーデン語版では、ビルボの四倍もある、大きな黒い岩のように描かれていた。一九五七年のドイツ語版では、ビルボの数倍の背丈になっている（ボートのへりに垂れている足だけで、ビルボの背より高い）。一九六二年のポルトガル語版では、髭のはえた、恐い顔つきの人物で、ビルボの二倍の背丈がある。一九六五年の日本語版だとまるで大きな爬虫類で、ビルボの身長の三倍ほどもある。

5　トールキン自身の書き物のなかにゴラムの前身をたどるとすれば、グリップという（同名の詩に登場する）、小ぶりでぬるぬるの生き物がそれであろう。「グリップ」は「ビンブル・ベイの物語と歌」という一連の詩作品の一つで、制作の日付はないが、おそらく一九二八年あたりだろう。ほとんど異同のない二つのヴァージョンが残っている。どちらも緑のインクで清書された草稿である。

グリップ

ビンブル・ベイの断崖の下、
　小さな石のほら穴で、
きらめくグレーのぬれた壁、
　地面には、骨が一本。
するどく白い歯でもって、
　つるつるに齧った白い骨、
だが、中を見ても誰もいない、
　深い地下に棲んでいるから。
地面の下、長い洞窟をおりて、
　海が逆まき、ため息をつくところ。
名はグリップ、丸い眼が二つあれど、
　モグラのように何も見えない。
だがそれは昼間のはなし、夜になると、
　眼はさながら緑のクラゲのように
うすい光を放ち、グリップは這いだす。
　からだ中、ぬるぬるの泥にまみれて。
高潮の標識のあたり、海藻をくぐり、
　人魚が歌うところへ這っていく。
闇の中で、よこしまな人魚が歌い、
　濡れた髪の毛をすく、
黄金の指輪で。おびきよせて、
　難破させた船は数しれず。

グリップは耳をすましてそっと近より、
そばの陰によこたわる。
グリップはここで骨を盗む、
ぬるぬるの小さな生き物。
生臭い岩の下にもぐりこみ、
家に帰っては、がらがらの声で歌う、
びしょびしょ、じとじとの穴の中。
だが、きのうの夜からは、
もっと暗く、よこしまな生き物がいる、
夜のビンブルの岩の上には。

6 『ホビット』の初版（一九三七）では、ゴラムは「愛シ子チャン（my precious）」という表現を自分自身に対する呼びかけとして用いている。ところが第二版（一九五一）でゴラムの役割が大幅に変えられてしまった（この章の注22参照）ため、『指輪物語』で多くの場合にそうであるように、指輪にむかって呼びかけている言葉とも取れるようになった。

古ノルド語のgullは「黄金」を意味する。最古の写本ではgollと綴られている。その変化形の一つにgollumがあり、「黄金、宝物、貴重なもの」を意味する。また「指輪」をも意味する。fingr-gullという合成語もありfinger-ring, すなわち「指輪」のことである。このようなことをトールキンは念頭においていたかもしれない。

7 1937 "It likes riddles"→1951 "It like riddles"

このミスについて、トールキンは一九六一年一二月三〇日付けのレイナー・アンウィンに宛てた手紙で、次のように記している。「このミスは六刷でまぎれ込んだのだと思います。（シューシューと鳴る歯擦音が好きな）ゴクリが、sを発音する機会を逃すことなどありえないことです！」（『手紙』二三六）。しかし、このミスは1966-Ball, 1966-Longmans/Unwin, 1966-A&U, 1967-HM, さらに一九七八年のアレン&アンウィン社の第四版にも残っている。

8 一九三八年二月二〇日にロンドンのオブザーヴァー紙に掲載された手紙で、トールキンは『ホビット』で用いた謎々について次のように語った。「ここには、出典や類似のものを研究するという仕事があります。ホビットにしてもゴラムにしても、謎々の著作権を認めてはもらえないということになっても、私はびっくりしません」（『手紙』二五）

9 1937「ゴブリンどもがやってきたので、友達とも分かれ分かれになり、山の地下の奥深くにもぐったのです」→1951「その後ゴラムは友だちをすべてなくし、たった一人で郷里を追われ、地中深くにもぐりにもぐって、この山脈の地底の暗黒世界に流れついたというわけです」

10 1937「こっちが答えられなかったら、こいちゅにプレゼントをやるなんてね、ごるむ」→1951「アタシらがしくじったら、そいつのしたいことさしてやるってので、どう？　出口を教えてやるなんてね。イエス！」

11 これは、アイオナおよびピーター・オウパイの『オクスフォード伝承童謡辞典』（一九五一）の二二九番に挙がっている、ありふれた謎々に手を加えたものである。

丘の上に三〇頭の白い馬。
どしんどしんと足ぶみしたり、
ばりんばりんと草をはんだり。
はたまたじっと休んだり。

12 これに相当する単一の謎々を発見することはできなかった。ではあるが、風をあつかった謎々は伝統的に「翼がないのに飛ぶ」、「口がないのに話す」などの表現のヴァリエーションを含むことが多い。

13 この謎はデイジーという語の語源を、謎々のなかにうまく包み込んでいる。このデイジーという花の名はアングロ・サクソン語のdœges

éage（日の眼）に由来する。花びらが朝にひらき（中央の黄色い丸を見せ）夕べにとじるところから、このように呼んだのである。そこから「日の眼」"eye of day," "day's eye" となり現在の "daisy" となった。

トールキンはこのフレーズを、「フーリンの子どもたちの歌」でも用いている。これはアングロ・サクソン風の頭韻を用いた詩で、一九二〇年代のはじめごろに書きはじめたが、未完成に終わった。『歴史』の第三巻「ベレリアンドの歌」に載録されている。

but Beleg yet breathed in blood drenchéd
aswoon, till the sun to the South hastened,
and the eye of day was opened wide.
（七一六行〜一八行、三三ページ）

14　1937「ゴラムのプレゼントとはいったいどんなものだろうとビルボが思いはじめた」→1961（Puffin）「相手（he）が答えられないのではないかと、ビルボが期待しはじめたとたん」→1966-Ball「相手（the wretch）が答えられないのではないかと、ビルボが期待しはじめたとたん」（1951は1937を踏襲。1961（Puffin）の修正は、一九六一年四月にトールキン自身が出版社に直接手紙で指示したもの。）

一九五一年に「暗闇の謎々合戦」の章が大幅に改訂され、ビルボが勝ったらゴラムが何かプレゼントするというのでなく、出口を教えるという筋へと変更がなされたときにも、この箇所については見のがされていた。この修正によって、変更された物語と矛盾がなくなった。

15　いまは故人のトールキン学者タウム・サントスキは、彼自身が所蔵していた『「ホビット」注釈版』の初版本（現在ではマルケット大学の「トールキン・コレクション」に含まれる）に、これに相当する謎々をメモしている。それは、アイスランドの謎々を二〇〇〇個集めた本、ヨン・アルナソンの『アイスランドの謎々』（一八八七）で見つけたものだ。

それはまもなく、高い屋敷の屋根をおおう。
それは山よりも高く飛び、
多くの人を落下させる。
だれでも見ることができるが、繋ぐことはできない。
ぶたれても、風がふいても平気で、
有害ではない。
（五二ページ、三五二番。答えは「暗闇」）

16　一九四七年九月二〇日付けの出版社への手紙で、トールキンはこの謎々のことを、「どこかの『伝承童謡集』にのっている文学的な長い謎々を、私流に二行連句（カプレット）に縮めたもの」と述べている（『手紙』一一〇）。「文学的な長い謎々」とは、まずまちがいなくこれのことだろう。

ミルクのように白い大理石のホール、
壁はシルクのように柔らかな肌ざわり。
すみきった泉のなかに、
黄金のりんごが現れる。
この城に入口はないが、
賊が押し入り、黄金を盗む。

リーズ大学にいるころ、トールキンはこの謎々をアングロ・サクソン語に翻訳した。一九二二年六月二六日、それを葉書に書いて、ヘンリー・ブラッドリーに送った。ブラッドリーは、トールキンが一九一八年から二〇年にOEDの編集スタッフだったとき、その編集責任者だった人物だ。トールキンはこの翻訳版を、同じように翻訳した別の謎々と合わせて、「北国の冒険——リーズ大学英語学部親睦会の会員による詩集」（一九二三）に発表した。この二つの謎々にまとめてつけられたタイトルは、「最近発見された二つのサクソン の謎々」というものだった。トールキンのヴァージョンは単に訳したというより、昔の謎々をベースにしてあらたに作ったものといえる。
17　1937「さあ、プレゼントは？」→1951以降「さあ答えは？」（一九五一年の第二版の五刷は1937のままである。修正は一九五五年の七刷でなされた。）
この修正の理由は、この章の注14に記されたものと同じ。
18　ゴラムは、鳥の卵の中身の吸いかたを、むかし祖母に教えたことを思い出して、謎々の答えを思いついているが、ここには古い比喩的な言いまわしを、ゴラムに文字通りに実行させているというところにおかしみがある。フランシス・グロウズ編『俗語辞典』（一七八五）で、granny（すなわちgrandmother［お婆ちゃん］の縮約形）の項目に、「卵の吸い方をお婆さんに教える」という言いまわしが説明されており、「自分よりも相手のほうがよく知っていることについて」教えようとすること、と記されている。つまり、自分よりも年長の者、経験豊かな人に教えようとする者をあざ笑う表現である。
19　古ノルド語の「明君ヘイドレクのサガ」に出てくる謎々が、これにやや似ている。ヘイドレク王とゲストゥムブリンディ（実は北欧神話の神オーディン）が知恵をきそいあう場面である。ここには、クリストファー・トールキンによる翻訳（一九六〇）をのせておこう。

高い丘に住むのは何者？
深い谷に落ちるのは何者？
息もしないで生きているのは何者？
いつまでも黙らないのは何者？
お考えくだされ、この謎々を。
ああ、ヘイドレク王よ。

「ゲストゥムブリンディよ、けっこうな謎々じゃ」と王が言いました。「答えは分かったぞ。大鴉が高い丘に住み、露が深い谷におち、魚が息もしないで生き、いつまでも黙らないのは滝じゃ」（八〇ページ）
『指輪物語』の第四巻の第二章では、ゴラムがこの謎々を長くしたヴァージョンを口にする。

息もなく生き、
死のように冷たい。
たえず飲むばかりで、喉はかわかず、
鎧を着ているが、音はたてない。
かわいた地の上でおぼれ、
島を見れば山かと思う。
泉を見れば、
空気が吹き出しているのかと思う。
すべすべで、とてもきれい。
出会えたら、ほんとうにしあわせ。
汁気たっぷりの
そんな魚が手に入れば、
なにも言うことなし。

20　足の謎々はおなじみのもので、スフィンクスがオイディプスに投げかけた謎々にまでさかのぼる（「朝は四つ足、昼は二本足、夕方には三本足になる動物は何か？」というもので、これに対するオイディプスの答えは「人間」である。人生の朝には、はいはいなので四本足、人生の真昼の時期には二本足で歩き、落陽の老年にいたって杖をつくので三本足というわけ）。『オクスフォード伝承童謡辞典』では、このトールキンの謎々に似たよく知られた例をあげている。

二本足が三本足に座り、
足を一本、膝におく。
四本足がやってきて、
一本足をさらって逃げる。
二本足はとび上がり、
三本足をひっつかみ、
四本足に投げつける。
四本足、やむを得ず
一本足を持って返る。

答えは、一人の男が（三本足の）スツールに座り、膝の上にヒツジの足の骨つき肉をおく。犬が入ってきて、それをくわえて逃げる。男はスツールをつかんで、犬めがけて投げつけ、犬は肉をくわえて戻ってくる、というわけだ。

21　古英語の「ソロモンと悪魔の第二の対話」に登場する謎々がこれに似ている。トム・シッピーの現代語訳をのせておこう。『古英語の知恵と知識の詩集』（一九七六）に収められているものである。

悪魔が言った。「この世を通りすぎるあの奇妙なものは何か？　その無慈悲なあゆみをとどめることはなく、土台を切り崩し、悲嘆の涙をさそい、ここにもよくやってくる、あいつは何者だ？　星も石も、見事な宝石も、水も野獣も、あいつを欺くことはできない。固いものも柔らかいものも、小さいものも大きなものも、いつかあいつの手中に落ちる…」

ソロモンが答える。「老年はこの地上の万物をしのぐ力をもっている…。木を砕き、枝を折り、やがては幹をねこそぎにして、地に倒してしまう。ついで、野鳥をも食いつくす。オオカミよりもどう猛で、石より根気づよく、はがねより強く、鉄を錆で食いあらす。人とて同じことだ」（九一、九三ページ）

もう一つ、タウム・サントスキがヨン・アルナソンの『アイランドの謎々』から拾った時間の謎々がある。

わたしには始まりがないが、わたしは生まれた。わたしには終わりもないが、わたしは死ぬ。眼も耳もないが、見ることも聞くこともできる。だれもわたしの姿を見られないが、わたしの仕事の成果は目に見える。わたしははるか昔に征服され、征服されることはないが、わたしは打ち負かされる。ずっと働きつづけるが疲れることはない。わたしは賢いが、愚か者の中に住んでいる。神の摂理を愛するが、神の摂理はわたしを憎んでいるようだ。生まれる前に死ぬことも多いが、人を驚かせることも多い。知らずしらずのうちに、人を驚かせる。キリスト教徒とともに暮らしているが、異教徒の中に住んでいる。地獄に落ちた呪われた者たちとともにわたしも呪われているが、栄光の国を治めてもいる。（一〇五番、一一五～六ページ。答えは「時間」）

22　『ホビット』の初版（一九三七）では、この章の内容は大幅にことなっていた。トールキンは続編である『指輪物語』を執筆するにあたって、矛盾が生じないよう『ホビット』を改訂する必要を感じた。その結果、ゴラムの人物像がすっかり変わってしまった。初版では、のちの改訂版ほど卑劣な人物ではなかったのだ。また、謎々合戦の勝敗にかけた報酬も、すこし違っていた。ビルボが負ければ命をさし出さなければならないのは同じだが、勝った場合にはゴラムがビルボに対して、あるプレゼントをするということになっていた。謎々合戦の内容はどちらの版もほぼ異同はないが、初版の結末部分は改訂版のほぼ半分ほどの長さでしかない。初期のヴァージョンをここと、注29に載録しておこう。

けれども、ここがおかしいところですが、このときビルボは恐れる必要などまったくなかったのです。ゴラムが大昔に教えられた大事なこと――それは、謎々合戦でずるをしては絶対にいけないということでした。謎々合戦は古代から伝わる神聖なゲームなのです。それに、ビルボには剣もありました。ビルボは腰を下ろし、こう囁きました。

「プレゼントはどうした？」とビルボは尋ねます。プレゼントがほしいわけではありません。ただ、公正な手段で勝ち取ったのだという気持ちがあります。それに、決して楽な戦いではありませんでした。

「ねえ愛シ子チャン、こいつにやらなきゃならないのですか？　ええ、イエス。そのとおり。あれを取ってきて、あいつに約束の品をやらなければなりません」。ゴラムはこう言って、ボートのところまでパタパタと戻っていきました。もう帰ってはくるまい、ビルボはそう思いました。でもそうではありませんでした。ゴラムと、まっ暗な池はもうたくさんだ、そろそろトンネルを上ってみようかと、ビルボが思いはじめたときでした。暗闇の中でゴラムの泣きわめく声が突然あがりました。ゴラムは島の上にいます。（ビルボはもちろんそのことを知りません。）あちこち引っかいたり、引っかきまわしたりして捜しますが、見つかりません。ポケットまですべて裏返しました。

「どこです？　どこでしょう？」。ゴラムの声が聞こえます。「ねえ愛シ子チャン、なくしたのですよ、なくしてしまったのです。ほんとになんてこと！　約束のプレゼントがありません。ああ、プレゼントどころじゃありません」

ビルボはふり返って足をとめました。なにをあんなに大騒ぎしてるのだろう？　と興味しんしんです。あとになってわかったのですが、これはじつに好運でした。というのもゴラムは戻ってきて、もうれつに唾をとばしながら、やたらとわめきたてるのでした。その結果、ビルボに分かったのは次のようなことでした。ゴラムは指輪をもっていました。素晴らしい、美しい指輪でした。ずうっとずうっと昔、そのような指輪がまだ今ほど希少でなかったころに、誕生日プレゼントとしてもらった指輪です。この指輪をゴラムはポケットに入れて持つこともありましたが、ふだんは島の岩の穴にしまっています。それを指にはめるのは――とても、とても空腹で、魚にも飽きたときです。そんなとき、ゴラムは暗いトンネルを上っていって、道にまよったゴブリンをさがすのです。時には、タイマツが燃え、目が痛いほどまばゆいところにまで遠征することがあります。でも、だいじょうぶなのです。そう、ほぼ安全なのです。なぜかって？　それは、この指輪を指にはめれば、姿が消えるからです。ただ、お日さまの中では見えてしまいます。といっても、地面に影がうつるだけのはなしで、しかもとてもかすかで、おぼろな影なのです。

何度ゴラムはビルボにあやまったことでしょう。「本当にごめんなさい。だますつもりはなかったのです。あいつが勝ったら、プレジェントするつもりだったのです」とゴラムは何度も何度も繰り返しました。あげくのはてに、おわびのしるしとして、汁けたっぷりの魚を捕まえてあげましょうかと言い出すしまつです。

そんなこと思っただけでも寒気がします。「いや、けっこうです」とビルボは出来るだけていねいに答えました。

ビルボは頭の中で必死に考えます。そうだ！　ゴラムはあの指輪をどこかで落っことしたのだ。ビルボが見つけて、いまそれはビルボのポケットの中にある！　けれども、ビルボはこのことをゴラムに話してしまうほど愚かではありません。

「見つけた人のものだ」とビルボは心の中でつぶやきます。じっさい、ひどい窮地に立たされていたのですから、そのとおりだと思います。いずれにせよ、いまはもう、指輪はビルボのものです。

「いいさ」とビルボは言いました。「指輪があったとしても、今は僕のものになっているはずだ。ということは、どっちにしても、君は指輪をなくしたことになるのさ。君をゆるしてあげよう。ただ、一つだけ条件がある」

「ええ、なんでしょう？　ねえ、愛シ子チャン、あいつ、なにを望んでるんですか？」

「ここから出る手助けをしてくれ」とビルボが答えます。

もしもずるをしたくなければ、ゴラムはこれに同意しなくてはなりません。この見知らぬ動物がどんな味なのか、試食してみたい気持ちはいぜんとして強いのですが、そんな気持ちはもはや捨てなければなりません。あの剣のことがあるし、それにこの珍客はいますっかり目が覚めて警戒しています。ゴラムは油断している敵しか襲いたくはありません。したがって、これでよいのかもしれません。

こうしてビルボは、トンネルが池のところで終わっていること、池のむこう側は壁が固く、暗くたちふさがっていることを知りました。また、ここまで下りきる前に、ある脇道のところで右にまがるべきだったことも分かりました。しかし、道を上って、それをふたたび見つけるためのゴラムの指示がよくのみこめなかったので、ビルボはゴラムに同行させ、道を教えてもらいました。

二人は一緒にトンネルを上っていきます。ビルボはとてもゆっくりと歩き、ゴラムはその横をペタパタと歩きます。ビルボは指輪の力を試してみようと思いました。ビルボはそっと指を輪っかにすべりこませます。

「あいつ、どこです？　どこに行ったのですか？」とゴラムがただちに言いながら、でっぱった眼で、あたりを見まわします。

「ここだよ。すぐうしろさ」と、指輪をはずしながらビルボが答えました。ゴラムが言ったとおりの力のあるこんな指輪が手に入って、とてもしあわせな気分です。

二人はふたたび先へと進みます。ゴラムは右と左の脇道を数えます。「左の一、右の一、右の二、右の三、左の二」といった調子です。池が遠くなればなるほど、ゴラムは恐怖に足が震えはじめました。そうしてついに、左手の（上に上って行く）トンネルの低い入口のところで立ち止まりました。「右の六、左の四」

「これが通路ですよね」とゴラムは囁きます。「あいつ、かがんで入らなきゃなりませんね。でも、ボクたち、とても一緒になんて行けませんよね。とてもね。ねえ、愛シ子チャン、とてもムリですね。ごるうむ」

ビルボは低い入口の天井をくぐり、不愉快な生き物に別れを告げました。そしてとても清々した気持ちがしました。けれども、ビルボはゴラムが本当に去ってしまうまでは、安心できなかったので、しばらくは太いトンネルに首をつき出して、暗闇の中をボートに帰るゴラムのペタパタという足音が、消えてしまうまで耳をすましていました。音が聞こえなくなると、ビルボはようやく新しいトンネルを上りはじめました。

ここは天井の低い、細いトンネルで、壁もあらけずりです。暗闇の中で地面のとがった石が足にささるのが難点ですが、ホビットならばこれでもだいじょうぶです。ゴブリンには少々天井が低すぎるのではないでしょうか？　でも、このときビルボは知らなかったのです。ゴブリンはこの手のトンネルには慣れており、低くかがんで、ほとんど手のひらを床につけるようにして、相当のスピードで走れるのです。ビルボはゴブリンに出会う危険をすっかり忘れて、やたらと先をいそぎました。


この部分に差しかえられたテクストは、本書の該当部分そのままなので、ここに繰り返す煩はさけよう。九六ページの「謎々合戦は古代に起源をもつ神聖なものであることを、ビルボはもちろん承知しています」から、一〇六ページの「もっと大ぶりの連中、すなわち山のオークでさえ、かがんだままの姿勢で、両手をほとんど地にはわすようにして相当なスピードで走れることを、ビルボは知りませんでした」までを参照されたい。

23　アングロ・サクソン時代にも謎かけの伝統があったことが、「エクセター写本」にあるほぼ一〇〇個のアングロ・サクソンの謎々によって証明される。「エクセター写本」は、アングロ・サクソンの詩を集めた書物として現存する四つのうちの一つである。エクセターの主教であったレオフリックが、一〇七二年に死去する時までに編纂したものだ。トールキンの謎々は概して「エクセター写本」のものより短いが、「エクセター写本」のものと違って、その多くが韻を踏んでいる。

24　古ノルド語の文献にあらわれる謎々合戦のうち、もっとも有名な二つが、この『ホビット』の物語のように、謎々とはいいがたい問いで終わっている。「古エッダ」のなかの「ヴァフスルーズニルの歌」では、巨人ヴァフスルーズニルの叡智のうわさを聞いたオーディンが、知恵くらべをこころみる。変装したオーディンは次のように尋ねて、勝利をおさめる。「バルドルが火葬のための薪の山にはこばれようとしているときに、父オーディンはその耳に何をささやいたのか?」。答えが分かるのはオーディンだけなので、正体がばれてしまった。「明君ヘイドレクのサガ」の謎々合戦にも変装したオーディンが登場する。最後の質問も、まったく同じである。

『指輪物語』のプロローグ（第四節「指輪の発見について」）で、トールキンは次のように述べている。「謎々合戦の規則に厳密に即して考えれば、最後の質問がただの質問なのか、それとも『謎々』といえるのか、専門家のあいだで意見の分かれるところである。しかし、それを受けてたって、答えを考えようとした時点で、ゴラムは誓いに縛られてしまったはずだという点では、万人の意見が一致している」

25　ゴラムがどのようにして指輪を手に入れたのかは、『指輪物語』の第二章「過去の影」でガンダルフによって語られる。すべての指輪を統べる王のことが述べられ、ゴラムの指輪がまがまがしいものであることが紹介される。その王とは闇の王サウロン、『ホビット』ではネクロマンサーと呼ばれている人物だ。

26　ゴラムの眼が蒼白い炎で光っているのは、「ベーオウルフ」のグレンデルを連想させる。最後に暗いヘオロットの館に入っていく場面である。ジョン・R・クラーク・ホール訳、C・L・レンの改訂した散文訳『ベーオウルフとフィンネスブルク騒乱断章』（一九四〇）では次のようになっている。「悪者は色とりどりの石をしきつめた床に足をふみいれ、怒りに燃えながら進んでいった。眼からさながら炎のように、おそろしい光がさしていた」（七二四〜二七行）

27　ゴラムを描こうとして、『ホビット』の挿絵画家はたいてい失敗している。これは、海外の翻訳版を見てのトールキン自身の感想であった。一九六三年一二月一二日付け、アレン&アンウィン社に送った手紙で、「ゴラムは怪物に描いてはだめです。ほとんどの挿絵画家が本文を無視して、そのように描いていますが」と述べている。

では、ゴラムはいったいどのような姿にイメージしなければいけないのだろうか？　トールキン自身が記している様々の資料にしたがえば次のようになるだろう。肌がぬるぬるの小柄な生き物で、体はビルボより小さい。痩せていて、からだのわりに頭が大きい。眼は大きく、つき出ていて、首は筋ばっていて長い。髪はうすく、長い。肌は白いが、黒いものを身にまとっている（裸ではないのだ）。手の指は長い。足の指には水掻きがついているうえに、ものをつかむこともできる。

28　姿を消す指輪は、よく、プラトン（紀元前四二九頃〜三四七）の『国家』の第二巻で語られるギュゲスの物語にまでさかのぼると言われる。この話はちょっとした逸話にすぎず、黄金の指輪をはめて、その「斜面ミゾ」が手から内側に向けられると姿が消え、外側に向けられるとまた姿がみえる。姿を消してくれるお守りはおとぎ話にはよく出てくる。アンドルー・ラングの本では、『みどりいろの童話集』（一八九二）の「魔法の指輪」と、『きいろの童話集』（一八九四）の「北のドラゴン」に見られる。

29　1937

　まもなく、トンネルは上に傾斜しはじめ、すこし行くと急な上りとなりました。おかげで、ビルボの速度はゆるみます。しかし、そのままましばらく行くとついに坂がおわり、トンネルは角をまわって、下り坂となりました。短い下りのあと底につくとまた角があり、そのむこうから、かすかな光の洩れてくるのが見えるではありませんか。たき火やランタンの赤っぽい光ではありません。青白い戸外の光です。ビルボは走りはじめました。足がまわるかぎりの全速力で駆けつづけ、角を曲がるととつぜん空間が広がりました。ここの明るさといったら、ずっと長いあいだ暗闇ですごしてきた目には、くらくらするほどまばゆい感じです。でもじっさいには、ひと筋の陽光が戸口から差しこんできているだけなのです。そう、大きな石の扉が、すこし開いているのです。

　ビルボは目をぱちくりしました。すると、とつぜんゴブリンの姿が目に飛びこんできました。よろいに身をかため、抜き身の剣をかざしたゴブリンどもが、扉のすぐ内側に座り、扉とトンネルを目を見開いて見張っています。ビルボが気づくより早く、ゴブリンらはビルボに気づきました。そして、歓声をあげながら、ビルボにむかって殺到してきました。

　さてそれが偶然だったのか、それとも冷静な心の産物か、わたしには分かりません。たぶん偶然でしょう。ビルボはまだ自分の新しい宝物の存在になれていなかったのですからね。いずれにせよ、ビルボは左手に指輪をはめました。すると――ゴブリンどもは急に立ち止まりました。ビルボは影も形もないのです。ゴブリンらはさきほどと同じような大声で叫びましたが、今度は喜びの色はありません。

一九五一年版は本文の該当箇所と同じなので省略する。

第6章◆フライパンから火の海へ

1　トム・シッピーによれば、ここでトールキンが命名している〈霧の山脈〉は、古ノルド語で書かれた「古エッダ」の詩「スキールニルの歌」がもとになっていると述べている。

　巨人の娘の誘拐という任務をおびたスキールニルは、馬に話しかける。シッピーの訳では次のようになっている。「霧が出ている。霧の山脈を越え、オークの群れを乗り越えて行くのがわれわれの任務だ。ぶじに戻ってくるにせよ、はたまたあの強い巨人にやられるにせよ、われわれは一緒なのだぞ」（『ミドルアースへの道』第二版、六五ページ）

　トールキンは『ホビット』を書きはじめるはるか以前から、〈霧の山脈〉のイメージを持っていた。〈霧の山脈〉と題され、初期のスタイルで描かれた小さな水彩画がある。山が列なり、一本の道があり、山にむかう橋のある風景画である（『イメージ図鑑』図版35）。

2『指輪物語』のプロローグ（第四節「指輪の発見について」）では、『ホビット』でのビルボのゴラムとの遭遇、指輪を拾ったいきさつが、第二版以降で述べられているかたちで簡潔にまとめられている。そして、それに続けてつぎのように述べている。

　ビルボが仲間たちに対して、最初はこのように話さなかったことは興味深い事実である。ビルボが話したのは…もしもボクがゲームに勝ったら、ゴラムはボクにあるものをプレゼントすると約束をした――ということだった。ところが、ゴラムが島に取りにもどったところ、大事な宝がなくなっていることが分かった。ずっと以前に、誕生日プレゼントとしてもらったあの指輪である。ビルボは自分のひろったのが、まさにそれではないかと推測したが、ゲームに勝ったのだから、当然の権利としてもらっておいてよいと考えた。けれども窮地におちいっていたので、そのことについては触れず、プレゼントをもらう代わりにゴラムに出口を指示させたのだ。——このようにビルボは回想録に記したが…

ここに書かれているのは、『ホビット』の初版に描かれたシナリオである。また、「ビルボが仲間たちに対して、最初はこのように話さなかった」と記されているが、それは、ここに述べられている「ビルボは腰をおろして、ドワーフたちにすべてを話します。ただし、指輪を見つけたくだりだけは秘密です」という叙述、および後の巨大グモのエピソードで、指輪の秘密を聞かされたドワーフたちが「指輪のくだりを正しい場所に入れ直して、もう一度ゴラムの物語——あの謎々合戦やなんかの話を、すっかり聞かせてもらいたいと」せがんだというくだりとも矛盾している。ビルボの嘘は『指輪物語』では重大な問題になるが、『ホビット』でははっきりと嘘だと言えるようには書かれていない。

3　1937「それで僕がプレゼントを要求すると、それをとりに帰ったけど、見つからなかったのさ。そこでボクは『いいよいいよ、このいやな場所から出るのを手伝ってくれ』と言うと、扉までのトンネルを教えてくれた。『さよなら』と言って、僕は道を下りていったのさ」→1951「〝おまえの約束はどうした。出口を教えろ〟って、ボクは言った。でもあいつが襲いかかってきて、ボクを殺そうとしたので、ボクは逃げた。ボクが転ぶと、暗闇のせいで、あいつには見えなかったみたいだ。追い越していったのさ。そこでブツブツつぶやくのをたよりに、ボクは、あいつのあとを追いかける。あいつは、ボクがほんとうは出口を知っていると思ったらしく、そっちのほうにむかって、どんどん走っていった。それから、あいつは入口のところに座りこんだ。横をすり抜けるわけにもいかないので、ボクは頭の上をとび越して、逃げに逃げた。それで、門のところにたっしたってわけさ」

4　この一節も、トールキンが一九一一年に行ったスイスの徒歩旅行のことを彷彿とさせる（第4章の注1参照）。

5　原語Out of the flying-pan into the fire（一難去ってまた一難）は古いことわざ。ウィリアム・ジョージ・スミス編集、サー・ポール・ハーヴェイ改訂の『オクスフォード英語ことわざ辞典』の第二版（一九四八）では、一六世紀初頭の例が挙げられている。

6　トールキンは自らの造語である「ホビット」と「ラビット（兎）」との関連を終始一貫して否定した。しかし、内なる証拠は別の方向を指しているようである。トロルはビルボのことを「ちびウサギのできそこない」（第2章）と呼ぶ。ここでは、「まるで穴を逐われたウサギが犬に追いかけられているみたいです」とウサギにたとえられている。ワシの巣の中でビルボは「ウサギのように引き裂かれて夕食にされるのだろうか」（第6章）と心配する。また、「ウサギみたいにおどおどしなくてもいいんだよ。もっとも、あんたウサギに似てるけどな」（第7章）とワシに言われる。またビヨンは「小ウサギ君は、パンと蜂蜜を食べて、また丸まると肥ってきたようだな」（第7章）とビルボをたしなめているし、トリンは憤怒のきわみに「あわれなビルボをウサギのようにぐらぐら揺すぶ」（第17章）るのである。

「ホビット」という語の起源について、トールキンはこのように述べている「この語がどこからやってきたのか知らない。自分の心が何を思っているのかは、分からないものだ。シンクレア・ルイスの『バビット』から思いついたのかもしれないが、世間の人が思うようにラビットでないことは確かだ」（一九六八年三月二二日付け、デイリー・テレグラフ・マガジンに掲載された、シャーロット、およびディーニス・プリマーによる「ホビットのことが分かっている男」）。

ところが、『指輪物語』の追補Fの下書きをしているとき、トールキンは「ホビット」についてこう書いている。「かすかにラビットの連想があるところが気に入っていたことは認めざるをえない。といっても、ホビットがラビットに似ているというわけではない。穴を掘るところは同じだが」。この一節は草稿から削除されたが、『歴史』の第一二巻「ミドルアースの種族たち」に載録されている。

7　トールキンは一九六六年一一月七日にジーン・ウルフに宛てた手紙で、「ワーグwarg」という語について次のように書いている。「オオカミを意味する古語で、無法者、犯罪者の意味でも使われました。現存するテクストでは、むしろあとのほうが普通の意味です。本書の悪魔のようなオオカミを呼ぶのにこの語を選んだのは、その意味を表すのに、いかにもそれらしい響きをもっているからです」。wargの起源として挙げられるのは、古英語のwearg-, 古高ドイツ語のwarg-, 古ノルド語のvarg-r（これは、とくに伝説に登場するようなオオカミを意味する）などである。

トールキンと手紙のやり取りをしていたころ、ジーン・ウルフ（一九三一年生まれ）はファンタジーおよびSFを専門として、ファンを魅了することになる長い作家生活の出発点に立ったばかりだった（一九六五年にはじめて物語が出版されていた）。ウルフはトールキンの作品への思いを、二つのエッセイに結晶させている。すなわち、一九七四年春の「ヴェクター」（六七／六八号）掲載の「モルドールとバンザイ過ぎの地点へいたる、トールキンの通行無料の五〇年代ハイウエー」と、「インターゾーン」（二〇〇一年一二月）に掲載された「山々への最高のみちびき」の二本である。ウルフが自分自身の名前の異形について、トールキンへの手紙に記したのは、いかにもウルフらしい。ウルフの文章は言語的な色彩がゆたかで、他の作品への言及がいっぱいだ。またウルフは自分のフィクションの中に、ウルフ（オオカミ）という名前の変異形を用いて、自分自身を登場人物として登場させている。

8　トールキンは息子のマイケルへの長い手紙（第4章の注1に引用）で、一九一一年のスイスのアルプスでの経験を語っている。この手紙でさらに「ワーグのエピソードは一部S・R・クロケットの『黒いダグラス』のある場面にヒントを得ています。この物語はクロケットの一番の傑作ではないかと思います。いずれにせよ、父が小学生のころものすごく感銘を受けた本です」と記している（『手紙』三〇六）。「ある場面」とは、「オオカミ人間との戦い」（『黒いダグラス』第四九章）を指していることはまちがいない。そこでは、魔女ラ・メフレイの館をのがれたばかりの三人の男（ジェームズ・ダグラス、ショルト・マッキン、およびその父親メイリス・マッキン）が、マツの木立の中の空き地で、オオカミ人間の群れに取りまかれる。

勝ちほこった悪魔のようなわめき声と吠え声が、西風にはこばれて聞こえてきた。音は徐々に近づいてきて、やがて樹々の翳から、オオカミたちがすべるように姿をあらわした。一匹一匹がギラギラと輝く視線で三人をなめまわしたかと思うと、大きな輪になって地面に座りこんだ。群れが全員あつまってから、獲物に突進しようというのだ。とくにショルトの目にとまったのは、巨大な牝オオカミであった。円になった仲間のあいだをめぐりながら、点呼し、激励してでもいるかのようであった。

うっそうと生いしげった樹々のまっ黒な影の背後に、野火がともっては消えた。樹々のてっぺんが、蒼白い夜空を背景にして、象牙の彫刻のように浮かび上がる。火が消えると、夜闇はいっそう深くなった。音もなく稲妻がはしる。一瞬の光に、オオカミたちの影がいっせいに跳びかかり、後退するかのように見えた。かれらのうなり声には、なにか調子はずれの人間の話し声を思わせるようなところがあった。

「ラ・メフレイだ！　ラ・メフレイだ！　メフレイだ！」……

「のぼれる樹を見つけたほうがいいんじゃないか？」とメイリスが現実的な提案をしたが、時すでにおそし。もはやこの空き地から出る勇気などないし、すぐ背中にそびえ立っているマツの木の大きな幹は稲妻にうたれ、ほぼてっぺんまで枝がなかった。

オオカミの攻撃がついにはじまる。ときおり光る野火に照らされながら、長い戦闘が行われた結果、オオカミ人間どもは仲間の死骸の列をしりめに退却し、三人の人間が勝利をおさめた。この場面（そしてこの章）の終わり方は、『指輪物語』の「ゴンドールの包囲戦」の章の終わり方に似ている。すなわち、長くて暗い夜のはてに、夜明けとともに希望のシンボルが現れるのである。

吠え声がやみ、沈黙が降りた。ジェームズ卿が口を開こうとした。「シーッ」とメイリスが、さらにおごそかな声で言った。するとか遠くの方で、あの世から響いてくるような、銀の糸のように細く、甘く、すんだ、雄鶏の声が聞こえてきた。

蒼くはねる野火がとつぜん消えた。東の空を、夜明けが広くばら色に染める。いまだ鈍色にしずむ森の空き地には、オオカミの死骸がくろぐろと山をなしているが、マツの樹のいただきで、ツグミが鳴きはじめた。

サミュエル・ラザフォード・クロケット（一八五九～一九一四）は、きわめて多産な作家だった。スコットランドを舞台にした感傷的な小説、児童書（クロケットが好きだったサー・ウォルター・スコットの小説のリトールド版を含む）、歴史ロマンスなどを書いた。『黒いダグラス』（一八九九）は五〇冊の小説のうち、一三番目の作品である。続編『ゴールウェイの乙女マーガレット』が一九〇四年に出版された。

9　一九三七年一二月一三日、アーサー・ランサムはトールキンに手紙を書いた（第1章の注29参照）。ゴブリンは人間でもないのに、「子どもたち（boys）」という表現を用いるのはいかがなものか、と書いてあった。一九三七年一二月一九日、トールキンはアレン&アンウィン社に手紙を書き、この侮辱のコトバは「少々馬鹿げているし、いまいちうまくないろうかと述べている。しかし、後の版でも「子どもたち」はそのままだ。

ついでながら、ＯＥＤにはoafの複数として二つの形が挙げられている。oafsとoavesである。oafは「エルフの子、ゴブリンの子、エルフや妖精が残していったとされる取り換えっ子のこと。ここから、私生児や醜い子や知的障碍の子どもを意味するようになった。また取り換えっ子だったのだろうということで、知的障害の人、愚か者、うすのろ、まぬけなどをも意味する」と定義されている。

10　ゴブリンはYa-harri-hey! Ya hoy!（ムヒヒヒ、ヨッホー）と叫ぶ。意味のない音の羅列に聞こえるかもしれないが、『二つの塔』の最終章「サムワイズ殿の決断」でも、これによく似た叫びが用いられている。オークたちは「何かが地面から持ち上げられて、わめき、げらげら笑った」が、その時に叫んだのが、"Ya hoi! Ya harri hoi! Up! Up!" である。

トールキンは、オークの罵り言葉を〈共通語〉で記したらこのようになるのだという意図で、このように記したのかもしれない。『指輪物語』追補Fの第一節（「第三紀の諸言語と諸種族」）で、オークのことが次のように記されている。「オークには独自の言語はなく、他の者たちの言葉から盗めるものを盗んで、自分たちの好みにあわせて醜く変形して用いている。しかし、かれらは野蛮な隠語だけは作った。ただし、彼ら自身の用をはたすのにも不十分なほどだ。ののしったり悪態をついたりするにはじゅうぶんだが」

11　ビルボがワシに助けられる場面は、チョーサーの未完の詩「名声の館」（おそらく一三七八年から一三八一年のあいだに制作）を連想させる。この作品では、詩人（チョーサー自身）がある夢のことを語る。ワシにつかまれて、空の「名声の館」へとはこばれるという夢だ。おしゃべりなワシが、チョーサーの案内役だ。『ジェフリー・チョーサー詩全集』（一九一二）から、ジョン・P・タトロックとパーシー・マッケイによる散文訳をご紹介しよう。

お話ししたこのワシは、翼をさながら黄金のように輝かせながら空高く舞いあがったが、わたしはこのワシをもっとじっくりと眺めはじめ、その美しさ、すばらしさが分かりはじめた。けれども、どんな雷光も、あるいは稲妻と呼ばれるものも――時として塔を粉々にうちくだき、またたくまに焼き尽くすが――野に出ているわたしを見つけたこの鳥ほど、すばやく降りてきたことはない。ワシは逃げるわたしにいっきに飛びかかり、その恐ろしい、強い足の長く鋭いかぎ爪の中にとらえたのだった。そして、また空をめざして上がっていったが、強いかぎ爪にはさんだわたしを、まるでヒバリかなんぞのように軽々とはこんだ。どれほど高く上がったかは分からない。どのように上がったか知らないからだ。それというのも、ワシがあまりに速く飛ぶのと、わたしが恐怖におののいていたために、頭のはたらきが驚きのあまり麻痺し、感覚がすっかり死んでしまった。それほどはげしい恐怖だった。(五五三ページ)

やがて、わたしは下を見た。牧草地と平原が見えた。いまは丘、いまは山、いまは谷、いまは森、そしていまは大きな動物たち(だがわたしはほとんど見なかった)。いまは川、いまは都市、いまは町、いまは大きな木々、いまは海をいく船。けれども、まもなく、あまりに地面から高くなったので、わたしの目には世界全体が小さな点になってしまった。それとも空気があまりにも濃いので、何も見えなかったのだろうか。(五二八ページ)

第7章◆奇妙な宿

1　過去の多くのトールキン研究者が――『ミドルアース完全ガイド』のロバート・フロストまでが――『ホビット』の〈ワシの王〉と『指輪物語』でガンダルフを救出する〈風早彦〉グワイヒアを同一視したい気持ちにかられるようである。しかし、これは事実ではない。『王の帰還』の第五巻の第四章「コルマレンの野」で、ガンダルフがグワイヒアにむかって「そなたは二度わしをはこんでくれた」と言う。この二度というのは、ガンダルフがオルサンクから逃げたときと、バルログと戦った後のガンダルフを、ジラクジギルの峰で見つけてロリエンまではこんだときの二度である。したがって、グワイヒアが『ホビット』でガンダルフを救ったという可能性は消える。

2　トールキンは「キャロック」(Carrock)とは「巨大な岩、ほとんど岩の丘といってよいほどのもの」で、それをぐるりと巻くように川が流れていると述べている。Carrockには、古英語のcarr(石、岩)が含まれているようだ。Carrockはジョーゼフ・ライト編の『英語方言辞典』(一八九八)の第一巻にも出ており、currickの別綴りであり、「土地の境界の印、埋葬場所、あるいは旅人のための道しるべとして用いられるケルン、石を積んだ塚」と述べられている。

トム・シッピーは、古ウェールズ語に、「岩」を意味するcarreccという語があることを指摘している。またマーク・フッカーは、二〇〇一年一一月の「ビヨンド・ブリー」に掲載された「どうしてキャロックという名前なのですか、とビルボ言えり」という記事で、トールキンのCarrockが、ウェールズはカーマーゼンシャーのブラックマウンテンズにあるCarreg Cennen,すなわち「石灰岩の石」に似ていると指摘している。

3　ビヨン(Beorn)という名は「おのこ、武人」を意味する古英語の単語だが、もともとは「熊」の意味であった。古ノルド語の"björn(「熊」)"と同起源である。

4　トム・シッピーによれば、ビヨンは「北欧神話の『フロールヴ・クラキのサガ』の主人公のベドヴァル・ビャルキ(小さな熊)によく似ている。またこれとは別に、ベーオウルフその人にも似ている。ベーオウルフの語源については、Beowulf＝"bees' wolf"＝蜂蜜を食べる者＝熊、と説明されるのが普通である。ベーオウルフは熊のように不器用で怪力、剣を折り、よろいを裂き、肋骨をくだくと言われている」（『ミドルアースへの道』第二版、七三ページ）

「フロールヴ・クラキのサガ」の三三章で、ベドヴァル・ビャルキが戦いから遠ざかってなすこともなく座っているあいだ、その生霊である大きなクマがフロールヴ王を守る。ベドヴァルが目をさますとクマは消え、フロールヴと家来たちは、ベドヴァルを含めて殺される。

もっと近いのは、おそらくベドヴァルの父親のビョルンだろう。ビョルンの物語は一九章から二〇章で語られる。フリングの王妃に言い寄られたビョルンが拒絶すると、王妃は、昼間はクマの姿ですごし、夜は人間にもどるよう呪いをかける。

トールキンは「フロールヴ・クラキの物語」をとてもよく知っていた。リーズ大学で教えていたときの学生だったステラ・ミルズは、この物語をトールキンの同僚で親友でもあったE・V・ゴードンに指導されながら翻訳した。数年後、ミルズのこの翻訳は『フロールヴ・クラキのサガ』(*The Saga of Hrolf Kraki*)のタイトルで出版された（一九三三）。この本はゴードン、トールキン、C・T・アニオンズに献呈された。アニオンズはOEDの編集者だった。ステラ・ミルズは一九二四年にリーズ大学で学士号をえた。彼女は長年にわたってトールキンの一家と親しくつきあった。

5　ガンダルフはラダガストのことを「わしのいとこじゃ」(my good cousin)と言うが、おそらく、実際にとても近い血縁であることを意味しているのではないだろう。おそらく、cousinの意味として、この場合に当てはめうるものが三つ出ている。OEDには、a「近縁の人種や国の人々（たとえばイギリス人とアメリカ人）」、b「おたがいに性質が似ているヒトやモノを示す語」、c「親密さ、友情、馴れなれしさを示す語」。ラダガストとガンダルフはどちらも魔法使いなので、おそらくaが意図されているのだろう。

トールキンは『ホビット』では魔法使いがどのような者なのか述べていないが、『指輪物語』には、彼らがイスタリと呼ばれ、全部で五人いることが記されている。魔法使いについてのとても面白いトールキンの記述が、『終わらざりし物語』に入っている「イスタリ」の節に含まれている。さらに、短いけれど重要な記述が、『歴史』の第一二巻、「ミドルアースの種族たち」にある。

ラダガストという名の意味を解読するのは容易ではない。また、この名の起源もはっきりしない。エドワード・ギボンの『ローマ帝国の衰亡』（全七巻、一七七六〜一七八八）には、ゴート族の指導者でラダガイスという名の人が出てくる。五世紀の初頭にイタリアに侵入した人物だ。その他の資料（一一世紀のドイツの歴史家ブレーメンのアダムも含まれるが）には、レディガストというスラヴの神が登場する。しかし、このような名前の類似からは、トールキンの魔法使い「茶のラダガスト」については何も分からない。

6　ビヨンの館はゲルマン人の館の典型的な例だ。その例は、「ベーオウルフ」にも見える。長方形の木造の広間で、木の柱が立ちならび、それが中心部と側廊の部分の区切りとなっている。このような広間は両端にドアがあったが、近代的な意味での窓はなかった。囲炉裏の火が中央で燃えており、煙は天井のよろい戸をぬけて出ていく。このよろい戸は、日中は採光の役割をもはたした。側廊の部分の床が高くなっているが、昼間は座る場所、夜は寝具をのべる場所となった。

7　これは、第1章でガンダルフがビルボに対してしかけて成功した戦法の逆である。第1章では、ガンダルフはまず自分をお茶に呼ばせて、呼ばれていないドワーフたちをまず先にいかせ、最後に自分も到着し、あげくの果てに、なんと赤ワイン、卵、蒸しチキン、ピクルスを所望したのだった。

8　蜂蜜酒（mead）は、蜂蜜に水をまぜ、発酵させた酒。アングロ・サクソンの時代にはきわめてポピュラーな酒だった。

9　一九六六年七月二九日、トールキンは孫に次のような手紙を書いた。

マークウッド（〈闇の森〉Mirkwood）という名前はおじいちゃんが発明したのではありません。これはとても古い名前で、様々の伝説がからみついています。もともとは、たぶん、古代のゲルマン人が住んでいた土地の南の境界をなしていた大きな山脈をさす、原始的なゲルマン語の名前だったのでしょう。その後、いくつかの伝説では、とくにゴート族とフン族のあいだの境界を意味するようになりました。語源的なことを、記憶にたよって書いてみましょう。この語の古さは、ごく初期のドイツ語（一一世紀ごろ?）にmirkiwiduという形で出てくることから分かります。ただし、*merkw-（「暗い」）という語幹はドイツ語にはこの他には出てこず（古英語、古サクソン語、古ノルド語にのみ出てきます）、また*widu-〉wituという語幹は、ドイツ語では「材木」の意味に限られていたように思います。それにこれは希にしか用いられず、現代ドイツ語には残っていません。古英語ではmirceは詩にのみ用いられており、「暗い」、「陰鬱な」という意味では「ベーオウルフ」の第一四〇五行に“ofer myrcan mor”として見えるだけです。ほかの文献では“murky”すなわち「邪悪な」、「悪魔的な」のような意味で用いられています。これが単に「黒」という色を指す語であったことはないと思います。むしろ、“暗鬱”といった意味を最初から帯びていたようです。“マーク（mirk）”が古代スカンジナビア語からの借用であれ、今は廃れた古英語を復活させたものであれ、「マークウッド」という語の意味が現代英語でもなんとかわかり、それもまさにぴったりのニュアンスをもってくれていることは、おじいちゃんにとって願ってもない好運です。（『手紙』二八九）

これに似たニュアンスをもつマークウッドという（大きな森の）名前は、トールキンがよく知っていた小説にかつて用いられたことがある。すなわちウィリアム・モリスの『ウォルフィング一族の物語』（一八八八）がそれである。

10　一九三七年の『ホビット』初版で「オーク（Orc）」という語が出てくるのは（魔剣オークリストOrcristを除けば）ここだけである（ただし、後の版の本文にはもう一度登場している。一九五一年の第二版のために書き直された第5章である）。

翻訳者へ向けてのガイドである「『指輪物語』の命名法」で、トールキンはこのように記している。「最初は古英語のorc（「ベーオウルフ」一一二行のorc-neas）、およびorc = pyrs（ogre［鬼］）、heldeofol（hell-devil［地獄の悪魔］）という注解から、この語を採用しました。この語は現代英語のorcやork, すなわちイルカのたぐいの海獣を指す単語とは関係がないとされています」

『指輪物語』では、トールキンはgoblin（ゴブリン）という語の使用をやめて、オークorcを終始用いるようになった。「ゴブリン」は『指輪の仲間』と『二つの塔』だけに出てくるだけで、その例は一〇に満たない。

11　ここでネクロマンサーが再び出てくることには、もともとは必然性がなかった。その役割は、一九六四年の七月一六日のクリストファー・ブレザートンへの手紙に記しているように、「ガンダルフが姿を消し、その結果ビルボとドワーフたちが自らの努力で危難を乗りこえなければならないという、物語の展開に必要な状況を作り出す理由を提供しているだけです」（『手紙』二五七）

ネクロマンサーは（一般には）死者と意志を疎通させたり、交渉したりする魔法使いもしくは呪術師である。『歴史』の第一〇巻「モルゴスの指輪」に載録されている「エルダールのあいだの法と習慣」というエッセイで、なぜサウロンがネクロマンサーと呼ばれているのかが説明されている。肉体が死んだあと、エルフの魂（fëa）がどうなるのかを論じている箇所で、邪悪なfëaは生きている者と親しくなって、生きている肉体に宿ろうとするという。ホストを隷従させるか、相手のfëaから肉体をよこどりしようとするのだ。続いてトールキンは「サウロンはそのようなことをし、仲間にもその方法を教えた」と記している。

12『ホビット』におけるガンダルフの行動は、ドイツの大山脈（中央ヨーロッパ、ボヘミアとシレジアの間の山岳地帯）の伝説にあるリューベツァールという名の山の精の行動に似ている。いくつかの物語に、リューベツァールはガイド、伝令、農夫などといった様々の姿で登場する。旅人を迷わせるのが大好きである。

リューベツァールの伝説は数多い。英語にはまだあまり訳されていないが、八巻本のおとぎ話、ヨハン・カール・アウグスト・ミュゼウスの『ドイツの民話』（一七八二〜八六）のいくつかの物語が翻訳されている。アンドルー・ラングが編集した『ちゃいろの童話集』（一九〇四）に含まれる「リューベツァール」と題された物語はその一つである。

挿絵などでは、杖をもった鬚の老人に描かれることが多い。以下に示した二つの例は、リューベツァールを描いた作品がどんどん制作された一九世紀後半、もしくは二〇世紀初期の絵はがきのものである。トールキンがガンダルフのモデルだと述べている（第1章の注14参照）ヨセフ・マドレーナーによる「山の精」の絵はリューベツァールを描いていると考えることもできる。とすれば、ガンダルフの容貌ばかりでなく、そのふるまいの原型にもなっているのかもしれない。

『ホビット』全編を通じて、案内役というのがガンダルフの役まわりである。ガンダルフは、一行がトロルに捕まる前に姿を消す。ゴブリンに捕まったときにも姿を消す。そして、一行をみちびいて〈あれ野のへり〉をこして、〈闇の森〉の入口にたっすると、再び一行を見捨ててしまう。しかし、いずれの場合にも、必要な時には登場して一行を助ける。

第8章◆ハエとクモ

1　〈あれ野〉の地図に記されているように、この川は〈魔法の川〉と呼ばれている。この川は、南にある〈闇の森の山脈〉から北にむかって流れ、〈森の川〉のほうへと向かい、〈エルフ王〉の宮殿の西で合流する。

2　呪文のかかった川というのは、ケルト神話でお馴染みのモチーフである。聖ブレンダン（四八三頃〜五七七）の生涯を描いたアイルランドの物語に、ここの話に似たエピソードがある。ブレンダンおよび弟子たちがある島に上陸し、小川を見つける。ブレンダンを除いて全員がその水を飲んでしまう。とたんに人々は眠りこけてしまう。多く飲んだ者ほど、長く眠った。次の引用は、チャールズ・プラマーが一九二二年に出版したアイルランドの聖人の伝記集*Bethadanaem nErenn: Lives of Irish Saints*の第二巻にある、「クロンファートのブレンダンの生涯」からの抜粋である。

　彼らは島に上陸し、水の明るく澄んだ泉を見つけ…そして、この泉から海へと流れている川では様々な種類の魚が自由に泳ぎまわっていた…。ブレンダンは彼らに「みんな、気をつけるのだぞ。この水をあまり飲まないようにな。飲むと今よりもっとひどくなるからな」と言った。しかし、弟子たちは師に命じられたことを守らず、多くの水を飲んだ。二杯飲みほした者たち、三杯飲みほした者たちがいたが、そのあとで飲んだ者たちは一杯だけだった。ただではすまなかった。ある者たちは三日三晩のあいだ昏々と眠りつづけた。別の者たちは二日二晩昏々と眠りつづけた。最後に飲んだ者たちは一日と一夜昏々と眠った。（五八ページ）

　一九四五年ごろ、トールキンは聖ブレンダンのことを詩に書いた。その中で、聖ブレンダンが生涯の数々の航海のなかでもっとも想い出に残っている出来事を回想する。トールキンのつけたタイトルは「聖ブレンダンの死」だったが、この詩は、想像上のオクスフォードの文学クラブの、未来の歴史を記した作品「奇想クラブ・ペイパーズ」（未完）の一部をなすはずのものだった。それから約一〇年後に、トールキンはこの詩を改訂し、〝イムラム Imram〟という題名を付けた。アイルランド語で「航海」の意味である。詩は「時と潮（*Time and Tides*）」誌の一九五五年一二月三日号に載った。どちらのヴァージョンも、『歴史』の第九巻「敗北したサウロン」に載録されている。

3　「妖精の狩り」も伝統的なモチーフである（「妖精のスポーツ」とされるもののほとんどは、中世の宮廷で人気の高かったスポーツである）。このくだりを執筆しながら、トールキンは中英語の韻文物語「サー・オルフェオ」（ギリシア神話にあるオルフェウスとエウリュディケ伝説の翻案）を頭に置いていたのかもしれない。トールキン自身の翻訳を引用しておこう。一九七五年の死後出版であるが、脱稿は何年も以前である。オルフェオが物乞いの姿をして一〇年間放浪しながら、妖精に誘拐された妻ヘウロディスを捜す。

　時に、真昼の光がぽかぽかと木々の葉を照らすころ、はるか遠くから角笛の音が響いてきて、人の叫びと猟犬の吠える声がかすかに聞こえてくることがあった。妖精の王が家来たちとともに森中を駆けまわって、狩猟にうち興じているのだった。しかし、妖精の王は獣を捕ることも殺すこともなかったし、この一行がどこにいるのかも、オルフェオの知るところではなかった。（二八一行〜二八八行）

トールキンとこの詩との付き合いは長い。オクスフォードの学部学生のとき、「サー・オルフェオ」は専攻コースの必修テーマだったので勉強し、一九一五年の夏に最終公開試験を受けたときにも、この詩が課題に含まれていた。『中英語語彙集』（一九二二）を編纂しているとき、トールキンはこの詩を一字一句にいたるまで暗記していた。この『語彙集』はケニス・サイサムが編んだアンソロジー『一四世紀の詩と散文』（一九二一）とともに用いられるよう意図されていた。サイサムのアンソロジーには、六〇四行のこの詩が丸々載っている。

　一九四四年、トールキン自身が編集したもの（中英語の本文のみで、注釈も解説もついていない）が、海軍士官学校の英語コースのテキスト用として、オクスフォードで小冊子の形で出版された。

　「サー・オルフェオ」の学問的な決定版は、A・J・ブリス（一九二一〜一九八五）の編集した本である。ブリスは一九四六年から一九四八年までトールキンの指導を受けた人物で、この「サー・オルフェオ」は、トールキンが三人の編集主幹の一人をつとめた叢書である「オクスフォード英語研究書」シリーズの一冊として、一九五四年に初版が出た。トールキンの死後、ブリスはトールキンの講義ノートを編集して、『フィンとヘングスト——断片とエピソード』（一九八二）を出版した。これは、五世紀の二人のゲルマンの英雄の物語を、「ベーオウルフ」と古英語で書かれた「フィンネスブルク騒乱断章」に断片的に残っている資料から再構成したものである。

4　ケルトの伝説では、白い動物（とくに白い鹿）との遭遇は、異界（妖精の国）の人物との遭遇の予兆であるのが普通だ。ここの場面で狩りが見え、白い鹿があらわれたことから、ビルボとドワーフたちは森の東端にあるエルフの住処に接近しつつあると理解すべきであったのだ。これに似た、白い雌鹿との遭遇が、トールキンの詩「領主と奥方の歌」でアオトロウが魔女に出会う前におきている。（第15章の注6参照）

5　「紫の皇帝」（学名 *Apatura iris*）はイギリスでもっとも大きく、見るのがむずかしいチョウの一つである。カシの樹の森の上の枝葉の中にすんでいて、アブラムシが分泌する糖分を含む液をエサとする。今日ではきわめて数が少なく、イングランド南部の中央の地域にしか生息していない。次のイラストはF・O・モリス師の『イギリスのチョウの歴史』（一八九〇）からの転載である。

6　〈闇の森〉を行くビルボらの行程は、E・A・ワイクスミスの『スナーグの素晴らしい国』に描かれている、ある場面と少し似ている。ジョー、シルヴィア、ゴーボの三人が〈もつれた樹の森〉で迷子になる場面である。

あたりは暗くなってきた。いまや空は重なりあった木々の葉っぱの屋根のせいで見えず、三人のまわりも頭の上も、つるんとした太い枝がねじくれ、まじわり、からみ合っていた。じっとりとした空気にはカビと古ごけの臭いがこもり、あたりは恐ろしいほどの沈黙にとざされている。大きなつるつるの翼のコウモリがさっと飛んできて、シルヴィアの髪の毛をかすめて過ぎたので、シルヴィアは首をちぢめて、キャッと小さく悲鳴をあげた。

やっとのことでゴーボは大きな木に登りはじめた。大奮闘のすえにゴーボは葉っぱをかきわけて、上に出ることに成功した。その際、眠りを妨げられた多数のコウモリたちが、パタパタとゴーボのまわりを飛びまわる…。一、二分の後、ゴーボは幹をすべって降りてきた。

「大丈夫だよ」とゴーボは言う。「葉っぱ以外には、たいして何も見えなかったけど、太陽が見えたから、どっちに行けばいいか分かったよ。太陽はちょうど」とゴーボは言いかけて、すこし考えて、頭をかいた。「うん、あっちの方だと思う。降りてくるとき、ぐるぐると回らされたんだ」

一行はふたたびゴーボの後にしたがった。枝をこえ、枝の下にもぐりながら進んでいった。しばらく行くとゴーボは立ち止まり、また思案し、それから、方向を変えて進みはじめた。どちらを見てもこんがらがった樹ばかりなので、いまはもう枝にのったり、枝の下にもぐったりしないことには、前に進むことができない。やがてゴーボは立ち止まり、落胆の表情をうかべながら仲間の顔を見た。四方八方を、いまわしい灰色の幹がのたうちまわりながら一行をとりかこんでいる。みっともない巨大な網のようであった。闇はこく、一〇ヤードも離れれば、おたがいの姿が見えなくなるほどだ。ものしりの森の男ゴーボについてきたら、このざまだ。三人は迷子になってしまった。（五一～五二ページ）

〈もつれた樹の森〉に迷ったジョー、シルヴィア、ゴーボ。ジョージ・モローの挿絵。『スナーグの素晴らしい国』より。

7「もうずっと以前の、あの五月の朝」は厳密にいえば正確ではない。第2章で、「五月を目前にしたある晴れた朝」、ビルボとドワーフたちが旅だったと書かれている。出発の日を四月二八日と特定した、第2章の注2を参照のこと。

8 この場面にはフランシス・トンプソン（一八五九～一九〇七）の詩「二人の妹たちに捧げる歌」（一八九五）の最初の部分がかすかに響いている。詩人は、まず森の空き地に一人ぼっちのエルフを見かけ、やがて「エルフの群れ」が歌い踊っているのを目にするが、詩人が動いて音がするとエルフたちは空き地から逃げてしまったのだった。

フランシス・トンプソンは宗教詩人として記憶されている。敬虔なローマ・カトリックの信者で、たびたび天国の神秘的なヴィジョンを詩に描いてみせる。日常の生活ではきわめて要領の悪い人間で、わるくすると浮浪者にでもなるところを、あわれに思った雑誌編集者にひろわれ、この恩人に詩を託したのが詩人としての出発点だった。

オクスフォードの学生だったトールキンは、トンプソンの詩を大いに評価していた。一九一四年三月には、エクセター・コレッジ・エッセイ・クラブに「フランシス・トンプソン」と題した論文を提出した。この中でトールキンは、トンプソンの韻律の力強さ、表現力の素晴らしさ、イメージの雄大さ、それを支える篤い信仰から考えて、超一流の詩人と考えなければならないと主張している。トールキンの論文の結論は（クラブの会長によれば）、次のようなものであったという。「まず最初はエルフの繊細な調べを聞いてから、しかる後に深い響きへとすすまなければならない。まずはヴァイオリンとフルートの音に耳を傾けてから、存在の調和を謳いあげるオルガンの響きへと進まねばならないのである」

9〈エルフ王〉の髪が金髪だというのは奇妙である。『指輪物語』の追補Fで、「エルフは長身で色白、灰色の瞳をしているが、髪は黒い。ただし、金髪のフィナルフィン家ではそうではない」と記されている（『指輪物語』の初期ヴァージョンでは「金髪のフィンロッド家」となっているが、「シルマリルの歌」で家系図を変えているので、それに合わせて変更されたのだ）。フィナルフィンはノルドリンのエルフだが、『指輪物語』の追補B（「代々の物語」）では〈闇の森〉の〈エルフ王〉はシンダールのエルフであるとされ、したがってフィナルフィン家の者ではないので、金髪だというのは奇妙である。

しかしながら、追補Fから引いた一節には複雑な執筆の経緯があり、はじめて書かれたときには、エルフ全般でなく、ノルドールが意識されていたのである。ヴァンヤール（高貴なエルフの三種族の一つ）は金髪で、ヴァンヤ・インディス（フィンゴルフィンとフィナルフィンの母親）を祖先として、金髪のノルドールの者たちが生まれてきたのだと、クリストファー・トールキンは記している。（「失われし物語 第一部」四三～四四ページ、「ミドルアースの種族たち」七七ページ参照）

10 『ホビット』も『指輪物語』も、読者のあいだで激しい議論の的になっている疑問に答えてはくれない。すなわち――トールキンの世界のエルフの耳はとんがっていたのだろうか？

　答えらしきものに到達したければ、トールキンが創造した言語の中の言語学的要素に注目することである。「語源集」――トールキンはエルフの単語同士の関係を記した一種の自分用の辞書を、一九三〇年代に持っていて、たえず修正をくわえていた。現在この辞書は『歴史』の第五巻「失われた道」に載録されているが、この中で、語幹LAS{1}（lasseすなわち“leaf［木の葉］”に由来する）と、語幹LAS{2}“listen”（lasseすなわち“ear［耳］”に由来する）について、エルフの耳は人間の耳より「とがっていて、木の葉の形をしている」から、この二つの語幹のあいだには何かしら関係があるかもしれない、とトールキンは記している。このことから言えるのは、すくなくともある時期（おそらく一九三〇年代中頃）のトールキンがこのように考えていたということだけである。

　トールキン自身が描いたヴィジュアル作品も、これ以上のヒントをあたえてはくれない。そもそもエルフを描いたものは一点しかなく、小さな姿に描かれているので耳のような小さな造作は見えない。『イメージ図鑑』の「タウア＝ヌ＝フイン」（図版48）参照のこと。

11 一九五七年一月一五日、トールキンは、アメリカのラジオ番組（「本のカーニバル」）のためにルース・ハーショウからインタヴューを受け、次のように述べている。「クモの話を入れたのは、第一に、うちの子どものために（すくなくとも子どもを意識しながら）この物語を書いたということが大きいのです。とくに息子の一人は、ひどくクモがきらいなのです。この子をしんそこ怖がらせてやろうと思って書いたのですが、このたくらみはまんまと成功しました」。生涯を通じてトールキンの息子のマイケルは、本人の言うところの「根ぶかい蜘蛛への嫌悪感」をいだきつづけた。

12 ここに挙げられている遊びのうち、‘quoits’はいわゆる「輪投げ」、‘shooting at the Wand’は細長い板を的にして弓を射る遊び、‘bowls’は重みをつけた木のボールをととのえた芝生の上に転がす遊び、九柱戯はいわゆるボーリングに似ているが、ピンは九本である。

13 「クモ助」の原語は“Attercop”である。クモを意味する古英語のat(t)or-coppa、中英語のatter-cop(pe)をもとにしている。『田舎言葉と民間伝承』（一九一三）の第五章「方言に残っている古風な文学的表現」で、エリザベス・メアリー・ライトは「このように古い語が、一、二世紀前におおやけの場から姿を消してしまったものの、田舎に隠遁しているのが発見されることがある。さすがに白髪だらけだが、いまだに矍鑠としている」（三六～三七ページ）と述べている。そしてこの文脈で、attercopが取り上げられている。「この語は古英語ではクモを意味するattercopで、ātor, attor（毒）と、coppe（おそらく「頭」）が合成された語で、昔は『有毒の昆虫』という意味の語だったのである」（三七ページ）。文学作品で用いられた例として、一三世紀の中英語で書かれた詩「フクロウとナイチンゲール」（この詩をトールキンはよく知っていた）が引かれている。ナイチンゲールは「クモ（attercop）と汚いハエとイモムシしか」食べないと、フクロウにからかわれる場面である（六〇〇～六〇一行）。

　エリザベス・メアリー・ライト（一八六三～一九五八）はフィロロジーの学者、教師で、トールキンの師であるジョーゼフ・ライト（一八五五～一九三〇）の妻であった。ジョーゼフ・ライトは六巻本の『英語方言辞典』を編集した、比較フィロロジー専攻のオクスフォード大学教授だった。トールキンとライト夫妻は親しく、トールキンはジョーゼフ・ライトの遺言執行人をつとめた。

14 「バカグモ、ドジグモ、マヌケグモ」と訳したこの一行の原文は“Lazy Lob and crazy Cob.”LobもCobも「クモ」を意味する言葉である。Lobは古英語のloppe, lobbe, 中英語のloppe, lop(p), lobから派生した。

Cobは独立語として用いられることはまれで、おそらくcobweb（「クモの巣」）（中英語のcoppe-web）から取ったのであろう。ただし『お姫さまとゴブリンの物語』のジョージ・マクドナルドはgoblin（ゴブリン）の意味でcobを用いている。

15　ケリー・M・ウィッカム＝クローリーが、この一節にはdvergs-nätという語との駄洒落が含まれているかもしれないと指摘してくれた。『アングロ・サクソン語の魔法と医術』（一九五二）で、J・H・G・グラッタンとチャールズ・シンガーが、アングロ・サクソンの諸民族はエルフとドワーフを恐れていたと述べている。アングロ・サクソンの古英語で書かれた半ば異教的な「ラクヌンガ」のテクストには、ドワーフ除けの呪文が記されているという。グラッタンとシンガーはさらに、「スウェーデン語のdvergはドワーフばかりでなくクモをも意味し、dvergs-nätはcobweb（クモの巣）を意味し」、さらに「ブルターニュ、ウェールズ、コーンウォールの言葉ではcorもドワーフとクモの両方を意味する」と記している（六一ページ）。したがって、この場合の駄洒落は、このシチュエーションそのものにある。ドワーフはdwarf-nets（ドワーフの網）に捕まったのだが、それは同時にspider webs（クモの巣）でもあるのだから。

16　ここでビルボはゴラムとの遭遇について、再び語る。以前に語ったときには省略していた指輪に関連した部分も含んで話している。（第6章の注2参照）

17　トム・シッピーは、ビルボの魔法の指輪がビルボの立場をドワーフの立場と対等の高さに引き上げる装置とみなしている。冒険の旅行に出た当初は、ビルボはほこばなければならない「お荷物」にすぎなかったが、指輪を手に入れたビルボは積極的な役割をになえるようになったのである。（『ミドルアースへの道』第二版、七〇～七二ページ参照）

18　「妖精（faerie）」という語が『ホビット』に出てくるのはここだけだ。〈西の妖精の国〉（Faerie in the West）とは、「海のむこうのエルフのふる里（エルダマール）」のことである。

19　〈光のエルフ〉、〈深いエルフ〉、〈海のエルフ〉は〈高貴なエルフ〉の三つの種族。『シルマリルの物語』では、ヴァンヤール、ノルドール、テレリと呼ばれている。最初の段階では、ヴァンヤールはリンダールと呼ばれていた。『ホビット』と同じころに書かれていた様々な草稿は『歴史』の第五巻「失われた道」に載録されているが、そこでもヴァンヤールでなく、リンダールと呼ばれている。

エルフの種族の名前は、時間の経過とともに、きわめて複雑に変化してゆき、同じ名前でも意味が違ってしまうこともあった。ひじょうに小さな例をあげるなら、トールキンは、ときどき、海をこえて、ヴァリノールの二本の木の光を見た三つの種族をすべてひっくるめて〈光のエルフ〉と呼んでいる。（〈エルフ王〉とその配下の者たちのように）ミドルアースを離れることのなかった〈闇のエルフ〉と区別するためである。

20　1937「かれらは〈広い世界〉に戻ってきました。これに対して、〈森のエルフ〉は〈広い世界〉を去ったことが一度もなく、〈太陽〉と〈月〉が出現する前のうす暗がりのもとにとどまったのです。のちになると、太陽のもとに繁茂した大森林の中をさまよいながら生活していました。しかし〈森のエルフ〉がもっとも好んだのは森のはずれでした」→1966-Longmans/Unwin「〈広い世界〉に戻ってきた者もありました。これに対して、〈森のエルフ〉は〈広い世界〉を去ったことが一度もなく、ずっと、このわれわれの世界のうす暗い〈太陽〉と〈月〉のもとにとどまったのです。けれども、かれらがこよなく愛するのは星でした。今はもう消滅してしまった土地に高々と育っていた大森林の中を、〈森のエルフ〉たちはさまよいながら生活していました。でも、いちばん好んで住むのは森のへりです」（1966-Ballは1966-Longmans/Unwinに準じている）

「かれらは〈広い世界〉に戻ってきました」から「戻ってきた者もありました」に変更したのは、「〈広い世界〉に戻ってきた」のは〈深いエルフ〉すなわちノルドールだけだからだ。

一九三七年の初版に書かれていたこの一節は、エルフの初期の歴史、およびヴァラールの〈二本の木〉の最後の果実から太陽と月が誕生したという『シルマリルの物語』の出版されたヴァージョンの第一一章に述べられている物語に、完全に一致する。ところが、これは一九六六年になって書き直された。晩年のトールキンはこのシナリオを放棄し、〈ミドルアース〉は最初から月と太陽に照らされていたと考えるようになった。この考えについて書かれた様々の資料が、『歴史』の第一〇巻、「モルゴスの指輪」の「神話の変容」の節に載録されている。

21　ここに記された「古代」のエルフの王（『ホビット』の〈エルフ王〉と混乱してはいけない）の話は、ドリアスのシンゴル王の物語である。王はドワーフに報酬を支払うことを拒んで暗殺された。この物語の一部は、トールキンの神話体系における最初期の草稿にまでさかのぼる。「ナウグラフリング——ドワーフの首飾り」がそれで、『歴史』の第二巻「失われし物語」の第二部に載録されている。この物語は様々の形に書き換えられたが、『歴史』に載録されている「シルマリルの物語」のいくつかのヴァージョンで読むことができる。公刊版の『シルマリルの物語』では、この物語は二二章「ドリアスの滅亡のこと」で語られている。

第9章◆樽に乗ったる脱出劇

1　妖精と矢は、妖精の伝承物語のなかで密接に結びついている。妖精の一撃（elf-shot）というのは火打ち石（flint）でできた矢尻のことで、これが人間にあたれば肌に痕跡は残らないが、病気を引き起こすとされる。リューマチ、けいれん、青あざなど様々な症状が「妖精の一撃」のせいだと言われた。

2　〈エルフ王〉は『ホビット』では最後まで名前が分からない。『指輪物語』を読めばスランドゥィルであることが分かる。息子のレゴラスは、『指輪物語』の「指輪の仲間」九人のうちの一人だ。

3　カシは伝統的に聖なる樹木とされてきた。ドルイド僧、およびかれらが崇拝した聖なる林に結びつけられていた。妖精の伝承物語では、カシとならんでもっとも聖なる木とされるトネリコとサンザシの近くに生えていれば、カシの魔法の力はよりいっそう強力になるという。
第19章のエルフの唄の終わりには、この三つの木が一緒に出てくる。

「シー！　シー！　カシもトネリコもサンザシも／静かに、川よ！　夜明けになるまでは」

4　ドルウィニオンという名前がエルフ語を起源とすることは明らかだ。この語はトールキンの初期の作品に出てくる。一九二〇年代の初頭から半ばにかけて書かれた長い未完の頭韻詩「フーリンの子供たちの歌」で、とりわけ強いドル＝ウィニオン（Dor-Winion）のワインが、燃える〈南〉の国から運ばれてくると述べられている。ということは、ドル＝ウィニオンがベレリアンドにあったということになる（第一部の二三〇行、四二五行、第二部の五五三行、八〇六行。『歴史』の第三巻「ベレリアンドの歌」を参照のこと）。
ドルウィニオンは、後の（おそらく一九三〇年代半ば、一九三七年一二月に『指輪物語』を書きはじめる直前に書かれた）テクストにも出てくる。このテクストとは「クウェンタ・シルマリルリオン」のしめくくりのことで（『歴史』の第五巻「失われた道」に載録）、最終段落に、「ドルウィニオンの草原のしぼむことなき花々」と述べられている。すなわち、ドルウィニオンは海のむこうのトル・エレスセアにあったということになる（三三四ページ）。

トールキンの協力のもとに作成された、ポーライン・ベインズによる『ミドルアースの地図』（一九七〇）を見れば、ドルウィニオンは〈東〉の〈ながれ川〉の土手をはるか下っていった、ルーン湖の西北側の沿岸に位置している。これは『ホビット』のドルウィニオンの記述には合致しているが、それ以前の草稿で触れられるドルウィニオンの説明にはなっていない。

5　ガリオンというエルフ名は、エルフの言葉であるシンダール語に由来するようだが、意味ははっきりしない。GAL［shine（輝く）］、もしくはGALA［thrive（栄える、健康である、喜ぶ）］に由来するのかもしれない。'ion' という語尾は、YÔ もしくはYON［son（息子）］と関係があるかもしれない。

6　〈エルフ王〉の執事のふるまいは、ジョージ・マクドナルドの『カーディーとお姫さまの物語』の第一七章「ワイン倉」に出てくる王の執事に似ている。どちらも王の酒倉で、王の極上ワインを飲むのが大好きである。

7　『たのしい川べ』の第一二章では、ヒキガエルの館で執事の食料貯蔵庫に行く揚げ戸と、川につながっている秘密の地下道を利用することによって、モグラとネズミとアライグマとヒキガエルが、ヒキガエルの館をイタチどもから取りもどすことに成功する。ビルボの利用法とはまったく逆だ。

第10章◆熱烈な歓迎

1　『指輪物語』の第一章、ビルボは誕生パーティーでスピーチを行うが、ビルボの誕生日九月二二日について次のように述べられている。「（その日は）樽にのって〈ほそなが湖〉のエスガロスに着いた、記念すべき日でもあります。あのときは誕生日だということはすっかり忘れておりました。あのときは、私もまだたったの五一歳で、誕生日なんぞどうでもよいという気持ちでした。宴は豪華そのものでしたが、あのときちょうどひどい風邪をひいていたので、『どうぼ、あびがどう、ごばびばづ』としか言えませんでした」

ところが、『ホビット』第10章の本文には、ビルボは風邪がひどく、すぐに宴に出るなど問題外で、「三日間というもの、くしゃみと咳の連続で家にこもりっきり、その後も宴の席などで言えるスピーチはというと、『どうぼ、あびがどう、ごばびばづ』だけという、なんとも情けないありさまでした」と書かれている。

2　ウィリアム・モリスのトールキンへの影響は過小評価されている。モリスは詩人で、中世のイングランド北部のすぐれた文学作品をいくつか翻訳した。また、中世風の薫りたかい騎士物語を散文で創作した作家でもあった。モリスは想像した風景を細部にいたるまで、きわめて正確に描いている。トールキンはこのモリスの衣鉢をついでいる。

くわえて、リチャード・マシューズが的確に言ってのけたように、「明らかに、トールキンはモリスの風景、地理――森、山、荒れ地など――に向かうときの感性、それに名前をつける喜びを受けついでいる。トールキンはそれを大きく育て、このお遊びを高度な言語学に仕立てあげたが、その種子はモリスに胚胎しているのである」

たとえば、モリスの『山の根っこ――この中では、バーグデイルの人々、その友人たち、その隣人たち、その敵たち、その仲間の戦士たちのことが語られる』（一八九〇）という長々しいタイトルのつけられた本には、〈さかまき川〉（Weltering Water）という川があり、それが〈谷〉（Dale）を流れており、〈なみだか湖〉（Wildlake）という川が〈ひろ野〉（Plain-country）へと流れていくさまが描かれている。トールキンの〈ながれ川〉（Running River）、〈谷〉（Dale）、〈森の川〉（Forest River）との類似は明らかである。

「山の根っこ（The Roots of the Mountain）」はモリスよりもかなり以前から存在する表現だが、トールキンは『ホビット』で二度用いている。第5章でゴラムの棲んでいる場所を描いている箇所と、第12章でドワーフたちがアルケンストンを発見したことが述べられる箇所である。もっとあからさまにモリスに倣っている表現もある。第1章に、"the wood beyond The Water"（〈川〉のむこうの森）という表現があるが、モリス後期の小説のタイトル *Wood Beyond the World*（一八九四）、*Water of the*

Wondrous Isle（一八九七）を想起させる。

3　この地図とは、トロールの地図でなければならない。『ホビット』の初期の「家庭内写本」では、物語のためにさらに何枚かの地図が描かれていた。そのうちの一枚（「『はなれ山』とほそなが湖の地図」）が、『イメージ図鑑』の図版87に載録されている。

4　トールキンはこの「もっと大きかった町」の歴史は描いていない。

5　〈町長〉と参議たちは、ロバート・ブラウニングの詩「ハーメルンの笛吹き男」（一八四二）に描かれている、ハーメルン市を治めている市長ならびに市当局からヒントを得たのかもしれない。〈湖の町〉の〈町長〉もハーメルンの市長もケチで利己的、かりに町の人々の利益をはかるにしても、自分が決して損をしないようにしかしない。

　トールキンはブラウニングの詩をよく知っていた——どころか、嫌悪していた。叔母のジェイン・ニーヴに宛てた一九六一年一一月二二日付けの手紙で、「ディズニーのいちばん低俗な部分を予感させる、あきれたシロモノです…。昔、子どものころでさえ——子どもなら喜ぶはずだといってあたえられるような大人っぽい読みものと、ブラウニングのうすっぺらな悪趣味がどう違うのか分からなかったころでさえ、この詩はいやでした」（『手紙』二三四）。『ホビット』が執筆されていたころに、この詩のことがトールキンの頭の中にあったらしいことは、一九三一年一〇月一五日発売の「オクスフォード・マガジン」にのった風刺詩「ビンブル町の進歩」によって確認できる。この詩は町長と町当局への献呈を付して、K・バグプーズ（K. Bagpuize）のペンネームで出版されている。これはオクスフォードから数マイル西にある村の名Kingston Bagpuizeの略である。風刺の一部は、地元の役人の政策に向けられたものである。

　この詩は、トールキンの「ビンブル・ベイの物語と歌」という一連の詩作品の一つで、おそらく発表にいたる数年のあいだのいつかの時点で書かれたものだろう。雑誌にのったものはわずか四四行だが、もっとも早い時期の草稿が「ビンブルの進歩」と題され、ほとんど修正のない形で残っており、こちらは一二〇行もある。この草稿では、四四行目のあとに詩節がかわっており、「ここで終わり」と鉛筆で記されている。その後のヴァージョンはすべて、四四行で終わっている。同じような調子で続く残りの七八行は発表されなかった。ビンブル・ベイを扱ったもう一つの詩——「がめついやつ」と題されている（古いヴァージョンでは「気のどくながめついやつ」）——も公表されなかったが、やはり同じような風刺的な調子で書かれている。環境汚染と産業化の影響へのトールキンの憂慮が反映されている（『ローヴァーの冒険』にもそれがはっきりとうかがえる）。

　海辺に場面を設定したのは、一九二三年と一九二五年に、北ヨークシャーのファイリーで過ごした夏休みの家族旅行の影響かもしれない。

ビンブル町の進歩
（町長と町当局にささぐ）

ビンブル・ベイの中心街は、急な坂道。
降りて行くと、両側には家が立ち並んでいる。
のっぽの家やちびの家。トンマなマトンの肉屋さん、
八百屋に、服屋もあって、ブラウス、
ジャージ、セーターに傘となんでもござれ。
郵便局は新しいが、俗悪そのもの。
図書館にはずらりと、金ピカ
ベストセラー。古い宿屋は
窓が一杯、石畳の庭には、
自動車モクモク排気ガス、
馬は一頭もいやしない。
ぎっしりつまった宿泊客、

（海辺の空気が健康によいとやらで）
すしづめ列車にゆられてきた。
薬局には日焼けどめに、
絵はがきがどっさり（海にどっぽり
でぶ女、いったいどこの風景かしら）。
安ぴかものと、安陶器を売る
露天の市には、ゴシップが一杯。
店、また店に並ぶのは、チョコと
煙草と、チュウインガム
（包む銀紙、包装紙、
野辺に、水辺にまきちらす）。
忙しいのは車屋さん、油まみれの
人達がトンテンカンと働いて、
エンジンブルブル、ライトギラギラ
夜も休まず、楽しい響き！
時に聞こえる子供の叫び、
でもこれも、今では希だ。
時に聞こえる、夜おそく、
バイクの金切り声の合間、合間に、
浜辺に響く海のうめき。
オレンジの皮をもみほぐし、
バナナの皮を打ち上げて、
紙を噛みしめ、ボトル、紙箱、空き缶の
ごった煮を噛み下そうと懸命だ。
うかうかしてると夜が明ける。
団体バスのご到着。
古い宿屋の前にとまり、
人息ムンムン、熱気ムンムン
「どこでもいいや」「どうでもいいや」の
人々を、どばっと吐き出す、朝はやく
メインストリートが急な坂、
かつては麗しのビンブル町、
いまでは、家もよろめいてる。

ディスカバー イギリス！
　K・バグプーズ

七〜八行で「図書館にはずらりと、金ピカベストセラー」とあるのは、一九二七年創業のヴィクター・ゴランツ社の出版物のことだろう。同社が出す本は、明るい黄色のカバーが売り物だった。このカバーにはイラストはなく本の宣伝文句のみで、表側のカバーには批評家のコメントが印刷されてあった。「ディスカバー イギリス！（See Britain First!）」は当時の旅行会社のスローガン。

第11章◆敷居の前にて

1 〈スマウグのあらし野〉の範囲は、トロールの地図、あれ野の地図のどちらにも記されている。

第12章◆内部情報

1 「三度目の正直」は中世のことわざ。注目すべき使用例としては「サー・ガウェインと緑の騎士」がある。ガウェインが泊めてもらっている館の主人が、こう言う。

あなたはすでに二度ためされて、二度とも誠実にお守りになりまし

た。「三度目の正直」というではありませんか。どうか明日の楽しみのことをお考え下さい。（原作の六七節／一六七九～八〇行）

ビルボは、このことわざを第12章で口にする。

ジャレド・ロブデルは、*American Notes and Queries Supplement 1*（一九七八）に載った「『指輪物語』に出てくる中世のことわざ」という短い記事で、『指輪物語』にはこのことわざが三度（そのうち二度は異なった形で）用いられていることを記し、一九六四年七月三一日付けのトールキンからロブデルへの手紙を引用している。「throwという語を用いた、頭韻を踏んだ古いことわざです。throwはtime（回）、period（期）の意味です（動詞のthrow［投げる］には関係がありません）。この三度目の機会がもっともよい回だ、特別の努力と／か好運の回だ、という意味です。二度の失敗を挽回するために三回めのトライが必要なとき、あるいは三度目の出来事がそれ以前よりもすばらしく、人もしくはモノの真価を証明してくれる場合に用います」

2　一九三七年のアレン&アンウィン社に宛てた手紙で、『ホビット』の中でここの二つのセンテンスだけがフィロロジー的な内容を伝えていると記した。「ちょっと妙ちくりんな、神話的なかたちで言語哲学に触れているので、バーフィールドを読んだ人（ごく僅かでしょうが）以外には（さいわいにも）分からないだろうし、読んだことのある人でも分かるかどうかあやしいと思います」（『手紙』一五）

オーウェン・バーフィールド（一八九八～一九九七）はC・S・ルイスの親友で、ルイスを通じてトールキンと知り合った。バーフィールドも一九三〇年代と四〇年代に「インクリングズ」の会合に出たが、主としてロンドンで事務弁護士の仕事をしていたので、たまにしか出ることができなかった。バーフィールドの言語哲学についての著書『詩的な語の用法』（一九二八）はトールキンとルイスに深い影響をあたえた。バーフィールドが子ども用に書いた『銀のトランペット』（一九二五）は、とくに、一九三六年にルイスがその本をトールキン一家に貸すと、子どもたちにたいへん喜ばれた。

トールキン学者のヴェリリン・フリーガーは、トールキンの頭の中で、元来の言語は比喩以前の状態にあったというバーフィールドの主張が意識されていたのではないかと述べている。この説によれば、太古にはコトバとモノの意味的合一が存在し、したがってコトバは現実のモノに対応していたという。しかし現在の言語はもはや具体的でも、文字通りでもない。ゆえに、この場合トールキンが言おうとしたのは、ビルボの息が比喩的な意味ではなく、文字通りに失われてしまったということになるであろう。

フリーガーの著書『裂けた光――トールキンの世界のロゴスと言語』（一九八三、二〇〇二に改訂版）はバーフィールドのトールキンへの影響を詳細に研究しており、バーフィールドの思想の説明は秀逸である。

バーフィールドは神話と言語と人間の世界認識は不可分であるという。コトバは神話が表現されたものである。神話的な概念、そして神話的な世界認識が具体化されたものである。神話という語は、この文脈では、ヒトと自然世界、そしてヒトと超自然の世界との関係を、ヒトがどう認識しているかを表現したもの、という意味にとらねばならない。今日ではコトバの文字通りの意味と比喩的な意味が区別されるが、言語がはじめて生じたとき、そのような区別はなかったというのが、バーフィールドの理論の出発点である。その時点では、比喩《メタファー》、すなわちあることを述べるのに別のものを用いるというような概念はそもそも存在しなかった。言語はつねに文字通りに用いられ、現象の認識、そしてヒトの、現象との直感的で神話的な一体化を直接的に表現したのである。コトバの文字通りの使用と比喩的な使用の区別を近代になって行うようになったことは、かつては存在しなかった抽象的なモノの具体的なモノからの分離が生じたことを示している。ヒトは最初は宇宙を一つの全体としてとらえ、自分自身をもその一部であるととらえていたが、このようなとらえ方ははるか昔に失われてしまった。現代のわれわれが認識する宇宙は細分化され、断片化され、われわれ自身とも完全に別個の存在になってしまった。われわれの意識、そしてそれを表現するわれわれの言語は変化し、分裂した。かの太古の世界認識では、どのコトバもそれ独自の、一つに統合した意味をもっていたことだろう。現代のわれわれには様々な概念を用いてはじめて理解できることが、一つのコトバで表現されていたことだろう。現代のわれわれは（がんらいの世界、そして世界認識ともはや一体化することができないので）、様々のコトバを用いなければならないのである。（三九ページ）

3　一九三八年一月一六日に、ロンドンのオブザーヴァー紙に一通の（「ハビット」と署名された）手紙が掲載され、『ホビット』についてのいくつかの質問がなされたが、その中に、「ホビットがドラゴンの盃を盗んだのは、『ベーオウルフ』の中の同じようなエピソードにもとづいているのですか?」というのがあった。トールキンの答えは二月二〇日付けのオブザーヴァー紙にのった。「『ベーオウルフ』はもっとも大切な種本のひとつです。けれども、執筆の過程で意識的に心においていたということはありません。盃を盗む場面も、あの状況の中から自然に（そしてほとんど必然的に）出てきたものです。あの時点で、あれ以外のかたちで物語を進めるのは困難です。『ベーオウルフ』の作者だって同じことを言うだろうと思います」（『手紙』二五）

「ベーオウルフ」の中の盃を盗むエピソードは短い。その事件はドラゴンが宝を三〇〇年守ったあとでおきる。ある男が自分の仕える君主の歓心を得ようとして、杯を盗む。ドラゴンは目をさまして盗まれたことに気づくと、憤怒にとらわれる。夜のとばりがおりると、ドラゴンは炎に包まれて出かけてゆき、かの君主と家来たちを殺して、夜が明ける前にいそいで自らの館に戻ったのだった。（三二節、二二七八行以下）

4　一九三八年二月二〇日にオブザーヴァー紙に掲載された手紙に、「ドラゴンの名前——偽名——は、原始ゲルマン語の動詞smugan（狭い穴に入り込む）の過去形です。へたなフィロロジーのジョークです」と述べられている。（『手紙』二五）

5　『ミドルアースへの道』でトム・シッピーは、ビルボとスマウグの対話のモデルが、「古エッダ」の「ファーヴニスマール」（「ファーヴニルの歌」）にあると指摘している。傷を負って死んで行くドラゴンと、英雄シグルズが話す場面である。シッピーは次のように述べている。「ビルボと同じで、（呪いをかけられてはまずいので）シグルズは自分の名前を告げることはせず、謎々のような答え方をする。またファーヴニルが、黄金が貪欲を目覚めさせると言って、敵の仲間たちの間に不和の種をまこうとするのも、スマウグと同じである」（第二版、八二ページ）

ヘンリー・アダム・ベロウズの『詩のエッダ』の「ファーヴニスマール」の英訳（一九二三）では、会話が次のように始まっている。ファーヴニルが先で、そのあとにシグルズのセリフが続く。

若者よ、ああ若者よ！　そなたは誰から生まれたのだ？
誰の息子か教えてくれ。
そなたの光る刃をファーヴニルの血で
赤く染めたのは誰だ？
わが心臓に剣を突き立てたのは誰だ？

私の名は高貴なシカ。
私には母もなく、
他の者のような父もなく、
天涯孤独で生きている。

（第一、二節）

ビルボとゴラムの場合のように、ビルボとスマウグの会話にも、かすかにモデルらしきものがある。E・H・ナッチブル＝ヒュージセンの『わが子のための物語集』（一八六九）の中の「アーネスト」である。トールキンはこの本を子どものころ持っていた。「アーネスト」では、アーネストという幼い子どもが庭の井戸にボールを落としてしまい、その中におりていってボールを捜す。


アーネストはしばらく下りてゆき、ついに底まできたぞと思いました。これはそんなに間違ってはいませんでした。でも、井戸はてっぺんより底のほうがはるかに大きく、わき出す水がまるで壁のように立ち上がっていて、そのぐるりに大きな乾いた地面があります。アーネストは水の中から這ってでて、乾いた土の上に立ってあたりを見まわしました。からからに乾いているわけではなく、かなりじとじとしています。ボールはどこにも見あたりません。けれども、アーネストのいるほら穴の壁は、ぐるり一面に水晶のようにキラキラするものが光っていて、そのためにそこはとても明るく、地面の上には、とても大きなヒキガエルが座って、ひどく安めの葉巻をすっていました。自分のことをひとかどの者と思っているようです。ヒキガエルはアーネストをまっ正面に見すえて、怒った声で言いました。

「あつかましい愚か者めが、よくも下りてきたな」

アーネストは育ちが良かったので、礼儀正しくして損のないことを知っていました。そこで怒るどころか、そんな井戸の底でできるかぎり深々とおじぎして、こう答えました。

「たしかに、あつかましいかもしれませんが、あなた様のように気だかく、男ぶりのよいヒキガエルさんの前にやってきたのですから、愚か者などというのは、ありえないことです」

「よし、悪くはないぞ」とヒキガエルは言いました。「おまえ、礼儀は教わっているようだな。だが、何がほしいのだ？」

「ボールです」とアーネストが答えると、その瞬間に、低い銀の鈴のような笑い声がほら穴中にこだまして、ヒキガエルはぷうっと膨れあがり、きっと爆発するにちがいないとアーネストが心配になるほど膨れにふくれると、けたけたと笑いはじめました。少年はきつねにつままれたようです。

「ボールだと」と、ついにヒキガエルは叫びました。「さっきここに落ちてきたあのゴムのボールのことだったら、もうとっくのむかしにばらばらに刻まれて、おとなしいネズミたちのゲートルになっちまったよ」（七一～七二ページ）

ナッチブル＝ヒュージセンのこの本には「アーネストとヒキガエル」という挿絵がついているが、画家の名は記されていない。

6　「語源集」（第8章の注10参照）に、「『エスガロス』（Esgaroth）というのはエルフ語で『葦《アシ》の湖』の意味。西岸の土手に葦が群生しているところからそう名づけられた」と述べられている（三五六ページ）。

7　北欧文学でもっとも著名な二匹のドラゴン、すなわち「ヴォルスング」のドラゴンであるファーヴニルと、「ベーオウルフ」のドラゴンのどちらも、体の下部を刺されて死ぬ。
「ヴォルスング・サガ」では、シグルズが道にいくつか溝を掘り、その一つにもぐり込んで待ちぶせをする。

ドラゴンが水のところまで這っていくと、地がはげしく揺れ、その周辺一帯に地震がおきた。ドラゴンはゆくてに毒をはいたが、シグルズはすさまじい音にも、恐れも心配もしなかった。ドラゴンが穴の上にきたとき、シグルズはその左肩の下をねらって、剣を突き上げた。剣は柄までずぶりと刺さった。シグルズは穴から飛びだして、ドラゴンから剣をひき抜く。両腕が肩まで血だらけになった。巨大なドラゴンは、致命傷を負わされたと感じ、頭と尾をやたら振りまわすので、

あたりのものはすべて粉々にくだけた。（一九九〇年刊のJ・L・バイオック訳の『ヴォルスング・サガ』、六三ページ）

ドラゴンのファーヴニル。アンドルー・ラングの『あかいろの童話集』（1890）の「シグルズの物語」に付けられた、ランスロット・スピードによる挿絵。

コンスタンス・B・ハイアットによる一九八二年の『ベーオウルフ、およびその他の古英語の詩』に入っている「ベーオウルフ」の改訳版で、ベーオウルフは自分の剣でドラゴンを攻撃して失敗すると、若い戦士ウィグラフの助太刀をえる。「王のわきの気だかい戦士は、ほんらいの勲しと腕前と胆力を発揮した。勇士は王を助けるときの手の火傷をものともせず、ドラゴンの頭には一瞥もくれず、敵の下のほうをねらって打ちかかった。輝く剣はぐいとささり、ただちに炎は鎮まりはじめた」（三七節、二六九五～七〇二行）

8　ブラドルシン王の事績が言及されているのは、トールキンの全著作のなかでもここだけである。ここの文脈では、ブラドルシンは「はるか以前に死去」と述べられているので、エルフではなく人間だったのかもしれない。しかしながら、ブラドルシン（Bladorthin）という名前は、エルフ語の構造をもっているように見える。シンダール語の -thin = grey（灰色）の部分は容易に解読できる。Blador- については、ブラドルウェン（Bladorwen）という名がトールキンの神話体系の最初期のものに出てくる（『歴史』の第一巻「失われし物語第一部」）。Bladorwen「広い大地」と注釈があり（二六四ページ）、トールキンの最初期の語彙の中には、bladwen（平野）、blath（床）、blant（平らな、ひらけた）などの関連語がある。クリストファー・ギブソンの手紙が、一九九一年五月の「ヴィンヤール・テングワール」（No.17）に載っていて、blador- は「漂泊者、放浪者、巡礼」などを意味する動作主名詞である可能性が指摘されている。『ホビット』の草稿では、当初、魔法使いがBladorthinと呼ばれており、後になってガンダルフに変えられたから、というのが理由だ。『指輪物語』では、エルフたちはガンダルフのことをミスランディアと呼んでいる。シンダール語で「灰色の巡礼」を意味する。ブラドルシンは同じ意味の、その初期の形態だったのかもしれない。

第13章◆鬼のいぬまに

1　アルケンストン（Arkenstone）という名前は、アングロ・サクソン語のeorclanstān（貴重な石）に由来する。eorcnanstān, eorcanstān, earcnanstānなどの異形もあるが、「ベーオウルフ」には一度だけ出てくる。イェーアトのヒイェラーク王が死ぬ場面である。

心の傲りの故に
自ら災厄を招き、フリジア人との戦を起こした時、
運命は彼をあの世へと連れ去った。その戦役の折、勢威鳴り響く君王は、
宝物を、宝玉を身に着けて、満々と波を湛えた
酒盃なす海原を越えて行ったが、遂には楯の下に斃れたのである。

（一二〇五～〇九行、忍足欣四郎訳。［一二〇八行めの「宝玉」の古

英語の原語はeorclan-stānas」）

（ちなみに、『指輪物語』のローハンの王セオデンの名の起源が、一二〇九行にある。Théodenがそうで、アングロ・サクソンの語で、「王、大公」を意味する［訳では七行目の「勢威鳴り響く君王」］。）

古ノルド語でeorclanstānの同系の語が、「古エッダ」の詩の一つ「ヴェルンドの歌」に見られる。鍛治屋のヴェルンド（イギリスの民間伝承のウェーランドと同一人物）は、自分の宝をうらやむ二人の弟を殺す。二人の首を落とし、その目玉で宝石（iarknasteina）をこしらえて、母親に送る（二五節）。

ヤーコプ・グリムの四巻本の『ドイツ神話学』（一八四四）の第三巻では、ゴート語のaírkna-stáins（aírknisは「聖なる」という意味）と、古高地ドイツ語のerchan-steinには関係があると考えてよく、この語が表す宝石とは「卵形、ミルク色のオパール」のことではないかと推測されている。（ジェイムズ・スティーヴン・スタリブラスによる一八八三年の英訳版、一二二七ページ）

アルケンストンの描写は、『シルマリルの物語』でシルマリルと呼ばれる三つの光の宝石が描かれる部分と、非常によく似ている。「…宝物庫の奥の奥の暗闇でも、シルマリルはヴァルダの星のように、自らの輝きで浮かびあがった。けれども、シルマリルたちはまるで命あるもののように、光を喜び、光を受けとると、いっそう素晴らしい燦きにして返した」（六七ページ）。トールキンは（おそらく一九三〇年代に）自らの神話体系の中の「ヴァリノール年代記」をアングロ・サクソン語に翻訳した際、シルマリルを指すのに、eorclanstānasを用いている。（『歴史』第四巻「ミドルアースの形成」、二八三ページ）

2　1937「銀メッキの鋼でできており、真珠の装飾がついています。また真珠と水晶をあしらったベルトがそえられています」→1966-Ball「銀の鋼（エルフの言葉では〝ミスリル〟と呼ばれます）でできており、真珠と水晶をあしらったベルトがそえられています」

この改訂によって「ミスリル」という名が『ホビット』に持ち込まれ、ビルボの鎖かたびらの描写が『指輪物語』のそれと一致するようになった。

「ミスリル」はエルフのシンダール語で、訳すと「グレーの輝き」。この銀のはがねは、モリア・シルバーとも、真の銀とも呼ばれる。『指輪物語』では、モリアのみに産するとされる。

3　「クラム」はエルフ語。『語源集』（第8章の注10参照）によれば、KRAB（圧しつける）から派生している。「小麦粉もしくは荒びき粉を圧縮した（多くは蜂蜜とミルクを含む）クッキーで、長旅のさいに用いられる」と記されている（三六五ページ）。

第14章◆火と水

1　このglede（燃え木）は古語である。古英語のglēde（燃えている石炭、燃えさし、火、炎）に由来する語である。現代英語にはこのままの形ではなく、gleedという形はあるが、ほとんど用いられない。「ベーオウルフ」では数度用いられている。次のドラゴンの攻撃の場面がその例である。「かくしてこの余所者は炎を吐き／豪奢なる家屋敷を焼きはじめた」（三三節、二三一二～一三行）［「炎」の原語はglēdum］。三〇四〇行（四一節）にも出てくる。「様々の彩に恐ろしく輝く竜も、焔に焼き尽くされていた」（この引用は、第17章の注1でもっと長く紹介する）。

中英語の「サー・ガウェインと緑の騎士」には、gledeが二度出てくる。一九二五年のトールキンとゴードンの校訂版だと、八九一行と一六〇九行。後者の例は、死後出版のトールキン訳『J・R・R・トールキンサー・ガウェインと緑の騎士——トールキンのアーサー王物語』（二〇〇三年、原書房）では、次のようになっている。狩りでしとめたイノシシを狩人の一人がさばき、犬にもごほうびがあたえられるという場面である。「まずは頭を切り落として、それを頭上高くかかげてみせた。つぎに背骨にそってつうと切り下げて二つに割って、腸を取り出し、それを熾った石炭の上にのせた。焼けた腸に血をまぜたものが、犬へのごほうびだ」（六四節、七二ページ）［「熾った石炭」の原語がgledes］。

現代語のglede（現在では主に方言のみ）は、トビなど猛禽類を意味する全く別の単語で、古英語のglidaから派生した。この語はglide（滑べる、滑空する）という動詞と関連がある。

2　トールキンは「妖精物語について」というエッセイで、幼児のころに「心の底からドラゴンにあこがれた。もちろん、実際に近所にいてもらいたいなどとは思わなかったし、自分が暮らしているこの安全な世界に侵入してくることを思うとぶるっとくる…。だが、どんな危険があろうとも、想像の中だけでもいいからファーヴニルが存在するなら、世界はそれだけ豊かで美しくなる」と述べている。また一九六五年一月のBBCラジオのインタヴューでは、さらに次のように語っている。「ドラゴンは、神話の一つのエッセンスのようなものとして、私をいつも魅了しました。人間の悪意と獣性をものすごいほど絶妙にあわせもち、かつ、悪知恵、狡猾さをも備えているのです。恐ろしい生き物です」（第2章の注1参照）

トールキンはもっとかろやかな調子で、ドラゴンに共感している詩を書いたことがある。一九三七年二月四日号の「オクスフォード・マガジン」に発表された。「ビンブル・ベイの物語と歌」という題がついた一連の詩作品の一つである。

ドラゴンの訪問

桜の樹に、ドラゴンが下りた。
とろとろ燃えながら、夢を見ながら。
ドラゴンは緑、桜は白、
そして、太陽は黄色く輝いていた。
青い山脈をはるばる越えて、
さいはての地からやってきた。
故郷には仲間がいっぱい。
白い泉に月が映えていた。

「ねえ、ヒギンズさん、ご存知ですか？
お庭に何が寝ているか？
ドラゴンですよ。桜の園に」
「エー！　なに？　いま何とおっしゃった？」
ヒギンズ君、庭のホースを持ってくる。
ドラゴンは、夢から覚めた。
水が流れてくると、
眼をしばたたき、緑の長耳をそばだてる。

「ああ冷たい。ヒギンズさんの泉は
ほんとうにさわやかだ。
月が出るまで、座って歌おう。
山の向こうの仲間のように。
ヒギンズも、隣の家のボックスさん、
ビギンズ嬢も、タッパーさんも、
私の声にしびれるだろうて。
夕食もいっそううまかろう」

ヒギンズ君、消防車を呼んできた。
車は、赤い長梯子をつきだして、
人は、黄金色のヘルメット。

悲しくなった、ドラゴン君。
「ああ、最悪のあの昔を思い出す。
無情なさむらいがやってきて、
ドラゴンの巣をおそい、
綺麗な金を盗んだあの昔を」

梯子をのぼるは、ジョージ隊長。
ドラゴンが言う。「親切な皆さん、
なぜ、このような大騒ぎ？　お帰りください。
でなきゃ、悲しい結果となりましょう。
教会の塔は横だおし、森は丸焼け、
皆さんも私の夕食となりましょう。
ジョージ隊長、ヒギンズさんに、ボックスさん、
それにビギンズ嬢も、タッパーさんも」

「放水はじめ！」。隊長は叫び、
梯子を駈けおりる、もつれ足。
ドラゴンの眼はまっ赤に染まり、
腹の中では、ごろごろと憤怒のうなり。
湯気をあげ、煙をはき、尾を振り下ろす。
花は散って舞いおちる。
芝生はうっすら雪化粧。
ドラゴンの怒り、ぐらぐら沸きたつ。

棹もて！　棒もて！　つっつけ！　つき刺せ！
目指すは、やわな腹の皮。
ドラゴンは物凄い叫びをあげて、
雷のように舞い上がる。

荒れ狂うドラゴンの猛威に、町は粉々。
船乗りたちの見たことにゃ、
ビンブル湾の一帯は、
バンパス岬からトリンブルまで、まっ赤な火の海！

ヒギンズ君は筋っぽく、
ボックス君は、味もボックス［ツゲの木のこと］。
夕食むしゃむしゃ食べながら、ドラゴンの恨みぶし。
「せっかくの苦労も水のあわ」
長い白砂の海岸を見下ろす崖に、
葬った遺骸は、ビギンズ嬢、
タッパー君、ジョージ隊長。
そしてヒギンズ君には、哀しい歌を捧げた。

哀しい歌が響くなか、月がのぼり、
ビンブル湾の荒磯に、海がため息すすり哭き、
夕陽はまっ赤に燃えつきた。
海の沖合い、はるかむこうに、
見るは、ふる里の山のみね。
よせる思いは、ビンブル湾。
うつろいやまぬ、人も世も。

「ドラゴンの歌も姿も、
讃えるだけの、知恵もなく、
殺せるだけの、度胸もなし。
つまらない世になったものだ」
月光をうけた緑の翼が、
夜風をうって、

夜波の上を飛び帰る、
緑のドラゴンのふる里へ。

ずっと後になって、この詩の最初のタイプ原稿の上に（その前に手書きの清書原稿が二つあり、様々な修正の跡がみえる）、トールキンは「一九二八年、オクスフォード？　一九三七年に改訂」と記した。

何年もたってから、おそらく一九六一年の一二月にいたる数か月のあいだに、トールキンはこの詩を改訂した。結末を変え、一連を付け足したのだ。一九六二年の一一月に出版された『トム・ボンバディルの冒険』に入れるつもりだったが、結局は含められなかった。この作品が未熟だと思ったのと、あらたに書き直しても、『ホビット』と『指輪物語』の世界に入れるのは不可能だと考えたからだ。この作品は一九六四年一二月にも改訂された。この最終版は、もう一つ未発表だったトム・ボンバディルの詩「むかしむかし」とともに、キャロライン・ヒリアー編集の『子どもたちのための冬物語Ⅰ』（一九六五）に含まれるかたちで出版された。この二編の詩は、リン・カーター編の『若い魔法使い』（一九六九）にも再録されたが、それ以外のかたちでは読めない。改訂版では、ドラゴンはビギンズ嬢を殺さない。詩の最後は次のようになっている。

「ドラゴンの歌も姿も、
讃える知恵は、いまはもう誰にもなく、
はがねで、炎獣を截つだけの度胸もなし。
つまらない世になったものだ」
大きな翼を広げて、ドラゴンは飛びたつ。
ところが、跳びあがったその時に、
ビギンズ嬢の短剣が、ドラゴンの心臓を差し貫いた。
そのときのドラゴンの驚き！

「こんなことしてご免なさい。
あなたは素晴らしいお方です。
また、一人で習ったにしては
歌もとてもお上手。
でも、勝手放題はゆるしません。
そんなこと、もう終わりにしなければ」
いまわのきわのドラゴンの一言。
「初めて、素晴らしいといってもらった！」

第15章◆一天にわかにかき曇り

1　イギリスの民間伝承では、大鴉《おおがらす》は伝統的に不吉な鳥というイメージであった。しかし、トールキンが大鴉をメッセンジャーとして用いているところは、古代北欧神話の二匹の大鴉を想起させる。すなわちフギンとムニンがそれで、オーディンに情報をもたらした大鴉である。「スノッリのエッダ」第一部の「ギュルヴィたぶらかし」で、「二羽の大鴉がオーディンの肩にとまり、自分たちの見聞きしたことをすべてオーディンの耳に注ぎ込む。二羽の名はフギンとムニンである。オーディンが夜明けに二羽をはなつと、二羽は世界中を飛びまわり、夕食のころに戻ってくる。それによってオーディンは様々の出来事のことを知る。このことから、オーディンは『大鴉の神』という名を得た」（一九八七年のアントニー・フォークス訳の『エッダ』、三三ページより）

野生の大鴉はだいたい三〇年ほど生きるのが普通。以下に出てくるロアクは一五三歳だから、とんでもなく長生きの大鴉だ。

2　フンディンも「ヴェルスパー」から採られたドワーフの名である。第2章の注16参照。

3　ロアクもカークもとてもたくみに鳥の鳴き声を模した名前になっている。

4 〈はなれ山〉から〈くろがねの丘〉へ東向きに指している矢が、あれ野の地図の東端に見える。『指輪物語』の追補B「代々の物語」によれば、〈くろがねの丘〉はトロールの弟のグロールの率いるドワーフたちによって、二五九〇年の前後に定住地とされたという。

5 1937「〈谷〉の側から〈門〉に接近しようとすれば…（外から門のほうを見て）右手のほうにそびえる絶壁に近い細い道を通ってくるしかありません」→1966-Ball「〈谷〉の側から〈門〉に接近しようとすれば…バリケードから外を見て右手のほうにそびえる絶壁の、細い岩棚を通ってくるしかありません」

この改訂によって、小径は川の反対側に移動された。

6 トリン、バード、伝令たちの間で交わされる言葉は、しゃちほこ張っていて法律用語のように聞こえるが、これはアイスランドのサガからそのまま持ってきたものだ。トム・シッピーは『ミドルアースへの道』で、「『フラヴンケルのサガ』の主人公が、自分の犯した殺人への適切なつぐないを一つ一つ挙げているのに似ている」と述べている（第二版、七七ページ）。

グウィン・ジョーンズは、『赤毛のエイリーク、その他のアイスランドのサガ』（一九六一）の中に「フレイの神フラヴンケル」という題名でこのサガを訳した。該当箇所は以下のように訳されている。

わたしが殺したのはこの者一人ではないと、フラヴンケルは言い返した。「それに、わたしには償いなどする気がない、みなそのまま我慢するしかないのだと聞いても、そなたは驚かぬはず。とはいえ、このたびの行いは、これまで犯した人殺しの中でも最悪のものだと思う。そなたは長い間わが隣人だった。わたしはそなたが好きだったし、おたがいに同じ気持ちだろう。わたしとエイナールの仲はそうおいそれとは裂けないはずだったが、やつがかの種馬に乗ってしまったのだ。とかくわれらは口を大きく開きすぎたことを悔やむもの。話し足りないと後悔することはめったにないが、話しすぎたことはいつも後悔の種となる。このたびのわたしの行為は、これまでのどんなふるまいにもましてひどいと後悔していることを、わたしはちゃんと形に表すつもりだ。そなたの家に、夏には乳牛、秋には肉をとどけよう。そして、そなたに農場を続ける気のあるかぎり、毎年の季節ごとにこれを欠かさぬこととしよう…。そなたが死ぬまで面倒をみよう。さすればわれらも和解して…」

「そのような申し出、お受けできません」とトルビョルンは言った。

「では何がほしいのだ?」とフラヴンケルが尋ねる。

「間に立って裁定をしてくれる人を指名しようではありませんか」

「では、そなた、自分がわたしと同等だと思っているのだな」とフラヴンケルは答えた。「そのような条件で和解なんぞ、永久にならんぞ」（九六〜九七ページ）

グウィン・ジョーンズ（一九〇七〜一九九九）はトールキンの友人であり同僚でもあった。さらに多産な文筆家、編集者、翻訳家で、自らフィクションまで手がけた。長年にわたって、アベリストウィスにあるウェールズ大学のユニヴァーシティ・コレッジで、英語英文学の教授をつとめた。一九四五年一二月に、一九三九年に自らが創刊した雑誌「ウェルシュ・レヴュー」に、トールキンの詩の最高傑作の一つ「領主と奥方の歌（*The Lay of Aotrou and Itroun*）」を掲載した。ブルターニュの物語詩《レイ》風の、一行が八音節の韻を踏んだカプレット形式で書かれた、五〇八行の作品である。最初期のヴァージョンとしては、一九三〇年九月のものが残っている。子のない領主（aotrouは領主、itrounは奥方を意味するブルターニュ語）が、魔女から子を授かるクスリを手に入れて、最後は悲劇的結末となる物語である。残念なことに、この詩はどこにも再録されていない。

ジョーンズは、トールキンの「奇《くす》しき説話」（*Sellic Spell.*「ベーオウルフ」の下敷きとなっている民間伝承をもとにした作品）も掲載しようとしたが、「ウェルシュ・レヴュー」は一九四八年に廃刊となり、やむなく原稿を返した。この作品は未公刊のままである。

第16章◆真夜中の泥棒

1　ここのテクストにはわずかながら混乱がある。『ホビット』の初版では、トラインといえば、トリンの父親トラインだけだった。しかし、トロールの地図には、「山の王トラインが昔ここに住んでいた」と記されている。ドラゴンが来たとき、トリンの父親のトラインは〈山の王〉ではなかった。その時はトラインの父親トロールが〈山の王〉だったのだ。一九五一年の第二版には、トールキンが前書きの注釈をくわえて、その中で「当時の歴史を研究する人々によって提起された問題」について触れて、「しかし、これは地図が間違っているのではない。王朝にあっては同じ名前がくり返し用いられることが多い。系図を見れば、これはトロールの遠い先祖にあたるトライン一世という王のことを指していることが分かる。この王はモリアから逃げだし、〈はなれ山〉、すなわちエレボールを発見し、ここにしばらく君臨したが、やがて一族をひきいて北の遠い丘へと移っていったのである」と述べている。前書きのこの箇所は、一九六六年にはテクストそのものの改訂によって不要になった。第1章でトリンの先祖の〈父祖トライン〉のことが記されたからである。

『指輪物語』の追補Aの第三節（「ドゥーリンの一族」）で、トールキンは〈父祖トライン〉（トライン一世）に触れて、「エレボールで、偉大な宝石アルケンストン、〈山の心臓〉を発見した」と記している。『ホビット』第12章では、アルケンストンは「〈山〉の心臓ともいうべきトラインのアルケンストン」だと述べられている。ここでトリンは「トラインのアルケンストン」といい、「父のアルケンストン」という。また、第17章では、「その宝石は私の父が持っていたものだ」という。この宝石を「トラインのアルケンストン」と名づけるかぎりは、「トライン」とは、それを発見した人物のつもりであったはずだ。もともとは、発見者はトリンの父親だったが、ドワーフの先祖の家系図をふくらませていく過程で、トリンがこの宝石を父親のものだと述べていることを忘れてしまったのだろう。所有という意味で厳密にいうなら、ドラゴンがやってきたとき、宝石はトラインではなく、当時〈山の王〉であったトラインの父親トロールのものであったはずだ。

2　トリンの手紙が、五月に、ビルボの暖炉の飾り棚の時計の下にはさまれていたというのは正確ではない。それは四月二八日のことだった。「五月を目前にしたある晴れた朝」が引用されている第2章の注2を参照のこと。トールキンはさらに第8章でも勘違いして、「あの五月の朝出発して」と記している。

3　ここで言及されているドワーフとゴブリンの戦争は、『指輪物語』では第三紀の二七九三年と二七九九年に行われた「ドワーフとオークの戦争」と呼ばれている。この戦争は、二七九〇年にトリンの祖父トロールを、ゴブリンのアゾクが殺害し、遺骸を汚辱したことが原因で生じた。二七九三年、ドワーフたちは味方を糾合して、〈霧の山脈〉にある様々なオークの要塞を攻撃した。二七九九年、モリアで、雌雄を決するアザヌルビザールの戦いが行われた。この戦いでダインはアゾクを殺害して〈くろがねの丘〉へと帰った。ダインは第三期の二七六七年に生まれたので、『ホビット』の物語がはじまる二九四一年には一七四歳である。ドワーフの平均寿命は二五〇年なので、ダインの戦士たちのほとんどにオークとの戦争の経験があるとビルボが述べているのは、おそらく正確である。

第17章◆雲が割れて

1　おそらく一九二二年に、トールキンは、宝物が人に及ぼす（そして惑わす）力をテーマにした詩を書いた。リーズ大学の雑誌「グリフォン」の一九二三年一月号に発表した、Iumonna Gold Galdre Bewundenという題名の作品である。この題名は「ベーオウルフ」の三〇五二行から採ったもので、トールキンは（一九六一年一二月六日にポーリーン・ベインズにあてた手紙で）「呪文をかけられた古人《いにしえびと》の黄金」と訳している（『手紙』二三五）。一九三七年には改訂版を発表し、その後さらに修正をくわえたものが『トム・ボンバディルの冒険』に、「蔵された財宝」のタイトルのもと、ポーリーン・ベインズの挿絵付きで載録された。一九六七年に発売された「ミドルアースの詩と歌」（Caedmon, TC 1231）で、トールキン自身の朗読が聞ける。ここには、もっとも古いヴァージョンを載せておこう。

呪文をかけられた古人《いにしえびと》の黄金

虚ろなる谷間の、緑の丘のふもとに、
強い魔法をほこる、老いたエルフが住んでいた。
時の古層の底の底、世も若かりしころに、
みずから細工した黄金の品々を、めでては歌っていた。
地に深く地獄がうがたれたのも、ドラゴンの一族や
ドワーフたちが、生まれたのも後のはなし。
あちこちに人間は住んでいて、
エルフの言葉や手の技を盗んだものだった。
ところが、運命の時が訪れ、歌は已んでしまった。
むさぼる心に憑かれた者は、
宝石も黄金もその愛らしさも
自分の穴に取りこんでしまった。
こうして、エルフの国は暗い翳に閉ざされた。

深い洞窟に老いたドワーフが住んでいた。
手に入れた黄金を、ためつすがめつ眺めていた。
人やエルフから、ドワーフたちがかすめとった黄金、
そっと暗闇に隠しておいた。
ドワーフの眼は衰え、耳は遠く、
顔の皮膚は黄色く萎んでいた。
骨ばかりの指の間をすり抜ける宝石、
傷一つないほのかな燐きも、見ることはできない。
地を揺るがす足音は聞こえず、嵐のような翼の音も、
傍若無人のにぎわいも、耳には入らない。
若いドラゴンどもが、烈火の勢いで跳ねまわっているというのに。
でも、暗く冷たいドワーフの穴は見つかってしまった。
そしてドワーフは命と、盗んだ宝物を失ってしまった。

古い岩の下に、老いたドラゴンが住んでいた。
ひとりぼっちで、赤い眼をぱちくりしていた。
燃える心臓の炎は、下火となり、
四本の足はコブだらけ、シワだらけで、曲がりくねっている。
喜びは去り、青春の残忍な衝動も消え失せた。
しかし、なおも血気さかんで、慈悲の心などかけらもない。
ねとねとの腹には宝石が厚く埋まり、
黄金の品々を、くんくん嗅いでなめまわす。
ドラゴンは宝物の山に寝そべり、
夢に見るのは、心配と悲しみ――泥棒にかぎつけられて、
指輪一本だって、盗まれるのはまっぴらごめん！

不安な夢に、ドラゴンの翼がもぞりと動く。
ドラゴンには足音も、鎧の金属のざわめきも聞こえなかった。
恐れを知らぬもののふが、洞穴の入口に立ちはだかり、
大声に呼ばわった。「出てきて、黄金を守るがよいぞ！」
と言いざま、冷たいはがねが、心臓を断ちわった。

高い玉座に、老いた王が座っていた。
白い鬚は骨と皮ばかりの膝にとどき、
口は食物も、飲物も楽しむことはなく、
耳は音楽を喜びとせず、思いはただ一つ、
人しれず、黄金と宝石が収まっている
彫刻つきの、大きな大きな宝の木箱。
鉄枠つきの頑丈な扉にとざされた、
暗い地中の秘密の宝物庫に眠っている。
兵士たちの剣は錆び、こぼれ、
王の栄光は地にまみれ、民は苦しみ、
宴の広間はがらんとこだまし、私室に温もりはかよわないが、
なおも、エルフの黄金の王にかわりなく、
山路に狩の角笛を聞くこともなければ、
踏み荒した草に、獲物の血の臭いをかぐこともない。
やがて広間は焼け落ち、国は失なわれ、
王の骨は、粗末な穴に放りこまれた。

暗い岩の、開かずの扉のうしろに、
忘れ去られた、宝物庫があった。
鍵はなくなり、路は消え失せ、
塚の上には、野草が生え放題。
草を羊が喰み、緑の衣からは
雲雀が上がり、誰ひとり、
秘密を見抜くことはできない。ある日ふたたび
エルフの火が燃え、樹々が踊り、
已んで久しい歌が蘇るまでは。

この文脈で「ベーオウルフ」の三〇五二行を眺めれば、トールキンがどのようにこの詩のインスピレーションを得たのかが分かる。ジョン・R・クラーク・ホールが散文に訳して、トールキンの友人で同僚だったC・L・レンが改訂したものがある。レンの『ベーオウルフとフィンネスブルク騒乱断章』の初版は一九四〇年に出版された。この本にはトールキンが序文を寄せている。

炎のドラゴンは、畏ろしいばかりに明々と輝くも、まっ赤な燃え木に焼き尽くされた。長々と伸べたその体は五〇フィートにおよぶ。時として、夜は喜ばしき空に遊ぶことも度重なれど、やがてねぐらをもとめて下りてきた。――そして、いまは、そこにこわばって死んでいる。ドラゴンは、地上のほら穴のついの棲処ではかなくなった。かたわらには酒盃、細口瓶がたちならび、皿のたぐいもちらばっている。数々の貴い剣は、地のふところで千度《ちたび》の冬をみたがごとく、錆び、朽ちこぼれている。そのかみ、いにしえ人の代々受け継がれた財宝、黄金の山は、宝物倉に誰の手も触れることのなきよう、呪文で封じ込められていた。能くこれをあけるのは神御自ら――まことふさわしいと御心にかなう者が、（楯となり世の人を守護してくださる）勝利をつかさどる真の王にすがらねばならぬ。（四一節、三〇四〇～五七）

オランダ・トールキン協会（Unquendor）の会報である「レンバス」の一〇〇号（二〇〇一）に掲載されたトム・シッピーの記事「『宝物』の様々なヴァージョン」では、この詩の公刊された様々なヴァージョン

の比較がなされているが、韻律の面で「ベーオウルフ」との関連が論じられているところが、とても興味深い。

この詩の韻律については、次のようにまとめることができる。（古英語と同じように）どの行もまん中に中間休止があり、二つの部分に分かれている。そして、それぞれの半行が四ないしは五つ（まれには三つ）のシラブル（音節）で構成されるが、どの半行にも二つのストレス（強勢）が含まれ、その二つが連続する音節に置かれていることも多い。要するに、この詩の韻律の構成原理はシラブルの数ではなく、ストレスの数なのだ。その意味で、フランスから輸入された伝統ではなく、イギリス古来の伝統にのっとっているといえる…。トールキンは古英語に固有のテーマについて、古英語の語彙、古英語の韻律にとても近い韻律構成で詩を書いているのである。そのようなことが現在でも可能であることを示そうとしているのであろうか。

シッピーはさらに、テーマや考え方の点でトールキンの詩に驚くほど似ている作品をあげている。すなわち、ラドヤード・キプリングの『ジャングル・ブック』（一八九四）の中の「王の突き棒」の物語である。この話では、白いコブラが、巨大な地下の黄金の倉を守っている。黄金を求めることは死を意味する。

トールキンの詩は、ロジャー・ランスリン・グリーン編集の『ドラゴンの本』（一九七〇）にも再録された。グリーン（一九一八～一九八七）はトールキンの教え子で、C・S・ルイスとも親しかった。一九四四年の卒業論文「アンドルー・ラングとおとぎ話――批評的伝記」は、トールキンが論文指導を行った。『ドラゴンの本』はトールキンに献呈された。

2　鎖かたびら（hauberk）は、鱗形などの小さな鋼鉄の板をつなぎ合わせたよろいのこと。

3　つるはし（マトック、mattock）。つるはしはほんらい穴をほるための道具だが、この場合は、（道具としてのつるはしのように）柄に対して直角に刃がついていて、逆のほうは穴掘り用になっていることが多い。

ジョージ・マクドナルドの『カーディーとお姫さまの物語』の坑夫の少年カーディは、ほとんどマトックを手放すことがない。少年はこれを坑夫としての仕事にも、武器にも使うのである。

4　ダインとナインは、「ヴェルスパー」に見られるドワーフの名前。第2章の注16参照。

5　この脚注は1966-Ballではじめて追加された（ページは各版でまちまち）。

6　様々な名前のトールキンの物語の中での語形成と、作者トールキンがそれらを採ってきたもとの語を区別しておくことは重要である。このことは、モリアという名前の起源についてトールキンが述べている次の文章を読めば明らかである（一九六七年八月に書かれた手紙の下書きより）。

モリアという名はデイセントが訳した北欧の物語集に出てくる「ソリア・モリア城（Soria Moria Castle）」からたまたま借りたものです（この物語は私にはちっとも面白くありませんでした。どんな話だったか、当時すっかり忘れてしまっていたし、それ以後も読みかえしたことはありません。というような具合で、モ―リ―アという音の連なりを借りたにすぎません。別に、この物語でなくてもよかったのです）。私はこの音の連なりが気に入りました。「マインズ」（mines鉱山）と頭韻になっているし、私自身の言語体系の中の、"MOR"（暗い、黒い）という語幹とも関連してくるからです。（『手紙』二九七）

同じ手紙の前の部分で、トールキンはエルフのシンダール語における、「モリア」の語形成について触れている。「まっ黒な地の裂け目」の意味だと説明したあとで、以下のように続ける。

> 「land of Moriah」（アクセント記号に注意）［Land of Moriaは、旧約聖書の〝モリアの国〟］について言っておきますが、それとは（「外面的な」意味ですら）まったく関連性はありません。また、内面的にも、坑道をほるドワーフと、アブラハムの物語にはなんの関係もありません。そのような意味づけの仕方、象徴的な解釈はきっぱりと拒否いたします。私の頭はそんな風な働き方はしないのです。（同上）

「ソリア・モリア城」の物語は、ジョージ・ウェッブ・デイセントが翻訳した『北欧の人気物語集』（一八五八）所収。もとの本は、ペテル・クリスティン・アスビョルンセンとヨルゲン・モーの『ノルウェー民話集』（一八五二）。この物語はアンドルー・ラング編の『あかいろの童話集』（一八九〇）にも含まれている。

7　ここで「五軍」とは、一方にエルフ、人間、ドワーフ、他方にゴブリンとオオカミと記されている。一九七七年のランキンとバスのテレビのアニメ版『ホビット』では、おかしなことに、オオカミのかわりにワシが入っている。このテレビ版には様々な欠陥があるので、こんなミスは小さいほうだ。

8　『ホビット』のテクストでグンダバッドという名が出てくるのは、この箇所だけである。〈あれ野〉の地図にも出ている。西北のすみで、〈灰いろ山脈〉が〈霧の山脈〉とぶつかっているあたりである。

『指輪物語』の追補Aのつもりで書かれた文章（『歴史』の第一二巻「ミドルアースの種族たち」に載録されている）には、グンダバッド山は、ドワーフの七人の祖の一人であるドゥーリンがはじめて目ざめた場所と書かれている。ドゥーリンはドワーフのもっとも古い〈長髭一族〉の祖である。そのためグンダバッドはドワーフにとって聖地であり、第三紀にオークによって占領されていることが、ドワーフとオークが反目する主たる原因になっている（九一ページ）。

9　偃月刀（scimitar）は、短い湾曲した片刃の剣。かつて東アジア、トルコ、ペルシャなどで用いられた。

10　トム・シッピーから聞いた話だが、ビルボの「敗北もまた麗し、なんていつも思ったものさ」は、キング・エドワード校の歌の反復部の第三節をそれとなく指しているかもしれないとのこと。「敗北はうるわしく、勝利が恥のこと多し。好運はすばらしく、賞は愉快なれど、栄光は努力にこそあれ」。この歌はヴィクトリア朝の時代に、アルフレッド・ヘイズ（一八五七～一九三六）によって作られた。トールキンはこの歌をよく知っていたはずだ。バーミンガムのキング・エドワード校に一〇年近くも通ってから、一九一一年にオクスフォードへ進学したのだから。シッピーも、トールキンのほぼ五〇年後のキング・エドワード校の生徒だった。シッピーは一九六〇年の卒業。

11　一九四四年一一月七～八日、トールキンは息子クリストファーに手紙でこう書き送っている。「『ホビット』はなかなかたいした物語だと思ってはいましたが、このたび（作者の私からも離れて、独り立ちしてしまうほどの年月がたってから）読み返してみましたが、ビルボが『ワシだ！　ワシがくるぞ！』と叫ぶところで、そうとう強烈に、ユーカタストロフィック（eucatastrophic）な感動をおぼえました」（『手紙』八九）

「ユーカタストロフィック」というのは、エッセイ「妖精物語について」でトールキン自身が造っている語で、おとぎ話にハッピーエンドをもたらす、とつぜんの喜ばしいできごとの展開（すなわち「よいカタストロフィー」）を意味する。このエッセイは、一九三九年の三月九日に、セントアンドルーズ大学で「アンドルー・ラング記念講演」で話されたものだ。C・S・ルイスが編集した『チャールズ・ウィリアムズ記念エッセイ集』（一九四七）に発表する際に大幅に加筆された。このエッセイは『樹と葉』（一九六四）、『トールキン選集』（一九六六）にも再録された。

12　未完のスケッチ「ワシの到着」が『イメージ図鑑』の図版80にある。

第18章◆帰りなんいざ

1　トールキンの、〈ミドルアース〉の終末論では——複雑で、次第に変化していったが——死んだエルフの魂はある場所に行き、そこで世界の終末を待つことになっている。エルフの運命は、世界そのものの運命とつながっている。人間の場合も、魂は待つための場所に行き、そこでこの世のきずなから解き放たれ、未知の運命に託される。この特別のはからいは、神（イルーヴァタール）から人間へのプレゼントである。

ドワーフの死後の運命については、はっきりと述べられていない。したがってこの箇所のトリンの言葉は、ドワーフたちの思想を反映しているのだろうが、トールキンが書いた他の文章とは容易には整合させがたい（『シルマリルの物語』四四、『歴史』の「失われし物語　第二部」、二四七、「ミドルアースの成立」一〇三～四、「失われた道」一二九、一四六n、一七八、三七二、「モルゴスの指輪」二二〇～二五の各ページ参照）。

2　1937 "If more men"→1951 "If more of us"

この修正は、一九三七年一二月一三日のアーサー・ランサムからの手紙に応じたもの。ランサムはmenだと人間だけのことになり、トリンの思いが誤解されると感じたようだ。トールキンは一九三七年一二月一九日付けのアレン&アンウィン社への手紙で変更を指示し、一九五一年の第二版で反映された。

3　この箇所のビヨンは、古ノルド語の伝説に登場する「狂暴戦士berserker」に近い。「凶暴戦士」を、クリストファー・トールキンは、自らが編集した『名君ヘイドレクのサガ』のグロサリーで、次のように定義している。

狂気の発作をおこしたり、逆上して凶暴なふるまいのできる人間。甲冑のたぐいは着けずに戦い、オオカミのように吼え、クマのような怪力を発揮し、変身して、猛獣の強さとどう猛さを獲得できる者という説もある。異教の時代には凶暴戦士は大いに讃えられたが、キリスト教のもとでは、凶暴戦士のふるまいをすると重い罰が科せられた。berserker（すなわち "bear-shirted"「上にクマを纏っている」）という語から、クマに化けることがあったのではないかと推測される。（九三ページ）

4　トム・シッピーは『ミドルアースへの道』で、バリンのもったいぶった話しぶりと、ビルボのくだけた話し方の対照を示す好例として、この場面のバリンとビルボのやりとりを取り上げている。「この二人のコトバにはほとんど共通するところがないが、二人がまったく同じことを述べていることはきわめてはっきりしている」（第二版、七九ページ）

5　『指輪物語』の追補D（「ホビットの里の暦」）によって、〈ホビットの里〉の「冬の祭日（yuleday）」は二日あることが分かる。すなわち大晦日の日と、年明けの第一日目である。年越しのお祝い（Yuletide）は六日間続くと述べられている。すなわち旧年の最後の三日と新年の最初の三日である。

第19章◆旅のおわり

1　エルロンドの屋敷は、〈あれ野のへり〉の近くにあり、どちらの方向から行くかによって、〈最後のくつろぎの家〉とも〈最初のくつろぎの家〉ともなる。

2　ガンダルフが「白い魔法使いの会議」に出席するという表現は、すこし妙だ。おそらく、『ホビット』執筆の時点でトールキンはまだ、魔法使いが何人いるか、どんな色なのかをじゅうぶんに考え尽くしていなかったのだろう。『指輪物語』には、五人の魔法使いのうち三人の名前が出てくる。灰色のガンダルフ、白のサルマン、茶のラダガストである。『終わらざりし物語』に、クリストファー・トールキンは、「イスタリ」すなわち魔法使いについて父親が書き残した文章を載録している。それによって、残りの二人が「青の魔法使い」であることが分かる（『歴史』の第一二巻「ミドルアースの種族たち」に五人の魔法使いのことを記した短い断片がいくつか載録されている）。

『指輪物語』の追補B（「代々の物語」）では、「白い魔法使いの会議」は「白の会議」と呼ばれ、白の魔法使いサルマンが議長をつとめている。二九四一年に会議は、〈闇の森〉の西南部のドル・グルドゥル（エルフのシンダール語で「妖術の丘」の意味）に位置するネクロマンサーの要塞の攻撃を議決した。このとき、ネクロマンサー（サウロン）はドル・グルドゥルから退去した。

3　1937「これでもう、いく時代ものあいだ〈北〉はあいつの恐怖から解放された」→1966-Ball「当分のあいだ、〈北〉はあいつの恐怖から解放されるだろうよ」

この修正により、ガンダルフのセリフが断定から、期待を述べるものへと変わった。『指輪物語』での展開を考えるなら、より適切な表現だといえる。

4　「ビルボの生まれ育った国」の名前は、『ホビット』では記されていない。『指輪物語』ではそれが「Shire（ホビットの里、シャイアー、ホビット庄）」と呼ばれている。翻訳者へ向けてのガイドである「『指輪物語』の命名法」では、Shireは古英語のscirから来ていて、この語は「きわめて早い時期に、『地域』を表す古いゲルマンの語にとってかわったようだ」と記されている。イギリスでは、多くの州の名前の一部に入っている。

5　『指輪物語』の第一章に、ここに挙げられた二つの節と似た感じの詩の一節がのっている。ここの二連は家に帰りたいという気持ちを表しているのに対して、『指輪物語』のほうは、早く新たな旅に出たいという、そわそわした感情をうたっている。〈ふくろの小路屋敷〉から、もはや戻らぬ旅に出るときにビルボが詠う。

道はつづくよ、どこまでも。
　道のはじまりはわが家の戸口。
いま、はるか彼方へと伸びていく。
　行けるならば、行かねばならぬ。
はやる足取りで、追わねばならぬ。
　やがては大きな道へとつながり、
小径が次々と交わり、人と人が出会う
　ではその先は？　足まかせ雲まかせ。

フロドも『指輪物語』の第三章「三人寄れば」でこの一節を詠うが、五行目の「はやる足取り」を「倦んだ足で」に変えている。『指輪物語』の結末に近い章（『王の帰還』の「数々の別れ」）で、かなり異なるヴァージョンをビルボが詠う。そこでは、旅の使命を、もう他の人々にゆずりたいという気持ちが強く出てきている。

道はつづくよ、どこまでも。
　道のはじまりはわが家の戸口。
いま、はるか彼方へと伸びていく。
　行ける者に、行ってもらおう。
あらたな旅を、はじめてもらおう。
　だが、わたしは倦みはてた足で、
明かりのついた宿屋に向かい、
　夕べの憩いと眠りを求めよう。

これらの詩の着想を、トールキンはE・F・A・ギーチの「ロマンス」という詩から得たのかもしれない。この詩が、『子どものための五〇の新しい詩——近刊の書からベイジル・ブラックウエルによって選ばれたアンソロジー』（一九二二）に再録されたトールキンの詩「ゴブリンの足」の次の作品として出ていることを、トールキン研究家であるジョン・D・レイトリフが発見した。

ロマンス

E・F・A・ギーチ

その角をまがって、先の通りへ行こう！
そこでは冒険が君を待っている。
ああ、どんな驚きに出会うことだろう。
その角をまがって、先の通りへ行こう！
そこは危険で、めずらしいことばかり、
人生はつまらないはずがない、
その角をまがって、先の通りへ行けば！
そこでは冒険が君を待っている。

この詩の初出は、ギーチ、T・W・アープ、ドロシー・L・セイヤーズ編の「オクスフォードの詩、一九一八」である。トールキンもこの詩集を開いて、ギーチの詩を見ていた可能性がある。

エリオノーラ・フレデリカ・アドルフィナ・（スゴニナ）・ギーチはドイツのエッセンで一八九六年に生まれた。カーディフ市立女子高等学校で学びケンブリッジへ進んだが、その後一九一七年にオクスフォードに入学した。ドロシー・L・セイヤーズは、ギーチの指導教官の一人だった。結婚生活は短かったが男の子が一人生まれた。のちに哲学者となったピーター・ギーチ（一九一六年生まれ）である。ピーターは父親に育てられ、母には一度も会ったことがなかった。E・F・A・ギーチは二冊の詩集を出している。一冊目は『〜っぽさ（*-Esque*）』（一九一八）。この詩集は後に小説家として有名になるドリーン・ウォーレスとの共作であった。二冊目は『二〇の詩』（一九三一）。どちらもベイジル・ブラックウエル社からの出版である。E・F・A・ギーチの一九三一年以降の人生はまったく不明。

6　ミルトン・ウォルドマンに宛てた日付のない（おそらく一九五一年に書かれた）手紙で、トールキンは『ホビット』の中心テーマを次のように要約した。

要するに、この物語は単純で平凡な人間の研究です。芸術家でもなく、気高くもなく、英雄でもない（ただし、そうした方面に発達すべき種はもっているのですが）、ごく普通で単純な人間が大舞台に立たされたときどうふるまうのか、という問題なのです。そして実際、（ある批評家が見抜いたように）ビルボが成長するとともに、物語のトーン、スタイルが変化し、おとぎ話風から高貴で厳かなものとなり、帰ってくると再び、もとの調子にもどります。（『手紙』一三一）

「ある批評家」というのはおそらく親友のC・S・ルイスのことだろう。ルイスは「タイムズ・リテラリー・サプリメント」の一九三七年一〇月二日号に『ホビット』の書評を書いた。「トールキン教授の創造した者たちのように独自の土壌にねざし、独自の歴史をもった登場人物を生み出すのは、なみの児童文学の筆法ではかなわぬことだ…。ましてや、この物語は平々凡々たる調子ではじまり…後の章になると英雄詩的な調子へと切り換わっていくが、それを不自然の感なしに読ませるところなど、なみの児童文学の筆法のよくなしうるところではない…。この切り換わりがいかに必然のものであるか、主人公の旅の流れに沿ったものであるかをご覧いただくには、読者諸氏に本書をご一読いただくしか

ない」（七一四ページ）

7　トム・シッピーは『ミドルアースへの道』で、ビルボが帰ってくるとオークションのまっ最中で、家の中がちらかり、人々が「マットで足をぬぐいもしないで」出入りしているという場面にしたのは、ヨークシャー南部のハダーズフィールド方言の、音を写したスペルのokshęn［オクション］という語にひっかけている冗談ではないかと述べている。ウォルター・E・ヘイグの『新ハダーズフィールド方言辞典』では、okshęnは「ちらかった部屋」という意味だと定義し、女がよその誰かを非難するときのセリフを例として挙げている。"shu's nout but ę slut; er ęęs ęz ę feęr okshęn."（標準的な英語では、"she's nothing but a slut; her house is a fair auction."［あの人、だらしないったらありゃしない。あの人の家なんてまるでオークションよ］）トールキンは「序文」でこの項目を念頭においてコメントしている。すなわち、この辞書はフィロロジー学者にとって「〝学のある〟おいたちの語が方言に取り込まれ、日常的に用いられるようになったときにどんな意味変化が起きるか、観察する機会をあたえてくれる（*keęnsil, okshęn, insėns*を参照のこと）。これは方言の成長の重要で興味尽きない部分だ」と述べているのである。

8　『指輪物語』の命名法」によれば、グラッブ（Grubb）という名前は、「英語の動詞grub（地面を掘る）が連想されるようにつけた」という。このグラッブとバロウズ（Burrowes）［burrowは「穴を掘る」という意味］の組み合わせは、穴を掘って住むホビットの名前としてはまさにうってつけに見える。だが、これらを弁護士の名前に用いているところに、トールキンの皮肉な笑みがうかがわれるのではなかろうか？

9　トールキンは「『指輪物語』の命名法」で、サックヴィル＝バギンズという名前について次のように記している。「サックヴィル（Sackville）はいかにも英語的な名前である（バギンズBagginsより貴族的な感じがする）。この物語で、これをバギンズと結びつけたのは、sackとbagという英語の単語は意味が似ており、こうして並べるとほんのりとコミックな感じがするからだ」。サックヴィル＝バギンズといえば、サックヴィル＝ウェストの名が連想される。とくにヴィタ・サックヴィル＝ウェスト（一八九二〜一九六二）のことが思い浮かぶ。彼女が貴族である自分の家族、一族が代々住んできた屋敷「ノウル」のことを書いた、『ノウルとサックヴィル一族』（一九二二）という本がある。一九三〇年の小説『エドワード朝の人々』には第一次世界大戦以前のイギリスの貴族の生活がくわしく描かれていて、ベストセラーになった。

10　「人の噂も七十五日」の原語はnine days' wonder. 数日のあいだは大騒ぎになるが、しだいに忘れられてしまうことをいう。アイヴォー・H・エヴァンズ編の『ブルーワーの言いまわし・伝承辞典（Brewer's Phrase and Fable Dictionary）』（一九八九）の第一四版には、「驚きは九日つづき、その後に子犬の目がひらく」という古いことわざが引かれている。犬は生まれたときに目が見えず、数日たってから見えるようになるので、このような表現になっているのである。

11　1937「両者は口もききませんでした」→1966-Ball「両者は疎遠となりました」

『指輪物語』の第一章で、ビルボのお別れパーティにサックヴィル＝バギンズの者たちも招かれるので、少なくとも口くらいはきく関係だったのだろう。

12　一九三八年七月二四日付け、アレン＆アンウィン社のチャールズ・ファースに宛てた手紙では、ここでビルボについて「この地上での生がおわる最後の日まで…とても幸福に暮らしました」と書いたので、『ホビット』とその続編である『指輪物語』を「うまく接続させるのが、乗り越えがたいほどむずかしい」と述べられている。しかし、『指輪物語』を一九三七年の一二月に書きはじめたトールキンは、この障害をうまく乗り越えたのだった。

13　一九五四年ごろトールキンは「エレボールの探求」を書いた。一章分の物語で、ガンダルフが、ビルボとドワーフたちの冒険をどのような経緯で設定することになったか、ガンダルフ自身の視点から述べられている。〈エレボールはエルフのシンダール語で〈はなれ山〉を意味する〉。もともと『指輪物語』の追補Aの一部として書かれたもので、『ホビット』の物語を別の角度から見るすばらしい物語になっている。『終わらざりし物語』にはじめて載録された。以下に全文を付録として再録しておこう。

付録A　エレボールの探求

「エレボールの探求」は『ホビット』に語られたビルボの冒険を、ガンダルフがどのようにお膳立てしたのかを説明する、というのが趣旨である。もともと『指輪物語』の追補Aの一部にしようという意図のもとに執筆された。そのうちのごく一部分のみが、大きく圧縮された形で残っている（『王の帰還』の三五八～六〇ページ参照）。あまりに長すぎるので、出版前に削られたのである。「エレボールの探求」の一ヴァージョンが『終わらざりし物語』ではじめて活字となり、クリストファー・トールキンによってテクストの来歴が説明されている。その後あらたな発見があったので、この説明は『歴史』で修正された。経緯を簡単に要約しておこう。

「エレボールの探求」の物語は、追補Aの三節「ドゥーリンの一族」と題された文章の中に書かれた。この物語にいたる最初期の原稿は、「ミドルアースの種族たち」に載録されている（二七八～八四ページ）。この原稿には、同時期に属する二つの注記も付されている。『終わらざりし物語』を編集していたころ、クリストファー・トールキンはこの初期ヴァージョンの存在を知らなかった。そのため『終わらざりし物語』では、次の（きれいに清書し、かなり書き換えて修正をくわえた原稿の）ヴァージョン、すなわち「ガンダルフのトラインおよびトリン・オウクンシルドとの交渉の歴史」と題された文書を、「テクストA」と名づけた。[1] Aのつぎに、きれいにタイプしたBが作られた。一〇ページのテクストで、副題「ガンダルフがいかにエレボールへの遠征をお膳立てし、ビルボをドワーフとともに派遣したかについての記録」が一ページ目の上に鉛筆で記され、「エレボールの探求」が右上の隅に鉛筆で書かれている。その次の短くしたヴァージョンも原稿として残っている（Cとラベルが付けられている）が、タイトルも、最初の部分も欠けている。ヴァージョンCはおそらく、すくなくとも圧縮版を最終的に残そうとして作られたのだろうが、やはり本がぶ厚くなりすぎるという理由で削除された。

『終わらざりし物語』に載録されたヴァージョンは主としてテクストCだが、Bの長い抜粋もその後につけられ、クリストファー・トールキンのコメントが付されている。ここに載録するのはヴァージョンBの全文である。許可を下さったクリストファー・トールキン氏に感謝申し上げたい。

「エレボールの探求」のどのヴァージョンも、正確な執筆時期を特定することは不可能である。上で述べた二つの注釈のうちの一つでは、『指輪の仲間』の実際のページ番号が触れられているので、[2]『指輪物語』の第一巻がまだ出版されていないにせよ、すでに、まとめ校正刷りの段階にはあったことが分かる。『指輪物語』の初校ゲラがトールキンのもとに送られたのは、一九五三年の七月下旬のことだった。まとめ校正刷りのゲラが送られてきたのが九月二九日、そして一九五四年七月二九日に本が出版された。『指輪物語』の追補のために書かれた相当量の原稿——その当時、家系図や様々な言語の説明、様々のアルファベット、暦などが含まれていたことが知られている——が、一九五三年の四月一一日にはすでに存在していた。この日の日付でトールキンが出版社に宛てた手紙があり、こうした原稿の一部を（かりに圧縮された形でも）第三巻に追補として付けたいという希望を述べている。一九五四年五月八日の時点で、トールキンは追補の内容についてまだ最終案にたっしておらず、どれだけのスペースの割り当てが許されるのかが分かるまでは決められないと感じていた。九月一八日の時点で、トールキン自ら「あまりに大量の素材」と称するもののうち、どの部分を選ぶべきかまだ迷っていた。一九五五年三月六日、ドゥーリンの一族のことを含む様々の事柄を圧縮して、残されたスペースの中に押し込むことができればという希望を述べている。四月一二日、追補Aをふくむ追補の残りの決定稿を送り、五月に追補Aのゲラを受け取った。

かりに、一九五三年九月二九日（トールキンが『指輪の仲間』のまとめ校正刷りのゲラを受け取った日）を、「エレボールの探求」の最初期の注釈を書いたいちばん早い時点とし、一九五五年四月一二日（『王の帰還』の原稿の残りをすべて渡した日）を、「エレボールの探求」を追補に含めるのを断念したもっとも遅い時点とすることを承認するなら、「エレボールの探求」のすべてのヴァージョンの執筆が、一九五三年一〇月から一九五五年四月中旬の期間のあいだに入ると考えてよいことになる。もしも、さらに範囲をせばめて、「エレボールの探求」が『指輪の仲間』が出版されたあとで書かれたとするなら（その可能性は高いように思われるが）、一九五四年七月下旬から一九五五年中旬のあいだということになる。したがって、「エレボールの探求」は一九五四年の後半から一九五五年の前半にかけて執筆された可能性が高いと思われるのである。

エレボールの探求
（ガンダルフがいかにエレボールへの遠征をお膳立てし、ビルボをドワーフとともに派遣したかについての記録）

こうしてトリン・オウクンシルドがドゥーリンの後継者となったが、望みのない後継者だった。エレボールが略奪されたとき、トリンは武器をとって戦う年齢ではなかったが、アザヌルビザールの戦いでは、先陣をきって戦った。トラインが敗れたときかれは九五歳で、威風堂々たるりっぱなドワーフだった。指輪はなく、おそらくそれがために、エリアドールにとどまることに甘んじたのだろう。そこで長く暮らし、働き、商売をして、可能なかぎりの富をたくわえた。さまよえるドゥーリンの民が集まってきてトリンの民の数がふえた。トリンの住んでいるところの噂をききつけてやってきたのだ。いまや、かれらは山々の中にりっぱな広間をこしらえ、たくわえも増え、日々の生活はそう困難ではないと感じられていたが、たえず遠くの〈はなれ山〉のことを唄にうたい、アルケンストンの輝きに照らされた〈大広間〉での、しあわせだった日々のことを歌うのだった。

年月がたっていった。トリンの心の炎がふたたび熱く燃えはじめ、王家の受けた不当な略奪のこと、自分に託されたドラゴンへの復讐のことに思いをめぐらせるようになった。大きなハンマーが鍛冶場で鳴りひびくのを聞きながら、武器のこと、兵のこと、同盟軍のことに思いをめぐらせた。だが、兵は離散し、同盟軍との縁は切れてしまった。それにトリンの民の戦斧《おの》はすくない。先の希望なき大いなる怒りがトリンの心を焼きこがし、トリンはただ金床の上のまっ赤に焼けた鉄をやたらにたたくばかりだった。

ガンダルフは、まだ、ドゥーリンの一族の運命と関わりをもったことがなかった。ガンダルフはよき心を持っている者の味方で、西に住んでいる流浪の民となったドゥーリンの者たちには好印象をもっていたが、じっさいにドワーフと関わり合いをもったことはほとんどなかった。ところが、偶然のことに、あるときアリアドールを旅していると（もう長年おとずれていない〈ホビットの里〉に行く途中）、トリン・オウクンシルドにばったりと出会って道で立ち話をし、その夜はともにブリーに泊まった。

朝になると、トリンがガンダルフに言った。「心にかかっていることがあるのです。あなたは知恵のある人で、世間で起きているたいていのことの裏の事情をご存じだとお聞きしてます。一緒に家まで来て、わたしの話を聞き、ご助言をいただけますまいか」

ガンダルフは承知して、トリンの館までくると、長々と話して、トリンが甘んじてきた不当な運命についての一部始終を聞いたのだった。

この出会いから、さまざまの重大な行動や出来事が生じた。〈ひとつの指輪〉が発見され、それが〈ホビットの里〉へとやってきて、〈指輪のはこび手〉が指名されることになったのである。こうしたことのすべてをガンダルフが予見し、トリンと出会う時期をうかがっていたのだと思う人々も多いかもしれない。しかし、そうではないと思われる。それというのも、〈指輪の戦争〉の物語に、〈指輪のはこび手〉であるフロドが、この点についてのガンダルフ自身の言葉を記録しているからである。以下がその文書である。

戴冠のあと、われわれはガンダルフとともにミナス・ティリスの美しい屋敷に泊まった。ガンダルフはとてもご機嫌で、われわれが心に浮かんでくることをひっきりなしに質問しても、何でも知っていて、いらだつこともなく答えてくれた。このとき聞いた話をすべて憶えているわけではないし、理解できないことも間々あった。だが、以下のような会話のあったことはいまだに鮮明に記憶に焼きついている。ギムリがそこに一緒にいて、ペレグリンにこう言ったのだった。

「そのうち、きっとやらなきゃならないことが一つあるんだ。君たちの〈ホビットの里〉にぜひとも行きたいのだ。もっとたくさんのホビットを見るためじゃないよ。ホビットはもうたくさん。もうこれ以上彼らについて学ぶことは何もないね。だが、ドゥーリンの一族のドワーフだったら、あの土地を驚異の目で眺めないではいられないね。だって、〈山〉の王の復権、スマウグの死は、あそこからはじまったんだろ？　バラド＝ドゥーアの最後だってそうだけど。こうした出来事はとても奇妙に織り合わされているよね？　そう、とても奇妙にね」とギムリは言葉をとぎらせた。

そうしてガンダルフをじいっと見つめてから、ふたたび口を開いた。「でも、いったい誰がそれを織ったんだろう？　そんなこと、今まで考えたこともなかったなあ。ガンダルフよ、あなたがぜんぶ仕組んだのですか？　そうでもなきゃ、どうしてトリン・オウクンシルドを、あんなとんでもない扉のところまで連れていったのです？　〈指輪〉を見つけて、〈西〉へとはこばせてそこに隠し、それから〈指輪のはこび手〉を選ぶためだったのですね？　〈山の王国〉を復活させるというのは、ただの口実だったのですね？　そうなんでしょう？」

ガンダルフはすぐには答えなかった。立ち上がって、窓の外、西の海の方へと目をやった。いままさに太陽が沈もうとしていて、ガンダルフの顔が赤く染まっている。ガンダルフは何も言わずに、そうして長いあいだ立っていた。

しかし、ついにガンダルフはギムリのほうを向いて、話しはじめた。「わしにはその答えがわからない。あの頃とくらべると、わしはすっかり変わってしまったのだ。当時はミドルアースの煩いにがんじがらめになっておったが、いまはもはやそうではない。当時だったら――ほんの去年の春のことだが――フロドにむかって言ったような言葉で返事をしたところだ。ああ、あれが一年前のことだとは！　だが、そのようなことをしても意味がない。もうはるか遠いむかしのような気がするが、わしは怯えたちっぽけなホビットにむかって、『指輪を見つけるように運命づけられていたのは、その作り手ではなく、ビルボだったのだ。だから、こんどはそなたがそれをはこんでいくよう運命づけられておるのだよ』と言った。そして、わしはというと、そなたらの両方を目的地までみちびくよう運命づけられておるのだ、と付けくわえてもよいところじゃった。

その目的のために、わしの精神が目ざめているあいだは、わしに許されている手段のみを使った。頭で知っておる理由にしたがって、なしうるかぎりのことを行ったのじゃ。だが、わしの心が知っておること、あるいはここの灰色の岸べに上がる前に知っておったことは、これまた話が別じゃよ。〈西〉ではわしはオロインだったが、そのことは忘れてしまった。〈西〉の者たちには、もっとあけすけに話すだろうが」

そこでわたしは言った。「ガンダルフよ、あなたのことが、以前よりはよく分かりました。だけど、ビルボは運命づけられていようがいまいが、家を離れるのを断わることもできましたよね。ボクだってそうですよね。いくらあなただって、無理強いはできません。試しにだって、そんなことするのは許されていませんでしたよね。でも、なぜあなたがあんなことをされたのか、ボクにはやはり興味があるのです。あなたは、あのとき、まるで血の気のない老人のように見えましたよ」

「そなたがなぜ知りたがるのか、わしには分からんが」とガンダルフが言った。「だが、もちろん、単純な理由がいくつもあったのじゃよ。それに、言わせてもらうなら、ホビットは最初のうちは重要な理由ではなかったな。いちばんの理由は、指導者、つまり戦争の作戦会議のメンバーとしてのものじゃよ。トリンに出会ったとき、もうずいぶん前からサウロンがまた動きはじめていることを知っておった。まもなく何かをやらかすだろうと思っておった。大がかりな戦争をたくらんでおることを知っていたので、わしはあらゆる地域を頭の中で監視しておったのじゃ。焦眉の問題は、やつがまずどちらを行うかということだった。モルドールの支配を奪還しようとするだろうか？それとも敵の主力の、小さいが強力な砦であるロリエンと〈さけ谷〉を攻撃するだろうか？

きっと砦の攻撃が先じゃとわしはにらんだ。そのほうがやつにとってはよい作戦じゃろうとな。ロリエンは近い。が、〈さけ谷〉だって手がとどかないわけじゃない。昔おさえていたアングマールを奪還しさえすればよいのだ。まもなく、そんなことはやつにとって赤児の手をひねるほど容易になるだろう。やつの力はみるみる強くなってくるし、配下の者たちの大軍団をそちらに派遣しても、やつらと、北の山々の峠のあいだには、〈くろがねの丘〉のドワーフたちと、〈スマウグのあらし野〉のへりに住んでいる〈谷〉の人間の生き残りがおるばかりじゃ。スマウグを使えば、おそろしい戦果があがるだろう。

だから、こちらにとって、〈北〉はとてももろい弱点だったのだ。時間はまだある。だが、そんなにはない。『ならば』とわしは思った。『スマウグを処分する方法をなにか見つけなければならんぞ、とな。だが、なによりも先に、サウロンを直接たたいておく必要がある。すくなくとも、そうすれば、やつはいそいで作戦を決める必要においこまれるだろう』と。

話が先にとぶが、そんなわけで、スマウグ討伐の遠征が軌道にのったところで、そそくさと旅の一行とたもとを分かって、会議を説得し、やつがロリエンを攻撃するまえに、ドル＝グルドゥルに先制攻撃をしかけさせたのじゃよ。攻撃の結果、サウロンは逃げた。じゃが、やつの作戦は、常にこちらの先をいっておったのじゃ。正直にいうが、やつは本気でひっこんでしまった、しばらくは、はりつめた空気ながら、平和が続くじゃろうと、わしは思った。けれども、長くはもたなんだ。サウロンは次の手段にでることにした。すぐにモルドールに戻って、一〇年後にまたもや攻勢に出たのだ。

すると世はまっ暗になった。ところが、それはやつのもともとの作戦ではなく、けっきょくは恐ろしいあやまりだった。抵抗軍には、まだ〈影〉からのがれて作戦をたてることのできる場所が残されていた。ロリエンと〈さけ谷〉が奪われていたなら、〈指輪をはこぶ者〉には逃れていく場所などなかったはずだ。しかも、もしサウロンがまず最初に全戦力を集中してそちらに向けていたなら――半分以上をゴンドール攻撃にふり向けるなどという愚をおかしていなかったなら、ロリエンも〈さけ谷〉も落ちていたかもしれないのだ。

というわけじゃよ。これが、わしのいちばんの理由だったのだ。だが、何をすべきか分かるのはよいが、その手段を見つけるのはまた別の話だ。〈北〉の状況に深刻な憂慮をもちはじめておったそんなある日、わしはトリン・オウクンシルドに出会ったのじゃ。二九四一年三月のなかほどのことじゃったと思う。トリンの話を気がすむまで聞いてやったところで、わしは思った。『うむ、スマウグに恨みを持っている者がともかくここにおるじゃないか。しかもこの人物だったら手をかしてやっても悪くない。やれるだけのことをやらねば。なぜさっさとドワーフのことが思いつかなかったのだろう』と。

それに、〈ホビットの里〉の連中がいた。君らは思い出せないだろうが、〈長い冬〉のあいだに、わしはかれらに好意を感じるようになったのじゃよ。あの時、かれらはとてもつらい状況におちいった。かれらが経験した最悪の苦境だったね。寒さでばたばた死ぬし、その後のひどい食糧難で飢餓におそわれた。だが、そんな時だからこそ、かれらの勇気をたっぷりと見せてもらった。おたがいをいたわる優しい気持ちもすばらしかった。生き残れたのは、強靭で不満ひとつ言わない勇気とともに、思いやりの気持ちのおかげだった。かれらには何としても生き残ってもらいたい。だが、〈西の国〉は、早晩またもやひどい災厄におそわれそうな気配だ。以前とはまったくちがった災厄、無慈悲な戦争にみまわれるだろう。それを乗り切るには、いまかれらに備わっている以上のものが必要となるだろう。それが何かを言うのはむずかしい。災厄とは何のことなのか、自分たちがどんな立場にいるのか、かれらはもう少し知って、もう少し理解することが必要だろう。

かれらは忘れかけていた。かれら自身の起源と伝説を忘れはじめていた。世界の大きさについてわずかに知っていたことを、忘れかけていた。まだすっかりというわけではないが、忘却の中に埋まりかけていた。高貴なもの、危険なものの記憶がうすれかけていた。

だが、そのようなことを、ひとつの種族のすべての者たちにてばやく教えるなどということはできない相談だ。そんな時間はない。それに、どのみち、どこかで一人の者を相手にはじめるしかない。おそらく、ビルボは『選ばれた』のだろう。そして、わしはビルボを選ぶために選ばれたにすぎないのだろう。ともかく、わしはビルボに白羽の矢をたてたのじゃ」

「そう、そこがまさに知りたいところなのですよ」とペリグリンが言った。「なぜそうしたのです?」

「その目的のために、一人のホビットをどのように選ぶかって?」とガンダルフが答えた。「みんなを秤にかけているようなひまはなかった。だが、そのころ、〈ホビットの里〉のことはよく知っていた。トリンと出会ったときには、あまり愉快でない仕事のために、もう二〇年も訪ねていなかったがね。だから、自然のいきおい、かつて知っていたホビットのことをずらずらと頭に浮かべて、こう思ったのじゃよ。『ほんの少しばかりトゥックの血がまじっていてほしい』(ペリグリン君よ)、(だが、多すぎるというのも困りものじゃよ、『けれど、もっと神経の太いところがしっかりと備わっていてほしい、バギンズの者がよいかな』と。

そうなるともうビルボしかない。わしは、むかし、そうビルボが成人するころまでよく知っておった。ビルボのほうではそうでもないだろうがね。あの頃、ビルボのことが気に入っておってな。そして、また先走ったことをいうなら、ビルボには『係累がいない』ことを知ったのじゃよ。むろん、また〈ホビットの里〉を訪れてからのことじゃ。結婚していないと、人から教わったのじゃよ。それは奇妙だと思ったが、理由は想像できた。わしの想像した理由は、ホビットの連中が教えてくれた理由とはちがう。みんなの言うのに、若くして親が死んで裕福な身分になって、なんでも気ままにできるのがよいのだろうなどというのだが、そうじゃない。心の奥深くに、一つのある理由があって、『係累がいない』ままでいたいと思ったのだろう、というのがわしの推測じゃ。ビルボ本人もよく分かっていないか、もしくはそうとは認めたくないことなのだ。それは怖いことだからね。だが、心の中では、機会がおとずれるか、あるいは決意がかたまりさえすれば、ふらっと出ていけることを望んでいたのじゃよ。時たま〈ホビットの里〉の言い方を用いるなら)『飛びだしていく』ホビットがいるが、子どものころのビルボにそんな連中のことをしつこく質問されたものじゃよ。そう、トゥック側のビルボの叔父には、飛びだしていった者が二人おったな。

じゃが、話の収集がつかなくなってきたわい。わしがトリンに出会ったところへ話を戻そう。トリンに、家に来るようさそわれた。わしはそれに従った。〈ホビットの里〉を通りさえしたが、その機会を利用しようにも、トリンはとどまろうともしない。まったく、トリンがあまりに偉そうな顔をしてホビットのことを無視して、こちらもいい加減イライラしてきたので、そもそもトリンとホビットの運命を結びつけてやろうなどという考えが浮かんだのかもしれんな。トリンにとっては、ホビットは、ドワーフの祖先のこしらえた山にいく街道の両側で、たまたま作物を作っている生き物、というだけの存在なんじゃよ。

さて、わしはトリンの長い話を聞いた。その一部は前から知っていたことじゃった。だが、トロールの死に方と、トラインが行方不明になったことは、当時はドワーフにしか知られていなかった。もしも、まだ知らないなら、後ほどギムリから聞くがよい。わしは心の中でトリンのことが気のどくになったが、助けようにも、うまくいきそうな光明がまるで見えない。トリンはサウロンのたくらみの網の目にからめ取られているのが、わしには手にとるように分かる。この暗いたくらみはトリンの手にあまるばかりか、理解すらこえている。じゃが、トリンはというと、威勢のよいことばかり並べおって、いとこのダインは二千の兵を調達できるだろうかとか、あの地域の人間は手を貸すだろうか、トランドゥイル王はどうだろうなどと、まるで国王がいくさの計画をしているようなあんばいだ。

わしはたまらなくなって、トリンをさえぎって言った。『そのようなことは、このわしが考えよう。心の中に作戦が見えかけておるのじゃが、ひとつコマが足りない。できるなら見つけてきたい。もう行かねばならん。自分自身の仕事があるのじゃよ。だが、あまり期待してはいかんよ。わしの作戦は、そなたのとはまるで違う。そなたは、まったく気に入らんかもしれんよ』

『それはお帰りになったときに考えましょう』とトリンは言った。『はやく帰ってきてください。一日千秋の思いです』

わしはまっすぐに〈ホビットの里〉へ行って、そこで起きていることや、人々のうわさをできるかぎりかき集めた。そうして、ひとりで長々と座って考えた。わしにはそれが必要だった。まだ訪ねていく時間はなかったが、ビルボのことが心にひっかかっておった。じゃが、トリンの話を聞いて以来、半分忘れかけていた奇妙な偶然のことが、ずっと心を去らなかった。いまは、それが偶然のことには見えなくなってきた。そなたはビルボの話を知っておるから、わしが何を言いたいのか分かるじゃろう。ドル＝グルドゥルの穴の中で死にかけていたあのあわれなドワーフ、古い地図、それに奇妙な鍵のことを思い出したのじゃよ。その時まで、あれが誰なのかまるで見当もつかなかった。あのドワーフは、エレボールのドゥーリンの民のものだった地図をもっていた。（その人物は説明しなかったが）鍵はこの地図に添えられているもののようだった。そして、そのドワーフは、自分は指輪をもっていると言った。

口にするうわごとは、ほとんどその指輪のことばかりだった。七つのうち最後の指輪だと、いく度もいく度も言うのだった。だが、こうしたものを、このドワーフは長年のあいだに、徐々に手に入れてきたのかもしれなかった。逃げる途中でつかまった伝令かもしれなかった。あるいは、自分より強い泥棒につかまったこそ泥という可能性すらあった。わしが逃げる前にこのドワーフは死んだので、わしはドワーフの持っていたものを持ち出した。第六感がはたらいて、わしは肌身離さずもっていた。失いはしないものの、ほとんど忘れていた。ドル＝グルドゥルでは、エレボールの宝を全部合わせたよりも重要で危険な仕事があったからだ。

だがその時、わしは遺品のことを思い出した。時間がその意味を明らかにしてくれるまで、ちゃんと保管してきておったのじゃよ。わしが耳にしたのは、トロールの息子なるトライン二世のいまわの際のうわごとだったのだ、ということが分かった。そしてわしの手にあるのがエレボールの秘密扉の地図と鍵だということを知った。さて、どうしたものか？

わしが何を決意したか、そなたには分かっておろう。あのときに比べたら、いまはそんなに馬鹿げた考えには見えんかもしれんな。だが、あのときには、われながらあまりに馬鹿げているので、自分を笑って、なぜまたこんな作戦が頭に浮かんだのだろうと、不思議な気さえした。〈ホビットの里〉の者たちをドワーフのたくらみにからませ、二〇〇年以上前にはるか遠い僻地で生じた確執や災厄に巻きこもうというのだから。

わしはついに決意をして、トリンのもとに戻った。トリンは身内の者たちと顔をよせて相談のまっ最中だった。バリンとグロイン、それにその他の者が数人いた。

『さて、どんな提案を聞かせていただけるのかな』と、トリンはわしの顔を見るなり言った。

『まずはこのことじゃ』とわしは切り出した。『トリン・オウクンシルドよ、そなたはまるで帝王の気分でおる。じゃが、そなたの王国は消えてしまった。取り戻そうとするなら、（それができるかどうかは疑問じゃが）、まず小さなことから始めねばならぬ。こんなに遠くからでは、そなた、大きなドラゴンの強さがじゅうぶんに想像できんのではないかな。じゃが、それだけではないぞ。世界の中に、もっと恐ろしい〈影〉がもうれつに広がっておる。ドラゴンと〈影〉はたがいに力を貸しあうのじゃ』。わしが同時にドル・グルドゥルを攻撃せなんだら、まさしくその通りになっておったことじゃろう。『正面からのいくさは無益じゃぞ。それにいずれにせよ、そなたが組織するのはムリというものじゃ。もっと単純で、しかも大胆な方策、一か八かの作戦にうったえるしかないな』

『そんな漠然としたことを言われると不安になりますな』とトリンが答えた。『もっとはっきりとものを言ってください』

『うむ、まずは』とわしは言った。『そなた自身がこの冒険に出なければならない。しかも、こっそりと出なければならんのじゃ。そなたには、使いの者も、布告の者も、挑戦の口上もなしじゃ、トリン・オウクンシルドよ。ともに行くのは、せいぜい数人の血筋の者、忠実な家臣たちのみじゃ。じゃが、そなたには、もう一つ必要なものがある。

思いもかけぬものじゃ』

『はっきりと言ってください』

『あわてるでない』とわしは言った。『そなたはドラゴンを相手にしようとしておる。やつはとても大きいばかりではない。年をとって、とてもずる賢くもなっておる。冒険の最初から考慮しておかねばならぬことがある。やつの記憶力、それに嗅覚じゃ』

『当然のことですな』とトリンが言う。『ドワーフはドラゴンの相手ではたいていの者より経験があります。こっちはしろうとではありませんよ』

『よろしい』とわしは答える。『じゃが、そなたの作戦では、この点が考慮されておらんように思ったのじゃ。わしのは、そっと忍びこむ作戦じゃ。忍びこむのじゃよ。[3] トリン・オウクンシルドよ、スマウグは高価な寝床にねて、夢をみないわけではないぞ。やつのみる夢はドワーフじゃ！　やつは館の中を日ごと夜ごと調べて、ドワーフのかすかな臭いもないことを確かめてから眠りにつくのじゃ。眠りといっても半分は目ざめておって、ドワーフの足音が聞こえやせんかと耳をそばだてておる』

『そんなふうにいうと、忍びこむのが、まるで正面攻撃と同じくらいむずかしくて、まるで不可能なことに聞こえますね』とバリンが言った。『むずかしすぎてムリだ』

『いかにもむずかしい』とわしは答える。『じゃが、ムリというほどではない。そうでなければ、わしはこんなところで油を売りゃせん。もう笑うしかないほどむずかしい、と言っておこう。というわけで、笑ってしまうほどの解決策を提案しよう。ホビットを連れていくのだ。スマウグはおそらくホビットのことは聞いたことがないはずじゃ。臭いを知らんことはまちがいない』

『何だって！』とグロインが大声で言った。『〈ホビットの里〉のうすのろを連れていけだって？　いったいぜんたい、何の役にたつというのです？　どんな臭いだっていいけど、ホビットなんて臆病もいいとこですよ。卵の殻から出たばかりの丸はだかのドラゴン坊主が相手だって、あんなやつらそもそも臭いがとどくほど近くに行けやしませんぜ』

『おいおい』とわしは言った。『そんな失礼なことを言うもんじゃないぞ。グロインよ、あんたは〈ホビットの里〉の者たちのことを知らんじゃないか。気前がよくて値切らないからうすのろだと思っておるだけじゃよ。あんたらから武器を買わないから、かってに臆病だときめつけとるのじゃよ。それは大違いじゃな。とにかく、トリンよ、そなたらの仲間として目を付けた者がおる。手先が器用で頭がよくて、抜け目はないがあわて者ではない。それに勇気だってあると思う。ホビットなりにたいへん勇敢だ。ホビットというのは、「窮地にたつと勇敢」なのじゃよ。まあ、窮地においてみるがいい。どんな勇気をひそめているかが分かるから』

『ためすのはムリですね』とトリンが答える。『わたしが見てきたかぎり、やつら、なんとしても窮地におちいるのを免れようとする連中だからな』

『まさしくその通り』とわしは言った。『とても分別のある連中なのじゃよ。じゃが、このホビットはいささか型はずれじゃ。こちらが言葉をつくせば、あえて窮地に入るのをいとわないと思うな。それどころか、じつは心の中でそれを願っておるのではないかな——本人の言い方をするなら、冒険をしたいと』

『そんな者のために金を出したくないですな』と、トリンは立ち上がり、憤然として歩きまわった。『こんなのアドバイスじゃない。茶番だよ。よいホビットであろうと、悪いホビットであろうと、一日分の給料をはらってそれに見合う働きをしてくれる姿なんて、まるで見えやしないな。そもそも冒険に出ようなんてしないさ』

『「見えない」だと！　むしろ、「聞こえない」と言ってほしいね』とわしは返した。『ホビットというやつは、いともたやすく、とても静かに動きまわることができるのじゃよ。ドワーフだったら、たとえ命がかかっていても、あんなに音を消せやしない。およそこの世の生き物でホビットほど足音の静かな者はおらんよ。ともかく、トリン・オウクンシルドよ、そなたは、一マイル遠くからでも住民に聞こえそうな足音をたてながら〈ホビットの里〉を通りぬけてきたが、そのことには気づかなかったようだな。わしは忍びこみの技が必要と言ったが、まさに言葉どおりなのじゃよ。忍びこみのプロの技が必要じゃ』

『プロの技だって？』とバリンが叫んだ。わしのおもわくとは別の意味にとってしまったようだ。『訓練された宝物探索者のことですか？　いまどきそんな者がいるのですか？』

わしは躊躇した。話の流れがへんなほうに向いてしまった。どうつなげばよいか分からない。『ああ』とわしはついに答えた。『報酬のためなら、ふつうの人だったら怖じ気づくところ、とても行けないところに喜んで行くし、なんでも望みのものを盗ってくるさ』

失った宝物の思い出が胸に浮かんで、トリンの目がきらりと光った。けれども、『金でやとう強盗のことだな』とバカにしたように言う。『報酬が高すぎなければ一考の余地があるな。だが、そのことと、あそこの村人の誰かと、どんな関係があるのだ？　あの連中は酒を飲むのは土器だし、宝石とガラス玉の区別もつかないぞ』

『何も知らんのに、そんなにいつも自信たっぷりに話さないでもらいたいものじゃな』と、わしはきつい調子で返した。『この辺の村人は〈ホビットの里〉に、もう一四〇〇年も住んでいて、そのあいだにさまざまなことを学んできたのじゃ。スマウグがエレボールに飛んでくる千年も前に、エルフとも、ドワーフとも交渉があったのだ。そなたの先祖たちが思っていたほど富める者ではないが、トリンよ、そこの村には、そなたがここで自慢しているものよりもりっぱなものを持っておる家もあるぞ。わしが考えておるホビットは金の飾り物を持っておるし、食事のときは銀器だし、姿のよいクリスタルのグラスでワインを飲むのじゃぞ』

『ははあ、やっと言いたいことが分かってきた』とバリン。『じゃあ、強盗なのですね。だからあなたが推薦しているのですね？』

これを聞いて、わしもついに堪忍袋の緒をきらし、あくまで慎重にと思っていた用心がどこかにふっとんでしまった。『価値ある』ものを作って所有できるのは自分たちだけだというドワーフのうぬぼれ、美しいものはすべて盗んだのではないにしても、いつかドワーフから手に入れたものだという思いこみが、わしにはその瞬間、我慢ならなくなった。『強盗だと？』と、わしは笑いながら言った。『いかにも。プロの強盗じゃよ。あたりまえじゃないか。そうでもなきゃ、ホビットふぜいがどうやって銀のスプーンを手に入れるのだね？　強盗の印を扉につけておくから、見つけるのじゃよ』

そう言うと、わしは腹立ちまぎれに立ち上がり、自分でもびっくりするほど激しい調子で言った。『よいな、その扉をさがすんだぞ、トリン・オウクンシルドよ。冗談ではないぞ』。そしてふいに、わしは自分がほんとうに大まじめなのを感じた。わしの奇妙なアイデアは冗談ではなく、まさにそれで正しいのだ。ドワーフらをなんとか従わせなければならないのだ、と。

『よいか、ドゥーリンの一族の者たちよ！』とわしは叫んだ。『このホビットを説きつけて仲間に入ってもらえれば、諸君は成功する。説得できなければ失敗する。もしも、説得すらしようとしないなら、わしは諸君とはおさらばだ。わしのアドバイスも援助もなく、いずれ〈影〉がそなたらの上に落ちてくるぞ』

トリンはびっくりした顔でわしのほうに向いて、まじまじと見つめた。それも当然だろう。『ずいぶんきついお言葉ですな』とトリンは言った。『まあよかろう。行きます。あなたには未来がお見えになる。たんに狂人のうわごとでなければよいが』

『よろしい』とわしは言った。『じゃが、ガンダルフの愚を証明してやろうと冷やかし半分で来ちゃだめだぞ。真剣な心構えで来るのじゃぞ。いま話したような勇気や、冒険へのあこがれは、最初は出てこんかもしれんが、いらいらするでないぞ。かんたんに見限ってはならんぞ。やつは冒険なんぞとんでもないと言うぞ。逃げ腰になるだろうが、逃がしてはならんぞ』

『報酬の交渉などさせるな――そなたが言いたいのはそういうことだな』とトリンが言った。『何かを取り返してくれたら、それなりの報酬はあたえる。それ以上はだめだ』

話はまるで通じていなかったが、言ってもむだだとわしは思った。『もう一つだけ言っておきたいことがある』とわしは続けた。『計画はすべてあらかじめ作っておいて、すっかり準備しておかねばならんぞ。用意万端ととのえるのじゃ。いったんその気にさせたら、考えるひまをあたえちゃいかん。〈ホビットの里〉からまっすぐに東へ進んで、目標をめざすのじゃよ』

『あなたのその強盗は、とても奇妙な人物のようですね』と、フィリという名の若いドワーフが言った（トリンの甥だということを後で知った）。『名前を教えてください。いつも呼ばれている通称でもいいですが』

『ホビットは通称など使わん』とわしは言った。『持っておるのはビルボ・バギンズという名前だけじゃよ』

『なんて名前だ』とフィリが吹き出した。

『とても格式ある名だと本人は思っておるぞ』とわしは答えた。『それに、本人の風貌によく似合っている名前じゃ。独身の中年で、ややぶくぶく肥りかけておる。今のところ何よりも食い物に関心がある。すてきな食料貯蔵室があるようじゃな。それも一つっきりじゃない。すくなくとも、たっぷりもてなしてはもらえるぞ』

『もういい』とトリンが言った。『言質をあたえなきゃよかった。とても行く気になどなれんな。冗談のダシになるなんぞまっぴらごめんだね。それに、わたしは真剣なのだ。大まじめなのだ。心はかっかと燃えているのだぞ』

わしはこの言葉はうっちゃっておいて、『よいかな、トリンよ』と言った。『四月ももうなかば、春がやってきた。なるたけ急いで準備するのじゃ。わしにはちょっとした仕事があるが、一週間で戻ってくる。戻ってきて、万事よろしければ、わしが先に出かけていって、下地をこしらえてくる。その次の日に、みなでホビットのところにおしかけるのじゃ』

こう言ってわしはトリンのもとを辞した。考えなおす暇をあたえちゃならんのはビルボだけじゃない。トリンだってそうだ。この後の話は、もうそなたはよく知っておるじゃろう。ただし、ビルボの目から見た話じゃがな。わしが書いたとすれば、印象がかなり違っておったはずじゃ。何がおきているか、ビルボはすべて知っておったわけじゃない。たとえば、おおぜいのドワーフの一団が街道からそれ、ドワーフのお決まりの場所からもそれて、〈みぎわ丁〉にやってきたなどという噂が、あらかじめビルボの耳に入らぬよう、うんと気をつけたのじゃ。

わしがビルボのところに行ったのは、二九四一年四月二五日火曜日の朝じゃった。まあだいたいのところは覚悟しておったが、じっさいに行ってみて自信がぐらりと揺らいだぞ。わしが考えておったより、事はむずかしそうじゃった。だが、わしはあきらめなかった。翌日の水曜日、四月二六日に、トリンとその仲間たちを〈ふくろの小路屋敷〉につれてきた。他の者はよいが、トリンだけはやっかいだったな。いちばん最後にしぶしぶついてきた。それに、当然といえば当然じゃが、ビルボはわけが分からなくなって、おかしなふるまいをしでかすし。じっさい、わしにとっては、最初からきわめてまずい方向へ進んでいきおった。それに、例の『プロの強盗』の一件もある。ドワーフたちはすっかりそう思いこんでしまったから、ますますまずくなってきた。

その夜はみなで〈ふくろの小路屋敷〉に泊まるのだと、あらかじめトリンに言っておいて、ほんとうによかったと思った。なにしろ、作戦や方法を話しあうには時間がかかる。トリンと二人きりで話す機会があったからよかったものの、その前にトリンが〈ふくろの小路屋敷〉から帰ってしまったなら、わしの計略はだいなしになっちまったろうな。

その後、旅に出てからも、さまざまな危険や困難にみまわれた。じゃが、わしにとっては、ビルボを仲間に入れるよう、あの夜と、次の朝トリンを説きふせるのが、何よりも難事じゃった。トリンは腑に落ちぬながらも、いかにもバカにしたような顔をしている。わしに騙されたと思っておるのじゃよ。

『強盗だと』と言って、ふんと鼻をならす。『あいつ、バカなばかりか、まっ正直じゃないか。まだ乳離れしていない子どもみたいだぞ。それに、スプーンはほとんど錫じゃないか。ガンダルフさん、あんた、何かたくらんでいるな。わたしに手をかすというより、何か自分の思惑があるのだろう』

『いかにもその通りじゃよ』とわしは答えた。『ほかに目的がなきゃ、あんたに手を貸しなんぞせんよ。あんたにとっては、自分の事業がとても大事に見えるだろうが、大きなクモの巣の中の一本の糸のようなものじゃよ。わしは、他のさまざまの糸にもからんでおるのじゃ。だが、だからといって、わしのアドバイスの価値が下がるわけじゃない。もっと重みを増すはずじゃ』

『あんたは大した人だと聞いている』とトリンが言った。『うわさ通りの人だと願っているよ。だがそれにしても、ホビットを使うなんぞというのは馬鹿にもほどがある。あんたは心配が多すぎて目が曇ってしまったのじゃないか』

『たしかに心労がすぎて、そうなってもおかしくはない』とわしは答えた。『数ある心労のその中でも、傲ったドワーフがわしからアドバイスを求めながら（しかも、わしの側にはドワーフになんの恩義もないというのに）、生意気な口ごたえをされるのが、いちばん腹立たしい。トリン・オウクンシルドよ、もしもそれが望みなら、自分の道をゆくがよい。じゃが、そなたはアドバイスを求めた。なかったことにはできんぞ。もしも、わしのアドバイスを袖にするなら、危険を覚悟することじゃな。破局にむかって歩むことになるぞ。目をひらくのじゃ。そなたと、そなたの冒険は、もっと大きな流れの中に取りこまれておる。もしそなたが成功をおさめれば、他のもっと重要な目標も前に進むことになる。おのれの矜持をおさえるのじゃ。どん欲もつつしめ。そうしないことには、手に黄金が満ちても、そなたは最後に倒れるぞ』

そう言われてトリンはわずかにひるんだ。だが目には炎がくすぶっている。『わたしを脅そうというのだな！』とトリンは言った。『このことでも、他のことでも、人の意見はきかぬ』

『ではお好きなように』とわしは言った。『もうこれ以上は説得しない。必要なことはすべて言った。ただし、これだけは言っておこう。わしは軽々には他人を愛したり信頼したりはせん。じゃが、このホビットは好きなのじゃよ。だから、かれのためによかれと思っておる。ちゃんと遇するのじゃよ。そうするなら、そなたの死ぬ日まで、そなたはわしの友情をあてにしてよいぞ』

ここまで言ったら納得してほしいと期待して言ったのではなかったが、これは言っておいてよいことではあった。ドワーフは友への献身と、助けてくれる者への感謝の念はよく分かるし、大事に思っておる。『よろしい』と、トリンがついに言った。『あんたには負けたよ。あのホビットには、わたしの仲間と一緒に来てもらおう。だが、そんな勇気があるかな（それはあやしいな）。だが、あんなお荷物をわたしに押しつけようとするからには、あなたにもぜひ一緒に来ていただいて、秘蔵っ子の世話をしていただきたいものですな』

わしは、このあたりが、トリンに譲れるぎりぎりの線かと思った。『よし分かった』とわしは答えた。『一緒に出発して、できるかぎり君たちのもとにとどまろう。すくなくとも、ビルボの価値が分かるまでは付き合おうじゃないか』。最終的にはうまくいったものの、このとき、内心では困ったなと思っておった。〈白の会議〉を緊急にひらき、ドル＝グルドゥルを攻撃するという課題をかかえておったからじゃ。とはいえ、こういうわけで、〈エレボールの探求〉がはじまったというわけじゃよ。そしてこの日以来、ドワーフ、ホビットはともども、われらのこの時代の重大な出来事の網にみごとに絡められてしまったというわけさ」

こう言って、ガンダルフは長い話をおえた。ギムリが笑ったのを憶えている。「いまだって、笑っちまうよね」とギムリは言った。「最後には、上々以上の結果となったことが分かっていてもね。もちろん、ボクだってトリンのことは知っていた。ボクもその場にいたかったな。でも、あなたがはじめて訪れたとき、よそに行っていたのです。そして冒険に参加させてはもらえなかった。まだ若すぎると言われたんだ。もう六二歳だったから、何でもこいという気分だったんだけど。でも、話が全部聞けてよかった。だけどこれで全部かな。まだ話してくださっていないことがあるでしょう？」

「むろんじゃよ」とガンダルフが答える。

「そうだよな」とメリーが言った。「たとえば、あの地図と鍵のことはどうなんです？　トリンの話を聞いても、あなたは地図と鍵のことは隠しておきましたよね。百年も持っていたのですよね」

「ほぼ九一年じゃよ、正確に言っておくならね」とガンダルフが答えた。「わしがトラインを見つけたのは、かれが一族のもとを去って一〇年後のことじゃった。そのときには、穴にほうりこまれてすくなくとも五年はたっておった。どうやって五年ももったのか分からん。拷問されながら、どうやって地図と鍵を隠しおおせたのかも不思議じゃ。〈闇黒の力〉が求めたのは指輪だけだったのだろうな。だから、指輪さえ手に入れれば、あとはどうでもよいとばかりに、ぼろぼろにされた虜囚を穴に投げこんで、うわごとを言いながら死ぬまでほうっておいたのだな。ちょっとしたミスじゃよ。だが、それが命取りになる。小さなミスというのはそんなものじゃ。

さっき説明したように、あの地図と鍵にどんな価値があるのか、わしは九一年のあいだ知らずにすごした。その価値が分かったとき、わしの計略を納得させるための、ひとつのよい材料になると思った。だから、こう言ってよければ、まさにぴったりの瞬間にそれを持ち出したのじゃよ。事態がほとんど絶望的になりかけて、ビルボがとんまにも気絶なんぞした、あの瞬間じゃ。この時をさかいに、トリンはわしの案（すくなくとも、秘密の冒険を行おうという案）にしたがおうと本気で心を決めたのじゃ。ビルボを連れていくかどうか、それは別として、みずから冒険に出ることだけは決意したのじゃよ。

地図と鍵は過去の思い出をありありと蘇らせた。エレボールが略奪されたとき、トリンは若干二四歳、ドワーフにしては幼かった。だが、トロールとトラインがどうやって館から抜け出したのだろうかと、よく不思議の思いにとらわれたと、わしに話した。ドワーフだけに見つけられる秘密扉が存在するということで、すくなくともドラゴンの行動のいくばくかを知ることが可能になるだろう、いくらかの黄金や、先祖伝来の宝物を取り返すことだってできるかもしれない、そうすると奪還の思いに焦がれる心がわずかでも楽になるだろう、と思ったのだ。

旅に出たとき、現実にスマウグを屠ることなどできようとは、思ってはいなかっただろうな。だが、けっきょくはそうなってしまった。希望などまったくなかった。だが、おお、トリンは勝利も宝物も楽しむまもなく死んでしまった。傲りとどん欲に負けてしまったのじゃ。あれだけ忠告しておいたのに」

「でも」とわたしは言った。「どっちにしても、戦死していたのではありませんか？　いくらトリンが宝を気前よく分けたとしても、オークの攻撃は起きていたはずですね？」

「ああ、そうかもしれん」とガンダルフは答えた。「気のどくに。欠点はあれど、トリンは偉大な一族の偉大なドワーフだった。敵に斃されはしたものの、〈山の王国〉は復活した。ダインはりっぱな跡継ぎだ。わしの作戦は成功したのじゃよ。攻撃の中心は南にそらされたものの、サウロンは、われらがゴンドールを守っているあいだに、遠くのばした右手で〈北〉にてひどい損害をあたえることだってできたはずじゃ。〈さけ谷〉でさえ、ブランド王とダイン王があいだに立ちはだからなければ、ひどい目にあわされていたところだ。ペレンノール野の合戦の話をするときには、〈谷〉の戦闘のことを忘れてはならんぞ。ほんの紙一重で、どんなことになっていたことやら！　エリアドールにドラゴンの炎が健在で、剣をもった敵の大軍が押し寄せていたかもしれんのだ。いまごろゴンドールに女王はいなかったかもしれん。ここで勝利しても、死と悔恨へと帰ることくらいしか希望がないというありさまになっておったかもしれん。だが、そんな運命はまぬかれることができた。ある朝、春のはじめに[4]、わしがトリン・オウクンシルドにブリーの近くで出会ったからじゃ。〈ミドルアース〉では、それを偶然の出会いというが[5]」

注

1　『歴史』の第八巻「指輪の戦争」の三五七ページで、クリストファー・トールキンは、「エレボールの探求」の初期ヴァージョン（間違いなくテクストB以前のもので、おそらくA、もしくはAより早いヴァージョン）で、引きちぎられたノートの下半分に記されている短い一節を示している。紙の裏に記された（表の記述［三五七～五八ページ］のあとで記されたことを、クリストファー・トールキンは明確にしているが）注記は、エドラスの東の様々な距離に関するもので、ゴンドールの地図との関連で記録されたのかもしれない（ゴンドールの地図はクリストファー・トールキンが一九五五年に作成し、一〇月発売の『王の帰還』に付けられた）。

2　『歴史』の第一二巻「ミドルアースの種族たち」、二八三ページ、二八七ページ、注一二を参照のこと。トールキンは、「すでに印刷された物語にあって動かせない日付」と題されたメモも残している。クリストファー・トールキンによれば「エレボールの探求」の最初の原稿にかかわるものである。このメモには、『指輪の仲間』のページへの参照も含まれている。（クリストファー・トールキンの「ミドルアースの種族たち」、二八～八九ページ、「『エレボールの探求』の日付についての注」を参照）

3　『終わらざりし物語』で、クリストファー・トールキンは「この時点で、Aの草稿の文が一つ、おそらくうっかりミスでタイプ原稿にするときに脱落したようだ」と記している（三三三ページ）。このセンテンスとは「また、ドワーフの敵スマウグにはすくなくとも分からない臭いだ」。

4　テクストはもともと「ある冬の朝、ブリーからほど遠からぬところで」とタイプされていたが、「冬の」が消され、「春」が書き込まれ、その下に「春のはじめに」と書かれている。後のテクストCでは、「春のはじめのある夕べに」となっている。

5　タイプされたテクストの下に、トールキンの鉛筆書きのメモがある。「ドワーフが〈ふくろの小路屋敷〉に持ってくる楽器のことは説明されていない。それがどうなったのかも」

付録B　ルーン文字について

一九三八年二月二〇日にロンドンの新聞に掲載された手紙で、トールキンは、『ホビット』のルーン文字は「アングロ・サクソン語のものと似ているが、そっくりそのままではない」と記している（『手紙』二五）。ルーン文字は『ホビット』では三か所で用いられている。トロールの地図で二度（通常のものと、「ムーン文字」のもので、どちらも一九六六年に追加された短いまえがきに転記されている）、イギリス版のカバーに一度である。カバーのルーン文字をここに転記しておこう。

このルーン文字を英語に直せば以下のようになる（アンダーラインの部分はルーン文字では一文字）。

THE HOBBIT OR THERE AND BACK
AGAIN BEING THE RECORD OF A YEARS
JOURNEY MADE BY BILBO BAGGINS
OF HOBBITON COMPILED FROM
HIS MEMOIRS BY J R R TOLKIEN
AND PUBLISHED BY GEORGE
ALLEN AND UNWIN LTD.

（ホビットあるいはゆきてかえりし物語はホビット村のビルボ・バギンズによってなされた一年の旅の記録／彼の回想録からJ・R・R・トールキンによって編集されジョージ・アレン＆アンウィン社によって出版）

一九三八年のアメリカ版のカバーはイギリス版とは異なっていたが、一九五一年の第二版（五刷り）では、イギリス版のカバーのついた、イギリスで製本されたものを輸入しはじめた。しばらくたってから、カバーのルーン文字にイギリスの出版社名が入っていることに誰かが気づき、一九六五年に、アメリカ版のルーン文字がつぎのように変えられた。

これで出版社名が「ホートン・ミフリン社」となった。この変更は一九刷りでなされたが、私はまだ見ていない。二〇刷り（一九六五年八月）では修正されたルーン文字になっている。このときに変更したのがトールキン本人であったかどうかは不明。

一九六六年の「ロングマンズ・グリーン版」のカバーには、トールキン自身がルーン文字を書いた。全体が縮められ、以下のようになっている。

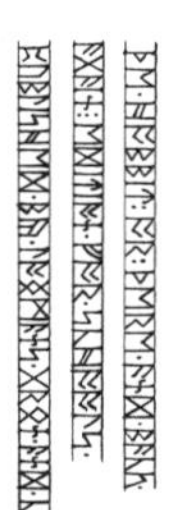

THE HOBBIT OR THERE AND BACK
AGAIN EDITION FOR SCHOOLS
PUBLISHED BY LONGMANS GREEN AND CO.
（ホビットあるいはゆきてかえりし物語／学校のためのエディション／ロングマン・グリーン社によって出版）

トールキンはこのほかに一度だけ、印刷されたものに、この方式のルーン文字を入れたことがある。一九四七年にキャサリン・ファーラーに出した絵はがきである（『手紙』一一二）。この例では、いくぶん複雑になっている。たとえば、文字の下に点（ドット）がつくと、二文字分を意味するなど。

以上の例を利用して、下の表を作成した。アングロ・サクソンやその他ゲルマン諸族が用いたルーン文字の使用についてさらに知りたい人は、W・V・エリオットの『ルーン文字入門』（一九五九、一九八九改訂版）、R・I・ペイジ『英語のルーン文字』（一九七三、一九九九改訂版）を参照のこと。

『指輪物語』で、トールキンはもっと大きなルーン文字の表を示しているが、その表では、下の表と同じルーン文字が、異なった使用形態にしたがって、異なった文字価を割り当てられている。もっとくわしく知りたい向きは、『指輪物語』の追補Eの二節（「キアス」）、クリストファー・トールキンの『歴史』第七巻「アイゼンガルド」の「ルーン文字についての補遺」、「ミスロア」一九八七年夏季号に掲載の、ポール・ノーラン・ハイドの「アンゲアサスと『ホビット』」(13, no.4: whole no.50)、ヴァーリン・フリーガーおよびカール・F・ホステター編『トールキンの神話体系』（二〇〇〇）所収の、アーデン・R・スミスの「Certhas, Skirditalia, Fuþark—ルーン文字の起源の作られた歴史」を参照されたい。

トールキンは子どもの物語のために、歴史の中のルーン文字を用いた最初の作家というわけではなかった。ラドヤード・キプリングの『なぜなぜ物語』（一九〇二）には、象の牙に刻まれた物語のイラストがあり、ルーン文字の長い銘文がついている。

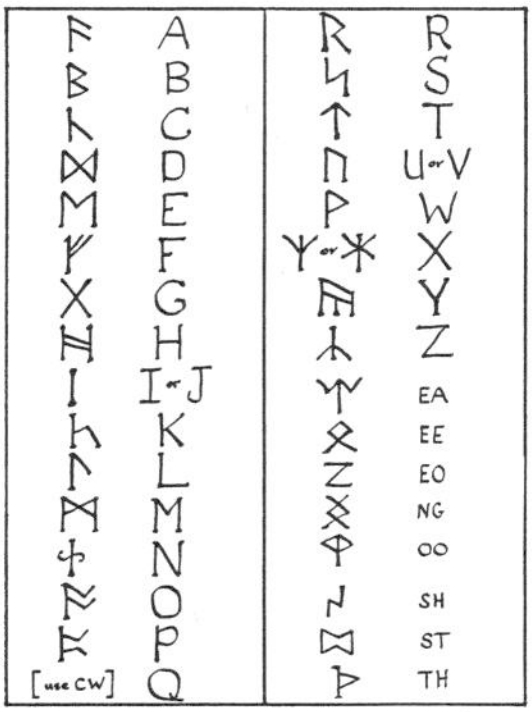

序文

かつてトールキンはこう言ったことがある。――なにか中世の作品を自分が読んでとっさに感じるのは、それを文学的に研究をしたいとか、言語学的に分析したいなどということではなく、その作品と同じ伝統にのっとって自分でも作品を書いてみたいという気持ちだ、と。[1] トールキンはまた、一九六五年にインタヴューを受けて、「どんなおとぎ話でも、読んだらかならず自分でも書いてみたくなります」と答えている。[2]

トールキンとその作品を研究しようという者にとっては、このような発言はとてもよい入口になるだろう。トールキンの教養的背景と、文学的な関心を理解すれば、『ホビット』、『指輪物語』というもっとも有名な作品を、より深く読むことができるようになるからである。

ジョン・ロナルド・ローエル・トールキンは一八九二年一月三日に、南アフリカのブルームフォンテインで生まれた。父は銀行の支店長をつとめるアーサー・ローエル・トールキン、母はメイベル・サフィールドである。両親はどちらもイギリスのミッドランドの、バーミンガム周辺の出身であった。

アーサーはイギリスにいるときにメイベルに求婚したが、その後すぐにアフリカ銀行に職を得たので、二人の結婚式はケープ・タウンで行われた。ロナルドと呼ばれたJ・R・R・トールキンは、はじめての子だった。二人目の息子はヒラリー・アーサー・ローエルで、ロナルドの二年後に生まれた。

一八九五年、メイベル・トールキンは二人の子をつれてイギリスに帰った。ほんの一時帰国だと周囲には言ったが、ロナルドの健康が心配だったからでもあった。アフリカに残ったアーサー・トールキンは一八九五年もおそくなって病をえて、まもなく亡くなった。

母のメイベルはそのままイギリスにとどまり、バーミンガム近郊の実家の近くで子どもを育てた。一九〇〇年、メイベルはローマ・カトリックに改宗した。親戚の人々はプロテスタントだったので驚いて、メイベルへの支援を打ち切った。メイベルはひとりで頑張り、子どもをカトリック教徒として育てた。しかし健康がおとろえて一九〇四年に亡くなり、その後はバーミンガム教会のフランシス・モーガン神父が二人のトールキン少年の後見人となった。

オクスフォードのノースムア通り20番地の家。トールキン一家が1930年1月から1947年のはじめまで住んだ。トールキンの書斎は1階で、写真の右下の部屋だった。写っているのは西向きの窓で、この写真ではわからないが右側に南向きの窓があった。トールキンのデスクは南向きの窓の前に置かれてあった[3]。

二人の少年はバーミンガムのキング・エドワード校で教育をうけ、ロナルドは一九〇三年に奨学金を獲得した。一九一〇年前後のこと、ロナルドは、トールキン兄弟が住んでいるのと同じ下宿に住んでいた、同じく孤児のイーディス・ブラットという少女と出会った。ロナルドとイーディスは人しれず親しくなっていったが、やがてそれぞれの後見人の知るところとなり、ロナルドは二一歳になるまではイーディスと会うことも話すこともまかりならないと言い渡された。

トールキンは、一九一一年の秋に、オクスフォード大学エクセター学寮へと進んだ。最初はギリシア・ローマの古典を学んだが、やがて、フィンランド語などその他の言語や比較言語学の研究にひきつけられる自分を発見した。トールキンはまた、独自の言語を創りはじめた。後にクウェンヤ、もしくはエルフ語と呼ぶことになる。

一九一三年、二一歳の誕生日に、トールキンはイーディス・ブラットとの交際を再びはじめた。第一次学士試験で第二級優等学位を取得し、フィロロジーへの熱意ゆえにか、一九一五年六月に、英語英文学で最優秀の学位を得て卒業した。

その直後にトールキンはランカシャー・フュージリア連隊に入隊し、兵士の訓練をうけた。ロナルドとイーディスは一九一六年三月一六日に結婚したが、その夏にトールキンはフランスの前線へと送られた。そしてソンムの塹壕で数か月をすごし、第一次世界大戦の悲惨な状況を直接体験した。やがてトールキンは塹壕熱にかかってイギリスに送還され、戦争が終わるまでほとんど前線に戻ることはなかった。ロナルドとイーディスのはじめての子ども、ジョン・フランシス・ローエルが一九一七年に生まれた。

トールキンは戦争が終わる直前に、当時オクスフォードで編集が進められていた『オクスフォード英語辞典』の編集スタッフの職についた。一九二〇年にはリーズ大学の英語学講座の上級講師に任じられ、一家で北部へと移った。次男のマイケル・ヒラリー・ローエルが一九二〇年に誕生した。

はじめての大きな学問的著作である『中英語語彙集』が、

一九二二年に出版された。ケネス・サイアムのアンソロジー『一四世紀の散文と韻文』（一九二一）とセットにして用いられるよう編まれた本であった。このような仕事にくわえ、『オクスフォード英語辞典』の経験もあるトールキンは、当時のフィロロジー分野の第一人者になりつつあった。一九二四年七月、リーズ大学で英語の講座の教授に昇進し、その年遅くに三男のクリストファー・ローエルが生まれた。

一九二五年に、中英語の物語詩「サー・ガウェインと緑の騎士」の定番となる校訂版が出版された。トールキンとE・V・ゴードンの共編であった。その直後にトールキンは、オクスフォード大学で、アングロ・サクソン語講座のローリンソン・ボズワース記念教授となった。四番目の子ども（ただ一人の女の子）であるプリシラ・メアリー・ローエルが一九二九年に生まれた。子どもたちのために書かれた『ホビット』は、一九三七年に誕生した。

トールキンは一九四五年までローリンソン・ボズワース記念教授をつとめ、この年に、オクスフォード大学の英語英文学講座のマートン記念教授となった。待望久しかった『ホビット』の続編『指輪物語』が一九五四年から五五年にかけて出版された。トールキンは一九五九年に引退するまでマートン学寮の特別研究員であった。妻のイーディスは一九七一年に亡くなり、トールキンもわずかの期間を病床ですごして一九七三年九月二日に逝去した。

1972年、トールキンはこのデスクを、慈善団体Help the Agedに寄付した。売却益をチャリティに役立ててもらおうとの趣旨であった。1972年7月27日の手紙（このデスクに添えられた）で、トールキンは、「この机は1927年に妻が買ってくれたものです。私の最初のデスクで4、1971年に妻が死ぬまで、文学作品を書くときにはもっぱらこの机を使いました。『ホビット』はすべてこの上で書きました。書いて、タイプして、イラストを描きました」と述べている。このデスクは現在、イリノイ州ホイートンのホイートン・カレッジの、マリオン・E・ウェイド・センターに所蔵されている。

トールキンの中世の言語と文学への関心の目覚めはとても早かった。キング・エドワード校の生徒だったとき、トールキンは「ベーオウルフ」に出会った。まずは現代語訳で読み、その次にアングロ・サクソン語の原文で読んだ。そこからアイスランドのサガ（何冊かはウィリアム・モリスの翻訳）へと進み、さらにトールキンの読書はスノッリ・ストゥルルソンの散文訳の『エッダ』、そして古ノルド語の神話・英雄詩の集積である『古エッダ』にまで及んだ。フィンランドの叙事詩『カレワラ』に出会ったのは一九一一年のことであった。エクセター学寮に進学すると、トールキンのウィリアム・モリスへの関心が深まった。

モリスもまたかつてエクセターの学生であったということが、トールキンの関心を煽ったのかもしれないが、モリスの物語詩と、後期に書かれた散文ロマンス（その中にはところどころ詩が挿入されている）に、とくに興味を感じた。

トールキンはせまい意味では、古英語、古ノルド語、中英語が専攻であったが、古いゲルマン諸語ならびに文学の全領域を広く渉猟し、研究した。中英語の時期では、詩人ジェフリー・チョーサー（一三四〇？～一四〇〇）、「サー・ガウェインと緑の騎士」、「パール」、「清純」、「忍耐」などの作品を書いた匿名の一四世紀の詩人などに興味があった。トールキンがとくに詳しかった領域の一つに、「女子修道院生の戒律」が書かれている、中英語のウェストミッドランド方言があった。これは教会にならんで作られた修道院の小部屋に住んで、生涯を宗教にささげようとする女性のために宗教的教訓を記した書物である。

トールキンはこうした関心を他の人たちとも分かち合いたいと思い、リーズ大学で「ヴァイキング・クラブ」を作り、ビールを飲んでサガを読んだ。そしてオクスフォードに戻ると、アイスランド文学の同好会「コルビタール」を設立した。構成メンバーはオクスフォードの学究たちで、当番の誰かがアイスランドのサガを朗読してはその場で訳すという会を、一九二六年から一九三〇もしくは三一年まで続けた。トールキンの友人C・S・ルイスはこの「コルビタール」のメンバーだった（ちなみにこの会は「コールバイター Coal-biter」とも呼ばれた。まるで石炭に噛みつきそうなほど暖炉にかじりつく人という意味である）。またネヴィル・コグヒルも仲間だった。この二人は後に、「インクリングズ」のメンバーになった。こちらはオクスフォードの作家のグループで、定期的に会って自作の作品を朗読しあう会だった。「インクリングズ」（この名称はもともと一九三一～三三年ごろに会合をもっていた学部学生のグループのものだったが）は、「コルビタール」が発展的に解消したものであるようだ。

トールキン自身の作家としての素質は、とても幼いころから芽を出しはじめた。言語好きのところは、思春期のころ二人のいとことともに「アニマリック」という言語を発明したところに窺われる。これを皮切りに、トールキンは生涯のあいだに数多くの言語を作ることになる。きわめて複雑に構成されたものも多かった。

おそらくは母親が教えたからだろうが、トールキンは絵画やデッサン、レタリングなどにも深い興味をいだいていた。トールキンの数十年に及ぶヴィジュアル作品については、ウェイン・G・ハモンドとクリスティナ・スカルの本格的な研究書『指輪物語の図像世界』がある。

一九一〇年には詩をも書きはじめた。そして第一次世界大戦がはじまった前後に、トールキンはアングロ・サクソン詩人のキネウルフの「クリスト」の次のような一節に出会った。

Ēala Ēarendel, engla beorhtast,
ofer middangeard monnum sended

（*Crist*, lines 104–5）

ようこそエアレンデルよ　もっとも輝ける天使よ、
ミドルアースをこえて　人のもとに遣わされた

エアレンデル（Ēarendel）という語には、ふつう「輝く光、光線」という注釈がついている。星のことだと考える研究者もいる。トールキンはエアレンデルとは金星、すなわち宵の明星のことだと思った。何十年もたって、一九六五年一二月一八日付のクライド・S・キルビーに宛てた手紙で、このキネウルフの二行は「うっとりする言葉で、そこから私の神話のすべてが生み出されてきた」と述べている。[5]

トールキンの神話は、創り出した言語から生じてきたものでもあった。創り出した言語が現実世界の言語と同じように成長し進化するには、それを話す者たちが必要だし、話す者たちがいれば歴史もあるはずだ。トールキンは自分の創造した世界を〈ミドルアース〉と読んだ。古英語でわれわれの住む世界を意味するmiddangeardを単純に現代語に置き換えただけの表現である。トールキンはこの世界にエルフ、人間、その他の生き物を住まわせ、主要な二つのエルフの言葉、グノーミッシュ（後にシンダール語となる）とクウェンヤが、トールキンによって想像された歴史の中に根を張っていった。

一九一四年九月、トールキンは「宵の明星エアレンデル」という詩を書いた。後にトールキンが創り上げる神話にむかっての第一歩だった。そしてその後の数年は、語彙集、文法、そして詩のかたちで神話の構築が進められていった。一九一六年の初頭に、トールキンは『妖精のトランペット』と題した詩集の出版をロンドンの出版社シジック&ジャクソンに持ちかけたが、採用されなかった。その後すぐに、自らの神話を散文で書きはじめ、物語を集めたものを「失われし物語」と呼んだ。この散文版はやがて大きく成長して、『シルマリルの物語』となる物語群のもとになるものであった。トールキンはこの独自の神話体系を生涯にわたって書き、書き直してゆくことになる。こうした物語の複雑な進化の過程は、クリストファー・トールキンの『ミドルアースの歴史』（一九八三～九六）で跡づけられている。

トールキンが子どもの物語を書きはじめたのは一九二〇年のことだった。それは自分自身の子どもに宛てたイラスト付きの手紙で、サンタ・クロースが北極で起きた出来事を語るという体裁の話だが、それが、この後何年も続けられることになった。最初の数年のあいだはごくシンプルなものだったが、一九二五年ごろに長くなり、内容も複雑になった。サンタ・クロースと、様々なエルフ、ノーム、北極のシロクマなどをめぐる神話を、トールキンが進化させていくのは必然のなりゆきであったのだ。一九七六年に、ベイリー・トールキンの編集によるこれらの手紙の選集が、『サンタ・クロースの手紙』として出版された。大幅に増補された新版が、一九九九年に『サンタ・クロースからの手紙』として出版された。

一九二四年ごろ、トールキンは子どもたちに物語を語りはじめ、ときにはそれを紙に書きとめた。初期に書かれたものの一つに「オーゴグ」がある。奇妙な生き物がファンタスティックな風景の中を旅する、未完の物語である。もう一つ、『ローヴァーの冒険』という中程度の長さの物語がある。これはトールキンの死後かなり経過した一九九八年に出版されたが、一九二五年九月に即興で語られたものが、一九二八年のクリスマスのあたりにはじめて紙に記されたようだ。『ブリスさん』は、一九八二年にイラスト付きの小冊子のファクシミリが出版されたが、書かれたのは、マイケル・トールキンの夏の日記によれば一九二八年のことだった。ただし、唯一残っている原稿は、一九三〇年代前半のもののように見える。[6]

一九二八年前後に、トールキンは「ビンブル・ベイの物語と歌」と題された一連の詩を書いた。ビンブル・ベイという架空の海辺の町の周辺に舞台を設定した詩である。六つの詩を書いたが、そのうちの三つが本注釈に載録されている。[7] また、『農夫ジャイルズの冒険』の最初期のヴァージョンも一九二〇年代の終わりごろに書かれたものと思われる。すなわち『ホビット』が書きはじめられる直前である。[8]

「けっきょく、誰の『指輪物語』なの?」というエッセイで、ウェイン・G・ハモンドが、トールキンの子どものための物語をまことに的確に評価している。

> トールキンの子どものための物語は、いままでじゅうぶんに正しく評価されてこなかった。それらの物語は、神話を書くときに用いた硬い文体の散文や韻文とはことなった様式の語りを実験するための機会(もしくは口実)を、トールキンにあたえてくれた。子どもの物語を書くときには、言葉でも、場面設定でも、それこそ恥も外聞もなく遊び心を発揮することができた。「ニンジン」という名の赤毛の少年が、カッコウ時計の中で出会うおかしな冒険や、「ビル・ステッカー氏」[「ビラを貼る人」という意味]や、その天敵である「ロード・アヘッド少佐」[「先に主要道路がある」という路標]などといった人々は、まじめな「神話体系」には無用だ。それらは、後世の人々に見せるべきものでもなかった。というのは、トールキンはこうした物語を紙の上に残さなかったか、もしくは略した形でしか残さなかったのだ…。『ブリスさん』には社会風刺の要素が含まれており、(知られているかぎり)トールキンが(絵と文章が同じウェートを占

めているという意味での）絵本を書こうとした唯一の作品だ。『サンタ・クロースの手紙』では、絵画やスケッチ、レタリング、言語の才能を存分に発揮することができた。『ローヴァーの冒険』は、幼いマイケル・トールキンがおもちゃをなくし、マイケルと弟のジョンが嵐を怖がっていたので、慰めるためにはじめられた物語だ…。『農夫ジャイルズの冒険』も、オクスフォード周辺で行われていたファミリーゲームとしてはじめられたが、語呂合わせと地名が好きなトールキンがはまってしまったので、さらに発展させて出版したのである。（「カナダ・C・S・ルイス・ジャーナル」二〇〇〇年春、六二ページ）

『ホビット』は、こうしたトールキンの創作の様々の面が、はじめて一つのフォーカスのもとに集まってきたところに位置している。そこには詩がある（『ホビット』には一六の詩にくわえて八つの謎々が挿入されている）。絵画がある。独自の神話に登場する様々な種族や場所（エルロンド、〈闇の森〉、ネクロマンサー、サウロン）が出てくる。そして子どものための作品に用いた文体と、なじみやすい雰囲気、それにくわえて中世の言語と文学の専門知識にもとづいた遊び心、かろやかさが表現されている。こうした要素のすべてが『ホビット』に集まり、花を咲かせている。そして、それらは『指輪物語』でも花開くこととなる。[9]

トールキン自身は、『ホビット』は「それ以前に消化した」叙事詩、神話、おとぎ話がもとになっていると述べている。そのような、もととなった素材をいくつか指摘することができる。「ベーオウルフ」、アンドルー・ラングやグリムのおとぎ話集、E・H・ナッチブル＝ヒュージソンの作品、ラドヤード・キプリング、ウィリアム・モリス、ジョージ・マクドナルド、とくにマクドナルドの『お姫さまとゴブリンの物語』、『カーディーとお姫さまの物語』などがそうだ。ただ一冊、トールキンが意識的に用いたと述べているのは、自分自身の「シルマリルの物語」の様々な伝説である。もう一冊、あからさまにではないが、影響をうけた本がある。E・A・ワイク＝スミスの子ども向けの物語『スナーグの驚異の国』（一九二七）がそれである。これはゴーボという名のスナーグ族の子どもの冒険物語である。スナーグというのは、「ある種族の名で、背丈は普通のテーブルよりすこし高いくらい、肩幅が広く、力も強い」人々のことである。

スナーグの国は「まったくの別世界」である。そこには小さなコロニーが作られていて、両親の暴力やネグレクトを受けた子どもたちがひきとられる。物語の中心は、ジョーとシルヴィアという二人の子どもである。二人はゴーボと一緒に、見しらぬ国へと果てしのない冒険の旅に出る。一行は様々な困難や、おもしろい人物に出会う。ゴリソスという名の改心した人食い鬼もその一人で、菜食主義にしたので、もう子どもは食べないという人食い鬼である。また、マザー・メルドラムもおもしろい。よこしまな魔女で、料理がとても上手だ。

一九五五年にW・H・オーデンに宛てた手紙で、トールキンは『スナーグの驚異の国』は「意識したわけではないが、ホビットという種族を思いつくきっかけとなったのだろうと思います。それ以外の部分については該当しませんが」としたためた（『手紙』一六三）。しかし、このような言い方では表面に出てきていないものの、トールキンはかつてこの本に対して高い評価をくだしていた。「妖精物語について」という有名な講演の下書きにこう書いている。――「私も、わが家の子どもたちも、『スナーグの驚異の国』が大好きだということを、ここに述べておきたいと思います。すくなくとも、スナーグの部分はすばらしい。それに、はきだめの鶴というべきか、貴重な冒険の仲間であるゴーボも大好きです」と。

『スナーグの驚異の国』の遊び心、ユーモアについては、『ホビット』に深く通じるところがあると言わねばなるまい。たとえば次の引用をご覧いただきたい。

（スナーグは）大の宴会好きです。通りの曲り角もないのその、野外に長テーブルを延々とつらねます。そうしないではすまないのです。なにしろ、ほとんどすべての国民が招かれる――というか、王様のお声がかりなので、否でも応でも出ざるをえないのです。それも、皆が皆、食べもの飲みものを持参し、供出させられます。膨大な招待状を出さなければならないので、近年になって招待の方式が変わりました。出席せよという命令は暗黙の了解事項となり、特定のおりに来てもらいたくない者だけに、出席せざることという逆招待状がおくられることとなったのです。ときとして、宴会をひらく口実に窮することもままあります。そのような時には、王家の執事が、それこそわがお役目とばかりに、理由をさがします。たとえば誰かの誕生日といったぐあいに。一度など、今日はだれの誕生日でもないということを祝って宴会をひらいたこともありました。（『スナーグの驚異の国』一〇ページ）

『ホビット』と『スナーグの驚異の国』のあいだには、物語のテーマ、いくつかの出来事など、その他の点でも類似点がある。『スナーグの驚異の国』はいま読んでも楽しい本であり、『ホビット』のファンはトールキンとの関連をぬきにしてもおもしろいと思うだろう。

『ホビット』の実際の執筆過程を述べるには、まず残っている手書き原稿、タイプ原稿、校正用のゲラを調べるのがよいだろう。これらは現在では、合衆国ウィスコンシン州ミルウォーキーのマルケット大学の「記念図書アーカイヴ」に保存されている。これらの資料を、作製された段階ごとに記述していくのがもっとも簡単だろう。段階はAからFまである。

段階A――第一章の、六ページの手書き原稿（最初の数ページは欠けている）。これは現存するもっとも古い原稿で、ドラゴンは「プリフタン（Pryftan）」、ドワーフの長は「ガンダルフ」、魔法使いは「ブラドルシン」と呼ばれている。

段階B――タイプ原稿と手書き原稿がまじっている。最初の一二ページはタイプされていて（トールキンのハモンド製のタイプライター）、残りは手書きで、一三から一六七まで順に番号が打たれている。この段階の原稿は、公刊版でいえば第一章から第一二章まで、および第一四章に相当する。ドラゴンの名は（第一章で）「プリフタン」とタイプされているのが、手書きで「スマウグ」と修正されている。ドワーフの長は「ガンダルフ」、魔法使いは「ブラドルシン」のままである。このヴァージョンではビヨンは一貫して「メドウェド」と呼ばれ、〈はなれ山〉の裏の扉の鍵を出してくるのも魔法使いではない。トロルのほら穴で見つけた鍵によって、ドゥーリンの扉があけられることになっている。いくつかの時点で、執筆の中断が観察される。紙が変わっている、インクが変わっている、あるいは筆跡がわずかにちがっている（たぶんペンを変えたのだろう）ことが手がかりだ。このような中断が観察されるのは、五〇ページ（第五章のはじめ近く）、七七ページ（第六章のおわり）、一〇七ページ（第八章のまん中）、一一九ページ（第九章のはじめ）である。最後の三五ページではドワーフの長がトリン、魔法使いがガンダルフになっている。

〈エルフ王〉の館から物語の最後までを要約した、六ページのアウトラインがある。[10]

段階C――ハモンド製のタイプライターで打ったタイプ原稿（歌はイタリック体）で、段階Bと同じ部分について、一から一三二までのページ番号が付けられている（最後の数ページは、段階Eで番号が打ち直された。第一三章となる部分が挿入されたからである。以下を参照のこと）。このタイプ原稿では一貫してトリンとガンダルフになっている。段階Cは、段階Bが終わるころ準備されたのだろう。さらに、メドウェドと呼ばれていた人物がビヨンになった。

段階D――手書きの草稿。一から四五のページ番号がふられており、一三章と、一五から一九章に該当する。

段階E――段階Cのタイプ原稿が打ち直され、新たに挿入された第一三章に一二七～一三四のページ番号が付された。また以前の第一三章のタイプ原稿が第一四章となり、手書きで一三五～一四〇のページ番号が書かれている。段階Dでくわえられた章がタイプされ、一四一から一六八の番号がふられている。

段階F——二度目の全体のタイプ原稿（はじめて印刷用として準備されたタイプ原稿）がこの時点で作られたが、かなりの数のタイプミスがあり、印刷用に用いられた形跡はない。

　この後は、最初のゲラ、修正されたゲラへと続いていく。


　実際に残っている草稿段階の原稿と、『ホビット』の執筆の時日について知られていることを結びつけようとしても、その結果はあくまでも推測にとどまり、日時を正確に跡づけるのはすべてについて可能というわけではない。

　この物語はどのようにして始まったのだろうか？　トールキンがくりかえし語ったところはこうである。ある熱い夏の日に自宅の机にむかって、中等教育修了試験の「英文学」の答案を採点していた。あるインタヴューで答えたトールキン自身の言葉を用いるなら、「ありがたいことにある学生が一ページまるまる何も書かずに、白紙のまま残してくれていました。採点する者にとってこんな至福はありません。うれしくなった私はその白紙に、『地面の穴に一人のホビットがすんでいました』と書きました。名前さえ浮かべば、私の頭の中にはいつも物語が生まれてきます。こいつはひとつ、ホビットがどんな連中なのか発見してやらねばと感じた次第です」（『伝記』一七二ページ）。さらに別のところで、次のように述べている。「しばらく…そう数か月して、こいつは答案用紙の裏に残しておくのは惜しいぞと思いました…。まず第一章を書きました——そしてそのことは忘れてしまい、しばらくたって、つぎの部分を書くといった調子でした。とびとびだったのを今でもよく憶えています。とくに、ワシの巣にたっしたあと、ぱたりと筆がとまってしまいました。どうやって続けたらよいかかいもく見当がつきませんでした」。そして、これに続けて次のように述べる。「私はその時々に頭の中にあった雑多な要素から、出てくるがままに物語をつむぎだしました。すっきりまとめようなどとしたような記憶はまったくありません[11]」


　最初の一行、あるいは第一章が正確にいつ書かれたのかは不明である。しかし、一九三三年一月までにはそうとうの分量が出来上がっていたようで、トールキンはそれをC・S・ルイスに見せている。ルイスは自分の感想を一九三三年二月四日にアーサー・グリーヴズに書き送っている。「学期が始まって［二月一五日］以来、トールキンが書いたばかりの子ども向けの物語をとても楽しく読んでいる…。ただし、ほんとうに優れた物語なのかどうか（私としては全編をとおしてそうなると思うが）、それはもちろん別な話だ。ましてや、いまどきの子どもにうけるかどうかは分からない」（ウォルター・フーパー編『彼らは一緒に立っている』、一八三番)。トールキンの子どもの上の二人ジョンとマイケルは、ノースムア通り二二番地の父の書斎で、物語の「いくつかの部分」を読んでもらったのを憶えていた。この家にトールキン一家が住んでいたのは一九二六年はじめからで、一九三〇年一月に隣のもっと広い家に引っ越した。しかし、「いくつかの部分」が何であったかは不明だ。トールキンが子どもたちに即興で話した別の物語の一部で、後にそれが『ホビット』に再利用されたものだったのかもしれない。マイケル・トールキンは、『ホビット』をまねて自ら書いた作文を保存しており、晩年になって、それは一九二九年のものだと考えていた。しかしながら、マイケル・トールキンが描いている物語のいくつかの部分は、『ホビット』の最初期の段階ではなく、後の段階のものに対応していることが明らかなのだ。[14]

この他にも、当時の証拠として重要なものがいくつかある。まず、一九三七年にクリストファー・トールキンが、『ホビット』をクリスマスプレゼントにくださいと、サンタ・クロースに宛てて書いた手紙だ。この手紙には『ホビット』の成立過程が記されている。「お父さんはこの本をずっと前に書いて、夕方のお茶のあとで、『冬の読書』として、ジョンとマイケルとぼくに読んでくれました。でも、最後の何章かのお話はおおざっぱで、タイプもされていませんでした。お父さんは一年ほどまえに完成しました」(『伝記』一七七ページ)。さらに、スタンリー・アンウィ

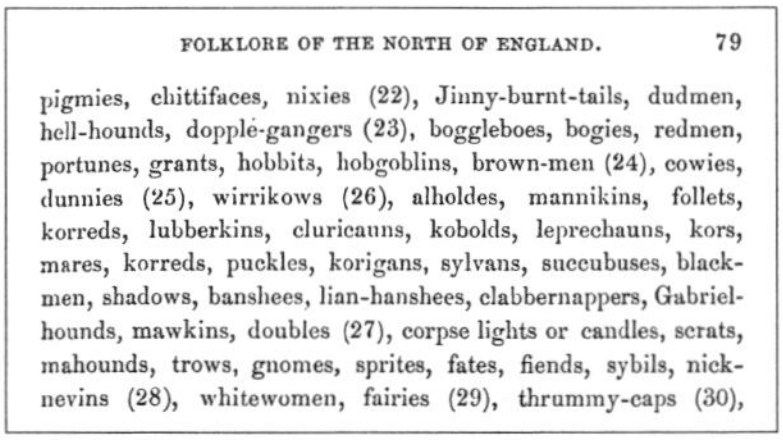
FOLKLORE OF THE NORTH OF ENGLAND. 79

pigmies, chittifaces, nixies (22), Jinny-burnt-tails, dudmen, hell-hounds, dopplé-gangers (23), boggleboes, bogies, redmen, portunes, grants, hobbits, hobgoblins, brown-men (24), cowies, dunnies (25), wirrikows (26), alholdes, mannikins, follets, korreds, lubberkins, cluricauns, kobolds, leprechauns, kors, mares, korreds, puckles, korigans, sylvans, succubuses, black-men, shadows, banshees, lian-hanshees, clabbernappers, Gabriel-hounds, mawkins, doubles (27), corpse lights or candles, scrats, mahounds, trows, gnomes, sprites, fates, fiends, sybils, nick-nevins (28), whitewomen, fairies (29), thrummy-caps (30),

『ホビット』の最初のセンテンス——「地面の穴に1人のホビットがすんでいました」——を書いたとき、トールキンは「ホビット」という語は自分の造語だと思い込んでいた。それ以来、この語がどのように作られたのか、様々な可能性が論じられてきた。たとえば、hob(田舎者を意味する俗語)とrabbitを結合させたものという説があった。また、hobbitと、イギリスの伝承物語に登場する生き物の名前との類似が指摘されている。いなかの小鬼やブラウニー[茶色の小妖精]は、Hob, Hobthrustと呼ばれており、ジョーゼフ・ジェイコブズ編の『続イギリスのおとぎ話』(1894)には、Hobyahと呼ばれるもっと悪い妖精の物語がある。あるインタヴューで、トールキンは、hobbitはシンクレアー・ルイスが1922年に描いた、度し難いほど中流意識どっぷりのビジネスマンの物語から連想されたのかもしれないと述べている。しかし、『指輪物語』では、古英語の語としてありうるhol-bytla(=hole-dweller, 穴に住む者)という表現に由来するのだと述べられている[12]。

トールキンの死後、hobbitという語が、1895年に出版された200種類に及ぶ超自然の生き物のリストにあげられていることが発見された。このリストは『デナムの小冊子集』というタイトルの本のものだ。この本はマイケル・エイスレイビー・デナム(1801?～1859)がが民間伝承について書いた文章を集めたもので、ジェイムズ・ハーディ博士が編集し、ロンドンのフォークロア協会によって2巻本(1892、1895)で出版された。第2巻(79ページ、上図の3行目に注目)にhobbitが出てくる。また索引にもあげられ、一種の妖精と定義されている[13]。

ンは、一九三七年一〇月下旬にトールキンと会ったあとでメモを残している。そこには、トールキンは「筆がおそいので、『ホビット』を書くのに二、三年かかったと言った」と記されている（ジョージ・アレン＆アンウィン『忘備録』八一ページ）。

トールキンがホビットのアイデアを得るのに『驚異のスナーグの国』の出版が前提条件であったとするなら、あの最初のセンテンスが書かれたのは、もっとも早くて一九二八年の夏ということになる。最初のセンテンスのインスピレーションを得たのが、ある夏に試験の採点をしているときだったというのははっきりしているから、一九二八年、二九年、三〇年のいずれかであった可能性がたかい。トールキンはそれからいくばくかの時をへてからホビットのアイデアに戻って、第一章の第一稿（段階Ａ）を書いた。それから、どれくらいか分からないが、しばらくたってからまた物語に戻り、第一章をタイプし、手書きで稿を続け（さらにワシのエピソードのあと中断してから）、段階Ｂの原稿を作った。一九三三年一月には段階Ｃのタイプ原稿にまでたっしていたことは明らかだ。そのときＣ・Ｓ・ルイスが原稿を読み、結末については考えを保留にしているのだから。おそらく、だいたいのあら筋が書かれてあっただけなのだろう。段階のＤ、Ｅ、Ｆが作製されたのは一九三六年の夏だろう。出版の交渉のため、アレン＆アンウィン社に提出すべく完成させようとしていたものと思われる。

J・R・R・トールキンと４人の子どもたち。1936年ごろ、ノースムア通り20番地の庭での写真。左からプリシラ、マイケル、ジョン、トールキン、クリストファー。

トールキン自身は、『ホビット』を書きはじめたのは一九三〇年のことだったとしている。あるとき、第一章を書いたのは「まちがいなく一九三〇年のことだった。そのときノースムア通り二〇番地に引っ越したのだから」と述べている（『伝記』一七七ページ）。一九六六年のＢＢＣテレビのプログラム「オクスフォードのトールキン」で、最初のセンテンスを書いたときのことについて、つぎのように話している。このときにも、ノースムア通り二〇番地の家と結びつけているのである。

実際にひらめいたのは…はっきりと憶えているけど…それがひらめいたときの、ノースムア通り二〇番地の家の片隅が今でも目に浮かぶね。答案用紙のものすごい山がそこにあって（と右のほうを指でさして）、夏期の中等教育修了試験の採点はぼうだいな［仕事で］、とても手がかかり、しかもあいにくなことにとても退屈なんだな。ある答案を手にとったら…ほとんどおまけの点をあげそうになった、五点をね…なんと、その答案は一ページまるまる白紙なんだな。すばらしい。なんにも読まなくてもいい。だから、そこにさらさらと書いたのだよ。なんでそんなこと書いたのか分からないが、「地面の穴に一人のホビットがすんでいました」とね。（オクスフォードのトールキン、一九六八）

トールキンは一九三七年八月三一日付けのアレン&アンウィン社宛ての手紙でも、「長男がこの物語を聞いたとき一三歳でした」と書いている。ジョンは一九一七年一一月生まれだから、一九三〇年の一一月には一三歳になったはずだ。とすれば、一九三〇〜三一年の冬、「冬の読書」として息子たちに最初の何章かを読んで聞かせたのかもしれない、ということになるだろうか。

どのような経緯で『ホビット』の原稿が、ジョージ・アレン&アンウィン社の注意にとまるところとなったのか、いまとなっては定かではない。トールキンの「家庭内写本」は家族以外の人にも貸し出されていた。C・S・ルイス、エレイン・グリフィス、セント・テリーザ・ゲール（嬰児キリスト修道会の修道院である「チャーウェル・エッジ修道院」の修道院長）、そして一二歳か一三歳のある少女、おそらくアイリーン・ジェニングズ。アイリーンは詩人のエリザベス・ジェニングズの姉で、一家でトールキン家と親しかった。

エレイン・グリフィス（一九〇九〜一九九六）はトールキンの教え子で、その後何年もオクスフォード大学のセント・アン学寮の特別研究員をつとめた。グリフィスは一九三〇年代のはじめに、チャーウェル・エッジ修道院で学部学生の家庭教師を行っていた。このチャーウェル・エッジには、セント・アン学寮の前身である「ホーム学生協会」のカトリック信者の女子学生のための寄宿寮がついていた（グリフィスもそこに住んでいた）。一九三四年以来、グリフィスは「女子修道院生の戒律」の言語をテーマに、トールキンの指導のもとで卒業論文を書こうとしていた。グリフィスはこのように回想している。

若い学部学生だったころ、トールキン教授が――手書き原稿ではなく、きれいにタイプした『ホビット』を貸してくれました。教授はイタリック体が打てるすばらしいタイプライターを持っていらっしゃいました。この本はすごいと思って、ものすごくわくわくしながら読みました。その後かなりたってから、学部学生だったときに知り合いだった人で、当時アレン&アンウィン社で働いていた女性が、何か用があって私のところに来ました。それが何だったのか忘れましたが、「スーザン、残念だけど私は知らないわ」とか、「私には手に入らないわ」とかいって、その後で「でもいいこと教えてあげる。トールキン教授のところに行って、『ホビット』って作品、貸してもらえるか尋ねてごらんなさいよ。ほんとにすっごいから」と話しました。[15]

アレン&アンウィン社の人というのはスーザン・ダグナル（一九一〇〜一九五二）のことで、グリフィスと同じころオクスフォードの学生で、卒業して一九三三年にアレン&アンウィン社に入社した。一九三六年の晩春か初夏に、ダグナルはオクスフォードに行き、「ベーオウルフ」の翻訳（虎の巻として学部学生に人気があった）の改訂の相談をしにグリフィスを訪ねた。グリフィスを紹介したのはトールキンだったが、結局はグリフィスにはできなかった。仕事を完成させたのはトールキンの同僚C・L・ウレンで、アレン&アンウィン社は一九四〇年にトールキンの序文をつけて、『ベーオウルフとフィンネスブルク騒乱断章』として出版した。

ダグナルは『ホビット』の原稿を借り出した。一読したダグナルは、物語を完成させ、アレン&アンウィン社からの出版を検討してもらってはどうかと、トールキンに勧めた。トールキンは仕事にかかった。八月には、『ホビット』はほとんど完成したと手紙に書いたが、それをようやくアレン&アンウィン社に送ったのは一九三六年一〇月三日のことだった。

会長だったスタンリー・アンウィンは『ホビット』を読んで、よい本だと思った。セカンドオピニオンのために、児童書の作家ローズ・ファイルマン（一八七七〜一九五七）にも読ませた。その当時ファイルマンはアレン&アンウィン社のために、外部のリーダー兼翻訳者として仕事をしていた人物だ。しかし、スタンリー・アンウィンは、子どもの本がいちばん分かるのは子ども自身だというのが持論で、ときどき自分の子どもたちを使って、出版候補として提出されてきた児童書のレヴューをさせていた。一レポートにつき一シリングが標準の賃金だった。『ホビット』は当時一〇歳だった末っ子のレイナーのところにまわった。よい本だというのがレイナーの印象だった。そして、一〇歳の少年らしい優越感を発揮して、五歳から九歳の子どもにアピールするだろうという所見を記した。『ホビット』は正式に出版されることとなった。一二月の初旬に契約書のサインが交わされた。

一九三六年一二月四日、スーザン・ダグナルは、アレン&アンウィン社の出版カタログのために、『ホビット』の

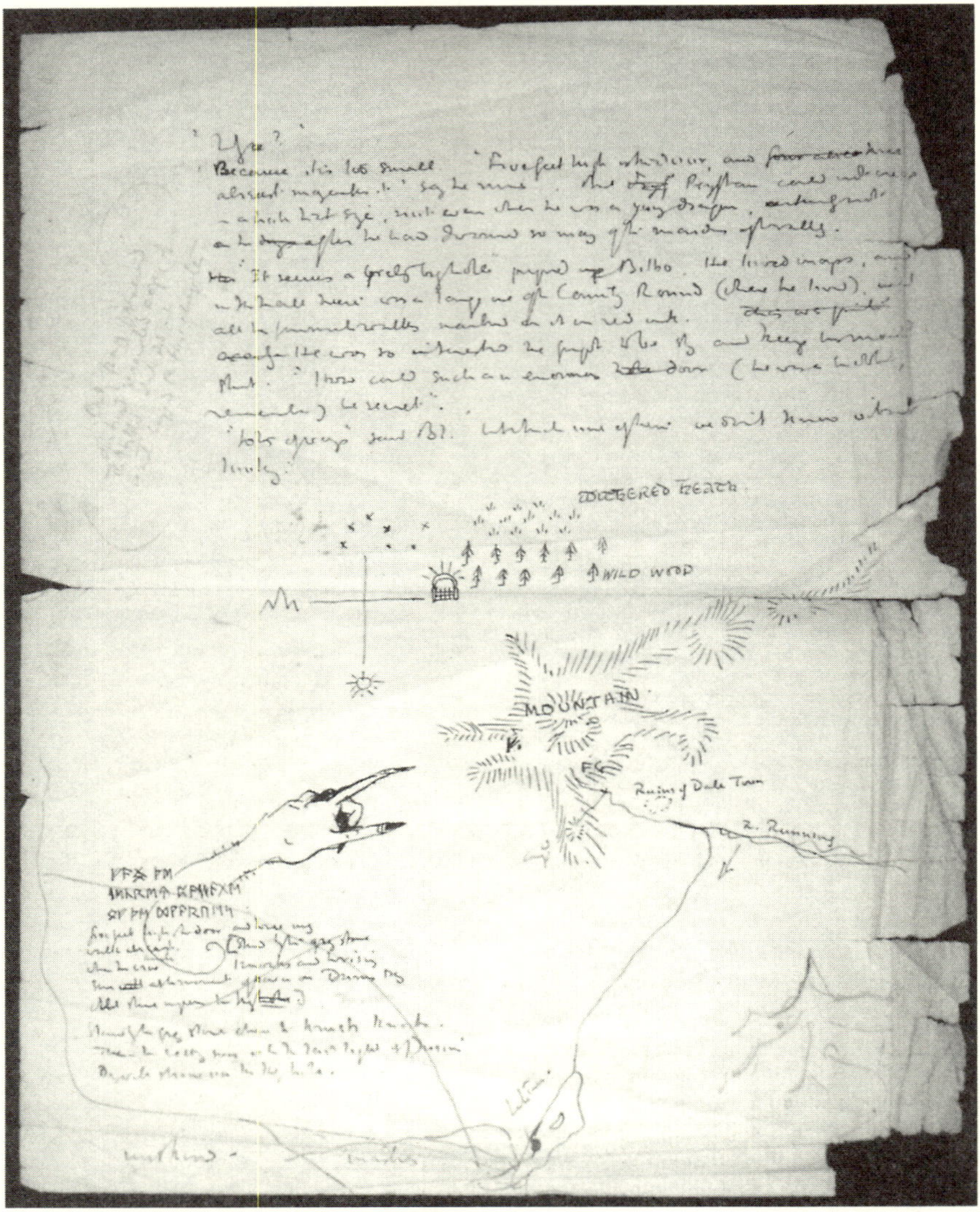

第１章より先へは行かなかった、『ホビット』の最初の草稿。

紹介文を、簡単な一パラグラフで書いてほしいと依頼した。トールキンは一二月一〇日以前に提出したようだ。この文章はアレン&アンウィン社の一九三七年夏の出版予告に出て、出版された本のカバーの前の折り返しにも載せられた。こちらには、出版社による追加もあった。トールキンが書いたのは次のようなものである。

ひょっとして君は、居心地のよい西の世界をあとにし、〈あれ野のはて〉をこえてゆき、ふたたび帰ってくる——そんな冒険の旅に出たいと思ったことがあるのではなかろうか？　また君は、平凡な主人公（ちょっとばかり知恵があり、ちょっとばかり勇気があって、運にだけはしこたまめぐまれている）でも、けっこう面白いと思える人なのではなかろうか。そんな君のために、そのような旅、そのような旅人のことを記した本をここに贈る。時は古代、妖精の時代と、人間の支配のはじまりにはさまれた時代だ。当時は有名な〈闇の森〉がまだ健在で、山々にはさまざまの危険が満ちあふれていた。この平凡な冒険家についていけば、その道々——君がこのようなことをまだよく知らないとすれば——トロルや、ゴブリンや、ドワーフやエルフのことはもうばっちり、それに、重要なのに今まで無視されてきたあの時代の政治と歴史を、ちらりとのぞいて見ることとさえできるのだ。なぜか？　主人公ビルボ・バギンズ氏はつぎつぎと著名な者たちのもとを訪れる。ドラゴンの〈偉大なるスマウグ〉と話をし、望まざることとはいえ、なんと〈五軍の戦い〉の場面にまで居合わせてしまう。これは実にすごいことだ。でも、バギンズ氏がホビットであってみれば、これはすごいどころではない。なにしろ、ホビットは今まで歴史でも伝説でも取り上げられることがなかったからだ。それというのも、ホビットはふつうはらはらどきどきの興奮よりも、のんびり安楽に暮らすほうがすきなのだ。けれども、バギンズ氏の平穏な人生のさなかに訪れた波乱と興奮の一年を、氏の個人的な記録にもとづいてたどっているこの物語を読めば、君はきっとこの素晴らしい、ホビットと呼ばれる人々を見直すことになるだろう。ただし残念なことにホビットは現在きわめて数が減っている。騒音が苦手なので。

『ホビット』の「家庭内写本」には、トールキン自身の描いたイラストが何枚か添えられていたようだ。しかし、それがどのようなものであったかは不明である。さらに地図も付けられていた。そのうちの五枚が一九三六年の一〇月に本文とともにアレン&アンウィン社に送られたようだ。[16]

『ホビット』の初版が出て以来の数十年のあいだに、トールキン自身の描いた八枚の白黒、五枚のカラーのイラスト（くわえて二枚の地図）が「スタンダードな」イラストとして定着してきて、『ホビット』に添えられるのがふつうとなった。[17] しかし、これがスタンダードになるまでには紆余曲折があった。『ホビット』に関連するヴィジュアルな作品はほぼ七〇点にも達する。

イギリスで出た初版にはカラーのイラストはなく、一〇枚の白黒のイラストと二枚の地図がついていた。白黒のペン画はすべて、一九三六年一二月の休暇以降、一九三七年一月なかばまでに制作されたもののようだ。一月四日、トールキンは四枚の完成版の絵をアレン&アンウィン社に送った。「エルフ王の門」、「湖の町」、「おもて門」、「闇の森」の四枚である(「闇の森」は前の見返しに用いるつもりだった)。それと同時に、「トロールの地図」、「あれ野の地図」の描き直したヴァージョンを送った。残りの三枚の地図は不必要と考えたので、この二枚だけだった(ただし、「トロールの地図」は、見返しにするため、もう一度横長に描き直さなければならなくなった)。二週間後、トールキンはさらに六枚の絵を送った。本全体に均等にイラストが散らばるよう考慮して描いたものだった。「丘――川むこうのホビット村」(白黒ヴァージョン)、「トロルたち」、「山道」、「東からみた霧の山脈」、「ビヨンの広間」、「ふくろの小路屋敷の玄関ホール」の六枚である。

三月の末の時点で、アレン&アンウィン社は、トールキンが時間をなんとかやりくりすることで、カバーのデザインが提供されることを期待した。四月初旬に、トールキンは試作を提供し、四月二五日に、完成作を提出した(印刷業者への詳細な説明が余白に書かれてあった)。

『ホビット』の五枚のカラーのイラストのうち、四枚は一九三七年の七月なかば、大学が夏休みとなった数週間のあいだに制作された。「ビルボ、早朝の日ざしがまぶしくて目がさめる」、「ビルボ、筏乗りのエルフの小屋に到着す」、「スマウグとの会話」である。五枚目は「丘――川むこうのホビット村」の差しかえとしてカラーで描かれたもので、八月一三日までには完成していた。

様々の地図、イラスト、表紙についての複雑なやりとりによって、一九三七年の前半、トールキンとアレン&アンウィン社はひどく忙殺されることになった。このときの状況を、レイナー・アンウィンは出版についての回想録でつぎのように記している。

> 一九三七年だけでも、トールキンはジョージ・アレン&アンウィン社へ二六通の手紙を書き、三一通の返書を受け取った。トールキンの側はすべて手書きで、最大五ページにも及び、細かく、流ちょうで、辛辣なことも度々だったが、あくまでも礼儀正しく、頭にくるくらい正確そのものだった。活字を組むだけの単純な仕事のはずなのに、出版社がそれにつきあって費やした時間と忍耐にはおどろくべきものがある。いまどきだと、どんなに売れっ子の作家でも、あれほど良心的に気をつかって

もらえるとは思えない。（ジョージ・アレン&アンウィン――『忘備録』七五ページ）

『ホビット』の発売を予告するはじめての宣伝は、一九三七年の二月六日に出された。「出版社だより、出版社と書店」の一九三七年二月六日号であった。アレン&アンウィン社は三月と四月の出版物の宣伝を掲載し、『ホビット』は四月の項目の第一番目にあげられた。そこに書かれた文面は（奇妙な比較だが）、「この種の作品としては『黄金の瓶』以来の愉快な物語」というものだった。『黄金の瓶』はジェイムズ・スティーヴンが一九一二年に出版した作品である。『ホビット』はイラスト付きで、実際の価格とおなじ七シリング六ペンスと予告された。

おそらく一九三七年の四月の下旬に、『ホビット』のゲラがボストンのホートン・ミフリン社に提供された。アメリカでの出版権を取得しないかとの誘いかけであった。この当時、様々なイギリスの出版社が、アメリカの協力できる出版社とビジネス契約を結んでいて、アレン&アンウィン社はホートン・ミフリン社につてをもっていた。ポール・ブルックスはホートン・ミフリン社の若い編集者だったが、何年も後になって、回想録『二つの公園のある通り』（一九八六）で、『ホビット』に対するホートン・ミフリン社の最初の反応を記している。「うちの編集長（児童書部門の責任者だったが）は感動しなかった。ボストン公共図書館の児童書担当の図書館司書にもプロとしての意見をたずねたが、感心しないというものだった。けれども、私はなぜか分からないが――子どもの本のことは無知だけれど――『ホビット』を読んで、ビルボ・バギンズ氏と、仲間たちにぞっこん惚れ込んでしまった。ねらった対象年齢はどのくらいか知らないが、ともかく出してみるべきだと思った」（一〇七ページ）[18]。

奇妙なことにホートン・ミフリン社は、トールキンの白黒のイラストにそえるべく、「アメリカのよい画家」に依頼して、カラーのイラストを何枚か作成してはどうかと提案した。一九三七年五月一三日の手紙で、トールキンは同意した。ただし条件があった。「ディズニーのスタジオの影響をうけたもの（私は心の底から嫌悪しているのです）なら拒否権発動」ができるというものであった[19]（『手紙』一三）。しかし、アレン&アンウィン社は、イラストはすべてトールキンが描くほうがよいと説得した。トールキンが、『ホビット』用ではないカラーのイラストを何枚かサンプルとしてホートン・ミフリン社に送り、その後で『ホビット』のための五枚の絵を送ったことから、さらに混乱が生じた。ホートン・ミフリン社はこの五枚のうち四枚を選び、アレン&アンウィン社からつつかれるようなかたちで、画家トールキンに一〇〇ドルを払った。

初校ゲラを二回に分けて受け取ったのが、一九三七年の二月二〇日と二四日のことだった。それをアレン&アンウィン社に戻したのが、三月一一日。トールキンの修正はかなり大幅なものと考えられたので、トールキンが差しかえ部分の長さを綿密に計算していたにもかかわらず、いくつかの箇所について、活字を組み直す必要が生じた。修正を入れたゲラを受け取ったのが四月初旬で、四月一三日にそれを戻した。

『ホビット』は六月に印刷されたが、発売は少し延期された。新刊見本を配らなければならないのと、クリスマス商戦にターゲットを合わせようと思ったのだ。「出版社だより、出版社と書店」の一九三七年七月三日号ではこの本を秋の本のリストに入れ直した。この広告では次のように書かれた。「オクスフォード大学の教授がおくる、ドワーフやドラゴンの魔法の世界の冒険物語。『秘密の国のアリス』の再来か」

トールキンは八月一三日に、はじめて本を受け取った。九月二一日の発売日の数週間前に、スタンリー・アンウィンは、「出版社だより、出版社と書店」を一ページまるまる買い切って広告をうちだした。そして『ホビット』は「今年最高の児童書」とずばり言ってのけた。アレン&アンウィン社が一冊の本のために一ページ打ち抜きの広告を出すことはまれだったが、『ホビット』のプロモーションのために、それを三度もおこなった。

ついに『ホビット』が一九三七年九月二一日にイギリスで発売された。初刷りは一五〇〇部だった。トールキンは、書評のため、C・S・ルイス、「オクスフォード・マガジン」、ブッククラブ、そして二人の親しい同僚であるオクスフォード大学のジョージ・ゴードンと、ロンドン大学のR・W・チェインバーズに献本するよう依頼していた。また自分自身のために確保したものの中から、何部かを親しい親戚に贈った。その他、もとの教え子で同僚になっている人々や、家族の友人になった人々にも贈った。E・V・ゴードン、エレイン・グリフィス、ヘレン・バックハースト、シモンヌ・ダルデンヌ、ステラ・ミルズ、キャサリン・キルブライドである。また、ジェニングズの家にも贈った。アレン&アンウィン社もリチャード・ヒューズ、アーサー・ランサムなどを含む文壇の人々にも献本して意見を求めた。批評家のコメントを選んで作った、次の一面うちぬきの広告を、一九三七年の一一月六日号の「出版社だより、出版社と書店」に載せた。アレン&アンウィン社の広告キャンペーンはそれだけではなかった。カバーを貼りつけた広告ビラや、小説家リチャード・ヒューズの手紙の複写も準備された。[20]

一一月二〇日の土曜日にロンドンで、ナショナル・ブックフェアが開催され、そのもようが「出版社だより、出版社と書籍店」に報告された。ケント公爵殿下がお見えになり、『ホビット』を一冊購入されたということが記されていた。トールキン自身もこのブックフェアに行った。

ミュージアム街のアレン&アンウィン社の本社では、シヨーウィンドウが美しくアレンジされ、本箱に、表紙をこちらにむけた五〇冊ほどの『ホビット』が何列かに並べられた（このディスプレーの小さな写真が、一九三七年一一月二〇日号の「出版社だより、出版社と書店」に載った）。

『ホビット』の一刷の売れ行きはよかった。クリスマス前には重版が必要となった。トールキンの五枚のカラーイラストをアメリカ版の発売の前に送り返してもらい、アレン&アンウィン社は、そのうちの四枚を、本の値段はそのままで追加することにした。この後で発売されたアメリカ版にも四枚のカラーイラストが付けられたが、アレン&アンウィン社が用いた「ビルボ、筏乗りのエルフの小屋に到着す」を、ホートン・ミフリン社では差しかえて、「ビルボ、早朝の日ざしがまぶしくて目がさめる」を入れた。[21]

　アレン&アンウィン社の二刷は二三〇〇部だった。一九三七年一二月に印刷されたが、印刷された紙のすべてがすぐに製本されたわけではなかった（印刷済みの紙のうち四二三冊分が、一九四〇年一一月の空襲で出版社のストックが爆撃されたために消失した）。

『ホビット』の書評は、最初に出た二つがもっとも好意的で、洞察にみちていた。どちらも匿名で「タイムズ・リテラリー・サプリメント」と、その親紙にあたるタイムズ紙に出た。両方ともトールキンの親友C・S・ルイスによって書かれたものである。

　第一のものは、『ホビット』をルイス・キャロルと比較している出版社の推薦広告に反応していた。[22]

　『ホビット』は、『アリス』とはまったく似ていないが、教授がお遊びで書いた作品だという点で共通していると、出版社はいう。しかしもっと重要なのは、この本は、いくつかのきわめて個性的な一流作品の仲間入りを果たしていることだ。これらの作品にはほとんど何も共通するところがないが、ただ一つ、読者を、その作品に独自の世界に導き入れてくれるという点だけが共通なのである。それは、われわれがそこに迷い込む以前からずっと存在しているように感じられて、いったん、波長のあう読者がそれを見つけると、もうそれなしではいられなくなるような世界なのだ。『アリス』、『フラットランド』、『ファンタステス』、『たのしい川べ』がそうだ。

　この本が児童書と呼ばれるとすれば、それは一生のうち何度も読む最初の一度めが子どもの時であってもかまわないという、それぐらいの意味にすぎないのだということを理解しておく必要がある。『アリス』を子どもはきまじめな顔をしながら読み、大人は笑いながら読む。これに反して、『ホビット』をおかしいと感じるのはむしろ若年の読者のほうであろう。そして、後々一〇度目、二〇度目に読み返すころになって初めて、本書のいたるところが熟し、こなれ、違和感はどこにもなく、独特の迫真性を表現しえているのは、ひとえに、学識および思索がさりげないが、それでいて綿密に積み重ねられているからだと改めて感心するのではなかろうか。未来を予想するのは危険だが、遠からず『ホビット』が古典となっても驚くにあたらない。(「タイムズ・リテラリー・サプリメント」、一九三七年一〇月二日号)

第二のものには、もっと鋭い洞察が含まれている。

今まで結びつかなかったような多くの素晴らしい要素――たっぷりのユーモア、子どもへの理解、学者らしく神話を解読し、詩人らしく神話を把握する能力――が、この本に集合し、融合しているのである。谷を見下ろしながら「妖精の匂いがするぞ!」と言うのはトールキン教授が創造した人物だが、実をいって、ご当人の教授ほど妖精をかぎわける鋭敏な嗅覚を持っている人物もめったに輩出するものではない。教授には、何かをこしらえている風がまったくない。トロルやドラゴンのことを間近に観察研究してきて、忠実に記述しているだけである。そしてこの忠実さには、耳に通りのよい「独創性」が大海の水ほどあってもかなわないほどの価値がある。(タイムズ紙、一九三七年一〇月八日付け)

『ホビット』のイギリスでの初版について、約三〇の書評が見つかっている。ほとんどはごく短いものだが、一握りのものは、ただの本の紹介を超えた内容をもっている。[23]

「ポエトリー批評」に載ったアリス・フォレスターの書評(一九三七年一一/一二月号)には、当然のことながらトールキンの詩についてのコメントがある。「この本の美点としてあげたいことの一つに、歌や詩がある。生きいきとして、いくぶんミステリアスな雰囲気とうまく混ざりあい、それを高めている」

「ジュニアの本箱」に掲載されたエリノア・グレアムの書評は、数少ない貶《けな》す意見の一つだ。

『ホビット』は奇妙な本だ。子どものためのとてもよい物語、もしくは短編の物語集になる要素はあるが、世間に対する著者のスタンスが反映されているために損なわれているのだと、私は思う。たいていの愛される児童書に見られる優しさのかわりに、「がみがみ叔母さん」風の態度が目立つ。目標の成就をはばむのは自然な障害ではなく、ホビットと仲間たちの旅を中断させる妨害は、自然な流れでそうなったというより、わざと仕組んだものという印象をあたえる…。そのかわりに、不安な強迫観念のようなものがあり、ホビットは自分の運命、すなわち長い旅を心から受け入れることがない。このような批判をならべるいっぽうで、文章には手堅いリアリティが感じられ、卓越したところもあることは認めよう。好きな人は、強烈に好きになるだろうと言っておか

ねばならない。(「ジュニアの本箱」、一九三七年一二月号)

L・A・G・ストロングは、一九三七年一二月三日のスペクテイター誌に「ある本が真にオリジナルだと言うのは危険だが、この場合、私は喜んでその危険を冒したい。『ホビット』は古典となるべき本である」と述べた。

オーストラリアの雑誌「本のすべて」は、『ホビット』の書評としてもっとも長い部類に属するものを、一九三八年一月一五日号に掲載した。これを執筆したのは、かつてリーズ大学でトールキンの同僚だったG・H・カウリングである。『ホビット』の様々な要素の起源かもしれないものをいくつか挙げたあとで、こう書いている。「もしも私が科学者だったら、ホビットという名前の由来はhobだろうか、rabbitだろうかなどと学をひけらかすところだが、科学者ではないので、ただ物語を楽しもう」と。カウリングの結論はこうだ。――「これはホンモノのおとぎ話の装置のついている、ホンモノのおとぎ話だ」

「インクリングズ」のメンバーでトールキンの同僚でもあったR・B・マッカラムは、一九三七年~三八年の「ペンブローク学寮の記録」にこう記した。「どっしりした語り、語りの正確さ、適切にして軽薄でないユーモア感覚、土台をなす哲学の健全さが、この本全体の特徴をなしている。何者もルイス・キャロルの名前がクライスト・チャーチにもたらす輝きを減じることはできないが、『ホビット』の著者がペンブロークの特別研究員だったことは、将来わが学寮を訪ねてくる人々にとって興趣をますことであろう」

アメリカでは、一九三八年二月の「小売書店」誌に、『ホビット』が一九三八年二月二三日に発売と予告されたが、印刷か製本の過程になにか問題があったらしく発売が遅れた。「小売書店」誌の三月号に再び予告が出て、三月二日発売と訂正されたが、その数日前にはそろっていたようだ。

『ホビット』のアメリカでの初版について、二〇以上の書評が見つかっている。その代表的なものの抜粋を以下に挙げておこう。第一のものは、発売のすこし前に出たものだが、メイ・ランバートン・ベッカーがニューヨーク・ヘラルド・トリビューン紙のために書いたものだ。

この記事を書いている今も、まだこの物語の魔法のせいでぼうっとしているような状態なので、むりやり頭をさまして、わがアメリカの子どもたちに受けるだろうかという問題を考えることなどできない。だが、直感的には、もしもこの物語が好きにならないなら、彼らは不幸だなと思う。この本を書いたのは、チャールズ・ドジソン先生と同じでオクスフォード大学の教授、専門はアングロ・サクソン語だ。アリスと同じように、この物語にも、知的な子どもたちを相手に語られたような痕跡がはっきりと見える。しかし、文体はルイス・キャロルとは違っていて、ダンセーニに近い…。この本には、一つの世界が詰め込まれている。ドラゴンが不正に得た宝へと向かう道には冒険がぎっしりと詰まっていて、さながら圧縮されたオデュッセイアの冒険のようだとでも言っておこうか。わが国の子どもたちがこんなにぎっしりと詰まった物語を好むかどうか、分からない。どの章をとっても、他の本なら一冊になるほどの内容だ。子どもたちは、お金のわりに、あまりにたくさんすぎると思うかもしれない。けれども、アメリカでは今年ドワーフが流行しはじめたので、おそらくこの本もディズニーブームにあやかれるかもしれない。(ニューヨーク・ヘラルド・トリビューン紙、一九三八年二月二〇日付け)

ソファイヤ・L・ゴールドスミスは、一九三八年三月に「ニューヨーク・ポスト」誌にこう書いた。「男の子も女の子も、ぼろぼろになるまでこの本を読むだろう。おそろしいばかりの魅力、ホンモノのウィットがあり、この本のドワーフたちを前にすると、白雪姫のボーイフレンドたちも色があせる」と。

アン・T・イートン(一八八一〜一九七一)は、児童文学の世界ではよく知られた存在で、コロンビア大学のリンカーン教職カレッジの図書館の司書であったが、このように書いている。

本書は読書界に久々にお目見えした、ぴちぴちとしたオリジナリティに富み、わくわくする想像に満ちた子どものための本である…。ウィリアム・モリスの散文ロマンスを思わせる森が出てくる。モリスの描いた国のように、〈あれ野〉は妖精の国だが、木々の香り、びしょびしょの雨、たき火の臭いなど大地のあじわいも、そこにはある…。ドワーフとエルフの唄は詩としてホンモノである。また幸いにして著者は自ら絵が描けるので、イラストは文章への完璧な伴奏となりえている。(「ニューヨーク・タイムズ・ブック・レヴュー」、一九三八年三月一三日)

イートンはさらに、「ホーン・ブック」誌にも書評をよせている。

物語の時代は妖精の時代と人間が支配する時代の中間にあたる。魔法の国が舞台である。そして、ウィリアム・モリスの散文ロマンスと同じように、あきらかにイギリスと分かる国と、妖精の国が混じりあった魔法の国に舞台がおかれている。物語の背景には、こしらえものではない神話や魔法の要素が散りばめられており、その語り口も並みのものではない。本書の落ち着いたユーモア、細かいところまできちんと描いた描写は、子どもに喜ばれるであろう。…細部まで想像のゆきとどいた物語を愛する人ならば、老いも若きも、『ホビット』を心から愛することだろう。(「ホーン・ブック」、一九三八年三／四月号)

「ホーン・ブック」誌は『ホビット』に並々ならぬ関心をいだいた。ニューヨーク市立図書館の児童書担当の司書だったアン・キャロル・ムア(一八七一～一九六一)も、三／四月号の「三羽のフクロウのノート」という連載コラムで、『ホビット』のことに触れた。

ドワーフ、ゴブリン、エルフ、ドラゴン、トロルなどの登場する、目のさめるような冒険に満ちた、独創的な物語。ほんものの古いサガの伝統にのっとって書かれている。『ホビット』を『アリス』や『たのしい川べ』と並べて考えるのはまちがいだと思う。どちらの物語とも似ていない。『ホビット』は「ベーオウルフ」やほんもののサクソンの伝承に深くねざしていて、若年の子どもにもアピールするいっぽうで、W・W・ターンの『ミスト島の宝物』や、ウィリアム・モリスのいくつかの物語と共通するものを持っている。しっかりした学識が『ホビット』を裏から支えているいっぽうで、豊かなユーモア感覚によって、ドワーフよりも小柄だと述べられているこの小さな主人公の生きる世界、古代世界の奇妙な生き物たちの世界が、われわれが住んでいる現在の世界へとしっかり結びつけられている。

一九三八年の五月号で、「ホーン・ブック」誌の創刊者の一人バーサ・E・マーオニーが、「詩のように心に残り、読むたびに新鮮なよろこびとあらたな意味を伝えてくれるたぐいまれな何冊かの本」の一冊として『ホビット』を紹介し、同じ号に、第一章の数ページを引用している。

メアリー・A・ホイットニーは一九三八年三月三一日付けの「クリスチャン・サイエンス・モニター」で、「独創性があり、想像力にみちたよくできた物語の好きな人なら、かならずホビットの冒険をおもしろいと思うだろう」と書いている。一九三八年四月二日の「サタデー・レヴュー」誌では、ウィリアム・ローズ・ベネットが、「『ホビット』は、オクスフォード大学のアングロ・サクソン語の教授が生み出した作品で、ドジソン師という数学者によって生み出された『不思議の国のアリス』と同じくらい想像あふれる児童文学の傑作だ。『ホビット』は詩でも散文でもあり、なによりも豪華けんらんたるファンタジーだ」と述べている。

一九三八年四月二五日、トールキンはホートン・ミフリン社のフェリス・グリーンズレットから一通の電報を受け取った。『ホビット』が二五〇ドルの賞金を受賞することになったというのだ。ニューヨーク・ヘラルド・トリビューン新聞社が毎年主催する児童書フェスティバルの第二回めの催しで、二五〇ドルの賞金が二つ用意された。一つは、春に出版された年少の子どものための本、もう一つは年長の子どものための本の中でもっとも優れたものにあたえられることになった。『ホビット』が年少部門で受賞することになったのである。年長部門で受賞したのは、ジョン・R・チュニスによる、ハーヴァード大学に舞台をおいたカレッジ物語『鉄の公爵』だった。

年少部門で審査員をつとめたのは、メイ・ランバートン・ベッカー（審査委員長）、エリザベス・モロウ（米国のメキシコ駐在大使ドワイト・W・モロウの妻で、作家アン・モロウ・リンドバーグの母）、スティーヴン・ヴィンセント・ベネットだった。贈呈式は、一九三八年五月一七日の昼食会で行われることになった。この昼食会は、ニューヨーク・ヘラルド・トリビューン新聞社の書籍部門の編集長だったアイリータ・ヴァン・ドレンが取り仕切って、ニューヨーク市のホテル・ペンシルヴェニアで行われたアメリカ書店協会の年次総会の最終日に行われた。ホートン・ミフリン社の営業部門の社員レバロン・R・バーカー（ジュニア）が、トールキンの代理で賞を受け取った。[24]

イギリスの場合と同じように、一つだけ貶す書評があった。メアリー・L・ルーカスによって書かれたもので、ホビットとドワーフについて次のように述べている。「彼らの冒険と災難は数多い。多いどころか、多すぎるので読んでいてほんとうに楽しくはなれない。この本は少しずつ子どもに読んで聞かせてあげるのがよいだろう。あるいは子どもに、自分で声に出して読むようアドバイスするのがよいだろう。うまくあたえないと子どもは魅力を感じないだろう。その場合でも、想像力の豊かな子どもにもっとも好まれるだろう」（「リテラリー・ジャーナル」一九三八年五月一日）

「カトリックの世界」の一九三八年七月号で、匿名の書評子がこう書いている。「われわれは保証する――あなたの子どもに負けず、あなた自身も、この心おどる物語が楽しめるだろう。ゴラムとビルボの謎々を、子どもに解かせてみるがよい。この部分だけでもお金を出すだけの価値がある」。またハリー・ローリン・ビスは、一九三八年一二月二日の「コモンウィール」誌のとても短い書評で、「すばらしい現代のおとぎ話」と述べている。

『ホビット』はアメリカで成功をおさめた。六月までにほぼ三〇〇〇部が売れた。ホートン・ミフリン社は、さらに売り上げを伸ばそうと、再び秋の児童書の出版書籍リストのトップに載せることにした。ホートン・ミフリン社の広告は「ホーン・ブック」誌の一九三八年クリスマス号にも載せられたが（第1章の注6参照）、そこにはトールキンが追加的に提供したホビットの容貌のデータが反映された絵が付けられてあった。ニューヨーク市立図書館の「中央児童ルーム」の一一／一二月の展示で、五〇冊ほどの児童書にまじって『ホビット』も並べられ、「一九三八年の児童書」という小冊子で激賞された。『ホビット』は重版され、一九三八年の末までには売り上げ部数が五〇〇〇を突破した。

　第二次世界大戦がはじまると『ホビット』の売り上げにも影がさした。イギリスで一九四〇年四月に紙の配給制度がはじまったので（アレン&アンウィン社のロンドン北部の倉庫が爆撃をうけ、一〇〇万部以上の書籍が失われる数か月前）、出版社も著者も在庫を保ちたいと願ったにもかかわらず、一九四〇年代には長い間イギリスで『ホビット』の手に入らない時期がいく度もあった。紙の配給は一九四九年まで続いた。

　一九五〇年代初頭になると（おそらく一九四九年末に『農夫ジャイルズの冒険』の出版に触発されて）、『ホビット』が再び注目されはじめた。「ジュニアの本棚」誌が妥当性を欠く書評を載せてからほぼ一三年が経過して、同じ雑誌が、うってかわって、別の人物マーカス・S・クラウチによる鋭い意見を打ち出してきた。

> 『ホビット』は毀誉褒貶《きよほうへん》があいなかばしている。独創的な本はえてしてそんなものだ。書店での売り上げはそこそこ、それなりの部数を思い切って購入した図書館の司書でも、『ホビット』が現代の大量生産された商品の人気と張り合っているとはとても言う勇気はないだろう。しかしながら、この物語には、いつまでも古くならない特徴が多分にそなわっていると思う。過去二五年のあいだに出版された児童書の中で、二一世紀になっても読まれるだろうと太鼓判をおせる本は、『ホビット』をおいてほかにない。（「ジュニアの本箱」、一九五〇年三月）

　一九五〇年代になると、『ホビット』の売り上げはかなり上がった。待ちに待たれた続編『指輪物語』が出版されたあとは、さらに劇的に伸びた。一九五三年に、はじめて著者のお墨付きがついた舞台版がエディンバラのセント・マーガレット校で行われて以来、『ホビット』のドラマ化が、アマチュア、プロ合わせて、たびたび行われてきた。まったくひどい一九七七年のテレビ版の『ホビット』を含めて、様々のメディアに移されてもきた。グラフィックノベル版もあれば、もっと最近では、様々なオーディオ版や、フィンランド・ナショナル・オペラによる二〇〇一年一〇月のオペラ版まである。販売部数ははるか以前に数百万部のレベルにたっした。イギリスでは、『ホビット』を記念する切手が一九九八年に出された。出版六五周年に近づいて、翻訳された世界の言語は四〇以上にのぼろうとしている。どの世代にも、どんな時代にも、『ホビット』は古典であり続けるだろう。

注

1　トールキンがそう語ったと述べているのは、ユージン・ヴァイナヴァー。オクスフォードでフィロロジーの講義を聴きにきた人々にむかって、自作の詩を朗読したときに、トールキンがこのように述べたと回想している。この逸話はリチャード・C・ウェストの「『指輪物語』の組み合わせ構造」で引用されている（ジャレッド・ロブデル編『トールキン指南の書』（一九七五）、八〇ページ）。

2　一九六五年一月二〇日に録音された、デニス・ゲラウトとのインタヴュー。このときの録音の一部が、一九七〇年一二月、BBCラジオの「ナウ・リード・オン」で放送された。

3　デスクに向かって仕事をしているトールキンの写真は、ジョン、およびプリシラ・トールキンの『トールキン家のファミリーアルバム』（一九九二）の五六ページにある。そして、次の文章が添えられている。

　ロナルドの家庭生活の中心は書斎で、書斎の中心はデスクだった。長年にわたって、デスクの上はいつも変わらない、おなじみの風景でありつづけた。焦げ茶色の木製のタバコ缶、パイプをさした翁形ジョッキ、パイプの灰をときどきたたき落とす大きなお椀、カラーのクインク（Quink）とスティーヴンソン・インクの壺が一列に並んでいたのをありありと思い出す。さらに、大量に買い置きした書簡用紙に合わせた、様々な色の封蝋。コーイヌールの色鉛筆、「バーントシェンナ」、「クリムソンレーキ」など魔法のような名前のついた色絵の具のチューブなど。

4　マートン学寮のトールキンの研究室には、立派なロールトップデスクがあった。死後、トールキンのファンだった小説家のアイリス・マードック（一九一九～一九九九）が買い取った。自宅一階の書斎でこのデスクに座っているマードックの写真が、ピーター・J・コンラーディの『アイリス・マードックの生涯』（二〇〇一）にある。

5　クライド・S・キルビーはこれを一九七六年の『トールキンとシルマリルの物語』に引用している（五七ページ）が、トールキン手書きの最初の単語を誤読している。トールキンのエアレンデル神話のフィロロジー的な起源の研究については、「ミスロア」一九九一年春季号（17, no.3: whole no.65）掲載の、カール・F・ホステターの「ミドルアースを越えて人間へと送られた」（五～一〇ページ）を参照のこと。

6　「オーゴグ」については『図像世界』（七七ページ）に記述がある。同ページに、この物語のためにトールキンが描いたらしいイラストも出ている。『ブリスさん』の執筆時期については、一九八二年一〇月一〇日付けサンデー・タイムズ紙に掲載された、ジョウン・トールキンの「トールキンのある物語の起源」を参照のこと（二五ページ）。

7　「グリップ」は第5章の注5、「ビンブル町の進歩」は第10章の注5、「ドラゴンの訪問」は第14章の注2に載録。この連作のもう一つの作品のかなり修正されたヴァージョン「バンパス」（「ウィリアムとバンパスたち」とも）が、『トム・ボンバディルの冒険』（一九六二年）に、「皺だらけのペリー」として挿入されている。残りの二つの詩、「ビンブル・ベイの唄」と「気のどくな老いたつかみ屋」（後のヴァージョンは「老いたつかみ屋」）は未発表。

8　『農夫ジャイルズの冒険』は一九三八年に大幅に増補され、一九四九年に出版された。はるかに短い最初のヴァージョンが、クリスティナ・スカルとウェイン・G・ハモンドの編集で、五〇周年記念版として出版されている（一九九九）。

9　トールキンと中世のルーツとの関係の評価は、T・A・シッピーの『ミドルアースへの道』（一九八二、改訂版一九九二）がもっともすぐれている。

10　このアウトラインに含まれる一節は、ハンフリー・カーペンターによれば次のようなものであった。「これらのメモには、ビルボ・バギンズがドラゴンのねぐらに忍び込んで、剣で突き刺すことが示唆されている。『ビルボはかれの小さな魔法のナイフを突き刺した』とトールキンは書いている。『断末魔にあえぐドラゴン。壁と通路への入口を粉々にする』と」（『伝記』一七九ページ）。この一節は（書かれた直後のようだが）棒線で消され、続いて、出版された形の物語のアウトラインが記されている。

11　トールキンの「しばらく…」と述べている部分は、「本のカーニヴァル」のためのルース・ハーショウとの一九五七年のラジオインタヴューより。その後の部分（「私はその時々に…」）は、一九六四年の「音の世界」のために収録されたアイリーン・スレイドとのBBCのインタヴューより。

12　「ホビット」という語の考察については、一九八九年冬季号の「ミスロア」掲載、ドナルド・オブライエンの「『ホビット』という名の起源について」（16. no.2; whole no.60）の三二～三八ページ参照。ジョーゼフ・ジェイコブズ編の『続イギリスのおとぎ話』に「ホビアー(Hobyahs)」の物語があるが、その直接の起源はスコットランドの童話で、S・V・プラウディットの『アメリカの伝承物語』第四巻（一八九一年）に載録されている。プラウディットは、子どものころ、パースの近くから移ってきた家族からこの物語を聞いたことを憶えていた。

13　ピアスブリッジ（イングランド北部のダーリントンの近くの町）の商人だったデナムは、一八四六年から一八五九年に出た民間伝承の冊子を収集し、その様々の部分をパンフレットや新聞に発表した。「ホビット」という語を含むリストは、もともと一八四八年一二月二三日、ロンドンの「リテラリー・ガゼット」誌への手紙に記されていたものだが、この初期のヴァージョンには「ホビット」は出てこない。デナムと手紙のやりとりをしていたジェイムズ・ハーディ博士（デナムと彼自身が注釈をつけた冊子を数多く所有していた）が付けくわえたのだろう。出版物に「ホビット」が出てくるのは、一八九五年の本のヴァージョンがはじめてである。

14　マイケル・トールキンとのインタヴューは、おそらく一九七五年ごろに、ラジオ・ブラックバーンによって行われたもの。活字版は、一九八九年春の「ミナス・ティリスの宵の明星」（18. no.1）と「大がらすの丘」（7. no.4）の合併号に載った。このインタヴュー、およびトールキン協会での一九七七年のスピーチでも、マイケル・トールキンは、彼の子どものころの作文の登場人物について話している。その中には『ホビット』のドワーフたちと似た名前のドワーフ、カエルに似た怪物オラム（明らかにゴラムのもじり）、マメパイプのスキャンダルフという魔法使い（明らかにガンダルフがモデル）などが出てきた。しかしながら、『ホビット』の最初期の原稿では魔法使いはブラドルシン、ドワーフの長がガンダルフと呼ばれていたので、マイケル・トールキンの草稿は『ホビット』の執筆がかなり進んだ段階になされたものだろう。同じインタヴューで、マイケル・トールキンは、これらの練習帳に書かれた文章は、自分が一〇歳か一一歳のころのものだと述べているが、マイケルは一九三〇年一〇月下旬に一〇歳になったのだから、この文章は一九二九年のものではなく、一九三〇年以降のものと考えるほうが正しそうだ。

15　エレイン・グリフィスの回想は、トールキンの生涯を紹介した一九七四年のラジオ・オクスフォードの番組「道は続くよどこまでも」からの引用。

16　これらは、トロールの地図の初期のヴァージョン（『イメージ図鑑』の図版24、25）、〈あれ野〉の地図（『イメージ図鑑』図版88）、〈霧の山脈〉と〈闇の森〉のあいだの地図、〈闇の森〉の東部から〈ながれ川〉の東にかけての地図、〈ほそなが湖〉の〈はなれ山〉と組み合わさった）地図（『イメージ図鑑』図版87）であろう。
17　五枚のカラーのイラストというのは、「丘――川むこうのホビット村」、「さけ谷」、「ビルボ、早朝の日ざしがまぶしくて目がさめる」、「ビルボ、筏乗りのエルフの小屋に到着す」、「スマウグとの会話」である。八枚の白黒の挿絵は、「トロルたち」、「山道」、「東からみた霧の山脈」、「ビヨンの広間」、「エルフ王の門」、「湖の町」、「おもて門」、「ふくろの小路屋敷の玄関ホール」である。
18　編集長はフェリス・グリーンズレット（一八七五～一九五九）だった。一九四二年に引退するまで、三五年にわたってホートン・ミフリン社の顔でありつづけた。ボストン市立図書館の児童書部門の司書はアリス・M・ジョーダン（一八七〇～一九六〇）で、『農夫ジャイルズの冒険』についても、一九五〇年七月号の「ホーン・ブック」誌にトールキンびいきの書評を書き、「『ホビット』の楽しさが忘れられない人なら、同じ著者によるこの本をわくわくしながら開くだろう…。この本を楽しむには、生きいきとした想像力、不思議を聞きわける耳、ユーモアの感覚、奇妙な造語を喜ぶ心がなければならない」と書いている。ポール・ブルック（一九〇九～一九九八）は、『指輪物語』が出版された一九五〇年代にホートン・ミフリン社の主席編集長、ディレクターをつとめた人物。
19　トールキンがこのように述べた一九三八年には、ディズニーはまだ「白雪姫と七人のこびとたち」をリリース（一九三七）しただけで、「ファンタジア」（一九四〇）などその他の代表作はまだ出ていなかったと反論することができる。しかし、ほぼ三〇年後にもトールキンの考えは変わっていなかった。ジェイン・ルイーズ・カリーに宛てた一九六四年七月一五日付けの手紙で、ウォルト・ディズニーのことをこのように述べている。「才能があることは認めますが、どうしようもないほど腐っています。ディズニーのスタジオから出てくるほとんどの映画には、すばらしい部分も、魅力的な部分もありますが、それらを見るとゲーといいたくなります。吐き気をおぼえたものもあります」
20　一九三七年一〇月五日付けのリチャード・ヒューズからの手紙には、次のように記されてあった。

この作品が、長年のあいだに出会った中でも最高の児童書だというご意見に、私も賛成です。この作者には物語を語る才能がありますす。それと同時に、自分自身の神話の知識にどっぷりとつかっているので、なんの苦もなく、おどろくほど鮮やかに、そして有能に描き出すことができます。

ただ一つ欠点があるとすれば、ベッドの子どもに読み聞かせるには、一部、恐怖をかきたてるところがあると、多くの親（や、もっと多くの児童心理の権威たち）が思うかもしれない、というところです。

正直いって、私自身はこのような意見にくみしません。子どもには生まれながらに恐怖を求めるところがあり、大人がどうのこうのできるものではありません。子どもは、もしもびっくりさせてもらえるドラゴンがなければ、古い引き出しダンスを怖がるでしょう。

リチャード・ヒューズ（一九〇〇～一九七六）は主として、『ジャマイカの強風』（一九二九）で記憶されている作家だが、児童文学の作品もいくつか残している。
21　ホートン・ミフリン社も、例外なしに、トールキンのカラーのイラストを切り詰めたり、題名変更したりした。
22　『ホビット』の一刷りのカバーにつけられた著者紹介の文章は以下のようなものだった。

J・R・R・トールキンはオクスフォード大学のアングロ・サク

ソン語講座の、ローリンソン・ボズワース記念教授にして、ペンブローク学寮の特別研究員。四人の子どもがいて、『ホビット』はこの子どもたちのために書かれた。そしてこの子どもたちが幼いころに読んでもらった。不滅の児童文学はほとんどすべてそのようにして誕生してきた。しかし、この物語の評判は家族の外にも広がり、『ホビット』の原稿はオクスフォード大学の友人たちにも貸し出され、そこの子どもたちにも読まれた。まったく正反対の作品にみえるが、『ホビット』の誕生は、『不思議の国のアリス』の誕生を強く連想させる。ここでも、またもや、難解な学問を研究している先生がお遊びに興じている。『不思議の国のアリス』には狂った謎々がいっぱいだが、『ホビット』には、はば広く正確な知識にもとづいた魔法や神話の響きがたえず聞こえている。ドジソンは最初、自分の不思議の国の物語が出版にあたいするとは思わなかった。トールキン教授も——出版社はそうではないが——いまだに半信半疑なのだ。ご自分のホビットの旅を描いたとびきり楽しい物語を読みたい人が、はたして世間にいるのだろうか、と。

アレン&アンウィン社のチャールズ・ファースに宛てた一九三七年八月三一日付けの手紙（『手紙』一五参照）で、トールキンはいくつかのあやまりについてコメントし、修正を求めた。二刷りではこのようになった。

J・R・R・トールキンはオクスフォード大学のアングロ・サクソン語講座の、ローリンソン・ボズワース記念教授にして、ペンブローク学寮の特別研究員。四人の子どもがいて、『ホビット』はこの子どもたちのために書かれた。そして子どもたちに向かって読まれた。この本は家族の娯楽の定番となった。とくにクリスマスの時期にそうだった。けれども、この物語の草稿はまもなく、その他の年長の、また年少の友人たちのあいだを訪ねてまわるようになった（ホンモノのおとぎ話を愛する人は多いのだ）。そして『ホビット』の名声は家族の外へと広がっていった。まったく正反対の作品にみえるが、『ホビット』の誕生は、『不思議の国のアリス』と『鏡の国のアリス』の誕生を強く連想させる。ここでも、またもや、学者先生がお遊びに興じている。『アリス』には数学があったが、『ホビット』には少しばかりのフィロロジーがある。しかしこの遊びは書斎からの逃避ではない。教授の書斎はとても魅力たっぷりの部屋なのだ。おしかけてくるチャンスのあった子どもなら、みんなそう言うだろう。

『ホビット』には謎々、ルーン文字、そしてアイスランド風のドワーフが出てくる。その魔法と神話の世界は独自のもので、あらたな伝説の世界だが、古代北欧のかおりがただよっている。ドジソンは最初、自分の不思議の国の物語が出版にあたいするとは思わなかったし、トールキン教授の場合も、世間には彼のとびきり楽しい物語を読みたい人がいるのだと納得させるのは、たいへんむずかしかった。以下に、山のような書評から、ごく一部の抜粋を引用しておこう。一流の批評家の意見が出版社と一致していることが分かるだろう。——『ホビット』は天才が書いた作品だと。

23　さらに書評の分析が読みたければ、『英語のアンゲアサス 2』（一九九二）の一七～二五ページ、オーケ・ベルテンスタムによる「『ホビット』の受容についての覚え書き」を参照のこと。

24　ジョン、およびプリシラ・トールキンは、『トールキン家のファミリーアルバム』に記している。「一九三八年に、その年の最高の児童文学作品にあたえられる賞を受賞しました。でも、それにまつわるちょっと悲しい思い出があります。朝食の席でトールキンは手紙を開封し、同封されていた五〇ポンドの小切手を——当時としてはかなり

の額ですが——イーディスにそのまま回しました。とどこおっていた医者の支払いのためです」（六九ページ）

『「ホビット」注釈版』第二版について

『「ホビット」注釈版』がホートン・ミフリン社から出版されたのは一九八八年九月のことである。『ホビット』のアメリカ版の出版五〇周年を意識しての出版だった。イギリス版は、翌八九年にアンウィン・ハイマン社から上梓された。

それからの一四年のあいだに、以前には未発表だったトールキンの文章が多数出版され、それにくわえてトールキン関係の書物や論文などの二次資料も、驚異的なスピードで増殖してきた。『注釈版』の改訂を考えはじめた私は、全面的な改訂が必要だと感じた。しかも、今回はあらたにテクストそのものに注釈をし直すというよりは、以前に用いた方法そのものを修正したうえで、日進月歩のトールキン研究の進歩に適応しなければならないと思ったのである。

作品に対するトールキン自身の見解をもっとも重要視する、というのが私の基本線である。私の注釈の作業はそこから出発して、伝記的、歴史的なコンテクストへと範囲を広げていった。注釈のほんらいの目標はテクストの意味を明らかにすることだが、私はそこにはとどまらず、トールキンの人生、友人や仲間、文学的な興味、トールキンの『ホビット』以外の文章や作品などの情報をお伝えできればと思った。そうすれば、トールキンのことがもっと重層的に分かるようになるだろう、と。そのため、結果として、注釈によってはテクストと直接の関係のなさそうなところにまでさまよい出てしまったものもあるが、少しくらいならそのように脱線することにも理由がたつし、それだけの価値がなくもないと思う。

この『「ホビット」注釈版』の新版は、改訂がすべての部分に及んでいる。すべてが再検討され、情報を新たにし、書き直されているが、項目とその配列そのものは大きくは変化していない。すぐに目につく大きな変更は、『ホビット』のテクストの版による異同に関する注について、旧版では付録にまとめていたものを、今回はばらして、他の注釈そのものの間に埋め込んだことである（トールキンが改訂した様々な版についての詳細は、次ページ以降で紹介している）。この本で新たにくわえたものがある。「エレボールの探求」である。『ホビット』の物語を語り直したもので、もともとは『指輪物語』の追補の一部として書かれたが、長すぎるので削除された。その一ヴァージョンが『終わらざりし物語』ではじめて活字になったという作品だ。巻末の「参考文献」には、批評にも目をむけていただきたく、『ホビット』に関する評論をくわえた。そこに挙げられた論文の中には、そのものとしてとても面白いのだけれど、考察の流れがあまりに複雑精妙なため、つまみ食いして注釈にまとめるのが不可能なものがいくつかある。その良い例が、ポール・エドマンド・トマスの「何人かのトールキンの語り手たち」である。この論文ではトールキンの語り手の声がみごとに分析されている。これは全体を通して読むべき論文である。

『ホビット』改訂についての注釈

『ホビット』の公刊されたテクストのトールキンによる改訂が、この本の注釈で示されている。これらの注釈は初版（一九三七）から、第三版（一九六六〜六七）の様々な変更までを説明しようとするものである。テクストの変更が意図されている場合をのぞいて、誤植やエラーの訂正は含めない。改訂についての注はすべて一九三七年版の記述からはじまり、最終的な形に到達した時点までの変更のみを記している。したがって、一九五一年に変更がなされ、その時点以降に変更がなければ、それ以降のものは記述しない。この注釈では、↓のマークは「次の形に変わった」という意味である。

改訂についての注釈を作成するにあたり、一九三七年のテクストに関しては、ホートン・ミフリン社から出版された一九三八年のアメリカ版の一刷りを用いた。この版は一九三七年のイギリスの初版を写真で複写製本したものなので、テクストも誤植もイギリス版とまったく同じである。

一九五一年のテクストに関しては、イギリスで印刷された枚葉紙から製本された、ホートン・ミフリン社の「第二版（五刷り）」を使用した。ホートン・ミフリン社の第二版はアレン&アンウィン社の第二版と同時に印刷されたものだが、まずホートン・ミフリン社の第二版が一九五一年の春に出版されたようなのに対して、アレン&アンウィン社のほうは数か月後の七月下旬に発売された。トールキンはアレン&アンウィン社の一九五四年の「六刷り」の『ホビット』を一冊、改訂の作業用としてもっていたが、第三版を作るために、一九六五年の八月にこの本の上で行った修正を、クリストファー・トールキンがコピーして提供してくれた。

第三版のための改訂は、やや複雑なかたちで行われた。まず、バランタイン双書のペーパーバック版のために、アメリカに送られた。このペーパーバック版は一九六六年二月に出版された。いっぽうイギリスでは、「アンウィン双書」であらたにペーパーバック版を出すために、この修正が用いられた。「第三版（一六刷り）一九六六」と記されていた。それと同時に、アレン&アンウィン社は、ロングマンズ・グリーン社に、「文学の遺産」シリーズでのハードカバー本での出版を許可した。アンウィン双書もロングマンズの本も、一九六六年六月に出版されたが、ロングマンズ版のほうが、アンウィン双書版よりも数週間先に出た（大英図書館はロングマンズ版を六月六日に受け取ったが、アンウィン双書版の出版の日付は六月三〇日になっている）。アレン&アンウィン社は改訂版のハードカバー版も製作し、六月三〇日にアンウィン双書版と同時に発売した。このアレン&アンウィン版（「一六刷り、一九六六」）は、「一五刷り、一九六六」が「第三版」と誤記している（正しくは、「一五刷り」は一九六五年の出版で、中身は第二版）。これらの一九六六年の修正は、ホートン・ミフリン社のアメリカのハードカバー版では、一九六七年八月の「二四刷りC」に反映された。

注釈中の1966-Ballのテクストには、一九六六年二月の、バランタイン双書の「一刷り」を用いた。1966-Longmans/Unwinのテクストとしては、ロングマンズ版の一刷りを用いた（ロングマンズの版は一九七〇年までに四度重版された）。1966-A&Uのテクストは、「一六刷り、一九六六」と記されているものである。1966-Longmans/Unwinとほぼ同じだが、ほんの少数の異同がなくもない。1967-HMのテクストとしては、アメリカのハードカバー（ホートン・ミフリン社）版を用いた。

ときどき言及のある一九七八年の「第四版」（1978）は、アレン&アンウィン社から出版された。これと同一のアメリカ版は一九八五年に出された（四〇刷り）。「第四版」のテクストは信頼性が低い。活字を組み直す際に混入したエラーが数十か所存在する。

一九六一年のパフィン版（イギリスのペーパーバック）、1961(Puffin)も、数か所で触れられている。一九九五年のハーパーコリンズ版（1995）は、実質上の第五版だが、そのように記されてはいない。このイギリスのハードカバー版になってはじめて、『ホビット』はワープロのファイルに入った。この版には一度だけ触れている（ほかにも特徴があるがそれについては触れていない）。一九九九年、このテクストはホートン・ミフリン社のために写真オフセット印刷された。しかし、二〇〇一年のホートン・ミフリン版（ハードカバー版と大型ペーパーバック版、ピーター・シスのカバーがついている）の製作に際しては、テクスト全体について、以前の様々な版と一行一行つき合わされ、一九九五年版のエラーが取り除かれた。このもっとも最新のテクストのファイルから、この本のテクストが組まれた。

［なおこの翻訳版では、日本語には表れてこない英語表現の変更や、誤植の指摘などは省略している。］

はじめて『ホビット』を読まれる少年少女のみなさんへ

——ボクはクマの友だち、ワシのお客。ボクは…好運はこび人。ボクは樽乗《たるの》り。

——そいつはましだな。だが…、いい気になってのりすぎるなよ。

これは『ホビット』のクライマックスの場面です。主人公ビルボが、敵であるおそろしいドラゴンと出会って、ちょっとしゃれた会話をしています。ビルボは、冒険の旅でそれまで自分が経験してきたことをはっきりとは言わず、「クマの友だち、ワシのお客」などと謎々のような言いかたをしてドラゴンを煙《けむ》に巻《ま》こうとしています。相手のドラゴンは、そんなビルボにむかって、「あまり調子にのりすぎるなよ」と釘《くぎ》をさしているところです（二六六ページの次の絵をご覧ください）。

ところが、この少しあとで、ドラゴンは、ちっぽけなビルボにむかって自分のことをこんなふうに自慢します。

わしのよろいは盾《たて》の十倍もつよい。わしの歯は剣、爪は槍《やり》、尾をふれば雷電《いかずち》の衝撃《しょうげき》がはしり、翼《つばさ》をはばたけば嵐がおき——そしてわしの息は…死じゃ！

こんなおそろしい、無敵のドラゴンを相手にして、かよわいビルボにはたして勝ち目はあるのでしょうか？

いきなり、クライマックスの瞬間にタイムスリップしてしまいましたが、物語の起こりはというと、こうです。

昔々のこと、今の世界が始まる前の、神話の時代のおはなしです。ある平和な地方に、「ホビット」とよばれる種族の者たちが生きていました。ホビット族の者は、身長が人間の半分くらい、足の甲にふさふさと毛が生えているのが大きな特徴です（もっとくわしくは物語そのものをお読みください）。この世界にはホビットのほかに人間も住んでいますが、そのほかに、ドワーフ（こびと）、エルフ（妖精）、魔法使い、ゴブリン（悪鬼）、ドラゴンなど、さまざまな種族の者たちが生きていました。

そんな昔々のある日のこと、ビルボ・バギンズというホビット族の裕福な紳士のところに、魔法使いのガンダルフがやってきました…。

主人公のビルボは、〈ふくろの小路屋敷〉に住んでいる、独身でお金持ちの紳士です。〈ホビット村〉の「ホビット」という名前でよばれてはいますが、おおよそのイメージとしては、現代のイギリスの田舎の立派なお屋敷に住んでいる英国紳士そのものといってよいでしょう。このビルボの屋敷に、ある日とつぜん魔法使いがやってきて、あっというまに、ビルボを冒険の旅に巻きこんでしまいます。

読者のみなさん、ここでちょっと想像してみてください。ある日とつぜん、みなさんのところに長い髭《ひげ》をはやした老人が訪ねてきて、その老人によって、いきなり十三人のドワーフたちの仲間の中に放りこまれ、冒険の旅に連れ出されたら、どうでしょう？　サイフもケータイも持たないで、ドワーフにかりたマントを着、フードをかぶって、おそろしいドラゴンと戦うために冒険の旅に出ていくのです。そんなとほうもないことは想像もつかないと思われるかもしれませんが、でも、それがこの物語の主人公である、ホビットのビルボ・バギンズ氏におきてしまうのです（ただし、ビルボの場合は、家に忘れてきたのはケータイではなく、〝ハンケチ〟ですが）。

こうして冒険の旅に出たビルボたちの一行は、つぎつぎと、おそろしい敵に出会います。まずは、らんぼう者の怪物トロル、そして残酷《ざんこく》できもちの悪いゴブリンの群れ、ぶきみなぬるぬる生物ゴラム、怪物じみたオオカミたち、巨大なクモ…。まさに、波瀾万丈《はらんばんじょう》の冒険に、みなさんは突入していきます。作者トールキンのとてつもない想像力の翼にのっかって、目もくらむような冒険の旅が目の前に広がっていきます。

『ホビット』は一九三七年にイギリスで出版され、あっというまにベストセラーとなりました。作者のトールキンは、イギリスを代表する由緒ある大学の一つであるオクスフォード大学の教授でした。専門に研究していたのは、古い時代にイギリスで用いられていた言葉です。

トールキンは学問の世界でもみなから尊敬されるりっぱな学者でしたが、家庭の中にあっても、すばらしいお父さんでした。みなさんも、小さいころお父さんやお母さんに絵本や物語を読んでもらったことを憶《おぼ》えていらっしゃるのではないでしょうか。トールキンにも四人の子どもがいて、子どもたちに物語を読んであげたのはみなさんのお家《うち》の場合と同じですが、その物語というのは、なんと世界中のどこにもない物語でした。つまり、トールキンは、子どもたちに読んできかせるための物語を自分で作ったのです。

毎年のクリスマスには、おもしろい物語を自分で作って、「サンタより」と署名して子どもたちに送りました。

また、子どもたちがうんと小さかったころには、子どもたちの興味に合わせて、仔犬《こいぬ》が月の世界に行ったり、海の底の宮殿《きゅうでん》に行ったりという物語を作って聞かせました（『仔犬のローヴァーの冒険』）。

その後、子どもたちが少し大きくなると、その知的成長に合わせて、さらに大がかりな物語を語り聞かせました。それが、『ホビット』なのです。

すでにご紹介したように、『ホビット』は次から次へとはらはらどきどきの出来事《できごと》が起きる冒険の物語です。奇想《きそう》天外《てんがい》な登場人物たち、思いがけない物語の展開、なるほどとうならせる物語の結末というふうに、どの要素をとっても一流です。

けれども、『ホビット』の魅力は、このような筋の展開だけではありません。

物語の構成のたくみさとならんで、もう一つの大きな要素はユーモアです。トールキンは自分の子どもたちに語って聞かせるために『ホビット』を書いたと言いましたが、すぐ目の前に一人一人わが子の顔が見えていたからでしょうか、聴き手を喜ばせるためのくふうやしかけがふんだんに盛りこまれています。

そのことは第1章の冒頭を読めば一目りょうぜんです。家の前に立っているビルボにガンダルフがいきなり声をかけ、ビルボの〝グッドモーニング〟という挨拶《あいさつ》につっかかってあげ足をとり、自分のペースにまきこんでいく場面、ガンダルフをお客に招いたつもりなのに、つぎつぎとドワーフがやってきて、ビルボが目をまわす場面など、ビルボと登場人物たちのやりとりはユーモアたっぷりに描かれています。とくに、第1章をつうじて、ビルボの言葉づかいには、「冒険」と「格式《かくしき》」のあいだで揺《ゆ》れる心のひだがとても巧妙《こうみょう》に表現されていますが、それと同時に、ユーモアの香りが濃厚《のうこう》にただよっていることが感じられます。

そんなユーモアがコトバの表現としてとりわけ鮮明にでている一つの例は、第2章で、ビルボが怪物トロルにつかまったときのセリフです。トロルたちはビルボの髪の毛をつかんでぶらさげながら、焼いて食おうか煮て食おうかなどと話しています。そんなトロルにむかって、ビルボは、

お優《やさ》しい皆さま、どうかわたしを料理なさいませんよう。わたくし自身、お料理は大とくい。ちょっと妙な言い方ですが、わたしの腕肉《うでにく》よりも、腕前《うでまえ》のほうがおいしいですよ。皆さまのために、とびきりおいしい料理をこさえましょう。夕食にされなければ、超とびきりの朝食をこさえてさしあげましょう。

などと、命乞《いのちご》いをします。なんと、いまにも食べられようかというときに、ビルボは「わたしの腕肉《うでにく》よりも、腕前《うでまえ》のほうがおいしい」などとシャレを言っているのです！

この場面を、わたしがいつも教えている大学生たちに

（英語版も合わせて）読んでもらうと、さまざまな反応が返ってきます。

——ビルボってすごくユーモアがあってすばらしいなあ。

——命が危ないというのに、ずいぶんのんきな性格なんだなあ。

——でも、ちょっと、すっとんきょうすぎるんじゃない？

——ユーモアが過ぎると、しんけんな物語のながれが途切《とぎ》れるんじゃない？

——でも読者としてはなんとなく安心感がえられて、落ち着いた気分で読めるよね。

など、人それぞれです。文学作品を読んで反応がさまざまにあるというのは、当然のことです。それぞれの人に個性があるわけですから、受けとめ方がちがうのはあたりまえのことです。トールキンは、そのようにさまざまな感想がありうるように書いています。そして、さまざまに幅広《はばひろ》く解釈ができればできるほど、すばらしい作品であるといえます。そのことは、イギリスが生んだ世界最大の劇作家、シェイクスピアの例をみれば明らかです。

けれども、こうしたさまざまな感想とは別の次元のこととして、このユーモラスなエピソードには、物語の構成上、トールキンのもう一つの意図がはたらいているように感じられます。

ビルボは、何十年も平和そのものの田舎に、根が生えたように暮らしているごくごく平凡なホビットです。そんな主人公が、どんな魔がさしたのか、いきなり冒険の旅に出ます。そして出発の時、あわてふためいていつも使っている日常《にちじょう》の品を忘れてきたので、ドワーフのマントとフードをかりて着ます。小柄なホビットであるビルボにはとうぜんだぶだぶで、似合うわけがありません。それと同じように、冒険の旅に出たばかりのビルボにとっては、「冒険」そのものがだぶだぶのマントであり、似あってはいないのです。まだ「冒険」にはぴったりはまっていない、むりにあっていない。——そのようなことを読者に感じてもらうために、トールキンはこの場面でビルボにわざと場ちがいで、すっとんきょうなことを言わせているのだと思います。

そう、『ホビット』は、主人公のビルボが、いかに「冒険」にふさわしい人物になっていくかという物語です。ビルボの心が「冒険」という衣装《いしょう》にいかにフィットしていくかという物語です。そして、ガンダルフもいうように、「誰も予想しないすばらしいものが、いつも君［ビルボ］の中からとびだしてくるのだね」という展開となっていきます。つまり、『ホビット』は、ビルボがどうやってさまざまの試練《しれん》を切り抜けるかという物語であると同時に、ビルボがいかにすばらしい人物へと変身し、成長していくかという物語でもあるのです。

　したがって、わたしがこの物語で何よりも共感し、魅せられ、あこがれるのは、ビルボという人物の人柄そのものです。ビルボには物欲《ぶつよく》がいっさいありません。もらった宝物は惜しげもなく人に分けあたえます。ユーモアのセンスはたっぷりですが、気どったところはまるでなく、いつも公平に物事を見て、自分のことよりも、ほかの人たちの幸せをだいいちに考えます。しかも、どんな危険にさらされてもいつも冷静に対処でき、それを乗り越えるだけの勇気と知力をそなえています。これはイギリス紳士の理想像《りそうぞう》そのものといえます。

　このような物語を年少のころに読むことができる人はしあわせです。極上《ごくじょう》のユーモアにつつまれたわくわくする冒険の物語にぐいぐいとひっぱられて、最後までいっきに読みとおさないではいられません。そして、物語の世界にわれを忘れて遊ぶうちに、主人公のビルボという人――じゃない、〝ホビット〟のすばらしい人柄が心の底にしみこみ、一生の宝物となることと思います。

　ここには最高級の児童文学があります。そればかりか、超一流のイギリス文学の作品があるといってもよいでしょう。

山本史郎

解説（その1）――作者トールキン、そして『ホビット』という物語

「オクスフォード」は少し興味をそそられているようです。ホビットはどう？　と、しょっちゅう尋ねられます。反応には（予想したとおり）驚きと、多少の憐れみが混じっていなくもありません。わたしの所属するコレッジでは、六冊確保できたと思います。わたしをからかう材料を仕入れようという魂胆でしょうが。謹厳《きんげん》居士《こじ》の同僚たちでも、一人、二人は、君、「ファンタジー」をよく知っているねえと声をかけてくれました。ファンタジーなんて軽薄なものだが、タイムズ紙に書評がのったからには、声ぐらいかけたって学者としての威厳をそこなわないだろうと思ったのでしょう。ビザンティウム期のギリシア語が専門の教授は一冊買ってくれましたが、「『アリス』の初版はいまじゃ稀覯本《きこうぼん》だからね」とのこと。近代史の欽定講座《きんていこうざ》の教授が『ホビット』を読んでいるところを最近目撃されたと、人から聞きました…。（『手紙』二四―二五）

一九三七年十月一五日付け、トールキンから、出版社アレン&アンウィンの会長スタンリー・アンウィンに宛てた手紙の一節です。『ホビット』が九月二一日に発売されて、ほぼ一か月たったころの、大学の中での評判が記されています。

トールキンは、オクスフォード大学の教授でした。研究第一であるはずの教授が、肝心の仕事もしないで余技に耽《ふけ》っているという非難を浴びやしないかと冷やひやだったようです。けれども、案じるより産むがやすしで、さいわいそのような不寛容な反応はまったくなく、予想外に好意的な反応であったことに安堵しているトールキンの心境が手にとるように分かる文章です。『ホビット』が、そして「作家」トールキンがこれから栄光の日々へと旅立っていこうとする、その直前の瞬間をとらえた文章だと思うと、それだけでわくわくします。

教授トールキン

トールキンがみずからの専門領域として研究したのは、英語の研究で、「フィロロジー」といわれる分野です。フィロロジーはイギリスで用いられていた古い英語を研究の対象とします。一般には古英語（Old English）、中英語（Middle English）と区分がなされますが、一口に古い英語といっても、地域的に大きな差があり、さまざまな方言が存在していました。

たとえば中英語で書かれた文学作品としてはチョーサーの『カンタベリー物語』や、作者不詳の『サー・ガウェインと緑の騎士』などが有名ですが、チョーサーの英語がロンドン近辺のものであった（そして後の標準語になっていく）のに対して、『緑の騎士』のほうはミッドランド（イギリス中部）の方言で書かれていて、語彙的にも、用いられるレトリックの上でもかなりの違いがあります。トールキンは代々の先祖がミッドランド地方に住んでいたことから、ミッドランド方言に対して、まるで肉親を愛するような強い感情をいだいていたと言われます。

いま、わたしの手もとには、トールキンがE・V・ゴードンとともに編纂・注解した『緑の騎士』の校訂版があります。一九七六年にわたしがロンドン大学に学部学生として在籍していたときに、中世英語の授業の参考書として推薦されたものです。当時からこの本は、信頼できる本文校訂と、その緻密で正確な注釈により『緑の騎士』のテクストとしてスタンダードなものとされていました。

この他に、トールキンの学問的業績として、とくに有名なのは、一九三六年にブリティッシュ・アカデミーで講演された「ベーオウルフ——怪物と批評家」です（評論集*The Monsters and the Critics and Other Essays*所収）。トールキンが当時の学会を驚かせたのは、「ベーオウルフ」という古英語で書かれた作品を、一つの文学作品として読もうとしたことです。当時のフィロロジーは、古い文献に書かれている内容を言語として研究するものというのが常識であり、悪く言うなら砂を噛むような味気ない学問と見られていましたが、トールキンは一個の詩作品として、熱いパッションをもって「ベーオウルフ」を愛し、読みほぐすことによって、数々の新鮮な知見を得ることができたのだと言われています。学問的な対象を眺める場合にも、そこには作家としての目が生きいきとしてはたらいていたと言えるでしょう。

イングランド神話

このように、トールキンは古代の作品の研究に情熱を傾けるいっぽうで、一つのとてつもない野心をたえず心の中で燃やしていました。それは、北欧神話に匹敵するような「イングランド神話」を書こうというものでした。

その始まりは一九一七年頃のことでした。フランスの戦場から帰ってきたトールキンは、「失われし物語」という題名をノートに記します。そして、その後の長い歳月のあいだに、たくさんの物語を書きとめてゆきました。書かれていった断片は徐々に形をととのえ、最終的には死後出版される『シルマリルの物語』へと進化していきました。ごく大雑把にいうなら、これはキリスト教以前の神話時代の世界――〈ミドルアース〉――の物語です。その歴史は三つの時代に分かれていますが、『シルマリルの物語』はその第一期と第二期をカバーしています（『ホビット』と『指輪物語』が第三期です）。

やさしいお父さん

ここまでは、もっぱら、トールキンの生涯の中の、学者として、また（未成の）作家としての流れを追ってきましたが、いうまでもなく、もう一つ、重要な流れがあります。それは家庭人としてのトールキンです。

トールキンは一九一六年に、イーディス・メアリー・ブラットと結婚しました。イーディスは三歳年上で、トールキンと同じ、孤児のための施設に住んでいた少女でした。どちらも両親のいない身の上であり、おたがいに求めあうところがあって愛情が芽生えたのは自然のなりゆきだったのでしょう。

トールキンとイーディスのあいだには、ジョン（一九一七年生まれ）、マイケル（一九二〇年生まれ）、クリストファー（一九二四年生まれ）、プリシラ（一九二九年生まれ）という、四人の子どもが生まれました。トールキンはとても愛情深く、いたずら心のある父親でした。

それというのも、一九二〇年以降、毎年クリスマスになると、「サンタ・クロースより」の署名が入り、自作のいかにもそれらしい「切手」まで貼った手紙が子どもたちのもとにとどけられました。この手紙は絵入りで、サンタ・クロースやその仲間たちのおもしろおかしい冒険や失敗談などが語られていました。ホンモノらしく見せるため、近所の郵便配達の人に頼んでとどけてもらったといいますから、念が入っています。子どもだけでなく、トールキン自身が楽しんでいるさまが目に浮かんできて、想像するだけで楽しくなってきます。

この他にも、一九二五年には『仔犬のローヴァーの冒険』、そして一九二〇年代後半から三〇年代にかけて『トム・ボンバディルの冒険』、『ブリスさん』などが子どもたちのために語られ、書かれていきます。そのような物語の一つとして、『ホビット』は誕生しました。

ホビットの誕生

それは、学生の試験を採点しているときのことだったとトールキンは語っています。

ありがたいことに、一人の学生がまるまる一ページ、白紙のまま残してくれていました。採点する者にとって

> これほどの至福はありません。うれしくなった私はその白紙に、「地面の穴に一人のホビットがすんでいました」と書きました。（『伝記』一七五）

これが『ホビット』の「受胎」の瞬間ですが、正確にいつのことだったのか、トールキンは記憶していません。さまざまな状況証拠から、一九三〇年頃のことであったことは確かなようです。

トールキンは、同じオクスフォード大学の同僚であったC・S・ルイスと親友でしたが、他の何人かの同好の士とともに「インクリングズ」という会を作り、定期的に会っては、おたがいに自作の詩や物語を朗読しあって楽しんでいました。『ホビット』は、家で子どもたちに読み聞かせるほかに、この「インクリングズ」の集まりでもごく一部が読まれた可能性があります。

こうして、一九三六年には、ドラゴンが死ぬところまで原稿ができていました。しかし、その先については、子どもたちには即席に物語をしめくくっていたのでしょうが、執筆としてはストップしていました。この原稿の存在は、家族やルイスのほか、とくに親しい友人たちにしか知られていませんでした。そのまま、未完の状態で埋もれてしまっても不思議ではありませんでした。

ところが、エレイン・グリフィスというトールキンのかつての教え子が、この作品の存在を知っていました。エレインはロンドンの出版社アレン&アンウィンのためにある仕事を手がけることになりましたが、運命のめぐりあわせというべきでしょうか、このアレン&アンウィン社では、エレインがオクスフォードのときに同期だったスーザン・ダグナルという女性が編集の仕事をしていました。エレインはスーザンにトールキン教授が書いた物語のことを話し、興味をもったスーザンがさっそく原稿をかり出し、一読していたく感動、とんとん拍子に出版の話へとつながってゆきました。こうして、一九三七年の出版をめざして、トールキンは物語を完成させてゆくこととなりました。

二つの世界

トールキンの伝記を書いているハンフリー・カーペンターは、トールキンのⓐ子どもを楽しませる罪のない物語の想像と、ⓑ神話の創造、という二つの流れの合流するところに位置しているのが、『ホビット』という作品だと説明しています。

> したがって、この物語を書きはじめたのは、たんに自分の楽しみのためだった。最初は、ビルボ・バギンズの快適なブルジョア世界を、『シルマリルの物語』の壮大な神話の風景となんらかのかたちで関連させようなどとは、まるで考えていなかったことはまちがいない。しかし、徐々に、神話が物語の中に侵入しはじめ…（『伝記』

一八二)

このような二つの世界の合流ということが、トム・シッピーの名著『ミドルアースへの道』では、別の角度から検討されています。

シッピーは、『ホビット』で語り手の存在がとてもきわだっている点に注目します。具体的には、「もちろん」(「むろん」)というのが、語り手の口癖だが、この「もちろん」は、読者にとって「もちろん」でないところがミソだと言います。じっさい、「ドラゴンと話すには、もちろん、こうでなくっちゃいけません」(第12章)、「いつか大昔、トゥック家のご先祖さまの誰かがエルフをめとったにちがいない、などという噂《うわさ》が(トゥック家以外の家族のあいだで)よくささやかれます。こんな噂《うわさ》はむろん論外《ろんがい》ですが」(第1章)などのような例が頻出します。「もちろん」と言われたって、読者はきょとんとするのではないでしょうか。

このような「もちろん」のほかにも、『ホビット』の語り手は、読者が知っているはずのないことを、いかにも(自分と同じように)知っているはずだと言わんばかりの口調で語ります。「母親は、かの有名なベラドンナ・トゥックです」、「それもそのはず、この人こそ、あの偉大なトリン・オウクンシルドにほかならないのです」などの第1章の例を見れば、そのことは明らかです。

このように、読者にとって未知であるはずの事柄を、そしらぬ顔で既知のことのようにしてしまうというのが、『ホビット』の語りの特徴です。つまり、語り手が強引にビルボと読者を、『ホビット』というきわめて特異で非日常的な物語世界の常識圏へと引きずりこむわけです。

鏡の国のビルボ

これについて、シッピーはこのように述べています。

…語り手が、自分の描く世界と、聴き手の世界のあいだの隔たりに、これほどいけしゃあしゃあとつけこんでいる例は、伝統的な物語にはない。そもそも、普通はそんな隔たりなど存在しないからである。ところが『ホビット』では、ガンダルフも、語り手も、トロルも、ドワーフもあまりに自信たっぷりなので、ビルボ――そして読者――のほうが何も知らないのだということになってしまう。(『ミドルアース』六九)

その結果、

『ホビット』を『ホビット』たらしめている特徴は、こうしたさまざまのものが、作者の外側、作者を超えたどこかからやってきたものだ、と感じさせてしまうところだ。そしてそれらが、われわれの常識世界におとらず堅固で、理性的な、一つのネットワークを作り上げてい

ると感じさせるのである。（『ミドルアース』六九—七〇）

といいます。そして、このような、われわれの日常世界とはことなる論理によって成立している未知の世界、神話の世界に、われわれの常識が支配している世界から迷いこんでいくのが主人公のビルボ・バギンズであり、読者である、というわけです。したがって、主人公ビルボの話すコトバや行動のかたちが、その時々の状況とちぐはぐであると感じさせられることが（とくに最初のほうで）多いのは当然なのです。さらに、「『ホビット』に強く流れているコメディ的要素」（『ミドルアース』七八）がめだつというのも、これまた、当然のはなしであり、「すっとんきょうなビルボ」、「ちぐはぐのコメディ」は、この作品の構造と意味そのものに必然として内在するものであることをわれわれは認識しなければならないのです。

『ホビット』では、ガンダルフ、ドワーフ、エルフ、トロル、ゴラム、スマウグなどさまざまな種類の登場人物が出てきて、独自のコトバを話していますが、かれらはおたがいにすべて分かりあっていて、独特の論理と世界観によって支配された、一つの「言語ゲーム」の宇宙を作り上げています。そして、語り手自身も「そちら側」の人です。そこに、「こちら側」のビルボと読者が迷いこんでいくというのが（そして執筆の過程で作者自身もしだいに深くのめりこんでいったというのが）、『ホビット』という物語なのだということができます。

出版社のアレン&アンウィン社に宛てた手紙で、トールキンは、『ホビット』と『アリス』との関係をこのように書きました。

［著者紹介の文章に、ルイス・キャロルとの］対比を残しておくのが適切であり、フェアであるとお考えなら、『鏡の国』の名を出すべきでしょう。あらゆる意味で、［一見そう見える以上に］はるかに近いのです…（『手紙』二二）

『鏡の国のアリス』も主人公が、われわれの日常の論理とはちがった不思議な論理、独特の「言語ゲーム」の支配する世界へと入っていくユーモアたっぷりの物語です。『鏡の国のアリス』と『ホビット』。どちらも、オクスフォードの学究が書いたという以上の深い関係があることを、われわれはもう一度考えなおす時期に来ているのではないでしょうか。

解説（その2）――トールキンの英語表現を知ることで、物語をより深く理解したい方々のために

『ホビット』は世界の文学作品の中でも有数の有名テクストであり、原作の風姿《すがた》に関心をもっていらっしゃる方々も多いのではないかと思います。そのようなご関心に多少なりともお応えするために、本稿では、原作におけるトールキン自身の表現とその意図、およびそれにふさわしい日本語表現という観点から、とくに重要で、興味深い点をいくつかご紹介しておきたいと思います。

押入《おしいり》（初出は23ページ）

英語では〈バーグラー〉（burglar）です。「強盗」を意味する、ごく日常的な語です。この語を訳すときのポイントは、できるだけビルボにとってショッキングなコトバでなければならないということです。

第1章で、とつぜんやってきたガンダルフやドワーフによって、ビルボは〈バーグラー〉として「冒険」にくわわることを求められます。しかし、これは、生まれてからずっと、五〇年もホビットの平和な村でりっぱなお屋敷に住んでいて、どこから見ても「格式《かくしき》」の高いジェントルマンであり、自分でもそう思っているビルボにとっては、とっぴょうしもないことです。とはいうものの、ビルボの母親はトゥック家の出身であり、トゥック家には代々冒険家の血が流れているからか、ビルボの心の底には冒険にあこがれる心情も隠されています。

このように、第1章では、「格式」と「冒険」とのあいだで揺れるビルボの心理がナラティヴ（語り）の骨格となって、物語が進行していきます。ここには「格式（respectability）＝バギンズ家」、「冒険（adventure）＝トゥック家」という図式が鮮やかに提示されています。そして、ビルボが住んでいるようなお屋敷が「格式」の側を代表するイメージであるとすれば（冒頭部分でいかに立派な屋敷であるかが強調されます）、これと真正面から対立する概念として〈バーグラー〉があります。

多少なりとも教養あるイギリス人に、文学で〈バーグラー〉といえば誰か？　という質問をすれば、まずたいてい

はディケンズの『オリヴァー・トゥイスト』に登場するビル・サイクスという強盗のことを思い出します。ビル・サイクスは強盗を稼業とする凶悪な人物で、小さな孤児オリヴァーを田舎のお屋敷の窓のすきまから押しこんで、強盗の手引きをさせようとする有名なシーンがあります。これがイギリスの文学における〈バーグラー〉の一つの典型的なイメージです。すなわち〈バーグラー〉とは、「お屋敷の錠をこわし、侵入する者」であるわけです。

このような英語の語感や文学的伝統の上に立って、トールキンによって「お屋敷＝格式」の対立概念として選ばれたのがまさに〈バーグラー〉――「強盗」という語です。客観的に見ても、本人の（表層の）意識の上からも「格式」の権化であるはずのビルボが、ドワーフたちによって、その対極にある〈バーグラー〉という役柄にあたりまえのような顔で当てはめられてしまうというところにアイロニーがあり、ユーモアがあります。トールキンが、ここでビルボが憧れるかもしれない役柄、たとえば「スパイ」、「刺客」、「用心棒」など多少なりともロマンティックな響きを持ちうる語ではなく、マイナスイメージそのものである〈バーグラー〉というどぎつい語をこれみよがしに用いているのは、偶然のことではありません。

ある意味では、作者自身が、「格式」にこだわろうとする小市民的なビルボをひやかし、からかっているということもできます。トールキンは、自分はホビットにそっくりで、ユーモアたっぷりだと述べています。――「私は体の大きさ以外はホビットそのものです…。とても素朴なユーモアのセンスがあります（私を評価してくれる批評家でさえ、うるさく感じることがあるようです）」（『伝記』一八〇）。〈バーグラー〉も、究極的には、このようなトールキン一流のユーモアの一例ではないでしょうか。

翻訳の際には、この物語で（そしてドワーフたちによって）ビルボに期待されているいちばんの役割がドラゴンの棲処《すみか》の「扉をむりやりに押しあけて入っていく」ということであることに注目し、そのイメージを含ませるために、「押し入り強盗」の略語である「押し入り（押入）」を訳語にえらびました。もしも、「盗みをはたらく者」という意味を含まない訳語を選んでしまうと、たとえば、ビルボがアルケンストンをそっとポケットに入れたときのセリフ、「これで、ホントウに押入《おしいり》になってしまった」など、さまざまな箇所でつじつまが合わなくなります。

このような連中はさらりと去って消えてくれるし（５ページ）

原文では'they discreetly disappeared'です。discreetlyは「慎重に、思慮深く」という意味ですが、述べられている行為に対して、話者がプラスに評価しているニュアンスがあります。したがって、この部分では、話者は、バギンズ家の人間の視点から述べているような雰囲気があります。そのことは、直前でトゥック家の誰かがエルフを嫁にもらったという噂について、「むろん論外《ろんがい》（of course absurd）」とややむきになって否定しているような口調、その直後の'Not that Belladonna Took ever had any adventures...'（「めっそうもない…」）という風に、'not... ever... any'と否定が強調されている口調とも符合しています。

バギンズ君は自分のことを、ごくごく平凡な人だと思いたがっています。でも、じつは決してそんなことはありません。それに、とても花好きで、詩的なところだってあるでしょう？（8ページ）

英語の該当箇所は'Mr Baggins was not quite so prosy as he liked to believe... he was very fond of flowers.'です。翻訳の「詩的なところだってあるでしょう？」が英語版にはないことにお気づきでしょうか？　原文は一見したところなんの変哲もないセンテンスですが、'prosy'という語が問題です。訳語としては、文字どおりの「散文的な」は語彙レベルとしてやや高級であり、周囲の文章の語彙レベルと調和させるために「平凡な」を選ぶのが正解だと思います。また意味的にも、ここに「散文的な」を入れるとぎこちない感じがします。しかしそのいっぽうで、「散文的」はこの物語の中でとても重要な概念です。物語の最後でビルボが詩を書きはじめることを思い出してください。ビルボは「散文的」な存在から「詩的」な存在へと変わる、というのが、『ホビット』という作品の重要な流れです。「格式＝散文的」、「冒険＝詩的」なのです。原作において、詩的（poetic）の対立概念である'prosy'という語がここで選択され、用いられているというところに、作者トールキンの深い戦略があります。したがって、翻訳でもこの冒頭部分で、なんらかのかたちで「散文的」の裏側に潜んでいる「詩的」というイメージを引きずり出して、トールキン自身が行っているように伏線をしかけておく必要があるのです。

サーラバイバイ（15、112、180ページ）

この物語では、confusticateという語が何度か用いられています。たとえば'Confusticate...these dwarves!'というふうに、「人」を目的語として伴います。これは普通の辞書にはのっていません。長いあいだトールキンの造語だと考えられていましたが、実は一〇〇年ほど前に子どもが用いた俗語であることが最近判明しました。誰かに対して忌々しいという気持ちをあらわす'Confound＋人！'という古いスタンダードな表現のもじりであることは明らかで、「こんちくしょう」などと訳せばいちおう意味はとおります。

それにしても、わざわざスタンダードでない表現を用いているのはなぜだろうか？　という疑問がわきます。そこで『ホビット』に用いられている数か所の「用例」を調べると、どの例でも、「忌々しい」という気持ちはもちろんですが、それにくわえて、「消えてなくなってほしい」、とっととおさらばしたい」というような意味が、文脈に含まれていることが分かります。また、教養ある英語ネイティヴに尋ねると、confusticate という語を見ると、rusticate, confiscateなどの語を連想するようです。

このうちrusticateはとくにオクスフォードやケンブリッジなどの名門大学で用いられた語で、「（学生を）停学処分にする、退学にする」という意味です。つまり、学校から立ち去らせるという意味です。また、confiscateは「（国家などが）没収する」という意味です。つまり、「没収して、持ち去る」という意味です。ビルボは、ようするに、神さまかだれかにむかって、「ドワーフの連中など没収して、どこかに持っていってください！」と願っているわけです。このようなニュアンスが入るような、少し冗談口調で、分かりやすい造語的表現がほしいと思って採用したのが「サーラバイバイ」です（二十年ほど前にＮＨＫの「お母さんといっしょ」をご覧になっていた方々にとっては懐かしい表現です）。

あなた、いまだに現役でいらっしゃったとは…では、あんた、いったいわしをどこにいさせたいのだね？（８ページ）

‘I had no idea you were still in business. —— Where else should I be?’ ガンダルフがはじめてビルボのもとにやってきたときの一見なんでもないやりとりですが、ビルボの ‘in business.’（まだ仕事をしている）という成句に対して、ガンダルフが ‘Where else…’（ほかのどこに？）と、文字どおりの場所を問う表現で切り返しているところに、かすかなユーモアとアイロニーが香っています。つまり、トールキンはガンダルフにわざと「はずした」返答をさせているのです。このように、『指輪物語』のガンダルフの口調がおおむねシリアスであるのに対して、『ホビット』のガンダルフには、周囲の登場人物との会話が直線的に流れていないと感じさせることがよくあり、それが一種のユーモアを生み出しています。次の例も、そんなガンダルフの「はずした」セリフです。

こりゃ、おどろき、ももの木、バナナの木じゃね！（35ページ）

もとの英語は、‘Great Elephants!’ で、これは、定型表現のもじりになっています。

たとえば、「びっくりした！」という気持ちを表わすために、英語では ‘Great God!’ というような表現が用いられます。このGreatのあとのGodの差しかえとして、Caesar, Scots, Scotland Yardなど（われわれの感覚からいえば、かなりとっぴにも感じられる）いくつかの語句が可能です。つまり、‘Great Scotland Yard!’ と叫んで、「ひゃあ、びっくり！」という気持ちを表わすわけです。このようにバリエーションはあるものの、何でもよいというわけではなく、いわばバリエーションを含めての定型表現となっています。

Great Elephants! はこのような定型からはみ出した表現です。定型からはみ出ているということだけで何とはなしにユーモラスですが、そこに登場するのがよりによって「象」であるという点にもユーモアが感じられます。というのは、この表現が飛び出してくる第2章の冒頭までに描かれている〈ホビット村〉の風景は、まるでそのままイギリスの田舎の風景であり、そんなところに、いきなり「象」のイメージがにゅうっと出てくるのは場違いの感じをあたえるからです（『指輪物語』に象――オリファント、もしくはムキマル――が出てくることを、『ホビット』の読者はまだ知りません）。

ところで、ハーヴァード大学に小説家のナボコフを招こうという人事案が出たとき、言語学者のヤーコブソンは「それなら動物学の教授に象を任命するのか？」といって反対したというのは有名な話ですが、英語の「エレファント」にはなんとなく滑稽な響き、ユーモラスなイメージがあります。興味深いことに、『ホビット』の初版が出たとき、本の「作者紹介」のところに、本人の知らぬまに「教授のお遊び」と書かれたことに対してトールキンは異を唱え、「教授のお遊び」は「象の入浴」みたいにちぐはぐでこっけいな表現だと述べています（『手紙』二二）。つまり、このことからトールキン自身「象」がこっけいな譬《たと》えに用いられることを意識していたことが分かります。

笑いへの感度は人によってさまざまですが、わたしはこの表現に行き当たって、えへへと笑ってしまいました。訳語は、日本語で（ちょっと古風ですが）「おどろき」を表わすときの定型表現をもじってみました。もとの表現が「象」なんだから、こちらは「バナナ」でもいいのかな？

えっというまに…まばたくまに（72ページ）

'before you could say rocks and blocks' と 'before you could say tinder and flint' の訳です。これらは 'before you can say Jack Robinson' という「すぐに」という意味の慣用句のパロディです。もちろんジョークですが、『ホビット』の世界は特異な世界なので、日常的な慣用句も少し違った形になっているのだろうなあ、と思わせるくらいの効果があります。その意味では 'confusticate' や 'Great Elephants!' と同系統の仕掛けであるといえます。

きのうもヒツジ、きょうもヒツジ。そいで、あしたも、ぜってえにヒツジだぜ。くそったれめが（42ページ）

英語の原文は、'Mutton yesterday, mutton today, and blimey, if it don't look like mutton again tomorrer' です。『ホビット』の原作に登場するトロルたちは、このよう

に、「客間にはぜんぜん――ええ、ぜーんぜん不似あいな、トロル特有の下品なもの言い」をします。これは、すなわち、イギリスの労働者階級のしゃべり方を模したものです。トールキンのトロルは終始このような口調です。昔からの神話や伝説に出てくる由緒ある（?）怪物が、スタンダードな英語でない労働者階級のコトバを話すということだけで、なんとなくおかしみがありますが、じつは、それ以前に、「労働者階級」というのはイギリス人にとって、笑いのツボなのです。スタンドアップのコメディアンが労働者階級の人の口まねでしゃべったり、それどころか「労働者階級」と口にしただけで、客席がげらげらと笑いの渦になるというようなことが、かつてのイギリスのミュージックホールなどではありました（今ではさほどでもありません）。トールキンが、ここで観客の笑いをとろうとしていることは明らかです。たとえばわが同僚の哲学者ブレンダン・ウィルソンにこの箇所を見せると、必ずてへへと笑います。労働者階級がジョークのネタになるというのはイギリスの文化に根ざしていることで、わが日本には対応するものがありませんが、それは別にしても、文体的な落差によるおかしみという要素が、ここには確実に存在します。とくに、ビルボのばかていねいで、場違いなコトバとの落差と対比がけっさくです。その典型が、次のビルボのセリフです。

わたくし自身、お料理は大とくい。ちょっと妙な言い方ですが、わたしの腕肉《うでにく》よりも、腕前《うでまえ》のほうがおいしいですよ（44～45ページ）

英語では、'I am a good cook myself, and cook better than I cook, if you see what I mean.' という不思議な表現になっています。問題は、'[I] cook better than I cook.' です。謎々のような英語ですが、'I cook well.' と言った場合に、「わたしは料理が上手」という意味と、「わたしを料理すればおいしい」という意味にとれるということを利用した、高級なことば遊びです。

なお、イギリス文学・文化の常套《じょうとう》的イメージとしては、トロルの野卑な口調こそが〈バーグラー〉と結びついています。『ホビット』では、役柄としゃべる言葉が逆転して、〈バーグラー〉であるビルボが客間で用いられてもよい上品な話し方をし、〈バーグラー〉に襲われるトロルのほうが典型的な〈バーグラー〉風の話し方をしているところにきわめつけのユーモアがあります。

愛《いと》シ子《ご》チャン（初出は87ページ）

ゴラムが口にするmy preciousは、翻訳がたいへんむずかしい表現です。問題の第一は、(a)ゴラムは「自分自身のことをこのように呼ぶ」と書かれているいっぽうで、(b)大事な指輪そのものを、ゴラムはこのように呼んでもいます。つまり、my preciousは、ゴラムが呼びかける（分裂した）自分自身でもあり、指輪そのものでもあるということで、同一の表現が二つの指示対象をもっているということになります。指輪を失ってうろたえるゴラムはour precious present（われわれの貴重なプレゼント）などと言いますが、そもそもゴラムの「われわれ」には'my precious'が含まれているわけですから、この表現は論理学で言う「自己言及のパラドックス」に似た構造になっていて、もう、何がなんだか分からなくなってしまいます。

このような混乱は、初版が出てしばらくたってからトールキンがこの物語を改訂したときに、はじめて、指輪のことをもmy preciousと呼ぶことにしたということに起因しています。一九三七年の初版の段階では、my preciousは、ゴラムが自分のことを呼ぶときにのみ用いられていましたが、『指輪物語』の構想が熟してくるとともに、トールキンはそれと接続させるために、ゴラムが指輪そのものをmy preciousと呼んでいる箇所を書きくわえ、この第5章の物語の内容自体にも大きな変更をくわえました（とくに96ページの「謎々合戦は古代に起源をもつ神聖なものであることを…」から、106ページの「…相当なスピードで走れることを、ビルボは知りませんでした」までの長いパッセージが完全に差し替えられています）。こうした事情から、結果としてmy preciousという表現の指示対象の曖昧性が生じてしまいました。

このmy preciousというのは、文字どおりには「大切な人」という意味です。十九世紀に用いられた古風な言いまわしで、語感としてはなんとなく対象に対する所有的な感じがするので（だからこそ、ゴラムが指輪をそのように呼ぶのはぴったりな感じがします）、主として自分の子どもに呼びかけるときに用いられた、やや冗談っぽい表現です。対象は小さな子どもはもちろんですが、父親が成人した自分の娘のことをそう呼ぶなどといったこともありえます。

日本語の中にはぴったり対応する定型表現はありませんが、しいていうなら、大切な子どもという意味の「愛《いと》し子《ご》」という言いまわしがあり、これが近いかと思います。ところが、ここにもう一つむずかしい問題があって――これが、第二の問題ですが――日本語の環境では人に親愛の情をあらわす呼びかけを自然なかたちで表現するのが、とてもむずかしいのです。英語では、たとえば'my husband'などという呼びかけが文学作品などでありますが、これを「わが夫よ」などと訳すのは、あまり美しくないし、自然でもありません。ゴラムの場合もご同様で、「わが愛し子よ」というのは、古風な昔話で上品なお爺さんなどが話すならアリかと思いますが、卑劣でヌルヌルで食い意地のはったゴラムの口に言わせるのは、わたしにはしっくりきませんでした。以前の版では、無難な線をとって、日本語として自然な子どもへの呼びかけ語である「ぼくちゃん」をもじって、ゴラムには、自分にむかってナルシスティックに（それゆえ、グロテスクに）「ぼくチン」と呼びかけてもらいましたが、今回は、本来の意味内容を含める意図で「愛《いと》シ子《ご》チャン」に修正しました。

そもそもトールキンが、ゴラムに自分のことをmy preciousと呼ばせたのは、「マイプレシャス」という音、すなわち擦過音、とくに「シ」の音がよく響く語であるからというのが、最大の理由だといってよいでしょう。ゴラムは‘s’や‘sh’の音が好きで、そのような語を含む単語を選んでしゃべります。これはゴラム（もしくはトールキン）の気まぐれというわけではなく、‘s’や‘sh’のような擦過音はヘビを連想させ、不吉なイメージを喚起するという、レトリック上の約束事があるからです。じっさい、ゴラムは「冷たくてヌルヌルしている」ので爬虫類を連想し、おまけに、子どものころ、鳥の巣を狙って鳥の卵を吸ったことがあるとも書かれているので、この限りではまさしくヘビそのものです。さいわい、日本語でもヘビは「シュルシュル」という語と結びついているので、音の連想としては、英語とほぼ並行関係にあるといえます。前の版では、もっぱら「でしゅ」等の語尾に擦過音を担当させましたが、今回の改訳版では、ゴラムのセリフ中のあれやこれやの語そのものに「シ」や「シャ、シュ、ショ」などの音を響かせるようつとめました。ゴラム（そしてトールキン教授）によろこんでもらえるかなあと思いながら、それこそ必死《しっし》にあいつとめました。

ゴラムの眼は、いまや妬《ねた》みに狂う緑色の炎と化し（100ページ）

英語では‘the light in Gollum's eyes had become a green fire...’です。シェイクスピアの『オセロ』では、ジェラシーすなわち嫉妬は‘green-eyed monster’（緑色の目をした怪物）だと述べられています。信号機じゃあるまいし、ただ「ゴラムの目が緑になりました」だけでは意味が分かりませんよね？

このように、ただたんに「眼の色が変わって面白いなあ」とか、「不気味だなあ」というだけの話ではないのです。緑色になる少し前に「疑念がふくらむとともに、眼が蒼白《あおじろ》い炎を出して燃え上がりました」と書かれています。したがって、作者トールキンは、眼の色が緑色に変わったと述べることで、ゴラムの心が嫉妬に染まっていることを示し、指輪をビルボに盗られたという疑いが確信に変わってきたということを伝えようとしているのです。

ウサギ皮はウサギ皮でいいのに〝コニー〟でございなんて気どるくらいは朝飯前《あさめしまえ》、へたすると、ミンクでございますなんて言いかねない詐欺師《さぎし》の仲間ですか？（138ページ）

ビヨンのことを毛皮屋だと早とちりしたビルボが、毛皮屋を「定義」しているセンテンスです。‘...a man that calls rabbits conies, when he doesn't turn them into squirrels?’ conies（単数はcony）は、ウサギ皮の別名で、毛皮商人たちが用いる表現でした。問題はsquirrels（リス）ですが、イギリスの中世ではリスの毛皮は主として北欧からの輸入品として珍重され、さまざまな模様ごとに価値が決まっているような高級品でした。怪しげな毛皮屋ともなると、安いウサギ皮を、高級なリス皮と偽って売ることがあったのではないでしょうか。これは、中世英語の専門家であるトールキンならではの、専門知識にもとづいたジョークです。翻訳では、日本で一般的に高級品というイメージのある「ミンク」にしました。

「詐欺師《さぎし》の連中ですか」は、ビルボが（誤解にもとづいて）ビヨンを悪いイメージで描き出し、それに対してガンダルフが憤慨するということの文脈に沿って、ビルボの喉もとまで出てきている語をひっぱり出してきたものです。

ふくろの小路屋敷（初出は21ページ）

ビルボのお屋敷の名前である‘Bag-End’を訳したものです。Bag-Endはcul-de-sac（袋小路）の直訳なので、そのまま〈ふくろ小路〉でよいところですが、スマウグとの対話で「ボクは‘Bag-End’からやってきたが、‘Bag-End’はかぶらなかった」いうビルボのセリフがあり、後者は「ふくろの口」と訳したので、音を似せるため地名のほうにも「の」を入れて、「ふくろの小路」にしました。トム・シッピーによればBag-Endは‘cul-de-sac’（袋小路）という「英製仏語」（つまりフランス語らしいがフランスでは用いられない語）を下敷きにしており、このcul-de-sacはイギリス人の気どりや階級意識がモロに感じられる語であるとのことです（『ミドルアース』六六）。

床の上には、厚くつもったほこりに、細口瓶《ほそくちびん》、大きなお椀《わん》、つぶれた角《つの》の酒盃《さかずき》が散乱し（279ページ）

もとの英語は‘upon the floor among flagons and bowls and broken drinking-horns and dust’です。トロールのお気に入りだった部屋の荒れ果てた様子が描写されています。なんでもない描写ですが、flowerとflagons, bowlsとbroken, drinkingとdustという具合に、同じ子音の語が重ねられていることにご注目ください。これはトールキンが専門としていた中世の英語によく用いられた「頭韻」というレトリックです。『ホビット』にはときどきこのような遊び心にあふれた文章が出てきます。対句的表現、熟語のもじりなどもよくあります。なお、日本語では「頭韻」という名前はついていませんが、百人一首の大納言公任の「滝の音はたえて久しくなりぬれど名こそ流れてなほ聞こえけれ」のように、頭が同じ音の語を重ねるレトリックが存在します。

だしぬけに、ダインの軍は、だれに合図もなく黙ったままダーッと突撃をはじめました（322ページ）

‘Suddenly without a signal they sprang silently

forward to attack.' 'Suddenly' も 'without a signal' も 'silently' も、攻撃がふいに始まったことを形容しています。短い文に、同じような趣旨の語が密集して、英語散文のセンテンスとしては少しごちゃごちゃした印象をあたえます。そう、これも「頭韻」を狙った詩のようなセンテンスです。ひそやかな雰囲気を出すために's'を用いています。

トールキンは、このような劇的に高調した場面でたびたび頭韻を用いています。古英語で書かれた詩のような雰囲気を出そうとしているのでしょうか。スマウグの死の場面もそうした例の一つです。'With a shriek that deafened men, felled trees and split stone, Smaug shot spouting into the air.'「耳を聾《ろう》し、樹をたおし、岩を裂くすさまじい叫びとともに、スマウグは水蒸気をシュウと噴出させ、一瞬、空へさして反《そ》り上がりました」（290ページ）。訳ではサ行の音を響かせて遊んでみました。黙読ではあまり分かりませんが、音読すればめだつかもしれません。

"クラム"は…エネルギーにはなるとのことですが、アレルギーにもなりそうなほどアキレタ味で、ただあごの筋肉をきたえるに最適といったシロモノです（282ページ）

'[Cram] is supposed to be sustaining, and is certainly not entertaining, being in fact very uninteresting except as a chewing exercise.' 後半の「ただあごの筋肉をきたえるに最適といったシロモノです」は、ほとんどそのまま訳せばジョークが通じますが、sustaining, entertaining, uninteresting と'～ing'をくり返している冗談口調もなんとか表現したいものです。「エネルギー」と「アレルギー」という語を用いたのはそのためです。

地面の穴に一人のホビットがすんでいました…（3ページ）

有名な『ホビット』の冒頭部分です。以下、「**しめっぽくて不潔な穴、壁からミミズの尻尾がやたら突きだした、どぶ臭い穴ではありません。また、およそ座るところもなければ食べ物もない、ひからびてじゃりじゃりの穴でもありません。ここはれっきとしたホビットの穴。ということはすなわち、快適な穴なのです**」と続いています。

'In a hole in the ground there lived a hobbit. Not a nasty, dirty, wet hole, filled with the ends of worms and an oozy smell, nor yet a dry, bare, sandy hole with nothing in it to sit down on or to eat: it was a hobbit-hole, and that means comfort.'

二番目のセンテンスにご注目ください。ホビットの住んでいるのが「地面の穴」だとはいっても、動物が住んでいる巣穴のようなものでないことを、「AでもなくBでもない」という対句的な表現で説明しています。'否定語（not, nor）＋三つの形容詞＋hole, ＋修飾句'という構造がAとBの部分に共通しています。このように、トールキンの文章は、几帳面で、人工的なまでに形式美にこだわることがよくあります。また、この文章は、マイナスイメージの否定を重ねてから、最後の最後で「ホビットの穴だから快適」と逆転させているところに面白みがあります。

　くわえて、もう一つ注目したい点があります。「ホビットの穴だから快適」というふうに、本来なら理由にならない理由をつけることによって、「君、とうぜん分かってるよね」と、読者をいきなり作者側の常識圏にひっぱりこんでしまうトールキンの戦略がここに用いられていることがお分かりでしょうか？　これについては「解説（その1）」で詳しく触れましたが、その例がしょっぱなから出てくるというわけです。この段落はまさに冒頭なので、読者にショックや驚きをあたえ、「えっ？　どういうこと？」という興味をかき立てるような形で提示しておいて、次の段落でいっきに「ホビット穴」の豪華なようすを滔々《とうとう》と展開していくというのが、トールキンの意図した文章の流れです。

　ついでに、'ends of worms'という表現にもご注目ください。'ends'がついているために、ミミズがむきだしの土から半分突き出ていたり、小動物が食べ散らかした芋虫などのはしくれがあちこちに散らばっている様子など、具体的なイメージが目に浮かぶとても巧みな表現です（拙訳では、じめじめした印象との調和から、ミミズのイメージを採りました）。

むろんじゃよ！　実現してとうぜんじゃないか…（351ページ）

　'And why should they not prove true? Surely you don't disbelieve the prophecies, because you had a hand in bringing them about yourself? You don't really suppose, do you, that all your adventures and escapes were managed by mere luck, just for your sole benefit? You are a very fine person, Mr. Baggins, and I am very fond of you; but you are only quite a little fellow in a wide world after all.'

　物語の最後の場面でしゃべるガンダルフの長ゼリフです。長いので、日本語は冒頭のみ引用しておきます。このセリフはなかなかに難物です。「まさか…じゃあるまいね？」などの皮肉で、こみ入った言い方をしているのが理解をむずかしくしている原因の一つですが、最後のセンテンスで、ガンダルフが肝心のことをわざと表現しないでいるということが主たる要因です。

「ある意味で昔の予言が実現した」と言ったビルボに対して、ガンダルフは、「そんなのあたりまえじゃないか」と言いますが、それに続く二つのセンテンスの趣旨は、

　ビルボの冒険の結末としてすばらしい結果がもたらされたことについて、

(1)自分自身がその実現にあずかっていたからといって、

「予言の実現」を否定する――つまりビルボ（たち）の人間的（？）努力がすべてだったのだ、などと考えてはならない、

⑵ただひたすら運がよくて、そのような結果が生じたのだ、などと考えてもいけない、

と、ここまでは、英語をきちんと正確に読む訓練のできている人ならば、（少し苦労するかもしれませんが）以上のような趣旨をくみ取ることができるはずです。しかし、その次に、「じゃあ、なんであんなにうまく行ったの？」という疑問が当然わいてくるわけですが、ガンダルフはそれに直接答えてはくれません。ビルボにむかって、「君とてしょせんちっぽけな存在にすぎん。この世界はとてつもなく大きいのじゃよ！」と、謎めいたことを言っておしまいです。あとは察しろというわけです。そして、ビルボはみごと察しています。

これが何を意味するか、それはさまざまに解釈できますが、それについては、ガンダルフの真似をしてはぐらかすわけではありませんが、ここではお話ししないことにします。解釈の楽しみを奪ってしまうのはまずいですから。

でも、ヒントをさしあげましょう。ガンダルフの最後のセンテンスの原文は 'you are only quite a little fellow in a wide world after all!' です。これを単純に訳せば「君は大きな世界の中ではほんの小さな存在なのだよ」となり、前の版ではこの形で訳していましたが、今回はわざと順序をひっくり返して（英語の言い方により近く）、「君とてしょせんちっぽけな存在にすぎん。世界はとてつもなく大きいのじゃよ！」にしました。なぜそうしたのかというと、このガンダルフのセリフ全体の意味の流れの中では、ビルボに対して「お前はちっぽけな存在なんだよ」とたしなめるよりも、「世界は大きい」と述べるほうに意味の重点があるからです。つまり、世界は大きくて、奥深いのだから、そこにはどんな偉大なものが存在し、その者のどんな意図がはたらいているか知れたものではは…。あっ、いけない！もう口をとじておきましょう。

それはそれとして、このガンダルフのセリフについては、十五種類ほどの訳例をこしらえて、さまざまな人の意見も聞きながら、なるべく流れがよくて理解しやすいものをということで選びました。

以上、きりがないのでこの辺までにしますが、『ホビット』の翻訳に関連して、わたしがとくに長い期間にわたって考えつづけてきた問題を中心にご紹介しました。わたしの結論が最終的なものだと主張する気持ちなど、「もちろん」、まったくありません。むしろここに記したような考えに誤謬があるなら、それをご指摘いただき、さらによりよい翻訳テクストにしたいという一念から出たものです。また、後々『ホビット』の翻訳をされる方々にも、「たた

き台」としてご参考になればよいなと思います。

なお、本稿では駆け足で眺めてきましたが、これらの問題点の一部は、拙著『東大の教室で「赤毛のアン」を読む』（東京大学出版会）、『名作英文学を読み直す』（講談社）で、くわしく論じられています。あわせてご覧いただければさいわいです。

山本史郎

訳者あとがき――今回の改訂作業について

原書房から『ホビット』の前の版を出させていただいたのは、一九九七年のことでした。奇しくも一九三七年に *The Hobbit* の原作が出版されてから六〇年、還暦をむかえる年に出版できることをとても幸せに感じました。出版と同時に読者のみなさんの圧倒的なご支持をいただき、毎日新聞等にも好意的な書評をいただきました。さらに原作の版元であるハーパーコリンズ社の担当者の方から、わざわざ、『指輪物語』も翻訳しないかという異例のお誘いまであって、原書房の寿田編集長と大いに興奮し、盛り上がったというのも、ふり返ればよい思い出です（無念なことに、諸般の事情で実現せず、第一章のサンプルだけで終わりましたが）。

しかし、それと同時に、不十分な点、不適切な点について、親切な読者の皆様からご指摘をいただきました。また、出版後数年がたつうちに、自分の目で見て、不備なところ、お調子に乗りすぎたところなどがめだつようにもなってきました（翻訳の作業があまりに楽しかったので、そんなふわふわした気分が訳文に反映してしまったところも、たしかになきにしもあらずです。『ホビット』はそれほどヒトをのせてしまう愉快で、楽しいテクストです）。その間に、『ホビット』の原作を用いて大学の教壇やカルチャーセンターなどで文学や翻訳を教えることによって、わたし自身の考えが多少なりとも深まってきたということがあり、それにまた学生の皆さんのさまざまな意見や反応によって目が開かれた点もいくつかあります。

そこで、そっちょくに反省すべきところは反省し、思いきって改訳をしようと二〇〇三年に思い立ち、初版の原稿をもとにしながら、原著と照らしあわせて徹底的に手をくわえました。しかし、このときは出版にまではいたらず、原稿はそのままお蔵入りとなりました。今回の改訳は、このときに出来上がっていた幻の二〇〇三年改訂版をもとにし、ふたたび原作と一字一句を照らしあわせながら、さらに徹底的に修正をくわえたものです。ですから、今回の改訳版は、二度の改訂への思いと努力がこめられた結果となっています。底本としたのは、当然のことながら、前回と同じくトールキン自身が最後に手をくわえた一九六六年の最終版で、それを徹底的に校正したダグラス・アンダーソンの *The Annotated Hobbit*（二〇〇二年改訂版）です（同書の解説、『指輪物語』の追補の一部として書かれた「エレボールの探求」、注釈などもほぼそのまま訳出していま す。ただし、注釈等のテクストの変遷を記した箇所で、ミスプリントの修正、英語表現の微細な書き換えなど、日本語で『ホビット』を楽しむ読者にとって意味のないものは省略しました。また、アメリカの読者の便宜のためにイギリス英語の用法を説明した注釈も省略しました）。

改訳の大方針として考えたのは、誤りや思い違いの修正はもちろんのこととして、前回の版で書評子や読者の皆様からお誉めをいただいた文章の流れのよさ、リズムのよさ、いきおいのよさを損なわないよう注意しながら、さらに磨きをかけ、日本語としてより適切な表現を模索するいっぽうで、原作の中のさまざまの言語表現について、トールキンの意図、英語表現により密着した日本語表現、可能なかぎり原作の読者の反応と同じような反応を日本語の読者から引き出せるような表現をさぐろう、ということでした。もちろん、前回もこのような志を抱きながら翻訳を進めたのは同じですが、わたし自身が未成熟だったこと、時間が不足していたことなどさまざまな要因により、成果として不十分だったところが多々ありました。今回、具体的な箇所でどのような考えにもとづいて翻訳を行ったのかということについては、「解説（その2）」で、比較的重要で面白いものをご紹介しています。

もう一つの方針として、「児童書」をことさらに意識して原作をカットすることはしない、ということを挙げておかねばなりません。外国の子どものための作品をありのままに訳すと、原作の想定読者と同じ年齢の日本の子どもにとってむずかしくなることがあります。それは、その国の子どもたちにとっては常識的で、ほとんど透明なのに、日本の子どもたちにとって馴染みのないモノや概念や習慣などがたくさん出てきて、いわば文化的な情報が過多となるような場合です。そんな時には、原作の物語の内容を簡略化したり文章のニュアンスを削ぎ落としたり、あるいは日本的なものに引きつけて訳すといったようなことも必要となるでしょう。それはそれで一つの見識でしょうが、この本ではそのような方針はいっさい採っていません。それは翻訳というよりも翻案に近づくからです。そんなことをするには、トールキンという名前は、（わたしには）大きすぎます。したがって、この改訂版では、旧版でも表現しようとした原作の文章のさまざまな意味や表情を逃さないよう心がけつつ、くわえて、どちらかというとヤングアダルト以上の読者を想定していた旧版の方針を転換して、新たに年少の読者への配慮をもじゅうぶんに行い、できるだけ易しいことばや表現を用いるように努めました。

方針ということに関連してもう一言だけ付けくわえておくなら、これはおそらく改めていうまでもないことでしょうが、「大方針」のさらに上の、大大方針とでもいうべきものがあります。それは、物語のイメージを自分で勝手にこしらえて翻訳することはしない、ということです。

たとえば、第2章を例にとるなら、原作に実現されている文体上の仕掛けや言語表現の機微にそもそも気づかないというのは論外ですが、それに気づいたうえで、ガンダルフは偉大な魔法使いなのだから冗談口調などとんでもないだとか、トロルは伝説に出てくるれっきとした、由緒正しい怪物なのだから、それにふさわしい威厳のあるしゃべり方をさせるべきだとか、ビルボのすっとんきょうなシャレなんて場違いなのだから削ってしまえばよい、などと考える方々もひょっとすればいらっしゃるかもしれません。これは大きな誘惑です。なぜなら、それはある意味で「無難な逃げ」であり、翻訳者にとってこれほど安易でお手軽なことはないのですから。そればかりか、このような誘惑は、たとえば「原作の言語的な仕掛けは英語という言語もしくはイギリスの文化に特有のものなのだから、表面だけ移しても意味がない」という都合の良い理屈によって支えられれば、とても説得力がありそうに見えてきます。

しかし、これは一般論で原則を決めてしまうような事柄ではなく、ケース・バイ・ケースで考えるべき事柄だと思います。

第2章の例を続けるなら、「解説（その2）」で詳しくご紹介しましたように、『ホビット』の原作テクストで描かれているガンダルフの話す言葉にはアイロニーとユーモアが多分に含まれているので、ごくごく正直に翻訳すればそれが出てしまいます。

トロルの野卑な口調とビルボのバカ丁寧な口調の落差は日本語にうつしてもあいかわらず面白いし、原作が生み出す意味と効果という観点からきわめて重要なものなので、日本語版でも原作の仕掛けをそのままなぞって、文体的な差異をきわだたせるよう努めるべきだと思います。作者がせっかく読者におかしみを感じさせようと思って書いているのに、世界中で日本の読者だけがむっつりと神妙な顔をして読んでいたのでは、トールキン先生が草葉の陰で涙を流して——笑いころげるのではないでしょうか？

また、ビルボの奇妙な冗談は、「はじめて『ホビット』を読まれるみなさんへ」と、「解説（その1）」で触れたように、ユーモア——すなわち読者が受けとる印象——という観点ばかりでなく、物語の意味と構成にとっても重要な役割を担っています。つまり、これは物語の構造そのものに内在している要素なのです。そんな大事なものが無視されれば、泉下のトーキン教授はさだめし「わたしの作家としての力量もみくびられたものだ」と嘆くことでしょう。

（なお、以上の三つのポイントは、基本的に前の版から引き継がれたものです。）

ともかく、こうしたものすべてを含み込んだ総体が、実際に二十世紀のイギリスのオクスフォードで生きていた、トールキンという一人の人間が残した『ホビット』というテクストなのです。そのことを謙虚に受けとめ、そして敏感に反応するところから翻訳は始まります。トールキンが残した『ホビット』というテクストを力の及ぶかぎりあるがままに訳す、冗談、ことば遊び、語呂合わせ、さらには音のひびきまでをも含めて、できるだけ原作に接近しようとする。それが前回にも、今回の改訳でもめざしたいと思っていることです。この本は翻案ではなく、翻訳だということをご理解いただきたいと思います。翻訳はかぎりなく原作に憧れます。原作への求愛行動——それが翻訳です。

地名の表記については、『ホビットの冒険』（瀬田貞二訳、岩波書店）のものをも参考にし、「はなれ山」、「裂け谷」など詩的ですてきな響きのあるものを、いくつか使わせていただきました。この場でお礼を申し述べさせていただきます（ただし後者は「さけ谷」とひらがな表記にして少し印象をやわらげるとともに、他の地名の表記と調和させています）。その他のものについては、（原作でそうであるように素朴で神話的な響きのある名前になるよう心がけました。

なお、原作で頭文字が大文字になっている地名（すなわち固有名詞）を、この翻訳では〈〉で囲ってあります。普通名詞がそのまま固有名詞になっている例、たとえば〈丘〉(Hill)、〈川〉(Water)、〈谷〉(Dale)、〈山〉(Mountain)などの場合に、ただたんに丘、川、谷、山にすると、固有名詞であるということが分からなくなります。また、そもそもほとんどの地名は（Running River［ながれ川］、Long Lake［ほそなが湖］、Misty Mountains［霧の山脈］などがその代表例ですが）、頭韻を意識した、ごくあたりまえで、それそのものの名詞が固有名詞化されています。これを訳す場合に、たとえば「早渕川」（横浜市にあります）だとか、「霧降高原」（日光の観光名所です）だとか、いかにも日本のどこかにありそうな地名に変えてしまうと、原作の地名が醸し出している神話的で始原的で、それゆえ普遍性を感じさせる雰囲気とそぐわないので、ごく素朴で、原作にならったそのものずばりの名称を用い、ひらがなを多くして表記しました。ところが、英語だと頭が大文字になるのでそれが名称であることが分かりますが、日本語では地の文とまぎれてしまって読みにくくなる恐れがあります。こうした問題に対処する手だてとしては、たとえばボールド体を用いるのも一つの手段ですが、普通字体とのコントラストが強すぎて視覚的にあまり美しくありません。このような思案からこの版では〈〉を用いることにしました。

また、人名表記については、原則として、トールキンが存命中に制作され、放送された（それゆえ作者自身によってオーソライズされたであろう）イギリスBBCのラジオドラマ版で発音されている形を典拠とし、その英語発音に近いと思われる日本語表記をさぐりました。とくにトリン、ビヨン（「ビ」にアクセント）、ワーグ、バードなどがその例です。ただし、同じドラマの中でも、いつも一様に発音されているわけではありません。たとえばトリンのいとこのダインは、ほとんどの人の発音は「デイン」ですが、トリン自身が言うときは、どちらかといえば「ダイン」に聞こえる場合もあります。このようなことから、ドワーフの名前については、ルース・ノエルの『トールキンのミドルアースの言語』［Ruth S. Noel, *The Languages of Tolkien's Middle-earth* (Houghton Mifflin, 1980)］の発音についての記述（九九ページ）に従って、‘ai’は英語的に自然な発音「エイ」ではなく、「アイ」と発音することとし、ダイン、トライン、ナインなどとしました。ちなみに、同書に拠れば‘th’は、たとえば‘boathous’のように‘t’と‘h’の両方を発音するとのことなので、Thorinはしいて日本語表記にすれば「トゥホリン」（「ホ」にアクセント）となるのでしょうが、これを自然な速度で発音すれば、ちょうどドラマで発音されているような「トリン」に近い音になります。また、ゴラムは、「グルム」、「グルーム」、「ゴルム」、「ゴルーム」など、どれに聞こえるかはその時々で差があります。BBCのドラマ版のナレーターは「ゴゥルーム」（「ル」にアクセント）というような感じです。しかし、幸いにも、トールキン自身が第5章「暗闇《くらやみ》の謎々合戦」を朗読したテープが残っており、それにもとづいて、「ゴラム」と表記することにしました（ただし、そのトールキンも、ゴラムの喉が鳴る音としては、「グルウム」のような音で発音したりもしています）。ドワーフは本来なら「ドゥウォーフ」と表記したいところですが、「ドワーフ」が定着している（しかもそのほうが短い）のでそれに倣いました。

また、『ホビット』には登場人物たちがその時々にうたうさまざまの唄がはさみこまれています。各行の音数がととのい、韻を踏んでいる凝ったものがほとんどです。この本では、たとえばドワーフの唄はやや武張った文語まじりの七五調、「さけ谷」のエルフの唄はリラックスして楽しげな自由詩風にといったぐあいに、それぞれの文脈や歌う人物にふさわしい語彙をえらび、調子をととのえて音読にたえられるようにし、さらには字数を整えて視覚的に美しくなるよう心がけました。

最後に、イラストについてひと言述べておきましょう。本書のイラストは、白黒、カラーを問わずすべてトールキン自身の描いたものです。英語版の『ホビット』に定番として付されているものにくわえて、物語の世界を想像する際の助けとなるようなものを厳選して追加してあります。そこにはトールキンが思い描いた『ホビット』の世界そのものに、より読者の皆様に近づいていただきたいという願いが込められています。

すでに記しましたが、一九九七年の刊行以来、さまざまの方々から不備な点についてご指摘をいただきました。批判を受けるのは苦しいものです。ときとしてそれが当をえたものである場合もあり、そんなときには、それこそ胸をぐさりと刺されるような痛みを感じます。そのような点については自らの不明と不勉強を恥じ、ただただ反省するばかりですが、ご指摘をいただいたお陰で、前の版よりも、翻訳として一歩も二歩も前に進んだものをごらんいただけるようになったと思います。個別にお名前は記しませんが、ご意見をいただき、教えてくださったすべての皆様に深く感謝しています。あらためてお礼を申し上げます。

くわえて、ここに、親友でありイギリスで現役作家として活躍中のリチャード・ビアード氏と、同僚にして親友、『ホビット』をこよなく愛する哲学者ブレンダン・ウィルソン氏のお名前をあげておかねばなりません。わたしが『ホビット』のテクストについて疑問に思った点、いくつかの特定の文章や場面に対して、知的な英語ネイティヴの読者としてどのように反応するのかという疑問について日ごろの付き合いの中でお話しし、教えていただいたのはとても参考になりました。

また、翻訳および「解説」、「訳者あとがき」の執筆には、Humphrey Carpenter ed. *The Letters of J.R.R. Tolkien* (George Allen & Unwin, 1981)、Humphrey Carpenter, *JRR Tolkien - A Biography* (George Allen & Unwin, 1977)、Tom Shppey, *The Road to Middle-Earth - How J.R.R. Tolkien Created a New Mythology* (Grafton, 1992) を参考にさせていただきました。それぞれ、参照する際には『手紙』、『伝記』、『ミドルアース』と略記しています。なお、『伝記』には邦訳もあります（『J・R・R・トールキン——或る伝記』菅原啓州訳、評論社）。それから、もう一つ、BBCのラジオドラマ版（一九六八年製作、一回が三〇分、八回で完結。CD版があります）にもたいへんお世話になりました。名前の発音だけでなく、『ホビット』の登場人物の性格、話し方の特徴、さまざまのシーンの意味を理解するのを助けていただきました。感謝の気持ちを捧げたいと思います。

最後になりましたが、原書房の寿田英洋氏は、つらい作業をいつも暖かく、寛容に見守ってくださいました。また編集部の廣井洋子さんはとてもていねいに原稿を読み、よりよいテクストを作るお手伝いをしてくださいました。この場を借りてお礼申し上げます。

改訳の作業はこれにて終了というわけでは、もちろんありません。今の時点でいくら万全をつくしてはいても、とうぜん不備な点、不適切な点はまだまだあることでしょう。気がつけば、今後も改訂を続けてゆくのは当然のことです。さらなるご叱咤とご激励（!?）をいただければさいわいです。

二〇一二年九月吉日　　山本史郎

参考文献

トールキンの作品

Writings About Middle-earth:

The Hobbit, or There and Back Again. London: George Allen & Unwin, 1937. Second edition, 1951; third edition, 1966; fourth edition, 1978; fifth edition: London: HarperCollins, 1995. Boston: Houghton Mifflin Company, 1938. Second American edition, 1951; third American edition, 1966 [paper], 1967 [cloth]; fourth American edition, 1985; fifth American edition, 1999.

The Lord of the Rings:

The Fellowship of the Ring: Being the First Part of The Lord of the Rings. London: George Allen & Unwin, 1954. Second edition, 1966. Boston: Houghton Mifflin Company, 1954. Second American edition, 1965 [paper], 1967 [cloth].

The Two Towers: Being the Second Part of The Lord of the Rings. London: George Allen & Unwin, 1954. Second edition, 1966. Boston: Houghton Mifflin Company, 1955. Second American edition, 1965 [paper], 1967 [cloth].

The Return of the King: Being the Third Part of The Lord of the Rings. London: George Allen & Unwin, 1955. Second edition, 1966. Boston: Houghton Mifflin Company, 1956. Second American edition, 1965 [paper], 1967 [cloth].

[*The Lord of the Rings* is sometimes published in a single volume. For an overview of this work's complex textual and publishing history, see my "Note on the Text" in editions of *The Fellowship of The Ring* and *The Lord of the Rings* currently published by HarperCollins in England and Houghton Mifflin Company in America. The "Note on the Text" has been published in three versions, the earliest dated 1986 and the revised versions dated 1993 and 2002.]

The Adventures of Tom Bombadil and Other Verses from the Red Book. Illustrated by Pauline Baynes. London: George Allen & Unwin, 1962. Boston: Houghton Mifflin Company, 1963.

The Road Goes Ever On: A Song Cycle. Poems by J.R.R. Tolkien set to music by Donald Swann. Boston: Houghton Mifflin Company, 1967. London: George Allen & Unwin, 1968. Second edition, adding a musical setting to the poem "Bilbo's Last Song." London: George Allen & Unwin, 1978. Boston: Houghton Mifflin Company, 1978.

Bilbo's Last Song. Boston: Houghton Mifflin Company, 1974. London: George Allen & Unwin, 1974. A single poem, issued as a poster, with a photograph by Robert Strindberg used as background in the American edition and an illustration by Pauline Baynes in the British edition. The poem was later issued as a book, fully illustrated by Pauline Baynes. London: Unwin Hyman, 1990. Boston: Houghton Mifflin Company, 1990.

The Silmarillion. Edited by Christopher Tolkien. London: George Allen & Unwin, 1977. Boston: Houghton Mifflin Company, 1977. Second edition, adding a long extract from Tolkien's 1951 letter to Milton Waldman (see *Letters,* No. 131), and a "Preface to the Second Edition" by Christopher Tolkien. London: HarperCollins, 1999. Boston: Houghton Mifflin Company, 2001.

Unfinished Tales of Númenor and Middle-earth. Edited by Christopher Tolkien. London: George Allen & Unwin, 1980. Boston: Houghton Mifflin Company, 1980.

The History of Middle-earth. A twelve-volume series, edited by Christopher Tolkien. A single-volume *History of Middle-earth Index* is forthcoming in 2002.

I. *The Book of Lost Tales, Part One.* Edited by Christopher Tolkien. London: George Allen & Unwin, 1983. Boston: Houghton Mifflin Company, 1984.

II. *The Book of Lost Tales, Part Two.* Edited by Christopher Tolkien. London: George Allen & Unwin, 1984. Boston: Houghton Mifflin Company, 1984.

III. *The Lays of Beleriand.* Edited by Christopher Tolkien. London: George Allen & Unwin, 1985. Boston: Houghton Mifflin Company, 1985.

IV. *The Shaping of Middle-earth: The Quenta, the Ambarkanta and the Annals.* Edited by Christopher Tolkien. London: George Allen & Unwin, 1986. Boston: Houghton Mifflin Company, 1986.

V. *The Lost Road and Other Writings: Language and Lore Before* The Lord of the Rings. Edited by Christopher Tolkien. London: Unwin Hyman, 1987. Boston: Houghton Mifflin Company, 1987.

VI. *The Return of the Shadow: The History of* The Lord of the Rings, *Part One.* Edited by Christopher Tolkien. London: Unwin Hyman, 1988. Boston: Houghton Mifflin Company, 1988.

VII. *The Treason of Isengard: The History of* The Lord of the Rings, *Part Two.* Edited by Christopher Tolkien. London: Unwin Hyman, 1989. Boston: Houghton Mifflin Company, 1989.

VIII. *The War of the Ring: The History of* The Lord of the Rings, *Part Three.* Edited by Christopher Tolkien. London: Unwin Hyman, 1990. Boston: Houghton Mifflin Company, 1990.

IX. *Sauron Defeated: The End of the Third Age (The History of* The Lord of the Rings, *Part Four), The Notion Club Papers and The Drowning of Anadûnê.* Edited by Christopher Tolkien. London: HarperCollins, 1992. Boston: Houghton Mifflin Company, 1992. The first section of this book, which relates to *The Lord of the Rings,* has been published separately, beginning in 1998, as a paperback entitled *The End of the Third Age.*

X. *Morgoth's Ring: The Later Silmarillion, Part One: The Legends of Aman.* Edited by Christopher Tolkien. London: HarperCollins, 1993. Boston: Houghton Mifflin Company, 1993.

XI. *The War of the Jewels: The Later Silmarillion, Part Two: The Legends of Beleriand.* Edited by Christopher Tolkien. London: HarperCollins, 1994. Boston: Houghton Mifflin Company, 1994.

XII. *The Peoples of Middle-earth.* Edited by Christopher Tolkien. London: HarperCollins, 1996. Boston: Houghton Mifflin Company, 1996.

Linguistical writings:

I•Lam na•Ngoldathon: The Grammar and Lexicon of the Gnomish Tongue. Edited by Christopher Gilson, Patrick Wynne, Arden R. Smith, and Carl F. Hostetter. Walnut Creek, Calif.: Parma Eldalamberon, 1995. Issue no. XI.

Qenyaqetsa: The Qenya Phonology and Lexicon. Edited by Christopher Gilson, Carl F. Hostetter, Patrick Wynne, and Arden R. Smith. Cupertino, Calif.: Parma Eldalamberon, 1998. Issue no. XII.

The Alphabet of Rúmil & Early Noldorin Fragments. The Alphabet of Rúmil, edited by Arden R. Smith; *Early Noldorin Fragments,* edited by Christopher Gilson, Bill Welden, Carl F. Hostetter, and Patrick Wynne. Cupertino, Calif.: Parma Eldalamberon, 2001. Issue no. XIII.

Non-Middle-earth writings:

Farmer Giles of Ham. Illustrated by Pauline Baynes. London: George Allen & Unwin, 1949. Boston: Houghton Mifflin Company, 1950. Fiftieth anniversary edition, edited by Christina Scull and Wayne G. Hammond, including the previously unpublished first version of the story and Tolkien's notes for a sequel, with an introduction and notes by the editors. London: HarperCollins, 1999. Boston: Houghton Mifflin Company, 1999.

Tree and Leaf. London: George Allen & Unwin, 1964. Boston: Houghton Mifflin Company, 1965. Contains the essay "On Fairy-Stories" and the short story "Leaf by Niggle." Second edition, adding the poem "Mythopoeia" and a "Preface" by Christopher Tolkien. London: Unwin Hyman, 1988. Boston: Houghton Mifflin Company, 1989. A further edition, adding "The Homecoming of Beorhtnoth," has recently appeared in paperback. London: HarperCollins, 2001.

Smith of Wootton Major. London: George Allen & Unwin, 1967. Boston: Houghton Mifflin Company, 1967.

The Father Christmas Letters. Edited by Baillie Tolkien. London: George Allen & Unwin, 1976. Boston: Houghton Mifflin Company, 1976. An abridged version, published in an oblong format, with envelopes attached to the pages and containing foldout letters, was published under the title *Letters from Father Christmas.* London: HarperCollins, 1995. Boston: Houghton Mifflin Company, 1995. A minibook version, in three slip-cased volumes, was published as *Father Christmas Letters.* London: HarperCollins, 1994. A single volume minibook version, much abridged, was also published as *Father Christmas Letters.* London: HarperCollins, 1998. Boston: Houghton Mifflin Company, 1998. A much-expanded and redesigned version of the 1976 book, including previously unpublished letters and drawings, appeared under the title *Letters from Father Christmas.* London: HarperCollins, 1999. Boston: Houghton Mifflin Company, 1999.

Mr. Bliss. London: George Allen & Unwin, 1982. Boston: Houghton Mifflin Company, 1983. A children's story, reproduced from Tolkien's illustrated manuscript.

Roverandom. Edited by Christina Scull and Wayne G. Hammond. London: HarperCollins, 1998. Boston: Houghton Mifflin Company, 1998.

Academic work:

A Middle English Vocabulary. Oxford: Clarendon Press, 1922. Designed for use with Kenneth Sisam's *Fourteenth Century Verse and Prose* (Oxford: Clarendon Press, 1921) and published with it subsequently.

Sir Gawain and the Green Knight. Edited by J.R.R. Tolkien and E. V. Gordon. Oxford: Clarendon Press, 1925. Second edition revised by Norman Davis. Oxford: Clarendon Press, 1967.

Ancrene Wisse: The English Text of the Ancrene Riwle. Edited by J.R.R. Tolkien. London: Oxford University Press, 1962. Early English Text Society, Original Series, no. 249.

Sir Gawain and the Green Knight, Pearl, Sir Orfeo. Translated by J.R.R. Tolkien; edited by Christopher Tolkien. London: George Allen & Unwin, 1975. Boston: Houghton Mifflin Company, 1975.

The Old English Exodus. Text, translation, and commentary by J.R.R. Tolkien; edited by Joan Turville-Petre. Oxford: Clarendon Press, 1981.

Finn and Hengest: The Fragment and the Episode. Edited by Alan Bliss. London: George Allen & Unwin, 1982. Boston: Houghton Mifflin Company, 1983.

The Monsters and the Critics and Other Essays. Edited by Christopher Tolkien. London: George Allen & Unwin, 1983. Boston: Houghton Mifflin Company, 1984. Contains seven essays: "Beowulf: The Monsters and the Critics"; "On Translating Beowulf"; "Sir Gawain and the Green Knight"; "On Fairy-Stories"; "English and Welsh"; "A Secret Vice"; and "Valedictory Address to the University of Oxford."

Beowulf and the Critics. Edited by Michael D. C. Drout. Tempe, Ariz.: Medieval and Renaissance Texts and Studies, 2002.

Miscellaneous:

The Letters of J.R.R. Tolkien. Edited by Humphrey Carpenter, with the assistance of Christopher Tolkien. London: George Allen & Unwin, 1981. Boston: Houghton Mifflin Company, 1981. A much-expanded index, compiled by Christina Scull and Wayne G. Hammond, was added to the British edition in 1995 and to the American edition in 2000.

Artwork:

Pictures by J.R.R. Tolkien. Edited by Christopher Tolkien. London: George Allen & Unwin, 1979. Boston: Houghton Mifflin Company, 1979. A selection of Tolkien's art, based on a series of calendars published in England in the 1970s. Second edition. London: HarperCollins, 1992. Boston: Houghton Mifflin Company, 1992.

J.R.R. Tolkien: Artist and Illustrator. By Wayne G. Hammond and Christina Scull. London: HarperCollins, 1995. Boston: Houghton Mifflin Company, 1995. A comprehensive study of Tolkien as an artist.

Reprint collections:

The Tolkien Reader. New York: Ballantine Books, 1966 [paper]. Contains "The Homecoming of Beohrtnoth," "On Fairy-Stories," "Leaf by Niggle," *Farmer Giles of Ham,* and *The Adventures of Tom Bombadil.*

Smith of Wootton Major and Farmer Giles of Ham. Illustrated by Pauline Baynes. New York: Ballantine Books, 1969 [paper]. Reprint in one volume.

Tree and Leaf, Smith of Wootton Major, The Homecoming of Beorhtnoth. London: Unwin Books, 1975 [paper]. Reprint in one volume.

Farmer Giles of Ham, The Adventures of Tom Bombadil. London: Unwin Books, 1975 [paper]. Reprint in one volume.

Poems and Stories. Illustrated by Pauline Baynes. London: George Allen & Unwin, 1980. Boston: Houghton Mifflin Company, 1994. Contains *The Adventures of Tom Bombadil,* "The Homecoming of Beorhtnoth," "On Fairy-Stories," "Leaf by Niggle," *Farmer Giles of Ham,* and *Smith of Wootton Major.*

Tales from the Perilous Realm. London: HarperCollins, 1997. Contains *Farmer Giles of Ham, The Adventures of Tom Bombadil,* "Leaf by Niggle," and *Smith of Wootton Major.*

A Tolkien Miscellany. Illustrated by Pauline Baynes. Garden City, N.Y.: Science Fiction Book Club, 2002. Contains *Smith of Wootton Major, Farmer Giles of Ham, Tree and Leaf, The Adventures of Tom Bombadil,* and *Sir Gawain and the Green Knight, Pearl, Sir Orfeo.*

『ホビット』に関する評論

Agøy, Nils Ivar. "*Mr.Bliss:* The Precursor of a Precursor?" *Mallorn,* no. 20 (September 1983): 25–27.

Alderson, Brian. *The Hobbit 50th Anniversary 1937–1987* (London: Unwin Hyman, 1987).

Barnfield, Marie. "The Roots of Rivendell: or, Elrond's House Now Open As a Museum," *þe Lyfe ant þe Auncestrye,* no. 3 (spring 1996): 4–18.

Bibire, Paul. "By Stock or by Stone: Recurrent Imagery and Narrative Pattern in *The Hobbit,*" *Scholarship and Fantasy: Proceedings of "The Tolkien Phenomenon" May 1992, Turku, Finland,* edited by K. J. Battarbee (Turku, Finland: University of Turku, 1993): 203–15.

Bolintineanu, Alexandra. " 'Walkers in Darkness': The Ancestry of Gollum," in *Concerning Hobbits and Other Matters: Tolkien Across the Disciplines,* edited by Tim Schindler (St. Paul, Minn.: University of St. Thomas English Department, 2001): 67–72.

Brunsdale, Mitzi M. "Norse Mythological Elements in *The Hobbit,*" *Mythlore* 9, no. 4 (whole number 34; winter 1983): 49–50, 55.

Burns, Marjorie J. "Echoes of William Morris's Icelandic Journals in J.R.R. Tolkien," *Studies in Medievalism* 3, no. 3 (winter 1991): 367–73.

Chance, Jane. *Tolkien's Art: A Mythology for England, Revised Edition* (Lexington: University of Kentucky Press, 2001). See especially Chapter 2, "The King Under the Mountain: Tolkien's Children's Story."

Christensen, Bonniejean. "Gollum's Character Transformation in *The Hobbit,*" in *A Tolkien Compass,* edited by Jared Lobdell (La Salle, Ill.: Open Court, 1975): 9–28.

———. "Tolkien's Creative Technique: *Beowulf* and *The Hobbit,*" *Mythlore* 15, no. 3 (whole no. 57; spring 1989): 4–10.

Couch, Christopher L. "From Under the Mountains to Beyond the Stars: The Process of Riddling in Leofric's *The Exeter Book* and *The Hobbit,*" *Mythlore* 14, no. 1 (whole no. 51; autumn 1987): 9–13, 55.

Crabbe, Katharyn W. *J.R.R. Tolkien: Revised and Expanded Edition* (New York: Continuum, 1988). See Chapter 2, "The Quest As Fairy Tale: *The Hobbit.*"

Ellison, John A. "The Structure of *The Hobbit,*" *Mallorn,* no. 27 (September 1990): 29–32.

Evans, Jonathan. "The Dragon-Lore of Middle-earth: Tolkien and Old English and Old Norse Tradition," in *J.R.R. Tolkien and His Literary Resonances: Views of Middle-earth,* edited by George Clark and Daniel Timmons (Westport, Conn.: Greenwood Press, 2000): 21–38.

Glenn, Jonathan A. "To Translate a Hero: *The Hobbit* As *Beowulf* Retold," *Publications of the Arkansas Philological Association* 17 (1991): 13–34.

Green, William H. "The Four-Part Structure of Bilbo's Education," *Children's Literature* 8 (1979): 133–140.

———. *The Hobbit: A Journey into Maturity* (New York: Twayne, 1995).

———. "King Thorin's Mines: *The Hobbit* As Victorian Adventure Novel," *Extrapolation* 42, no. 1 (spring 2001): 53–64.

———. " 'Where's Mama?' The Construction of the Feminine in *The Hobbit,*" *The Lion and the Unicorn* 22 (1998): 18–95.

Hammond, Wayne G. "All the Comforts: The Image of Home in *The Hobbit* and *The Lord of the Rings,*" *Mythlore* 14, no. 1 (whole no. 51; autumn 1987): 29–33.

Hieatt, Constance B. "The Text of *The Hobbit:* Putting Tolkien's Notes in Order," *English Studies in Canada* 7, no. 2 (summer 1981): 212–24.

Helms, Randel. *Tolkien's World* (Boston: Houghton Mifflin Company, 1974). See Chapters 2 ("Tolkien's Leaf: *The Hobbit* and the Discovery of a World") and 3 ("*The Hobbit* As Swain: A World of Myth").

Hodge, James L. "The Heroic Profile of Bilbo Baggins," *Florilegium* 8 (1986): 212–21.

———. "Tolkien's Mythological Calendar in *The Hobbit,*" in *Aspects of Fantasy: Selected Essays from the Second International Conference on the Fantastic in Literature and Film,* edited by William Coyle (Westport, Conn.: Greenwood Press, 1986): 141–48.

Hopkins, Lisa. "Bilbo Baggins As a Burglar," *Inklings Jahrbuch für Literatur und Asthetik* 10 (1992): 93–101.

———. "*The Hobbit* and *A Midsummer Night's Dream,*" *Mallorn,* no. 28 (September 1991): 19–21.

Hunnewell, Sumner Gary. "Durin's Day," in *Ravenhill,* Special Mythcon XXX/Bree Moot 4 Issue (August 1, 1999): 1–14.

Kocher, Paul H. *Master of Middle-earth: The Fiction of J.R.R. Tolkien* (Boston: Houghton Mifflin Company, 1972). See Chapter 2, "*The Hobbit.*"

Kuznets, Lois R. "Tolkien and the Rhetoric of Childhood," in *Tolkien: New Critical Perspectives,* edited by Neil D. Isaacs and Rose A. Zimbardo (Lexington: University of Kentucky Press, 1981): 150–62.

McDaniel, Stanley V. *The Philosophical Etymology of Hobbit* (Highland, Mich.: The American Tolkien Society, 1994).

MacIntyre, Jean. " 'Time Shall Run Back': Tolkien's *The Hobbit,*" *Children's Literature Association Quarterly* 13 (1988): 12–17.

Masson, Pat. "Not an Orderly Narrator: Inaccuracies and Ambiguities in the Early Chapters of the Red Book of Westmarch," *Mallorn,* no. 13 (1979): 23–28.

Matthews, Dorothy. "The Psychological Journey of Bilbo Baggins," in *A Tolkien Compass,* edited by Jared Lobdell (La Salle, Ill.: Open Court, 1975): 29–42.

O'Brien, Donald. "On the Origin of the Name 'Hobbit,' " *Mythlore* 16, no. 2 (whole no. 60; winter 1989): 32–38.

Olney, Austin. *The Hobbit Fiftieth Anniversary 1938–1988* (Boston: Houghton Mifflin Company, 1988).

O'Neill, Timothy R. *The Individuated Hobbit: Jung, Tolkien and the Archetypes of Middle-earth* (Boston: Houghton Mifflin Company, 1979). See especially Chapter 4, "The Individuated Hobbit."

Reckford, Kenneth J. " 'There and Back Again' – Odysseus and Bilbo Baggins," *Mythlore* 14, no. 3 (whole no. 53; spring 1988): 5–9.

Rogers, William N., II, and Michael R. Underwood. "Gagool and Gollum: Exemplars of Degeneration in *King Solomon's Mines* and *The Hobbit,*" in *J.R.R. Tolkien and His Literary Resonances: Views of Middle-earth,* edited by George Clark and Daniel Timmons (Westport, Conn.: Greenwood Press, 2000): 121–31.

Rosebury, Brian. *Tolkien: A Critical Assessment* (London: Macmillan; New York: St. Martin's, 1992). See the section on *The Hobbit* in "Minor Works, 1914–1973."

Rossenberg, René van. "Tolkien's Golem: A Study in Gollumology," *Lembas Extra 1995* (1995): 57–71.

Russom, Geoffrey. "Tolkien's Versecraft in *The Hobbit* and *The Lord of the Rings,*" in *J.R.R. Tolkien and His Literary Resonances: Views of Middle-earth,* edited by George Clark and Daniel Timmons (Westport, Conn.: Greenwood Press, 2000): 53–69.

Sarjeant, William A. S. "The Shire: Its Bounds, Food and Farming," *Mallorn,* no. 39 (September 2001): 33–37.

——— "Where Did the Dwarves Come from?" *Mythlore* 19, no. 1 (whole no. 71; winter 1993): 43, 64.

Scull, Christina. "Dragons from Andrew Lang's Retelling of Sigurd to Tolkien's Chrysophylax," in *Leaves from the Tree: J.R.R. Tolkien's Shorter Fiction,* edited anonymously (London: The Tolkien Society, 1991), 49–62.

———. "The Fairy-Tale Tradition," *Mallorn,* no. 23 (Summer 1986): 30–36.

———. "*The Hobbit* and Tolkien's Other Pre-War Writings," *Mallorn,* no. 30 (September 1993): 14–20.

———. "*The Hobbit* Considered in Relation to Children's Literature Contemporary with Its Writings and Publication," *Mythlore* 14, no. 2 (whole no. 52; winter 1987): 49–56.

Shippey, T. A. (Tom). *J.R.R. Tolkien: Author of the Century* (London: HarperCollins, 2000). See Chapter 1, "*The Hobbit:* Re-Inventing Middle-earth."

———. *The Road to Middle-earth,* second edition (London: Grafton, 1992). See Chapter 3, "The Bourgeois Burglar."

Sibley, Brian. *There and Back Again: The Map of* The Hobbit. Illustrated by John Howe. London: HarperCollins, 1995.

Stenström, Anders ("Beregond"). "The Figure of Beorn," *Arda 1987,* 7 (1992): 44–83.

———. "Some Notes on Giants," *Scholarship and Fantasy: Proceedings of "The Tolkien Phenomenon" May 1992, Turku, Finland,* edited by K. J. Battarbee (Turku, Finland: University of Turku, 1993): 53–71.

———. "Striking Matches," *Arda 1985,* 5 (1988): 56–69.

Stevens, David. "Trolls and Dragons Versus Pocket Handkerchiefs and 'Polite Nothings': Elements of the Fantastic and the Prosaic in *The Hobbit,*" in *The Scope of the Fantastic – Culture, Biography, Themes, Children's Literature: Selected Essays from the First International Conference on the Fantastic in Literature and Film,* edited by Robert A. Collins and Howard D. Pearce (Westport, Conn.: Greenwood Press, 1985): 249–55.

Thomas, Paul Edmund. "Some of Tolkien's Narrators," in *Tolkien's Legendarium: Essays on The History of Middle-earth,* edited by Verlyn Flieger and Carl F. Hostetter (Westport, Conn.: Greenwood Press, 2000): 161–81.

Thompson, Kristin. "*The Hobbit* As a Part of *The Red Book of Westmarch,*" *Mythlore* 15, no. 2 (whole no. 56; winter 1988): 11–16.

Tolkien, Christopher. "Note on the Differences in Editions of *The Hobbit* Cited by Mr. David Cofield," *Beyond Bree* (newsletter of the Mensa Tolkien Special Interest Group), July 1986: 1–3. Comments on an article "Changes in Hobbits: Textual Differences in Editions of *The Hobbit*" by David Cofield, in the April 1986 issue of *Beyond Bree.*

———. "Foreword," in *The Hobbit,* by J.R.R. Tolkien. Special fiftieth anniversary edition (London: Unwin Hyman, 1987).

Wytenbroek, J. R. "Rites of Passage in *The Hobbit,*" *Mythlore* 13, no. 4 (whole no. 50; summer 1987): 5–8, 40.

謝辞

A book like *The Annotated Hobbit* could not be compiled without the help of many people, and I would like to express my thanks here. Foremost I am grateful to Christopher Tolkien for allowing me to reframe his father's book with criticism and commentary, and additionally I have greatly benefited from his comments and suggestions. I also owe a special debt to my friends Christina Scull and Wayne G. Hammond, who shared with me some of their research for their forthcoming *J.R.R. Tolkien: A Companion and Guide,* and also helped in many other ways.

Of institutions and organizations, I would like to express my thanks for assistance from Matt Blessing, archivist, the Memorial Library, Marquette University, Milwaukee, Wisconsin; Christopher W. Mitchell and Marjorie Lamp Mead of the Marion E. Wade Center, Wheaton College, Wheaton, Illinois; Dr. Judith Priestman of the Bodleian Library, Oxford; and the University of Notre Dame Library, South Bend, Indiana.

At the Houghton Mifflin Company, people (past and present) who have been very helpful (and patient beyond the call of duty) include Clay Harper, Austin Olney, Ruth Hapgood, Becky Saikia-Wilson, and Rhiannon Agosti.

Others who helped on specific points or assisted in various ways include Fred Biggs, Richard E. Blackwelder, Alexandra Bolintineanu, David Bratman, Brad Brickner, Diane Bruns, Humphrey Carpenter, Deborah Benson Covington, John L. DiBello, Michael Drout, Charles B. Elston, Verlyn Flieger, Steven M. Frisby, John Garth, Charles Garvin, Peter Geach, Peter Glassman, Glen H. GoodKnight, Martin Hempstead, Thomas D. Hill, Carl F. Hostetter, Ellen Kline, Chris Lavallie, Dennis K. Lien, Abbe Lyons, Michael Martinez, Richard Mathews, Charles E. Noad, John D. Rateliff, Becky Reiss, Taum Santoski, Dr. William A. S. Sarjeant, Tom Seidner, Tom Shippey, Babbie Smith, Susan A. Smith, Stacy Snyder, Donn P. Stephen, Priscilla Tolkien, Rayner Unwin, Richard C. West, Kelley M. Wickham-Crowley, Gene Wolfe, Reinhold Wotawa, Nina Wyke-Smith, Ted Wyke-Smith, Jessica Yates, Manfred Zimmermann, and Henry Zmuda.

For assistance with various aspects of the translations of *The Hobbit,* and the foreign illustrators, I am grateful to Mikael Ahlström, Felix Claessens, David Doughan, Jim Dunning, Mark T. Hooker, John Kadar, Victor Kadar, Mari Kotani, Gergely Nagy, René van Rossenberg, Arden R. Smith, Anders Stenström (Beregond), Asako Suzuki, Makoto Takahashi, and Takayuki Tatsumi.

J・R・R・トールキン（J.R.R. Tolkien）

1892年1月3日生まれ。第一次世界大戦に従軍し、オクスフォード大学のアングロ・サクソン語の教授となる。1925年から1945年までペンブローク学寮の特別研究員、英語英文学教授、1945年から退職まではマートン学寮の特別研究員。世界で有数のフィロロジー学者として知られる。ミドルアースを創造し、現代の古典『ホビット』、叙事詩的な傑作『指輪物語』を生み出した。ミドルアースを背景としたその他の作品として『シルマリルの物語』がある。1973年に81歳で死去。

ダグラス・A・アンダーソン（Douglas A. Anderson）

著名なトールキン研究家。『ホビット』と『指輪物語』の複雑な執筆過程の経緯に詳しく、1987年以降に出版されたこれらの作品の多くの版に、成立過程を説明する文章が掲載されている。ウェイン・G・ハモンドの*J.R.R. Tolkien: A Descriptive Bibliography* の執筆協力者。

山本史郎（やまもと・しろう）

1954年生まれ。東京大学教養学部教養学科卒業。現在、東京大学大学院教授。翻訳家。専攻はイギリス文学・文化、翻訳論など。おもな著書に、『名作英文学を読み直す』（講談社）、『東大講義で学ぶ英語パーフェクトリーディング』（DHC出版）、『東大の教室で「赤毛のアン」を読む』（東京大学出版会）、『大人のための英語教科書』（共著、IBCパブリッシング）、『英語力を鍛えたいなら、あえて訳す！』（共著、日本経済新聞出版社）など。おもな訳書に、『ネルソン提督伝』、『ネルソン提督大事典』、『女王エリザベス』（上・下）、『トールキン 仔犬のローヴァーの冒険』、『完全版赤毛のアン』、サトクリフ・シリーズとして『アーサー王と円卓の騎士』、『アーサー王と聖杯の物語』、『アーサー王最後の戦い』、『血と砂――愛と死のアラビア』（以上原書房）、その他に『アンティゴネーの変貌』（共訳、みすず書房）、『自分で考えてみる哲学』（東京大学出版会）、『イギリス流大人の気骨――スマイルズの「自助論」エッセンス版』（講談社）などがある。

THE ANNOTATED HOBBIT
by J.R.R. Tolkien
This edition 2003
Revised and expanded edition published in the USA by Houghton Mifflin Company 2002

The Hobbit first published in Great Britain by George Allen & Unwin 1937
Second edition 1951; Third edition 1966; Fourth edition 1978; Reset edition 1995

This edition published by arrangement with Harper Collins *Publishers* Ltd, London
through Tuttle-Mori Agency, Inc., Tokyo

新版《しんぱん》ホビット
ゆきてかえりし物語《ものがたり》

●

2012年11月30日　第1刷

著者………J・R・R・トールキン
注釈………ダグラス・A・アンダーソン
訳者………山本史郎《やまもとしろう》
装幀………川島進（スタジオ・ギブ）
本文組版・印刷………株式会社ディグ
カバー印刷………株式会社明光社
製本………小高製本工業株式会社

発行者………成瀬雅人
発行所………株式会社原書房
〒160-0022　東京都新宿区新宿1-25-13
電話・代表 03(3354)0685
http://www.harashobo.co.jp
振替・00150-6-151594
ISBN978-4-562-04866-3

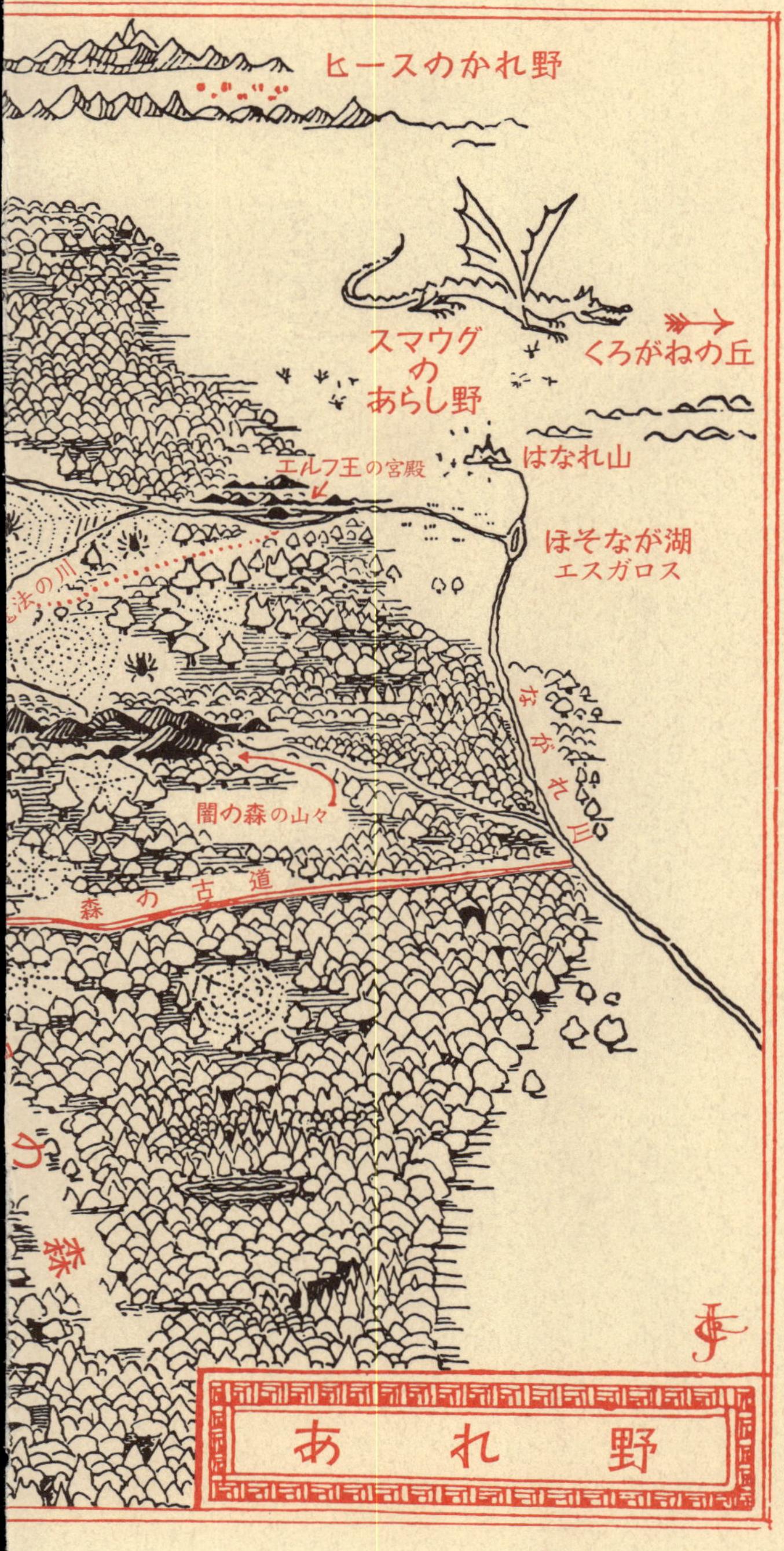
ヒースのかれ野
スマウグのあらし野
くろがねの丘
はなれ山
エルフ王の宮殿
ほそなが湖
エスガロス
法の川
ながれ川
闇の森の山々
森の古道
あれ野

J.R.R. Tolkien